KB006424

이청준 소설 연구

주지영

1973년 서울 출생
성신여자대학교 졸업
서울대학교 대학원 석사, 박사 졸업
2008년 ≪서울신문≫ 신춘문예 문학평론 등단
2014년 계간문예지 ≪문학나무≫ 소설 등단
2015년 『젊은소설-힘센 소설가 7인』에 「사나사나」가 선정됨
현재 군산대학교 황룡인재교육원 강의전담교수
문학평론집 『황홀한 눈뜸』(2015), 『한국 현대 소설의 주체와 타자』(2018) 출간
소설집 『사나사나』(2019) 출간
2019년 상반기 문학나눔사업 우수도서에 『사나사나』 선정

이청준 소설 연구

초판 1쇄 인쇄 2019년 10월 15일
초판 1쇄 발행 2019년 10월 25일

지 은 이 주지영
펴 낸 이 최종숙
펴 낸 곳 글누림출판사

책임편집 이태곤
편 집 권분옥 문선희 백초혜
디 자 인 안혜진 최선주
마 케 팅 박태훈 안현진

주 소 서울시 서초구 동광로46길 6-6 문창빌딩 2층(우-06589)
전 화 02-3409-2055
팩 스 02-3409-2059
등 록 제303-2005-000038호(2005.10.5)
전자메일 nurim3888@hanmail.net
홈페이지 www.geulnurim.co.kr
블 로 그 blog.naver.com/geulnurim
북트레블러 post.naver.com/geulnurim

ISBN 978-89-6327-547-5 93810

*정가는 뒤표지에 있습니다.

*이 도서의 국립중앙도서관 출판예정도서목록(CIP)은 서지정보유통지원시스템 홈페이지(http://seoji.nl.go.kr)와 국가자료종합목록 구축시스템(http://kolis-net.nl.go.kr)에서 이용하실 수 있습니다. (CIP제어번호 : CIP2019041414)

이청준 소설 연구

주지영

머리말

나는 이청준 중독자다.

대학원 석사 과정에 들어갔을 때, 선배들로부터 석사 논문은 작가론으로, 박사 논문은 주제론으로 쓰는 것이라고 들은 적이 있다. 작품 한 편, 두 편 연구한 결과가 쌓이면 작가론이 되고, 작가론이 쌓이면 여러 작가들을 하나의 주제 안에 묶어 두루 볼 수 있는 주제론이 될 것이라고 그 말을 이해했고, 나 또한 그렇게 논문을 쓸 수 있게 될 줄 알았다.

그런데 이청준이라는 작가는 그리 녹록한 작가가 아니었다. 뭔가 보일 때까지 덤벼 보자, 했던 것이 박사 논문을 쓸 때까지도 나를 잡고 놔주질 않았다. 웅숭깊은 이청준이라는 작가의 덫에 걸리고 만 것이다. 처음에는 「줄」과 「매잡이」를 보면서, 와, 이런 작가가 다 있구나, 했다. 그뿐이 아니었다. 「소문의 벽」은 그 내용상 또 다른 갈래로 갈라졌다. 작가는 줄광대 풍속, 매잡이 풍속처럼 사라져가는 풍속에 대한 관심은 물론이고, 전쟁, 심문관, 혁명 등과 같은 현실 문제에도 지극한 관심을 보여주고 있었다. 과연 그러한 관심들을 어떻게 묶어낼 수 있을까. 나로서는 그것을 설명하는 것이 하나의 큰 숙제였다.

더 큰 문제는 형식적인 특질을 찾아내는 것이었다. 내용에 있어서도 여러 갈래로 나뉘고 있었지만, 이청준 작가의 작품은 형식적인 측면에서도 어떤 패턴이 있다고 여겨졌다. 작품의 서사에 담긴 내용만이 아니라 작품의 짜임새에도 작가의 의도가 담겨 있다는 것을 새삼 깨닫게 된 것이다. 그렇지만 눈에 확연하게 드러내 보여주지 않는 그 특질을 찾느라고 꽤나

오랜 시간을 씨름해야 했다. 하나의 작품을 읽고 또 읽고 분석하면서 이거다 싶은 방법을 찾으면 그 방법으로 다른 작품을 분석했다. 그게 맞지 않으면 다시 처음으로 돌아가 첫 작품을 다시 읽고 분석해야 했다. 온갖 곳이 밑줄에 형광펜으로 나달나달해졌을 무렵, 단어 하나, 표현 하나까지 외울 지경이 되자 작품을 '난도질'하는 일이 가능해졌다. 그때에서야 비로소 아, 이제 작품 분석을 할 준비가 되었구나, 라는 사실을 깨달았다.

분석이란 건 하기 전에는 깜깜한 어둠 속을 더듬어 가는 일과 같지만, 해놓고 나면 그처럼 당연한 게 없다. 결과로 내놓고 보면 너무 뻔하고 당연한 이치로 여겨져서 그동안 겨우 이런 걸 찾아내겠다고 끙끙거렸던가 싶어 내 자신이 스스로 한심해 보일 때도 있지만, 사실상 연구라는 게 그런 게 아닌가 싶다.

지금 생각해보면, 그것은 고통스럽지만 행복한 일이었다. 작가가 이런 곳에 이런 방식으로 숨겨두었구나, 하는 깨달음을 얻는 일은 일종의 희열에 가까웠다. 단단히 꼬여 있어서 도무지 그 방법을 찾을 길이 없을 때면, 작가의 멱살이라도 잡아 흔들고 싶어지다가도, 예기치 않은 곳에서 그 실마리를 찾고 헝클어진 실 꾸러미를 풀어나갈 때면 피곤이 싹 달아나면서 온 몸 짜릿한 희열을 맛보곤 하는 것이었다.

연구를 하면서 나는 이청준 작가가 참으로 대단한 작가라는 생각을 품을 수밖에 없었다. 1965년부터 2008년 작고할 때까지 이청준 작가는 43년을 오롯이 소설 쓰기에 매진했다. 게다가 이청준 작가는 절필과 회유와 필화가 문학판을 위기로 내몰았던 암울했던 시절에도 소설 하나로 버텨냈다. 그 긴 시간에 걸친 고민들의 총화인 이청준 문학 세계를 단 몇 년의 연구만으로 다 풀어낼 수는 없다. 이 책에는 내가 찾아낸 몇 가닥의 실타래를 담아 놓았을 뿐이다. 더 많은 가닥들과 그것을 엮어 만들 수 있는 짜임들은 또 다른 연구자들에 의해 밝혀질 것이다.

다만, 그런 이청준 작가를 정신적 지주로 삼아 내가 살아내야 할 다음 시대의 등불로 밝히고자 한다. 좋은 소설, 훌륭한 소설이 무엇인지를 내게 알려준 그가, 이제는 세상에 소설을 더 내놓을 수 없게 되었다는 사실이 안타까울 뿐이다.

2019. 10.

주지영

차례

제1부

들어가며

서사 구조와 주제 형성 방식에 대한 동시적 검토의 필요성

이청준은 1965년 12월 『사상계』에 「퇴원」으로 등단한 이래, 다양한 인물군을 통해 당대 사회의 제반 현상들의 이면에 감추어진 질서와 제도를 파악하고 그것을 소설적으로 어떻게 형상화할 것인가를 끊임없이 고민해 온 작가라 할 수 있다. 지금까지 이청준 소설에 대한 연구는 다양한 방법에 의해 이루어져 왔다.

먼저, 서사 구조와 관련된 형식의 측면에 대한 연구이다. 첫째, 초기 단평에서 반복적으로 언급되었던 이청준 소설의 형식적 특징은 '액자 구조', '격자 구조'로 평가되고 있다. 이재선은 액자 소설의 형식을 "독립된 하나하나의 이야기들을 전체의 액자적 이야기 속에 삽입하는 방법"[1)]으로 보고 있다. 격자 구조는 액자 구조의 변격에 해당하는 것으로, 김현은 "그의 기술 양식의 기본 패턴은 격자 소설적 방법이다."라고 지적하면서, "한 인물이 자신의 사고의 질서에 의해서 자신의 삶을 살아나가는 것이 아니라, 항상 타인들에게 관찰당하고, 그 관찰의 결과가 종합됨으로써 존재"한다고 언급하고 있다.[2)]

1) 이재선, 「액자소설의 본질과 그 계승」, 『한국단편소설 연구』, 일조각, 1975.
2) 김 현, 「장인의 고뇌」, 『현대한국문학의 이론』, 민음사, 1972.

이외에도, 하나의 주제가 반추되어 탐구되는 단계를 통해 드러난다거나,[3] 현실에 대한 끊임없는 모색과 회의가 이루어진다거나[4] 혹은 해답 없는 추리만을 남겨놓는다[5]는 평가들은 모두 이청준 소설의 형식적인 특징이 다층적 시각을 통해 중층적으로 이루어지는 것임을 말해준다.

이후 많은 논자들은 하나의 이야기 안에 다른 이야기가 삽입되어 있는 양상에 주목하면서, 겹 구조, 이원적 구조, 삼차원적 구조, 중첩 구조[6] 등과 같은 서사 구조의 형식에 주목하여 이청준 소설의 형식적 특징을 이끌어내고 있다.

이러한 논의는 이청준 작품이 서로 다른 독립된 이야기의 결합에 의해 이루어지고 있다는 것을 밝히려는 접근 방법이라는 점에서 중요한 의의를 가진다. 이들 논의는 소설 기술 양식의 기본적인 패턴이나 소설의 구성과 관련하여 이청준 소설의 형식적 특징을 강조하고 있다.

3) 김병익, 「왜 글을 쓰는가」, 『이청준』, 은애, 1979. p.24.
4) 오생근, 「갇혀 있는 자의 시선」, 『이청준』, 은애, 1979. p.124.
5) 권택영, 「이청준 소설의 중층구조」, 『외국문학』, 1986. 가을호.
6) 이재선, 「병적 징후의 환기력」, 『한국문학의 지평』, 새문사, 1981.
정명환, 「소설의 세 가지 차원」, 『이청준』, 은애, 1979.
신동욱, 「진실을 탐색하는 이야기꾼」, 『현대작가론』, 개문사, 1982.
조남현, 「문제적 인물에 대한 끊임없는 탐구」, 『문학사상』, 1984. 8.
천이두, 「이원적 구조의 미학」, 『한국문학과 한』, 이우출판사, 1985.
성민엽, 「겹의 삶, 겹의 문학」, 『문학과 사회』, 1990. 여름호.
이외에도 서사 구조에 주목한 학위 논문으로 다음과 같은 것들이 있다.
마희정, 「이청준 소설의 탐색구조 연구」, 충북대학교 석사 논문, 1995.
조재희, 「한국현대소설의 미로 이미지」, 충남대학교 석사 논문, 1997.
김준우, 「이청준 소설의 비판적 담론 연구」, 서울대학교 석사 논문, 1999.
김영성, 「이청준 초기 소설의 서사구조 연구」, 한양대학교 석사 논문, 1999.
장재진, 「액자소설의 담화구조 연구」, 서강대학교 석사 논문, 2001.
한래희, 「「당신들의 천국」 연구: 서사구조분석을 중심으로」, 연세대학교 석사 논문, 2001.
최애순, 「이청준 소설의 추리소설적 구조 연구」, 고려대학교 석사 논문, 2001
정은진, 「이청준의 액자소설에 대한 해석학적 접근」, 서강대학교 석사 논문, 2002.

둘째, 이청준의 서사 구조의 형식이 갖는 기능이나 미학적 효과와 관련된 측면이다. 작가의 의도, 인물의 특징, 독자와 작가의 관계 등 다양한 측면에서 열린 결말과 관련된 기능들을 살펴보는 논의가 있다. 탐색 구조는 독자의 참여를 유도하며 현실로 소설이 쉽게 수렴당하지 않도록 하는 방법상의 전술이라고 파악하는 논의,[7] 이청준 소설의 주인공들이 스스로 탐색적 욕망의 주체가 되고 있으며 탐색을 진행하는 문제적 인물과 그의 탐색을 재탐색하는 화자 사이의 대화적 관계가 독자의 호기심이나 탐색의 욕망과 긴밀하게 조응됨으로써 열린 결말로 기능한다는 논의,[8] 중층 구조의 기법이 '나'라는 화자와 독자가 같이 문제를 풀어가는 듯한 착각을 일으키게 하는 효과를 불러일으킨다는 논의[9] 등이 있다.

셋째, 이청준 소설의 독특한 서술 형식과 관련된 측면이다. 소설 속 소설, 기사, 증언 자료 등과 같은 이질적인 내용들이 삽입되어 있는 것과 관련해 이들의 기능이나 효과를 논하면서 메타픽션, 상호 텍스트성 등으로 텍스트의 특징을 규정하거나, 작가의 서술 전략과 관련지어 이를 고찰하고 있다.[10]

다음으로, 이청준 소설의 내용과 관련된 논의는 다음 세 가지 문제제기에서 비롯되는 것으로 보인다. 첫째, 이청준의 작품에 나타나는 주

---

7) 김치수, 「소설에 대한 두 질문」, 『이청준』, 은애, 1979.
8) 우찬제, 「권력의 역설, 그 문학적 지평」, 『욕망의 시학』, 문학과지성사, 1993.
9) 권택영, 「이청준 소설의 중층구조」, 『이청준 깊이 읽기』, 문학과지성사, 1999.
10) 김성경, 「이청준 소설연구-외디푸스 서사구도를 중심으로」, 연세대학교 박사 논문, 2002.
유인숙, 「이청준 소설연구-서술전략과 의미의 상관관계를 중심으로」, 성균관대학교 박사 논문, 2005.
이묘우, 「이청준 소설연구-소설속에 나타난 창작방법론을 중심으로」, 명지대학교 박사 논문, 2005.
이현석, 「이청준 소설의 서사시학 연구」, 서울대학교 박사 논문, 2007.

제 의식과 작가 의식을 연결하여 고찰하는 경우이다. 이 경우 대개 지적 계열체와 고향 계열체로 이청준 소설을 나누어 살펴봄으로써 작가 의식의 측면을 밀도 있게 파악해 들어가고 있다.[11)]

둘째, 작품의 구성 요소와 주제 의식과 관련된 측면이다. '전짓불 모티프', '고향 모티프' 등 이청준 작품에 빈번하게 등장하는 모티프에 주목하거나, 지식인, 소설가, 예인, 장인 등의 인물군과 관련된 측면,[12)] 관념성, 병리적 측면, 제도, 담론, 권력 등과 관련된 측면,[13)] 시간과 공간 인식과 관련된 측면,[14)] 자아 탐색과 관련된 측면,[15)] 글쓰기[16)]나 언어 인식과 관련된 측면,[17)] 한(恨), 판소리 미학, 무속, 설화 등과 관련된 측

11) 김 현, 「대립적 세계인식의 힘」, 『이청준』, 은애, 1979.
김윤식, 「감동에 이르는 길」, 『이청준론』, 삼인행, 1991.
권영민, 『한국현대문학사』, 민음사, 2002.

12) 김 현, 「장인의 고뇌」, 『현대한국문학의 이론』, 민음사, 1972.
최은영, 「이청준의 예술가 소설 연구」, 고려대학교 석사 논문, 2000.
이승준, 「이청준 소설에 대한 정신분석적 연구: 인물들의 현실대응방식에 관하여」, 고려대학교 박사 논문, 2003.
방민호, 「장인의 손길로 보듬은 사람들」, 이청준, 『꽃지고 강물흘러』, 문이당, 2004.
손정수, 「예술과 현실의 대립과 초월」, 『한국 근대문학사의 틈새』, 역락, 2005.

13) 오생근, 「갈등과 극복의 윤리」, 『삶을 위한 비평』, 문학과지성사, 1978.
김천혜, 「치자와 피치자의 윤리」, 『부산문학』, 1978. 여름.
김주연, 「사회와 인간」, 『변동사회와 작가』, 문학과지성사, 1979.
김 현, 「대립적 세계인식의 힘」, 『문학과 유토피아』, 문학과지성사, 1980.
문흥술, 「말의 소리화와 존재의 집」, 『문학의 본향과 지평』, 서정시학, 2007.
장수익, 「한국 관념소설의 계보: 장용학, 최인훈, 이청준의 경우」, 『1960년대 문학연구』, 예하, 1993.

14) 오은엽, 「이청준 소설의 공간 연구」, 이화여자대학교 박사 논문, 2010.

15) 박희일, 「이청준 소설의 주체구현방식 연구」, 서울대학교 석사 논문, 2000.

16) 김윤식, 「고백체와 소설형식」, 『외국문학』, 1989. 12.
손유경, 「최인훈·이청준 소설에 나타난 텍스트의 자기반영성 연구」, 서울대학교 석사 논문, 2001.
김은경, 「이청준 소설의 글쓰기 양상에 대한 일고찰」, 『관악어문연구』, 2001. 12.

17) 김병익, 「말의 탐구, 화해에의 변증」, 『지성과 문학』, 1982.
김주연, 「말의 순결, 그 파괴와 회복」, 『세계의 문학』, 1981. 가을.

면[18]에 주목하는 경우이다. 이러한 연구에서는 이청준 소설에 제시되는 문제의식과 작가의 관심 영역이 인간의 존재론적인 문제, 사회적 관습과 언어, 제도, 권력의 문제, 종교와 역사의 문제 등 현실 사회와 인간의 삶 전반에 걸쳐 다각적이고 심도 있게 펼쳐져 있다는 것을 밝혀내고 있다.

셋째, 다기한 주제 의식을 통합하려는 시도이다. 이청준의 작품 전체를 두고 하나의 주제나 형식적 특징을 예각화시켜 접근하려는 시도가 지금까지 이루어진 연구의 일반적 경향이었다면, 최근에는 분리된 시각을 통합하여 이청준의 문학 세계를 관통하려는 노력이 활발해지고 있다.[19]

이상의 연구 경향에서도 파악할 수 있듯이 이청준 소설 연구는 다양한 관점에서 방대한 연구 성과를 축적해오고 있다. 그 결과 이청준 소설이 갖고 있는 여러 측면들이 보다 깊이 있게 조명되고 있다. 이러한 기존 연구와 관련해 이 글은 다음과 같은 문제의식에서 이청준 소설에 접근하고자 한다.

_____, 「억압과 초월, 그리고 언어」, 『문학과 비평』, 1988.
한순미, 「이청준 소설의 언어인식 연구」, 전남대학교 박사 논문, 2006.

18) 서정기, 「노래여, 노래여-이청준 작품에 나타난 신화적 상상력」, 『작가세계』, 1992, 가을.
장양수, 「이청준 중편 <이어도>의 무속적 해석」, 『동의어문논집』6, 1993.
조남현, 「'어머니 소설'의 교본-이청준의 『축제』, 『서평문화』24, 1996, 겨울
원기중, 「이청준 소설에 나타난 판소리 미학의 변용양상」, 한양대학교 박사 논문, 2000.
정호웅, 「씻김굿의 새로운 형식」, 『흰옷』, 열림원, 2003.
이윤옥, 「우리를 씻기는 소설들」, 『비상학, 부활하는 새, 다시 태어나는 말』, 열림원, 2005.
이경욱, 「이청준 소설의 문화인류학적 연구」, 서강대학교 박사 논문, 2012.

19) 이윤옥, 『비상학, 부활하는 새, 다시 태어나는 말』, 열림원, 2005.
이현석, 앞의 논문.
오은엽, 앞의 논문.

이청준 소설에 접근하기 위해서는 서사 구조와 주제 형성 방식에 대한 동시적 검토가 필요하다. 이와 관련해 기존 연구가 갖는 문제점을 살펴볼 필요가 있다.

첫째, 이청준 소설 연구에 있어서 서사 구조의 측면에서 접근하는 경우이다. 액자 구조와 격자 구조 개념에서 출발하여, 중층 구조, 탐색구조, 추리소설적 구조, 반전 구조를 거쳐 최근의 메타픽션, 상호 텍스트성 등으로 이어지는 접근 방법이 여기에 해당한다. 이 접근 방법은 이청준 소설에 나타나는 이야기의 층위가 다층적이고 중층적이라는 점에서, 그러한 서사 구조의 특질을 정밀하게 고찰할 수 있는 유효한 방법론이라 할 수 있다. 그러나 이 방법은 다음과 같은 문제점도 내포하고 있다.

먼저, 이들 연구가 내용과 형식의 상관관계에 대한 논의로 나아가지 못하고 다분히 형식 측면에만 치우치고 있다는 점이다. 곧 이들 연구는 이청준 소설의 겹 이야기 형식에 주목하면서, 외부 이야기의 서술자가 내부 이야기에 어떠한 방식으로 접근하는가, 서술자의 역할, 서술 시점, 서술 방식 등은 무엇인가에 대한 분석에 치중한다. 그 결과 형식적 특질이 주제와 어떤 관련을 갖는지에 대한 고찰은 약화되어 있다.

이러한 지적은 최근의 방법론으로 원용되는 상호 텍스트성이나 메타픽션에 의한 접근 방법에도 적용될 수 있다. 이 접근 방법 역시 형식적 측면에 대한 논의가 모티프의 변용 과정에 대한 형식적 효과 등에 치중될 뿐, 논의를 통해 추출된 형식적 특질이 주제화와 어떤 상관성을 갖는가를 면밀하게 밝혀내는 경우가 드물다.

다음, 이 방법에 입각한 분석이 주로 「줄」, 「병신과 머저리」, 「매잡이」, 「소문의 벽」 등 초기의 일인칭 단편소설에 집중되고 있으며, 장편의 경우 『당신들의 천국』과 같은 작품에 한정되어 있다는 점이다. 이는 액자 구조의 개념에 의한 분석이 외부와 내부 이야기의 선명한 구분에 기초하고 있음에 연유한다. 이른바 겹 이야기의 형태가 겉으로 분명히 드러나는 작품에 분석이 집중되고 있는 것이다.

그러나 이청준 소설은 표면적으로 겹 이야기 형태가 분명히 드러나는 초기 단편은 물론이고, 중기의 『남도 사람』 연작, 『언어사회학서설』 연작, 그리고 후기의 『신화를 삼킨 섬』, 『축제』, 『자유의 문』과 같은 장편 역시 이야기의 층위가 다층적이고 중층적인 형태를 띠고 있다. 곧 이들 작품들은 외부와 내부 이야기라는 액자 구조적인 이분법적 도식으로는 설명할 수 없을 정도로 대단히 복잡한 형태를 취하고 있는 것이다.

지금까지 연작형에 대한 연구는 연작형에 해당하는 작품 전체를 다루기보다는 개별 작품들을 선별하여 그 구조적 특질을 논하는 경우가 다수를 차지한다. 그리고 장편소설의 서사 구조에 대한 연구는 『당신들의 천국』에 집중되어 있을 뿐이다. 여타 다른 장편소설의 경우 서사 구조보다는 주제나 작가 의식을 구명하는 쪽에 치중되어 있다. 따라서 이청준 소설의 전체적인 서사 구조의 특질을 밝혀내기 위해서는 단편은 물론이고 연작형과 장편을 아울러 고찰할 수 있는 새로운 접근 방식이 요청된다.

둘째, 주제적인 측면과 관련된 경우이다. 이청준 소설은 작가 스스로 강조하고 있듯이 '인간의 자유를 억압하는 모든 비인간적 제도와 맞서 싸움을 벌이는 소설'로 규정할 수 있다. 이청준 소설은 정치, 사회, 종교, 전통 등의 제반 영역에 걸쳐 각각의 제도는 물론이고 언술과 이념 등을 총망라하여 그 속에 내재된 비인간적 측면의 본질을 파고 들어간다.

이처럼, 이청준 소설은 단일한 하나의 목소리에 수렴되는 주제를 표출하거나, 동일한 소재나 모티프를 활용하여 일관된 주제를 드러내는 경우가 드물다. 이청준 소설은 대상이나 사건을 바라보는 단일하고 뚜렷한 인식에 기초해 주제를 표출하려 하지 않는다. 대신 다각적인 시각에서 대상이나 사건에 접근하고, 그러한 시각을 다양한 방식으로 혼성하는 가운데 주제를 복합적으로 형상화하고 있다. 그러므로 대상이나 사건의 의미는 작품 내부의 혼성적인 목소리들을 고려한 콘텍스트 안에서 비로소 드러나게 된다.

따라서 이청준 소설의 전체적인 전개 과정과 관련해 그 주제적 측면을 논하고자 할 때, 서사 구조의 측면에서 드러나는 다양한 실험 형식이 주제 형상화와 긴밀하게 연결되어 있다는 점은 강조되어야 한다. 기존의 주제적 측면에 대한 연구가 이청준 소설의 총체적인 특질을 밝혀내는 데 상당한 성과를 이루고 있다는 점을 인정하면서도, 동시에 주제화와 서사 구조의 상관성에 대한 새로운 접근 방법을 모색해야 하는 이유가 여기에 있다고 할 수 있다.

이러한 문제의식을 바탕으로 하여 이청준 소설에 접근하고자 할 때, 주제를 형상화하기 위한 내적 형식으로서 이청준 소설의 서사 구조가 구성되고 있다고 판단하고, 이를 구명해야 한다. 그리고 이를 위해 서사 구조와 주제화 방식 사이에 전략적 메커니즘이 존재한다는 점, 그에 따라 이질적인 이야기가 결합되면서 다양한 주제가 형상화되고 있다는 점을 밝혀내야 한다.

틀서사와 초점화자, 그리고 세 가지 서사 구조 유형

이청준 소설의 서사 구조와 주제 형성 방식을 동시적으로 논하기 위해서는 다음 두 가지 관점에서 이청준 소설에 접근할 필요가 있다. 첫 번째로, 서사 구조와 관련된 형식의 측면이다. 이청준 소설은 액자 구조나 중층 구조로 설명될 수 없는 보다 복잡한 서사 구조로 이루어져 있다.

이를 해명하기 위해 틀서사와 초점화 개념을 결합시켜 서사 구조의 특징을 고찰하고자 한다. 먼저 틀서사(frame structure)[20]이다. 틀서사는 틀

---

20) 틀(frame)은 현실의 여러 양상을 나타내고, 그 여러 양상의 인식이나 이해를 가능케 하는 서로 관련된 지적 데이터의 집합의 일종이다. 틀서사는 틀의 형태에 따라 단일 틀, 이중 틀, 연속 틀 등으로 구분된다. 여기에서 이중 틀은 여느 틀서사 형식에 또 하나의 틀이 덧붙여진 형식을 취한 것을 말한다. 틀 자체가 시간과 같은 단위에 의해 분할되어 여러 개의 틀로 구성되기도 하는데, 그 사이마다 내부가 끼어들어 있는 형태를 취한다. 틀서사는 단일 이야기이면서 시간의 역전에 의해 구성되는 단일 이야기의 틀서사, 두 가지 이야기의 결합으로 구성되는 두 이야기의 틀서사, 『천일야화』와 같이 여러 이야기로 구성되는 연속형 틀서사 등이 있다. E. Goffman, *Frame Analysis*, New York: Harper Colophon, 1974.
케테 프리데만에 따르면, 이러한 틀서사는 문자가 생기기 이전에 있었던 '구술 서사mundliche Erzahlung'에서 유래한다. 구술 서사에서는 이야기를 구술하는 자가 그 구술을 하기 전에 '안내의 말'을 하고, 그 구술을 끝내고 나서 '끝내는 말'을 하는데, 이 앞과 뒤의 말이 '틀'이 된다는 것이다. 한일섭, 『서사의 이론-이야기와 서술』, 한국문화사, 2009. p.105.

과 내부가 결합된 이야기이다. 틀을 a, 내부를 b로 볼 때, 단일 이야기가 결합된 틀서사는 'a+b+a'라는 구조를 취한다. 이 구조는 기존에 논의되는 액자 구조와 동일하다. 가령, 김동인의 「배따라기」를 틀서사에서 접근하면, 이 작품은 'a+b+a'의 구조를 취한다.[21] 그런데 틀서사 구조가 복잡해질 경우, 그 구조는 'a1+b1+a2+b2+a3'와 같은 배열 형태를 보여준다. 틀이 이분 이상으로 분리되고, 그 사이에 내부 이야기가 들어가 있는 형태이다.

틀서사의 측면에서 이청준의 「줄」의 구조를 보면, 'b1+a1+b2+b3+b4+a2'의 형태를 취한다. a가 틀이고 b가 내부라 할 때, a와 내부 이야기 b는 다루는 내용이 독립되어 있다. 틀(a)은 내부 이야기(b)와 결합되면서 줄광대 이야기가 소설이 될 수 있는지를 다루고 있다. 한편 내부 이야기(b)는 줄광대 이야기를 취재하게 된 동기, 취재 과정, 그 이야기에 대한 여러 등장인물의 다양한 반응 등이 중심 내용을 이루고 있다. 그리고 줄광대 이야기 자체는 그런 내부 이야기(b)의 서사 속에 독립되어 또 다른 이야기(c)로 내포되어 있다. 곧 내부 이야기에 해당하는 b는 다시 내부 이야기인 줄광대 이야기(c)를 내포하는 또 다른 '틀'로 작동하고 있는 것이다.

이를 틀서사 입장에서 접근할 때, 틀서사 a는 '상위 틀서사'로, 그 내부 이야기이자 또 다른 틀서사로 기능하고 있는 틀서사 b는 '하위 틀서사'로, 그리고 하위 틀서사에 내포된 내부 이야기인 c는 '삽입서사'로 정리할 수 있다. 이 구조를 서사 단위별로 배열하면 'b1/a1/b2-c1/b3-c2/b4-c3/a2' 순으로 구성된다. 내부 이야기이자 또 다른 틀인 b의 서사에 c에 해당하는 내부 이야기가 세 번(c1, c2, c3)에 걸쳐 제시되고 있으며, 이 이야기들이 결합할 때 하나의 독립된 서사를 이룬다.

---

21) 이재선, 『현대소설의 서사시학』, 학연사, 2002. pp.114~115.

「줄」뿐만 아니라 「매잡이」, 「선고유예」, 「소문의 벽」을 비롯해, 『언어사회학서설』 연작이나 『남도 사람』 연작, 그리고 후기의 장편소설 대부분도 「줄」처럼 이러한 복잡한 틀서사 구조로 이루어져 있다. 이를 염두에 둘 때, 기존의 액자 구조, 탐색구조, 추리소설적 구조, 중층 구조의 개념으로는 이청준 소설의 서사 구조의 특징을 밝히는 데 한계가 있음을 알 수 있다.

따라서 틀서사의 개념에서 이청준 소설에 접근함으로써 틀과 내부가 어떻게 배열되고 구조화되는지를 파악하고, 이러한 구조적 장치를 마련한 작가의 의도는 무엇인지, 그리고 그 소설적 효과는 무엇인지를 일차적으로 검토해야 한다. 나아가 이러한 틀서사의 관점에서 이청준 소설의 서사 구조에 접근하기 위해서는 틀서사를 이해하는 데 필요한 다음 장치들을 활용해야 한다.

첫째, 초점화자(focalizer)[22]이다. 초점화자는 서술자가 하나의 특정 관점과 전망을 부여한 인물이다. 초점화자의 개념에 입각하여 볼 때, '이중 틀서사'는 각각의 초점화자를 지닌다. 곧 이중 틀서사의 초점화자는

22) 초점화자는 초점화(focalization)의 주체로서 누가 보는가와 관련된 시점의 소유자를 의미한다. "제인은 의자에 기대 있는 피터를 보았다. 그녀에게는 피터가 묘하게 보였다."에서 제인이 초점화자이다. 누가 보는가, 누가 말하는가와, 말하는 자와 보는 자의 거리에 따라, 그리고 재현된 서사 세계 내적인가, 재현된 서사 세계 외적인가 등에 따라 내적 초점화(internal focalization)와 외적 초점화(external focalization)가 구분된다. Genette는 지각 인식의 위치가 누군가 특정한 등장인물에 있고, 제시되는 것이 누군가 특정한 등장인물의 퍼스펙티브에 의해 지배되는 경우 그 이야기는 내적 초점화를 지닌다고 말한다. G. Genette, 『서사담론』, 권택영 역, 교보문고, 1992. p.212.
Rimmon-Kenan은 외적인 초점화는 서술 행위자에 가깝게 느껴지는데, 이때 그 수단으로서 '화자-초점화자(narrator-focalizer)'가 제시된다고 파악하고 있다. 그에 따르면, 외적 초점화는 1인칭 서사물에도 나타날 수 있으며, 화자와 작중인물 간의 시간적 심리적 거리가 최소한으로 짧을 때거나 스토리를 전달하는 인식의 주체가 경험자로서의 자아가 아니라 서술자로서의 자아일 때 나타난다고 말한다. Rimmon-Kenan, Shlomith, 『소설의 현대시학』, 최상규 역, 예림기획, 1999. pp.134~135.

그것이 비록 '나'라는 인물로 동일하게 제시되고 있다고 하더라도 서술자에 의해 각각의 틀에서 관점, 역할, 전망이 다르게 부여되고 있으므로 각기 다른 초점화자가 제시되고 있는 것으로 보아야 한다. 따라서 이중 틀서사의 초점화자는 1인칭으로 제시된다고 하더라도 이원화된 초점화자로 보고 접근해야 한다.

「줄」을 통해 초점화자의 필요성을 살펴볼 수 있다. 「줄」에서 상위 틀서사의 초점화자는 진정한 소설 쓰기에 대해 고민하는 '나'(narrator-I)로, 작품 전개 과정에서 자신의 이야기를 지니고 있으면서 서술자의 역할을 대행하는 측면이 강하다. 곧 '나'는 작품에서 자신의 이야기(a1, a2)를 지니면서 직접 자신의 의견을 표출하고, 동시에 여러 서술 장치를 통해 자신의 입장을 간접적으로 제시한다. 따라서 상위 틀서사의 초점화자는 서술자와는 구분되며, 서술자의 서사 내적 대리인으로서 서술 자아의 측면이 강화된 것으로 보아야 한다.[23] 이 초점화자는 상황을 종합, 취합하면서 그것을 해석하고 판단하는 역할을 담당한다.

둘째, 「줄」에서 하위 틀서사의 초점화자는 C읍에서 기삿거리를 취재하면서 여러 인물을 만나는 '나'(character-I)이며, 작품 전개 과정에서 자신의 이야기를 지닌다. 이 초점화자는 대상을 관찰하는 경험자아의 측면이 강하다.

초점화자를 이원화시킨 것은 서술자가 명백한 의도를 갖고 있기 때문이다. 서술자는 상위 틀서사의 초점화자에게 줄광대 이야기와 관련해서 소설을 어떻게 쓸 것인가를 고민하도록 하고 그 질문에 대한 답을

23) 서술자(서술 행위의 주체)는 작품 속 인물(서술 내용의 주체)을 통해 이야기를 끌고 나가지, 인물과는 다른 서술자 자신의 이야기를 작품에 제시하지 않는다. 이러한 점에 대한 구별이 이루어지지 않는다면, 이청준 소설에서 소설 쓰기와 관련되어 개별적으로 분리된 채 전개되는 서사의 내용을 포괄하여 작품 전체의 의미를 파악하는 것이 어렵게 된다.

찾도록 하면서 상황에 대해 사유하도록 만든다. 따라서 이 초점화자는 서술 자아이되, 서술자에 의해 특정한 관점(초점화)이 부여된 서술 자아의 역할을 한다. 이러한 초점화자를 '화자-초점화자(narrator-focalizer)'로 명명할 수 있다. 또한 서술자는 하위 틀서사의 초점화자에게 C읍의 상황과 여러 인물을 만나 대화를 나누게 하면서 특정한 관심사인 줄광대 이야기를 취재, 관찰하게 한다. 이러한 제한적 관찰자를 '초점화자'라고 한다.

결과적으로 초점화자의 이원화는 이중 틀서사의 초점화자에게 각각의 역할을 부여함으로써 특정 주제를 강조하고, 동시에 그것을 다각적인 측면에서 심도 있게 접근하려는 의도에서 비롯된 것임을 알 수 있다. 이 화자-초점화자와 초점화자를 기준으로 그 각각의 역할과 기능을 살펴봄으로써 틀서사로 이원화한 목적과 그 효과를 검토할 수 있을 것이다.

셋째, 초점화 대상이다. 초점화 대상은 초점화자의 퍼스펙티브에 의해서 제시되는 존재자나 사건으로, 주제와 밀접하게 관련되어 있다. 「줄」의 경우 초점화 대상은 줄광대 이야기이다. 곧 상위 틀서사의 화자-초점화자와 하위 틀서사의 초점화자는 줄광대 이야기를 초점화 대상으로 하여 각기 맡은 역할과 기능을 수행하면서 초점화 대상이 갖는 다각적인 의미를 검토하고 이를 동시에 제시한다. 이를 통해, 「줄」은 줄광대 이야기에 관한 복합적인 메시지를 전달할 수 있게 되는 것이다.

넷째, 매개자이다. 매개자는 초점화자가 초점화 대상을 관찰함에 있어서 매개 기능을 하는 행위자 혹은 다양한 매체에 해당한다. 이 매개자는 초점화 대상에 대한 초점화자의 제한된 정보를 보완하는 역할을 담당한다. 가령 「줄」에서, 초점화자가 초점화 대상인 줄광대 이야기에 대한 정보를 취재하지만 그 초점화 대상에 대한 정보가 거의 전무한 상태에 있다. 그런 초점화자에게 줄광대 이야기에 대한 구체적인 정보를 제공하는 역할을 매개자가 한다. 그러면서 매개자는 초점화 대상에 대한 가치 판단을 내리는 역할도 한다. 역시 「줄」을 보면, 줄광대 이야기가 오늘날 갖는 의미에 대해 긍정적 평가를 내리는 매개자와 부정적 평가를 내리는 매개자가 등장한다. 초점화자는 이러한 매개자의 반응을 종합하면서 초점화 대상에 대한 다각적 의미를 파악하고 그 본질적 실체에 접근해 들어간다.

다섯째, 삽입서사(embedded narrative)[24]이다. 이 삽입서사는 상위 틀서사와 하위 틀서사와는 독립된 이야기를 담고 있다. 이러한 삽입서사는 초점화자의 초점화 대상 그 자체(「줄」의 줄광대 삽입서사)이거나, 혹은 초점화 대상의 특질을 압축하거나(「소문의 벽」의 박준의 소설), 혹은 초점화 대상의 역사적, 현재적 변이형(『신화를 삼킨 섬』에 제시되는 제주 4·3사건의 변이형으로서의 삼별초의 난 서사, 갑오동학난 서사 등)인 형태를 취한다. 이 삽입서사를 기준으로 초점화자와 매개자, 그리고 화자-초점화자가 각각의 의미를 부여함으로써 초점화 대상에 대한 다양한 접근이 이루어진다.

여섯째, 화자-초점화자와 초점화자, 매개자 간의 정보 제시의 방식은 크게 두 종류가 있다. 먼저 메타텍스트를 통한 정보 제시이다. 메타텍스트는 언어학에서 메타언어와 같은 기능[25]을 하는 소설 속의 텍스트로,

24) 재현된 서사 체계의 층위가 달라지는 것처럼 보이지만, 일차적 이야기 수준에 속하는 이차적 이야기이다. 의사 서사 세계적 이야기(pseudo-diegetic narrative)에 해당한다. 이 글에서는 이를 삽입서사로 통칭하고자 한다. 「서편제」의 경우, 사내의 기억의 내용이 제시되는데, 이 기억의 내용은 틀의 빈틈에 해당하는 내용을 보충하는 역할을 담당하고 있으므로, 삽입서사로 보기 어렵다. 이는, 동일 이야기의 심급(narrating instance)에서 보고되는 이야기의 연쇄에 해당한다. G. Genette, 앞의 책, pp.204~234.; T. Todorov, 『산문의 시학』, 신동욱 역, 문예출판사, 1998. pp.82~86.

25) 메타 언어학적 기능(fonction métalingustique)이란 발신자가 스스로 기술의 대상 혹은 담화의 대상으로 사용하는 약호를 취하는 경우에 있어서 언어의 기능을 가리킨다. 가령 '내가 X라고 부른 것은 Y이다.'와 같은 문장의 X와 Y가 메타 언어학적

전통적 서사 구조를 파괴하는 장치로 활용되고 있다. 곧 여러 가지 사건을 제시하고 그 사건의 이차적 의미를 메타 언어적으로 제시하는 텍스트에 해당한다. 메타텍스트는 작품의 중심 서사 단위를 이해하는 데 직접적인 관련이 없는 내용을 담고 있으며, 작품이 전달하는 메시지의 핵심을 이차적인 텍스트로 고찰하게 한다. 예를 들어 「소문의 벽」을 보면, 하숙집, 출판사, 정신병원의 공간이 결합되어 있는 가운데, 세 공간의 결합을 통해 전달하고자 하는 주제적 메시지를 세 공간과 관련된 서사 단위와는 전혀 상관없는 제3의 진술로 전달하는데, 이 제3의 진술이 메타텍스트의 형태[26]를 취하고 있다. 이런 메타텍스트에 해당하는 것으로, 소설 속의 소설(「매잡이」나 「소문의 벽」 등), 책의 인용문(「다시 태어나는 말」), 노래 가사(「다시 태어나는 말」, 「이어도」), 판소리 사설(「서편제」, 「선학동 나그네」, 「소리의 빛」), 농담 시리즈(「빈방」) 등과 같은 것이 있다.

한편 서술적 텍스트를 통한 정보 제시이다. 서술적 텍스트도 전통적 서사 구조를 파괴하는 장치로 활용되고 있다. 서술적 텍스트는 위의 메타텍스트와는 다른 변별적 특성을 지닌다. 서술적 텍스트는 메타 언어학적 담론 속에서 그것의 접합, 연결, 상호 관계, 다시 말해 내적 조직을 표지하기 위한 것으로, '지시 기능'을 가지며, 사건 전개와 관련된

기능에 속한다. R. Barthes, 「이야기의 구조분석입문」(김치수 편저, 『구조주의와 문학비평』), 홍성사, 1983. p.115.
작품 속에서 이러한 메타 언어학적 기능을 하는 것이 메타텍스트이다. R. Jakobson, 「언어학과 시학」(신문수 역, 『문학 속의 언어학』), 문학과지성사, 1997. p.58.; R. Barthes, 『모드의 체계』, 이화여자대학교 기호학연구소 옮김, 동문선, 1998. pp.21~47.

26) 「소문의 벽」에서 보듯, 하숙집, 출판사, 정신병원의 공간을 통해 작가가 비판하고자 하는 궁극적인 내용을 메타텍스트는 이차 언어로 설명한다. 가령 'a. 출판사는 지배 체제의 검열을 받는 곳이다. b. 정신병원은 지배 체제의 논리에 복종하는 공간이다.'라는 주제를 전달하는데 이 주제를 직접 전달하지 않고 '당대의 지배 체제는 개인의 자유를 억압한다.'라는 상징적 의미를 내포한 이차 언어적 해설로 전달하는 형태가 메타텍스트이다.

제반 측면을 지시하고 설명한다.[27] 이런 서술적 텍스트에 해당하는 것으로, 인물 간의 독백적 대화[28](「자서전들 쓰십시다」의 최상윤의 발화, 「지배와 해방」의 윤지욱의 강연), 독백적 진술(『언어사회학서설』 연작에서 말에 관한 지욱의 진술), 서술자의 요약적 진술(『남도 사람』 연작에서 눈 먼 여인에 관한 이야기) 등과 같은 것이 있다.

이러한 서사 장치들을 통해 이청준 소설의 서사 구조의 특징을 고찰할 수 있다. 결론적으로 말하자면, 이청준 소설은 틀서사와 관련해 세 가지 형태로 유형화될 수 있다. (i) 이중 틀서사와 단일 삽입서사 유형, (ii) 이중 틀서사와 변형 삽입서사 유형, (iii) 삼중 틀서사와 다중 삽입서사 유형이 그것이다.

---

27) G. Genette, 앞의 책, p.245.

28) 인물 간의 대화 형식을 취해 각각의 인물이 자신의 사고나 판단 등을 독백적으로 진술하는 경우에 해당한다. G. Genette에 따르면, 내적 독백에서는 모방 언어를 극단적으로 밀고 나가거나 아니 오히려 그 한계점에 이르러 서술하는 순간의 흔적을 완전히 없애고 등장인물에게 발언권을 몽땅 넘겨준다. G. Genette, 위의 책, p.161.

주제 형성의 세 가지 방법: 중층결정, 연쇄, 전치

틀서사와 관련해 이청준 소설에 나타나나는 세 가지 서사 구조 유형은 각각이 갖는 서사 구조의 특징으로 인해 주제 형성 방식에서도 차이를 내포하고 있다. 이에 따라 틀서사 구조에 따라 주제가 어떻게 형성되고 있는지를 고찰함으로써 이청준 소설의 내용적 측면에 대한 접근을 꾀할 수 있을 것이다. (i) 이중 틀서사와 단일 삽입서사 유형의 경우, 연상의 중층결정에 의해 주제가 형성되며, (ii) 이중 틀서사와 변형 삽입서사 유형의 경우, 연쇄에 의해 주제가 형성된다. 마지막으로, (iii) 삼중 틀서사와 다중 삽입서사 유형의 경우, 인접한 사건의 전치에 의해 주제가 형성된다.

중층결정, 연쇄, 전치는 정신분석학의 측면에서 꿈의 의미화 과정으로서의 은유와 환유와 관련이 있다. 이처럼 은유와 환유에 주목하는 것은, 틀서사로 인해 이청준 소설이 전통적인 서사 구조를 파괴하고 있다는 판단에 기초한다. 곧 이청준 소설은 분리된 틀서사의 핵심 요소 간에 은유-대체가 일어나고, 그러면서 그런 요소들이 최종적으로 하나의 주제로 환유-결합함으로써 전체적인 주제가 형성되고 있다.

이러한 이청준 소설의 주제 형성 방식을 밝히기 위해서는 무의식의 언어활동으로서의 은유와 환유에 대한 라캉의 개념[29]에 주목할 필요가 있다. 라캉의 은유와 환유를 이해하기 위해서는 계열체와 통합체에 대한 이해가 필요하다. 먼저, 소쉬르는 이를 연합 관계와 연사체[30]로 언급하고 있다. 전자는 공통의 어휘 목록에 속하는 언어 단위를 선택하는 것과 관련되고, 후자는 서로 다른 단위의 결합을 통해 단어에서 구, 문장과 같이 점점 복잡한 단계로 나아가는 것과 관련된다. 이때 전자는 수직적인 축을 따라 유사성과 차이에 의해 대체되며, 후자는 수평적인 축을 따라 인접성에 의해 결합되는 특징을 지닌다. 소쉬르는 연합 관계와 연사체가 정상적인 규칙에 따라 작용할 때, 어떤 발화 행위가 갖는 기표/기의에 대한 사회적 규약을 모든 사회 구성원이 공유할 수 있다고 보았다.

야콥슨은 소쉬르의 견해를 받아들여, 연합 관계를 유사성에 의한 은유적 선택으로 보고, 연사체를 인접성에 의한 환유적 결합으로 파악하면서, 인접성 장애가 나타나는 유형과 유사성 장애가 나타나는 유형으로 실어증의 형태[31]를 분류한다. 한편 프로이드는 언어학의 논리를 정

29) 이 글에서 논의하는 은유와 환유의 개념은 전통 수사학의 은유와 환유 개념과 그 특질을 달리한다. "내 마음은 호수요."라는 표현에서 마음과 호수는 각각의 대상이 가지는 유사성에 의해 그 특질이 은유화되고 있다. 한편 "나는 커피 한 잔을 마신다."에서 잔은 커피에 대신해서 의미의 자리가 환유화되고 있다. 이러한 수사학에서 은유, 환유는 의식적인 비유 개념으로 사용되고 있다. 김현, 『수사학』, 문학과지성사, 1985.; 김욱동, 『은유와 환유』, 민음사, 2007.
그러나 이 글에서 주목하는 라캉의 은유와 환유는 이러한 의식적인 측면이 아니라 무의식의 활동이 강화되어 정상적인 발화 형태를 파괴하는 일종의 실어증적인 진술 개념으로 사용하고 있다.

30) F. Saussure, 『일반언어학강의』, 최승언 역, 민음사, 1990. pp.146~157.

31) 야콥슨에 따르면, 유사성 장애의 경우에는 은유적 대체가 불가능하고 환유적 치환만이 가능하며, 인접성 장애의 경우에는 환유적 치환이 불가능하고 은유적 대체만이 가능하다. 유사성 장애는 은유 관계를 만들지 못하는 실어증으로 단어를 선택하는 데에는 어려움을 겪지만, 기본적인 문법 구조는 유지되는 경향을 보인다. 반면 인접성 장애는 단어를 대체하는 능력은 남아 있으나, 이를 더 큰 의미 단위로 결합시키는 능력이 상실된 경향을 보인다. R. Jakobson, 「언어의 두 양상과 실어증

신분석학에 받아들여 은유를 압축으로, 환유를 전치로 파악함으로써 꿈 작업을 해석하는 방식에 원용[32]하고 있다.

라캉은 프로이트와 야콥슨의 이론을 발전시켜 은유를 통해서는 의미화 작용의 효과가 산출되며, 의미가 직접적으로 출현한다[33]는 점을 밝혀내고, 환유를 통해서는 무의미만이 형성될 뿐이고 사고 작용을 통해 사후적으로 의미가 포착된다[34]는 점을 밝혀내고 있다.

먼저, 은유를 살펴보자. 라캉은 은유가 잠복해 있는 기표(le signifiant)가 그 자체를 대체한 다른 기표와 맺는 관계에 의해서가 아니라, 인접성에 의해 관련된 연쇄 내의 다른 기표들과 맺고 있는 관계에 의해 은유가 발생한다고 말한다. 라캉은 빅토르 위고의 시 「잠든 부즈」*(Booz endormi)*의 "그의 다발은 탐욕스럽지도 악의가 있지도 않았다(Sa gerbe n'était pas avare ni haineuse)."라는 스탠자를 은유의 한 예로 삼고 있다. 이 장면은 아이를 낳아 줄 여자 옆에 잠들어 있는 부즈의 모습을 담고 있다. 여기에

의 두 유형」(신문수 역, 『문학 속의 언어학』), 앞의 책.

32) S. Freud, 『꿈의 해석(상), (하)』, 김인숙 역, 열린책들, 1997.

33) 라캉 역시 은유란 문자 그대로 기표의 대체라고 파악한다. 기표의 대체라는 점은 기표가 기의로부터 자유롭다는 것을 의미한다. 기의는 기표의 그물로부터 그 의미를 이끌어 낼 수 있다는 것이다. 은유에서는 S1이라는 기표가 S2라는 기표로 대체될 때, S2의 기의 s2는 추방되고, 그 자리를 기호 S1(기표)/s1(기의)이 차지하게 된다. 이러한 방식으로 하나의 기표를 다른 기표로 대체함으로써 의미화 작용의 효과가 산출되는 것이다. 이러한 은유적 과정을 통해 의미가 생산된다. A. Lemaire, 『자크라캉』, 이미선 역, 인간사랑, 1994. pp.275~295.

34) 환유는 일반적으로 명칭의 전이 과정에 따라 형성된다. 이에 따라 어떤 대상은 일상적으로 그 대상에 주어진 고유한 용어와는 다른 용어에 의해 지칭된다. 이때 특정한 결합 조건이 주어져야 하는데, 두 용어는 대상에 대한 재료의 관계, 내용물에 대한 그릇의 관계, 전체에 대한 부분의 관계에 의해 결합될 수 있다. 이처럼 환유적 과정은 자신이 대체한 이전의 기표와의 인접 관계에 있는 새로운 기표를 제시한다. 라캉은 이러한 환유를 다음과 같이 설명한다. 환유에서 기표 S1은 S2로 대체되는데, 은유와는 달리 환유에서 의미는 S2와 직접적으로 인접해 있는 S1과 s1에 의해 유지되기 때문에 기표는 의미화 작용의 분리선 위에 남아 있다. 마찬가지로 s2는 일시적으로 추방당한다. A. Lemaire, 위의 책, pp.275~295.

서 '그의 다발'에 의해 대체된 기표는 '부즈'이다. 이때 '부즈'는 기의(la signifié)의 위치로 떨어지고, 다른 기표의 연쇄 고리들이 '다발'의 자리를 대체한다. 뒤에 이어지는 연상에 의해 '다발'은 '아버지', '남근' 등으로 대체되면서 의미 작용의 효과가 산출된다.

라캉은 환유의 예로 '하이네'가 '수이예'와 파리의 살롱에서 대화를 나누는 장면을 예로 든다. 살롱에 재계의 거물이 들어오자 많은 사람들이 그를 둘러싸는 것을 보고, 수이예는 "자 보세요, 19세기는 황금 송아지를 숭배하고 있습니다."라고 탄식한다. 하이네는 그 말을 받아 "아니, 그는 그것보다 나이가 더 든 것 같은데."라고 말한다. 수이예가 '송아지'라고 한 것을 두고 하이네는 '송아지'를 나이의 영역으로 바꾸어 '늙은 수소'로 그 의미를 변화시키고 있는 것이다. '송아지'와 '늙은 수소'는 의미의 동일한 진로 변경이라는 점에서 환유의 관계가 된다.

라캉의 은유와 환유는 무의식의 활동에 의한 발화 행위이므로 상징계(le symbolique)[35]의 정상적인 발화 행위를 하는 입장에서 볼 때, 낯설고 이질적이며 해석 불가능한 것으로 받아들여진다. 전통 서사 구조를 파괴하고 있는 이청준 소설은 라캉의 무의식적인 은유 대체와 환유 결합의 관점에서 접근할 때, 그 본질적 의미의 파악이 가능하다. 라캉의 은유와 환유에 기초해 이청준 소설의 주제 구현 방법을 크게 세 가지 측면에서 접근할 수 있다.

첫째, 연상의 중층결정(overdetermination)[36]이다. 이중 틀서사와 단일 삽

35) 주체는 타자와 자기를 동일시하는 이자적 관계에서 벗어나 오이디푸스 콤플렉스를 극복하면서 언어로 구조화된, 사회 조직의 토대가 되는 상징계에 들어간다. 상징계에서는 아버지의 법이라고 할 수 있는 제반의 제도에 해당하는 사회문화 규범 및 언어 규범에 따라야 한다. 이때 주체의 욕망은 무의식의 차원에서 억압된다. A. Lemaire, 위의 책, pp.204~207.

36) 프로이드는 중층결정의 예로 '책벌레(Bücherwurm)'라는 단어를 들고 있다. 책(Bücher)을 통해서 책벌레(Bücherwurm)는 아버지가 프로이드에게 준 성경과 연관

입서사라는 서사 구조에서, 삽입서사를 이루는 핵심 요소에 대해 하위 틀서사에서 은유-대체에 의해 의미가 부여되고, 다시 상위 틀서사에 의해 의미화가 은유적으로 부여되면서 의미의 중층결정이 이루어진다. 곧 삽입서사에 대해 하위 틀서사의 여러 매개자들이 각각 다른 연상을 한다. 이 연상은 다시 상위 틀서사와 환유-결합되는데, 이러한 경로를 통해 삽입서사에 대한 다양한 연상들이 중층결정되면서 의미화가 이루어진다.

둘째, 연쇄(chain)[37]이다. 이중 틀서사와 변형 삽입서사라는 서사 구조

된다. 프로이드는 어머니를 선물로 받은 것처럼 이 성경을 받아들인다. 다른 한편으로 벌레(Wurm)를 통해서 책벌레(Bücherwurm)는 근친상간을 통해 어머니를 발견하는 어린아이의 남근과 연관된다. 책벌레(Bücherwurm)는 수직축 위에서 한편으로는 성경과 어머니에, 또 한편으로는 책벌레와 어린아이의 남근과 연관되어 있다. 책, 성경, 어머니는 벌레, 어린아이의 남근과 마찬가지로 서로 은유적으로 연관된다. 곧 이는 잠재적인 사상이 생략됨으로써 이런 사상들이 빈틈을 간직한 채 복원되는 과정을 통해 작동하게 되는데, 잠재적인 요소들을 선별적으로 선택함으로써 작동한다. S. Freud, 『꿈의 해석(상)』, 앞의 책, pp.367~396.

37) 라캉은 프로이드에 의해 언급된 '거만친절한(familionnaire)'이란 단어를 연쇄의 예로 들고 있다. 하이네의 희곡 「루가의 온천」에 나오는 한 인물이 의사에게 로트쉴트 남작과 만난 일을 자랑하면서, "하느님 덕분으로 나는 솔로몬 로트쉴트의 옆자리에 앉았는데 그는 나를 거만친절하게(familionnaire) 대해 주었다."고 허세를 떤다. 이 농담은 다음과 같이 옮겨질 수 있다.

fami lli on aire
fami li ar
mi lli on aire

이 대체 형성물 속에는 '친절한(familiar)'과 '백만장자(millionnaire)'라는 두 가지 사상이 압축되어 있다. 이 농담을 한 사람은 '친절하게'라고 말하려 하였다. 그러나 라캉의 말대로 의도적인 연쇄 고리가 의미의 연쇄 고리에 끼어들었다. '백만장자'라는 단어는 잠재적인 상태로 남아 있다. 백만이라는 말이 풍기는 냄새로 인해 분위기가 망쳐지기 때문이다. 이렇게 잠재적인 단어인 '백만장자'에 들어 있는 음절 'on'이 '친절한'이라는 단어에 덧붙여진다. 의도적인 연쇄 고리와 의미의 연쇄 고리가 '거만친절하게'라는 복합적인 형성물 속에 겹쳐진다. 두 연쇄 고리가 부분

에서, 먼저 연쇄의 첫 번째 단계는 하위 틀서사의 층위에서 이루어진다. 초점화자와 매개자에 의해 초점화 대상의 여러 변이형이 제시되고, 이 연쇄되는 변이형 간에 은유 대체가 일어난다. 두 번째 단계에서는 하위 틀서사에서 이루어진 연쇄가 상위 틀서사와 의미의 연관 관계에 의해 결합하게 되면서, 각 요소 간에 은유-대체가 일어나면서 주제가 형성된다.

셋째, 전치(displacement)[38]이다. 삼중 틀서사와 다중 삽입서사라는 서사 구조에서, 역사적 맥락을 탐색하는 하위 틀서사에 들어 있는 복수의 삽입서사와 현재적 의미를 탐색하는 하위 틀서사에 들어 있는 복수의 삽입서사가 각각 전치됨으로써 의미가 형성된다. 초점화 대상과 관련하여 볼 때 이들 복수의 삽입서사가 다루는 사건은 초점화 대상과 동일한 사건이라기보다는 인접한 사건에 해당한다. 이처럼 초점화 대상 자체를 다루기보다는 그 대상과 인접한 여러 사건을 다루면서 이들을 결합함으로써 두 하위 틀서사의 초점화자에 의해 역사적 맥락에서, 그리고 현재적 의미에서 하나의 계열화(인접화)가 이루어진다. 이 계열화된 것에 대해 상위 틀서사의 화자-초점화자가 판단과 해석을 제공함으로써 초점화 대상이 갖는 핵심 의미가 드러나는 것이다.

틀서사와 은유-환유 개념에 입각해 이청준 소설의 서사 구조와 주제

적으로 같은 소리 덕택에 하나의 대체물 속에 겹쳐서 나타나는 것이다. A. Lemaire, 앞의 책, pp.291~292.

38) 프로이트는 꿈의 내용과 관련해서 소쉬르의 연합 관계를 꿈의 압축으로, 연사체를 전치로 명명하여 꿈의 의미가 형성되는 메커니즘을 밝혀내고자 하였다. 압축은 꿈 작업의 첫 번째 단계로, 꿈으로 드러난 것은 그 안에 잠재되어 있는 꿈의 축소판으로서 여러 잠재적 소망이 드러나 있는 하나의 항목에 수렴되거나 혹은 한가지의 소망이 하나의 꿈 안에 여러 번 나타나는 것으로 제시된다. 꿈 작업의 두 번째 단계에 해당하는 것이 전치인데, 연상을 통해 잠재되어 있는 꿈의 내용이 위장된 것을 말한다. 드러나 있는 꿈과는 다르게 잠재되어 있는 꿈은 다른 생각들, 다른 사상을 갖고 있으며, 잠재된 꿈의 요소들이 드러난 꿈의 요소들을 대체함으로써 이루어진다. S. Freud, 『꿈의 해석(상)』, 앞의 책, pp.367~434.

형성 방식을 세 유형으로 나누어 검토할 수 있다. 이를 위해, 보다 복잡한 서사 구조를 띠고 있는 작품에 주목할 필요가 있다. 이청준 소설은 단일 이야기의 형태로 이루어진 작품부터 이야기 속의 이야기가 여러 개 포함되어 있는 작품에 이르기까지 다양한 방식을 고루 취하는 경향을 보여준다. 또한 이청준 소설은 하나의 주제 혹은 모티프가 단편과 장편에 여러 번에 걸쳐 반복적으로 등장하는 특징을 보여준다. 단순한 형태로부터 출발하여 점점 복잡한 형태로 변화되어가는 과정에서 동일한 주제나 모티프가 다양한 방식으로 사고되고 있는 것이다. 따라서 보다 복잡한 서사 구조를 취하는 작품일수록 주제 의식이나 형식 실험이 고도화되어 있을 가능성이 높다.

가령, 풍속을 다루는 작품들 중에는 공동체의 것이든 제도화된 것이든 그것과 관련된 사건 자체만을 다루는 작품군이 있는가 하면, 그러한 풍속에 내재된 인간의 관계 질서와, 그 질서가 갖는 현재적 가치와 의의, 그리고 그것의 소설화가 갖는 의의 등을 복합적으로 다루는 작품군이 있다. 전자에 속하는 작품군은 비교적 단일한 서사 구조를 지니며, 주제를 형성하는 방법 역시 단순한 경향을 보인다. 반면 후자에 속하는 작품군은 보다 복잡한 서사 구조를 띠면서 여러 겹의 이질적인 서사를 통해 주제를 형성하는 양상을 띤다. 그로 인해 한 작품 안에서 억압적인 지배 제도와 담론, 소설론, 역사적인 사건과 관련된 경험 등을 두루 다루면서 그러한 요소들을 바탕으로 주제를 형상화하려는 경향을 보여준다.

이러한 특징에 주목할 때, 이청준의 작품 가운데 「줄」, 「매잡이」, 「소문의 벽」, 「선고유예」, 『언어사회학서설』 연작(「떠도는 말들」, 「자서전들 쓰십시다」, 「지배와 해방」, 「몽압발성」, 「다시 태어나는 말」), 『남도 사람』 연작(「서편제」, 「소리의 빛」, 「선학동 나그네」, 「새와 나무」), 그리고 「비화밀교」, 『자유의 문』, 『흰옷』, 『축제』, 『신화를 삼킨 섬』 등이 주된 연구 대상 작품으로 설정될 수 있다. 이들 작품들을 대상으로 하여 이청준 소설의 서사 구조의 유형을 추출하고, 그러한 서사 구조를 통해 주제가 어떠한 방식으로 형상화되고 있는가를 밝힐 수 있을 것이다.

이상의 연구 방법에 입각해 이청준 소설에 접근하면서 이 글은 다음과 같이 논의를 전개하고자 한다.

먼저, 사라져가는 공동체의 풍속과 제도화된 현재의 풍속을 대상으로 하여 그 속에 내재된 인간의 관계 질서를 파악하고 그러한 질서 중 유의미한 가치를 지니는 것은 무엇인지를 탐색하는 작품을 다루고자 한다. 이 유형의 작품들은 서사 구조의 측면에서 이중 틀서사와 단일 삽입서사의 형태를 취하고 있으며, 중층결정에 의해 주제가 형성된다. 여기에 해당하는 대표적인 작품으로 「줄」, 「매잡이」, 「소문의 벽」, 「선고유예」를 들 수 있다.

다음, 도구적 지성의 언술과 공동체적 정서의 언술이 균열을 일으키는 것에 주목하면서, 각각의 언술에 내재된 '말과 삶'의 관계 질서를 탐색하는 작품을 다루고자 한다. 이 유형의 작품들은 서사 구조의 측면에서 이중 틀서사와 변형 삽입서사의 형태를 취하고 있으며, 연쇄에 의해 주제가 형성된다. 여기에 해당하는 대표적인 작품으로 『언어사회학서설』 연작, 『남도 사람』 연작 등을 들 수 있다.

마지막으로, 억압적인 집단 이념을 규정하는 심층 기제를 파악하면서, 공동체적 집단 무의식의 제의화를 통해 도구화된 인간의 관계 질서를 극복하고자 하는 작품을 다루고자 한다. 이 유형의 작품들은 서사 구조의 측면에서 삼중 틀서사와 다중 삽입서사의 형태를 취하고 있으며, 전치에 의해 주제가 형성된다. 여기에 해당하는 대표적인 작품으로 『신화를 삼킨 섬』, 『축제』, 『흰옷』, 「비화밀교」, 『자유의 문』을 들 수 있다.

제2부

인간의 관계 질서 변화와 담론의 충돌을 다루는 유형

제1장
이중 틀서사 초점화자와 단일 삽입서사

「줄」, 「매잡이」, 「소문의 벽」, 「선고유예」는 인간의 관계 질서의 변화와 그에 따른 담론의 충돌을 주로 다루고 있다. 이 작품들은 사라져가는 공동체의 풍속에 기초한 인간의 관계 질서와 현재 제도화된 풍속에 기초한 인간의 관계 질서에 주목하면서, 어느 것이 유의미한 정신적 가치를 지니는지를 파악하려 한다.

이처럼 인간의 관계 질서의 변화에 주목하는 것은 급속한 산업화와 도시화에 편승한 새로운 풍속이 제도화되면서 전승되어 오던 공동체의 풍속을 밀어내고 그 자리를 차지하고 있는 상황과 관련이 있다. 공동체의 것이든 현재의 것이든 인간의 관계 질서는 개인과 개인, 개인과 집단의 관계를 비춰주는 스크린의 역할을 담당한다. 그런 측면에서 이 유형의 작품은 공동체적 풍속이 사라지는 까닭은 무엇 때문이고, 새롭게 제도화된 풍속은 또 어떠한 속성을 지니고 있으며, 그 각각의 풍속에 내재된 인간의 관계 질서와 관련된 특질은 무엇인가에 주목한다.

이 유형에서는 초점화자가 초점화 대상에 적극적인 관심을 부여하지 않고 방관적 관찰자의 위치에 머물러 있는 경향이 강하게 드러난다. 초점화자의 이러한 특성으로 인해 정보가 한정될 수밖에 없다. 이에 따라 다양한 시선으로 초점화 대상을 파악하는 다수의 매개자가 등장하여 제한된 초점화자의 정보를 보완한다. 화자-초점화자는 초점화자가 관찰한 결과를 바탕으로 하여 인간의 관계 질서가 갖는 의미와 가치를 파악하고, 지배 질서의 속성과 지배 방식을 파악하고자 한다. 그렇지만 판단을 확정짓지 않고 유보하는 경향을 보여준다.

이 유형은 이중 틀서사와 단일 삽입서사로 구성되어 있다. 상위 틀서사는 틀과 내부로 이루어져 있는데, 여기에서 내부는 하위 틀서사에 해당하며, 이는 다시 틀과 내부로 나뉜다. 하위 틀서사의 내부에는 삽입서사가 내포되어 있다. 하위 틀서사에서는 매개자의 역할을 담당하는 초점화자에 의해 초점화 대상에 대한 정보가 제공된다. 이러한 정보는 상위 틀서사에서 종합되면서 그 의미가 부여된다.

이러한 틀서사와 삽입서사가 결합되면서 작품의 주제는 연상에 의한 중층결정에 의해 형성된다. 중층결정을 통해 이 유형은 두 가지 부류의 인간의 관계 질서에 주목한다.

하나는 사라져가는 공동체적 풍속에 기초한 인간의 관계 질서에 주목한다. 여기서 인간은 세계 내 모든 존재 중의 한 존재로서의 인간[1]으로 규정된다. 자연의 본성에 따른 세계 질서 속의 한 존재인 인간은 그 질서에 순응하면서 살아간다. 인간과 자연, 삶과 죽음, 개인과 사회가 분화되지 않고 합일된 상태에서 공동체의 풍속에 담긴 질서를 삶의 질서로 받아들인다. 「줄」, 「매잡이」를 통해 이러한 인간의 관계 질서의 원형은 무엇이며 그 현재적 의의는 무엇인지를 파악한다.

다른 하나는 제도화된 풍속에 기초한 인간의 관계 질서에 주목한다. 여기서 인간은 자율적 주체로서의 인간으로 규정된다. 곧 세계 내의 한 존재로 있던 인간은 스스로 의미를 창출하는 주체로 부상하면서 자연

1) M. Foucault, 『말과 사물』, 이광래 역, 민음사, 1997. pp.41~51.

과 분리된다. 그러나 자연을 대상화하여 지배하면서 자율적 주체로 자처하던 인간은 인간마저 대상화하여 지배하는 도구화된 인간[2]으로 전락한다. 「소문의 벽」, 「선고유예」를 통해, 공동체적 풍속에 기초한 인간의 인간성이 상실되고 도구화된 인간으로 길들여지는 과정을 탐색하면서, '자율적 주체'라는 담론이 허상에 불과하다는 것을 제시한다.

이 유형에 속하는 작품은 초점화 대상으로 설정된 풍속의 특질에 따라 두 부류로 나눌 수 있다. 먼저 사라져가는 풍속을 초점화 대상으로 삼아 그 소설화의 의의 및 현재적 가치에 대해 고민하는 작품으로 「줄」, 「매잡이」가 있다. 다음, 제도화된 풍속을 초점화 대상으로 삼아 그 문제점과 소설화 방법에 대해 고민하는 작품으로 「소문의 벽」, 「선고유예」가 있다.

이 유형은 상위 틀서사와 하위 틀서사, 삽입서사로 구성되어 있다. 상위 틀서사의 초점화자는 하위 틀서사와 삽입서사를 연결하면서 초점화 대상과 관련된 고민을 풀어나가는 '화자-초점화자'의 역할을 담당한다. 초점화 대상을 관찰하고 경험하는 역할은 하위 틀서사의 초점화자가 담당하는데, 이때 초점화 대상에 대한 정보는 하위 틀서사에서 매개자 역할을 담당하는 인물이나 자료(기록물)에 의해 제공된다.

1. 인간의 관계 질서를 파악하는 화자-초점화자와 방관적 관찰자로서의 초점화자

상위 틀서사의 화자-초점화자와 하위 틀서사의 초점화자는 그 역할과 기능에서 구분된다. 화자-초점화자는 초점화 대상에 대해 자신의 고

2) 윤평중, 『푸코와 하버마스를 넘어서』, 교보문고, 2000. p.48.

민을 표출하면서 그 고민을 해결하기 위한 판단을 유보하는 특징을 보여준다. 그리고 초점화자는 초점화 대상과 밀접한 관계를 맺거나 적극적으로 개입하지 않는 방관적 관찰자로서의 태도를 보여주다가 점차 초점화 대상에 대해 관심을 가지는 반성적 성찰자[3])로 변모한다.

1) 풍속에 나타나는 인간의 관계 질서에 주목하는 화자-초점화자

여기서 먼저 상위 틀서사의 화자-초점화자의 역할과 기능을 살펴보면 다음과 같다. 첫째, 작품이 전달하고자 하는 주제를 고민의 형태로 제시한다. 곧 화자-초점화자는 하위 틀서사의 초점화자가 초점화 대상으로 삼은 것을 자신의 고민과 연결시킨다. 이를 통해 화자-초점화자는 개인과 개인, 개인과 사회 등의 관계 질서의 입장에서 현실을 볼 때, 과거의 풍속에서 나타나는 인간의 관계 질서는 사라져가고 새로운 현재의 풍속에 기초한 관계 질서로 재편성되는 상황에 주목한다. 그 상황에서 사라져가는 인간의 관계 질서가 어떤 가치를 띠는가, 그리고 현재의 인간의 관계 질서는 어떻게 작동하는가에 대해 고민한다. 그러면서 그러한 풍속과 그 풍속에 내재된 인간의 관계 질서를 소설화하는 것이 갖는 의미에 대해 고민한다.

> C읍에서 너무 많은 이야기를 한꺼번에 들어 버린 때문일까? 아니면 어느 것 없이 거짓말을-적어도 나에게는 거짓말 이상의 의미를 지닐 수 있을 것 같지 않은 이야기만을-들은 때문일까. 소설을 생각할 때와 같은 그런 혼돈이 휘몰아 들었다. (중략) 조금만 더, 조금만 더. 나에게서

---

3) 반성적 성찰자는 반성적 의식에 의해, 사물을 하나하나 구별하여 대상화하고 공간화함으로써 사물의 특질을 파악한다. H. Bergson, 『의식에 직접 주어진 것들에 관한 시론』, 최화 역, 아카넷, 2003. pp.16~27.

이 이야기는 아주 죽어 버릴 것인지, 또 누구에게로 가서 그 사람의 질서가 되어 줄 수 있을 것인지는 조금만 더 생각을 해 봐야 할 것 같다. (「줄」)[4)]

「줄」의 화자-초점화자는 줄광대의 풍속을 초점화 대상으로 하여, 그것이 소설이 될 수 있는지, 그리고 그러한 풍속에 나타나는 인간의 관계 질서가 현재의 삶의 질서에서 어떤 의미를 지니는지를 고민하는 '나'이다.

하지만 나의 기분대로 말한다면 소년의 일에 대해서는 이제 더 이상 자세한 사실을 알아낼 필요도 없을 것 같다. 어느땐가 인연이 닿으면 다시 소년의 소식을 듣게 될 때가 있을는지 모르겠다. 하지만 소년이 다시 매잡이가 되어 있다고 한들 이제와선 그게 내게 무슨 뜻을 지닐 수가 있단 말인가. 민형에게라면 그건 아마 틀림없이 중요한 사실이 되고도 남을 것이다. 하지만 그것은 민형의 경우다. 이번에 또 소설을 쓰게 된 나의 관심은 아무래도 민형과 그의 소설에 대한 쪽이며, 곽서방과 소년을 포함한 매잡이의 풍속 자체에 대한 것은 아니었다. 그리고 그것은 민형에게서처럼 나에게도 절실한 나의 풍속이 될 수는 없었다. 나 자신이 이미 그렇게 될 수가 없게 되어 있는 것이다. (「매잡이」)[5)]

「매잡이」의 화자-초점화자는 매잡이의 풍속을 초점화 대상으로 하여, 매잡이 풍속에 나타나는 인간의 관계 질서가 현재의 삶의 질서에서 어떤 의미를 갖는지, 그리고 그러한 풍속을 소설화하는 소설가의 태도에 대해 고민하는 '나'이다.

I) —도대체 작자들이 무슨 이유로 그처럼 한결같이 글을 쓰지 않으

4) 「줄」, 『별을 보여드립니다』, 일지사, 1971. pp.54~55.
5) 「매잡이」, 위의 책, p.299.

려고 하는 것인가.

그리고 그렇게 술을 마시고 나면 나는 또 더욱 깊은 허탈감에 젖어들면서 끝내는 그 무의미한 싸움에 끝장을 내어 버리고 싶은 생각까지 솟아오르고 하는 것이었다.[6)]

ii) 아니 내쪽으로만 말한다면 그 날의 일(박준을 나의 하숙집으로 끌어들인 일-인용자)은 오히려 그것이 계기가 되어 오늘 이 시대를 살아가는 한 개인의 정신의 궤적과 비밀을 내 나름대로나마 이해할 수 있게 되었고, 무의미한 혼란만 끝없이 계속되어 오던 나의 잡지 일에 대해서도 모종의 해답을 암시받을 수가 있었던 것이다. (「소문의 벽」)[7)]

「소문의 벽」의 화자-초점화자는 출판사와 정신병원 등을 초점화 대상으로 하여, 그 공간을 지배하는 제도와 그로 인해 나타나는 풍속이 개인의 삶과 소설가의 창작 행위를 억압하고 통제하는 방식에 대해 고민하는 '나'이다. i)은 작자들이 왜 글을 쓰지 않는지에 대한 고민을, ii)는 이 시대를 살아가는 한 개인의 정신의 궤적과 비밀을 파헤치면서 잡지 만드는 일이 잘 되지 않는 것에 대한 고민을 제시하고 있다.

i) 나는 갑자기 정말로 자신이 없어졌다. 소설 역시 사내의 말대로 진술의 일종이었다. 그것은 물론 가장 성실한 자기진술 형식이다. 그렇다면 나는 그 소설 속에서도 역시 허기만을 되풀이 진술하게 될 것이 아닌가, 어떤 다른 진술거리가 생각날 것인가. 그리고 그 진술에서 아무런 방해도 받게 되지 않을 것인가. 도대체 나에게 허기 이외에 무엇이 있을까, 만약 거기서도 허기로 일관하고 만다면 각하의 선고는 역시 마찬가지가 될 것이 아닌가.[8)]

ii) 세느의 동네는 모든 것이 여전히 쑥스러웠다. 여학생들이 어디에나 들끓고 있는 것도 여전히 쑥스럽고 빵집 양장점 과자점 다방들이

---

6) 「소문의 벽」, 『소문의 벽』, 민음사, 1973, p.271.

7) 「소문의 벽」, 위의 책, p.273.

8) 「선고유예」, 위의 책, pp.252~253.

많은 거리도 여전히 쑥스럽고 하숙집과 여관과 술집과 노점들도 여전히 쑥스럽고 디쉐네 이사벨라 디오르 스브니르 로얄 아이네클라이네 그 이름들도 여전히 여전히 쑥스럽고 (중략) 그중에서도 세느는 여전히 가장 쑥스러웠다. (「선고유예」)[9)]

「선고유예」의 화자-초점화자는 세느 동네의 대학가와 다방 등을 초점화 대상으로 하여, 그 공간을 지배하는 제도화된 풍속이 개인의 삶과 소설가의 정신을 억압하고 통제하는 방식에 대해 고민하는 '나'이다. i)은 '진술'과 '방해'를 중심으로 소설 쓰기에 대한 고민을, ii)는 '세느'로 표상되는 현실의 질서에 대해 '쑥스러움'을 느끼면서 현재의 풍속이 갖는 의미에 대한 고민을 제시하고 있다.

둘째, 화자-초점화자는 초점화자가 관찰한 정보를 취합하여 객관적으로 제시한다. 초점화자가 매개자를 통해 얻게 된 단편적 정보는 대화적, 요약적, 회상적 진술, 메타텍스트 등의 방식으로 제시된다. 화자-초점화자는 그러한 정보를 취합해서 객관적으로 제시할 뿐인데, 그 이유는 화자-초점화자가 그것에 대한 판단을 유보하고 있기 때문이다.

어느 날 밤 갑자기 줄에서 떨어져 죽어 버렸다는 것이다. (「줄」)[10)]
그 쉰 살짜리 홀아비는 지금 어떤 집 헛간에서 언제 숨이 넘어갈지 모르는 지경이라는 것이었다. (「매잡이」)[11)]

화자-초점화자는 초점화자가 매개자를 통해 얻은 정보를 취합하여 제시할 때 객관적인 태도를 취한다. 주로 '~라는 것이다'와 같은 간접화법에 의해 들은 이야기를 전달하는 방식을 취한다.

9) 「선고유예」, 위의 책, p.264.
10) 「줄」, 앞의 책, p.43.
11) 「매잡이」, 위의 책, p.272.

그것은 정말로 내가 쓰고 싶은지 어떤지는 모르겠다. (「줄」)[12]
두 죽음을 연결시킬 근거가 아무래도 나에겐 분명해지질 않았다.
(「매잡이」)[13]
하여튼 나는 그 결과를 보기 전에는 나의 일을 결말지을 수가 없었습니다. (될수록 정직하게 말하자) 나는 사실 그 결단 앞에서 망설이고 있었다고 이야기해도 될 것 같군요. (「선고유예」)[14]
도대체 어떻게 해서 내가 그를 나의 하숙방까지 끌어들일 생각을 먹게 되었는지, 스스로 납득할 만한 동기가 떠오르질 않는단 말이다.
(「소문의 벽」)[15]

화자-초점화자는 초점화자가 관찰하거나 매개자를 통해 얻게 된 정보에 대해 판단을 유보한다. 이는 '모르겠다', '분명해지질 않았다', '망설이고 있었다', '납득할 만한 동기가 떠오르지 않는다' 등과 같은 표현으로 제시된다. 화자-초점화자는 하위 틀서사에서 제시된 정보에 대해 자신의 고민과 연결해서 어떤 가치 판단을 확정짓지 못하고 다만 그 가능성을 타진하고 있는 것이다. 사라져가는 풍속에서 드러나는 인간의 관계 질서를 다루는 경우 그것의 현재적 가치와 소설화의 의미에 대해서 판단을 유보하고 있으며, 현재의 풍속에 기초한 인간의 관계 질서를 다루는 경우 '전짓불', '심문관'으로 표상되는 비가시적 권력의 실체를 파악해 나가는 과정이기 때문에 판단을 유보한다.

그렇지만 화자-초점화자는 정보를 취합하는 과정에서 초점화자가 관찰하는 초점화 대상에 대해 은밀하게 자신이 생각하고 있는 측면을 긍정적 혹은 부정적 신호로 전달한다. 곧 처음에는 화자-초점화자가 판단을 유보하는 태도를 보여주지만, 초점화자를 내세워 관찰 결과를 취합

12) 「줄」, 위의 책, p.54.
13) 「매잡이」, 위의 책, p.293.
14) 「선고유예」, 앞의 책, pp.216~217.
15) 「소문의 벽」, 위의 책, p.269.

하는 과정에서 어느 정도 판단을 내릴 수 있게 된다. 이처럼 화자-초점화자는 판단 유보의 상태에서 반성적 성찰이 이루어지는 단계로 점차 변모한다. 이 과정에서 화자-초점화자의 고민과 초점화자가 밀접하게 연결되면서 화자-초점화자와 초점화자가 중첩된다.

가령, 「줄」에서 초점화자 '나'는 장의사 사내의 줄광대 승천 이야기를 듣는다. 이때 장의사 사내가 들려주는 줄광대 이야기에 대한 느낌은 화자-초점화자의 목소리로 제시되는데, "나는 꾸고 난 지 며칠째 되는 날 갑자기 생각난 꿈을 어떻게 해독해 보려고 할 때처럼 좀 허황한 느낌이 들었다."[16]에서와 같이 '허황한 느낌'을 강조함으로써 부정적인 신호를 전달하고 있다.

반면에 트럼펫 사내의 줄광대 승천 이야기를 들을 때는 이와는 다른 느낌을 받고 있음을 강조한다. "이 믿어지지 않는 집요한 이야기로써 사내가 나에게 떠맡기려는 것의 무게는 나로서는 감당하기 힘든 것이었다."[17]에서 보듯, '감당하기 힘든 무게'를 강조함으로써 긍정적인 신호를 전달하고 있다. 이러한 방식으로 화자-초점화자는 정보를 취합하는 가운데 긍정과 부정의 신호를 드러내고 있다.

셋째, 화자-초점화자는 시간과 공간의 분절로 인한 틈새를 연결하는 기능을 담당한다. 화자-초점화자는 상위 틀서사를 이끌어가면서 동시에 하위 틀서사에서 초점화자가 초점화 대상에 대해 관찰한 내용을 자신의 고민과 연결시키기 위해 서술적 텍스트와 메타텍스트를 통해 자신의 목소리를 간접적으로 드러낸다. 여기서 화자-초점화자의 연결 방법은 시간의 분절과 공간의 분절 중 어느 것이 두드러지느냐에 따라 구분된다. 시간의 분절이 두드러지게 나타나는 작품은 「줄」과 「매잡이」이

16) 「줄」, 앞의 책, p.43.
17) 위의 책, p.48.

다. 공간의 분절이 두드러지게 나타나는 작품은 「소문의 벽」, 「선고유예」이다.

시간의 분절이 중심에 놓인 경우, 초점화자는 현재의 시간에 회상에 의한 과거의 시간을 끌어옴으로써 시간의 분절이 일어난다. 그러면서 초점화자는 초점화 대상에 대해 매개자로부터 구전된 이야기를 듣는데, 이때에도 대화를 나누는 현재의 시간과 구전 이야기의 배경이 되는 과거의 시간 사이에 분절이 일어난다. 공간의 분절이 중심에 놓은 경우, 초점화자가 만나는 매개자의 공간적 위치에 따른 공간 이동이 두드러지면서 공간의 분절이 일어난다.

이 분절의 틈새를 화자-초점화자는 독백적 대화, 독백적 진술, 요약적 진술과 같은 서술적 텍스트와 소설 속의 소설, 편지, 인터뷰 기사, 에세이 등과 같은 메타텍스트의 형태로 연결한다. 초점화자가 매개자를 만나 대화를 나누고 이야기를 듣는 과정에서 초점화 대상에 대해 정보를 얻을 때 그 정보는 주로 서술적 텍스트 형태로 제시된다. 그리고 초점화자가 자료나 기록물과 같은 매체를 통해 초점화 대상에 대한 정보를 얻을 때 그 정보는 메타텍스트 형태로 제시된다.

시간의 분절이 두드러진 경우, 초점화 대상에 대한 정보를 주로 매개자의 기억에 의존하기에 서술적 텍스트가 주를 이루게 되고 메타텍스트는 약화된다. 공간의 분절이 두드러진 경우, 초점화 대상에 대한 정보를 매개자와의 대화를 통해 얻고, 동시에 초점화자가 직접 자료나 기록물과 같은 매체를 통해 얻기도 한다. 이에 따라 서술적 텍스트가 중심을 이루면서 메타텍스트도 시간의 분절 때보다 그 비중이 강화된다. 「소문의 벽」의 경우, 박준의 에세이, 박준의 신문 인터뷰 기사, 박준의 소설 등의 메타텍스트가, 「선고유예」에서는 세느 다방의 낙서집, 정은숙의 유서, 마담의 수기 등의 메타텍스트가 제시되고 있다.

먼저 시간의 분절로 인한 틈새가 두드러지는 작품을 보자. 「줄」의 경우, 초점화자는 현재의 '나'와 회상에 의해 서울에서 문화부장과 대화를 나누는 '나'로 구분된다. 초점화자는 줄광대 이야기를 취재하기 위해 C읍으로 내려가 그곳에서 장의사 사내와 트럼펫 사내와 여자를 만나 줄광대 이야기를 듣게 된다. 이때 공간은 C읍으로 고정되어 있고, 그곳에서 여러 매개자들을 만나는 현재의 시간 사이사이에 매개자들이 전달해주는 줄광대 이야기가 제시되면서, 이야기의 시간은 현재에서 줄광대 이야기의 배경이 되는 과거로 이동하게 된다. 이 과정에 의해 현재의 시간에 바탕을 둔 서사 단위와 이야기 속 과거의 시간에 바탕을 둔 서사 단위가 결합되면서 시간의 분절이 두드러지게 나타난다. 이 분절의 틈새 사이에 서술적 텍스트나 메타텍스트에 의해 과거 이야기가 삽입되면서 분절의 틈새를 연결한다.

「매잡이」의 경우, 초점화자는 현재 서울에서 소설을 쓰는 '오늘의 나'와, 민형이 죽기 직전 전라북도 산골에서 매잡이를 취재하고 민형이 죽은 후 민형의 소설을 검토하는 '나'로 구분된다. 후자의 '나'는 매잡이 이야기를 취재하기 위해 전라북도 산골 마을로 내려가 그곳에서 버버리 소년과 매잡이 곽서방을 만나 이야기를 듣는다. 이때 공간은 전라북도 산골 마을로 고정되어 있고, 그곳에서 버버리 소년과 매잡이 곽서방을 만나는 현재의 시간 사이사이에 매개자들이 전달해주는 매잡이 이야기가 제시되면서 이야기의 시간은 현재에서 매잡이 이야기의 배경이 되는 과거로 이동한다. 이 과정에 의해 현재의 시간에 바탕을 둔 서사 단위와 이야기 속 과거의 시간에 바탕을 둔 서사 단위가 결합하면서 시간의 분절이 두드러지게 나타난다. 이때 분절의 틈새에 회상이나 과거의 이야기에 해당하는 내용이 서술적 텍스트나 메타텍스트의 형태로 삽입되면서 분절의 틈새를 연결한다.

「소문의 벽」과 「선고유예」는 공간의 분절로 인한 틈새가 두드러진다. 「소문의 벽」의 경우, 초점화자는 하숙집, 정신병원, 출판사의 '나'로 구분된다. 초점화자는 하숙집 골목에서 박준을 만나고, 다음날 정신병원을 찾아가 김박사를 만나 박준의 증세에 관해 들은 후, 다시 출판사로 이동하여 문학 담당 편집자인 안형을 만나 박준의 소설에 대해 이야기한다. 이 과정이 반복적으로 이루어지는 가운데, 공간의 이동이 이루어지는 분절의 틈새 사이에 박준의 에세이, 소설, 신문 인터뷰 기사 등이 삽입되면서 분절된 공간의 틈새를 연결하게 된다. 이때 삽입되는 메타텍스트나 서술적 텍스트는 박준의 생각이나 인식을 반영하는 내용으로 구성되며, 각 공간에서 김박사나 안형을 통해 전달되는 박준의 이야기와 관련하여 박준의 생각을 보충하는 역할을 담당한다.

「선고유예」는 세느 다방과 하숙집과 직장의 '나'로 구분된다. 초점화자는 세느 다방에서 왕, 마담, 윤일 시인, 여자대학교 학생인 수미와 윤선 등의 매개자를 만나고, 하숙집으로 돌아와 환상 속에서 심문관과 대화를 나눈다. 이 과정이 반복적으로 이루어지는 가운데, 공간의 이동이 이루어지는 분절의 틈새 사이에 왕과 관련된 낙서집 내용, 심문관에게 '나'가 진술한 내용 등이 메타텍스트와 서술적 텍스트의 형태로 삽입되면서 분절된 공간의 틈새를 연결한다.

2) 방관적 관찰자로서의 초점화자

한편, 하위 틀서사의 초점화자의 역할과 기능을 살펴보면 다음과 같다. 첫째, 초점화자는 뚜렷한 목적을 가지고 적극적인 의지로 대상을 관찰하지 않고, 대상과 거리를 둔 채 대상을 관찰하는 방관적 관찰자의 태도를 취한다. 곧 초점화자는 화자-초점화자의 고민과는 무관한 위치에서 우연한 계기에 의해 혹은 타의(부탁이나 요구)에 의해 초점화 대상을 관찰하는 방식을 취하고 있다. 먼저, 사라져가는 풍속을 다루는 「줄」, 「매잡이」의 경우, 타의에 의해 초점화 대상을 관찰하게 된다.

(i) 어디서 얻어 들었든지, 부장은 C읍에 승천(昇天)한 「줄광대」가 있다고 하더라면서, 상당히 근거가 있는 이야기여서 재미있는 기삿거리가 될 수 있을 테니 좀 자세히 취재해 오라는 것이었다. (「줄」)[18]

(ii) 그날 나는 민형의 집을 나오면서 내가 전라북도 어느 산골 촌락으로 여행을 하게 되리라는 것을 제외하고는 모든 것이 불확실했다. 그가 소개해 준 소재라는 것은 결국 그 지방 어느 마을에 살고 있다는 「매잡이」에 관한 것이었는데, 사실 나는 그의 말과는 달리 썩 호감이 가는 데가 없었다. (「매잡이」)[19]

(i)에서, 「줄」의 초점화자 '나'는 '문화부장'의 명령에 의해 C읍으로 출장을 가서 '줄광대 승천 이야기'를 취재한다. (ii)에서, 「매잡이」의 초점화자 '나'는 '민형'의 강제적 권유에 의해 전라북도 산골에 있다는 '매잡이 곽서방 이야기'를 소개받아 취재하게 된다. 이처럼 초점화자는 초점화 대상과 관련하여 아무런 관심도 갖고 있지 않는 상태에서, 타의에 의해 '마지못해' 취재를 가게 되는 태도를 보인다.

한편, 현재의 풍속을 다루는 「선고유예」, 「소문의 벽」은 우연한 계기에 의해 대상을 관찰하게 된다.

(i) 내가 처음 왕(王)을 만난 곳은 바로 이 쑥스러운 동네의 쑥스러운 다방 세느에서였다. 이사를 해 오고 나서 한 달이 될까 말까 한 어느날 저녁, 나는 멍하니 방바닥에 드러누워 그날 낮에 일단 결말을 지은 회사일에 대해서 생각을 하고, 그리고 나는 정말 회사를 그만두고 말 것

18) 「줄」, 위의 책, p.39.
19) 「매잡이」, 위의 책, p.267.

인가 아니면 국장의 말대로 한 열흘 휴가라도 보낸 기분으로 놀다가 다시 출근을 할 것인가 이것 저것 궁리를 하고 있다가, 그날따라 피곤한 신경에 옆방 여학생들의 킬킬거리고 수다스런 입방아에 쫓겨 방을 나왔다가 모처럼만에 익숙치 않은 동네 외출을 하게 되어, 별 생각도 없이 발길을 들여민 곳이 이 세느였다.[20)]

나는 그때 다만 나에게서 두 좌석 건너쪽, 이 세느에서는 가장 구석진 자리에서 유리창 쪽으로 얼굴을 돌리고 있는 한 사내에게 우연히 시선이 머물렀던 것이다. 결과부터 말하자면 바로 그가 왕이라는 성을 가진(이름은 아직도 모르겠다) 사내였고, 나는 그 왕 때문에 당분간 이 쑥스러운 다방 세느를 자주 찾아오게 된 것이다. (「선고유예」)[21)]

(ii) 사무실을 나오자마자 나는 으레 몇 군데 술집부터 헤매기 시작했고, 그리고 술이 웬만큼 취하고 나서부터는 나의 그 무의미한 싸움과 퇴직문제에 대해 답답한 상념을 되풀이하기 시작했고, 그러다가 마침내 12시가 거의 가까워진 다음에는 콧구멍에서 잘 익은 감냄새를 물씬거리며 밤늦은 하숙집 골목을 휘청휘청 더듬어 들어가고 있었다.

한데 그때 불쑥 내앞에 박준이 나타났던 것이다. 아니 나로서는 물론 그때 그가 박준인지 누군지도 알 수가 없었고, 혹은 그가 선뜻 박준이라고 자기 이름을 대어 주었다 해도 그가 무얼 하는 사람인지 정체를 이해할 수는 없었을 것이다. (「소문의 벽」)[22)]

(i)에서, 「선고유예」의 초점화자 '나'는 '별 생각도 없이' 가게 된 세느다방에서 '우연히' '왕'을 만나 그를 관찰하게 된다. (ii)에서, 「소문의 벽」의 초점화자 '나'는 집으로 가던 중, 자신의 앞에 '불쑥' 나타난 박준을 만나 집으로 데리고 가게 된 이후 그를 관찰하게 된다.

그런데 이러한 방관적 관찰자로서의 초점화자는 사건 전개 과정에서 점차 초점화 대상에 관심을 갖게 되면서 초점화 대상이 갖는 특질을 파

20) 「선고유예」, 앞의 책, p.13.
21) 위의 책, p.14.
22) 「소문의 벽」, 위의 책, p.271.

악하고 그 현실적 의미를 생각하는 반성적 성찰자로 그 성격이 변화한다.

> 그리고 서울로 가는 차를 타게 되면서부터는 비로소 민형을 다시 생각하기 시작했다. 나는 그때 떠날 때와는 또다른 수수께끼를 하나 가지고 있었다. 그 수수께끼를 민형과 함께 풀어보리라고 생각했다. 도대체 곽서방의 죽음은 무슨 뜻을 지닌 것인가. 곽서방은 왜 그런 해괴한 죽음의 방법을 생각한 것인가.
>
> 곽서방의 소식을 듣고 민형은 그 모든 수수께끼의 대답을 어떻게 풀어낼 수 있을 것인가. (「매잡이」)[23]

「매잡이」의 초점화자 '나'는 처음에 민형의 강제적 권유로 전라북도 산골에 매잡이 취재를 마지못해 가는 방관적 관찰자의 모습을 보여준다. 그런데 위 인용문에서 보듯, 매잡이 이야기를 취재한 후 서울로 돌아오는 차에서 초점화자는 떠날 때와는 달리 매잡이 곽서방의 죽음이 갖는 의미에 대해 반성적으로 성찰하는 태도를 보인다. 이러한 측면은 「소문의 벽」에서도 확인할 수 있다.

> 나는 더 이상 그의 이야기를 들을 필요가 없었다. 말을 가로막고 나섰다. 기상천외의 이야기였다. 기상천외의 방법이었다. 나는 화가 치밀어서 견딜 수가 없었다. (중략)
>
> 거칠게 대들기 시작했다. 이미 나에겐 김박사의 태도가 환자를 치료하는 의사의 그것으로는 보여 오지 않았다. 그는 적수를 굴복시키려는 한 고집센 인간의 오기 덩어리에 불과했다. 신념에 넘친 듯해 보이면서도 사실은 지극히 비겁하고 치사한 오기 덩어리였다. (「소문의 벽」)[24]

「소문의 벽」의 초점화자 '나' 역시 처음에는 방관적 관찰자의 입장에

23) 「매잡이」, 앞의 책, pp.292~293.
24) 「소문의 벽」, 앞의 책, pp.385~386.

서 박준이 미쳐가는 과정을 관찰한다. 그런데 정신병원의 김박사를 만나 박준의 사정에 대한 이야기를 듣고 대화를 나누면서 점차 김박사와 제도화된 정신병원과의 상관관계에 대해 반성적으로 성찰한다. 그 성찰의 결과 위 인용문처럼 '나'는 김박사에게 화를 내면서 박준을 미치게 만든 김박사의 신념과 치료 방법에 대해 '거칠게 대들면서' 비판을 가한다.

둘째, 초점화자는 초점화 대상에 대해 한정적인 정보를 갖고 있다. 따라서 초점화자는 초점화 대상에 대한 정보를 얻기 위해 직접 경험하고 관찰하는 외에도, 다양한 매개자를 만나 대화를 나누고 이야기를 들으면서 정보를 취재한다. 그리고 초점화자는 초점화 대상에 대해 매개자를 통해 얻은 정보를 객관적인 입장에서 받아들인다.

「줄」의 초점화자는 문화부장, 장의사 사내, 트럼펫 사내, 여자를, 「매잡이」의 초점화자는 민형, 꼬마 소년, 버버리 소년, 곽서방을, 「소문의 벽」은 박준, 안형, 김박사를, 「선고유예」는 왕, 윤일, 정은숙, 수미, 윤선, 다방 마담, 염사장, 미스염, 심문관을 매개자로 해서 이들을 통해 초점화 대상에 대한 정보를 객관적인 입장에서 듣는다.

3) 상위 틀서사와 하위 틀서사의 결합 방식

이상에서 살펴본 상위 틀서사의 화자-초점화자와 하위 틀서사의 초점화자의 역할과 기능을 중심으로 각 작품의 서사 단위를 살펴보면 다음과 같다. 각 서사 단위는 사라져가는 풍속을 다루는 작품이냐, 제도화된 풍속을 다루는 작품이냐에 따라 그 결합 방식이 달라진다. 전자에는 「줄」, 「매잡이」가, 후자에는 「소문의 벽」, 「선고유예」가 해당한다.

먼저 사라져가는 풍속을 다루는 작품의 경우이다. 「줄」의 화자-초점화자는 줄광대 풍속을 초점화 대상으로 하여 그 풍속에 나타나는 인간의 관계 질서의 현재적 가치가 무엇이고, 그러한 풍속과 질서가 소설로서 어떤 의의를 가질 수 있는지를 고민한다(a1, a2, a3). 화자-초점화자는 이를 위해 하위 틀서사의 초점화자를 내세워 초점화 대상인 줄광대 풍속을 관찰하도록 한다. 상위 틀서사와 하위 틀서사를 중심으로 이 작품의 서사 단위를 정리하면 다음과 같다.(이하에서 상위 틀서사는 a로, 하위 틀서사는 b로 표기함)

b1. 나는 여관에 여자를 불러 하룻밤을 함께 함
a1. 소설을 쓰지 못하는 것에 대해 고민함
b2. 나는 서울에서 문화부장이 c읍 취재를 다녀오라던 것을 떠올리면서 소설을 생각함
b3. 나는 장의사 사내로부터 줄광대 승천 이야기를 듣고 트럼펫 사내를 소개받음
b4. 나는 트럼펫 사내를 찾아가 줄광대 허노인 이야기를 듣고 여관으로 돌아와 여자를 발견
a2. 소설과 관련시켜 줄광대 승천 이야기를 고민함
b5. 나는 트럼펫 사내에게 줄광대 허운 이야기를 듣고 여관으로 돌아와 여자와 이야기함
b6. 장의사에서 여자를 만나고 장의사 사내로부터 트럼펫 사내가 죽었다는 소식을 들음
b7. 운구를 뒤따르면서 줄광대의 승천 이야기를 소설로 쓰는 것에 대해 생각함
a3. 줄광대 이야기가 갖는 현재적 의미와 그 소설화에 대한 고민

하위 틀서사의 각 단위(b1~b7)는 초점화자가 시간의 변화에 따라 만나는 매개자가 누구냐에 따라 구분된다. 초점화자는 현재의 '나'와 회상에 의해 서울에서 문화부장과 대화를 나누는 '나'로 구분된다. 이 각 시간 단위에서 만나는 매개자인 문화부장, 장의사 사내, 트럼펫 사내,

여자에 따라 서사 단위가 구분된다. 이 단위를 중심으로 전체 서사 전개 과정을 구체적으로 살펴보면 다음과 같다.

하위 틀서사의 초점화자 '나'는 문화부장이 부탁한 '줄광대 승천 이야기'를 취재하기 위해 C읍으로 내려간다(b2). 그곳의 여관에 들어가 여자를 불러 함께 자고(b1) 다음날 '승천 장의사'를 찾아간다. 장의사 사내에게서 줄광대 이야기와 서커스 단원이던 트럼펫 사내가 폐병에 걸려 C읍에 남아 있다는 이야기를 듣고 트럼펫 사내를 찾아간다(b3).

폐병에 걸려 죽을 날이 머지않은 트럼펫 사내로부터 서커스 단원으로 마지막까지 함께 했던 허운과 그의 아버지인 허노인의 이야기를 듣다가 여관으로 돌아와 여자와 함께 밤을 보낸다(b4). 다음날 다시 트럼펫 사내를 찾아가 허운과 절름발이 여자의 사랑과 허운의 죽음에 관한 이야기를 듣고 돌아와 여자에게 줄광대의 승천 이야기에 대한 이야기를 나누고 함께 밤을 보낸다(b5).

다음날 트럼펫 사내를 찾아가다가 자신과 함께 밤을 보냈던 여자를 장의사에서 만나고, 장의사 사내는 트럼펫 사내가 죽었다는 소식을 전해준다(b6). '나'는 운구를 따라 가면서 여자가 트럼펫 사내와 절름발이 여자의 딸이라는 것을 짐작하면서 줄광대 이야기를 소설로 쓰는 것에 대해 생각한다(b7).

이 과정에서 초점화자 '나'는 줄광대 이야기를 받아들이는 태도에 변화를 일으킨다. 초점화자 '나'는 자신의 생각을 소설로 풀어놓는 일에 어려움을 느낀다. '나'는 '흥미 위주의 신문 기사'와 같은 소설이 아닌 새로운 소설을 쓰고 싶어 한다. 그런 '나'는 줄광대 이야기에 대해 아무 것도 알지 못한 상태에서 문화부장, 장의사 사내, 트럼펫 사내, 여자를 만나면서 줄광대 이야기에 접근한다. 서울의 문화부장은 줄광대 '승천' 이야기를 '거짓말' 혹은 '재미있는 기삿거리'로 여긴다. '나' 역시 그 이야기를 거짓말로 여긴다. C읍에서도 장의사 사내로부터 줄광대 이야기를 들으면서 '허황한 느낌'을 가진다. 그러다가 트럼펫 사내와 여자를 만나 줄광대 이야기를 들으면서 '엄숙하고 무거운 느낌'을 받게 되면서 자신이 지향하는 소설과 관련해 혼돈스러움을 느낀다.

「매잡이」의 화자-초점화자는 매잡이 풍속을 초점화 대상으로 하여 매잡이에 대한 소설이 세 편이 나오게 된 경위와, 그 풍속에 나타나는 인간의 관계 질서가 현재의 삶의 질서에서 어떤 의미를 갖는지, 그리고 그것이 소설이 될 수 있는지를 고민한다(a1, a2, a3). 화자-초점화자는 이를 위해 하위 틀서사의 초점화자를 내세워 초점화 대상인 매잡이 풍속을 관찰하도록 한다. 상위 틀서사와 하위 틀서사를 중심으로 이 작품의 서사 단위를 정리하면 다음과 같다.

b1. 한편의 소설도 쓰지 않은 민형에 대한 이야기
a1. 매잡이에 관한 세 편의 소설과 민형의 매잡이 소설이 우수하다고 생각
b2. 민형이 매잡이 이야기를 소개해줌
b3. 시골 마을에 가서 꼬마 소년, 버버리 소년, 곽서방을 통해 매잡이 풍속을 취재함
a2. 곽서방과 민형을 연결시켜 소설에 대해 고민함
b4. 서울에 돌아와 민형이 유서와 유품을 남기고 자살한 것을 알게 됨
b5. 다시 시골 마을에 다녀온 뒤 서울에서 민형의 매잡이 소설을 읽음
a3. 매잡이 풍속이 '나'의 풍속이 될 수 있는지, 그런 풍속을 다루는 소설가의 바람직한 태도는 무엇인지 고민

하위 틀서사의 각 단위(b1~b5)는 초점화자가 시간의 변화에 따라 만나는 매개자가 누구냐에 따라 구분된다. 초점화자는 현재 서울에서 소설을 쓰는 '오늘의 나'와 민형이 죽기 전후의 '나'로 구분된다. 이 각 시

간 단위에서 만나는 매개자인 민형, 꼬마 소년, 버버리 소년, 곽서방, 민형의 유품에 따라 서사 단위가 구분된다. 이 단위를 중심으로 전체 서사 전개 과정을 구체적으로 살펴보면 다음과 같다.

하위 틀서사의 초점화자 '나'는 민형을 만나 매잡이 풍속에 대한 소개를 받고 전라북도 산골 마을로 내려간다(b2). 민형은 한 편의 소설도 쓰지 않았지만 소설가로 불려진다. 그는 폐병을 앓고 있으며, 결혼도 하지 않고 취재 여행을 다니며 진귀한 소재를 찾아다니는 인물이다(b1).

'나'는 민형의 행적을 알아보고자 산골 마을로 갔다가 버버리 소년의 집에서 만난 꼬마 소년으로부터 매잡이 곽서방이 매잡이를 부리는 매주였던 서영감네 헛간에서 죽어간다는 이야기를 듣는다. 다음날 버버리 소년과 함께 사냥을 나간다. 버버리 소년은 매잡이가 되고, '나'는 몰이꾼이 되어 매사냥을 다니지만 꿩을 잡지 못하고 빈손으로 돌아온다. 버버리 소년으로부터 곽서방이 단식을 시작하기 전에 매를 잃어버렸던 사건에 관한 이야기를 듣는다. '나'는 버버리 소년과 물도 거부하고 누워 있는 곽서방을 만나지만 민형에 대한 자세한 이야기를 듣지 못하고 곽서방의 임종을 지키게 된다(b3).

곽서방이 죽고 난 뒤 '나'는 서울로 올라와 민형이 자살했다는 소식을 접한다. 민형은 '나'의 앞으로 유서와 매잡이 부분만 뜯겨나간 비망록과 나중에 열어보라며 봉투를 남겨 놓았다(b4). '나'는 민형의 죽음과 곽서방의 죽음을 연결하여 소설을 쓰려던 생각을 버리고 매잡이만으로 된 소설을 써서 발표하고 다시 매잡이 마을에 다녀온다. 매잡이를 기억하는 사람도 없고, 버버리 소년마저 매를 데리고 집을 나갔다는 소식을 듣고 서울로 돌아온다. 민형이 남긴 봉투를 발견하고 그 안에 매잡이 소설이 담겨 있는 것을 알게 된다(b5).

이 과정에서 초점화자 '나'는 매잡이 풍속에 대해 아무 관심도 두지 않다가 점차 매잡이 풍속에 관심을 갖게 되고 그것을 소설화한다. 그러면서 민형의 죽음과 매잡이 곽서방의 죽음의 의미와 그 관련성을 밝혀내고 소설 쓰기의 의미에 대해 새로운 깨달음을 얻는다.

소설가로 소재의 빈곤을 느끼고 있는 '나'는 '한 편의 소설도 쓰지 않은 소설가'로 알려져 있는 민형으로부터 소재와 경비까지 얻어 취재 여행을 떠나게 되는데, 이때까지 '나'의 관심의 대상은 민형이다. '나'는 매잡이 풍속에 대해 아무것도 알지 못한 상태에서 취재 여행을 떠난다. 전라북도 산골 마을에 도착해서도 큰 기대를 갖지 못하고 있다가 꼬마 소년, 버버리 소년을 만나 몰이꾼이 되어 매사냥을 나가고, 매잡이에 관한 이야기를 듣고, 매잡이가 죽어가는 것을 보면서 그것을 소설로 써야겠다는 생각을 갖는다. 본격적으로 매잡이 풍속을 취재하면서 민형과 매잡이 풍속을 연결시키는 것이 어렵고 복잡해지자 민형에 대한 관심을 제외하고 매잡이 풍속만으로 이루어진 소설을 완성시킨다. 서울로 와, 민형이 죽은 것을 알게 된 후 다시 민형과 매잡이 곽서방의 죽음을 연결시켜 소설을 쓴다. 그런 '나'의 두 번째 소설과 민형이 남긴 '매잡이' 소설을 비교하면서 민형이 '훌륭한 소설가'임을 알게 된다. 그러면서 사라져가는 풍속을 다루는 소설가의 바람직한 태도에 대해 고민한다.

다음, 제도화된 풍속을 다루는 작품의 경우이다. 「소문의 벽」의 화자-초점화자는 잡지 출판사와 정신병원 등을 초점화 대상으로 하여, 그러한 공간을 지배하는 제도화된 풍속이 개인의 삶을 억압하고, 나아가 소설가의 정신마저 통제하는 방식에 대해 고민한다(a1, a2, a3). 화자-초점화자는 이를 위해 하위 틀서사의 초점화자를 내세워 초점화 대상인 잡지 출판사와 정신병원의 풍속을 관찰하도록 한다. 상위 틀서사와 하위 틀서사를 중심으로 이 작품의 서사 단위를 정리하면 다음과 같다.

b1. 십여 일 전 박준을 하숙방으로 끌어들인 일로 그의 사정과 잡지 일에 대한 해답을 얻음
a1. 작가가 소설을 쓰지 않는 이유와 잡지 편집의 어려움에 대해 고민
b2. 나는 자신을 미친 사람이라고 하는 박준을 하숙방으로 데리고 옴
b3. 정신병원의 김박사를 통해 박준의 증상에 관해 듣게 됨
b4. 안형으로부터 발표가 보류된 박준의 소설을 받아 읽음
a2. 박준의 소설을 보류하게 된 경위와 내력에 대해 설명하면서 편집자와 필자의 관계를 제시
b5. 안형은 자신의 편집 취향을 이야기하고, 박준 원고를 비판함
b6. 하숙방으로 다시 찾아온 박준을 병원으로 데리고 감
b7. 김박사는 박준의 증상을 진술공포증으로 진단하고 진술로서 치료하겠다고 함
b8. R사에서 박준의 소설 연재가 중단되었다는 이야기를 안형에게 듣고 원고를 받아옴
b9. 김박사는 박준이 전짓불에 공포감을 보인다는 사실을 나에게 이야기함
b10. 박준의 누이로부터 전짓불과 관련된 중편소설 원고를 받음
b11. 나는 김박사에게 전짓불 이야기를 들려주고, 박준은 자신이 병원에서 나갈 수 있게 도와달라고 함
b12. 신문사에 실린 2년 전 인터뷰 기사를 구해 읽음
a3. 잡지 일이 탁탁해진 원인이 전짓불에 의한 진술 욕망의 억제 때문임을 알게 됨
b13. 김박사는 전짓불로 박준의 진술을 받아내려다 오히려 미치게 만들었다는 것을 실토함
b14. 박준을 기다리며 집으로 향함

하위 틀서사의 각 단위(b1~b14)는 초점화자의 공간 이동에 따라 만나는 매개자가 누구냐에 의해 구분된다. 초점화자는 하숙집, 정신병원, 출판사로 공간 이동을 되풀이하면서 박준, 안형, 김박사 등의 매개자를 만나는데, 이에 따라 서사 단위가 구분된다. 이 단위를 중심으로 전체 서

사 전개 과정을 구체적으로 살펴보면 다음과 같다.

하위 틀서사의 초점화자 '나'는 십여 일 전 박준을 하숙방으로 끌어들인 일을 생각한다(b1). 나는 잡지사 편집장으로, 술을 먹고 하숙집으로 가는 중 골목길에서 한 남자를 우연히 만난다. 그는 자신은 미친 사람이고, 누군가에게 쫓기고 있다며 자신을 숨겨달라고 한다. '나'는 그 남자를 집으로 데려간다. 그는 불을 꺼놓은 상황을 견디지 못하여 '나'가 꺼놓은 불을 다시 켜는 상황을 밤새 반복한다(b2). 다음날 아침 그가 사라지고, '나'는 그에 대한 궁금증으로 근처 정신병원을 찾아가서 그가 소설가 박준이라는 사실을 확인하고 김박사로부터 박준의 증상이 '노이로제'라는 사실을 듣게 된다(b3). 잡지 편집장인 '나'는 잡지사에서 문학 담당 편집자 안형에게 박준에 대해 물어보면서 박준이 미쳤다는 소식을 전하자, 안형은 박준이 자기 소설의 주인공을 흉내내는 것이라고 여긴다. '나'는 안형에게서 원고 발표가 보류된 박준의 소설을 받아 읽는다(b4). '나'는 안형이 박준의 소설을 보류하게 되었던 일을 회상하면서 안형의 편집 기준이 편협하다고 생각한다(b5).

'나'는 정신병원을 탈출하여 하숙집으로 찾아온 박준을 다시 정신병원으로 데리고 간다(b6). 김박사는 박준의 증상을 진술 공포증으로 진단하고, 박준의 진술을 통해 치료하겠다고 말한다(b7). 잡지사에서 안형으로부터 R사에 연재 중단된 박준의 원고가 있다는 이야기를 듣고 원고를 받아온다(b8). 김박사는 박준이 전짓불에 공포감을 보여준 사건을 이야기해 준다(b9).

박준의 집을 방문하고 돌아와 화장실에 걸린 신문 조각에서 박준의 기사를 발견하고 박준의 누이로부터 전짓불과 관련된 소설을 받는다(b10). '나'는 정신병원의 김박사에게 전짓불과 관련된 이야기를 들려주고, 박준은 미친 사람 행세를 한 까닭을 '나'에게 이야기하며 병원에서 나가게 도와달라고 부탁한다(b11). '나'는 2년 전 신문에 실린 박준의 인터뷰 기사를 찾아 읽고(b12), 정신병원에 찾아가 김박사로부터 전짓불로 박준의 진술을 받아내려다가 오히려 박준을 미치게 만들었다는 이야기를 듣는다(b13). '나'는 박준을 기다리며 집으로 간다(b14).

이상에서 보듯, 초점화자 '나'는 박준과 우연히 만난다. 처음 박준에 대해 아무것도 알지 못하는 상태에서 박준을 만나면서 그가 전짓불을 켜 놓고 잠이 드는 광인이라는 것을 알게 된다. 두 번째 만남에서는 박준이 광인 흉내내는 것을 이해하게 되고, 세 번째 만남에서는 박준이 미쳐가는 것에 연민을 느끼게 되면서 다시 박준이 찾아오기를 기다린다. 그러면서 '나'는 박준이 그런 상황에 처하게 된 원인을 알기 위해 잡지 편집장인 안형, 정신병원 의사인 김박사를 만나면서 박준이 검열로 인한 피해를 겪게 되고, 그런 상황에서 벗어나고자 광인 흉내를 냈지만 그로 인해 오히려 정신병원에 감금되고 정신분열 상태에 이르게 된 것을 알게 된다. '나'는 그런 박준, 안형, 김박사와의 만남을 통해, 잡지사와 정신병원의 풍속에 대해 아무런 관심도 보이지 않던 방관적 관찰자의 태도에서, 잡지사와 정신병원의 풍속을 자신의 잡지 일이 잘 되어가지 않는 까닭과 관련지어 생각하는 반성적 성찰자의 태도로 변화되어 간다.

「선고유예」의 화자-초점화자는 세느 동네의 대학가와 다방 등을 초점화 대상으로 하여, 그 공간을 지배하는 제도화된 풍속이 개인의 삶과 소설가의 정신을 억압하는 방식에 대해 고민한다(a1, a2, a3). 화자-초점화자는 이를 위해 하위 틀서사의 초점화자를 내세워 초점화 대상인 세느 다방 동네의 풍속을 관찰하도록 한다. 상위 틀서사와 하위 틀서사를 중심으로 이 작품의 서사 단위를 정리하면 다음과 같다.

a1. 세느 다방 주변의 쑥스러운 풍경
b1. 잡지사 기자인 나는 십 일간의 유예 휴가를 받고 세느 다방에서 왕을 만남
b2. 나는 윤일에게 왕에 대한 이야기를 들음. 심문관을 만남
b3. 나는 세느에서 왕의 조각상을 구경하고 섹스와 왕에 관한 이야기가 담긴 낙서집을 봄. 겨드랑에 선풍기 바람을 쐬고 있는 마담을 보고 직장의 미스 염과 국장의 연설과 심문관을 만난 일을 떠올림
b4. 마담이 왕과 윤일 커플의 이야기를 들려줌.
b5. 왕의 고양이가 죽음. 나는 왕의 얼굴이 허기진 것을 발견. 왕에게 가서 나의 단식 이야기를 함.
b6. 앞자리에 앉은 여성들이 같은 하숙집에 있는 것을 알게 됨.
b7. 갈태의 엽서를 받고 세느로 감. 마담의 겨드랑을 보고 직장에서 제복 착용 문제로 사직한 일과, 심문관을 만난 일을 떠올림
b8. 왕이 식염수를 청해 마시다가 구역질을 일으키는 것을 봄.
b9. 정은숙이 약을 먹고 자살했다는 이야기를 듣고 윤과 함께 여자의 장례를 치름.
b10. 나의 하숙집에 왕이 찾아와 단식에 대해 물음. 왕이 나상을 조각하는 이유에 대해 듣게 됨
b11. 단편소설이 추천된 것을 신문에서 보게 됨
a2. 소설에 대한 두 부류의 감시자들과 단편소설의 개요
b12. 세느의 낙서집에서 자신을 미친놈으로 취급하는 내용을 발견. 심문관을 만남. 세느에서 윤과 왕에 대한 이야기를 나눔. 윤은 서울을 떠나겠다고 함
b13. 하숙집 주인이 방을 빼라고 요구함. 왕과 갈태를 기다리며 추천된 소설을 어떻게 마무리했는지 생각나지 않아 두려워함.
b14. 마담은 나에게 자신이 살아온 이야기와 자신의 수기에 대해 이야기함. 윤일 앞으로 온 문학잡지에 나의 단편이 실린 것을 발견. 심문관 사내를 만남
b15. 마담에게서 왕의 죽음을 전해 들음. 심문관 사내를 만남. 술에 취한 갈태가 찾아와 제복 때문에 회사를 그만두었다고 함
a3. 소설가가 되어 몇 달 후 다시 찾아간 세느와 동네의 쑥스러운 풍경

하위 틀서사의 각 단위(b1~b15)는 초점화자의 공간 이동에 따라 만나는 매개자가 누구냐에 의해 구분된다. 초점화자는 하숙집, 세느 다방으로 공간 이동을 되풀이하면서 왕, 윤일과 정은숙, 마담, 여자 대학생, 갈태, 심문관 등의 매개자를 만나는데, 이에 따라 서사 단위가 구분된다. 이 단위를 중심으로 전체 서사 전개 과정을 구체적으로 살펴보면 다음과 같다.

하위 틀서사의 초점화자 '나'는 '새여성사'의 기자로 십 일간의 유예 휴가를 받고 세느 다방에서 왕을 만나게 된다(b1). '나'는 윤일에게 왕에 대한 이야기를 듣고 집으로 돌아와 심문관을 만난다(b2). '나'는 세느에서 왕의 조각상을 구경하고 섹스와 왕에 관한 이야기가 담긴 낙서집을 본다. 겨드랑이 땀을 말리는 마담을 보면서 미스 염을 떠올리고, 국장의 연설이 있던 날 심문관을 만난 일을 회상한다(b3). 마담이 왕과 윤일 커플의 이야기를 들려준다(b4). 왕의 고양이가 죽었다는 이야기를 듣고 왕의 얼굴이 허기진 것을 발견한다. 왕에게 가서 '나'의 단식 이야기를 들려준다(b5). 앞자리에 앉은 대학생들이 같은 하숙집에 있는 것을 알게 된다(b6). 유예 휴가와 관련된 소식을 들었다는 갈태의 엽서를 받고 세느 다방으로 가서 대학생들과 대화를 나눈다. 마담의 겨드랑이를 보고 직장에서 제복 착용 편집 회의가 있던 날 사직했던 일과 심문관을 만났던 일을 회상한다(b7). 세느에서 왕이 식염수를 청해 마시다가 구역질을 일으키는 것을 본다(b8). 정은숙이 약을 먹고 자살했다는 이야기를 듣고 윤과 함께 그녀의 집으로 간다. 마담에게 장례 치를 돈을 빌려 윤과 함께 여자를 화장하고 재를 한강에 뿌리고 돌아온다(b9). '나'의 하숙집에 왕이 찾아와 단식에 대해 묻지만 아무 대답도 해주지 못한다. 왕이 나상을 조각하는 이유에 대해 들려준다(b10). 단편소설이 추천된 것을 신문에서 발견하고 세느로 간다(b11). 낙서집에서 자신을 미친놈으로 취급하는 내용을 발견하고, 심문관을 만난다. 세느에서 윤과 왕에 대한 이야기를 나누다가 윤일로부터 서울을 떠나겠다는 이야기를 듣는다(b12). 하숙집 주인으로부터 하숙집을 나가거나 친구를 들이라는 요구를 받는다. 왕과 갈태를 기다리며 추천된 소설을 어떻게 마무리했는지 생각나지 않아 두려워한다(b13). 마담은 나에게 자신이 살아온 이야기와 자신의 수기에 대해 이야기를 들려준다. 윤일 앞으로 온 문학잡지에 나의 단편이 실린 것을 발견한다. 하숙집으로 돌아가 심문관 사내를 만난다(b14). 마담에게서 왕의 죽음을 전해 듣는다. 하숙집으로 돌아와 심문관 사내를 만난다. 제복 때문에 회사를 그만두었다며 술에 취한 갈태가 집으로 찾아온다(b15).

이 작품의 초점화자 역시 방관적 관찰자에서 반성적 성찰자로 변모한다. 초점화자 '나'는 열흘간의 유예 휴가 동안 세느 다방에서 왕이라는 인물을 우연히 만난다. 처음에 왕과 다방과 대학가와 하숙집의 풍속에 대해 아무런 관심도 보이지 않다가 왕이라는 인물을 반복해서 만나고, 동시에 세느 다방의 마담, 윤일, 여대생 수미와 윤선 등을 만나면서 점차 다방을 중심으로 한 풍속에 관심을 기울인다. 그러면서 직장에서의 일과 심문관을 만난 일을 회상하고, 그것을 왕의 일과 연관 지어 생각한다. 이를 통해 '나'는 '나'가 경험했던 제도적 억압이 현재 다방을 중심으로 한 공간에서 확대 재생산되고 있으며, 또한 그러한 억압이 소설 창작에서도 일어나고 있음을 깨닫게 된다.

2. 질서의 재현과 심리적 연상물로서의 삽입서사

하위 틀서사는 내부 이야기에 단일 삽입서사를 내포한다. 삽입서사는 초점화 대상이 사라져가는 풍속이냐, 현재의 풍속이냐에 따라 그 특질을 달리한다.

먼저, 사라져가는 풍속을 다루는 작품의 경우이다. 첫째, 이 작품들에서 삽입서사는 초점화 대상으로 기능한다. 곧 화자-초점화자가 초점화 대상으로 삼은 것이 하위 틀서사에서 삽입서사로 제시된다. 줄광대 승천 이야기나 매잡이 이야기가 그 예이다.

둘째, 이 삽입서사는 초점화 대상에 대해 정보가 없는 초점화자에게 정보를 잘 알고 있는 매개자가 정보를 제시하는 과정에서 형성된다. 매개자가 알고 있는 초점화 대상에 대한 정보는 직접 경험에 기초하거나 시간이 지난 후 구전되는 이야기를 들은 것에 기초한다. 이에 따라 초점화 대상으로서 삽입서사에 대한 매개자의 기억도 여러 편차를 지니게 된다. 그 결과 매개자에 의해 제공되는 정보 역시 동일한 초점화 대상이라 할지라도 다양하고 이질적일 수밖에 없다. 이 삽입서사는 사라져가는 풍속에 나타나는 인간의 관계 질서를 재현하는 일종의 원형 텍스트에 해당하는데, 이 원형 텍스트에 대해 매개자의 다양한 접근이 이루어진다.

셋째, 그런 이유로 삽입서사는 하나의 완결된 형태로 제시되지 않고, 매개자가 등장할 때마다 매개자의 주관적 인식이 반영되어 하위 틀서사 단위에 분산되어 제시된다. 그리고 매개자와 초점화자의 대화에 의해 정보가 형성되므로, 삽입서사는 대화적 진술이나 독백적 진술 등과 같은 서술적 텍스트의 형태를 주로 취한다.

넷째, 삽입서사는 하위 틀서사의 내부 이야기이지만, 초점화자가 매개자를 만나 초점화 대상에 대한 정보를 얻는 데 주력하기에, 삽입서사 자체가 하위 틀서사에서 큰 비중을 차지하게 되고, 하위 틀서사의 자체 서사는 그만큼 약화된다.

다음, 현재의 풍속을 다루는 작품의 경우이다. 첫째, 이 작품들에서 삽입서사는 초점화 대상에 대한 초점화자의 심리적 반응에서 나온 연상물에 의해 형성된다. 곧 초점화자는 출판사, 병원, 다방 등과 같은 초점화 대상과 관련해 현실적인 경험을 하는 과정에서 여러 사건을 겪는다. 그 과정에서 초점화자는 현실 사건에 대해 심리적 반응을 하면서 자신이 경험한 유사한 사건과 관련된 기억을 회상한다. 그 회상된 기억의 편린들이 모여 삽입서사가 이루어진다.

둘째, 초점화자는 이 삽입서사를 일종의 거울 텍스트로 삼아, 자신이 경험한 측면이 현실에도 그대로 재현되고 반복되고 있음을 확인한다. 가령 「선고유예」에서 초점화자 '나'는 다방에서 왕이라는 인물이 경찰과 관련하여 일어난 사건을 알게 되고, 자신이 경험한 유사한 기억을 떠올리면서, 그러한 일들이 현재에도 되풀이되고 있음을 확인한다.

셋째, 그런 이유로 삽입서사는 하나의 완결된 형태로 제시되지 않고, 심리적 연상 작용이 일어날 때마다 형성되기에 하위 틀서사 단위에 분산되어 제시된다. 그리고 이러한 심리적 연상물로서의 삽입서사는 초점화자가 심문관 같은 매개자와의 대화를 통해 제시되거나, 매개자가 쓴 소설 형태로 제시되는데, 주로 서술적 텍스트와 메타텍스트의 형태를 취한다.

넷째, 현재의 제도화된 풍속을 다루는 작품은 사라져가는 풍속을 다룬 작품들과 비교할 때, 삽입서사의 비중이 약화되고, 대신 삽입서사에 제시된 상황과 유사한 사건을 현실에서 심화하고 확장하는 하위 틀서사의 사건이 보다 큰 비중을 차지하게 된다.

1) 옛이야기의 원형 텍스트: 「줄」, 「매잡이」

먼저, 사라져가는 풍속을 다루는 작품에 나타나는 삽입서사와 매개자의 측면이다. 「줄」에서 각 서사 단위는 'b1/a1/b2/b3/b4/a2/b5/b6/b7/a3' 순으로 배열되어 있다. 이 단위에서 초점화자는 여러 매개자를 통해 줄광대 이야기와 관련된 정보를 듣는데, 이 과정에서 삽입서사가 제시된다. 여기서 삽입서사(c)는 'b3, b4, b5'에 산재해 있다. 삽입서사는 'b1/a1/b2/b3-c1/b4-c2/a2/b5-c3/b6/b7/a3' 순으로 배열된다.

하위 틀서사에서 '나'는 문화부장, 장의사 사내, 트럼펫 사내, 여자를 매개자로 해서 정보를 얻는다. 문화부장은 '승천한 줄광대가 있다'면서 취재를 요구한다. 장의사 사내는 간략한 대강의 내용을 육하원칙에 맞추어 기사 형식으로 제시하고, 트럼펫 사내는 소설과 같은 이야기 형식으로 줄광대의 사연을 들려주는 역할을 담당한다. 그리고 여자는 줄광대의 승천 이야기를 옛날이야기로 여기면서 그 질서를 믿는다고 말한다. 매개자인 장의사 사내(c1), 트럼펫 사내(c2, c3)에 의해 삽입서사의 내용이 제시되는데, 이 내용을 재구성할 때 삽입서사가 하나의 이야기로 완성된다.

c1. 줄광대 승천에 대한 장의사 사내의 이야기
c2. 허노인의 죽음에 대한 트럼펫 사내의 이야기
c3. 허운의 죽음과 절름발이 여자에 대한 트럼펫 사내의 이야기

첫 번째 삽입서사(c1)는 '나'가 장의사 사내로부터 줄광대의 승천 이야기를 듣고 그것을 요약 서술한 형태로 제시되고 있으며, 서커스 단원이 아닌 관객의 입장에서 줄광대의 줄타기를 본 것으로 제시된다. 장의사 사내의 이야기에서는 서커스단의 공연과 해체, 그리고 서커스 단원

이었던 줄광대와 트럼펫 사내에 대한 이야기를 담고 있다. 1949년, 어떤 서커스단이 C읍에 들어와 공연을 했는데, 높은 곳에 줄을 매달고 건너가곤 하던 줄광대가 어느 날 떨어져 죽었고 사람들은 나중에 그가 줄을 잘 탔다고 기억하면서 그가 승천해갔다고 생각한다. 서커스단이 해체된 뒤 단원들이 모두 뿔뿔이 흩어져버렸는데, 트럼펫을 불던 사내는 마을에 남아 폐병을 앓다가 죽어간다. 이러한 이야기는 서술적 텍스트 형식으로 제시되고 있으며, 장의사 사내의 생각을 고스란히 담아내고 있다.

두 번째 삽입서사(c2)에서는 줄광대 부자의 이야기 중 허노인의 이야기를 담고 있다. 이 이야기는 '나'가 묻고 트럼펫 사내가 대답하는 방식과 허운을 화자로 내세워 서술하는 방식이 뒤섞여 나타난다. 트럼펫 사내는 서커스 단원으로 줄광대인 허노인과 허운을 가까이에서 지켜보고 경험한 것들을 이야기로 전달하고 있다. 허노인은 줄광대에게는 땅 위의 세상이 아니라 줄 위의 세상만이 존재한다고 믿으면서 눈과 귀와 생각이 땅 위에 머물러서는 안 된다는 것을 아들에게 가르친다. 줄 위의 세상을 지켜내기 위해 허노인은 단장과의 부정을 의심받은 아내를 목졸라 죽인 뒤 줄을 타면서, 재미를 부리라는 단장의 요구에도 아랑곳하지 않는다. 허운이 줄을 제대로 탈 수 있게 될 무렵 허노인은 발바닥의 기력이 다할 때까지 줄을 타겠다면서 허운과 함께 줄에 올랐다가 떨어져 죽는다.

세 번째 삽입서사(c3)에서는 허운과 절름발이 여자의 사랑과 허운의 죽음에 대한 이야기를 담고 있다. 이 이야기는 '나'가 묻고 트럼펫 사내가 대답하는 방식과 트럼펫 사내를 화자로 내세워 서술하는 방식이 뒤섞여 나타난다. 트럼펫 사내는 허운의 시선이 아니라 자신이 직접 허운을 보고 관찰한 결과 얻은 경험 내용을 바탕으로 이야기를 전달하고 있다. 허운은 활동사진에 밀려 서커스단이 해체될 위기가 오자 줄을 더 높이 올려 타게 된다. 그런 허운의 모습에 반한 절름발이 여자가 꽃을 보낸다. 허운은 여자를 만난 이후 줄을 탈 수 없게 되었다면서 함께 살자는 요구를 하지만 여자는 땅 위의 허운이 무섭다면서 거부한다. 허운은 여자의 목을 조르다가 죽이지 못하고 돌아와 단장에게 줄을 더 높이 올려 달라고 요구한다. 그리고 줄을 타다가 허운은 떨어져 죽게 된다. 허운이 죽고 서커스단이 해체된 이후 트럼펫 사내는 폐병 때문에 마을에 남는다.

하위 틀서사의 각 단위에 분산되어 있는 세 개의 삽입서사를 종합하면, 줄광대 이야기의 원형 텍스트를 재구성할 수 있는데, 실상 그 원형은 두 번째와 세 번째 삽입서사에 압축되어 있다. 이를 중심으로 초점화 대상인 줄광대 풍속의 질서에 대해 살펴보면 다음과 같다.

> —줄 끝이 멀리 보여서는 더욱 안 되지만 가깝고 넓어 보여서도 안 되는 법이다. 그 줄이라는 것이 눈에서 아주 사라져 버리고, 줄에만 올라서면 거기만의 자유로운 세상이 있어야 하는 거야. 제일 위험한 것은 눈과 귀가 열리는 것이다. 줄에서는 눈이 없어야 하고 귀가 열리지 않아야 하고 생각이 땅에 머무르지 않아야 한단 말이다.[25]

위 인용문은 줄광대의 삶의 질서를 보여준다. 줄광대 풍속의 질서에서는 줄 위의 세계와 땅 위의 세계를 구분하고 있으며, 줄 위의 세상에 눈과 귀와 생각이 머물러야 한다는 것을 언급하고 있다. 줄광대는 땅 위의 세계가 아닌 줄 위에서 자유로운 세상을 만나게 된다. 땅과 관련된 눈과 귀와 생각이 모두 사라질 때 비로소 줄광대로서 줄을 탈 수 있다. 허노인과 허운은 그러한 줄타기를 고수한다.

25) 「줄」, 앞의 책, p.48.

(i) 그러나 운을 빼 놓은 서어커스 단 사람들은 운이 겨우 두 살을 나던 겨울, 운의 어머니가 단장과의 부정을 의심받고 남편에게 목을 졸려 죽은 사실을 알고 있었다. 그 때 벌써 머리가 희기 시작하던 허 노인은 그 일이 있고도 꼭 하룻밤 동안 줄을 타지 않았을 뿐이었다. 그리고 그는 죽을 때까지 그 서어커스 단에서 줄을 탔고, 아들 운까지도 그곳의 줄광대로 만들어 놓았던 것이다.[26]

(ii) —줄을 타고 계실 때, 그 땐 그런 것 같았는데, 이렇게 옆에만 오시면…… 무서워요.

—아아, 이젠 난 줄을 탈 수가 없는데…….

그러고는 두 사람은 한동안 말이 없었는데, 운의 손이 천천히 여자의 목으로 올라오더니 조금 있다가 그 손은 경련이 난 듯 여자의 가는 목을 조르기 시작하더랍니다. 여자는 별로 반항도 하지 않고 걸상에 쓰러졌는데, 운은 무슨 생각을 했는지 또 갑자기 손을 놓아버리고는 일어서더라는 것이었어요. 그리고는 혼자 중얼중얼하고 있었다고 합니다.

—아버지는 어머니를 죽이고 다시 줄을 탈 수 있었지만, 아아…… 나는…….[27]

(i)과 (ii)는 줄광대 풍속의 질서에 대한 갈등과 관련된 사건을 보여준다. (i)은 줄광대 풍속의 질서를 지켜나가고자 하는 허노인을, (ii)는 줄광대 풍속의 질서와 땅 위의 질서 사이에서 갈등하는 허운을 보여준다. 땅에서의 생각이 줄 위의 세상에 끼어들 때 줄 위의 세계가 위협받을 수 있다. 이때 허노인은 줄 위의 세상을 지키기 위해 아내를 희생시킨다. 반면 허운은 땅에서의 생각으로 인해 줄을 탈 수 없게 되자, 줄 위에서의 삶을 그만두고 땅 위에서 여자와 함께 살아가고자 한다. 그런데 그의 바람은 땅 위의 세상으로부터 거부당한다.

허노인은 줄광대로서의 삶을 살기 위해 세상과의 단절을 꾀하고 다

26) 위의 책, p.45

27) 위의 책, p.51.

른 것들을 희생시키는 태도를 취하는 반면, 허운은 아버지와 달리 줄광대의 삶을 위해 다른 것들을 희생하는 태도를 취하지 않는다. 누군가를 희생함으로써 줄 위의 세상을 지키려는 대신, 위험을 무릅쓰고 줄 위의 세상으로 되돌아가 더 높이 줄을 매어달고 줄을 타고자 한다. 그로 인해 허운은 죽게 되지만, 사람들은 그것을 승천으로 믿는다.

이 삽입서사에서 허노인과 허운은 줄광대의 질서를 끝까지 추구하는 인물로 제시된다. 그리고 이러한 줄광대 질서가 현재 사라져가게 되는 이유로 관객이 활동사진으로 몰리게 되었다는 점, 이에 단장이 상업성을 부추긴다는 점이 제시되고 있다. 결국 관객의 흥미가 서커스에서 활동사진으로 옮겨가게 된 점, 단장이 재주를 부리기를 강요한 점 등이 결합되면서 트럼펫 사내를 비롯한 서커스 단원들이 뿔뿔이 흩어지게 되고, 이에 따라 줄광대 풍속은 사라지게 되는 것이다.

줄광대 풍속의 질서를 다루는 이러한 삽입서사는 원형 텍스트로 기능하면서 하위 틀서사의 매개자들에 의해 다각적인 의미가 부여되면서 상위 틀서사의 화자-초점화자의 고민으로 연결되고, 이를 통해 작품의 주제가 형성된다.

「매잡이」에서 각 서사 단위는 'b1/a1/b2/b3/a2/b4/b5/a3' 순으로 배열되어 있다. 이 단위에서 초점화자는 여러 매개자를 통해 매잡이 이야기와 관련된 정보를 듣는데, 이 과정에서 삽입서사가 제시된다. 여기서 삽입서사는 b3, b4에 산재해 있다. 삽입서사(c)는 'b1/a1/b2/b3-c1/a2/b4-c2/b5/a3'순으로 배열된다.

꼬마 소년이 들려준 곽서방 이야기(c1), 버버리 소년에게서 들은 이야기를 바탕으로 쓴 '나'의 소설(c2)에 의해 삽입서사의 내용이 제시되고, 이 내용을 재구성할 때 하나의 삽입서사가 완성된다.

c1. 꼬마 소년이 들려준 곽서방 이야기
c2. 버버리 소년이 들려준 매잡이 풍속과 곽서방 이야기

첫 번째 삽입서사(c1)에서, '나'는 꼬마 소년으로부터 곽서방이 음식을 거부하고 있다는 이야기를 듣는다. 이 이야기는 '나'가 소년에게 들었다는 것을 밝혀주는 간접 인용의 형식(~라는 것이었다)으로 제시된다. 소년은 매잡이 곽서방이 음식을 거부하고 죽어가고 있으며 왜 그러는지는 아무도 모른다는 것과, 처음에는 사람들이 음식을 들고 찾아갔으나 곽서방이 말도 거부하고 있어 요즘에는 버버리 소년만 곽서방을 찾아가고 있다는 이야기를 들려준다.

두 번째 삽입서사(c2)에서, '나'는 버버리 소년의 '시늉말'을 통해 매잡이 풍속의 질서가 사라져가는 상황을 짐작할 수 있는 이야기와 곽서방이 왜 단식을 하고 있는지를 짐작할 수 있는 이야기를 듣는다. 이 이야기의 내용은 '나'의 첫 번째 소설 형태로 제시된다.

매잡이 풍속은 겨울 한 철 마을 사람들이 함께 어울려 사냥을 나가 잡은 꿩으로 술판을 벌이거나 잔치가 있는 집에 보내곤 하는 농한기의 놀이였다. 꿩 사냥에 함께 나가 몰이꾼 노릇을 할 사람조차 사라지게 되자 곽서방은 버버리와 함께 자신이 몰이꾼이 되어 꿩 사냥을 나가곤 한다. 곽서방은 버버리 소년과 함께 꿩 사냥을 나갔다가 몰이꾼 노릇이 힘에 부친 나머지 매(번개쇠)를 잃어버린다. 그러다가 매를 찾았다는 기별을 받고 매값을 치를 돈을 마련하고자 서영감을 찾아간다. 서영감은 시류가 그렇지 않으니 매잡이를 그만두고 먹고 살 길을 마련해 보라는 요구를 하면서 돈을 건네주고, 곽서방은 그 돈을 받아 장터로 나가서 매를 데리고 나온 옛 친구를 만난다. 품팔이로 살아가는 친구는 매주의 도리에 따라 매값을 치르겠다는 곽서방을 도리어 타박하며 매값도 받

지 않고 가버린다. 곽서방은 마을에 돌아온 뒤 매를 날려 보내고 서영감네 헛간으로 가서 단식을 시작한다. 곽서방이 가버린 뒤 버버리 소년은 다시 집을 찾아 돌아온 매를 자신이 부리고자 한다.

하위 틀서사의 각 단위에 분산되어 있는 두 개의 삽입서사를 종합하면, 매잡이 이야기의 원형 텍스트를 재구성할 수 있는데, 실상 그 원형은 두 번째 삽입서사에 압축되어 있다. 이를 중심으로 초점화 대상인 매잡이 풍속의 질서에 대해 살펴보면 다음과 같다.

(a) (i) 이제 마을 사람들은 할 일이 없어도 몰잇군 노릇을 하려고 하지는 않았다. 박달나무 방망이를 하나라도 더 깎아다 장터에서 조됫박 값을 만들거나, 아니면 차라리 뜨뜻한 아랫목에서 화투판을 벌이는 편이 낫다고들 생각하는 것이었다. (ii) 하지만 예전 사람들은 몰잇군 놀이를 무슨 삯일로 생각했나, 그저 재미만으로 즐거이 몰잇군을 자청해 나섰던 것이다. 종일 풀토끼 한 마리 잡지 못해도 좋았다. 하루종일 산을 타서 몸은 피곤하고 먹을 것은 없어도 그래도 그들은 얼굴이 붉어서 웃는 낯으로 또 틈 봐서 사냥을 나오자고 다짐하며 집으로들 돌아갔던 것이다. 꿩이 잡히면 물론 더 좋았다. 그런 날은 잔치가 벌어졌다. 적은 안주 구실밖에 못했지만 그 꿩을 구실로 술판을 벌였다. 혹시 마을에 혼사나 다른 잔치가 있으면 그 꿩을 보냈다. 그러면 그 집에서도 떡시루 아니면 술말로 답례를 해오는 것이었다. (iii) 한데 요즘은 매로 잡은 꿩이 장거리에서 돈으로 팔리는 판국이다.[28]

(b) 매를 찾을 때 매주가 매값을 치를 수 없으면 매가 들어간 마을로 가서 이삼 일 매를 놀아주어야 하는 것이다. 그때 매잡이는 매를 가지고 산정수리를 다니며 꿩이 떠오르면 그걸 보고 매를 띄우는 것뿐 꿩몰이는 마을에서 나서 주었다. 그러고도 매잡이는 술과 밥과 잠자리를 얻으며 마을의 손님 노릇을 하는 것이다. (중략) 매값을 치르기 위해서는 매주가 마을로 팔려가는 한이 있더라도 매를 그냥 받아오는 것만은 용서되지 않는 습관이었다. 명문의 규범은 아니지만 그렇게 되어 내려

28) 「매잡이」, 위의 책, p.277.

오는 풍습이었다.[29)]

위의 인용문은 '매잡이 풍습'의 질서를 보여준다. (a)의 (ii)에서는 매잡이가 '사냥'이나 경제적 이해관계를 목적으로 하기보다는 일종의 공동체의 '놀이'이자 '축제'임을 강조하고 있으며, (b)에서는 잃어버린 매를 찾으면 매값을 치르거나 혹은 그 마을에 들어가 매잡이 노릇을 함으로써 매잡이로서의 '도리'를 다해야 함을 강조하고 있다. 이처럼 매값을 치르기 위해 매잡이 노릇을 할 경우에도 '마을의 손님노릇'에서 보듯, 일종의 마을의 축제이자 놀이임을 알 수 있다.

그런데 (a)의 (i)과 (iii)에서 보듯 이러한 매잡이 풍속은 새로운 풍속에 의해 사라져가게 된다. 이러한 상황에서, 곽서방과 버버리 소년은 매잡이 풍속을 지켜가려는 태도를 보인다.

(i) 시류를 좇아서 사는 사람들은 그 시류에 맞춰 생활을 잘 요리해 갈 수 있을 뿐 아니라, 자기가 얼마나 그 시류에 민감하고 영리하게 적응하는가를 자랑스럽게 이야기하며 스스로 만족한다—곽서방은 영감의 집을 나오면서 어렴풋이나마 그 비슷한 생각을 느끼고 있었다. 하지만 곽서방은 실상 그 이전부터 벌써 그것을 느끼고 있었는지도 모른다. 영감이 그렇게 곽서방을 걱정해 주고 충고를 해 주는 데도 곽서방이 한 번도 그것을 고맙게 생각해 본 일이 없다는 것은 바로 그 때문이 아니었을는지.[30)]

(ii) 한데 버버리 놈은 달랐다. 애초부터 말을 못하는 녀석이 남들처럼 짖까불고 곽서방을 괴롭힐 일은 없었지만, 버버리는 그래서라기보다 이상하게 곽서방의 사냥을 즐겨 따라나섰고, 자기집 사랑채 방에서 잠도 곧잘 함께 자 주곤 했다. 그리고 곽서방이 매를 다루는 법—이를테면 비둘기로 매를 잡아서 사람과 친하여 달아나지 못하게 훈련시키고,

29) 위의 책, p.281.
30) 위의 책, p.283.

또 사냥에 대비하여 잠을 재우지 않거나 밥을 굶기는 일 따위를 예사로 보지 않고 있다가 꼭꼭 흉내를 내는 것이었다. 그리고 이제는 빠짐없이 곽서방의 사냥길을 따라다니는 단 한 사람의 친구였다.[31)]

(i)은 곽서방이 잃어버린 매를 찾기 위해 서영감으로부터 매값을 받아 나오면서 매잡이를 그만 두고 살 궁리를 하라는 서영감의 말에 대해 자신의 생각을 피력하는 부분이다. 여기서 곽서방은 서영감이나 옛 친구 등을 '시류를 좇아서 사는 사람들'이라 생각하면서, 자신은 그러한 '시류의 흐름'에 의해 매잡이 풍속이 사라져가지만, 그 흐름에 편승하기를 거부한다. 그는 몰이꾼이 없어 버버리에게 매잡이를 시키고 자신이 몰이꾼이 되어 사냥을 나갈지언정 매잡이 일을 그만두지 않는다.

(ii)에서 보듯, 버버리 소년은 매잡이 풍속을 끝까지 지키려는 곽서방을 따르면서 곽서방으로부터 매잡이의 일을 배우고 함께 사냥을 가는 '단 한 사람의 친구'이다.

이들과 달리 대부분의 마을 사람들과 매잡이를 부리던 서영감, 매잡이를 하다가 품팔이꾼으로 전락한 옛 친구 등은 '시류를 좇는 사람들'로서 과거 풍습의 질서를 전적으로 부인하지는 않지만, 시류의 흐름을 좇아 과거의 풍습을 버리고 새로운 풍습에 무비판적으로 순응한다.

(i) 한사코 매잡이 노릇일랑 그만 두고 이젠 다른 일을 해서 밥을 마련하라는 서영감이었다. 그러기만 한다면 우선 자기집 사랑채에 잠자리도 주고 세 때 끼니도 함께 나누도록 하겠다는 것이다. 까닭없이 곽서방의 매잡이 노릇을 못봐하는 영감이었다.

「자넨 요순 세상의 선비로군.」

하며 곽서방을 비웃거나

「지금이 어느 때라고…… 그래 밥을 먹고 살겠다는 건가.」

---

31) 위의 책, p.278.

하고 까놓고 싫은 소리를 하는 것이었다. 하지만 그 영감인즉은 옛날 매잡이들의 단골 주인이었다. 마을의 매잡이는 언제나 그 서영감이 부렸고, 다른 마을로 들어간 매를 찾아 올 때 그 매값을 치러 주는 것도 언제나 서영감이었다.[32]

(ii) 「내 말을 해주지. 매가 들어오니까 천상 누가 매를 돌려주러 나올 사람이 있나 말야. 마을에서들은 그냥 다시 산으로 날려 보내 버리라는 거야. 자넨 날 거꾸로 도리가 없는 사람으로 여기는지 모르지만, 그래도 사람을 찾게 매를 훈련시켜 놓은 그 인간들을 찾아 내려온 매를 산으로 다시 쫓아 보내지 않고 일부러 자네를 찾아 청승맞게 놈을 안고 장터까지 나온 건 나란 말일세. 알겠나? 그래도 매를 돌려받은 게 감사한가?」

하더니 그는 멍해 있는 곽서방을 찬찬히 들여다보며 이번엔 아주 진지한 어조로 물었다.

「한데—마을로 가서 자넨 여전히 사냥질을 할 참인가?」[33]

(i)에서 보듯, '옛날 매잡이들의 단골 주인'이었던 서영감은 매잡이 노릇을 하는 곽서방에게 '요순 세상의 선비'라 비웃으면서, 매잡이 노릇을 그만 두고 '다른 일을 해서 밥을 마련하라'고 요구한다. (ii)에서, 매잡이를 그만두고 품팔이꾼으로 하루하루를 연명하는 옛 친구는 매잡이 도리를 다하려는 곽서방을 힐난한다. 그는 곽서방에게 "매잡이로 아직 굶어죽진 않은 걸 보니 부럽구만."[34]이라 말하면서 '사냥질'을 그만두라고 충고한다. 이들에게 곽서방은 '한량', '후리배', '천덕구니'[35]로 여겨질 뿐이다.

32) 위의 책, p.280.
33) 위의 책, p.285.
34) 위의 책, p.284.
35) 위의 책, p.278.

2) 억압당하는 인물의 심리적 연상물: 「소문의 벽」, 「선고유예」

다음, 현재 풍속을 다루는 작품에 나타나는 삽입서사와 매개자의 측면이다. 현재의 풍속을 다루는 경우, 초점화 대상은 현재 새롭게 생겨나는 풍속에 맞추어져 있고, 그것의 의미를 파악하기 위해 삽입서사가 제시된다. 현재의 풍속을 다루는 작품은 사라져가는 풍속을 다루는 앞서의 작품과 마찬가지로 삽입서사가 상위 틀서사의 화자-초점화자의 고민으로 연결된다. 그런데 현재의 풍속은 새롭게 생겨나고 만들어지는 과정 중에 있는 변화무쌍한 것이기 때문에 그것의 본질적이고 보편적인 특징을 포착하기 어렵다. 그러한 까닭에 현재의 풍속과 대비시켜 유사한 사건을 유추함으로써 현재의 풍속이 갖는 속성을 파악하고자 한다.

현재의 풍속과 관련하여 삽입서사를 통해 제시되는 사건은 하위 틀서사에서 벌어지고 있는 사건과 유사성을 띠고 있는 심리적 연상물에 해당한다. 심리적 연상의 주체는 매개자인 경우도 있고, 초점화자인 경우도 있다. 초점화자나 매개자에 의해 떠올려지는 심리적 연상물로서 삽입서사는 현재의 풍속을 다루는 작품에서 거울 텍스트로서의 역할을 담당한다.

「소문의 벽」의 서사 단위는 'b1/a1/b2/b3/b4/a2/b5/b6/b7/b8/b9/b10/b11/b12/a3/b13/b14' 순으로 배열되어 있다. 이 단위에서 삽입서사는 하위 틀서사의 초점화자가 현실에서 겪는 사건에 대한 심리적 연상물을 박준의 소설을 통해 진술하는 내용으로 이루어진다. 여기서 삽입서사(c)는 'b4, b8, b10'에 산재해 있다. 삽입서사는 'b1/a1/b2/b3/b4-c1/a2/b5/b6/b7/b8-c2/b9/b10-c3/b11/b12/a3/b13/b14'순으로 배열된다.

c1. 박준의 소설 '괴상한 버릇'
c2. 박준의 소설 '벌거벗은 사장님'

c3. 박준이 쓴 전짓불과 관련된 소설

이 작품에서 하위 틀서사의 초점화자는 박준과 관련하여 세 가지의 사건을 경험한다. 각 사건에 대한 초점화자의 심리적 연상물은 박준의 소설 형식으로 제시된다. 삽입서사는 박준의 세 편의 소설에 기초해 크게 세 가지로 구분된다. 첫 번째는 '괴상한 버릇'이라는 제목의 소설(c1), 두 번째는 '벌거벗은 사장님'이라는 제목의 소설(c2), 세 번째는 전짓불과 관련된 이야기를 다루고 있는 미발표 원고 소설(c3)로 구성된다.

첫 번째 삽입서사(c1)는 박준의 소설 '괴상한 버릇'이다. 이 소설은 광속에서 잠들곤 했던 어릴 적 버릇이 낭패스러운 일을 당할 때마다 죽은 사람 흉내를 내는 버릇으로 발전하게 된 그가 결혼을 하고 사회생활을 하면서 그 버릇이 더욱 심해진 결과 결국에는 가수 상태에 빠져 깨어나지 못한다는 내용을 담고 있다. 이 내용은 간략한 줄거리 형식의 메타텍스트로 제시되고 있다.

두 번째 삽입서사(c2)는 박준의 소설 '벌거벗은 사장님'이다. 이 소설은 점잖은 사장의 유흥 비밀을 알게 된 운전수가 그 일에 관한 발설 금기를 지키려고 하고 싶은 말을 참다가 신경과민 증세를 보이고, 주의력 결핍에 의한 운전 실수로 회사에서 쫓겨나게 되면서 선임 운전수들이 회사를 떠난 이유를 짐작하는 내용을 담고 있다. 이 내용은 c1과 마찬가지로 간략한 줄거리 형식의 메타텍스트로 제시되고 있다.

세 번째 삽입서사(c3)는 전짓불과 관련된 이야기를 다루고 있는 미발표 원고 소설이다. '전짓불'과 관련된 소설에서 G는 청년 운동 단체의 간부로, 퇴근 버스에서 정체를 알 수 없는 심문관으로부터 진술을 요구받는 환상을 경험한다. 그 과정에서 G는 어릴 적 전짓불과 관련된 기억들을 하나씩 진술한다. (i) 6·25 전란으로 징집 영장도 받지 않은 청년들까지 마구 입영시키는 상황에서 어머니가 한 청년을 숨겨 주고 순경에 의해 전짓불의 심문을 받는 상황, (ii) 1950년 가을 한밤중에 들이닥친 사람들이 국군인지 인민군인지 정체를 알 수 없는 가운데 전짓불을 비추며 누구의 편이냐고 묻는 상황, (iii) 대학 시절 집을 구하지 못해 강의실에서 숨어 자던 때, 들키면 쫓겨날 수밖에 없는 상황에서 수위가 전짓불을 비추는 상황, (iv) 군영 생활 3년, 가정생활, 교우 관계 등 모든 관계에서 전짓불과 관련된 기억을 진술한다. 심문관은 G의 이러한 진술 태도를 두고 음모 혐의를 입증하고, 유죄 선고를 내린다.

박준의 세 편의 소설에는 각 인물의 심리적인 증상이 나타나고 있으며, 그 증상이 점차 심화되는 양상으로 변화되고 있다. '괴상한 버릇'에서 '그'는 '가수 상태', '죽은 사람 흉내 내기' 등의 증상을 보여준다. 이러한 증상이 나타나게 된 까닭은 '낭패스러운 일'을 당하기 때문인 것으로 제시된다.

'벌거벗은 사장님'에서 '운전수'는 '노이로제', '신경과민' 등의 증상을 보인다. 자신이 본 것을 절대 발설해서는 안 된다는 금기와 자신이 보게 된 사장의 타락한 유흥 비밀을 발설하고 싶은 욕구 사이에서 갈등한 결과 신경과민 증세가 악화되기에 이른다.

'전짓불 관련 중편 소설'에서 청년 운동 단체의 간부인 G는 피의자로 몰려 심문관으로부터 진술을 요구받게 된다. G는 6 · 25 무렵 비추어지던 전짓불로 인해 공포를 경험하게 되고, 그것이 대학 시절까지 이어지게 되자 그로 인해 전짓불 공포증과 진술 공포증에 시달리게 된 것으로 제시되고 있다. 곧 G의 증상은 그 연원이 전쟁에 놓여 있으며, 전쟁 이후에도 공포를 조장하는 전짓불의 공포가 사라지지 않고 오히려 더 심화되었음을 보여주고 있다.

그 결과 박준의 첫 번째 소설에서는 외부의 억압 요인이나 갈등 요인이 선명하게 드러나지 않지만, 두 번째 소설에서는 그것이 운전수와 사장의 관계, 운전수라는 직업과 관련되면서, 억압 요인과 갈등 요인이 보다 구체적으로 드러난다. 세 번째 소설에서는 그 요인이 역사적인 사건과 관련된 것으로 거슬러 올라가며, 지금까지도 그 갈등 요인은 해결되지 않고 오히려 더욱 심화되고 있다는 것을 보여준다.

「선고유예」에서 각 서사 단위는 'a1/b1/b2/b3/b4/b5/b6/b7/b8/b9/b10/ b11/ a2/b12/b13/b14/b15/a3' 순으로 배열되어 있다. 이 단위에서 삽입서사는 하위 틀서사의 초점화자가 현실에서 겪는 사건에 대한 심리적 연상물에 해당하는데, 이 연상물은 초점화자 '나'가 심문관에게 진술하는 방식으로 제시된다. 여기서 삽입서사는 'b1, b2, b3, b5, b7, b12, b14, b15'에 산재해 있다. 이에 따라, 삽입서사(c)는 'a1/b1-c1/b2-c2/b3-c3/b4/b5-c4/ b6/b7-c5/b8/b9/b10/b11/b12-c6/b13/b14-c7/b15-c8/a3' 순으로 배열된다.

c1. 태평양 전쟁이 한창이던 시절 나는 허기를 잊기 위해 연을 날림
c2. 한일 굴욕외교 반대 단식 데모를 하다가 (무장경관에 의해) 트럭에 실려 병원으로 옮겨짐. 그 일을 심문관에게 진술함
c3. 6·25 청년들의 환송회에 동원되어 갔다가 노래를 부르고 돌아오는 길에 피로감과 시장기를 느낌. 퇴근길 버스에서 '나'를 음모 혐의 피의자로 여기는 심문관이 등장하여 생에 대한 진술을 요구함
c4. 초등학교 4학년 무렵 순경들이 청년들을 마구잡이로 군대에 보내던 시절, 방 안에 숨어든 청년을 찾는 순경의 전짓불 빛에 무서움을 느낌. 대학 입학 후 집이 없어 강의실에서 숨어 지내던 때 수위가 비추는 전짓불에 공포를 느끼는 한편으로 허기를 느낌. 4·19 이후 허기를 느끼지 않다가 5·16 이후에 다시 허기를 느끼게 됨. 심문관에게 이러한 내용을 진술하면서 4·19와 5·16에 대한 생각과 각 세대의 특성에 대해 이야기함.
c5. 군대에서 야간 훈련을 나갔을 때 기분 좋은 허기의 기억으로 시장기를 달래고 있는데, 이웃 초소의 녀석이 생고구마를 주어 함

께 먹음. 심문관의 군대에 관한 진술 요구에 나는 진술을 망설이다가 제복에 대한 생각을 제외한 채 이러한 내용을 진술함. 심문관이 대뇌절제술을 선고하고, 나는 그 대신 사형을 선택함
c6. 왕의 단식 결과에 대한 희망 때문에 직장의 복귀와 퇴직을 결정짓지 못하고 있다는 것을 진술함
c7. 추천된 소설의 주제가 망설임을 다루고 있다는 것을 떠올리면서 심문관에게 추천 사실만을 진술함
c8. 형 집행 유예 사실과 각하의 말을 전달하는 심문관에게 각하의 정체를 궁금해 함. 앞으로 쓰게 될 소설에서도 계속해서 허기에 관한 기억을 되풀이하게 될 것임을 예감

이 삽입서사는 하위 틀서사의 초점화자 '나'가 직장에서 열흘간의 유예 휴가를 받고 세느 다방에서 왕을 관찰하면서 직장의 복귀와 퇴직을 망설이는 과정에서 이루어진 심리적 연상물에 해당한다. 이 연상물은 어렸을 때부터 대학, 군대 시절을 거쳐 최근에 이르기까지 허기와 관련된 '나'의 생에 대한 진술 내용으로 구성되는데, 이는 '나'의 회상으로서 제시되지 않고 심문관의 질문에 대답하는 형식으로 제시된다. 「소문의 벽」에서는 '박준'의 심리적 연상물을 소설로 제시함에 비해, 이 작품은 '나'의 경험에 대한 기억의 회상을 심문관에게 진술하는 형식으로 제시하고 있다.

이러한 삽입서사는 '허기'와 관련된 '나'의 경험과 그것에 대한 진술이 뒤섞여 있는 형태를 취하고 있다. '나'의 진술은 직장에 다니던 무렵과 열흘간의 유예 휴가 기간으로 구분되어 제시된다. 이에 따라 삽입서사의 내용을 재구성하면 다음과 같다.

먼저, '허기'와 관련된 '나'의 경험이다. '나'는 태평양 전쟁 무렵 보릿고개를 견디기 위해 연날리기를 하곤 했는데, 연을 통해 외롭고 슬픈 허기의 얼굴을 본다(c1). 그러다가 초등학교 4학년 무렵, 6・25에 출정하

는 청년들을 위한 환송식에 동원되었을 때 다시 허기를 경험한다. '나'는 다른 아이들과 함께 환송 면민 대회가 다 끝날 때까지 허기를 참으며 기다리다가 청년 장병들이 탄 트럭이 보이자 노래를 부르기 시작한다. 마구 손을 흔드는 청년들을 실은 차가 대열을 빠져나간 뒤 빠른 속도로 고개를 넘어가버리자, 일시에 힘이 쭉 빠지고 굉장히 배가 고파지기 시작한다(c3). 초등학교 4학년 무렵 순경들이 청년들을 마구 잡이로 군대에 보내던 시절, 순경을 피해 이웃 청년이 방 안으로 숨어든다. 그 청년을 찾느라고 비추는 전짓불 빛에 무서움을 느끼게 된다. 대학 입학 이후에는 집이 없어 강의실에 몰래 숨어들어 지내곤 했는데, 수위가 비추는 전짓불에 공포를 느끼게 되고, 한편으로는 허기를 느끼게 되었다. 4 · 19가 있고 난 뒤 어느 정객의 집에 가정교사로 들어가게 되어 더 이상 허기를 느끼지 않게 되었고, 외서를 읽고 강연 듣고 토론하고 농촌 계몽 운동을 나가는 등 수많은 가능성에 탐닉하느라 허기를 잊고 살았다. 5 · 16 이후에는 그 가능성이 좌절되면서 다시 허기를 느끼게 된다(c4). 군대에서 야간 훈련을 하던 때, 어릴 적 허기에 대한 기억을 떠올리며 시장기를 견디고 있는데, 동료가 고구마를 캐와 하나를 건네주며 먹기를 권유한다(c5). 대학 시절 '한일 굴욕외교 반대 단식 데모'를 하면서 기분 좋은 허기를 느끼는 한편으로 그 구역질을 견디기 위해 식염수를 마시곤 한다. 그러다가 단식 데모를 하던 학생들은 트럭에 실려 병원으로 옮겨진다(c2).

다음, 직장에 다니던 무렵, 심문관에게 음모 혐의 피의자로 몰려 진술을 요구받는 내용이다. '나'는 퇴근길 버스에서 자신이 탄 버스가 수도로 들어가는 새벽 혁명군의 차량이라고 생각한다. 갑자기 심문관이 등장해 자신을 음모 혐의 피의자로 몰고, 심문하면서 생의 기억을 진술하라고 요구한다(c3). 심문관은 두 번의 혁명과 군대에 대한 진술을 요구한다. '나'는 심문관의 정체모를 제복으로 인해 진술을 망설인다. 심문관은 정직하지 못한 그동안의 진술 태도로 인해 '대뇌절제 수술형'이 확정되었음을 알리고, '나'는 '사형'을 받기를 청한다(c5).

마지막으로, 직장에서 유예 휴가를 받은 열흘 동안 심문관으로부터 형을 번복할 수도 있는 진술을 요구받는 내용이다. 심문관은 형 집행이 열흘 남았다는 것을 알리고 그동안 선고를 번복할 수 있는 진술 기회가 남아 있다는 것을 알려준다(c2). '나'는 정직한 진술을 하기 위해 애쓰면서, 왕이 자신과 동일한 허기의 경험을 갖고 있다는 것과(c6), 단편소설이 추천되었다는 것(c7)을 진술한다. 심문관의 모습은 보이지 않고, 전짓불 빛이 번쩍이는 가운데 심문관의 목소리만 들려온다. 그는 소설을 쓰고 있는 동안은 형 집행이 연기될 것임을 알려주면서, '소설은 가장 성실한 진술'이라는 각하의 말을 전달한다. '나'는 심문관에게 각하의 정체를 물어보지만, 심문관은 그것이 '영원한 비밀'이며, 어쩌면 '나'가 이미 알고 있을지도 모른다고 말한다. '나'가 앞으로 '허기' 이외에 어떤 소설을 쓰게 될 것인지를 고민하면서 새로운 소설을 쓸 때는 어떤 방해도 받지 않게 될 것인가를 생각한다(c8).

이상의 삽입서사는 '나'의 과거 경험에 기반을 두고 제시되고 있다는 점에서 일련의 연속성을 갖는다. 이러한 심리적 연상물로서의 삽입서사를 통해 '나'가 과거에 경험한 '허기'의 상황이 '전짓불'과 '제복'에 의한 감시와 검열로 반복, 심화, 재생산되고 있음을 강조한다.

먼저 허기와 관련하여, '나'가 허기를 느끼는 상황은 태평양 전쟁 때의 보릿고개, 6·25 전쟁터로 나가는 청년들의 환송회, 5·16 이후의 한일 굴욕회담 등으로 제시된다. 이러한 상황에서 '허기'는 '어렸을 때의 그 연의 외롭고 슬픈 얼굴', '출정 장정들을 환송하고 돌아올 때의 눈물이 나도록 배가 고프던 얼굴', '단식 데모 때 추럭에 실려 병원으로 옮겨가던 때의 동료들의 그 얼굴들'[36]로 나타난다. '나'는 허기를 견디기 위해 연날리기, 청년 장병들을 위해 노래 부르기, 반대 단식 데모 등을 하게 된다.

여기에서 주목할 것은 '나'가 '허기'를 '이상한 쾌감'으로 즐긴다는 것과, 그것이 모종의 방해를 받는다는 것이다. 먼저 '나'의 '허기'에 대한 경험이다.

> 오정이 지나면 정말 그 허기는 사라지고 머릿속이 말똥말똥 밝아지며 몸도 가벼워졌다. 그러면 나는 담너머로 보내던 주의를 비로소 다시 연으로 돌리는 것이었다. 그러나 그런 시간도 오래 가지는 않았다. 연에서 손으로 전해 오는 바람의 압력과 긴장을 즐기며 높은 연을 쳐다보고 있노라면 잠시 사라졌던 허기는 서서히 다시 살아나기 시작했다. 그것은 이젠 나의 몸이 중력을 잃어가는 것 같은 가벼움과 선뜩선뜩한기가 느껴지는 기분에다 배에서 조금씩 일어나고 있는 통증과 긴장감 그런 것이었는데, 특히 그 통증과 긴장감을 견디는 것은 묘하게 자릿자릿한 쾌감까지 느끼게 했다. 나는 어느 때부턴가 그 허기를—그 허기로부터 시작된 뱃속의 통증을 이상한 쾌감으로 즐기게 되어 버렸다. 그리고 그런 은밀한 쾌감을 맛보면서 나는 오후 동안 연을 쳐다보며 저녁을 기다렸다. 나는 그 이상한 쾌감에 관해서 나의 연과 무척도 많은 이야기를 하고 있었던 것이다.[37]

'나'는 태평양 전쟁이 한창이던 시절, 어머니가 밥을 먹으라고 불러주시기를 기다린다. 그렇지만 흉년까지 겹쳐 점심을 먹기가 어려웠다. 그래서 '나'는 점심의 시장기를 견디면서 연을 날리곤 했다. 그때 처음 허기로 인한 통증과 긴장감을 '자릿자릿한 쾌감'으로 즐기게 된다. 이러한 마조히즘적인 견딤은 '연날리기'를 통해 '쾌감'으로 승화된다.

---

36) 「선고유예」, 앞의 책, p.100.
37) 위의 책, p.20.

그와 같은 '허기'의 경험은 이후에도 이어진다. 태평양 전쟁, 6·25 전쟁, 자유당 독재 시절, 5·16 이후 한일회담 등의 상황에서 '허기'와 관련된 경험이 제시된다. 각각의 상황에서 '허기'를 견디는 방식은 '연날리기', '노래 부르기', '데모하면서 노래 부르기', '단식 데모' 등으로 제시된다. 반면에 '허기'를 느끼지 않는 시절도 있었는데, 그것은 4 ·19 혁명 이후의 일 년 간으로 제시된다.

> 4·19혁명데모에 나섰던 우리 친구들은 별로 데모를 하지 않았어요. 그때 우리는 오히려 마치 허기에 지친 사람이 갑자기 많은 음식을 만났을 때처럼 이것저것 집어 삼키는 일에 몰두해 있었지요. 그때부터 본격적으로 밀려들어 오기 시작한 외서들을 읽어대고 그리고 연사를 초빙해다 강연을 듣고 우리들끼리 토론을 하고 그러느라고 바빴어요. 그리고 웬만큼 느긋한 기분이 되었을 때는 농촌계몽이다 사회정화다 해서 직접 사회적 기여를 다짐하고 그 실천에 나섰어요. 결과야 뭐 만족한 것은 아니었습니다마는 우린 정말 세상을 좀더 좋은 것으로 만들어 보려는 의욕에 불타 있었지요. 그런 의욕의 실현 가능성을 우리는 4·19 혁명 성공에서 얻고 있었거든요. 아까도 말했듯이 그 결과는 여하간에 우리는 그런 가능성을 가지고 살았어요. 그런데 5·16으로 좌절을 당하고 말았지요. (중략) 내가 좌절이라고 말한 것은 하여튼 우리는 그때 세상을 자기 힘으로 개선해 나갈 수 있다고 기고만장했는데 그게 안된다고 했을 때의 그 자기 실망 같은 것이지요. 자기 자신에 대한 내적인 좌절이라고 할 수 있어요. 결국 말할 수 있는 것은 그 일년동안 나는 어떤 가능성 속에 살고 있었다는 것입니다. 그것만은 확실한 것이고 또 중요한 것이지요. 그리고 그 일년동안 나는 허기를 잊고 지냈다는 것입니다.[38)]

4·19 혁명 이후의 일 년간은 여러 가능성과 그것의 실천을 통해 '세상을 좀 더 좋은 것으로 만들어 보려는 의욕'을 갖게 된다. 그러한 상황

38) 위의 책, pp.108~109.

에서는 '허기'를 잊고 지내게 된다는 것이다. 이를 통해, 앞서 제시된 전쟁과 독재 시절에서 느끼는 '허기'의 의미를 짐작할 수 있다. 곧 세상을 좀 더 좋은 것으로 만들 수 있는 가능성이 차단된 상황, 세상을 개선해나가는 것이 어려운 상황에서 '허기'가 만연하게 되는 것이다. 따라서 태평양 전쟁, 6·25 전쟁, 독재, 한일회담 등은 '허기'를 조장하는 상황적 요인이라 할 수 있다.

다음, '나'의 '허기 견디기'를 방해하는 것은 '전짓불'과 '제복'으로 제시된다. 먼저, '전짓불'은 두려움과 공포를 조장하는 매개물로 제시된다.

> 수위가 밖에서 전짓불로 교실안을 획획 둘러보는 것이었습니다. 그 수위의 전짓불이 얼마나 무서운 것이었는지 모릅니다. 사람은 보이지 않고 그 번쩍거리는 불빛이 말입니다. 그것이 기다랗고 곧은 장대처럼 되어 교실안의 어둠을 이리저리 재빠르게 들추고 다닐 때 나는 숨이 끈긴 것처럼 긴장하는 것이었습니다. 벌써 배가 고파진 나는 뱃속에서 들려나오는 꼬르륵 소리조차 그 불빛에 들키고 말 것 같이 조마조마했어요. 사람의 얼굴이 보이지 않는 전짓불은 정말 무서운 것이었습니다. 나는 그런 전짓불을 한 가지 더 알고 있는데 그것도 아마 저 초등학교 4학년 무렵 마을 청년들이 자주 군대로 가던 때의 일이었을 것입니다. 그 무렵 순경들은 마을로 들어와서 징집영장을 받지 않은 청년들도 마구 붙잡아다 입영시키는 수가 있었어요. (중략) 그 무시무시한 불빛은 나의 얼굴을 지나 다락까지 비춰보는 것 같았지만, 어느 새 숨어 버렸는지 청년은 들키지 않았어요. 하여튼 그런 일도 있고 해서 나는 그 전짓불을 무척도 무서워했습니다. 무엇보다도 그 불빛 뒤에 선 사람의 얼굴이 보이지 않는 게 그랬어요. (중략) 구호를 외치고 노래를 부르며 거리를 행진하다 보면 나는 그 옛날 초등학교 4학년 때의 환송회 광경이 떠오르곤 했어요. 그때 허기를 쫓기 위하여 눈물이 나도록 목청을 돋아 만세와 무찌르자 오랑캐 노래를 부르던 일이 말예요. 그러다 밤이 되어 그 강의실로 돌아오면 허기가 온몸을 독기처럼 번져나왔습니다. 어떤 때는 아예 강의실로 돌아가지 않고 거리에서 데모로 밤을 밝힐 때도

> 있었어요. 시장기를 견디고 그것을 쫓기 위해서 그러는 것 같은 생각이 들기도 했습니다.[39]

위의 인용문에서는 전짓불 경험과 관련하여 두 가지 사건이 제시되고 있다. 하나는 초등학교 4학년 무렵 마을 청년들이 자주 군대로 가던 때의 사건이고, 다른 하나는 대학 신입생 시절의 사건이다. 전자는 6·25 전쟁과 관련된 사건으로, 징집 영장도 받지 않은 마을의 청년들이 '전짓불'에 쫓기면서 마구잡이로 전쟁터에 끌려가고, 초등학생이던 '나'는 그런 청년들을 위한 환송회에 동원되어 '허기'를 쫓기 위해 노래를 부르며 만세를 외치곤 한다. 이를 통해 전쟁으로 인한 공포와 허기가 제시된다. 후자는 4·19 혁명과 관련된 사건으로, 대학 신입생이던 '나'는 자유당 독재 시절 데모를 하고, 학교의 강의실에 돌아와 숨어 지내는 생활을 반복하는 과정에서 '허기'와 '전짓불'의 공포를 느낀다. 이를 통해 6·25 전쟁 무렵 자행되었던 '전짓불'의 공포와 '허기'가 여전히 반복되고 있다는 것을 보여준다.

다음, '허기'를 심화시키는 요인으로 '제복'이 제시된다. 제복은 억압과 감시의 주체를 표상하면서, 동시에 복종을 요구하는 상징적 기호이다.

> 얼핏 보기에 제복이라는 것은 썩 질서감이 있어서 눈을 즐겁게 해 준다. 사람은 대체로 통일된 질서를 좋아하니까. 그러나 그 통일과 질서 속의 개인은 얼마나 고통을 받아야 했던가. 하나의 통일된 질서를 만들어 내기 위해서 그 질서에 참가한 사람들은 얼마나 많은 땀을 흘려야 하는가를 나는 알고 있었다. 나는 군대에 있을 때 키가 좀 큰 덕분으로 의장대로 뽑힌 일이 있었다. 그래서 국군의 날 행사에 시가행진을 한 일도 있었다. (중략) 그때의 그 질서, 통일을 이루어 내기 위하여 그것에 자기를 맞추려고 우리들이 얼마나 땀을 흘렸던가는 아무도 상상하

39) 위의 책, pp.104~107.

지 못했을 것이다. 그러나 그때 나는 그것을 절감했었다. 질서라는 것이—그것 뒤에 숨은 개인이 얼마나 고통스러운 것인가를. 그 무렵 어떤 로마 노예선을 찍은 영화를 보다가 몹시 감동을 받은 것도 이미 그 비밀을 알고 있었기 때문이었다. (중략) 왜냐하면 제복은 개인을 위해서가 아니라, 사람을 위해서가 아니라, 통일된 질서로서 복종할 것만을 전제로 그 명령을 기다리고 있는 것이니까. 아니 그런 확실한 이유가 아니더라도 나는 그 이유로 제복을 싫어할 수 있는 것보다 훨씬 더 싫어했다. 특히 어머니가 자주 협박을 당하던 일본 순사의 제복, 데모를 막으려 덤비던 4・19때의 검은 제복, 그리고 학교 교문에서 등교를 막고 섰던 푸른 제복, 그 제복들이 나를 그렇게 만들었다.[40]

제복과 관련된 사건은 '일본 순사의 협박', '데모를 막으려는 4・19 때의 검은 제복', '학교 교문에서 등교를 막고 섰던 푸른 제복' 등으로 제시된다. 그리고 앞의 인용문에서 언급되고 있는 '전짓불' 뒤의 '순경'과 '수위' 역시 '제복'과 관련이 있다. 이러한 사건은 허기와 전짓불에 의한 공포의 조장이 제복에 의해 이루어지고 있음을 보여준다. 결국 태평양 전쟁이 있던 일제 말기, 6・25 전쟁, 자유당 정권에 의한 독재, 5・16 이후 한일 굴욕회담 등이 연결되면서, 이는 모두 집단을 위한 개인의 희생을 요구하는 사건들로, 그 질서를 위해 많은 사람들의 희생이 야기되었으며, 이러한 희생은 '제복'으로 표상되는 권위적 억압자에 의해 자행되는 것임을 보여주고 있다.

이러한 내용을 바탕으로 할 때, '나'의 '허기'는 '전짓불'과 '제복' 등으로 인한 감시와 억압에 의해 '나'가 지향하고자 하는 '더 나은 세상'에 대한 가능성이 좌절된 것과 관련이 있음을 짐작할 수 있다. 그런데 이와 같은 '나'의 '허기'는 심문관에게 음모 혐의 피의자로 몰려 진술을 요구받는 현재의 상황에서 더욱 심화된다. 이때 심문관은 '제복'과 '전

40) 위의 책, pp.148~149.

짓불'에 의한 감시와 억압을 동시적으로 감행하는 권위적 억압자라고 할 수 있다.

먼저, 직장에 다니던 무렵 나타나기 시작한 '제복'을 입은 '심문관'은 '나'를 음모 혐의 피의자로 몰고, '나'의 모든 생에 대한 기억을 진술하라고 요구하면서, '나'의 생각까지 검열하고자 한다. 심문관은 두 번의 혁명에 대한 '나'의 생각을 긍정과 부정으로 진술하라고 요구하고, 군대 생활에 관한 진술을 요구한다. 그리고 정직하지 못한 진술 태도를 이유로 유죄를 선고한다. 심문관은 자신의 정체에 대해 의심하는 것까지도 죄로 취급하고, 자신에게 무조건 복종할 것을 요구한다. 그러면서 그 모든 것에 저항하는 행위, 의심하고 복종하지 않으려는 행위를 '대뇌의 허물'로 치부하고 '나'에게 뇌수를 제거하여 사고를 중지시키겠다는 대뇌절제술을 선고한다. 곧 '심문관'은 두 번의 혁명과 군대와 관련이 있는 감시자이자, 억압자로서, 데모와 같은 행위를 감시하고 억압하는 것을 넘어서서 기억이나 생각까지도 감시하고자 한다.

> 정체를 알 수 없는 사내의 비위에 맞는 진술을 하려다 보니 어느 새 그렇게 되어 버린 것이다. 나는 기가 죽어서 잠시 말을 하지 못했다. 하지만 이 정체를 알 수 없는 사내에게 4·19와 5·16에 관해서 어떤 구체적인 감정을 이야기할 것인가. 그것은 불가능했다. 어차피 두 가지 진술방법을 구할 수는 없게 된 것이다. 어느 것 하나를 선택해야 할 입장이다. 함부로 감정따위를 토해 낼 수는 없다. 감정은 일차사고다. 그것은 나를 흥분시키고 말 것이다. 흥분한 말로 4·19와 5·16을 진술한다면 내 혐의에 불리하게 작용할 자료를 사내에게 주게 되어 버릴지도 모른다. 그렇다면 어제의 얘기를 버리는 수밖에 없다. 사내에게 내 혐의사실의 확증을 최소한으로 방지할 수 있도록 생각을 정리해 놓고 그 나의 <해석>쪽을 택할 수밖에 없다.[41]

41) 위의 책, pp.111~112.

'나'는 정체를 알 수 없는 제복을 입고 견장을 달고 있는 심문관으로 인해 자유로운 진술을 하지 못하고 끊임없이 심문관의 눈치를 보면서 자신의 혐의가 드러나지 않도록 진술하려고 한다. 그리고 자신이 '4·19 혁명'으로 이야기한 것을 심문관이 '4·19 의거'로 바꾸어 이야기한 것을 염두에 두면서 심문관의 비위를 거스르지 않도록 '4·19 의거'로 바꾸어 진술한다. 그리고 4·19와 5·16에 대한 자신의 생각이 드러나지 않도록 하기 위해, 그것에 대한 해석을 세대별 행위 양식의 차이와 관련시켜 진술하고자 한다. 이 과정에서 '나'는 심문관의 눈치를 보고, 심문관을 두려워하며, 심문관의 비위를 거스를 수 있는 표현들을 수정해 나간다. 그리고 부조리하고 모순된 현실의 억압적인 상황에 대해 침묵하고, 그것과는 상관없는 이야기만을 진술하게 된다.

이를 통해 '일본 순사', '데모를 막으려는 4·19 때의 검은 제복', '학교 등교를 막는 푸른 제복'은 심문관의 '정체를 알 수 없는 제복'으로 연결되고 있다는 것을 짐작할 수 있다. 이들은 모두 '4·19의 가능성'이 표상하는 더 나은 세상을 향한 가능성과 실천 의지를 좌절시키면서 집단을 위한 개인의 희생을 요구하는 억압자로서의 의미를 갖는다.

다음, 직장을 그만두고 유예 휴가를 받고 있는 동안 '나'에게 유죄 선고를 번복할 수 있는 진술을 하라고 요구하는 '심문관'은 기억이나 생각을 감시하는 것에 그치지 않고 '나'가 자신의 요구와 명령에 복종하도록 길들인다. 이때 심문관은 창작까지 간섭함으로써 '나'의 자유로운 진술을 방해하는 억압자로서의 역할을 담당한다.

그러자 나는 문득 옛날 대학교를 갓 입학했을 때 학교 강의실에서 책상을 모으고 드러누워 밤을 지내던 일이 떠올랐다. 번쩍번쩍하고 도대체 불빛만 있고 뒤에 선 사람의 모습은 보이지 않던 그 강렬하고 무시무시하던 전짓불이 떠올랐다. 그러자 사내가 나타났다. 그런데 오늘 밤 그 사내는 목소리만 들려올 뿐 아무래도 그 모습을 눈으로 잡을 수가 없었다. (중략) 그러나 나는 사내의 요구에 따라 소설의 내용을 이야기하려다 다시 주춤하고 말았다. 그 내용이 무엇이었던가. 망설임…… 이들이 싫어하던 선택의 망설임이 바로 그 주제가 되어 있지 않은가. 나는 진술을 주저했다. 그런데 그때 사내가 나를 보고 있다가 말했다.

—좋습니다. 우선 각하에게 이 사실을 보고하지요. 당신이 소설을 써왔다는 사실을. 그리고 필요하다면 우리가 작품을 조사하겠습니다. 당신의 작품은 그것으로서 이미 완전한 진술이 행해진 것이니까요. 그것을 다시 이야기시킨다는 것은 오히려 사족과 혼란만을 자꾸 더할 뿐이겠습니다.

그러나 사내의 이 말은 나를 안심시키지는 못했다. 그 망설임이라는 것이 이들에게 어떻게 보일 것인가. 이들에게 소설은 어떻게 해석될 것인가. 나는 새로운 근심에 싸이기 시작했다.

—하여튼 각하에게 새로운 보고거리를 얻은 것은 당신을 위해 다행입니다. 물론 이것으로 당신에게 좋은 결과가 오리라고 나로서는 말할 수 없는 일입니다마는—.

조금 뒤에 사내는 돌아갔다. 나는 여전히 근심에서 벗어나지 못하고 있었다. 도대체 그 조그만 한 편의 소설이 이제와서 어떻게 나를 구할 수 있단 말인가. 더욱이 그들은 애초부터 소설이라는 진술형식을 어떻게 생각하고 있는 것일까. 나는 차츰 다시 절망하기 시작했다.[42)]

심문관은 '전짓불'과 같은 섬광을 동반하면서 모습이 사라지고, 목소리만으로 나타나는 상황을 통해 제시된다. 그러한 심문관 앞에서 '나'는 스스로 유죄 혐의에서 벗어나기 위해 망설이고 주저하고 침묵한다. 자신의 소설이 심문관과 각하에게 어떻게 받아들여질 것인지, 그리고 그것이 어떻게 해석될 것인지를 근심하고, 좌절한다. 결국 '나'는 심문관의 검열과 그로 인한 유죄 선고를 두려워하며 소설 속에서 행해진 진술까지도 스스로 통제하게 되는 상황에 이르게 된다.

---

42) 위의 책, pp.243~247.

이를 통해 앞서 언급되었던 6·25 때의 순경의 전짓불, 4·19 데모를 감시하던 학교 수위의 전짓불이 심문관의 전짓불로 연결되고 있다는 것을 짐작할 수 있다. 이러한 전짓불의 감시와 협박은 두려움과 공포를 조장하는 한편으로 전짓불에 의한 명령과 요구에 복종하고 순응하도록 길들이는 효과적인 통제 수단으로서의 의미를 갖는다.

이상의 내용과 관련하여 심문관은 두 가지 역할을 보여준다. 하나는 비판적 인식을 제거하고, 사고나 판단을 중지시킴으로써 제복으로 표상되는 권력에 복종을 요구하는 역할이다. 이는 과거에서부터 있어 왔던 제복에 의한 권력의 대중 감시와 지배가 앞으로도 지속적으로 이루어질 것을 암시한다. 다른 하나는 소설 창작에 대해 지속적인 감시와 통제, 곧 검열자로서의 역할이다. '나'가 망설임을 다루고 있는 등단 소설에 대해 그 내용 때문에 심문관에게 진술을 회피했듯이, '나'는 앞으로도 제복에 의한 감시를 인식하면서 소설을 쓸 수밖에 없다. 이를 통해, 소설 창작 과정에서 심문관의 감시가 점차 내면화되어 갈 것임을 제시하고 있다.

3. 질서에 대한 유인적 정보를 제공하는 매개자

하위 틀서사의 초점화자는 상위 틀서사의 화자-초점화자의 고민과 관련해 초점화 대상에 대해 구체적인 경험을 하고 관찰을 한다. 이 과정에서 매개자를 만나 대화를 나누고 이야기를 듣는다. 이 유형에서 매개자는 작품마다 다수가 등장한다. 매개자는 초점화자의 제한된 시선으로 인한 한정된 정보를 보완하면서, 초점화자가 방관적 입장에서 반성적 입장으로 변화하도록 이끌어 준다.

이러한 매개자는 초점화 대상이 사라져가는 풍속이냐, 현재의 풍속이냐에 따라 그 특질을 달리한다. 첫째, 전자의 경우, 매개자는 초점화 대상인 삽입서사에 내포된 사라져가는 풍속의 질서에 대해 긍정하는 매개자와 부정하는 매개자로 구분됨으로써 초점화 대상에 대한 다각적 의미를 드러낸다.

후자의 경우, 매개자는 거울 텍스트로 제시된 삽입서사에 나타나는 권위적 억압자와 복종자의 관계를 현실의 다양한 공간에서 재현한다. 따라서 권위적 억압자로서의 매개자와 복종자로서의 매개자로 구분된다. 이들 매개자들을 통해 각각의 공간에서 벌어지는 각각의 이질적 사건이 갖는 유사한 측면이 드러나면서 현재의 풍속이 갖는 특질이 제시된다.

둘째, 전자의 경우, 매개자는 초점화 대상인 사라져가는 풍속에 대해 시간축에서 반응한다. 곧 사라져가는 풍속과 관련된 줄광대 이야기나 매잡이 이야기의 배경이 되는 시대로부터 현재에 이르는 시간축에 그 시대의 풍속을 직접 경험한 매개자와 시간이 흐른 뒤 그 풍속을 구전 이야기 형태로 들은 매개자가 위치한다. 각각의 매개자는 자신이 위치한 시간축의 지점과 직업, 지위에 따라 그러한 풍속과 그 풍속에 내재된 인간의 관계 질서가 갖는 현재적 의미에 대해 각기 다른 이질적인 인식을 드러내고 그에 따른 이질적인 가치 판단을 내리고 있다.

후자의 경우, 매개자는 삽입서사에 나타나는 권위적 억압자와 복종자의 관계를 거울 텍스트로 삼아, 현실의 다양한 공간축에서 반응한다. 곧 병원, 출판사, 대학가 다방 등과 같은 다양한 공간축에 소설가, 편집자, 정신병원 의사, 잡지사 기자, 대학생, 다방 마담 등과 같은 매개자가 위치한다. 각각의 매개자는 자신이 위치한 공간에서 직업과 지위에 따라 권위적 억압자와 복종자의 역할을 맡아 삽입서사에 나타나는 억압과 복종의 관계를 재현함으로써 현재의 인간의 관계 질서가 억압과 복종의 관계를 확대 재생산하고 있음을 보여준다.

1) 사라져가는 풍속의 질서에 대한 긍정 혹은 부정: 「줄」, 「매잡이」

먼저, 사라져가는 풍속을 다루는 경우이다. 「줄」에는 줄광대의 삶을 자신의 질서로 받아들이는 긍정적 매개자(트럼펫 사내, 여자)와 줄광대 이야기를 돈벌이 수단으로 이용하는 부정적 매개자(문화부장, 장의사 사내)가 제시된다. 그러면서 이 매개자들은 줄광대 이야기의 배경이 되는 시대로부터 현재에 이르는 시간축에서 그 시대의 풍속을 직접 경험한 매개자와 시간이 흐른 뒤 그 풍속을 전해들은 매개자로 구분된다. 이들 매개자들은 줄광대 이야기에 내포된 인간의 관계 질서가 갖는 현재적 의미에 대해 각기 다른 이질적인 인식과 가치관을 드러낸다.

문화부장은 '나'가 문과를 나온 것을 알고 있고, 그러한 '나'의 경력을 '줄광대의 승천 이야기'를 취재하고 작성하는 데 활용하고자 한다. 문화부장이 '줄광대 승천 이야기'에 대해 알고 있는 정보는 거의 전무한 것으로 제시되며, 단순히 C읍에 가면 그 이야기를 취재할 수 있을 것이라는 정보를 제공해주고 있다. 장의사 사내는 C읍내에 위치한 장의사의 주인으로 '나'가 카메라를 들고 있는 것을 보고 단번에 기자라는 사실을 파악해내는 인물이다. 트럼펫 사내는 C읍의 변두리에 위치한 다 쓰러져가는 낡은 집에 살고 있으면서 폐병을 앓고 있고, 곧 죽게 될 것이라고 모두들 생각하고 있는 인물로, 찾아오는 사람이 없이 낡은 집에서 딸과 둘이 살아가고 있다. 여자는 몸을 팔고 있으나 다른 사람의 물건에 손을 대지 않고 약속한 것을 지키고자 하는 정직한 성품의 인물로 제시되며, 작품의 마지막 부분에 가서야 트럼펫 사내의 딸로 밝혀진다.

(i) 어디서 얻어 들었든지, 부장은 C읍에 승천(昇天)한 「줄광대」가 있다고 하더라면서, 상당히 근거가 있는 이야기여서 재미있는 기삿거리가 될 수 있을 테니 좀 자세히 취재해 오라는 것이었다.[43]

(ii) 이상한 것은 그 줄광대가 줄에서 떨어져 죽은 얼마 뒤부터 사람들은 그가 승천을 해 갔다고 이야기를 하게 되었다는 것이었다. 그리고 C읍에 다시 서어커스가 오지 않았기 때문이었는지, 처음에는 그 줄광대가 썩 줄을 잘 탔다고 생각지도 않았으면서 몇 해가 지나니까 사람들은 그 줄광대가 명수로 줄을 잘 탔던 것같이 믿어 버렸고, 그는 정말로 승천을 해 갔다고 생각하게 되었다는 것이었다. 그 광대의 이야기는 C읍 사람이면 누구나 알고 있어서, 사내는 승천이라는 말을 그냥 자기 장의사 간판으로 삼고 있다는 것이었다.[44]

(iii) 「좋소. 이야기 하리다. 저도 누구 한 사람에게는 내가 알고 있는 것을 다 이야기 해 주려고 마음먹고 있었으니까요. 한데 이젠 언제 숨이 아주 끊길지 모르게 되었으니 더 머물 수도 없어졌어요. 대신 잘 들어 주셔야 합니다. 어떻게 생각하면 제게는 유일한 재산처럼 귀중하고 엄숙한 이야기니까요.」[45]

어떻든 그렇게 운이 죽고 나서 얼마가 지나니까, 이곳 사람들은 광대가 승천을 했다고들 말하기 시작했어요. 처음에는 그 단장의 말을 빌어서 한 비웃음이었겠지요. 그러나 오랜 시일이 지나다 보니 운은 정말로 승천을 했다고 믿어 버리게 되었어요. 아닌게 아니라 저도 아직 운이 줄을 타는 그 곧고 유연한 모습이 잊혀지질 않는데…… 아마 그게 명인(名人)의 풍모가 아닌가 생각될 때가 있어요.[46]

(iv) 「넌 이 고을에 젊은 줄광대가 한 사람 승천을 해 갔다는데 그 이야길 믿나?」

나는 옷을 벗고 자리로 든 다음 여자의 목을 팔로 감으며 그렇게 물었다.

「네, 믿어요.」

---

43) 「줄」, 앞의 책, p.39.
44) 위의 책, p.43.
45) 위의 책, p.45.
46) 위의 책, p.52.

여자는 쉽게 긍정했다.

「아니, 사람이 하늘로 올라갔다는 걸 믿어?」

「다들 그렇게 믿고 있으니까요. 전 그런 건 뭐든지 믿고 싶거든요.」

(중략)

「당신은 요즘 사람이거든요. 요즘 건 전 믿지 않아요. 광대 이야기는 옛날이야기니까 믿는 거지만.」[47)]

(i)~(iv)에서 보듯, 문화부장은 줄광대의 승천을 '재미있는 기삿거리'(i)로 대한다. 그리고 장의사 사내는 사람들이 누구나 알고 있는 이야기라서 '장의사 간판'(ii)으로 삼고 있다. 줄광대의 삶을 옆에서 지켜 본 트럼펫 사내는 그 이야기를 '유일한 재산처럼 귀중하고 엄숙한 이야기'(iii)로 여긴다. 여자는 그 이야기를 요즘 이야기와는 다른 '옛날이야기'(iv)로 여기고 그것을 믿고 싶어 한다.

줄광대의 승천 이야기에 대한 이러한 반응을 시간축과 관련해서 볼 때, 그것을 직접 보고 겪은 매개자(장의사 사내와 트럼펫 사내)와 그 이야기의 배경이 되는 시대로부터 시간적 거리를 두고 그것을 구전되는 이야기로 전해 듣고 알게 된 매개자(문화부장과 여자)로 크게 나누어 볼 수 있다.

먼저, 직접 보고 경험한 사람들의 경우이다. 장의사 사내는 그 이야기에 대한 사람들의 믿음을 상업적으로 수단화하고자 한다. 반면 트럼펫 사내는 그 이야기를 자신의 귀중한 재산처럼 여기면서, 피를 토하면서도 트럼펫을 불지 않으면 살아갈 수 없는 것처럼 자신 또한 그러한 삶의 질서 속에서 생을 마감하고자 한다. 이를 통해 장의사 사내는 이야기 자체를 상업적으로 수단화하지만, 트럼펫 사내는 이야기 속의 질서를 자신의 삶으로 이어받고자 함을 알 수 있다.

다음, 그 이야기를 전해들은 사람들의 경우이다. 문화부장은 상당히

47) 위의 책, pp.52~53.

근거가 있다는 점을 들어 그 이야기를 재미있는 기삿거리로 만들어 상업적으로 수단화하고자 한다. 반면 여자는 그 이야기를 믿고 있고, 그와 같은 옛날이야기라면 뭐든 믿고 싶어 하는 태도를 보여준다. 직접 보고 겪지 않은 이야기를 문화부장은 기사화할 것을 생각하면서 상업화하고, 여자는 이야기의 내용이 사실이기를 바라는 믿음을 갖고 있다.

그 결과 장의사 사내와 문화부장은 그 이야기에 대한 자신의 믿음 여부에 상관없이 이야기에 대한 사람들의 믿음을 상업적 수단으로 이용하려는 태도를 보여주는 부정적인 매개자로 그려지고 있다. 다음 트럼펫 사내와 여자는 이야기를 믿고 있는 인물로 '줄광대의 승천' 이야기를 중요한 것으로 여기는 긍정적인 매개자로 그려지고 있다.

장의사 사내와 트럼펫 사내는 줄광대 풍속에 관한 경험을 공유하고 그 기억을 갖고 있는 인물들에 속한다. 반면 문화부장이나 여자는 줄광대 풍속을 직접 보지 않고 다만 이야기로 들어서 알고 있는 인물들에 속한다. 전자의 경우는 경험에 입각하기에 줄광대에 관한 기억을 공유할 수 있다. 그러나 줄광대 이야기를 대하는 태도에서 달라진다. 트럼펫 사내는 직접 서커스 단원으로 생활을 함께 하면서 지켜보는 입장에 놓여 있는 인물이다. 그리고 장의사 사내는 서커스 단원이 아닌 관객의 입장에서 줄광대의 줄타기를 지켜보았던 입장에 놓여 있다. 따라서 이들의 경험은 그 성격이 다를 수밖에 없다. 트럼펫 사내의 경우 자신의 삶의 일부분으로서 줄광대 이야기에 대해 접근한다. 반면, 장의사 사내는 일정한 거리를 유지한 채 흥미롭거나 인상 깊었던 장면만을 기억해 낸다. 그리고 장의사 사내는 능글능글한 웃음을 지으면서 '나'에게 "난 선생님이 뭘 하시는 분인지 알 만합니다."라고 말할 정도로 눈치가 빠르다. 이런 까닭으로 장의사 사내는 줄광대의 이야기와 관련하여 트럼펫 사내와 같은 태도를 보여줄 수 없게 되는 것이다. 장의사 사내가 줄광대 이야기를 기사 형식으로 진술하는 까닭이 여기에 있다. 그 결과 장의사 사내 역시 문화부장과 같은 수준에서 이야기를 기삿거리로 여기는 태도를 보여주고 있다.

후자의 경우는 기억을 공유하는 것이 아니라 전래된 혹은 전승된 이야기로 받아들이게 된다. 따라서 문화부장이나 여자를 통해 줄광대의 승천 이야기가 어떠한 방식으로 전래될 수 있으며 그 의미는 무엇이 될 수 있을 것인가에 대한 해답을 유추할 수 있다. 그런 점에서 살펴보자면 문화부장은 그것을 재미와 연결 지어 흥미 위주의 소설이나 기사의 소재로서 바라보고 있고, 여자는 그 이야기를 '옛날이야기'로 일반화하여 믿는다는 것을 확인할 수 있다.

상위 틀서사의 화자-초점화자의 고민과 관련해서 볼 때, 먼저 줄광대 풍속의 질서가 갖는 현재적 의미에 대해서는 문화부장과 장의사 사내는 부정적인 태도를 보이며, 트럼펫 사내와 여자는 긍정적인 태도를 보인다. 다음, 줄광대 풍속을 다루는 소설적 의의에 대해서는 장의사 사내와 문화부장은 줄광대 이야기를 기삿거리로 여김으로써 부정적인 견해를 드러낸다. 반면, 줄광대 이야기를 '유일한 재산'으로 받아들이는 트럼펫 사내와 '요즘 이야기'와 대비하여 자신이 유일하게 믿는 '옛날이야기'로 받아들이는 여자는 소설적 의의에 대해 긍정적인 견해를 드러낸다.

「매잡이」에서는 매잡이 풍속에 대해 그 풍속을 이어가고자 하는 긍정적 매개자로 버버리 소년, 곽서방, 민형이 제시된다. 그리고 그 풍속에 대해 부정적 태도를 보이는 부정적 매개자로 꼬마 소년과 마을 사람들이 제시된다. 이 매개자들은 매잡이 이야기의 배경이 되는 시간으로부터 '나'가 서울에서 소설을 쓰는 '오늘'에 이르는 시간축에서, 매잡이 풍속이 사라져가는 현장에서 그 풍속에 대한 경험을 전달해주는 매개자(꼬마 소년과 마을 사람들, 버버리 소년, 곽서방)와, 그 경험의 시간으로부터 일정한 시간이 경과한 뒤 그 이야기를 소설 형식으로 전달하는 매개자(민형)로 구분된다.

여기서 삽입서사의 인물이 하위 틀서사의 매개자가 되는 것은, 매잡이 풍속의 질서와 관련된 인물들이 현재도 생존하고 있으며, 새로운 인간의 관계 질서에 의해 매잡이 풍속의 질서가 점차 사라져가는 상황을 그런 인물들이 몸소 체험하고 있는 상황에 연유한다. 이들 매개자들은 매잡이 이야기에 내포된 인간의 관계 질서가 갖는 현재적 의미에 대해 각기 다른 이질적인 인식과 가치관을 드러낸다.

첫째, 꼬마 소년과 마을 사람들이다. 꼬마 소년은 버버리 소년의 집에서 만난 소년으로 '버버리 소년'의 시늉말을 잘 알아듣지 못하는 '나'에게 버버리 소년의 이야기를 전달해주는 역할을 한다. 그러면서 꼬마 소년은 마을 사람들의 인식을 대리하여 사실적 정보를 제공해준다. '마을에서도 모두 그렇게 생각한다는 것', '마을 사람들이 미음 같은 것을 쑤어 가지고' 주기도 한다는 점 등을 통해, 꼬마 소년이 전달해주는 이야기는 마을 사람들 일반이 갖고 있는 매잡이 곽서방 사건에 대한 생각을 담아내고 있음을 알 수 있다.

(i) 매잡이. 그 쉰 살짜리 홀아비는 지금 어떤 집 헛간에서 언제 숨이 넘어갈지 모르는 지경이라는 것이었다. 그것은 옛날 자기가 밥을 얻어먹고 있던 집 헛간인데 왜 거기에 그가 누워 있는지는 아무도 모른다고 했다. 그는 벌써 일주일도 넘게 거기에 버티고 누워서 밥 한 숟갈 입에 넣지 않고 빠작빠작 말라가고 있다는 것이었다. 사내는 또 그곳에 들어가 누운 뒤로 한 마디도 말을 하지 않기 때문에 왜 그가 거기서 그렇게 죽으려고 하는 것인지(그가 죽으려는 것임에는 틀림이 없고 마을에서도 모두 그렇게 생각한다는 것이었다) 아무도 아는 사람이 없다는 것이었다. 처음에는 마을 사람들이 미음 같은 것을 쑤어 가지고 가서

사내를 달래 보기도 했지만 그러나 사내는 영 말을 하지 않기 때문에 요즈음은 아주 죽기만을 기다리고 있는 형편이라고.[48)]

(ii) 곽서방은 이미 저 세상 사람, 마을 사람들은 이제 그의 꿩사냥에 대해서, 아니 곽서방이 마을에 살고 있었다는 사실마저도 까맣게들 잊어버리고 있었다. 아무도 그에 관해선 말을 하려고 하지 않았다. 그의 일로 마을을 드나들었던 나를 이젠 옛날에 곽서방을 보듯이 했다.[49)]

(i)은 '나'가 첫 번째 취재 여행을 가서 꼬마 소년에게서 들은 매잡이 이야기의 내용이다. 여기서 마을 사람들은 곽서방이 왜 단식을 하는가에 대해서는 관심이 없고, 다만 죽어가는 곽서방을 동정의 대상으로 여길 뿐이다. 그러다가 결국에는 싫증을 내고 관심조차 두지 않는다. (ii)는 '나'가 두 번째로 마을을 방문했을 때의 내용을 담고 있다. 마을 사람들은 매잡이 풍속이나 곽서방에 대해 까맣게 잊어버리고 있으며, 매잡이 풍속을 취재하러 온 '나'조차 '옛날 곽서방을 보듯'이 대한다.

둘째, 버버리 소년이다. 버버리 소년은 '중식'이라는 이름을 갖고 있으나, 말을 하지 못하는 까닭에 마을에서는 버버리라고 불린다. 버버리 소년은 곽서방과 함께 했던 기억을 바탕으로 하여 곽서방의 삶과 관련된 측면을 제공해주면서, 매잡이 풍속의 운명에 대한 암시를 준다.

먼저, '나'는 첫 번째 취재 여행에서 버버리 소년을 만나는데, 버버리 소년은 곽서방이 단식을 시작한 이후에도 끊임없이 곽서방을 찾아가 그의 곁을 지킨다. 그리고 곽서방이 날려 보낸 매가 다시 집으로 돌아오자 그 매를 돌본다. 이 버버리 소년과 함께 '나'는 매잡이 풍속을 재현한다. 버버리 소년은 단식을 하고 있는 곽서방을 대신해 매잡이가 되고 '나'는 몰이꾼이 되어 함께 사냥을 한다.

---

48) 「매잡이」, 위의 책, pp.272~273.
49) 위의 책, p.296.

다음, '나'는 첫 번째 취재 여행을 마칠 즈음 곽서방의 장례를 치르고 서울로 돌아오기 직전 버버리 소년을 마지막으로 만나며, 다시 두 번째 취재 차 마을에 들러 버버리 소년에 대한 소식을 듣는다.

> (i) 「그러고 보니 이번엔 내가 또 매잡이가 되고 싶은 게로구나.」
> 그 말에 소년은 번쩍 머리를 쳐들고 나를 쳐다보았던 것이다. (중략) 소년이 처음 머리를 들고 나를 쳐다보았을 때 그 눈에는 뜻밖에도 어떤 무서운 증오 같은 것이 서려 있었다. 그리고 무서운 반발이 숨어 있었다. (중략) 소년의 눈은 나에게서 영 떠날 줄을 몰랐다. 그래서 그렇게 보였던 것일까. 소년의 눈에는 애초의 증오 대신 서서히 슬픔이 차올랐고 그리고 그 멍한 눈은 간밤의 곽서방의 눈길을 연상시키기까지 했다.
> 나는 어쩌면 녀석이 또 매잡이노릇을 계속할지도 모른다는 생각을 하면서 그날로 소년과 마을을 하직하고 서울로 돌아왔다.[50]
> (ii) 벙어리 소년마저 마을을 나가고 없었다. 그는 내가 서울로 올라간 뒤부터는 밥도 잘 먹지 않고 화를 내고 있다가 어느날인가는 마침내 그 번개쇠를 가지고 어디론가 마을을 나가 버렸다는 것이었다.[51]

(i)은 첫 번째 취재에서 곽서방의 장례를 치른 후 버버리 소년과 만나는 장면이다. 여기서 '나'는 버버리 소년이 곽서방의 뒤를 이어 매잡이가 될 것이라는 예감을 한다. (ii)에는 '나'가 두 번째로 마을을 방문했을 때 알게 된 내용으로, 벙어리 소년이 매를 데리고 마을을 떠났다는 사실이 제시되고 있다. 이를 통해 버버리 소년이 곽서방의 뒤를 이어 매잡이 노릇을 하면서 매잡이 풍속을 지켜내려고 하는 태도를 보여준다는 것을 알 수 있다.

셋째, 곽서방과 민형이다. 삽입서사에서는 곽서방이 단식을 하는 것

50) 위의 책, p.292.
51) 위의 책, p.296.

만 제시되어 있는데, 하위 틀서사에서는 곽서방이 단식 끝에 임종하는 것으로 제시되어 있다. 이 곽서방의 죽음이 갖는 의미는 민형의 매잡이 소설을 통해 드러난다. 이 의미를 파악하기 위해서는 매개자로서의 민형의 역할에 대한 검토가 필요하다.

민형은 한 편의 소설도 쓰지 않았으나, 친구들 사이에서는 소설가로 불리고 있다. 그는 아직 결혼을 하지 않고 있고, 폐병에 걸려 있다. 현대 의학으로 충분히 고칠 수 있다는 친구들의 말에 아랑곳하지 않고 자신이 곧 죽게 될 것이라 생각하고 있다. 그런 그는 소설가 친구들도 쉽게 다니지 못하는 취재 여행을 다니면서 진귀한 소설의 소재를 찾기 위해 가산까지도 처분하는 인물이다.

이러한 민형은 작품에서 '나'로 하여금 매잡이 풍속에 관심을 갖게 하면서, 종국에는 매잡이 풍속이 갖는 현재적 의미는 무엇이며, 진정한 소설은 무엇인가를 '나'에게 깨우쳐주는 역할을 한다. 그 깨우침은 민형이 자살하면서 남긴 유품인 비망록과 소설을 통해 이루어진다. 먼저, 매잡이 풍속이 갖는 현재적 의미와 관련된 경우이다.

—당신은 매를 아끼는 것입니까?
—아끼고 있습니다.
—그렇다면 매의 운명에 대해서 생각해 본 일이 있습니까?
—…….
—이상하군요. 학대와 굶주림과 사역이 당신이 매를 생각하는 방법의 전부라는 것은.
—알 수 없습니다. 나는 매를 부리는 사람일 뿐입니다. 하지만 그건 매잡이를 부리는 쪽도 마찬가집니다.
—어떻게 마찬가질 수 있습니까?
—선생은 매가 하늘을 빙빙 돌거나 땅으로 내려 박힐 때 그 곱고 시원스런 동작을 보신 일이 있겠지요. 그건 아름답습니다. 아마 선생도

그렇게 생각하셨겠지요. 하지만 난 알고 있습니다.
나는 눈으로 다음 말을 재촉했다-.
—그 아름다움이 무엇인지를 말입니다. 한데 선생은 이 일에 관해서…….
하다가 사내는 다시 말을 끊고 한참 동안 「나」를 쏘아 보았다. 그것은 나에게 이상하게도 성난 매의 눈을 연상시켰다
—가시오. 당신은 나를 못견디게 하오. 몇 번이고 당신을 죽이려고 생각했오. 가지 않으면 지금 당장이라도 당신을 죽이려 들지 모르오.[52)]

위 인용문은 민형의 소설의 일부분에 해당한다. 여기서 '나(민형)'와 곽서방이 나누는 대화를 통해 매잡이 풍속에 대한 두 사람의 인식의 차이를 확인할 수 있다. 민형의 소설에서 곽서방은 매잡이 풍속이 갖고 있는 '아름다움'에 대해 언급한다. 매가 먹이를 찾아 내리 꽂힐 때의 광경은 아름답다고 생각하는 곽서방의 경우, 도리와 풍속을 중요시한다. 곧 매잡이 풍속을 인간과 자연이 합일된 공동체의 놀이로 받아들이고, 그것에서 아름다움을 발견한 것이다.

반면, '나(민형)'는 매잡이 풍속을 '매의 학대와 사역, 굶주림'과 관련지어 파악한다. 곧 매잡이에 의해 사역되는 매의 처지를 강조하는 것이다. 민형의 이러한 인식은 현실에서 매잡이 풍속은 사라져가고 그 자리를 새로운 풍속이 자리 잡아 간다는 것에 기초하고 있다. 곧 '학대와 사역, 굶주림'에 의한 길들이기에 기초한 새로운 풍속이 현실을 지배하는 풍속으로 자리 잡아 가고 있으며, 그러한 새로운 풍속의 입장에서 볼 때 매잡이와 매, 매주와 매잡이의 풍속 역시 학대와 사역의 관계로 비칠 뿐이라는 것을 곽서방에게 깨우쳐 주고 있는 것이다.

곽서방이 매를 날려 보내고 단식 끝에 죽음에 이르는 것은 그러한 새

52) 위의 책, pp.297~298.

로운 풍속의 입장에서 매잡이 풍속을 학대와 사역의 관계로 호도하고 그것을 부정하려는 것에 대한 마지막 저항에 해당한다. 시류에 휩쓸려 새로운 풍속을 무조건적으로 받아들이기보다는 사라져가지만, 그 풍속에 담긴 아름다운 질서를 소중히 여기고 그것과 끝까지 함께 하는 것이야말로 진정 가치 있는 것이라는 점을 민형의 소설은 강조하고 있는 것이다.

다음, 진정한 소설은 무엇인가와 관련된 경우이다.

(i) 한데 중요한 것은 바로 그 민형의 자상하고 철저한 취재 노우트에는 하필 전에 그가 나를 내려보내면서 얼핏 펼쳐 보여줬던 매잡이에 관한 기록이 뜯어 없어져 버린 사실이었다. 노우트 석 장이 떨어져 없어지고 그 뜯어진 다음 장에 매잡이에 관한 아주 평범한 사전 지식이 조금 계속되고 있을 뿐이었다. (중략)

—매과 매속의 맹조의 총칭. 수리에 비하여 몸이 소형인데 부리가 짧으며 윗부리의 가장자리 중앙에 이빨 모양의 돌출부가 있다. 발가락이 가늘고 날개와 꽁지가 비교적 폭이 좁다. (중략) —매치는 절대로 팔지 않았음. 마을 잔치에 부조를 하고 부조받은 사람은 떡시루나 술말로 보답. 요즘은 시장으로 나가는 일이 있고 약이나 총으로 잡은 것보다 값이 있다고 함.[53)]

(ii) 어쨌든 민형은 한편의 소설을 쓴 셈이다. 그것은 내가 전에 직접 보고 들은 자료로 모든 정력을 기울여 써냈던 같은 이름의 소설에 비하여, 결말부에 가서는 순전한 민형의 상상력만으로 되어진 작품이었다. 그러면서도 모든 것이 똑같다. 경탄할 수밖에 없는 일이다. 훌륭한 작품이라고, 그리고 민형은 훌륭한 소설가였다고 말하고 싶은 것이다.[54)]

작품 서두에서 '나'는 민형은 한 편의 소설도 쓰지 않았다고 단언했

53) 위의 책, pp.294~295.
54) 위의 책, p.298.

다. 그리고 (i)에서 보듯, 작품 중간 부분에서 민형의 비망록을 발견하고 그것이 '매잡이에 관한 아주 평범한 사전 지식'만 제시되어 있을 뿐이라고 비판하면서, 여전히 민형은 소설가가 될 수 없다고 판단한다.

그러다가, 결말부에 이르러 인용문 (ii)에서 보듯 민형은 한 편의 소설을 썼고, 훌륭한 소설가라고 평가하고 있다. '나'의 첫 번째 매잡이 소설과 달리 민형의 소설은 순전한 민형의 상상력만으로 이루어진 작품이며, 그러면서 모든 것이 현실과 똑같다는 것이다. 곧 '나'는 첫 번째 취재를 통해 곽서방이 단식을 하다 죽게 되는 것을 확인했는데, 민형은 그 이전에 이미 자신의 소설을 통해 곽서방의 단식과 죽음을 예견하고 있는 것이다. "민형의 이야기는 곽서방의 운명에 대한 일종의 예언"[55]에 해당하는 것이다.

서두와 결말의 이러한 반전을 통해 진정한 소설은 무엇인지를 암시하고 있다. 곧 민형의 두 번째 소설이야말로 진정한 소설이라는 것이다. 버버리 소년에게 들은 이야기를 쓴 '나'의 첫 번째 소설이나 민형의 취재 노트처럼 '평범한 사전 지식'만을 제공하는 작품은 진정한 소설이 아니다. 민형의 소설처럼, 현실의 풍속의 변화를 간파하고 매잡이 풍속의 운명을 예언하면서 그런 풍속이 갖는 소중한 의의를 강조하는 작품이야말로 진정한 소설인 것이다.

결국 민형은 '나'에게 매잡이 취재를 떠나게 한 후, 비망록과 그의 소설을 통해 매잡이 풍속이 갖는 현재적 의미는 무엇이며, 진정한 소설은 무엇인가를 깨우쳐 주는 역할을 하고 있는 것이다. 따라서 민형은 긍정적 매개자로서 뿐만 아니라 '나'의 인식을 변화시키고 이끌어주는 유인적 매개자로서 의미를 갖는다.

이상에서 보듯, 이 작품에서 긍정적 매개자는 현재 변화된 풍속의 영

---

55) 위의 책, p.297.

향으로 인해 매잡이 풍속은 사라져가지만, 그것이 갖는 현재적 가치를 알고 그것을 지키고자 한다. 사라져가는 풍속이 갖고 있는 가치란 과거의 인식 체계에 기반을 두고 있지만, 인식의 기반이 달라진 현재의 시점에서까지 그것이 유효한 것임을 강조하고 있는 것이다. 나아가 그런 풍속의 운명을 예언하면서 그 현재적 가치를 지향하는 소설이야말로 진정한 소설이라는 것을 강조하고 있다.

2) 현재의 풍속의 질서에 대한 긍정 혹은 부정 : 「소문의 벽」, 「선고유예」

다음 현재의 풍속을 다루는 경우이다. 「소문의 벽」에서 초점화자는 하숙집, 출판사, 정신병원으로 공간 이동을 하면서 여러 매개자를 만난다. 이 과정에서 초점화자 '나'는 박준을 관찰하면서 잡지사의 안형과 정신병원의 김박사로부터 박준에 관한 이야기를 듣는다.

소설가 박준의 소설을 비판하는 문학 담당 편집자 '안형'과 출판사 R사, 박준을 진술공포증 환자로 여기는 정신병원 의사 '김박사'는 삽입서사에 암시된 감시와 검열의 풍속이 현재에도 되풀이되면서 출판 제도, 정신병원 제도는 물론이고 정신적 창조 활동인 창작에까지 심화되고 있다는 것을 보여주는 매개자이다. 「줄」과 달리 「소문의 벽」에서 부정적인 매개자만 등장하는 것은 현실의 제도적 모순을 보여주기 위해서이다. 이처럼 현재의 풍속을 다루는 작품의 경우에는 부정적인 인간의 관계 질서를 현실에서 되풀이하는 매개자만 등장함으로써 삽입서사의 부정적 측면을 강화한다.

첫째, 안형은 잡지 편집자로서 필자를 선정하고, 투고된 원고 가운데 어떤 작품을 발표시킬 것인가를 결정하는 권한을 갖고 있다. 그로 인해 잡지사의 공간에서 안형과 박준은 편집자와 필자의 관계로 맺어지며, 필자는 편집자의 권한에 의해 내려진 결정을 그대로 받아들여야 한다. 그런 점에서 안형과 박준은 권위적 요구자와 복종자의 관계로 맺어진다.

필자의 입장에 놓인 박준과 관련하여 두 가지 사건이 제시된다. 하나는 안형이 편집자의 잣대에 따라 박준 소설이 자신의 문학관과 맞지 않는다는 이유로 박준의 소설 게재를 보류한 사건이다. 다른 하나는 R출판사가 '공연한 말썽'을 염려하여 박준의 소설 연재를 중단시킨 사건이다.

> (i) ―읽어 보셔야 실없는 미치광이 이야긴 걸요 뭐. 존재론적인 입장에서 보아 그의 인간관찰은 지나치게 편협하거나 에고이스틱한 결점이 있어요. 그러다가 공연히 미치광이 흉내까지 내게 되구…… 엄살이 너무 심한 탓이죠.
>
> 원고를 건네 주면서 혼잣소리처럼 지껄여대고 있던 안형의 말은 박준에 대한 나의 관심까지를 함께 비난하고 싶은 눈치가 분명했다. 그것은 나의 관심에 대한 어떤 경고처럼 들리기도 했다.56)
>
> (ii) 편집이라도 할 수 없죠. 저로서는 이 시대의 요구라는 것을 일단 그런 식으로 받아들이고 있으니까요. 사실을 말씀드리자면 전 그 소설이 어떤 식으로 완성되어 있느냐 아니냐 하는 그런 것은 별로 관심을 두어 보지 않았어요. 제겐 소재 해석만이 문제였죠. 작가가 어떤 소재를 만나 그것을 해석하는 방법은 그 작가가 자기의 시대양심에 얼마나 투철해 있느냐 하는 문제가 결정지어 주는 거라고 생각되기 때문이죠. 박준의 소설은 바로 그런 점에서 저의 기대를 외면해 버렸어요. 제가 박준의 소설이 충분히 완성되지 못했다는 것은 그런 저의 관심 속에서 지요.57)
>
> (iii) 지금 제 말씀은 꼭 박준의 소설에 관한 것만은 아니지만 박준의 경우도 그런 일이 있긴 하지요. 그 R진가 하는 계간지에 박준의 소설이 연재되다 만 일이 있지 않습니까. 들리는 애기로는 그게 박준이 미리

56) 「소문의 벽」, 앞의 책, pp.309~310.
57) 위의 책, p.329.

원고를 다 써다 준 전작물이었다는데, 한두 번 나가다 중단이 되고 말았거든요. (중략)

아니라면 아까 말씀대로 R사 친구들이 좀 장난이 심했을 수도 있구요. 왜 그러는 수가 많지 않아요. 싣기가 싫어지면 괜히 엉뚱한 소문을 들먹이면서 지레 겁을 먹은 척 쑤군쑤군 해서 봉변을 당하고도 불평 한 마디 못하게 기를 죽여 버리는 버릇 말입니다.[58)]

(i), (ii)에서 보듯, 안형은 작가가 소재를 해석하는 데 있어 '시대양심'이 투철한가를 문제 삼으면서 작가의 작품을 판단하고 편집자로서의 권리를 행사한다. 그로 인해 안형의 잣대를 만족시키지 못한 박준의 작품은 발표되지 못한다. 안형은 박준의 소설 '괴상한 버릇'이 인간 관찰이 편협하고 '에고이스틱'하다고 지적하면서 현실성과 구체성이 떨어진다는 점을 들어 소재 해석에 실패하였다고 비판한다. 안형의 이러한 문학관은 "자기 시대양심의 가장 우선적인 요구를 배반해서는 안 되며, 그것을 제외한 모든 창작 행위는 가혹하게 매도당해 마땅하다"는 시대관에 근거하고 있다. (iii)에서, R사의 경우에는 시대양심 등과 같은 문학관의 문제가 아니라 외부의 검열을 문제 삼으면서 박준의 작품 연재를 중단시킨다.

박준의 작품이 실리지 못하게 된 까닭으로 제시된 두 사건을 통해 출판 제도가 갖는 문제점이 제기된다. 먼저, R사의 연재 중단과 관련된 검열에는 제도적 측면의 외적 검열과, 그 검열을 휘두르는 지배 권력의 '눈치보기'를 통해 이루어지는 잡지사 자체 내의 내적 검열이 동시에 작동하고 있다. 다음, 시대 양심에 투철한 작품인가의 여부에 따라 작품을 판단하는 안형과 관련된 검열 방식은 이분법적 잣대에 따른 지배 권력의 검열과 하등 다를 바가 없다는 점을 보여준다.

---

58) 위의 책, pp.331~332.

둘째, 김박사는 정신병원 의사로서 정신병원에 찾아온 박준을 진단하고 치료하면서 겪은 일들을 이야기해주는 매개자이다. 김박사는 정신병원 공간에서 진단과 치료 방식을 결정하는 의사로서의 지위를 갖고 있다. 그로 인해 정신병원의 공간에서 김박사와 박준은 의사와 환자의 관계로 맺어진다. 이에 따라 환자인 박준은 김박사의 진단과 치료 방식에 순응하고 따라야 한다. 그 결과 정신병원에서 이들의 관계는 권위적 요구자와 복종자의 관계로 맺어진다.

김박사는 자신의 진단과 치료 방식에 대해 자신감을 갖고 박준을 치료하고자 하지만, 진술을 거부하는 박준에게 전짓불을 들이대어 진술을 받고자 한 일로 박준을 미치게 만들고 만다. 의사로서의 김박사는 "첫 마디부터가 몹시 정중하고 신뢰감이 느껴지는 사람"이다. 중년 정도의 나이, 새치가 섞인 머리털, 굵은 안경테, 온화한 미소를 짓고 있는 눈 등이 그를 신뢰감 있는 사람으로 보이게 한다. 그렇지만 김박사는 그러한 인상과는 다르게 '살인적인 사명감과 자신력'으로 가득한 인물로서, '좋은 결과는 방법을 합리화할 수 있다'고 믿는 부류의 인간이다.[59] 진단과 치료에 대한 과신으로 박준의 증세를 악화시키고, 결국은 미치게까지 만들었지만, 김박사는 박준의 치료 실패를 다른 환자를 위해 유용

59) 이는 '절대군주형적 인간'의 유형이라 할 수 있다. 이러한 논리는 마키아벨리의 신군주론에 바탕을 두고 있다. '필요한 경우'라는 단서를 통해 폭력의 행사를 정치 고유의 행위로 정당화한다. 폭력과 간계가 도덕적으로는 악일지라도 그것이 바람직한 결과를 낳는다면 권력의 유용한 수단으로서 정당하다고 주장하는 것이다. 결국 선악의 문제를 유용함의 문제로 탈바꿈시키는 한계를 낳으며, 이러한 궤변은 정의가 배제된 권력은 폭력에 불과하다는 사실을 간과한 데서 비롯된다. 김영선, 「마키아벨리의 정치사상:권력과 폭력」, 『폭력에 대한 철학적 성찰』, 철학과현실사, 2006.
김박사는 이러한 논리에 근거하여 자신의 실패를 유용함으로 탈바꿈시키고 있는데, 그의 태도는 환자를 보살펴야 하는 기능인으로서의 역할을 방기한 폭력에 지나지 않는다.

하게 사용될 수 있는 '시행착오'로 여긴다. 오만하고 독선적인 김박사의 태도는 병원 안에서 군림하는 권위자의 지위와, 환자를 배제한 일방적이고 강압적인 의사 중심의 치료 행태를 압축하여 보여준다.

(i) 글쎄, 나 역시도 어젯밤 우연히 그런 발작이 나기 전까지는 환자가 특히 어둠을 싫어하는 이유를 알아내지 못하고 있었거든요. 그야 물론 앞서도 말씀드렸듯이 모든 환자들에게서 볼 수 있는 일반적인 병증의 하나임에는 틀림이 없지요. 하지만 이제까지의 관찰로는 영 그 원인을 분석해 낼 재간이 없었단 말입니다. 한데 어젯밤 발작을 보고는 비로소 어떤 힌트를 얻을 수 있었어요. 무슨 얘기냐 하면, 환자가 그토록 어둠을 싫어하게 된 것은 직접적으로 그 어둠 자체를 싫어하기 때문이 아니라, 그 어둠으로부터 연상되는 어떤 다른 공포감이 있었기 때문이었다는 것입니다. 이를테면 그 전짓불 같은 것이 바로 그런 거지요. 환자가 진짜 발작을 일으키도록 심한 공포감을 유발시킨 것은 어둠이 아니라 그 어둠 속에 나타난 전짓불이었단 말씀입니다. 환자에겐 그 어둠이라는 것이 늘 전짓불을 연상시키고 있는 공포의 촉매물이었지요.[60]

(ii) 뭐냐하면 난 그때 환자로 하여금 지나친 공포감으로 발작을 일으키게 하지만 않는다면 최악의 경우 그 전짓불로 환자를 완전히 굴복시킬 수가 있다고 생각했던 거예요. 그 전짓불로 환자를 적당히 고분고분하게 만들어서 비밀을 고백시킬 수가 있으리라고 말입니다. 한데 그런 생각은 노형께서 내게 들려 준 박준씨의 소설 이야기에서 더욱 확신을 얻게 되었지요. 소설의 주인공이 늘 어떤 전짓불 앞에 진술을 강제당하고 있었다는 사실 말입니다. 난 자신을 얻었어요. 물론 그것이 최선의 방법이라고는 생각하지 않았어요. 마지막 비상수단이라고 하지 않았습니까. 다른 방법으로 열심히 그를 설복시켜 보려고 애를 써 왔지요. 한데 어젯밤에는 나로서도 더 이상 참을 수가 없더군요. 마지막 방법을 시험해 보기로 결심했지요. 그의 방에 스위치를 내리게 한 다음 전짓불을 켜들고 들어가 그의 얼굴을 내리 비췄지요. 한데…….[61]

60) 『소문의 벽』, 앞의 책, p.345.
61) 위의 책, p.385.

(iii) 처음부터 그런 것을 염두에 두고서 그랬다는 건 물론 아니예요. 그러나 시행착오라는 것이 전혀 무의미한 것만은 아니지요. 박준이라는 한 특정 환자에겐 불상사가 되고 말았지만, 그러나 그에게서 얻은 나의 경험은 이 병원을 위해서, 그리고 그와 비슷한 다른 환자들을 위해서는 더없이 유익하게 활용될 수가 있을 테니까요.[62]

(i)~(iii)에서 보듯, 김박사는 박준을 진찰하면서 그의 증상을 노이로제로 진단하고, 진술을 거부하는 그에게 끊임없이 진술을 요구하는 방식으로 치료하고자 한다. (i)에서 김박사는 정전 사건으로 박준이 전짓불에 공포감을 갖고 있다는 것을 알게 된다. (ii)에서 김박사는 박준에게 전짓불을 들이대어 그를 굴복시킴으로써 치료하고자 한다. 이를 통해 김박사의 진단과 치료 방식이 공포를 지배 수단으로 삼는 것임을 알 수 있다. 공포를 통해 박준의 공포증을 다스리겠다는 김박사의 발상은 증상의 근본 원인이 되는 상처를 더욱 심화시켜 그것으로 환자를 지배하겠다는 발상에 다름 아니다. 이는 공포를 경험한 사람에게 공포스러운 상황을 다시 떠올리게 함으로써 스스로 복종하지 않을 수 없도록 만드는 방식에 해당한다. 김박사의 억압적인 치료 방식으로 인해 박준의 증상은 더욱 심해지고 급기야 정신분열에 이르게 된다. 그럼에도 불구하고 (iii)에서 김박사는 박준을 미치게 만든 치료 경험이 다른 환자와 병원을 위해 유익한 자료로 활용될 수 있음을 강조하면서 시행착오를 합리화하고 있다.

이상에서 보듯, 잡지사나 출판사의 공간에서 박준은 소설가로서, 필자로서의 입장에 놓여 있다. 그로 인해 잡지 편집자인 안형이나 출판사 R사의 요구와 일방적인 결정에 따를 수밖에 없는 처지에 놓여 있다. 그리고 정신병원의 공간에서 박준은 환자로서 의사인 김박사의 진단과

62) 위의 책, p.388.

치료 방식에 무조건 따라야 하는 입장에 놓여 있다. 박준이 자발적으로 정신병원에 들어가게 된 까닭은 스스로 광인이 됨으로써 세상으로부터 자유롭기 위해서이다. 그러나 박준은 정신병원에 들어간 이후 불안함에서 경계심으로, 다시 공포감으로 변화되는 심리 상태를 보여주며, 점차 기가 죽고 고분고분 순종을 하는 태도를 보여준다. 그러다가 김박사가 비춘 전짓불로 인해 결국 미쳐버리게 된다.

셋째, 박준의 생각은 에세이와 신문 인터뷰 기사를 통해 제시된다. 먼저, 박준의 에세이 '나의 외자 이름에 대해서'를 통해 짐작해 보자면, 박준은 성 한자, 이름 두 자로 명명하는 작명 관습에 얽매이는 것을 비판하고, '일'자를 떼어내어 자신의 필명을 '박준'으로 삼고자 한다. 다음, 박준의 신문 인터뷰 기사이다. 여기에서는 소설 쓰기의 영역에서 작가의 역할과 의무, 그리고 문학관에 대해 다루고 있다. 이 인터뷰에서는 소설과 전짓불의 관계가 드러난다. 전짓불의 공포에 굴복하지 않기 위해 작가는 그 전짓불의 정체를 파악하고 탐색하는 것에서 그 극복 방법을 찾아야 한다는 것이다. 그리고 그 방법은 작가마다 얼마든지 달라질 수 있다는 내용을 담고 있다. 이를 통해, 소설가로서의 박준의 인식과 작가로서의 태도가 드러난다. 박준은 현실의 관습이나 제도에 길들여지기를 거부하면서 전짓불로 표상되는 감시와 검열에 맞서 전짓불의 정체를 파악하고 탐색함으로써 그것으로부터 벗어날 극복 방식을 찾고자 한다.

이상의 매개자들에서, 현실의 제도적 공간에서 작동하고 있는 권위적 요구자-복종자의 관계 방식을 드러내기 위해, 잡지 편집자 안형, 출판사 R사, 정신병원 의사 김박사는 권위적 요구자로, 소설가 박준, 환자 박준은 복종자로 제시되고 있다.

「선고유예」에서 초점화자 '나'는 세느 다방과 직장의 풍속을 관찰하고 있다. 다방 공간의 풍속은 왕에 대한 다방 사람들의 다양한 생각을 통해 구체화된다. 그리고 직장 공간의 풍속은 세느 다방에서 직장에서 있었던 일을 떠올리는 '나'를 통해 제시된다. 이 공간을 중심으로 매개자의 특성을 살펴보면 다음과 같다.

(A) 다방 공간에서의 매개자이다. 세느의 공간은 시류와 유행에 민감한 공간이자, 소문의 근원지이고, 인간적인 만남보다 영리적인 만남이 주로 이루어지는 공간이다. 그러면서 제도적 감시를 내재화한 대중에 의해 감시가 일상화된 공간이다. 이 공간에서 각각의 매개자는 각 인물이 갖고 있는 태도와 인식에 의해 두 갈래로 묶인다.

첫 번째로, 예술의 순수성에는 관심이 없고 상업화된 자본의 문화를 무비판적으로 추수하는 매개자의 부류이다. 여기에 수미, 윤선 등으로 대표되는 대학생과 마담이 속한다.

마담은 사회 비판 의식이 거세된 대중 소비문화 중심의 다방 풍속을 보여주는 매개자이다. 마담은 시류적인 유행에 민감하게 따르며, 사람들로부터 얻어 들은 소문을 전달하고, 낙서집을 통해 소문이 형성될 수 있는 계기를 마련하는 역할을 담당한다. 왕이 조각하면서 바라보는 곳은 건너편 건물의 화장실이라는 것, 윤일과 정은숙 커플이 살림을 차렸으며 하고자 하는 일들이 뜻대로 되지 않아 싸우고 있다는 것, 수미와 윤선에게 '나'가 새여성사의 이준이라는 것 등을 마담은 알려준다. 마담은 다방의 손님들을 위해 헌신적인 봉사를 하고 있다는 것을 강조하지만, 마담의 모든 행동의 배후에는 영리적인 목적이 작동하고 있다.

—날씨가 무척 덥지요? 날씨가 무척 덥지요?

도대체 어째서 이 여자는 나를 내버려두지 않고 자꾸 아는 체를 하려고 하는가. 그러고 보니 나는 아직 차를 마시지 않고 있었다.

—날씨가 무척 덥지요? 마담은 뭐라고 해도 그런 사람이었다. (중략)

> 자기 다방에 나와서는 차를 마시지 않아도 절대로 섭섭하지 않다고 되풀이되풀이 강조하지만, 커튼을 손질하는 체, 꽃장식을 돌보는 체, 의자의 카버를 만지는 체 다방을 돌아다니며 꼭 차를 시키지 않은 좌석만 찾아와서 탁자를 훔치고 재떨이를 갈아 주며 말을 시켜서 결국 차를 마시게 만들고 마는 마담은, 혹시 커피 마실 생각이 없거나 벌써 몇잔째나 마셨노라고 하면, 아마 주머니가 비신 모양인데 그렇다고 차를 안 마실 수야 없지 않으냐고 공차를 낼 듯 요란스럽게 레지 아이를 불러대서 약간 창피를 주고 마는 마담은, 다방을 나갈 때 찻값을 꺼내주면 공차는 영 싫어하시는 군요 하면서 카운터복스의 좌석번호에서 계산패를 집어내는 마담은,[63]

마담은 '여러분'이라는 말로 학생들을 위해 봉사하고, 그들을 위해준다는 것을 강조하지만, 선심을 쓰는 척 하면서도 결코 공차를 주는 법이 없고 꼭 차를 마시도록 유도하는 태도를 보여준다. '나'가 정은숙의 죽음으로 인해 돈이 필요하게 되었을 때, 마담은 안타까워하며 돈을 빌려주면서, 돈을 꼭 갚으라는 약속을 받아 둔다. 또, 마담은 의지 없는 체념과 슬픔과 비탄의 넋두리가 가득한 '주인없는 꽃'이라는 수기를 '나'에게 보여준다. 유독 '나'에게 친절한 태도를 보여주는 까닭은 자신의 수기를 '나'에게 보여 새여성 잡지에 실을 방도를 찾기 위해서이다. 곧, 마담은 경제적 이해관계에 몰두한 나머지 비판적 의식이 거세되어 버린 인물이다.

수미와 윤선은 같은 하숙집에 있으면서 세느에서도 마주치는 인물들로 모든 소문의 근원지이자 감시자로서의 역할을 한다. 세느 가까이에 있는 세계 유수의 여자대학에 다니고 있지만 학문에는 전혀 관심이 없고 새여성사에서 만드는 잡지를 즐겨 본다. 이들은 대학에 들어가기 위해 기꺼이 2지망으로 붙은 학과를 선택한다. 이런 면모를 통해 학벌 중

63) 「선고유예」, 위의 책, p.233.

심주의에 경도된 사회 분위기를 감지할 수 있다. 이들은 옷 색깔에 맞추어 책 표지의 색을 골라 들고 다닌다. 유행에 민감하며, 수다와 낙서를 좋아하고, 말의 유희, 의미 없는 말장난을 즐겨한다. 가령, 모든 일은 '재미있다'가 아니면 '시시하다'로 이야기하길 좋아하며, 엄숙하고 진지한 이야기는 따분해한다. 여기에서 수다와 낙서는 일종의 감시 역할을 하는 매개체로 왕과 '나'를 미치광이로 몰아가는 중요한 요인이 된다. 그리고 남자와 같은 하숙에 드는 것이 불편하다며 불평을 늘어놓아 하숙집 주인이 '나'에게 방을 비워달라는 요구를 하도록 만들기도 한다.

수미와 윤선의 입장에서 볼 때, 세느 다방의 사람들은 '재미있는' 사람들과 '시시한' 사람들의 부류로 나뉘게 된다. '시시한' 사람들의 부류에 속하는 것이 '나'와 왕, 윤일 시인 등이다. 수미와 윤선 등은 낙서집을 통해 '시시한' 부류의 인물들에 관한 소문을 퍼뜨리며 다방 안의 소문을 조장해 나간다.

—그이는 미쳤어! 미친 사람이야. 멍하니 앉아 있는 모습을 봐라. 허공에 못박힌 눈동자를 봐라.

(중략) 처음에 나는 그것이 왕의 이야긴 줄 알았다. 알고 보니 그것은 왕의 이야기가 아니었다. 왕은 여기서 말한 동지요 선배 미치광이다. 그것은 나의 이야기가 분명했다. 나는 계속해서 읽었다. 바로 그 다음이 처음 눈에 띄었던, 진짜 미친 놈이 따로 있나 미친 짓 하는 사람은 다 미친 놈이지였다.

그러자 말을 받은 쪽은 한술 더 뜨고 있었다.

—미친 놈은 미친 놈을 좋아한다. 그는 왕에게 반해 있지?

—그럼 우리 <여러분> 아줌마도 수상하군. 언제나 그에게는 친절하거든……여러분, 여러분.

—주인 아줌마는 돈 꿔달래는 걸 거절했다더라.

—얘, 그가 이 낙서 보면 어떠니?

—보면 어때, 우리들만 그러나? 온 다방 아이들이 다 아는 일인데. 하

지만 화를 낼 거야. 미친 사람은 대개 자기가 미쳤다고 생각하질 않거든.

—얘 그만두자. 이제 재미없다.

—그냥 여기 두고 갈까?

—두고 가지 뭐. 사람 잡아먹는 병으로 미친 건 아닐 테니까.

낙서는 거기까지였다. 나는 아연해졌다. 그리고 이젠 왕에 관한 소문의 근거도 비로소 확실해진 것 같았다. 그것은 수미와 윤선이들의 짓이 분명했다.[64]

수미와 윤선 등은 '시시한' 사람들의 부류에 속하는 윤일 커플이 사라지고 난 뒤, 왕도 잘 나타나지 않자 '나'를 미치광이로 몰고 간다. '멍하니 앉아 있는 모습', '허공에 못박힌 눈동자' 등이 '나'가 미친 증거라고 생각하면서 낙서집의 내용에 그러한 자신들의 생각을 늘어놓는다. 그들이 적어놓은 낙서집의 내용은 다시 소문이 되어 다방 안을 떠돌게 된다. 그 낙서집을 통해 '나' 역시 '왕'에 관한 이야기를 처음 접한다. 결과적으로 수미와 윤선 등은 낙서집을 통해 거짓 소문을 퍼뜨리면서 자신들의 취향에 맞지 않는 '시시한' 사람들, '따분한' 사람들을 감시하고, 다방 공간에서 내쫓는다. 달리 말하자면, 수미와 윤선이 소문의 근원지로 삼고 있는 낙서집은 성적 유희와 말초적 쾌락이 허용된 욕망의 배설구로서, 다방 공간이 갖고 있는 속성을 반영하는 상징적인 매개물이라고 할 수 있다.

두 번째로, 예술가에 해당하는 매개자의 부류이다. 여기에 왕, 윤일, 정은숙 등이 속한다. 이들은 5·16 이후 세대가 주도하는 공간인 세느다방에서 수미, 윤선 등에 의해 관찰, 감시당하고 있으며, 시시하고 따분한 사람들이자 미치광이로 여겨져 쫓겨난다.

64) 위의 책, pp.208~209.

왕은 세느 다방의 구석진 자리에 앉아 테이블 주위에 여인의 나상을 늘어놓고, 테이블 위에 앉아 있는 고양이에게 우유를 시켜주고, 창밖을 쳐다보면서 테이블 아래에서는 조각칼로 나상을 조각하고 있다. 그리고 자신도 언제 끝나는지 알지 못하는 단식을 하고 있으며 가끔 구역질을 하기도 한다. '나'가 왕에게 단식에 관한 이야기를 한 뒤로 왕은 '나'의 하숙집에 찾아와 자신의 단식이 언제 끝날 것인지를 묻는다. 그리고 왕은 세느의 "그년들로부터 견디기 위해, 그년들로부터 지키기 위해" 나상을 조각한다고 '나'에게 조각의 이유를 밝히지만, 정작 해야 할 말은 하지 못하다 사라진다. '나'의 십일 간의 유예 휴가가 끝나갈 무렵 왕은 다방에 나타나지 않는다.

그런 왕은 세느의 사람들에 의해 미치광이 취급을 당한다. 다방에서는 왕이 순경이라는 말이 나오면 흥분해서 "민중의 지팡이가 곤봉체조나 좋아해서는 안된다"고 외친다는 소문이 나돈다. 다방의 이러한 측면에 윤일 역시 편승하여 왕을 두고 "큰골에 이상이 있는 광인", "제 땅을 잃은 왕", 신묘한 조각을 하는 미치광이라고 언급한다.

왕은 섹스를 강조한 여성의 나상을 조각하여 세느의 구석진 테이블 주위에 늘어놓고, 탁자 아래에서 쉼 없이 나상을 조각한다. 그가 견디기 힘들어하는 것은 그를 미치광이로 치부하는 주위의 시선과 감시이다. 결국 왕은 허기마저 광기로 취급하는 세느 사람들의 감시와 배제로 인해 세느로부터 쫓겨나 소문 속의 죽음을 맞이한다.

윤일은 잡지사 일로 하여 '나'와 친분이 있는 시골 출신의 시인으로 정은숙과 함께 늘 같은 시간에 세느에 나와 앉아 있는 인물이다. 이들은 어렵고 궁색한 도회살이에 지쳐 힘들어하면서 서로를 위로하며 사람들 모르게 살림을 합쳐 살고 있다. 정은숙은 시골 출신으로 음악 대학을 졸업한 성악가 지망생이다. 취직자리를 구하지 못해 하는 수 없이 피아노 교습을 하며 근근이 살아간다. 그러나 교육 정책이 평준화로 바뀌면서 교습마저 끊기게 되자, 자신의 꿈을 포기해야 하는 상황에 좌절하고 절망한 정은숙은 고향으로도 돌아가지 못하고 결국 약을 먹고 자살한다. 윤일은 세느 다방의 분위기에 젖어 있으면서 '재미있다'라는 말을 자주 쓰곤 한다. 처음에는 '왕'이 신묘한 조각을 만들어내는 미치광이라고 여기다가 그것이 '허기'라고 생각하는 '나'의 이야기를 듣고 어떤 암시를 받게 된다. 그러다가 정은숙이 자살하자 그녀의 장례를 치러주고 시골로 가겠다며 '쫓겨가듯' 세느를 떠나간다. 이들을 통해 예술가들의 취업난과 허울 좋은 공연 문화, 교육 제도 평준화 등에 대한 비판적 인식이 제시되고 있다.

(B) 직장 공간에서의 매개자이다. '새여성사'는 상위층 여성의 풍족하고 화려한 삶의 모습에 초점을 맞춘 잡지를 발간하는 곳이다. 먼저, 이 직장 공간에서 염사장과 미스 염은 권위적 요구자로 제시된다. 이러한 특징은 두 가지 사건을 통해 드러난다. 첫째, 염사장의 연설 취미이다.

> 염사장은 그 연설에서 매번 같은 다짐을 되풀이했다. <전진전위적이고 선구적인 우리 새여성지의 편집방침 쇄신>과 <발행부수 십만부 돌파 달성을 위한 재결의>와 <사원 상호간 또는 상하간의 가족적인 분위기 진작> 및 <적자 모면을 위한 경영합리화에 따른 사원 처우의 점진적인 개선 약속>이 변함없는 염사장의 연설 골자였다. (중략) 하지만 그 모든 것은 순전히 염사장의 연설 취미를 위해 동원된 단어들에 불과할 뿐 사실은 내용이 없는 말들이었다. 왜냐하면 그 연설 골자가 언제나 변하지 않는다는 사실이 중요한데, 그것들 가운데는 분명 달라져야 할 내용의 것이 있는데도 불구하고 영 달라지는 일이 없었기 때문이다.[65]

---

65) 위의 책, p.64.

염사장은 적자 경영에 허덕이는 회사를 위해 열심히 일해 줄 것을 요구하면서 직원들의 처우 개선과 수당을 약속한다. 새여성사는 거대한 외판 조직과 풍부한 자금을 동원하여 매년 목표치를 상회하는 판매 실적을 올리고 있지만, 염사장의 연설 내용은 늘 변함이 없다. 사원의 처우 개선이나 복지 문제는 하나도 반영된 것이 없고, 오히려 근무 시간을 연장하고 무능 불평 사원을 면직시키겠다고 위협한다. 곧 연설 내용은 염사장의 연설 취미를 위해 동원된 말들에 불과하다. 이러한 염사장의 연설 취미는 염국장의 연설에서도 그대로 반복된다.

염사장의 조카이면서 새여성사의 연예 부장인 미스 염은 교만한 집념과 여성 엘리트로서의 자부심을 갖고 있는 인물로 제시된다.

> 미스 염에겐 용서받을 수 없는 점이 많았다. 그녀 역시 아까 말한 그 오년 이상 근속자 그룹에 끼고 있는 것이 우선 그 하나였다. 그리고 그 그룹 가운데서도 나이가 스물 아홉으로 가장 선두에 나서 있었으며, 그러면서도 좀처럼 시집갈 생각은 하지도 않고 그 나이를 초조해하지 않고 있다든가…… 그래서 그 여자에게는 그 오년 이상 근속이라는 것이 교만한 집념으로 생각되었다. (중략) 뿐만 아니라 이 여자가 그 둔하게 보이는 허우대와는 다르게 신경은 썩 예민해서 사내의 다른 직원들의 사정을 환히 알고 있다든가, 자기 이외의 사람들에게 분담된 작업의 진척도 따위까지 그녀의 머릿속엔 수시로 파악되어 있다든가 장기근속자의 충성파로서 이 회사의 상후하박 관습에 따라 월급도 다른 사람의 두배(그것도 따져 보면 사립중학교 단기근무 평교사의 월급 남짓한 것이지만, 그녀는 그 다른 동료의 <두배>라는 것에 늘 만족해 있었다)나 받고 있으며, 회사바깥 일에 대해 말한다면 그녀가 옷이라든가, 신발, 가방 따위의 모든 장신구의 유행에 아주 민감하다는 점, 그런 것이 모두 견디기 어려운 점이었다.
>
> 그러나 그 어느 것보다도 그녀에게서 가장 견딜 수 없는 것은 그녀의 겨드랑이었다.[66]

미스 염은 염사장의 경영 방식에 절대적으로 복종하면서 다른 직원들의 동태를 파악하고 관리하는 인물이다. 몸집이 비대하지만 신경이 예민하여 다른 직원들의 사정이나 작업 진척도를 모두 파악하고 있으며, 유행에도 민감하다. 시집을 가지 않고 있으면서 편집국의 선풍기를 독차지하여 겨드랑의 땀을 말리곤 한다.

둘째, 염사장의 제복 제정이다. 염사장은 '회사 명예와 단결력의 과시, 그리고 작업 능률 향상'을 취지로 하여 직원들에게 제복 착용을 명령하면서 그것에 반발하는 이들에게 면직 위협을 가한다. 염사장은 직원을 '개'처럼 생각한다. 그런 인물에 의해 주도된 제복 착용은 직원의 노예화에 그 목적이 있다.

다음, 직장 공간에서 '나'와 '갈태'는 복종자로 제시된다. 직장에서의 '나'의 모습은 갈태에 투사되어 있다. 갈태는 '나'의 유예 휴가가 끝나는 날 직장을 그만두고 나온다. 염사장은 편집 회의 중에 제복을 입지 않은 갈태에게 '회사 업무가 적자 운영을 모면하려는 중차대한 시기에 정신이 해이해 있는 증거'라고 꾸중하면서, '동료 간의 단합을 저해'하고 '불평만을 조장'하는 '비뚤린 마음가짐의 소산'이라고 몰아세운다.

이를 통해 두 공간, 곧 직장과 세느 다방 공간의 성격이 드러난다. 먼저, 직장은 경제적 이해관계로 얽혀있으면서 연설과 제복에 의해 권위적 요구자와 복종자의 관계가 더욱 심화되는 양상을 보여준다. 새여성사는 상위층 여성의 풍요로운 삶을 보여주는 잡지를 만들고, 그 잡지를 통해 회사의 이윤을 창출하면서 거짓 약속과 면직 위협, 제복 착용 등을 통해 직원들을 착취한다. 이 과정에서 염사장은 권위적 요구자로, 그리고 갈태는 복종자로 제시된다.

새여성사에서 발간하는 잡지의 성격은 '나'가 세느사에 근무하기 이

66) 위의 책, pp.69~70.

전에 근무한 '내외사'의 잡지 성향과 대비된다. 내외사는 정치, 사회 비판을 중심으로 한 정론적 성격의 잡지를 발간하지만, 새여성사는 상류층 여성의 풍요로운 삶을 다루는 잡지를 발간한다. 내외사는 폐간 위기에 처하고, 새여성사의 잡지 판매 부수는 나날이 급증한다. 이러한 상황은 정치와 사회에 대한 관심이 경제적 풍요에 대한 관심으로 대체되고, 시대의 모순에 대한 비판과 고뇌는 사라지고 섹스와 여자에 대한 관심이 그 자리를 대신하게 된 것과 관련이 있다.

다음, 세느 다방은 여자와 섹스에 대한 관심이 많고, 엄숙하고 진지한 것에는 관심이 없는 대학생들이 주로 이용하는 공간이다. 섹스와 여자에 대한 이러한 관심은 새여성사에서 발간하는 잡지의 성향과 유사한 특징을 보여준다. 수미와 윤선 등과 같은 대학생들에 의해 왕이나 윤일 커플, '나'가 세느에 어울리지 않는 따분하고 시시한 사람들로 여겨지고 결국에는 미치광이로 오인되는 것을 통해서, 후자의 인물들이 전자의 대학생들에 의해 거부되고 감시되고 배제되는 상황을 보여주고 있다. 이 공간에서는 권위적 요구자와 복종자의 관계가 비가시적인 방식으로 드러난다.

세느 다방의 성격은 '나'가 군대에 가기 전 자주 다니곤 했던 S대학 앞의 '쌍과부집'의 성격과 대비된다. 쌍과부집은 철학과 정치와 사회에 대한 관심을 갖고 술을 마시면서 밤새도록 그것에 대해 토론하는 대학생들의 분위기를 보여주는 반면, 세느 다방은 그러한 진지하고 엄숙한 것에 대해서는 전혀 관심이 없고 여자와 섹스에 대한 관심이 중심을 이루는 대학생들의 분위기를 보여준다. 이를 통해, 지성을 바탕으로 사회와 정치에 대한 진지한 고민을 하는 대학생의 문화는 상업화된 자본주의에 길들여져 변질된다. 곧 풍요로운 것만을 추구하고, 여자와 섹스와 같은 유희적 것에서 탈출구를 찾으려는 문화로 바뀌고 있는 것이다.

제2장

중층결정에 의한 인간의 관계 질서 발견

이 유형은 연상의 중층결정에 의해 의미화가 부여된다. 삽입서사에 대해 하위 틀서사의 여러 매개자들은 각각 다른 연상을 함으로써 의미화가 이루어진다. 이 연상은 다시 상위 틀서사와 연관되어 의미화가 이루어진다. 이러한 경로를 통해 삽입서사에 대한 다양한 연상들이 중층결정되면서 의미화가 이루어진다.

이 의미화 과정은 다루는 풍속이 무엇이냐에 따라 달라진다. 사라져 가는 과거의 풍속을 다루는 경우, 하위 틀서사의 매개자들은 삽입서사에 내포된 과거의 질서가 현재 어떠한 가치를 갖는가를 각각의 방식으로 파악하고 있는데, 이에 따라 삽입서사와 하위 틀서사 사이에서 1차 연상이 이루어진다. 이는 삽입서사가 다루는 질서가 과거의 풍속이기에, 그 풍속에 대해 현재적 가치를 어떻게 부여하는가를 중시하는 데서 비롯된다. 그 결과 연상은 삽입서사의 질서에 대해 긍정적 측면과 부정적 측면의 양 방향으로 진행된다. 이를 위해 하위 틀서사에 긍정적 매개자와 부정적 매개자 존재한다.

현재의 풍속을 다루는 경우, 하위 틀서사의 매개자들은 삽입서사에 내포된 현재의 억압적 질서를 현실에서 똑같이 반복하며 그것을 더욱 심화시키는 행동을 보여준다. 곧 삽입서사는 현재의 풍속에 내재한 부정적인 측면은 과거에서부터 지속적으로 이어져오고 있는 것임을 강조하는 역할을 한다. 그 결과 삽입서사에 제시되고 있는 부정적 질서가 현재 확대 재생산되면서 심화되고 있다는 것을 보여주는 측면에서 연상이 이루어진다. 따라서 삽입서사가 내포하고 있는 질서는 현재의 풍속에 대한 일종의 거울 텍스트라고 할 수 있다. 이러한 특징으로 인해 삽입서사와 하위 틀서사에는 권위적 요구자와 복종자가 존재한다. 권위적 요구자는 다양한 제도와 결합되면서, 사라져가는 풍속을 다루는 작품보다 훨씬 복잡한 중층결정의 형태를 띤다.

1. 세계 존재로서의 인간과 '예(藝)'의 소설화

사라져가는 과거의 풍속을 다루는 작품에서 하위 틀서사의 매개자들이 보여주는 사고와 행동은 삽입서사에 내포된 질서가 갖는 현재적 가치와 관련이 있다. 이를 통해 1차 연상이 이루어지는데, 사라져가는 풍속에 대해 여러 인물들이 각각 어떠한 가치를 부여하고 있는가가 드러난다. 이때 연상은 삽입서사에 대한 긍정적인 측면과 부정적인 측면의 양방향으로 진행된다. 그럼으로써 초점화 대상이 현재에도 의미를 가질 수 있는 가치는 무엇이며, 그러한 가치가 사라질 수밖에 없는 까닭은 무엇인가를 탐색한다.

1) 줄광대로 표상되는 공동체적 질서와 예술의 소설화: 「줄」

「줄」의 삽입서사에는 허노인과 허운을 중심으로 한 줄광대의 삶이 제시되고 있다. 허노인은 단장과의 부정을 의심받는 아내를 죽이고 줄을 타다가 줄 위에서 삶을 마감한다. 그의 아들인 허운 역시 줄광대로 살아가는데, 절름발이 여자를 만난 후 줄에서 내려올 결심을 하지만 여자가 줄 아래로 내려온 허운을 무서워하자 허운은 서커스단으로 돌아가 줄을 더 높이 올려 타다가 떨어져 죽는다.

여기서 허운과 허노인은 "어떻게 사는 것이 참된 줄광대의 삶인가"와 관련하여 줄에 모든 것을 바치는 삶을 살고자 한다. 이들은 줄 위에서 자신들의 자유로운 세상을 만나며, 평생을 줄광대의 질서 속에서 살아간다. 당시 서커스단은 활동사진에 밀려나 파산 지경에 이르게 되었는데, 단장은 줄광대에게 관객의 흥을 돋우라고 요구하게 된다. 그런 점에서 단장과 활동사진은 줄광대의 삶을 방해하는 역할을 한다.

삽입서사에 나타나는 줄광대의 질서는 하위 틀서사의 매개자에 의해 다른 요소로 연상된다. 줄광대 승천 이야기를 문화부장은 '재미있는 기삿거리' 혹은 '거짓말 같은 것'으로 여기고, 장의사 사내는 큼지막한 활자로 찍어 내놓으면 진짜 무엇이 되어버릴 수 있는, 일종의 '간판' 이름과 같은 것으로 여긴다. 그리고 트럼펫 사내는 '유일한 재산', '명인의 풍모'로 여기고, 카메라와 녹음기에 손을 대지 않는 몸을 파는 여자는 '요즘 이야기'와 대비하여 자신이 유일하게 믿고 싶은 '옛날이야기'로 여긴다.

여기에서 문화부장이나 장의사 사내는 줄광대의 승천 이야기를 일종의 돈벌이 수단으로 여기는 태도를 보여준다. 반면 트럼펫 사내와 여자는 그 이야기를 정신적인 측면에서 고귀한 가치를 지니는 것으로 여긴다. 따라서 전자를 부정적 매개자로, 후자를 긍정적 매개자로 파악할 수 있다.

하위 틀서사의 긍정적 매개자와 부정적 매개자는 삽입서사와 관련되면서 1차적 연상이 이루어지는데, 삽입서사에서 줄광대의 질서를 지켜 나가려고 하는 허노인과 허운, 그리고 그러한 질서를 돈벌이 수단으로 삼으려는 단장의 관계는 하위 틀서사의 매개자에 의해 연상 작용을 일으키게 된다.

곧 줄광대의 질서를 지키려는 허노인과 허운의 태도는 하위 틀서사의 트럼펫 사내에게로 이어진다. 이러한 점은 폐병을 앓으면서도 트럼펫을 손에서 놓을 수 없다는 트럼펫 사내의 발화를 통해 제시되고 있다. 그리고 여자는 옛날이야기에 대한 믿음을 다른 사람과의 약속을 지키려고 애를 쓰는 태도를 통해 보여줌으로써 줄광대의 질서가 갖는 긍정적 가치를 이어받으려 한다. 곧 삽입서사의 허노인과 허운은 하위 틀서사의 트럼펫 사내와 여자로 이어지면서 정신적인 가치를 중요한 것으로 여기는 줄광대 풍속의 질서를 보여준다.

삽입서사에서 단장은 허노인과 허운에게 관객들의 흥을 돋우라는 요구를 하는데, 이는 하위 틀서사의 부정적 매개자로 연결된다. 문화부장과 장의사 사내는 돈벌이 수단으로 '줄광대의 승천' 이야기를 이용하려는 태도를 보여준다. 더불어 삽입서사의 '활동사진'은 하위 틀서사의 녹음기와 카메라로 연결되어 줄광대의 질서를 사라지게 하는 산업화, 도시화의 상징물로 작동한다. 이러한 연상은 줄광대 풍속이 갖는 현재적 가치에 대한 화자-초점화자의 고민으로 연결된다.

한편 줄광대의 승천에 대해 장의사 사내와 트럼펫 사내가 각각 이야기를 들려주는데, 전자의 이야기는 '나'에게 '허황한 느낌'을 갖게 하고, 후자의 이야기는 '엄숙하고 무거운 느낌'을 불러일으킨다. 처음 C읍에 내려왔을 때 초점화자 '나'는 줄광대의 승천 이야기를 '거짓말'로 여기고 있었으나, 트럼펫 사내의 이야기를 다 듣고 난 이후에는 그 이야기를 통해 혼돈스러움을 느끼게 되는 것으로 변화한다.

삽입서사에서 제시된 허노인과 허운을 중심으로 한 줄광대의 이야기는 하위 틀서사에서 1차 연상 과정을 거친 후, 상위 틀서사로 연상이 이어지면서 의미의 연관 관계에 의한 결합이 이루어진다. 그 결과 '허노인과 허운/트럼펫 사내, 몸을 파는 여자'라는 계열과 '단장과 활동사진/장의사 사내, 문화부장, 카메라와 녹음기'라는 계열로 결합되면서 의미의 중층결정이 일어난다. 이 중층결정에 의해 삽입서사와 하위 틀서사가 상위 틀서사의 화자-초점화자의 고민으로 연결되면서, 작품의 주제가 형성된다.

먼저, 화자-초점화자의 첫 번째 고민인 줄광대 풍속의 질서가 갖는 현재적 의미의 측면이다. 두 가지 결합체 중, 전자의 계열은 '허노인과 허운의 죽음/폐인이 된 트럼펫 사내/몸을 파는 여자'의 결합에 의해, 사라져가는 줄광대 질서가 현재적 의미를 지니지만, 그러한 질서를 추구하는 것은 현실적으로 어렵다는 의미를 전달한다. 후자의 계열은 '단장과 활동사진/장의사 사내/문화부장, 카메라와 녹음기'의 결합에 의해 현실에서 줄광대 질서는 사라지고 다만 상업적으로 수단화될 뿐이라는 의미를 전달한다.

여기서 줄광대 풍속에 내재된 인간의 관계 질서는 허노인과 허운에 의해 일차적으로 제시된다. 그 질서는 줄 위의 질서로 압축된다. '승천'을 통해 알 수 있듯이, 여기서는 삶과 죽음이 미분화되어 있다. 그러한 질서에 허노인과 허운이 따른다는 것은 세계 질서 속의 한 존재로서 그 질서를 삶의 질서로 받아들임을 의미한다.

줄광대의 삶은 기예에 자신의 삶을 모두 바치는 장인의 면모를 보여준다. 삶과 죽음이 미분화된 상태에서, 오로지 줄광대로서의 삶에 모든 것을 다 바친다. 이처럼, 연희자로서 줄광대는 삶과 일치하는 기예를 보여주고 있고, 그렇게 삶과 예술이 일치된 줄광대의 연희를 통해 관객들은 '아름다움'을 발견하고 이에 공감한다. 그 결과 그러한 삶을 살다간 줄광대는 승천하였을 것이라고 믿는 것이다. 이러한 믿음에는 그렇게 살아가는 삶을 존중하고 그러한 삶에 대해 가치를 부여하는 인식과 가치관이 깔려 있다.

그것이 사라져가는 공동체의 풍속으로 이어져 온 '예'의 삶이자 가치인 것이다. 이처럼 허노인과 허운은 '예'로 표상되는 공동체의 질서를 삶의 질서로 받아들인다. 줄광대의 죽음은 죽음에 대한 두려움이 없는 태도를 보여준다. 다 죽어가게 생긴 트럼펫 사내는 줄광대 이야기를 소중한 것으로 기억하는데, 그 이야기를 들려주면서 줄에서 떨어져 죽은 허운을 두고 '명인의 풍모'라고 언급한다. 이는 트럼펫 사내 역시 자신의 기예와 삶이 일치하는 삶을 살고 있으며, 죽음에 대한 두려움이 아니라 명인으로서의 생에 순종하려는 태도를 보여주고 있다. 명인의 삶이란 그러한 것이라고 이해하고 있는 것이다. 그 결과 트럼펫 사내는 폐병에 걸려 피를 토하면서도 나팔을 부는 것을 당연한 것으로 받아들인다.

그런데 그러한 인간의 관계 질서가 도시화, 산업화되면서 변모하는데, 그것이 '땅 위'의 질서로 명명되고 있다. 줄광대의 연희를 보면서 그러한 아름다움에 도취되지 않는 이들의 경우에는 줄광대가 연희를 했고, 떨어져 죽었다는 사실만을 기억하게 된다. 이처럼 줄광대 연희를 단지 사실적인 측면에서만 기억하는 태도에는 시대의 변천에 따라 줄광대 연희를 더 이상 '예'로 받아들이려 하지 않는 인식이 깔려 있다.

그리고 이 인식의 근저에는 제도화된 현재의 풍속에 기초한 인간의 관계 질서가 자리 잡고 있다. 그러한 관계 질서를 보여주는 것이 '허노인/허운'과 '단장'의 관계, '문화부장'과 '나'의 관계이다. 단장은 허노인과 허운에게 상업적 측면과 관련된 재주를 강요한다. 문화부장 역시

'나'에게 취재를 강요한다. 이러한 관계는 권위적 억압자와 복종자의 관계에 다름 아니다. 이를 통해 화자-초점화자는 인간과 자연, 삶과 죽음, 예와 삶이 일체된 인간의 관계 질서가 권위적 억압자와 복종자라는 관계에 의해 대체되고 있음을 보여준다.

다음, 화자-초점화자의 두 번째 고민인 줄광대 풍속의 질서가 갖는 소설적 의미의 측면이다. 이와 관련해, 문화부장에 의해 언급되는 '줄광대 승천 이야기'는 소재의 층위에서 제시되고, 장의사 사내가 들려주는 '줄광대 승천 이야기'는 육하원칙에 충실하게 기술된 '기사'의 층위로 제시되고 있으며, 트럼펫 사내가 들려주는 '줄광대 승천 이야기'는 '소설'의 층위로 제시되고 있다는 점에 주목할 필요가 있다. 각 매개자에 의해 전달되는 이야기 방식의 차이에 의해 줄광대 이야기는 '소재-기사-소설'의 층위로 변화하면서, 결과적으로 트럼펫 사내에 의해 제시되는 '줄광대 승천 이야기'에 풍속의 소설화와 관련된 의미를 부여하는 효과를 낳고 있다.

곧 줄광대 이야기를 재미있는 기삿거리 내지 상업적 소재 정도로 여기는 문화부장과 장의사 사내는 줄광대 이야기는 소설이 될 수 없다는 것을 암시하고 있다. 그러나 '나'는 "보고 느끼고 생각한 것 전부를 포함하면서 동시에 그것들에 어떤 소설적 질서를 부여"[67]하는 그런 소설을 쓰고자 하지만 그럴 능력이 없어 소설을 쓰지 못하고 있다. 그런데 '나'는 줄광대 풍속 이야기를 '유일한 재산', '명인의 풍모'로, '요즘 이야기'와 대비하여 자신이 유일하게 믿고 싶은 '옛날이야기'로 받아들이는 트럼펫 사내와 여자를 만나면서, 줄광대 이야기가 소설화될 수 있다는 것을 깨닫고 그런 소설을 쓰고 싶다는 강렬한 충동을 받는다.

---

67) 「줄」, 앞의 책, p.39.

> C읍에서 너무 많은 이야기를 한꺼번에 들어 버린 때문일까? 아니면 어느 것 없이 거짓말을―적어도 나에게는 거짓말 이상의 의미를 지닐 수 있을 것 같지 않은 이야기만을―들은 때문일까. 소설을 생각할 때와 같은 그런 혼돈이 휘몰아 들었다. (중략)
> 조금만 더, 조금만 더. 나에게서 이 이야기는 아주 죽어버릴 것인가, 또 누구에게로 가서 그 사람의 질서가 되어 줄 수 있을 것인지는 조금만 더 생각을 해 봐야 할 것 같다.[68]

트럼펫 사내나 여자의 이야기를 들으면서 '나'는 소설을 쓰려고 생각할 때의 혼란스러움을 느끼는데, 이는 줄광대의 질서를 소설로 쓰고 싶어 하는 '나'의 욕망이 불거지고 있음을 시사한다. 그것이 바로 줄광대 풍속에 나타난 인간의 관계 질서를 소설화하는 것이다. 옛날이야기와 요즘 이야기를 단순히 비교하는 것만으로는 이루어낼 수 없는 제3의 측면, 즉 옛날이야기의 어떠한 측면을 받아들여 그것을 현재의 삶에 의미 있는 것으로 녹여낼 것인가 하는 문제야말로 '나'가 소설을 통해 진정으로 드러내고자 하는 것이다.

말하자면, 옛날이야기에 들어 있는 공동체적 풍속에 기초한 질서, 가령 줄광대 승천 이야기에 담긴 '무거운 질서' 같은 것을 현재화하는 소설을 쓰는 것이다. 공동체적 풍속은 물질적 가치에 휘둘리는 것이 아니라 예술로 표상되는 고귀한 정신적 가치에 대한 믿음을 지니고 그것을 외곬으로 지향하는 것과 관련이 있다. 그런 옛날이야기를 소설로 쓰고자 하는 욕망을 품게 된다는 점이 바로 화자-초점화자의 고민과 연결된 주제이다.

---

68) 위의 책, pp.54~55.

2) 공동체의 놀이 풍속과 세계 존재로서의 인간의 소설화: 「매잡이」

「매잡이」는 「줄」과 마찬가지로 사라져가는 과거의 풍속을 초점화 대상으로 하여 이를 삽입서사로 구성하고 있다. 사라져가는 과거의 풍속을 다루는 삽입서사는 하위 틀서사의 긍정적 매개자와 부정적 매개자에 의해 연상 작용이 일어나면서 상위 틀서사의 화자-초점화자의 고민과 결합하게 된다.

삽입서사에서는 매잡이 곽서방을 중심으로 하여 시류의 흐름에 밀려 사라져가고 있는 매잡이 풍속을 다루고 있다. 곽서방은 농한기 무렵 사람들과 어울려 매사냥을 나가고, 꿩을 잡으면 함께 술판을 벌이면서 어울리고, 매를 잃어버렸다가 되찾는 경우 매를 찾아준 마을에 매값을 지불하거나 혹은 매를 놀아주는 것을 도리로 알고 그것을 지키고자 한다.

반면, 그러한 도리며, 관습이 지금의 시류와 맞지 않는다며 다른 살길을 찾아보라는 인물로 서영감, 옛 친구 등이 제시되고 있다. 매잡이를 부리던 서영감, 매잡이를 그만두고 품팔이꾼으로 전락한 친구는 곽서방에게 매잡이 풍속을 버리고 시류를 좇아 먹고 살 궁리를 하라고 요구한다. 그러나 곽서방은 매잡이 풍속을 버리는 대신 매를 날려 보내고 단식을 하고, 버버리 소년은 그런 곽서방을 끝까지 따른다.

하위 틀서사에서는 꼬마 소년, 버버리 소년, 곽서방, 민형을 통해 삽입서사에서 언급되고 있는 매잡이 풍속이 갖는 현재적 의미와 그것의 소설적 가치에 대한 1차 연상이 이루어진다. 먼저 풍속이 갖는 현재적 의미와 관련된 연상이다.

삽입서사에서 매잡이 풍속의 질서와 도리를 지키려는 태도는 하위 틀서사에서 단식을 하고 죽음에 이르게 되는 곽서방과 곽서방의 뒤를 이어 매잡이가 되는 버버리 소년으로 보다 구체화된다. 민형은 곽서방과 버버리 소년이 지켜가고자 하는 매잡이 풍속의 질서를 가치 있는 것으로 판단하고, 그것을 소설화한다.

삽입서사의 서영감과 옛 친구는 하위 틀서사에서 부정적 매개자로 연결된다. 꼬마 소년과 마을 사람들은 매잡이 풍속에 더 이상 관심이 없으며, 곽서방이 왜 단식을 하는지도 이해하지 못한다. 그리고 곽서방이 죽자 매잡이 풍속이나 곽서방 등의 존재를 잊어버리게 된다. 그럼으로써 매잡이 풍속이 갖는 가치를 망각하고, 모든 것을 돈과 관련지어 판단하려 한다.

다음, 풍속의 소설화와 관련된 연상이다. 삽입서사로 제시된 '나'의 첫 번째 매잡이 소설은 하위 틀서사에서 민형의 비망록과 매잡이 소설로 연결된다. '나'의 첫 번째 소설과 민형의 비망록이 '평범한 사전 지식'에 기초한 것임에 반해, 민형의 매잡이 소설은 민형의 상상력에 입각해 매잡이 운명을 예언하고 있다.

삽입서사에서 제시된 곽서방을 중심으로 한 매잡이의 이야기는 하위 틀서사에서 1차 연상 과정을 거친 후, 상위 틀서사로 연상이 이어지면서 의미의 연관 관계에 의한 결합이 이루어진다. 그 결과 매잡이 풍속의 현재적 의의는 '곽서방/버버리 소년/민형'이라는 계열과 '서영감/옛 친구/꼬마 소년과 마을 사람들'이라는 계열로 결합되면서 의미의 중층결정이 일어난다. 그리고 풍속의 소설화는 '나'의 첫 번째 소설/민형의 비망록/민형의 매잡이 소설'이라는 계열로 결합되면서 의미의 중층결정이 일어난다. 이 중층결정에 의해 삽입서사와 하위 틀서사가 상위 틀서사의 화자-초점화자의 고민으로 연결되면서, 작품의 주제가 형성된다.

먼저, 화자-초점화자의 첫 번째 고민인 매잡이 풍속의 현재적 가치와 관련된 측면이다. 두 가지 결합체 중, 전자의 계열은 '곽서방의 단식과 죽음/매를 데리고 사라진 버버리 소년/폐병을 앓다가 자살한 민형'의 결합에 의해, 사라져가는 매잡이 풍속의 질서가 현재적 의미를 지니지만 그러한 질서를 추구하는 것은 현실적으로 어렵다는 의미를 전달한다. 후자의 계열은 '시류가 옳은 것인지 그른 것인지를 알지 못하는 서영감/시류를 좇아 품팔이로 먹고 살 길을 마련하려는 옛 친구/매잡이 풍속을 아예 망각해버린 꼬마 소년을 비롯한 마을 사람들'의 결합에 의해, 시류의 흐름에 따라 현실에서 매잡이 풍속의 질서가 사라져가고 있으며, 매잡이 풍속의 '도리'를 지키기보다는 생계를 이어나갈 방편을 마련하는 것이 더 중요하다는 의미를 전달한다.

여기서 매잡이 풍속에 내재된 인간의 관계 질서는 곽서방에 의해 일차적으로 제시된다. 그것은 다음 두 측면으로 압축된다. 먼저, 매잡이의 '도리'와 관련된 측면이다. 매잡이 풍속은 농한기 때의 공동체의 놀이 문화로, 공동체의 삶과 놀이가 일체화되어 있는 농경문화의 특징을 보여준다. 곽서방은 그러한 공동체에 기반을 둔 놀이 풍속에 몸담고 있는 연희자이다. 마을에서 가장 많은 땅을 소유하고 있는 지주는 각종 연희자들을 식객으로 들여놓고 농한기 때면 이들을 부리곤 한다. 곽서방 역시 지주 서영감의 사랑채에 기거하면서 농한기 때 마을 사람들의 놀이를 책임지고 있다. 마을의 구성원들은 농번기 때는 함께 도와가며 농사를 짓고, 농한기에는 함께 어울려 꿩 사냥을 나가고, 그것에서 재미를 느낀다. 꿩을 잡으면 함께 어울려 술추렴을 하거나 잔치가 있는 집에 대접해 보내고, 꿩 사냥을 나가 매를 잃어버리면 그 매를 찾아주는 마을에 들어가 매를 놀아주거나 매값을 치르는 것을 '도리'로 여긴다. 곽서방은 이처럼 농경 사회의 공동체적 질서를 자신의 삶의 질서로 받아들인다.

다음, 매잡이와 매와 관련된 측면이다. 매잡이는 매와 함께 일체가 되는 삶을 살아간다. 곽서방은 매를 자신의 아들처럼 여기고 돌본다. 그리고 매와 함께 사냥을 나가서 매가 유유히 하늘을 날다가 꿩을 발견하고 땅으로 내리꽂히는 광경에서 아름다움을 느낀다. 이처럼 곽서방이 느끼는 매잡이 풍속의 아름다움은 자연과 매와 인간이 일체가 된 상황에 기반을 두고 있다. 매잡이에서 '잡이'가 매를 잡는 사람이 아니라 매가 '잡을 것'의 의미로 쓰이는 것[69]은 매잡이와 매의 이러한 관계에서 비롯된다.

이처럼 매잡이 풍속과 관련된 인간의 관계 질서는 인간과 자연이 합일되어 '놀이(예)'를 통해 '재미'와 '아름다움'을 추구하면서 동시에 공동체의 유대감을 공고히 하는 삶의 질서를 함축하고 있다. 곽서방은 그러한 삶의 질서를 받아들여 매잡이 풍속의 도리를 따르고자 한다. '너'와 '나', 자연과 인간의 구별 없이 일체가 되어 함께 어울리는 공동체의 삶을 자신의 삶의 질서로 받아들이는 것이다.

그런데 그러한 농경 사회의 공동체 문화에 바탕을 두고 있는 인간의 관계 질서가 산업화 사회로 변화되어 가면서 경제적 이해관계에 기반을 둔 관계로 재편된다. 공동체의 놀이 풍속이 사라지고 경제적 이윤 창출을 목적으로 삼는 새로운 풍속이 생겨나면서 매잡이 풍속의 질서가 깨어지고 변질되기에 이른다.

그 변모를 보여주는 것이 '곽서방/버버리 소년과 서영감/옛 친구/꼬마 소년과 마을 사람들'의 관계이다. 서영감은 곽서방에게 먹고 살 길을 찾으라면서 매잡이 일을 그만두라고 요구한다. 또한 매잡이를 그만두고 품팔이꾼이 된 옛 친구는 매잡이의 도리를 지키려는 것을 시대와 맞지 않는 생각이라고 여기는 한편, 매를 길들이는 일이 매를 위한 길이 아니며 매를 다시 산으로 돌려보내야 한다고 충고한다. 몰이꾼 노릇을 하면서도 재미를 느끼곤 했던 마을 사람들은 이제 그 일을 삯일로 생각하

69) 「매잡이」, 위의 책, p.295.

거나, 혹은 꿩 사냥을 나가는 대신 돈 벌 궁리만을 하거나, 심지어 매가 잡은 꿩을 내다팔기까지 한다. 나아가 마을 사람들은 곽서방이 죽은 뒤 매잡이 풍속 자체를 아예 망각하고 만다. 곧 서영감, 옛 친구, 마을 사람들은 공동체의 삶에 기반을 둔 놀이 풍속을 버리고 경제적 이윤을 창출할 수 있는 삶에 중요한 가치를 부여한다. 그 결과 자연과 일체를 이루던 공동체의 삶은 인간 중심, 개인 중심, 경제적 이해관계 중심으로 재편되면서 사라지고 소멸될 위기에 처하게 된 것이다.

민형의 소설은 이러한 관계 질서의 변화에 내포된 본질적인 문제점이 무엇인지를 암시한다. 민형은 곽서방에게 매잡이와 매의 관계가 '학대와 사역, 굶주림'의 관계가 아닌지를 묻는다. 민형의 물음에는 경제적 이해관계만을 중시하는 새로운 풍속이 '학대와 사역, 굶주림'에 기초한 인간관계, 곧 권위적 억압자와 복종자라는 관계를 그 본질로 하고 있으며, 그러한 풍속이 현재 지배적인 풍속이 될 것이라는 암시가 담겨 있다. 그 지배적 풍속의 입장에서 볼 때, 매잡이와 매의 관계 역시 학대와 사역의 관계로 읽혀질 수 있다는 것을 곽서방에게 깨우쳐 주면서, 곽서방으로 하여금 새로운 풍속의 시대에 자신의 운명에 대한 결정을 내리도록 하고 있는 것이다.

민형의 이러한 물음에 대해 곽서방은 강한 분노를 표출하면서 새로운 풍속을 받아들이기를 거부하고 죽음을 택한다. 곽서방의 분노와 죽음에는 사라져가는 매잡이 풍속과 운명을 같이 하겠다는 수동적이고 체념적인 태도를 넘어서, 새로운 풍속에 맞서 싸우겠다는 적극적인 태도가 내포되어 있다.

그것은 아름다움이라는 것의 전제를 암시하고 있다고 할 수도 있지만, 그보다는 곽서방이 자기의 운명을 매의 그것과 같이 이해하고 있다는 것을 증거해 주려는 쪽이거나 또는 매에게서 그 스스로는 다시 인간으로 돌아와 그가 지금까지 얻은 진실을 위하여 마지막으로 한번 더, 그러나 지금까지와는 다른 싸움을 치르게 하려는 것처럼 보여지기도 했다.[70)]

곽서방의 '죽음을 향한 단식'은 '매잡이'이자 '인간'으로서 새로운 풍속과 '싸움'을 벌이기 위해서이다. 곽서방이 서영감네 헛간에 들어가 단식을 하고 굶어 죽어가는 것은 매주 서영감과 매잡이인 자신과의 관계가 결코 학대와 사역의 관계도, 경제적 이해관계에 기초한 것도 아님을 강변하면서, 그러한 새로운 질서에 적극적으로 맞서 싸우겠다는 의지의 표출에 다름 아니다. 그리고 곽서방이 매와 함께 운명을 같이 하지 않고 매를 풀어주는 것은 자신의 의지가 일회성에 머물지 않고 세대를 넘어 지속되기를 바라는 것과 관련이 있다. 그 기대를 이어받은 것이 곽서방이 풀어준 '번개쇠'를 데리고 매잡이의 길로 나아가는 버버리 소년이다. 이를 통해, 이 작품은 학대와 사역에 기초한 새로운 풍속의 문제를 해결하기 위해서는 인간과 자연이 일체가 된 매잡이 풍속이 곽서방 세대는 물론이고 버버리 소년의 세대에까지, 그리고 그 너머의 세대로까지 지속되고 강화되어야 함을 강조하고 있다.

「매잡이」에 나타나는 이러한 적극적 태도는 「줄」과 대비된다. 「줄」의 경우, 화자-초점화자는 줄광대 풍속이 갖는 현재적 의미를 파악하지만, 새로운 풍속과 맞서 싸우고자 하는 태도를 보이지 않는다. 반면, 「매잡이」는 새로운 풍속에 맞서 싸움으로써 매잡이 풍속의 현재적 의의와 그 소설적 가치를 한층 강조하고 있다.

다음, 화자-초점화자의 두 번째 고민인 매잡이 풍속의 질서가 갖는 소설적 의미의 측면이다. 이것은 삽입서사와 하위 틀서사의 1차 연상에

70) 위의 책, p.298.

의해 결합된 '나'의 첫 번째 소설/민형의 비망록/민형의 매잡이 소설'이 라는 계열에 화자-초점화자의 두 번째 매잡이 소설이 결합되면서 2차 중층결정이 일어난다.

> 민형이 죽은 뒤에 그가 남긴 조그마한 비망록이 친구들을 놀라게 했다는 것은 거기에다 그가 취재 여행에서 수집해 놓은 소재들이 참으로 진기하고 귀중한 것들뿐이었기 때문이다. 전에는 소문으로밖에 별로 내용에 관해선 알려진 바가 없었던 몇 권의 비망록은, 그런 수많은 소재들에 관한 현지 답사, 문헌 조사, 상상, 그리고 의문점들로 가득 차 있어서 취재 메모라기보다는 차라리 연구 노우트 같은 것이었다. 그것도 대개는 산간 벽지에 파묻혀 있거나 이미 사라져 없어진 민속, 설화, 명인거장 같은 것들에 관한 것이어서 지극히 얻기가 힘든 자료들일 뿐 아니라, 그것을 취재하는 태도도 족히 그 방면에 일가를 이룬 전문가의 면모를 엿보이게 하는 데가 있는 것이었다.
>
> 서어커스 줄광대라든가 남해 고도의 어떤 늙은 나전공, 또는 전라북도 어떤 정자에 사는 여자 궁사들의 이야기 같은 것들은 자료를 읽어 나가는 것만으로도 금방 어떤 작품의 윤곽이 잡히는 것이었다.[71]

애초에 민형은 줄광대, 매잡이 같은 사라져가는 풍속에 관심을 두고 취재를 통해 이에 대한 진기한 자료를 남긴 인물이다. 그런 민형에 대해 화자-초점화자는 "소설을 한 편도 쓰지 않은 소설가"[72]라고 명명하고 있다. 그러면서 민형의 유품으로 발견된 매잡이 소설을 염두에 두고 "꼭 한 편, 그것도 아주 우수한(내 생각으로는) 작품이 있는 것"[73]이라 단언한다. 소설을 한 편도 쓰지 않았다는 진술과 우수한 작품이 한 편 있다는 진술이 갖는 의미는 '나'의 첫 번째 소설/민형의 비망록/민형의 매

71) 위의 책, p.264.
72) 위의 책, p.263.
73) 위의 책, p.265.

잡이 소설'이라는 하위 틀서사의 요소와 상위 틀서사와 관련된 '나'의 두 번째 매잡이 소설이 결합되면서 밝혀진다.

> 그러나 그 노우트도 민형의 죽음과 매잡이 사내와의 관계를 추리하는 데는 별반 도움이 되지 않았다. 앞서도 얘기한 일이 있지만, 그 취재 노우트는 정말 경탄할 만한 것이었다. 아까운 일이었다. 물론 지금도 나는 그 중의 대부분을 언젠가는 소설로 만들 욕심이고 또 실제로 몇몇은 머지 않아 곧 작품이 이루어지게 되리라고 단언을 할 수도 있다. 그러나 어떻게 내가 그 하나하나의 소재를 취재할 때의 민형의 뜻을 충분히 살려낼 수가 있을 것인가. 망인(亡人)에게 죄스럽기는 하지만 천상 소재 해석은 나의 방법을 따를 수밖에 없다는 것이다. 그러자면 그 많은 민형의 노력의 결과는 한낱 사전 지식 구실밖에 할 수가 없게 될 것이다. 그것은 마땅히 민형 자신의 소설 구상을 통해서 작품으로 이루어져야 했을 것이다. 가령 그런 점을 떠나 민형에 대한 인간적 관심으로 볼 때도 그것은 역시 안타까운 일일 수밖에 없다. 민형의 그러한 생은 마치 자기는 소설가가 될 수는 없다는 것을 너무나 일찍 체념으로 받아들이고, 자료수집 그것으로나마 문학의 어떤 몫에 참여하고 있다는 최소한의 인간적 요구를 만족시키고 있었던 것 같이 생각되는 것이었다.[74]

민형의 비망록이 매잡이에 대한 백과사전적 지식의 나열에 불과하다고 비판한다. 그러면서 민형은 스스로 자신이 소설가가 될 수 없다는 것을 알고 일찍 체념하고 대신 자료 수집 등으로 문학의 어떤 몫에 참여하고자 했다고 판단한다. 이러한 판단이 오류라는 것은 '나'의 첫 번째 소설과 민형의 비망록, 민형의 매잡이 소설이 함께 결합되면서 밝혀진다.

---

74) 위의 책, p.294.

매잡이라는 제목의 소설, 그것은 너무나 내가 썼던 것과 비슷한 이야기가 아닌가. 다른 것이 있다면 민형의 소설은 나라는 화자(話者)가 등장하고 곽서방은 그 화자의 눈을 통해 볼 수 있게 된 데 반하여 나의 것은 곽서방이 <나>라는 화자 없이 삼인칭으로 직접 묘사되고 있다는 것뿐이었다. 그리고는 거의 아무것도 다른 것이 없었다. 곽서방이 단식을 시작한 구체적인 동기가 조금 다를뿐 줄거리도 마찬가지였다. 아니 내가 놀라고 있다는 것은 (중략) 그의 이야기가 나의 이야기와 마찬가지로 곽서방의 죽음까지 가 있다는 것은 얼마나 괴이한 일인가. 물론 민형이 그 소설을 썼을 무렵에는 곽서방의 죽음이 미래에 속한 일이었을 것이다. 말하자면 민형의 이야기는 곽서방의 운명에 대한 일종의 예언이었다. 그런데 그 예언이 너무나 정확한 것이다. (중략)

하지만 무엇이 민형으로 하여금 곽서방의 운명에 대한 그런 정확한 예언을 하게 한 것일까. 작품에서의 예언은 작가 자신의 어떤 필연성의 요구다. 곽서방의 운명의 종말로써 왜 그와 같은 형태의 죽음을 민형은 요구한 것일까. 그리고 어떻게 하여 곽서방은 민형에 의해 요구된 자기 운명의 필연성을 의식하고 그것을 좇았을까.[75]

'나'의 첫 번째 소설과 민형의 소설은 1인칭 화자와 3인칭 화자에서 차이가 날 뿐 다른 점은 거의 없다. 그런데 '괴이한 것'은 민형의 소설에는 곽서방의 죽음이 예언되어 있다는 점이다. '나'의 첫 번째 소설 역시 곽서방의 죽음을 다루고 있다. 그러나 문제는 '나'의 소설은 곽서방의 죽음을 실제로 보고 쓴 것이며, 민형의 소설은 곽서방이 죽기 훨씬 전에 그의 죽음을 예언하고 있다는 점이다. 곧 민형은 작가적 상상력을 동원해 곽서방의 운명을 예언하고 있는 것이다.

여기서 '나'의 첫 번째 소설은 민형의 비망록처럼 백과사전적 지식을 나열한 것에 불과한 것이 된다. '나'의 소설에는 작가로서의 '나'의 '필연성의 요구'가 들어 있지 않다. 반면, 민형의 소설에는 곽서방의 죽음

75) 위의 책, p.297.

을 요구하는 작가의 필연성이 들어 있다. 민형의 소설에 내포된 '작가 자신의 어떤 필연성의 요구'야말로 '나'의 소설과 민형의 소설을 구분 짓는 핵심 기준이다. 앞서 살펴보았듯이, 민형은 소설을 통해 곽서방에게 새로운 풍속의 본질을 제시했다. 학대와 사역, 굶주림으로 표상되는 새로운 풍속이 현재 지배적 풍속으로 자리 잡아 가고 있으며, 그러한 풍속에 의해 매잡이 풍속 역시 학대와 사역으로 호도될 수 있다는 것을 곽서방에게 깨우쳐 주고 있는 것이다. 민형은 새로운 풍속과 사라져가는 풍속에 내재한 인간관계 질서의 본질을 정확하게 파악하고 있으며, 이에 기초해 매잡이의 운명을 정확하게 예언할 수 있었던 것이다. 곽서방이 그런 민형의 요구를 따른 것은 따라서 필연적일 수밖에 없다.

새로운 풍속과 사라져가는 풍속의 충돌 속에서 그 각각의 풍속에 내재된 인간관계 질서의 본질을 파악하고 사라져가는 풍속의 현재적 가치를 명확하게 간파하고 있는 작가, 그러한 작가의 소설이야말로 '작가 자신의 어떤 필연성의 요구'를 담을 수 있다. 반면 '나'의 첫 번째 소설은 풍속의 본질에 대한 천착 없이 백과사전적 지식으로 사실과 현상을 묘사하면서 '사실의 거죽 위에서 겉돌고만 있는'[76] 것에 불과하다.

> 이야기를 끝내려고 하면서 곁다리로 생각나는 것은 사물의 본질을 투시할 수 있는 눈을 가진 훌륭한 작가라면(그 점에서 나는 벌써 민형을 훌륭한 작가였다고 생각하지만) 그는 어느 정도 미래를 예견할 수 있는 능력을 가진다는 것이다. 민형에 의해서 예견된 어떤 필연성이 곽서방에게 받아 들여지느냐 않느냐는 별개의 문제인 것이고, 하여튼 그런 작가의 눈(양심이라고 해도 좋겠다)이라는 것은 내가 민형을 증언하거나 매잡이라는 세 편의 소설에 관한 해명 못지 않게 관심이 가는 일이다.[77]

76) 위의 책, p.295.
77) 위의 책, p.299.

'나'의 두 번째 소설은 '나'의 첫 번째 소설과 민형의 비망록, 민형의 매잡이 소설 모두에 대한 반성적 성찰을 담고 있는 것이 주된 내용이다. 민형처럼, '나' 역시 '사물의 본질을 투시할 수 있는 눈'을 가진 훌륭한 작가로서 소설을 쓰고자 하는 것, 그 출발 지점에 '나'의 두 번째 소설이 자리하고 있다.

이로써 '민형은 한 편의 소설도 쓰지 않았다'와 '훌륭한 단 한 편의 소설을 썼다'는 의미가 밝혀질 수 있다. 민형은 풍속의 거죽만을 다루는 소설은 한 편도 쓰지 않았다. 사라져가는 풍속이든 새로운 풍속이든, 풍속에 내재된 인간관계 질서의 본질을 투시하고 그것에 기초해 미래를 예언할 수 있는 '작가 자신의 필연성의 요구'를 담은 '훌륭한 소설'을 한 편 쓴 것이다. 따라서 민형의 매잡이 소설이야말로 진정한 소설인 것이다.

풍속의 소설화가 갖는 현재적 의의가 여기에 있다. 이와 관련해, '민형의 죽음과 나'의 계열과 '곽서방의 죽음과 버버리 소년'의 계열이 결합될 수 있다. 곽서방의 죽음이 버버리 소년에게로 이어지면서 매잡이 풍속의 현재적 의의가 강조되고 있는 것처럼, 민형의 죽음이 '나'로 이어지면서 풍속의 소설화가 갖는 의의가 강조되고 있다. 민형이 매잡이 소설을 쓰고 자살한 것은 새로운 풍속이 지배하는 시대에 민형이 지향하는 소설은 매잡이 곽서방과 같은 운명에 처할 것임을 예견했기 때문이다. 그러면서 곽서방이 버버리 소년에게 매를 남기듯이 민형은 '나'에게 매잡이 소설을 남김으로써, '나' 역시 매잡이 풍속으로 표상되는 인간과 자연이 일체가 된 질서를 지향하는 소설을 쓰도록 유인하고 있는 것이다.

2. 자율적 주체의 허상과 '술(術)'의 소설화

1) 억압적인 공적 제도를 확대 재생산하는 도구적 인간: 「소문의 벽」

「소문의 벽」의 삽입서사에서 '괴상한 버릇'의 '그'는 낭패스러운 일을 당하면 진술을 하지 못해 가사 상태에 빠지는 버릇을 갖고 있다. '벌거벗은 사장님'의 사장은 경제적 이해관계를 수단화하여 자신의 비리를 진술하지 못하도록 운전수를 억압한다. 그리고 '전짓불' 관련 소설에서 G는 전짓불에 대한 공포의 기억과 관련해, 6·25 전쟁 때 어린 시절에 겪은 경험, 대학 시절 때 강의실에서 겪은 경험을 회상하면서 그것이 현재에도 지속되고 있다고 생각한다. 심문관은 그것에 대한 진술을 요구하면서 G의 진술 태도를 문제 삼아 음모 혐의가 있다는 이유로 유죄 선고를 내린다. 여기서 G는 심문관으로 인해 전짓불과 관련된 공포의 기억을 어쩔 수 없이 떠올리면서 두려움을 느낀다.

이러한 삽입서사에 나타난 전짓불에 대한 공포와 관련된 억압적 질서는 하위 틀서사의 매개자에 의해 확대 재생산되면서 1차 중층결정이 일어난다. 하위 틀서사에서는 '나'와 박준의 세 번에 걸친 만남과 잡지사 안형이 박준의 원고를 보류한 사건, 출판사인 R사에서 박준의 소설 연재를 중단한 사건, 정신병원의 김박사가 박준에게 전짓불을 들이댄 사건이 벌어진다. 안형은 문학이 대사회적 책무를 중시해야 한다는 신념하에 박준의 소설 '괴상한 버릇'을 검열하여 비판한다. R사는 '공연한 말썽'이라는 이유로 박준의 소설 '벌거벗은 사장님'의 연재를 중단한다. 김박사는 박준을 진술공포증에 걸린 환자로 취급하고 공포에 의해 박준의 병을 치유하고자 한다. 그로 인해 박준은 정신병자로 전락한다. 이에 대해 박준은 처음에는 원고 게재 보류에 대한 항의문을 안형에게 보내고, 그 다음에는 안형을 찾아가 자신의 작품을 실어달라며 애원, 호소하며, 연재가 중단된 이후에는 좌절하고, 정신병원으로 도피하는 과정을 보여준다.

하위 틀서사에서 출판 공간, 병원 공간에서 벌어지는 이 세 사건과 거울 텍스트로서의 삽입서사가 연결되면서 중층결정되는 과정은 다음과 같다.

첫째, 하위 틀서사의 안형은 박준의 소설 '괴상한 버릇'이 인간 관찰이 편협하고, '에고이스틱'하다고 지적하면서 현실성과 구체성이 떨어진다는 점을 들어 소재 해석에 실패하였다고 비판한다. 안형의 편집 기준은 작가가 얼마나 자기 시대양심의 요구를 투철하게 반영하느냐의 문제를 중요하게 생각하는 참여문학의 범주에 속하는 것으로, "자기 시대양심의 가장 우선적인 요구를 배반해서는 안 되며, 그것을 제외한 모든 창작 행위는 가혹하게 매도당해 마땅하다"[78]는 시대관에 근거하고 있다. '나'가 안형의 편집 기준에 대해 "지나치게 편협스런 취향"이라고 지적한 것에서 짐작할 수 있듯, 안형은 현실을 비판적으로 인식하고 그 인식에 따라 작가가 작품을 써야 한다는 주관적 견해를 신념화하여 박준의 소설을 배제하고 있다. 박준은 자신의 글이 잡지에 실리지 않는 일이 반복되면서, 편집자의 편협한 취향에 의한 억압 때문에 작가로서의 자유로운 진술이 불가능하다고 생각한다. 박준은 광인 흉내를 냄으로써 이러한 현실로부터 도피하고자 한다.

삽입서사의 '괴상한 버릇'에서 '그'와 아내는 하위 틀서사의 박준과 안형으로 연결된다. 삽입서사의 '그'의 '낭패스러운 일'은 안형의 편협한 편집 취향으로 인해 발표가 보류된 박준의 처지를, '가사 상태'는 박준의 '광인 흉내내기'로 연결된다.

---

78) 「소문의 벽」, 앞의 책, p.330.

둘째, 하위 틀서사에서 R사는 '공연한 말썽'이라는 이유로 박준의 소설 '벌거벗은 사장님'의 연재를 중단한다. 삽입서사 '벌거벗은 사장님'에서 운전수와 사장의 관계는 하위 틀서사에서 박준과 R사의 관계로 연결된다. 그리고 사장의 향락적 유희에 대한 발설 금기로 인해 진술의 욕망을 봉쇄당한 운전수는 노이로제에 걸리게 된다. 운전수의 '노이로제'는 박준의 노이로제의 증상으로 연결된다.

여기서, '괴상한 버릇'은 '그'의 개인적인 버릇이 습관화된 결과를 보여줌으로써 안형의 개인적인 문학 취향과 관련한 사건으로 인해 겪게 되는 박준의 심리 상태를 보여준다고 할 수 있다. 반면, '벌거벗은 사장님'은 운전수와 사장의 관계에 의해 노이로제에 걸리게 되는 상황을 보여줌으로써 R사의 연재 중단 사건이 R사와 박준, 즉 출판사와 필자의 관계로 인해 생겨나는 심리 상태를 보여준다고 할 수 있다. 이 점에서, 박준이 놓인 진술 억압의 현실이 한 개인의 측면에서 점차 사회적이고 제도적인 측면으로 확장되고 있음을 짐작할 수 있다.

이러한 점은 '벌거벗은 사장님'에서 자유로운 진술을 가로막는 '경제적 이해관계', '금기', '감시' 등을 통해 제시된다. 이는 '괴상한 버릇'에서 제시된 '낭패스러운 일'을 보다 구체화시킨 것에 해당한다. '벌거벗은 사장님' 이야기는 금기 혹은 검열과 같은 제도가 인간의 심리를 어떻게 압박하는가, 그 현실적 요인은 무엇인가에 중점을 두고 있다. 그리고 어떤 진실을 목도하고도 철저한 감시에 의해 자유로운 진술의 권리를 박탈당할 경우 피고용자는 어떠한 심리 상태에 빠지게 되는가에 대해 이야기하고자 한 것이다.

셋째, 하위 틀서사의 김박사는 박준의 증상을 진술공포증으로 진단하면서도 박준의 진술을 받아내어 그의 증상을 치유하려는 아이러니한 태도를 보여준다. 박준은 탈출을 감행했다가 '나'와 함께 다시 정신병원으로 되돌아간다. 박준은 정신병원에 입원한 후 그 심리 상태가 불안함에서 경계심으로 그리고 공포감으로 변화하면서 기가 죽고 고분고분 순종을 하는 모습을 보여준다. 이후 김박사는 박준의 전짓불 공포를 발견하고 전짓불을 박준에게 들이댐으로써 박준이 정신분열 상태에 이르게 만든다.

이와 관련하여 삽입서사로 '전짓불'과 관련된 소설이 제시된다. 이 소설은 청년 운동 단체 간부인 G가 심문관을 대상으로 하여 전짓불에 대한 기억을 진술하는 내용으로, G는 6·25 당시 어린 시절부터 대학생을 거쳐 지금까지 전짓불의 공포에 시달리며 진술공포증을 겪고 있다는 이야기를 담고 있다.

이러한 전짓불 기억을 지닌 G는 하위 틀서사의 박준으로 연결된다. 그리고 전짓불을 들이대는 심문관은 하위 틀서사의 김박사로 연결된다. 김박사가 치료 방식으로 삼은 것은 '공포'이다. '공포'를 통해 박준의 공포증을 다스리겠다는 김박사의 발상은 증상의 근본 원인이 되는 상처를 더욱 심화시켜 그것으로 환자를 지배하겠다는 발상에 다름 아니다. 이는 공포를 경험한 사람에게 공포스러운 상황을 다시 떠올리게 함으로써 스스로 복종하지 않을 수 없도록 만드는 방식, 즉 공포를 조장함으로써 복종을 강요하는 방식[79]인 것이다.

이처럼, 삽입서사와 하위 틀서사의 연결을 통해 다음 두 가지 측면을

79) 증상의 근본 원인을 더욱 심화시키는 김박사의 강압적인 치료 방식을 통해 당대 현실 사회의 지배 방식을 암시하고 있다. 한국전쟁 이후 전쟁으로 인한 상처를 극복하기에 여념이 없던 상황에서 군사 독재 정권은 전쟁이 일어날 가능성을 시사하며 자신들의 정권 획득에 대한 정당성을 확보하려 함으로써 전쟁에 대한 공포를 조장하였다. 과거의 이미지가 보통 현재의 사회 질서를 합법화한다는 의미에서 기억은 현재의 정책을 정당화하는 데 이용된다. 이러한 의미에서 기억의 통제는 정치권력의 한 유형이다. H. Hirsch, 『제노사이드와 기억의 정치』, 강성현 옮김, 책세상, 2009, p.51.

주제화하고 있다. 먼저, 현실의 억압적 질서는 역사적 맥락과 연원을 갖고 있다는 점이다. 곧 6・25 전쟁 때부터 자행된 억압과 검열이 지금의 현실에도 자행되고 있다는 것이다. 다음, 그런 역사적 맥락을 지니는 억압과 검열이 현실에서 되풀이되면서 더욱 확대되고 심화되고 있다는 점이다. 그러한 측면은 일상의 전 영역에서 과거보다 더욱 교활하게 자행되면서 인간의 정신마저 통제하는 상황에 이르렀다는 것이다.

이 작품은 거울 텍스트로서 삽입서사에 나타나는 검열과 억압이 현실에서 확대 재생산되면서 현실의 풍속이 억압적 질서에 바탕을 두고 있다는 것을 보여주기 위해 삽입서사와 하위 틀서사의 사건을 중층결정으로 연결하고 있는 것이다.

삽입서사와 하위 틀서사는 상위 틀서사에서 의미의 연관 관계에 의해 결합된다. 'G/박준, 운전수, 그'와 '심문관/안형, 김박사, 사장'으로 결합되면서 의미의 중층결정이 일어난다. 전자의 계열은 'G의 전짓불 공포증/박준의 진술공포증/운전수의 신경쇠약/그의 가사 상태'의 결합에 의해, 복종자가 억압과 검열에 의해 정신적 상흔에 시달리는 정도를 단계화함으로써 그 억압이 현실에 한층 강화되고 있다는 의미를 전달한다. 한편 후자의 계열은 '정체를 알 수 없으며 피의자에 대해 유죄 선고를 내리는 심문관/자신의 독단적 신념만을 중시하여 다른 측면을 무조건 배척하는 안형, 정신적 길들이기를 중시하는 김박사, 경제적 이해관계로 고용인을 억압하는 사장'의 결합에 의해, 권위적 요구자의 억압과 검열이 6・25 전쟁 이후부터 지속적으로 반복되면서 그것이 확대 재생산되어 일상에서의 진술(말)의 영역에까지 침범하고 있다는 의미를 전달한다.

이를 통해 상위 틀서사의 화자-초점화자의 고민과 연결된다. 첫째, 현재의 풍속이 갖는 억압적 측면이다. 이는 심문관으로 집약되는데, 이와 관련해 화자-초점화자는 다음 두 가지를 주제화하고 있다.

먼저, G의 기억 속에 있는 전짓불이다. 이 전짓불은 심문관에 의해 촉발된 것이다. 그러니까 정체를 알 수 없는 심문관을 보고 G는 전짓불을 떠올린 것이다. 이는 두 가지 의미를 내포하고 있다. 첫째, 권위적 요구자이자 억압자로서의 지배 담론의 실체를 알 수 없다는 것이다. R 출판사, 안형, 사장님, 정신병원 의사는 실체를 알 수 없는 지배 담론에 의해 길들여진 가시적인 존재일 뿐이며, 그 본질적 실체는 비가시적인 것임을 강조하고 있는 것이다. 다음, 표층적 층위에서 심문관과 피의자의 관계는 법률적 질서에 기반을 두고 있으나, 실제로는 '권위적 요구자—복종자'로 맺어져 있으며, '진술'을 매개로 한다. 이러한 매개 관계는 그 역사적 연원이 6·25 전쟁으로 연결된다. G의 두려움의 연원은 6·25 전쟁의 전짓불에 있으며, 정체를 알 수 없는 심문관의 전짓불로 표상되는 감시와 검열의 방식이 6·25 전쟁 때부터 지금에 이르기까지 되풀이되면서 공포와 두려움을 조장하는 가운데 더욱 효과적인 지배 방식으로 거듭나고 있다는 점을 강조한다.

둘째, 심문관이 비가시적이지만, 그것이 갖는 구체적인 특질이 무엇인지를 분명하게 밝히고 있다는 점이다.

> G가 사내들에게 체포당했다는 사실, 그것으로 모든 것이 새로 시작되며, 그것으로부터 G에겐 진술의 의무가 발생한다는 것은 말할 것도 없고, 사내의 정체에 궁금증을 느끼고 있었다거나, 그 때문에 정직한 진술을 행하지 못했다는 점에 대해서도 사내는 도대체 초논리적인 독단을 고집하고 있었다. (중략) G가 뭐라고 해도 사내는 이미 유죄의 심증을 굳히고 있노라 했다. 사내의 심증이 그런 식으로 굳어진 마당에 불복 이유를 말해 봐야 사내는 이제 그 심증 자체가 또 모든 것의 시작이라고 할 것이고, 자칫하면 그 불복의사까지를 새로운 음모의 심증으로 삼으려 덤빌지 모르는 일이었다.[80)]

심문관은 체포된 자에게 음모 혐의를 두고 진술을 하게 한 다음, 그 진술 태도를 통해 음모의 가능성을 발견한다는 '초논리적인 독단'을 보인다. 심문관뿐만 아니라 안형, 김박사 모두 자신의 권위적 요구를 강요하는 자의 위치에 놓여 있는 인물이다.

비가시적이지만, 독단적이고 일방적인 강요와 억압이라는 특성을 지닌 지배 담론은 각종 제도를 통해 개인을 억압하고 통제하면서 권위적 요구자와 복종자의 관계를 끊임없이 재생산한다. 정체를 알 수 없는 이러한 '심문관의 전짓불'을 통해 현재 인간의 관계 질서가 갖는 부정적 측면이 어떠한지를 주제화하고 있다. 안형이나 김박사, 그리고 박준은 자율적 주체로 착각하지만, 실상은 억압적인 제도에 길들여져 지배 논리를 내재화한 도구화된 인간에 불과하다는 비판을 가하고 있는 것이다.

특히 여기서 주목되는 것은 안형과 김박사의 도구화된 인간으로서의 측면이다. 이는 줄광대와 매잡이 풍속의 인물과 대비된다. 자연과 인간이 분리되기 전에는 삶과 직업이 일체가 되어 있었다. '예인'과 삶이 일체된 허노인(「줄」)과 곽서방(「매잡이」)이 여기에 속한다.

그런데 자연과 인간이 분리되면서 삶과 직업 또한 분리된다. 경제적 수단으로서의 직업의 공간은 공적인 영역으로, 직업과 직접적인 관련이 없는 나머지 삶의 공간은 사적인 영역으로 분리된다. 이처럼 경제적 수단이 강조되면서 직업은 제도화, 전문화, 기능화된다. 그 결과 '예'와 관련된 가치를 상실하고, 기술만이 강조되는 '술'의 영역만 강화되는 경향을 보여준다.

'기술'을 승화시켜 도달하게 되는 것이 '기예'이고, 그럼으로써 '기술'은 일종의 예술로서 '미(美)의식'과 밀접한 관련을 맺고 있었으나, 그러한 관념이 분리되면서 '기술'의 기능적인 측면이 강조되기에 이른다.

---

80) 「소문의 벽」, 앞의 책, p.368.

그 결과 '기술'은 정신적인 측면과 관련된 부분을 사상하고 물질화, 사물화된다.

직업의 공간에서 이루어지는 제도와 규율 등을 통해 공적인 공간에서의 인간은 '도구적 인간'으로 변화되며, 그 결과 사적인 영역에서 이루어지는 삶의 방식까지도 변화되기에 이른다. 출판 제도와 병원 제도의 논리를 내면화하여 지배 논리를 확대 재생산하는 안형과 김박사는 이러한 도구화된 인간의 대표적 인물에 해당한다. 이 도구화된 인간에 의해 자율적 주체로서의 인간의 허상에 대한 비판이 이루어진다.

안형과 김박사가 보여주는 신념과 그에 따른 직업인으로서의 소명은 자율적 주체에 대한 허상을 보여준다. 신념이란, 특정 지위와 역할을 갖고 있는 권위자가 자신의 주관적 견해에 권위를 부여하고, 그것으로서 자신과는 다른 논리를 배제하려는 의도가 깔려 있는 것이다. 이는 지배 담론의 논리를 내재화하면서도 그것을 인식하지 못한 채 지배 권력의 검열 방식을 미시 영역에서 재생산하는 안형이나 김박사의 태도에서 찾아볼 수 있다. 그러한 인간은 지배 담론에 종속된 채, 자신의 신념에 의거하여 독단적인 오만과 아집을 보여주는 도구적 인간에 지나지 않는다. 그러나 이들은 그러한 사실을 자각하지 못한 채 자신은 자율적이고 이성적인 주체라고 착각하고 있다.

다음, 현재 인간의 관계 질서와 관련해 소설 쓰기가 갖는 의미의 측면이다. 이는 박준의 인터뷰 기사에 집약되어 있다. 인터뷰 기사에서는 소설 쓰기의 영역에서 작가의 역할과 의무, 그리고 문학관에 대해 다룬다. 이 인터뷰를 통해 소설과 전짓불의 관계가 드러난다.

> 문학 행위는 크게 보아, 보다 넓은 인간의 영토를 획득하고, 이미 획득된 영토에 대해서는 이를 수호하고 그 가치를 되풀이 확인해 나가는 것이라 할 수 있다. 문학 행위를 굳이 어떤 식으로 구분하려 든다면 거

> 기에서도 입장이 조금씩 달라질 수 있다고 생각한다. 하지만 한 작가에 있어서 그 문학적인 입장은 어느 쪽이라도 상관이 없을 것 같다. (중략) 정직한 작가라면 자기의 시대를 위기의 시대로 받아들이지 않는 사람은 없다. 하지만 그런 위기의식을 가지고 자기의 시대를 극복해 나가려는 방법은 작가에 따라 얼마든지 달라질 수가 있다. (중략) 작가는 그가 만약 자기 시대의 요구를 비겁하게 회피하지만 않는다면 그것을 성실하게 극복해 나갈 방법을 선택할 권리가 있다는 뜻이다. (중략) 작가는 누가 뭐래도 진술을 끊임없이 계속하지 않고는 살아갈 수가 없는 족속이니까. 괴로운 일이지만 작가는 결국 그 정체가 보이지 않은 전짓불의 공포를 견디면서 죽든살든 자기의 진술을 계속해 나갈 수밖에 다른 도리가 없는 사람들이다.[81]

이와 관련해 화자-초점화자는 다음 두 가지를 주제화하고 있다. 먼저 '넓은 인간의 영토'라 함은 인간으로서 인간답게 살아갈 수 있는 세계를 의미한다. 그것을 지향하면서 작가는 자기의 시대를 극복해 나갈 수 있는 각자의 방법을 찾아 그것을 진술해야 하는 책임과 의무를 가지고 있다고 주장한다. 끊임없는 진술에의 욕망과 의무 때문에 작가는 전짓불의 공포를 회피하지 않고 그것을 극복해 나갈 방법을 찾아야 한다는 것이다. 전짓불의 공포에 굴복하지 않기 위해 작가는 그 전짓불의 정체를 파악하고 탐색하는 것에서 자신의 방법을 찾아내야 한다. 이를 위해 '진술'이 행해지는 영역을 찾고, 그 영역에서 진술에 대한 억압이 어떠한 방식으로 이루어지는가에 주목할 필요가 있다는 것이다.

다음, '인간의 영토'를 지향하는 방법은 작가마다 얼마든지 달라질 수 있다는 점이다. 이러한 태도는 하위 틀서사에서 독단적인 주관적 신념에 입각해 '참여문학' 같은 문학만을 강조하는 안형의 문학관을 비판하는 것에 다름 아니다. 곧 독단적인 심문관이 지배하는 위기의 시대를

---

81) 위의 책, pp.377~380.

극복하기 위한 방법은 작가에 따라 얼마든지 달라질 수가 있다. 안형처럼 '참여문학'이라는 독단적인 문학관을 내세워 자신과 다른 견해를 배제하는 것은 심문관의 독단적인 논리를 내면화해서 재생산하는 것에 불과하다고 비판하는 것이다.

2) 제도적 감시와 길들여진 주체: 「선고유예」

「선고유예」의 삽입서사는 허기와 관련된 '나'의 생의 역사를 담아내고 있다. 삽입서사에서 나타나는 '허기'와 관련된 사건과 그것을 정직하게 진술하지 못하게 억압하는 심문관의 관계는 하위 틀서사의 매개자에 의해 1차 중층결정이 일어난다. 하위 틀서사에서는 왕의 허기진 얼굴과 그것을 광기로 여기는 세느 다방의 윤일, 마담, 수미와 윤선 등의 이야기가 제시된다. 그리고 '나'의 회상에 의해 직장 공간에서 벌어진 염사장의 연설 취미와 제복 제정 사건이 제시되고 있다.

첫째, 왕의 허기진 얼굴이 광기로 오인되는 사건이다. 여기에 '태평양 전쟁 때 연날리기'를 하던 기억과 한일 굴욕외교 반대 단식 데모 때의 '허기'와 관련된 삽입서사가 연결된다.

이러한 하위 틀서사와 삽입서사의 결합에 의해 '왕의 허기의 얼굴-연의 외롭고 슬픈 얼굴-단식 데모 때 추럭에 실려 병원으로 옮겨가던 때의 동료들의 얼굴'이 연결되면서 왕의 '허기'에 관한 내력이 드러난다. 이와 같은 '허기'는 '태평양 전쟁-한일 굴욕외교 반대 단식 데모 때의 무장 경관'으로 연결되면서 허기를 조장하는 원인이 무엇인지를 보여준다.

둘째, 왕의 조각상과 관련하여 '칼을 든 미치광이'로 오인되는 사건이다. '나'는 세느 다방에서 왕의 조각상을 구경한다. 마담은 그런 '나'

에게 왕이 '칼을 쥔 미친 사람'이라고 이야기하면서 '나'의 의사를 묻지도 않고 차를 주문한다. '나'는 겨드랑의 땀을 말리는 마담의 모습에서 직장의 미스 염을 떠올린다. 여기에 '나'를 음모 혐의 피의자로 몰고 자백을 요구하는 심문관과, 6·25 청년들의 환송회 때의 허기에 관한 삽입서사가 결합된다.

이러한 하위 틀서사와 삽입서사의 결합에 의해 '마담의 헌신적인 봉사–염사장의 연설 취미와 국장의 대리 연설–심문관의 자백 요구와 심문–6·25 청년들을 위한 환송회'가 연결되면서 개인의 의사와는 상관없는 일방적 권유가 이루어지는 상황을 보여주고 있다.

> (i) 마담은 자기 집 손님들을 <여러분>이라고 부르는 습관이 들어 있는 것 같았다. 그녀의 <여러분>은 아마 학생들을 말하는 모양이었는데, 그녀가 <여러분>을 몇 번씩이나 되풀이해 가며 말한 것도 자기의 헌신적인 봉사를 암암리에 강조하기 위한 것 같았다.[82]
>
> (ii) 염사장은 그 연설에서 매번 같은 다짐을 되풀이했다. <전진전위적이고 선구적인 우리 새여성지의 편집방침 쇄신>과 <발행부수 십만부 돌파 달성을 위한 재결의>와 <사원 상호간 또는 상하간의 가족적인 분위기 진작> 및 <적자 모면을 위한 경영합리화에 따른 사원 처우의 점진적인 개선 약속>이 변함없는 염사장의 연설 골자였다. (중략) 하지만 그 모든 것은 순전히 염사장의 연설 취미를 위해 동원된 단어들에 불과할 뿐 사실은 내용이 없는 말들이었다.[83]
>
> (iii) 한데 사내는 분명 나의 환상을 알지 못한 모양으로 몇 번 더 나의 음모를 자백하라고 권하더니 내가 끝내 부인을 하고 나서자 그렇다면 본격적인 심문을 시작하겠노라고 했다. 그는 아무래도 나에게 어떤 혐의를 걸고 있는 것 같았다. 나는 무고한 시민을 조속히 석방하라고 다시 요구했다. 그러나 그는 당신은 일단 체포된 이상 그 혐의 사실이 명백히 풀리지 않는 한 석방될 수 없으며, 중요한 것은 체포된 사실 그

82) 「선고유예」, 위의 책, pp.48~49.
83) 위의 책, p.64.

것이라고 했다.[84)]

(i)에서, 마담은 겉으로는 '여러분들을 위해서만 봉사'하는 것처럼 행동하지만, 다방의 손님들에게 그들의 의사와는 상관없이 일방적으로 차를 주문해주거나, 차를 마시지 않는 손님들에게 차를 권유하는 행위를 일삼는다. (ii)에서 염사장은 연설을 통해 직원들의 처우 개선과 복지를 약속하지만, 그러한 연설 내용은 회사의 경영 이익과 자신의 '연설 취미'를 위해 동원된 것에 불과하다. (iii)에서 심문관 역시 무고한 시민에게 혐의를 씌우고 자백을 일방적으로 요구하는 태도를 보인다. 이에 따라 삽입서사에 제시된 6·25 청년들의 환송회가 갖는 의미가 드러난다.

> 6·25전쟁 말입니다. 그래서 전쟁터로 나가는 청년들의 환송회가 자주 있었지요. 그런 어느 날이었습니다. 그날도 우리는 아침부터 태극기를 들고 청년들의 환송회를 하러 면소에서 나오는 찻길까지 십리길을 걸어갔습니다. (중략) 그런데 점심때가 넘을 때까지도 차는 지나가지 않고 있었습니다. 환송 면민대회가 진행되고 있는데 그것이 끝나면 지나가게 될 거라는 선생님의 말이었습니다. 우리는 점점 배가 고파오기 시작했어요. 선생님은 배가 고프면 힘차게 노래를 부르라는 것이었습니다. (중략) 결국 차는 그러는 사이에 지나가 버렸고 우리들의 대열을 다 빠져나간 차들은 그 위에서 마구 손을 흔들어대는 청년들을 싣고 갑자기 속력을 내기 시작하더니 순식간에 고갯길을 넘어가 버리는 것이었습니다. 우리는 일시에 힘이 쭉 빠져 버렸습니다.[85)]

전쟁터로 나가는 청년들을 위해 '환송 면민대회'가 진행되고, 그것이 끝나면 아주 짧은 시간 동안 전쟁터에 나가는 청년들을 태운 차가 대열을 지나가게 된다. 그 짧은 시간 동안 노래를 부르기 위해 '우리들'은

84) 위의 책, p.80.
85) 위의 책, pp.82~83.

이른 아침부터 태극기를 들고 동원되어 해가 질 무렵까지 기다렸다가 '힘차게' 노래를 불러야 하는 것이다. 여기서 6·25 전쟁에 의해 희생되는 청년들, 그리고 노래를 부르는 초등학생들 등은 모두 전쟁을 위해 동원된 것이라 할 수 있다. 그리고 면민 대회나 환송회는 그러한 강제 동원을 어떤 명분으로 위장시켜 미화하는 것으로, 곧 염사장의 연설과 같은 맥락을 지닌 것으로 이해할 수 있다.

이에 따라 마담의 봉사, 염사장의 연설 취미, 심문관의 자백 요구와 심문, 6·25 환송회는 모두 개인의 의지와는 상관없이 이루어지는 일방적 권유와 요구로서의 의미를 지닌다. 이와 관련하여 '고양이'가 갖는 의미가 제시된다.

> 「못마땅한 게 뭡니까. 다방에다 저런 흉한 것들을 늘어놓구. 도대체 무슨 취민지 모르겠어요. 게다가 한번 와 앉으면 밤중까지 일어설 줄도 모르고 나비녀석까지 항상 독차지하고 있지요.」
> 「하지만 고양이는 제가 좋아서 간 게 아닙니까.」
> 「우유를 주니까요. 처음엔 녀석도 잘 가지 않았어요. 마구 달래서 뺏아가서는 우유를 먹이더군요. 줄 수두 없구 안줄 수두 없구……꼭 집안에다 정체도 모른 길손을 재우고 있는 것 같이 불안한 기분이에요.」
> 「이야길 해 보지 그래요?」
> 나는 일부러 짓궂게 권해 보았다.
> 「왜 그런 생각 안해 봤나요? 하지만 선불리 할 수가 없어요. 칼을 쥔 미친 사람 아녜요.」[86)]

마담의 고양이는 왕이 '우유'를 주는 것에 이끌려 늘 제 몫으로 시켜주는 우유를 받아먹는다. 마담은 자신의 고양이를 데려간 '왕'을 '정체도 모른 길손', '칼을 쥔 미친 사람'으로 여긴다. 곧 마담은 자신의 경영

---

86) 위의 책, pp.47~48.

방침에 따른 권고를 받아들이지 않는 왕이 자신의 고양이를 강탈해간 것으로 여긴다. 여기서, '왕'은 마담의 권고를 거부하는 인물이고, '고양이'는 그러한 왕을 따르는 인물의 상징적 표상으로 이해할 수 있다. 이에 따라 '왕'과 고양이는 마담이나 염사장, 심문관의 권고를 받아들이지 않는 인물로 의미화되고 있다.

셋째, 왕이 우유를 주던 고양이가 배탈로 죽게 된 사건이다. 마담의 고양이가 배탈로 죽게 되자 마담은 왕을 원망하고, '나'는 독기처럼 '허기'가 번져 나온 왕의 얼굴을 보게 된다. 여기에 대학 신입생 때 강의실을 비추던 수위의 전짓불과 6·25 때 마을 청년들을 강제 징집하려는 순경들의 전짓불에 대한 기억, 4·19의 가능성과 5·16에 의한 좌절과 관련된 삽입서사가 결합한다.

이러한 하위 틀서사와 삽입서사의 결합에 의해 '마담-수위의 전짓불-순경들의 전짓불-5·16 군사혁명'이 연결되면서, 앞서 언급된 마담, 염사장, 심문관의 일방적인 권고는 '전짓불'에 의해 조장되는 공포와 두려움에 기반을 두고 있음을 강조하고 있다.

반면, 그로 인해 '허기'는 더욱 심해지게 되는데, '왕(고양이)-4·19 혁명 데모에 참가한 대학생들-징집 영장도 없이 6·25 전쟁터에 끌려가는 청년들-민주당 정객'으로 연결되면서 앞서 언급한 마담을 위시한 권위자들의 권고를 거부하는 인물로 의미화되고 있다. 이때 권고를 거부하는 인물들은 '배탈이 나서 죽은 고양이'처럼 비극적인 상황을 맞이할 것임을 암시하고 있다.

이에 더해, 삽입서사에서는 세대와 관련된 해석이 제시된다. '나'는 20대에 어떠한 경험을 맞닥뜨렸는가에 따라 8·15 세대, 4·19 세대, 5·16 이후 세대로 나누고, 각 세대가 4·19와 5·16을 어떻게 받아들이고 있는가를 심문관에게 진술한다. 이에 따르면, 8·15 세대는 그것을 '선택'의 문제로 여기고, '자신의 선택에 따라 엄숙하게 돈을 벌고 진지하게 권력을 사모하며 애국'[87]을 하는 태도를 보여준다. 그리고 4·19 세대는 4·19를 가능성으로, 5·16을 좌절로 여기면서 선택을 망설이는 태도를 보여준다. 반면 5·16 이후 세대는 5·16에 의해 주어진 선택의 결과를 '무선택적인 적응'으로 받아들여 '엄숙한 것, 진지한 것'을 '비웃고 역겨워하는'[88] 태도를 보인다. 이러한 세대의 특징은 왕의 단식과 관련된 사건에서 구체적으로 드러난다.

넷째, 왕의 단식과 관련된 사건이다. '나'는 왕에게 자신의 단식 경험을 들려주면서 왕이 순경이라는 말에 발작을 일으킨다던 말을 떠올리며 '무장 경관'의 이야기를 꺼내고, 왕은 그런 '나'를 비웃듯 바라본다. 옷을 바꿔 입고 다방에 나타난 수미와 윤선은 데모를 하지 않아 기말 시험을 보게 되었다며 불만을 드러내고 돌아간다. 마담이 겨드랑 땀을 말리는 것을 보고 미스 염을 떠올리고, 염사장이 편집 회의에서 제복 착용 지시를 내린 일을 회상한다. 여기에 제복을 착용한 심문관, 군대에서 생고구마 먹었던 일, 그리고 심문관으로부터 대뇌절제 수술을 선고받은 일과 관련된 삽입서사가 결합된다.

하위 틀서사와 삽입서사의 결합에 의해 '데모를 하지 않는 수미와 윤선-제복 착용을 요구하는 염사장-군대에서 생고구마를 먹는 동료-대뇌절제 수술'이 연결된다. 여기에서 '제복'은 '어머니를 자주 협박하던 일본 순사의 제복, 데모를 막으려 덤비던 4·19 때의 검은 제복, 학교 교문에서 등교를 막고 섰던 푸른 제복'으로 연결되고, 이는 정체를 알 수 없는 심문관의 제복으로 연결되면서 권위적 억압자 혹은 명령자를 표상한다. 대뇌절제 수술은 심문관과 각하로 표상되는 권위적 요구자들이

87) 위의 책, p.119.
88) 위의 책, p.120.

명령하는 선택을 받아들이고 복종하는 것과 관련이 있다. 생고구마를 먹는 동료는 대뇌절제 수술을 받은 인물을 표상한다. 이에 대해 '왕의 단식-'나'의 사직-군대에서 허기를 쾌감으로 즐기는 '나'-사형'이 연결된다. 이는 심문관의 진술 요구에 따르지 않거나 거부하는 것과 관련이 있다.

전자에 해당하는 인물은 5 · 16 이후 세대로, 후자에 해당하는 인물은 4 · 19 세대로 제시되고 있다. 5 · 16 세대에 해당하는 수미와 윤선들은 4 · 19 세대에 해당하는 '왕'과 '나'를 '시시하고 따분한 사람들'로 여긴다.

「오늘 밤은 눈물로나 보낼 거냐. 어찌된 일이지? 그렇게 정답게 앉아서 눈물을 다 흘리게?」

「눈물 안 흘리게 됐어? 그렇게 만날 따분하게만 앉아 있으니, 따분해서 그럴 거야.」

미니스커트가 말을 받더니 이번에는 나에게 무슨 허물이 있는 것처럼 따지듯 말했다.

「그 남자 시인이라죠? 이 선생님도 아는 사인가 보던데. 시인이 뭐 그리 시시해요. 만날 따분한 얼굴만 하고 앉아서.」

그러더니 또 갑자기 충고하듯 은근한 목소리로 말했다.

「선생님은 그 시인하고 친구하지 마세요. 똑같이 돼요. 귀여운 미치광이하고도 마찬가지예요. 그렇지 않아도 요즘 세느에서 따분한 사람들로 소문나 있는 사람이 누구누군 줄 아세요? 지금 그 시인 내외하고 선생님이 좋아 죽는 그 귀여운 미치광이, 그리고 마지막 한 사람은 미안하지만 선생님이셔요. 모두 다 선생님의 훌륭한 친구들 일당이지요? 판이 박혀 있어요. 시시하고 따분한 사람들이라구.」[89)]

수미와 윤선들은 모든 것을 '재미있다'와 '시시하다'로 구분하여 시시한 것을 엄숙하고 진지한 것으로 여기면서 배척한다. 대신 그들은 재

89) 위의 책, pp.138~139.

미있는 것만을 받아들이고자 한다. 그들에게 '나'와 '왕'은 5·16 이후 세대가 지향하는 '재미있는 것'과 풍요한 삶을 받아들일 여지가 있는 인물로 여겨진다. '나'는 그들의 그러한 의도를 간파하고 점점 그들로부터 멀어지는 한편으로, 왕의 단식에만 관심을 갖는 태도를 보여준다. 이는 '나'가 심문관의 '대뇌절제 수술' 대신 '사형'을 선택하는 것을 통해 드러난다.

다섯째, 왕이 세느 다방에서 식염수를 청해 마시다가 구역질을 일으키는 사건이다. '나'는 구역질을 하는 왕을 보며 흥분하고 긴장한다. 정은숙이 약을 먹고 자살했다며 윤일이 돈을 빌리러 온다. '나'는 마담에게 돈을 빌려 윤과 함께 정은숙의 장례를 치르고 돌아온다. 하숙집에서 '나'를 기다리고 있던 왕을 만나고, 그가 나상을 조각하는 이유에 대해 듣게 된다. 세느로 가서 '나'를 미친놈으로 취급하는 낙서집의 글을 보게 된다. 여기에 왕과 '나'의 허기의 내력을 동일시하여 왕의 단식 결과를 '나'의 유예 휴가의 향방과 연결시키려는 '나'의 진술과 그것을 망설임이라고 여기는 심문관의 진술이 삽입서사로 제시되고 있다.

하위 틀서사와 삽입서사의 결합에 의해 '왕의 구역질과 나상 조각-정은숙의 자살과 윤일의 돈에 대한 결벽-왕의 허기를 통한 구원의 기대-왕의 사라짐/윤일의 낙향'이 연결되고, 이에 대해 '수미와 윤선의 관심 끌기-윤일과 정은숙이 살림을 낸다는 소문-'나'에 대한 심문관의 퇴직과 복직에 대한 결정 요구-대학생으로 붐비는 세느'가 연결되면서 후자에 의해 전자가 배제되고, 억압된다. 곧 후자는 5·16 이후 세대인 수미와 윤선들과 같은 대학생들에 의해 점령당한 세느의 분위기를 보여준다. 이들은 섹스에 대한 관심과 '재미'있는 것만을 추구하고, 사실 여부보다는 자신들의 기호에 따라 소문을 형성한다.

반면에 전자의 경우 '심문관'이나 세느의 감시에 길들여지기를 거부하는 태도를 보여준다. 왕과 정은숙과 윤일이 그러하다.

> 아아, 구역질을 하고 있는 것이다. 나는 알고 있다. 그 구역질을, 그 슬프도록 통쾌한 구역질을. 그것은 모든 음식물과 냉수와 향기와 그 생각까지도 토해내는 것이다. 단식의 최후의 조건이 되어 있는 그 식염수까지도 말이다.[90]

왕의 단식과 구역질은 '모든 음식물과 냉수와 향기와 그 생각'까지도 토해내고자 하는 행위라 할 수 있다. 그리고 정은숙은 자신의 꿈을 지향하는 것이 어려워지자 생활에 타협하는 대신 자살을 택하고, 돈에 대한 지나친 결벽을 갖고 있는 윤일은 경제적 측면에 휘둘릴 것을 염려해 정은숙과의 결혼을 거부한다. '나'는 수미와 윤선이 '나'의 주의를 끌기 위해 충동질하는 것을 무시하고 오직 왕에게만 모든 관심을 둔다. 수미와 윤선은 그런 '나'를 '미친놈'으로 간주한다.

'나', 왕, 정은숙, 윤일 등은 4·19 세대로서, 5·16을 경험한 이후 생활에 적응하여 안주하기보다는 사회의 모순된 제도에 대한 비판적 인식을 견지하고자 한다. 그러한 경험과 인식을 바탕으로 하여 4·19 이후의 일 년 동안 경험했던 가능성을 지향하고자 하고, 그것을 위해 단식을 결행한다.

이러한 태도는 4·19 세대의 '어떤 집념'을 보여준다. 그런데 그것이 현실에서 받아들여지지 않을 경우, 그 집념을 잃어버리고 미치거나 죽거나 하게 되는 것이다.

> 다방은 왕이 정말인지 거짓말인지 그가, 년들을 내쫓겠다던 노력에도 아랑곳없이, 시험중인데도 불구하고 여전히 학생들로 붐비고 있었

90) 위의 책, p.167.

> 다. 다만 왕의 자리, 여인의 나상들이 지키고 있는 그 자리만은 여전히 비어 있었다. 나는 세느의 그 거북한 분위기를 일부러 견디려는 듯 끈질기게 자리를 지키고 앉아 있었다. (중략) 「어떤 집념 때문에 미친 사람이 그 집념을 잃어버리고 나면 어떻게 되겠습니까? 왕 말입니다. 아마 이젠 여기 나오지 않을 것 같아요.」 (중략) 「뭐 별일은 없었지만 그냥 그렇게 되었어요. 한데 그게 아주 그만두고 만 게 아니라 며칠동안에 다시 출근을 계속할 것이냐, 아주 그만두고 말 것이냐를 생각해 보기로 국장과 약속되어 있는 조건부 휴가를 받고 있다는 말입니다. 그 휴가 첫날 나는 물론 회사를 나오면서 그까짓 약속쯤 되돌아볼 생각도 하지 않았지요. 그런데 그게 날짜가 지나다 보니 어떻게 다시 문제거리가 되어 버렸단 말입니다.」[91]

왕은 '년들을 내쫓겠다'면서 다방에 매일 나와 앉아 나상을 조각하다가 어느 순간부터 다방에 나오지 않는다. 그리고 '나'는 염사장의 지켜지지도 않는 판에 박힌 연설과 제복 착용을 거부하고 회사를 사직한다. 그런데 유예 휴가를 받고 있는 동안 회사를 사직하기로 했던 결정을 다시 번복하고 망설이고 있다. 곧 왕이나 '나'는 처음에 갖고 있었던 '어떤 집념'이 현실의 어떠한 상황에 부딪혀 좌절되자, 그 집념 자체를 의심하고 망설이는 것이다.

심문관에게 행한 '나'의 진술은 4 · 19 세대와 5 · 16 이후 세대 사이에서 '집념'을 잃고 망설이고 있는 '나'의 모습을 보여준다. '나'는 퇴근길에 자신이 탄 차량을 수도로 진군하는 혁명군의 차량으로 생각한다. 그런데 그것으로 심문관에 의해 음모 혐의 피의자가 되어 유죄를 선고받게 되자, 그 혐의에서 벗어나고자 수도로 진군하는 혁명군의 차량이라는 생각을 번복한다. 마찬가지로, 염사장의 권위적인 연설과 제복 착용 때문에 사직했으면서도, 그 결정에 대해 다시 망설이고 있다. 그로

91) 위의 책, pp.220~222.

인해, 심문관에게 행하는 '나'의 진술은 심문관의 눈치를 보고, 그의 기호를 맞추려는 방식으로 이루어진다. 이와 같은 망설임은 4·19 세대와 5·16 이후 세대 사이에서의 망설임과 관련이 있다. 5·16 이후 세대처럼 새여성사에 복귀하여 염사장의 연설과 제복에 순응하고 복종하면서 풍요로운 생활을 추구할 것인가, 아니면 4·19 세대로서 새여성사를 퇴직하고 생성을 중단한 왕처럼 단식을 통해 '허기'를 견디어 나갈 것인가의 망설임이 그것이다.

여섯째, 왕이 사라진 후 세느의 풍경과 관련된 사건이다. 하숙집 주인은 수미와 윤선들의 불만을 전하며 '나'에게 나가거나 사람을 들이라고 요구한다. 마담이 비극적 인생관이 담겨 있는 자신의 수기를 보여주면서 잡지에 실어주길 원하고, '나'는 윤일 앞으로 온 잡지를 통해 추천된 단편소설의 내용을 확인한다. 여기에 전짓불 섬광 뒤에서 나타난 심문관에게 '나'의 단편소설이 추천된 사실을 진술하는 삽입서사가 결합된다.

하위 틀서사와 삽입서사의 결합에 의해 '하숙집 주인아주머니-마담-심문관의 전짓불'이 연결되면서, 이들 인물들에 의해 모든 결정이 내려지고, '나'는 그것에 따를 수밖에 없는 상황이 제시된다.

하숙집 주인아주머니는 수미와 윤선들을 핑계 삼아 '나'에게 하숙집에서 나갈 것을 요구하고 있고, 마담은 자신의 수기를 '새여성사'에 싣기 위해 '나'에게 친절을 베풀고 있다. 그리고 심문관은 '전짓불' 뒤의 목소리로 나타나 소설을 검토하겠다고 말한다. 이러한 후자의 인물들에 의해 모든 결정이 일방적으로 내려진다. 반면 '나'는 그것에 복종해야 하는 상황이 전개된다.

(i) 나는 혼자 앉아서 잠시 어떻게 할까 생각을 해 보았다. 내가 어떻

게 할 수 있는 것은 아무것도 없었다. 하숙 친구를 구하는 일도(그건 이미 할 일이 결정되어 버렸지만), 왕이 나오지 않고 있는 일에 대해서도, 그리고 갈태가 나를 찾아와 주지 않은 일에 대해서도, 아무것도 내가 어떻게 할 수 있는 일은 없었다. 내가 할 수 있는 일은 다만 기다릴 수 있는 것뿐인 듯했다. 왕이 이곳을 나타나 주거나 그가 어떻게 되었다는 소문이 들려오기를, 그리고 갈태가 어떻게 나를 찾아와 주기를, 또는 하숙집 아주머니가 방학 한 달을 기한으로 내가 나가 줘야겠다고 정식으로 말을 해 주기를, 그런 일이 있기 전에 나에게 더 큰 어떤 결정들이 이루어지기를 기다리는 수밖에 다른 도리가 없을 것 같은 기분이었다.[92]

(ii)「하여튼 아주머니의 뜻이 그렇다면 제가 뭐라고 할 수는 없지요. 다만 저는 지금 뭐라고 말씀드릴 수가 없어요. 곧이듣지 않으셨지만 전 새여성사를 일단 그만두었으니까요. 하지만 모래쯤 다시 나가게 될지도 모르겠어요. 그렇게 되면 좋겠지만 혹시 그렇게 되지 않더라도 친구가 있으니까 주선을 해 보도록 하죠. 내일쯤은 알게 될 겁니다. 그때까지만 기다려 주십시오.」

그제야 마담은 서운한 빛을 거두고 웃음을 띠었다.

「미안해요. 수고를 끼치게 되어서.」

그리고는 한 번 더 파인애플을 권하고는 자리에서 일어섰다. 그녀가 돌아갈 때 나는 수기를 그때 가서 보겠노라고 마담에게 다시 가져가게 했다. 그리고는 파인애플을 먹었다. 새삼스레 뭣엔가 속고 있었다는 생각이 막연하게 머리에서 맴돌고 있었다. 나는 이때 그 뜻모를 마담의 나에 대한 관심이 생각났는데 그것은 매우 기분이 좋지 않은 것이었다.[93]

인용문 (i)은 방을 빼달라는 하숙집 주인아주머니의 요구에 대한 '나'의 생각이 담겨 있다. 그리고 (ii)에는 마담이 자신의 수기를 실어달라는 요구에 대한 '나'의 생각이 담겨 있다. 이 두 상황 모두 '나'가 결정할

92) 위의 책, p,231.
93) 위의 책, p.240.

수 있는 일은 없으며, 하숙집 주인이나 마담의 요구에 부응하지 않으면 안 되는 것으로 제시되고 있다.

그런데 이러한 상황은 결정의 통보가 아닌 '권고'의 형식으로 제안되고 있다. 강압적인 요구나 일방적 결정의 통보의 방식을 취하면서 억압자로서 군림하는 것이 아니라, 권유와 권고를 통해 교묘하게 자신의 의지를 관철시키고 있는 것이다.

(i) 아아 진술. 최후의 새로운 진술. 아무것도 생각한 게 없다. 아무것도. 한데 도대체 당신의 정체는 무엇이냐. 오늘 밤은 모습조차 나타내지 않은 당신의 정체는. 그리고 이토록 나의 진술을 어렵게 만들어 버린, 그러고도 또 언제나 동정을 보이는 듯한 당신들의 정체는…….[94]

(ii) —좋습니다. 우선 각하에게 이 사실을 보고하지요. 당신이 소설을 써 왔다는 사실을. 그리고 필요하다면 우리가 작품을 조사하겠습니다. 당신의 작품은 그것으로서 이미 완전한 진술이 행해진 것이니까요. 그것을 다시 이야기시킨다는 것은 오히려 사족과 혼란만을 자꾸 더할 뿐이겠습니다.

그러나 사내의 이 말은 나를 안심시키지는 못했다. 그 망설임이라는 것이 이들에게 어떻게 보일 것인가. 이들에게 소설은 어떻게 해석될 것인가. 나는 새로운 근심에 싸이기 시작했다.[95]

심문관은 '나'에게 진술을 요구하면서도 다른 한편으로는 '나'를 동정하는 태도를 보인다. 그러면서 '나'에게 '나'의 소설에 대해서도 진술할 것을 요구한다. 이를 통해 음모 혐의 피의자로 몰렸던 '나'는 자신의 직접적인 진술뿐만 아니라 '소설' 내용까지도 심문관에 의해 조사받게 된다. 곧 '나'의 일상적 진술과, 창작과 관련된 진술 모두에 대해 검열이 이루어지고 있다는 것이 위의 인용문을 통해 암시되고 있다. '나'를

94) 위의 책, p.244.
95) 위의 책, p.247.

위해주는 척하면서 자신의 의도를 관철시키는 마담이나 하숙집 주인과 마찬가지로, 심문관의 행위에는 '나'를 동정하는 척하면서 소설 작품에 대한 검열을 통해 음모 혐의를 관철시키려는 의도가 내재되어 있다.

일곱째, 왕이 결핵으로 죽은 사건이다. 마담은 왕이 결핵으로 죽었다는 소문을 전해주고, 제복 문제로 직장을 그만 둔 갈태가 하숙집을 찾아온다. 여기에 형 집행이 연기되었다는 것과 소설은 가장 성실한 진술이라는 각하의 말을 전달하는 심문관의 내용이 삽입서사로 결합되어 있다.

하위 틀서사와 삽입서사의 결합에 의해 '왕의 죽음-선고유예-유예휴가'가 연결되고, '마담과 수미와 윤선의 소문-심문관과 각하의 소설 검토와 분석-염사장의 제복 착용 명령'이 연결되면서 후자에 의해 전자의 상황이 결정된다.

「사실은 미스 염 이야길 듣고 곧 한번 오려고 했지. 한데 그 이야기를 들은 다음 날, 그러니까 내가 엽서를 띄운 다음 날 네 자리엔 딴 친구가 새로 와서 들앉아 버렸단 말야. 그래도 난 처음엔 내 엽서를 받고 네가 한번 나타나 주기를 기다렸지. 일이 어떻게 되나 보게 말야. 뭐 나중엔 너도 오지 않고 회사쪽에서도 네 일은 다 끝난 걸로 아는 눈치고 해서 언제 차분한 날을 잡아 오려고 생각해 버렸지. 그래도 걱정은 되었어. 미스 염 말로는 네가 한 10일 쉬면서 거취를 다시 생각해서 결정할 것으로 알고 있을 거라더군. 네가 만약 그 일로 망설이고 머리를 썩히고 있다면 그거야말로 너무 가련하지 않아? 애초에 주어지지도 않은 선택을 가지고 고심을 한다면 말야. 그래서 빨리 알려주고 싶었지. 다행히 너도 회사 일을 기다리지 않게 되었지만. 어쨌든 마지막 선택은 네가 할 수 있는 것은 아니었어. 휴가란 일종의 속임수였거든.」[96]

---

96) 위의 책, pp.259~260.

갈태는 '나'에게 유예 휴가는 '일종의 속임수'였다는 것을 밝힌다. '나'의 빈자리는 이미 새로운 직원으로 대체된 것이다. 이러한 상황은 비단 직장의 경우만이 아니라, 세느 다방에서도 동일한 방식으로 이루어지고 있다. 세느에서 마담과 수미, 윤선 등에 의해 '왕'이 죽었다는 소문이 돌고, 이후 '왕'의 빈자리는 다른 사람에 의해 채워지게 된다.

곧 왕이 죽었다는 소문이나 유예 휴가는 모두 '속임수'에 불과하다. 또한 심문관의 선고유예도 속임수에 불과하다. 무고한 '나'에게 음모혐의를 씌워놓고 심문관은 '나'가 소설을 쓰는 동안은 형 집행이 연기될 것이라는 말을 전달한다. 여기에는 '나'에 대한 음모 혐의를 풀지 않은 채 앞으로 '나'가 쓰는 모든 소설에 대해서도 지속적으로 검열을 행해나갈 것이고, 또한 그에 기반하여 선고가 내려질 것이라는 의도가 감추어져 있다.

따라서 소문, 유예 휴가, 선고유예 등은 이미 결정된 사안에 복종을 강제하기 위한 교묘한 전략이다. 그러한 속임수를 간파하지 못하는 경우 '애초부터 주어지지도 않은 선택'을 두고 '가련한 망설임'을 되풀이할 수밖에 없다.

이와 같은 하위 틀서사와 삽입서사에 의한 연상은 상위 틀서사에서 의미의 연관 관계에 의해 결합하면서 2차 중층결정이 이루어진다. '나/왕, 윤일, 정은숙, 갈태', 그리고 '심문관, 각하/마담, 염사장'으로 결합하면서 의미의 중층결정이 일어난다.

전자의 계열은 '음모 혐의 피의자로 몰려 생에 대한 진술을 요구받고, 소설을 검열 받는 나/단식과 조각을 하다가 미치광이로 오인되고 죽었다는 소문이 나면서 세느에서 쫓겨나는 왕, 시시한 사람으로 몰려 세느에서 쫓겨나 고향으로 돌아가는 윤일 시인, 생활고에 시달리며 성악가의 꿈을 이루지 못하고 자살하는 정은숙, 제복을 착용하지 않았다는 이유로 새여성사에서 쫓겨나는 갈태'의 결합에 의해, 4 · 19 혁명을 통한 가능성의 추구가 좌절된 결과 그들이 추구하는 예술이나 문화뿐만 아니라 일상생활의 영역에서까지 억압과 검열을 받게 되고, 경제적 이해관계에 의해 복종을 강요받고 있다는 것이 의미화되고 있다.

후자의 계열은 '무고한 시민에게 음모 혐의를 씌우고 진술을 통해 공포와 두려움을 조장하면서 대뇌절제 수술이나 사형을 통해 피의자를 길들이는 심문관/낙서집을 만들어 소문을 조장하고, 경제적 이익을 얻기 위해 그것을 수단화하는 마담, 회사의 이익 창출을 위해 연설이나 제복을 통해 직원들의 희생과 복종을 강요하는 염사장'의 결합에 의해, 정치, 사회, 경제, 문화 등의 전 영역에 걸쳐 '무선택적인 적응'이 강요되고 있다는 것이 드러난다. 이들은 이러한 목적을 달성하기 위해 소문, 선고유예, 유예 휴가 등과 같이 교묘한 속임수를 동원하여 정신적인 측면을 지배해나가는 한편으로, 경제적인 이해관계를 볼모로 하여 '제복'에 의한 명령과 복종의 관계를 지배적인 질서로 재생산해 나가고자 한다. 이러한 질서에 길들여진 것이 수미와 윤선들, 미스 염 등과 같은 5 · 16 이후 세대이다. 세느 다방이나 직장은 이들에 의해 성적 향락과 유희, 대중소비 등의 풍조가 전면화되는 공간으로 재편된다.

이와 관련하여 상위 틀서사의 화자-초점화자의 고민이 갖는 의미가 드러난다. 첫째, 현재의 풍속이 갖는 억압적인 측면이다. 이는 심문관을 통해 다음 세 가지 측면으로 구체화되고 있다.

먼저 심문관과 관련된 역사적 측면이다. 심문관의 '정체 모를 제복'은 '태평양 전쟁 때의 일본 순사'와 '6 · 25 전쟁 때의 마을 순경', '자유당 독재 때의 검은 제복', '5 · 16 이후의 푸른 제복' 등으로 연결되면서, 그 역사적 맥락이 무엇인지 제시된다.

다음 '허기'와 공포를 조장하는 수단 혹은 방법과 관련된 측면이다.

정체를 알 수 없는 '제복'을 입은 심문관, '전짓불'의 섬광 뒤에서 목소리로만 들려오는 심문관 등을 통해 공포를 조장하는 방식이 '전짓불'과 '제복'을 통해 이루어지고 있다는 점이 드러난다. 여기에서 '제복'은 염사장에 의해 재생산되면서 명령과 복종의 관계가 군대뿐만 아니라 직장에서까지 이루어지고 있으며, 이에 따라 사장과 직원의 관계가 경제적 이해관계에 의해 주인과 노예의 관계로 전락하고 있다는 것을 강조하고 있다.

마지막으로 심문관이 정신을 길들이고 지배하는 방식과 관련된 측면이다. 심문관은 전짓불과 제복에 의한 강압적인 명령뿐만 아니라 더욱 교묘해진 방식에 의해 정신적인 측면을 길들이고 지배해 나간다. 곧 음모 혐의를 씌우고 진술을 요구하는 방식이다. 음모 혐의가 없다는 것을 증명하기 위해서는 진술을 할 수 밖에 없으며, 그 혐의를 벗기 위해 심문관의 눈치를 보고 비위를 맞추며 진술 내용을 번복하고 왜곡하는 일이 뒤따르게 된다. 그 결과 심문을 당하는 '나'의 원래의 경험과 감정은 취사선택되거나 삭제, 왜곡되기도 한다. 심문관의 요구에 무조건 복종하고 따르게 된 결과, 처음의 생각이나 집념을 잃고 망설이거나 주저하고 좌절하게 되면서 심문관의 이중적인 회유책에 휘말려 판단력을 잃게 되기도 한다. 그러한 과정을 통해 길들여지면서 유죄에서 벗어나기 위해 창작에 대한 검열까지도 당연한 것으로 받아들이는 상황이 빚어지는 것이다. 음모 혐의 피의자로 체포하고, 유죄를 선고하며, 최후 진술을 요구하고 선고유예를 결정하는 과정은 다방이나 직장의 공간에서도 발견된다. 다방에서는 낙서집을 통해 소문을 조장하고, 그것을 통해 다방 사람들의 생각과 행동을 지배한다. 직장에서는 연설과 유예 휴가를 통해 사원들을 지배하고 회유한다.

이와 같은 정신의 길들이기는 어떤 명분을 내세워 길들이기를 은폐시키고 미화하는 방식을 통해 합리적인 정당성을 획득한다. 곧 6·25 청년들의 환송회에서 드러나듯 청년들의 희생을 강요하면서도 그것을 직접적으로 드러내지 않고 애국 애족과 같은 명분으로 포장하여 합리화시키는 것이다. 선고유예는 무고한 시민을 피의자로 몰았다는 불합리한 상황에 대한 명분이 되며, 유예 휴가는 면직이나 해고의 간접적인 통보 방식으로 사용된다. 소문은 이에서 더 나아가 사실과 거짓에 대한 어떠한 책임도 물을 수 없다는 점으로 인해 정신의 지배와 길들이기의 효과적인 수단이 된다. 결과적으로 전짓불이나 제복에 의한 강압적이고 폭력적인 지배 방식이 일상의 영역에서는 교묘한 형태로 재생산되면서, 정신마저 감시하고 지배하게 되는 것이다.

둘째, 현재의 풍속이 갖는 인간의 관계 질서와 관련된 부분이다. 이 작품에서는 세느 다방과 직장, 창작이 이루어지는 내면의 공간을 제시하고, 왕과 '나'를 통해 각 공간의 성격이 어떠한 방식으로 변질되어 가는가를 살펴보고 있다. 세느 다방에서는 낙서집을 통해 소문이 생산되고 유포됨으로써 감시와 배제가 이루어진다. 직장에서는 면직의 위협과 허울뿐인 약속, 그리고 제복을 통해 억압과 배제가 이루어진다. 창작의 공간 역시 심문관으로 표상되는 지배 권력의 감시로부터 자유로울 수 없다.

이를 통해 다음 두 가지를 검토할 수 있다. 먼저, 산업화, 도시화된 상황에서는 삶과 예술이 일체되는 공동체의 삶의 질서가 배제되면서, 직업, 예술, 놀이가 삶과 분리된다. 그것이 직장, 세느 다방, 창작이 이루어지는 내면의 공간으로 제시되고 있다. 이처럼 분화된 공간을 통해서 '술'의 담론이 드러난다. 「매잡이」에서는 '매잡이 풍속'을 통해 아름다움과 놀이와 삶이 결합된 풍속의 질서를 보여주지만, 산업화, 도시화된 공간에서 그러한 삶은 '생성을 중단한 삶'으로밖에 여겨지지 않는다.

예술과 삶이 일체가 되지 못하고 예술 역시 전문적 직업으로 변질되어 경제적 측면과 결합되는 것이다. 그러한 경우가 세느 다방의 예술가들을 통해 드러난다. 집과 다방을 오가며 나상을 조각하는 '왕'은 광인으로 취급되어 세느에서 쫓겨난다. 정은숙은 경제적 궁핍으로 인해 성악가가 되고자 하는 꿈이 좌절된다. 시인 윤일 역시 돈에 궁핍한 상황을 견디다 못해 시골로 낙향한다. 이들 모두 예술을 추구하지만 그것으로는 생계를 이어나가기 어려운 상황에서 예술마저 포기하게 되는 것이다.

다음, 자율적 주체의 허상이다. 이는 경제적 이해관계에 의한 질서 재편과, 검열과 감시에 의한 비판 정신의 마비라는 두 측면을 통해 구체화된다. 경제적 이해관계에 의한 질서 재편의 측면은 세느 다방, 하숙집, 직장 공간에서 특정 지위를 담당하는 인물들에 의해 조장된다. 마담의 경우 봉사를 표면적으로 내세우면서 다른 한편으로는 경제적 잇속을 챙긴다. 이에 따라 다방은 배려, 대접, 봉사가 이루어지는 공간이라기보다는 영리 목적에 따른 주인과 손님 관계가 지배하는 공간으로 변화한다. 강요와 눈치주기, 면박 등에 의해 차를 마시지 않을 수 없는 다방의 암묵적인 계율이 성립되고, 이는 다방의 손님들에게 습관화되면서 일종의 버릇, 관습처럼 굳어지게 된다.

하숙집 역시 표면적으로는 가족과 같은 분위기를 형성하고 있으나, 영리적 목적을 함께 하는 하숙 조합이 설립되면서 하숙집 주인들의 경제적 이익을 위해 하숙집의 여러 조건들이 재편된다. 직장인에게는 하루 두 끼만을 제공한다거나, 2인 1실을 쓰는 것을 암묵적으로 강요하는 등의 부당한 행위들이 관습처럼 굳어진다.

직장에서는 면직을 위협 수단으로 삼아 직원을 노예처럼 부리고, 성과나 노력을 보수로 환원하겠다는 약속을 해놓고도 지키지 않는다. 그러한 상황이 반복적으로 이루어진 결과, 사장이 연설을 통해 제시하는 복지와 혜택의 선심 공약은 빈 공약이 된다. 사원은 자신에게 돌아올 불이익을 두려워하여 누구도 불편부당한 사장의 처사에 대해 이의 제기를 하지 못한다. 곧 사장의 제안이나 권유는 명령과 강요나 다름없는 것이고, 사원은 이에 철저하게 복종해야한다.

하숙집에서 이루어지는 사적인 일상의 영역, 직장에서 이루어지는 직업의 영역, 다방에서 이루어지는 놀이의 영역에서 주체는 각 공간의 내적 관습과 암묵적 계율에 길들여진 결과 그것을 자연스럽게 내재화하게 된다. 그 대표적인 인물들이 수미와 윤선 등으로 대표되는 5 · 16 이후 세대들이다. '재미'있는 것만을 취하고 엄숙하고 진지한 것을 '시시'한 것으로 여기며 배제하는 태도가 다방이나 하숙집, 대학가의 지배적인 풍조를 형성한다. 각 공간의 관습과 규율을 받아들이지 않는다면 그 공간으로부터 배제, 축출될 수밖에 없다. 4 · 19 세대에 속하는 '나'와 왕, 윤일, 정은숙 등은 5 · 16 세대의 대중소비 문화와 섹스, 유흥 중심의 향락 풍조를 거부한 결과 다방에서 쫓겨나게 된다. '무선택적인 적응'에 길들여지는 경우, 주체는 삶의 어느 부분에서도 자율적 의지에 의해 사고하고 행동하지 못하게 된다.

각 공간은 경제적 이익의 주체가 되는 사장, 마담, 하숙집 주인이 지배하는 공간으로 재의미화된다. 또한 각 공간은 그러한 질서를 무비판적으로 내재화한 '우중'에 의해 끊임없는 감시와 배제가 이루어지게 된다. 이를 통해 제도적 감시가 일상화된 공간에서는 무조건적인 적응과 순응만을 요구하기에, 자율적 주체라는 것은 허상에 불과하며 도구화된 인간만이 존재할 뿐이라는 것을 강조하고 있다.

다음, 현재 인간의 관계 질서와 관련해 소설 쓰기가 갖는 의미의 측면이다. 이는 '나'의 단편소설에 집약되어 있다. '나'의 단편소설은 '귀여운 여자'와 '동지 같은 여자' 사이에서 누구를 결혼 상대자로 정할 것인가를 두고 갈등하는 내용을 담고 있다.

> 한 여자는 몸집이 조금 크고 그 몸집만큼 생각이나 언동이 진중해서 평생을 같이 할 반려로서는 퍽 마음 든든한 데가 있었고, 다른 한 여자는 그렇게 진중한 데는 없었지만 깜찍하고 생기에 넘쳐 있으며 언제나 자기를 즐겁게 해 줄 수 있는 <귀여운 아내>감이었으나 다만 일생일대의 대 사건을 맞부딪치거나 그가 극도의 실의에 젖어 있거나 할 때 자기를 대신해 줄 수 있는 강인한 힘이 모자란 듯해서 선뜻 그녀를 택할 수가 없었다는 것이었다.[97]

여기에서 '귀여운 여자'는 '언제나 자기를 즐겁게 해 줄 수 있는' '수미와 윤선' 등과 같은 5 · 16 이후 세대와 새여성사를 은유 대체한다. 그리고 '동지 같은 여자'는 '생각이나 언동이 진중해서 평생을 같이 할 반려'자로서 8 · 15 세대와 내외사를 은유 대체한다. '나'는 이러한 내용을 소설화함으로써 4 · 19 세대의 문제의식을 전면화한다. 생각이나 언동이 진중함이 없이 즐겁기만 한 '귀여운 여자'를 아내로 맞이하는 경우, '일생일대의 대 사건'이나 '극도의 실의'에 빠져 있을 때 그것을 극복해 나갈 방도를 찾지 못하게 될 것이라고 이야기하고 있다. 말하자면 '귀여운 여자'처럼 무선택적 적응에 빠져들 경우 현실에 무비판적으로 적응하게 되고, 종당에는 극도의 실의를 맛보게 될 것임을 경고하고 있다.

그런데 이러한 내용의 소설을 두고 '나'는 두려움에 빠져드는데, 이는 두 부류의 감시자들 때문이다.

> 문학예술활동은 당사자 자신을 제외하고서도 다른 두 부류의 감시자들로부터 늘 시달림을 당하였다. 하나는 거의 언제나 그것을 달갑게 생각지 않는 정치권력과 다른 하나는 시민대중의 그것이다. 물론 전자의

97) 위의 책, p.205.

> 감시는 오늘날 대부분의 문학예술인들의 오랜 싸움(이 경우 예술활동을 싸움이라고 말한다면)과 또 그 정당성을 최소한의 한계에서 인정받음으로써 점차 해소의 길이 트여지고 있는 것 같다. 그리고 아직도 그 굴레에서 벗어나지 못하고 있는 나라들의 경우에는 문학이 시민대중의 정신 속에 깊이 뿌리를 박고 공감을 얻음으로써 그 명맥을 이어가고 있다. 그리하여 문학은 어떤 정치권력의 간섭 속에서도 정직하고도 충실하게 그가 속한 시대와 시민정신에 접근해가서 거기에서 호흡만 가능하게 되면 얼마든지 값있게 존재해 나갈 수가 있다. 진정한 시민정신은 권력의 소장에 관계없이 영구불변하며 이것의 획득은 곧 문학정신의 목적이며 문학 자체를 불멸의 것으로 만든다. 소련 밀송작가들의 작품은 그 훌륭한 예증이 되어 줄 수 있다. 그것들은 인간정신의 보편성에 발을 내려딛고 있기 때문에 권력이 조금만 헛눈을 파는 기회를 붙잡으면 곧 햇빛을 보게 되었다. 그러나 어떤 오염된 시민의식이라는 것은 언제나 문학의 편이, 말하자면 진정한 인간정신의 보편성을 편들어 주지만은 않는다. 때로는 무기력한 몰락으로 인한 진공상태로서, 더 위험한 것으로는 우중의 집합체로서의 부당한 감시 간섭으로. 이 우중의 집합체와 문학은 불가피하게 싸움을 벌여야 한다. 그러나 문학은 작품 발표가 전제되고 그 구체적인 반응으로 자기 주장과 싸움을 수행해 갈 수 있는 것일진대 발표를 억제당하고 발표된 작품에 대해서는 간섭을 당하거나 외면을 당해 버린다면 애초부터 무기를 잃은 싸움이 되어 버리는 것이다. 싸움은 불가능해진다. 그러므로 진정한 시민정신은 정치권력의 간섭보다 더 중요한 단계에서 문학의 중립을 최종적으로 좌우하는 것이다. 그것의 몰락과 소멸, 그리고 우중의 간섭과 외면은 문학에 있어서 정치권력 이상의, 싸움조차 벌일 수 없는 두려운 적이 된다.[98]

감시자들의 하나는 정치권력이고, 다른 하나는 시민 대중인데, 이들에 의해 '나'의 소설은 끊임없이 간섭받는다. 이때 전자는 '심문관'으로, 그리고 후자는 세느 다방의 사람들로 연결된다. 전자 때문에 '나'는 소

98) 위의 책, pp.202~203.

설에서 어떠한 어휘를 선택했는가와 관련하여 두려움을 갖게 된다. 그리고 후자 때문에 '나'는 직업이나 신분이 노출되는 구체적인 인물을 설정하지 못하고 그것을 결혼할 여성의 유형에 비유하여 처리하게 된다. 두 부류의 감시자들이 소설의 세목까지 간섭하려 든 결과, 소설은 '더 어려워'지거나, 아니면 '우화적이고 환상적인 수법'을 동원해야 된다. 그렇지 않으면 아예 정치적인 내용을 배제하고 '전원과 자연을 영송'하는 수밖에 없다. 그렇게 소설을 완성하였다 하더라도, 그 소설이 '독자들을 자극할만한 재미와 흥미'를 갖고 있지 못한다면 대중으로부터 외면당하기 십상이다.

세느의 공간은 소문과 감시의 공간이자, 무선택적 적응을 강요하는 공간이다. 이러한 공간에서 독자들이 요구하는 재미있고 흥미 있는 소설은 성적인 유희와 말초적인 쾌락을 바탕으로 한 소설이거나, 정치나 사회의 문제와는 관련이 없으며 비극적인 인생관을 보여주는 마담의 수기와 같은 것일 수밖에 없다. 그것이 심문관의 '대뇌절제술'에 의해 길들여진 '우중'이 원하는 소설 쓰기이다.

그러한 소설에 길들여진 '마담'은 '나'의 소설을 두고 '재미있다'고 표현한다. 곧 마담에 의해 재미있는 것으로 여겨지는 '나'의 소설은 정치권력과 시민 대중의 감시를 염두에 두고 쓴 소설이자, 독자의 흥미와 재미를 자극하는 소설에 해당한다. 심문관을 의식하고 그의 '기호'[99]를 고려하여 진술하듯, '나'의 소설 역시 두 부류의 감시자들의 기호를 의식하고 그것에 맞추어 쓴, 말하자면 심문관의 가혹한 검열을 통과한 소설이 되는 셈이다.

'나'가 느끼는 '쑥스러움'은 바로 이러한 점에 연유한다. 작품의 처음과 끝에는 '나'가 세느 주변의 공간과 세느를 둘러싼 모든 것들과 관련

---

99) 위의 책, p.157.

하여 쑥스러움을 느끼는 상황이 제시된다. 작품의 처음에 제시되는 '쑥스러움'은 상업화된 소비문화에 길들여져 가고, 경제적 이해관계에 의해 재편되는 대학가 하숙집과 다방 풍경 등에 의해 생겨난다.

작품의 말미에는 4·19 세대의 집념과 이상을 잃어버리고 세느에서 쫓겨난 예술가들과 관련된 쑥스러움이 덧붙여지고 있다. '나'는 심문관이 씌운 음모 혐의를 부정하고, 직장의 거짓 약속과 제복 착용의 강요 등을 거부하면서, 다방에서 광기로 오인되는 왕의 '허기'를 간파한다. 그럼에도 불구하고, '나'는 그러한 처음의 집념을 잃고 심문관에 의해 길들여지면서 선택조차 주어지지 않은 상황을 두고 선택을 고민하며 망설인다. '귀여운 여자'와 '동지 같은 여자'를 두고 선택을 고민하는 '나'의 소설은 바로 그 길들여짐의 결과물이다. 만약, '나'의 집념에 따라 소설을 쓴다면, 그 소설은 십 일간의 휴가의 정체와 심문관의 정체를 파악하는 것이어야 한다. 이에 대한 뒤늦은 깨달음이 작품 말미의 '쑥스러움'을 통해 드러난다.

제3부

도구적 지성의 언술과 공동체적 정서의 언술을 다루는 유형

제1장

이중 틀서사 초점화자와 변형 삽입서사

이 유형은 인간의 관계 질서의 실천 양식으로서의 언술[1]에 주목한다. 앞선 유형에서 사라져가는 공동체적 풍속과 제도화된 현재의 풍속에 주목하여 지배 담론의 실체를 파악해 들어가면서, 동시에 인간의 관계 질서 속에서 유의미한 정신적 가치를 파악한다. 그 결과, 일상의 언술이 지배 담론의 논리에 함몰되었다고 판단하고 지배 질서의 논리를 파고

1) 담론(discours)은 단순한 기호나 생각의 묶음이 아니다. 그것은 어떤 규정된 규칙(épistémè)에 복종하는 실천 양식을 의미하며, 같은 체계에서 나오는 언술(énoncé)의 집합으로 정의된다. M. Foucault, *The Archaeology of Knowledge*, Trans., A. M. Sheridan Smith, Tavistock Publication, 1972, pp.21~63.
여기서 규정된 규칙은 일정한 시대에 있어서 일군의 지식의 터전이자 어떤 일련의 담론이 참 또는 거짓이 되는 것을 경험하는 관계들의 총화이다. M. Foucault, 『말과 사물』, 앞의 책, p.19.
한편, 담론을 구성하는 기본적인 언어 단위인 언술은 명제, 문장과 다르다. 명제나 문장은 반복될 수 있으나, 언술은 반복되지 않고 시간과 상황에 따라 그만큼 많은 언술화가 가능하다. 플라톤이나 프로이드가 "꿈은 욕망에서 나온다."라고 할 때, 논리적 명제나 문법적 문장상 두 말은 일치하나, 언술상에서는 큰 차이를 지닌다. 전자는 욕망을 폄하하기 위한 것이고, 후자는 욕망에 모든 의미의 무게 중심을 둔다. 따라서 담론의 원자로서의 언술은 언술의 밭 속에서만 언술로 기능하며, 언술의 동일성은 자기 자신과 동시대의 다른 언술들의 경계와 한계에서 유지된다. M. Foucault, *The Archaeology of Knowledge*, 앞의 책, pp.79~105.

들어가는 한편으로, 이를 극복하기 위해 구전되는 언술에 내재된 공동체의 정서를 파악해 들어간다. 이는 도구적 지성의 언술인 '말'과 공동체적 정서의 언술인 '소리'에 주목함으로써, 지배 질서의 논리와 그것이 재생산되는 방식, 그리고 그 극복 방식을 파악하는 것으로 구체화된다.

이처럼 인간의 관계 질서의 실천 양식인 언술에 인식을 투사시킨 결과, 이 유형에서는 구체적이고 경험적인 측면이 강화된다. 이에 따라, 경험적이고 정서적인 진술이 강화된다. 또한 한정된 공간이나 시간에 제한되지 않는 파노라마적인 탐색이 이루어지며, 탐색이 이루어질 때마다 논리적 반성이 이루어지거나 기억의 영역이 확장되는 양상을 보여준다.

이 유형에서는 인간의 관계 질서를 다루는 유형에 해당하는 화자-초점화자의 기능을 초점화자가 수행한다. 초점화자는 인간의 관계 질서의 실천 양식인 언술에 주목한다. 곧 도구적 지성의 언술인 '말'과 공동체적 정서의 언술인 '소리'를 초점화 대상으로 삼아, 현실에 대한 구체적인 경험을 통해 각 언술에 내재된 질서에 대해 적극적인 가치 판단을 내린다.

초점화자에 의한, 일상의 실천 양식인 언술에 내재한 인간의 관계 질서 파악은 그 언술의 다양한 현실적 변이형에 대한 탐색을 통해 이루어진다. 인간의 관계 질서를 다루는 유형의 경우, 하위 틀서사와 독립된 서사 단위를 가진 내부의 삽입서사가 제시된다. 이와 달리 이 유형에서 현실적 변이형은 하위 틀서사 내에 위치하여 하위 틀서사의 한 요소로 용해되면서 앞선 유형의 삽입서사의 기능을 대체한다. 따라서 이 유형의 현실적 변이형을 변형 삽입서사로 명명할 수 있다.

현실적 변이형은 매개자에 의해 제시된다. 매개자는 초점화자가 관심을 두고 있는 언술의 현실적 변이형을 제시하고, 동시에 그 변이형과 관련된 초점화자의 인식을 수정하거나 보충한다. 그 결과 매개자의 역할과 비중이 앞선 유형보다 한층 강화된다.

도구적 지성의 언술인 타락한 '말'에 주목하는 작품에서 매개자는 초점화 대상에 대해 가지고 있는 논리나 인식이 초점화자와 다른 점을 부각시켜 초점화자의 인식이 수정되도록 한다. 공동체적 정서의 언술인 '소리'에 주목하는 작품에서 매개자는 초점화 대상에 대한 초점화자의 경험과 기억을 보충하고 확장시켜 준다. 그 결과 초점화 대상에 대한 초점화자의 인식은 다른 시각을 가진 매개자를 경유하여 수정, 보충되는 방식으로 반정립되고, 그러한 초점화자의 판단과 인식은 화자-초점화자에 의해 종합되어 재정립된다.

이 유형은 연쇄에 의해 주제가 형성된다. 각 작품마다에서 초점화 대상의 다양한 현실적 변이형이 일종의 사슬 형태로 연결되면서 제시된다. 따라서 중층결정 형태에 의한 의미 결합보다는 연쇄에 의한 의미 결합이 이루어지면서 주제가 형성된다.

이 유형은 초점화 대상에 따라 두 부류로 나뉜다. 먼저, 도구적 지성의 언술인 '말'을 초점화 대상으로 하여 지배 질서의 논리와 재생산 방식을 파악하려는 부류로서, 「떠도는 말」, 「자서전들 쓰십시다」, 「지배와 해방」, 「몽압발성」, 「다시 태어나는 말」로 이루어진 『언어사회학서설』 연작이 여기에 속한다. 이들 작품에서는, '기록물'과 같은 매체에 의해 도구적 지성의 오인된 권위에 기반을 둔 지배 질서의 논리가 전파되고 확대 재생산된다. 도구화된 지성을 수단화하는 지배 담론의 논리에 길들여진 결과, 인간은 일상적인 언술 행위를 통해 그 논리를 실천함으로써 자율적 주체가 아닌 꼭두각시로 전락한다.

다음, 공동체적 정서의 언술인 '소리'를 초점화 대상으로 하여 공동체의 기억과 정서를 복원하려는 부류로서, 「서편제」, 「소리의 빛」, 「선학동 나그네」, 「새와 나무」, 「다시 태어나는 말」로 이루어진 『남도 사람』 연작이 여기에 속한다. 이들 작품에서는, 자연과 인간이 합일된 세계에서의 경험과 그에 결부된 정서가 도구적 지성에 의해 왜곡, 은폐되고 지성의 잔여로서만 남아 있는 것으로 제시된다. '구술성'을 바탕으로 하여 전달되는 '구전' 형태의 소리, 전설, 이야기 등에는 일종의 집합기억으로서 공동체적 정서가 내재되어 있다고 판단하고, 이를 복원함으로써 도구적 지성에 의해 파편화된 삶의 원초적 총체성을 회복시키고자 한다.

이 유형은 두 개의 틀서사로 구성되어 있다. 상위 틀서사는 틀과 내부로 이루어져 있고, 내부는 다시 하위 틀서사의 틀과 내부로 이루어진다. 하위 틀서사의 내부에는 초점화 대상의 다양한 현실적 변이형이 제시되어 있다.

1. 언술에 내재된 말과 삶의 관계 질서를 파악하는 화자-초점화자

상위 틀서사의 화자-초점화자의 역할과 기능을 살펴보면 다음과 같다. 첫째, 화자-초점화자의 확신과 판단에 근거를 둔 해석이 적극적으로 이뤄진다. 초점화자는 겉으로 드러난 현상에 대해서만 생각하고, 그에 대해 막연하게 추측한다. 화자-초점화자는 초점화자의 경험 내용을 자신의 논리에 대한 근거로 삼으면서 해석과 판단을 논리적으로 입증해 나가고자 한다. 화자-초점화자는 현상 뒤에 감추어진 본질적인 측면에 주목하여 그 인식의 결과를 단정적으로 제시함으로써 초점화자의 경험적 요소가 갖는 의미를 메타적으로 해석, 판단[2]한다. 매 작품마다

2) 직접 서술로 자기 이야기를 펼쳐나가기 때문에 많은 독자들은 그것을 야기한 공간

초점화자의 경험 내용과 관련하여 새로운 내용이 첨가되는데, 이에 따라 화자-초점화자의 해석과 판단이 강화된다. 결국 말에 대한 관념적 진술을 한데 모았을 때 비로소 화자-초점화자의 관념적 인식이 대상에 대한 분명한 인식을 갖고 있는 하나의 성격으로 구체화된다.

「떠도는 말들」에서 화자-초점화자는 "참으로 이상한 현상이었다. 사람들이 말을 아끼기 시작한 것은 퍽 오래 전부터의 일이었다."와 같은 초점화자의 표면적 현상에 대한 진단을 '모든 말들이 길을 헤매고 있었다. 사람들은 이제 말을 하지 않는다.'와 같은 해석과 판단으로 바꾸어 놓는다. 「자서전들 쓰십시다」에서는 "실감이 나지 않을 것은 당연한 노릇이었다. 원고를 꾸며 나가고 있는 지욱은 물론 이야기의 주인공인 피문오씨에게조차도 그것은 전혀 알맹이가 없는 남의 이야기에 불과한 것이었다."와 같은 현상적인 측면을 '말들은 정처도 없었고 주인도 없었다. 말들의 슬픈 해방이었다.'와 같은 해석과 판단으로 바꾸어 놓고 있다.

이와 같은 화자-초점화자의 해석과 판단은 『언어사회학서설』 연작에 해당하는 작품들에서 '말에 관한 탐구'라고 할 수 있는 일관된 흐름을 형성한다.

> (i) 말들은 아직도 복수보다는 애원을 계속하고 있었다. 그는 기다리고 있었다. 말들이 그렇게 길을 잃고 헤매다니는 것을 보면 볼수록 그의 기다림은 더욱더 깊어져 가고만 있었다. 고향을 잃어버리지 않은 말, 가엾게 떠돌지 않은 말, 그가 태어난 고향에 대한 감사와 의리를 잃어버리지 않은 말, 그가 태어날 때 지은 약속을 벗어 버리지 않은 말, 유령 아닌 말, 그는 아직도 그런 말을 기다리고 있었던 것이다. (「떠도는 말들」)[3]

적 시간적 우회를 눈치 채지 못하고, 서술 차원의 변동 없이 그저 단순한 등위 이야기로서 뒷걸음치고 있을 뿐이라고 생각한다. G. Genette, 앞의 책, p.230.

3) 「떠도는 말들」, 『잃어버린 말을 찾아서』, 문학과지성사, 1995, p.28.

(ii) 「어젯밤에도 말씀드린 일이 있습니다만, 전 그저 말 같은 말을 좀 찾아보고 싶었으니까요. 사람의 동네에서 떠나 버린 말, 죽어 냄새로 떠돌아다니는 말, 그런 말이 아니라 사람들 사이에 아직도 살아서 숨을 쉬고 있는 말, 믿음을 지니고 살아있는 말, 그런 말을 만나보고 싶었거든요.」(「다시 태어나는 말」)[4]

「떠도는 말들」에서는 화자-초점화자의 말에 대한 관심이 '고향을 잃어버리지 않은 말에 대한 기다림'으로 제시되고 있고(i), 「다시 태어나는 말」에서는 '살아서 숨을 쉬고 있는 말'로 지욱의 발화를 통해 제시된다(ii). 이러한 인식이 「다시 태어나는 말」에서 지욱의 발화에 의해 제시되고 있는 까닭은 연작 전편에 걸쳐 탐색이 진행되고 그것이 완결되는 지점이기 때문이다. 이 장면을 통해 살아 있는 말을 탐색하는 화자-초점화자와 초점화자의 인식이 점차 가까워지고 있음을 짐작할 수 있다.

「다시 태어나는 말」이 『언어사회학서설』 연작과 『남도 사람』 연작을 연결해주는 작품이라는 점에 주목할 때, 두 줄기의 연작 소설은 동일한 문제의식에서 출발하고 있다는 것을 짐작할 수 있다. '살아 숨 쉬는 말'을 찾고자 하는 것이 그것이다. 살아 있는 말을 찾고자 하는 화자-초점화자의 의도는 두 방향에서 이루어지고 있는데, 하나는 새롭게 생겨나고 있는 말과 관련된 여러 다양한 형식들을 검토하면서 그 안에서 살아 있는 말을 찾고자 하는 것이고, 다른 하나는 남도의 곳곳에 남아 있는 과거로부터 현재까지 지속되어 오고 있는 말과 관련된 형식들을 통해 그 안에서 살아 있는 말을 찾고자 하는 것이다. 전자는 『언어사회학서설』 연작을 통해서 이루어지고 있고, 후자는 『남도 사람』 연작을 통해 이루어지고 있다.

『언어사회학서설』 연작에서 살아 있는 말을 찾고자 하는 노력은 번

---

4) 「다시 태어나는 말」, 위의 책, p.276.

번이 실패로 끝나고 있는데, 그 결과 현재 새롭게 생겨나고 있는 말의 형식 속에서 발견할 수 있는 말은 '길을 잃고 헤매는 말', '사람의 동네에서 떠나 버린 말', '죽어 냄새로 떠돌아다니는 말'에 지나지 않는 것으로 밝혀진다. 반면 『남도 사람』 연작에서 살아 있는 말을 찾고자 하는 노력은 '판소리'에 담겨 있는 정서를 밝혀내는 과정을 통해 이루어지고 있는데, 그 결과 과거로부터 현재까지 이어져 내려오는 말을 통해서 '사람들 사이에 아직도 살아서 숨을 쉬고 있는 말', '믿음을 지니고 살아 있는 말'을 발견해내고 있다.

둘째, 화자-초점화자는 『언어사회학서설』 연작이나 『남도 사람』 연작의 경우 연작형임을 알리는 표지[5]를 통해 다른 작품과의 관련성을 제시하는 역할을 담당한다. 이때 연작형의 표지는 '살아 있는 말'과 밀접하게 관련되어 있다. 『언어사회학서설』 연작의 경우, 초점화자가 앞서 경험한 내용을 요약하고, 그것에 대한 해석과 판단을 내리는 방식으로 제시된다.

(i) 「요즘 신문장이 노릇이야 출입처 홍보실이나 대변인실하고 데스크 사이에서 하루 한 번씩 심부름꾼 노릇이나 하고 지내는 게 대수니까요. 그게 아니면 기껏 아낙들의 싼 저녁상 차림새나 이이들 놀이터 걱정이나 해 주는 게 고작이구……. 그렇다고 그게 무슨 수입이 대단한 호구지책도 못 되구요.」(「빈방」)[6]

(ii) 「역시 왕년의 신문 기자다우셔요 선생님은. 그 얘길 그렇게 빙빙 돌려대는 말솜씨가 말씀예요. 하지만 서두르진 마세요. 금세 아시게 될 테니까요.」(중략) 어떻게 나의 기자 경력을 알고 있었을까. 우연이었을

5) 연작형의 표지는 작품에서 여러 다른 형태로 제시된다. 연작형을 이끌고 나가는 인물의 이름이 『언어사회학서설』 연작에서는 '지욱'으로, 『남도 사람』 연작에서는 '사내'로 동일하게 제시된다는 점, 인물의 경험 내용이 앞선 작품과 관련된다는 점, 직업이나 관심사가 동일하다는 점 등을 꼽을 수 있다.

6) 「빈방」, 『잃어버린 말을 찾아서』, 앞의 책, p.166.

까. (「떠도는 말들」)[7]

(iii) 오접 전화 사건이 지욱에겐 역시 지울 수 없는 충격이었다.

—아, 여보세요. 여보세요. 거기 33국의 ××번입니까?

—호호…… 윤 선생님이 누구시냐구요. 선생님은 참 이상한 걸 다 물으시네요. 윤 선생님은 자신의 일을 누구에게 묻고 계신 거예요?

—선생님은 제가 정말 어떤 말괄량이 아가씬지 궁금하지도 않으세요? 그야 선생님이 궁금해하지 않으셔도 상관은 없는 일이에요. 전 기어코 제가 누군지를 선생님께 아시게 해드리고 말테니까요.

—선생님은 제가 누구였으면 좋으시겠어요? 어떤 계집아이가 되어드렸으면 좋으시겠느냔 말씀예요. 하지만 서두르진 마세요. 전 조금씩만 즐거워지고 싶거든요. 좀 더 이야기를 하다가는 전 너무 한꺼번에 즐거워져서 기절을 하고 말 거예요. (「자서전들 쓰십시다」)[8]

(iv) 오접(誤接) 전화 사건으로 말들이 정처를 잃고 떠돌아다니면서 무서운 복수를 꿈꾸고 있는 기미를 감지한 이후부터, 그리고 그 코미디언 피문오(皮文五)씨의 자서전 대필 일을 거절하려 한 사건으로 하여, 그 자신의 말에 대해서조차 완전히 믿음을 잃어버리고 만 이후부터, 지욱은 참으로 창피한 실의의 나날을 보내고 있었다. (「지배와 해방」)[9]

(v) 내가 처음 이곳을 찾게 된 것은 3년여 전 나의 그 「자서전 대필」 일을 그만둔 다음부터였다. 자서전 대필에 동원된 나의 말들에 믿음을 잃고 방황하던 참에 이정훈이란 소설장이의 「왜 쓰는가」라는 강연을 듣게 된 것이 인연이었다. 소설을 쓰는 동기와 목적에 관한 이정훈의 진술은 그때 자신의 말에 대한 믿음을 되찾고자 고심하던 내게 상당한 기대와 희망을 주었다. 나는 그 후 어느 날 정훈을 찾았고, 그를 만나러 간 곳이 그 역 앞 2층 다방 「기적」이었다. (「몽압발성」)[10]

(vi) 부흥회 사건 이후 말에 대한 완전한 절망을 겪고 나서였다. 지욱은 이제 그 가엾은 글장이들과의 어울림조차 단념한 채 한동안 혼자 집에만 틀어박혀 지내고 있었다. 어디에 아직 순결을 잃지 않은 말은

7) 「떠도는 말들」, 위의 책, p.31~32.
8) 「자서전들 쓰십시다」, 위의 책, pp.64~65.
9) 「지배와 해방」, 위의 책, p.107.
10) 「몽압발성」, 위의 책, p.219.

없을까. 그런 말들을 어디서 다시 만나볼 수는 없을까. 그럴 만한 길을 찾아 이런저런 서책 나부랭이나 생각을 뒤지면서. (「다시 태어나는 말」)[11)]

「떠도는 말들」은 연작형의 첫 작품에 해당한다. 그런데 이 작품에는 윤지욱이 '왕년의 신문기자'(ii)였다는 사실을 제시하고 있는데, 이는 연작에 포함되는 작품은 아니지만 연작의 시초가 될 수 있는 작품으로 「빈방」이 자리 잡고 있다는 것을 시사한다. 「빈방」에서는 '신문기자 노릇'(i)을 하는 지욱이 등장한다. 「자서전들 쓰십시다」에서는 전화 오접 사건을 경험했던 내용(iii)이 제시되는데, 이는 「떠도는 말들」의 내용에 해당한다. 이러한 방식으로 각 작품에서는 앞선 작품의 내용이 요약적으로 제시되고 있다. 「지배와 해방」에서는 피문오의 자서전 대필 거절 사건(iv)이, 「몽압발성」에서는 이정훈의 강연을 듣게 된 사건(v)이, 「다시 태어나는 말」에서는 부흥회 사건(vi)이 화자-초점화자에 의해 요약적으로 제시되고 있다.

『남도 사람』 연작의 경우, 연작형의 표지는 동일한 이야기의 반복 제시를 통해 드러난다. 이때 반복적으로 제시되는 이야기는 소리꾼 부녀와 관련되어 있는 사내의 두 가지 기억이다.

(i) 소리는 얼굴이 없었으되, 소년의 기억 속엔 그 머리 위에 이글거리던 햇덩이보다도 분명한 소리의 얼굴이 있을 수 없었다. 그리고 그 언제나 뜨겁게만 불타고 있던 햇덩이야말로 그 날의 소년이 숙명처럼 아직 그것을 찾아 헤매다니고 있는 그 자신의 운명의 얼굴이었다. (「서편제」)[12)]

(ii) 소리를 들을 때마다 사내에겐 눈썹을 불태울 듯이 그의 머리 위에서 이글이글 타오르는 뜨거운 여름 햇덩이가 하나 있었다. 어렸을 적

---

11) 「다시 태어나는 말」, 위의 책, pp.247~248.
12) 「서편제」, 위의 책, p.51.

부터의 한 숙명의 태양이었다.

그것은 바로 몇 해 전이던가, 사내가 보성 고을의 한 주막집에서 밤새워 여자의 소리를 들으면서 그녀에게 들려준 자신의 어린 시절과 그 숙명의 태양에 관한 회한어린 내력에 다름 아닌 이야기였다.

(「소리의 빛」)[13]

(iii) 「아니랍니다. 그 뒤로도 딱 한 번 제 누이를 만난 적이 있었답니다. 한 3년 저쪽 일이었지요. 장흥읍 저쪽 어느 주막에서였답니다…….」

손은 걸으면서 남의 말을 전하듯 느릿느릿 말했다.

「하지만 그때도 그 오라빈 끝내 자기가 오라비란 말을 못 하고 말았답니다. 그 누이가 워낙 눈이 먼 여자였으니까요. 그리고 다시 그곳을 찾았을 땐 종적을 알 수가 없게 됐어요.」(「선학동 나그네」)[14]

(iv) 해가 얼마나 기울어가는 줄도 모르고 그 기이한 안식감 속에서 끝없이 소리를 좇아 헤매었다. 그리고 소리가 가는 곳이면 그는 어디나 그것을 따라갔다. (「새와 나무」)[15]

(v) 하지만 그새 세월은 30년 가까이나 흐르고 있었다. 의붓아비가 아직 살아 있을 수 없었다. 소식을 알아 볼 길도 없었다. 살아있다면 누이뿐이었다. 그리고 그 누이만은 아직도 어디선가 그 아비를 닮은 정한 깊은 소리와 함께 세상을 떠돌고 있을 것 같았다. 그리움이었던지, 소망이었던지 사내에겐 꼭 그럴 것만 같았단다.

하여 사내는 결국 그 누이와 누이의 소리를 찾아 남도 고을을 헤매기 시작했다. 그리고 그런 지도 다시 십여 년이 흘러갔다…….

(「다시 태어나는 말」)[16]

「서편제」에서는 소리와 관련된 사내의 '햇덩이의 기억'(i)이 제시되고, 그것이 다시 「소리의 빛」에서 '숙명의 태양에 관한 회한어린 내력'(ii)으로 그대로 반복되어 드러나고 있다. 「선학동 나그네」에서는 사

13) 「소리의 빛」, 『서편제』, 열림원, 1993, p.39.
14) 「선학동 나그네」, 『잃어버린 말을 찾아서』, 앞의 책, p.158.
15) 「새와 나무」, 『서편제』, 앞의 책, p.134.
16) 「다시 태어나는 말」, 앞의 책, p.270.

내의 발화를 통해 '그 뒤로도 딱 한 번 제 누이를 만난 적이 있었답니다'(iii)라는 「소리의 빛」에 해당하는 사내의 경험 내용이 제시되고 있다. 「새와 나무」에서는 햇덩이의 기억을 떠올릴 수 있게 하는 장면(iv)이 제시되고 있고, 「다시 태어나는 말」에서는 김석호가 사내로부터 들은 소리를 찾아 남도를 헤맨 사연(v)이 제시되면서 앞 작품과의 긴밀한 연관 관계를 보여주고 있다.

셋째, 화자-초점화자는 시간(기억)과 공간(장소 이동)의 분절로 인한 틈새를 연결하는 기능을 담당한다. 이 기능은 초점화 대상이 무엇이냐에 따라 달라진다. 일상의 말이 타락한 현상을 제시하고 그것이 갖는 문제점을 비판하는 작품의 경우, 말의 타락과 관련하여 초점화자의 장소 이동을 중심으로 한 단위 배열이 이루어진다. 그리고 전래의 말 중에서 현재까지 전승되어 오는 말의 다양한 현실태를 제시하고 그 안에 담겨 있는 정서를 통해 현재적 의미를 파악하는 작품의 경우, 소리와 관련된 기억을 중심으로 한 단위 배열이 이루어진다.

이러한 공간과 시간의 틈새를 화자-초점화자는 주로 독백, 회상, 요약적 진술 등과 같은 서술 텍스트[17]로 연결한다. 공간적 변화와 관련되어 있는 경우에는 초점화자의 경험과 관련된 의미에 중심이 놓이게 되면서, 지적이고 관념적인 성격을 띠는 대화나 독백이 주로 제시된다. 이는 『언어사회학서설』 연작 계열에서 주로 나타난다. 그리고 시간적 변화와 관련되어 있는 경우에는 회상된 기억의 현재적 의미에 대한 판단이 중심에 놓이게 되는데, 이때에는 정서 중심의 감성적인 성격을 띠는 대화적, 요약적 진술이 제시된다. 이는 『남도 사람』 연작 계열에서 주로 나타난다.

17) Rimmon-Kenan, 앞의 책, p.111.

2. 언술의 작동 주체인 매개자와 경험적 관찰자로서의 초점화자

1) 말의 현실태를 경험, 관찰하는 초점화자

하위 틀서사에서 초점화자와 매개자의 역할과 기능을 살펴보면 다음과 같다.

첫째, 이 유형에서 초점화자는 말과 관련된 인물, 대상, 사건을 직접 경험하고 관찰하고 사고하는 경험적 관찰자로서의 특성을 보여준다. 초점화자는 앞선 유형처럼 방관자적인 태도가 아니라 사건에 직접 뛰어들어 자신의 고민과 의문에 대한 해답을 찾고자 한다. 초점화자의 생각은 경험을 통해 점차 수정되거나 보충되는 방향으로 전개된다.

초점화자는 화자-초점화자가 관심을 갖고 있는 초점화 대상에 주목하여 그것과 직접적인 관련이 있는 경험만을 하게 된다. 초점화 대상은 대개 말과 관련되어 있으며, 초점화자는 말의 현실태를 경험, 관찰하고, 화자-초점화자는 그러한 경험과 관찰을 바탕으로 말의 본질적인 측면을 파고들어간다.

화자-초점화자의 초점화 대상은 '살아 있는 말'에 고정되어 있으나 초점화자의 초점화 대상은 보다 구체화된 '말'로 드러나며, 그 특징에 따라 두 갈래로 나뉜다.

먼저, 『언어사회학서설』 연작의 경우이다. 이 연작은 「떠도는 말들」, 「자서전들 쓰십시다」, 「지배와 해방」, 「몽압발성」, 「다시 태어나는 말」로 구성되어 있으며, 각 작품은 현재 새롭게 생겨나는 언술에 주목하여 그 언술에 담겨 있는 '말'의 현실태와 그 안에 내재된 질서의 속성을 살펴보고 있다.

각 작품에서 초점화자는 다음과 같은 구체적인 말의 현실태와 관련된 경험을 하게 된다. 「떠도는 말들」에서는 자서전을 대필하는 도중 전화 오접 사건을 겪게 되고, 「자서전들 쓰십시다」에서는 자서전을 대필해주기로 한 최상윤과 피문오를 직접 만나고, 「지배와 해방」에서는 자서전 대필을 그만두고 말의 잔치가 벌어지는 강연회 등을 찾아가 그 내용을 녹음하고, 「몽압발성」에서는 조율실 사람들의 폭력 사건을 겪고, 부흥회 소문을 직접 알아보러 나선다. 「다시 태어나는 말」에서는 '초의선집'을 편한 김석호를 찾아가 음다법에 대해 듣게 된다.

그 결과 화자-초점화자의 초점화 대상은 '말'이지만, 초점화자의 초점화 대상은 '말'의 현실적 변이형으로 보다 구체적인 것으로 제시된다. 가령, 「떠도는 말들」에서 초점화자의 초점화 대상은 '자서전'의 말과 '오접된 전화'의 말로 제시되고, 「자서전들 쓰십시다」에서는 '자서전 인물'의 말과 '자서전 대필자'의 말로, 「지배와 해방」에서는 '강연 연사'의 말과 '녹음'된 말로, 「몽압발성」에서는 '직접 경험한 사건의 내용'을 드러내는 말과 '소문'화된 말로 구체화되어 제시되고 있다. 이를 통해서 자서전, 전화, 광고, 강연회, 부흥회, 시문, 노래가사, 소문 등과 같은 말의 현실태가 제시되고 있다.

다음으로, 『남도 사람』 연작은 「서편제」, 「소리의 빛」, 「선학동 나그네」, 「새와 나무」로 구성되어 있으며, 각 작품은 과거로부터 이어져 내려오는 언어 풍속에 주목하여 그 풍속에 담겨 있는 구전된 말의 다양한 형태와 그 안에 내재된 질서의 속성을 살펴보고 있다. 「서편제」에서는 남도의 주막을 방문하여 소리를 청해 들으면서 주막의 내력과 소리꾼 부녀의 사연을 듣게 되고, 「소리의 빛」에서는 눈 먼 누이의 소리와 소리꾼 부녀의 사연을 듣게 되고, 「선학동 나그네」에서는 선학동의 전설과 내력, 소리꾼 부녀의 사연을 듣게 된다. 그리고 「새와 나무」에서는 빗새에 얽힌 사연과 시장이의 사연을 듣고 상사소리 가락을 듣게 된다.

이를 통해서 판소리, 민요, 노동요, 전설, 민담, 내력, 사연 등과 같은 다양한 구전 형태의 말이 제시되고 있다.

둘째, 초점화자는 초점화 대상에 대해 전혀 관심이 없는 것이 아니고, 오히려 관심을 갖고 지켜보는 입장에 놓여 있기 때문에 초점화 대상에 대한 주관적 인식이 전제된 상태이다. 이 상태에서 초점화자는 매개자의 발화를 듣고, 그 발화 내용에 대한 자신의 생각을 행동이나 몸짓으로 표출한다.

이 과정에서 초점화자의 생각은 매개자와의 경험을 통해 점차 수정되거나 보충되는 방향으로 전개된다. 매개자는 초점화자와 말과 관련된 사건을 함께 경험하지만 초점화자와는 다른 생각을 갖고 있다. 이러한 매개자에 의해 초점화자의 생각이 수정되거나 보완된다.

그 결과, 초점화자는 매개자와 관련된 사건을 경험하기 전과 경험한 이후의 심리 상태가 달라지는 모습을 보여준다. 처음에는 기대와 기다림, 예감 등의 심리 상태를 보여주지만, 어떠한 경험이 이루어진 이후에는 착각을 깨닫거나, 실의에 빠지거나(말 계열), 회한 혹은 정한의 심리 상태(소리 계열)를 보여주게 된다. 이러한 초점화자의 경험 내용은 화자-초점화자의 판단에 대한 논거로 작동한다.

이를 효과적으로 드러내기 위해 초점화자와 매개자는 청자와 화자의 관계로 맺어진다. 주로 매개자가 이야기를 하는 화자의 자리에 있고, 초점화자는 그것을 듣는 청자의 자리에 있다. 그로 인해 매개자의 발화는 대화나 독백 등과 같은 진술 방식을 통해 길고 장황하게 제시되는 경우가 많다. 『언어사회학서설』 연작의 경우 초점화자는 전화, 라디오, 녹음, 우화, 소문 등을 통해 전달되는 말을 듣는다. 『남도 사람』 연작의 경우, 초점화자는 '소리'와 '내력, 사연' 등을 듣는다. 이때 전달되는 발화는 주로 대화에 의한 진술이나 요약 서술 형태로 제시된다. 초점화자와 매개자를 청자와 화자라는 관계로 설정함으로써 초점화자가 갖고 있는 말에 대한 생각이 보충되거나 수정되는 과정이 보다 명확하게 드러난다.

2) 초점화자의 기대나 희망을 좌절시키는 부정적 매개자: 『언어사회학서설』 연작

매개자는 초점화 대상이 갖고 있는 긍정적인 속성 혹은 부정적인 속성을 보여주면서 초점화 대상이 갖는 정서적인 측면을 강조하거나, 혹은 초점화 대상이 부정적으로 변모되는 양태를 파악할 수 있도록 이끈다. 매개자는 초점화 대상에 대해 어떠한 생각을 갖고 있느냐, 그리고 초점화자의 생각과 매개자의 생각이 일치하느냐 혹은 상반되느냐에 따라 긍정적 매개자와 부정적 매개자로 나뉜다.

먼저, 초점화자의 기대나 희망이 매개자에 의해 좌절되면서 초점화자가 초점화 대상에 대해 갖고 있던 기존의 생각이 수정되는 경우, 매개자는 부정적인 인물로 제시된다. 이는 주로 『언어사회학서설』 연작에서 찾아볼 수 있다. 이들 작품에는 처음부터 어떠한 해답이 명확히 제시되지 않는다. 초점화 대상과 관련하여 일반적으로 가질 수 있는 논리를 먼저 제시한 후, 그 논리와 상반되는 논리를 제시함으로써 논리의 오류를 입증하는 변증법적 방식으로 논리를 이끌어나간다. 이 과정에서 매개자는 초점화자와 상반된 견해를 보여준다.

이를 구체적으로 살펴보면 다음과 같다. 먼저 『언어사회학서설』 연작의 첫 번째 작품에 해당하는 「떠도는 말들」의 경우이다. '지욱'은 기다림의 정체를 알지 못하는 상태에서 어떤 것에 대한 기다림과 초조감을 느낀다. 기다림 때문에 착각이나 호기심, 의심, 망설임, 예감 등이 생겨나고, 그 과정에서 무엇을 기다리고 있는지가 보다 분명해진다.

> (i) 그새 내가 또 누굴 기다리고 있었군. (중략) 다만 그는 이 며칠 동안 그렇게 자신도 잘 알 수 없는 어떤 것을 계속해서 기다리며 초조해하고 있었다는 사실만이 분명하게 의식될 뿐이었다.
>
> 착각을 일으킬 수도 있을 테지.[18]
>
> (ii) 의심이나 망설임, 그리고 궁색한 사변과 오만스런 무관심은 이런 경우 아무 도움도 될 수 없었다. 그것들은 사태를 오히려 더 혼란스럽고 난처하게 만들 뿐이었다. 그리고 끝내는 자기 자신의 은밀스런 충동과 호기심을 이겨내지도 못한다.[19]
>
> (iii) 내가 너무 빨랐나? 어쩌면 또 너무 늦었을지도 모르지. 그러나 지욱은 예감이 별로 좋지 않았다. 아니 그런 예감은 사실 집을 나설 때부터도 이미 마음 한 구석에 깊이 도사리고 있던 것이었다.
>
> 수화기를 아주 내려 버릴 수는 없었다. 그는 아직도 기다리고 있었다. 그리고 그럴수록 기다림은 오히려 커져 가고 있었다…….[20]

처음에 지욱은 뭔가를 '기다리며 초조해'하다가 환청을 듣는다. 낯선 여자에게 전화가 걸려와 '의심과 궁금증, 은밀스런 충동과 호기심'을 이겨내지 못하고 여자와 약속한 장소로 나가지만 허탕을 치고 돌아온다. 집에 돌아와서는 피문오의 자서전이 써지지 않아 '괴로워'하다가, 여자의 전화 내용에 대한 '좋지 않은 예감'을 확인하게 된다. 그리고 자서전을 '뜯어 구긴'다.

이러한 지욱의 심리 변화에 관여하는 것은 전화 오접 사건과 자서전 대필 일이다. 이와 관련하여 매개자로 낯선 여자가 등장한다. 오접 전화 사건의 아가씨의 발화를 통해 지욱은 피문오의 자서전 대필이 잘 되어

18) 「떠도는 말들」, 앞의 책, pp.11~12.
19) 위의 책, p.22.
20) 위의 책, p.25.

가지 않는 까닭을 짐작하고 자서전의 의미를 다시 되새기게 된다. 여기에서 아가씨는 부정적 매개자로 제시되고 있다.

> 물론 그것은 피문오씨 자신의 생활 경험이나 생의 궤적하고는 깊이 상관이 되지 않는 작업이었다. 그럴 필요도 없었다. 윤 선생께서 적당히 알아서 아…… 거 윤 선생께선 다 잘 아시지 않아요―피문오씨가 솔직하게 웃으면서 주문했듯이 모든 것이 일방적으로 지욱의 머릿속에서 창작되고 그의 손끝에서 다시 꾸며져 나가고 있었다. 코미디언 피문오씨의 반생은 오로지 지욱에 의해 그 운명이 다시 엮어져 나가고 있는 중이었다. 그런데 그 일이 요즘은 통 진척이 없었다.[21]

지욱은 피문오의 자서전을 집필하고 있다. 그런데 피문오의 반생을 꾸며나가야 하는 자서전 대필일이 잘 진척되지 않는다. 왜 그런 것인지에 대한 지욱의 자각은 아직 이루어져 있지 않다. 이러한 상황은 오접 전화의 아가씨 사건으로 인해 변화의 계기를 맞는다.

> 「아이 좋아라. 그러실 줄 알았어요. 선생님은 정말 제가 생각했던 대로 좋은 분이세요. 대신 요담엔 제가 선생님을 제 차에다 모시고 드라이브를 시켜 드릴께요. 제겐 조그맣고 예쁜 차가 하나 있거든요. 색깔은 빨강이에요. 지난 봄 아빠가 제 생일 선물로 사 주신 거예요. 이담엔 차를 가지고 나갈께요. 오늘도 운전수 녀석이 차고 열쇠를 채우지 않았더라면 제 운전 솜씨를 자랑할 겸 차를 가지고 나가는 건데 그랬어요. 마음이 조급한 탓도 있었지만, 그랬더라면 이런 일은 없었을 텐데 말씀예요.」
>
> 지욱의 얼굴엔 비로소 엷은 미소가 떠올랐다.
>
> 이 아가씬 정말 자기의 말을 즐기고 있는 중이로군. 하긴 그렇지. 이 아가씨에게도 이미 자기의 자서전이 마련되어 있을 테니까.
>
> 그는 문득 자서전의 의미가 되새겨졌다. 유령들이 온통 제 세상을 만

---

21) 위의 책, pp.16~17.

> 난 듯 깃들기 쉬운 곳. 그 유령들의 소굴. 자서전. 하지만 이건 너무 고급이야. 자기의 자서전 속에서 이 아가씬 너무 화려한 공주가 되고 있어. 자서전을 너무 고급으로 쓰고 있거든.[22]

오접 전화 사건에서 아가씨의 발화가 제시되고 있다. 아가씨는 자신이 처해 있는 상황이나 사건의 사실을 전달하는 것이 아니라 아가씨가 바라온 혹은 꿈꾸는 상황을 꾸며내어 전달하고 있다. 곧 아가씨의 발화는 지욱이 꾸며내어 쓰고 있는 자서전과 동급의 이야기를 담고 있는 것이다. 지욱은 아가씨의 발화를 통해서 자서전의 의미를 반성적으로 되새기게 된다. 이를 통해 자서전의 부정적인 측면이 드러난다.

> 그렇지, 역시 유령이었어. 정처 없고 허망한 말들의 유령. 바야흐로 복수를 꿈꾸기 시작한 말들의 유령. 하지만 아아 살아있는 말들은 그럼 이제 다신 어디서도 만날 수가 없단 말인가. 이제는 더 이상 기다려 볼 수도 없단 말인가.
>
> 손으로는 무심결인 듯 쓰다 만 채 책상 위에 펼쳐져 있는 피문오씨의 자서전 원고지를 한 장 한 장 뜯어 구기고 있었다.[23]

지욱은 고급 자서전을 말로 전달하고 있는 아가씨의 발화를 통해 자서전의 부정적 측면을 깨닫고, 결국 피문오의 자서전 대필을 중단하게 된다. 이처럼 지욱은 막연하게 자서전이 잘 쓰이지 않는다고 생각하고 있는데, 이러한 상황에서 전화 오접 사건으로 통화하게 된 아가씨의 발화를 들으면서 자서전이 잘 쓰이지 않는 까닭을 짐작하게 되는 것이다. 이를 통해 말의 현실적 변이형이라 할 수 있는 '자서전'에 대한 비판적 인식이 마련된다.

---

22) 위의 책, pp.30~31.

23) 위의 책, p.42.

피문오에 대한 자서전에는 피문오의 삶이 담겨 있는 것이 아니라 지욱에 의해 '창작'되고 지욱의 머릿속에서 '꾸며진' 이야기가 담겨져 있다. 이러한 점에 대해서 지욱은 비판적 자각이 이루어져 있지 않다. 오접 전화를 계기로 만나게 된 아가씨는 그러한 지욱과 마찬가지로 통화의 상대방에게 그녀가 '창작'하고 '꾸며낸' 상황을 마치 사실인 것처럼 전달함으로써 그 이야기를 듣는 사람에게 혼란을 초래하고 있다. 그녀의 이야기를 믿고 그녀를 만나기 위해 나섰던 지욱은 두 번의 경험을 통해 그녀의 이야기가 사실이 아니라는 것을 확인한 결과 그녀의 발화 내용이 '고급 자서전'이라는 것을 깨닫는다. 오접 전화를 통해 들은 내용과 지욱이 쓰고 있는 자서전의 내용은 '창작'되고 '꾸며진' 거짓 이야기에 불과하며 그 꾸며진 이야기를 통해서는 '진정한' 피문오나 아가씨를 결코 만날 수 없는 것이다.

「자서전들 쓰십시다」에서는 자서전을 대필하게 될 인물에 대한 기대감을 갖고 있는 '지욱'이 제시된다.

> (i) 최상윤 선생(충청북도 어느 산간 벽지에서 10만 평의 황무지 야산을 개간. 젖과 꿀물이 흐르는 옥토로 일궈냈다는 그 의지의 사나이 말이다)에게나 <u>기대</u>를 걸어보는 수밖에 없다고 생각했다.[24]
>
> (ii) 말하지 않는 산과 들판과 하늘이 오히려 지욱으로 하여금 최상윤 선생에 대한 <u>벅찬 기대감</u>에 부풀게 했다.[25]
>
> (iii) 결국 최상윤 선생의 신념에 대한 지욱의 두려움은 지욱으로 하여금 선생의 회고록 대필 일을 무척이나 <u>망설이게</u> 하지 않을 수 없었다.[26]
>
> (iv) 그가 살아온 30년의 세월이, 그 30년 동안 몸담고 숨쉬어 온 세상 전체가 온통 한꺼번에 무너져나가 버린 듯한 허허한 <u>낭패감</u>이 가슴 가

24) 「자서전들 쓰십시다」, 위의 책, p.66.
25) 위의 책, p.76.
26) 위의 책, p.88.

> 득히 괴어 오르고 있었다.[27]

피문오에 대한 실망을 겪고 최상윤에게 기대를 걸게 되지만, 최상윤을 직접 만나서 그의 삶을 파악한 뒤에는 두려움과 망설임에 휩싸이게 된다. 그리고 대필 일에 대한 낭패감을 느끼게 된다.

「자서전들 쓰십시다」에서는 부정적 매개자로 피문오와 최상윤이 등장한다. 지욱이 자서전을 대필하기 위해 만나게 된 두 인물은 전혀 상반된 성격의 인물이다. 피문오는 당대의 유명한 코미디언으로 자신의 삶과는 전혀 상관없는 '창작'에 의해 '꾸며진' 자서전을 원하고, 최상윤은 존경받는 사회 지도자로서 자신의 삶과 생각을 보여주며 그것에 기반하여 자서전을 완성해주기를 원한다. 피문오는 그러한 자서전 대필을 지욱이 거절하자 협박과 완력으로 자서전 대필을 맡기고자 하고, 최상윤은 자신이 직접 자서전을 쓰지 않고 대필을 맡기는 것에 부끄러움을 느낀다. 이처럼 상반된 두 자서전의 주인공을 만나면서 지욱은 애초 갖고 있었던 자서전 대필에 대한 생각과 자서전의 의미에 대한 생각을 수정하게 된다.

> 지욱은 초조했다. 그럭저럭 사오 년 가까이나 지탱해 온 호구지책이 속절없이 무너져 나가는 판이었다. 오접 통화극으로 인한 그 혹심한 자기 모멸감에도 불구하고 뭉기적뭉기적 며칠이 못 가 다시 원고지 앞으로 이끌려가 앉아야 했을 만큼 지겨운 요즘의 생활이었다.
> 하지만 지욱은 이제 단념을 하지 않을 수 없었다. 피문오씨를 단념하고 나서 마지막으로 한 번 더 최상윤 선생(충청북도 어느 산간벽지에서 10만 평의 황무지 야산을 개간. 젖과 꿀물이 흐르는 옥토로 일구어 냈다는 그 의지의 사나이 말이다)에게나 기대를 걸어 보는 수밖에 없다고 생각했다. 최상윤 선생—그 자기의 땅에서 자기 손으로 가꿔 얻은 감자

27) 위의 책, p.104.

만을 먹고 산다는 고집스런 사내에게서라면 그의 회고록의 대필자로서 나마 어떤 구체적인 인간사의 알맹이를 체험할 수 있을 것 같았다. 피문오씨의 경우에서처럼 공허한 말의 유희에는 심신을 덜 시달려도 될 것 같았다. 적어도 그 최상윤 선생에게만은 그에게 봉사시킬 말과, 그 말들을 거짓없이 부릴 수 있는 소박하고도 떳떳한 삶의 실체가 여물어 가고 있을 것 같았다.[28]

지욱은 자서전 대필에 대한 나름의 직업윤리를 갖고 있으면서 오로지 자신의 머릿속에서 창작되고 꾸며져 나오게 될 피문오의 자서전 대필을 단호하게 거절한다. 그리고 최상윤의 자서전 대필에 대한 기대감을 갖는다(i). 지욱이 생각하고 있는 자서전 대필의 직업윤리는 자서전의 내용이 자서전을 갖고자 하는 인물의 삶과 관련되어 있는가의 문제로 제시되고 있다. 이러한 지욱의 생각은 확고한 신념과 아집에 찬 최상윤(ii)을 만나면서 수정된다.

「사람이 편한 버릇을 들이기로만 한다면 끝이 없으리다. 바람직스럽지 않은 버릇은 처음부터 뿌리를 잘라 버려야 하오. 시작이 늘 중요하니까. 시작이 좋고 나면 나중 버릇도 좋아져요. 자 날 좀 보아요. 어쨌거나 난 이런 식으로 먹고 이런 식으로 입고 이런 식으로만 살아왔어요. 그리고 그렇게 하면서 크나 작으나 내 일과 나 자신의 삶을 여기까지 이끌어 왔고 또 이룩해 왔어요. 세상이 이 모든 것을 한낱 쓸데없는 허접쓰레기로 내팽개쳐 버릴 수가 없는 것이라면 이런 늙은이의 방법에도 그 나름의 뜻을 지닐 수가 있었을 게 아니겠소?」[29]

최상윤의 경화된 의식에 대한 두려움과 인간의 욕망까지 근멸시킨 가식에 대한 혐오감으로 인해 지욱은 좌절한다. 자신의 신념을 통해 미

28) 위의 책, p.66.
29) 위의 책, p.84.

래를 지배하고자 하는 최상윤의 삶은 '미래를 위한 헌상'이 될 수 없다는 점에서 지욱이 생각하는 자서전의 본뜻과 맞지 않는다.

(i) 「사람들한테 내 밑구멍 구경시켜서 히히덕거리게 하고 싶어서도 아니고, 선생 속편한 밥벌잇감이나 마련해주자고 시작한 일도 아니었단 말이외다. 나 살자고 하는 일이야. 구질구질하고 음산스런 옛날 기억들일랑은 당신 말마따나 두꺼운 도배질로 싹 가려 덮어 버리고 나도 이젠 그 책 덕분에 남들처럼 목에 힘도 좀 주고 내 나름대로 뜻도 좀 펴 가면서 세상을 살아 보고 싶어 시작한 일이었다니깐. 그게 내 동상이면 어떻고 기념탑이라면 어떻다는 게요? 그 동상 덕분에 남들처럼 좀 편히 밥벌어 먹고 싶다는데 선생이 왜 배가 아파?」[30)]

(ii) 「지성인이라는 게 뭐야. 피문오 너 때문이다, 보기 싫어 이 일 못 맡겠다는 소리 한 마디 못한 당신처럼, 이 무식한 녀석아 하고 시원스런 욕 한 마디 못 하고, 이야기가 당신 이해력 밖이니 어쩌니 하고 어물대놓고 혼자 좋아하는 당신처럼 하고 싶은 말을 요리조리 둘러대고, 그나마 또 상대방에게 본심을 들켜 화라도 낼까 싶어 점잖은 척 교활한 겸손을 떨어 보이고…… 그래 놓곤 상대방이야 말뜻을 알아들었거나 말았거나 저 할 짓은 다 했노라 저 혼자 속이 후련해서 히죽거리는 인간들, 나 같은 놈한테까지 이런 봉변을 당하고도 말 한 마디 못하고 침묵이 무슨 미덕이나 되는 척 치사스럽고 비열한 자기 합리화나 일삼는 알량한 인간들이 그 지성인이라는 인간들 아닌가 말야.」[31)]

지욱은 피문오의 자서전 대필을 거절한 일로 피문오로부터 협박과 '간지' 등을 통해 수모를 당한다. 피문오는 지욱이 보낸 자서전 대필 거절 편지의 내용을 거론하면서 지성인에 대한 비판을 가하고 있다. 이를 통해 지욱이 자서전 대필 작가로서 직업윤리와 양심을 고백하였던 편지의 내용은 지성인의 '교활한 겸손'을 가장한 '치사스럽고 비열한 자

30) 위의 책, p.97.
31) 위의 책, pp.94~95.

기 합리화'에 지나지 않는 것으로 비판된다.

> 그가 살아온 30년의 세월이, 그 30년 동안 몸담고 숨쉬어 온 세상 전체가 온통 한꺼번에 무너져나가 버린 듯한 허허한 낭패감이 가슴 가득히 괴어 오르고 있었다. (중략) 그것은 차라리 지욱의 육신과 의식 전체를 어떤 철저한 무감각 상태로 마비시켜 가고 있는 식이었다. (중략) 그는 생각하고 따지기가 싫었다. 생각을 할 수도 따질 수도 없었다. 무엇이나 하게 되면 하고 안 하게 되면 안 하게 되는 식으로 지금으로선 그 피문오씨의 자서전 일에 대해서마저도 그렇게 되어져 버릴 수가 있을 것 같았다. 지욱은 그런 식으로 텅 빈 무감각 상태에서, 그러나 다만 골목 바깥 어디에선가 끊임없이 그의 귀를 울려 오고 있는 듯한 가련스런 자기 환청에 언제까지나 넋을 빼앗기고 앉아 있었다.
> —자서전들 쓰십시다아, 자서전이요, 자서전, 자서전드을 써요…….[32]

이후 지욱은 피문오뿐만 아니라 최상윤의 자서전도 쓰지 않겠다고 마음을 먹지만, 자서전 대필 일에 대한 피문오의 폭력적이고 음흉한 술수 앞에 지욱은 육신과 의식 전체가 마비되는 무력한 상태에 놓이게 된다.

결과적으로 피문오는 자신의 삶의 내력을 정직하게 담아내지 않고 지욱을 통해 거짓 자서전을 쓰고자 한다는 점, 그리고 지욱에게 정신적, 육체적 측면에서 폭력을 행사함으로써 그러한 자신의 의지를 관철시키고자 한다는 점, 최상윤은 자신의 삶의 내력과 신념을 보여주고 그것을 자서전에 담아내고 싶어하지만 그러한 자서전은 만인의 미래를 지배하려는 위험한 정신적 굴레가 될 수 있다는 점에서 피문오나 최상윤 모두 진정한 자서전의 주인공이 되기 어렵다는 것을 보여준다.

「지배와 해방」에서는 강연회장이나 세미나 등과 같은 말의 잔치가 벌어지는 곳을 찾아다니는 '지욱'이 제시된다. 사람들이 말에 대한 책

---

32) 위의 책, pp.104~105.

임이나 약속을 지키도록 하기 위해서 그 말을 녹음하고 다시 들음으로써 들은 자로서의 소임을 다하고자 하는 것이다.

> (i) 지욱은 비로소 한 줄기 가느다란 희망을 느끼기 시작했다. (중략) 지욱은 하룻밤을 기다리면서 공연히 혼자 초초하게 가슴을 두근거리고 있었다. 제풀에 미리 심신이 흥분되어 밤잠조차 제대로 이룰 수가 없었다.[33)]
>
> (ii) 누운 채로 졸린 듯 녹음기 소리에 잠잠히 귀를 기울이고 있던 지욱은 거기서 마침내 자리를 벌떡 일어나 앉았다. 새 담배에 다시 불을 붙여 물고 있는 지욱의 표정은 상당히 긴장을 하고 있었다.[34)]
>
> (iii) 그리고 공연히 혼자 마음이 조급해져서 허겁지겁 강연장을 빠져 나오고 말았던 것이다.[35)]
>
> (iv) 지욱의 얼굴에 비로소 조금 안도의 빛이 떠돌기 시작한 것은 그런 일련의 작업을 끝내고 나서 그가 모아들인 수많은 말들이 감금되어 있는 서랍의 자물쇠를 굳게 다시 잠그고 난 다음이었다.[36)]

지욱은 처음 강연회에 대한 희망과 기대를 갖고 있으며, 강연의 내용에 빠져들어 점차 긴장을 하게 된다. 강연이 끝나고 나서는 조급함을 느끼고, 녹음 내용을 확인한 뒤 그 말들을 다시 감금시키고 나서야 안도감을 느끼게 된다.

「지배와 해방」에서는 매개자로서 이정훈이 등장한다. 이정훈은 긍정적 매개자로 제시되고 있는데, 자서전 대필과 관련하여 굴욕스러운 사건을 경험한 지욱에게 글을 쓰는 일에 대한 기대와 희망을 갖게 하고 있다.

---

33) 「지배와 해방」, 위의 책, p.109.
34) 위의 책, pp.119~120.
35) 위의 책, p.134.
36) 위의 책. p.134.

작가는 세계를 지배하려는 개인의 욕망에서 글을 쓰기 시작했으되, 그는 그 개인의 삶의 욕망과 독자와의 창조적인 화해 관계에 놓일 수 있는 지배 방식을 통해 그 독자에 대한 작가로서의 책임을 수행해 나가야 하는데, 그들은 원래가 이율 배반의 관계처럼 보일 수 있다—그러나 작가는 독자의 삶을 현실적으로 지배하려 하지는 않는다는 점, 그리고 그가 그의 독자를 지배해 나가는 이념의 수단은 우리의 삶의 진실에 가장 크게 관계된 자유의 질서라는 점에서 양자의 갈등은 해소되어질 수가 있는 것이다…….[37)]

이정훈의 강연 내용은, 작가의 개인적 욕망과 작가로서의 책임을 함께 이루어나갈 수 있는 방식은 자유의 질서에 의한 지배에 있다는 것으로 요약된다. 곧 명분이나 지배욕에만 휘둘려 글을 쓰는 경우 독자의 삶을 현실적으로 지배하는 것이 되고, 이는 결국 글이 지배를 위한 수단으로 전락한다는 것을 의미하게 된다. 곧 작가와 독자, 작가의 개인적 욕망과 책임의 이율배반적인 관계에 의한 갈등을 화해 관계로 이루어내고자 하는 것이 이정훈이라는 작가의 글을 쓰는 동기와 목적인 것이다.

(i) 작가가 왜 글을 쓰는가. 그것은 아마 지욱 자신이 지금까지 낙망하고 고심해 온 말에 대한 믿음의 문제를 작가의 입장에서 스스로 해명케 해 보려는 의도임이 분명했다. 작가와 작품과의 관계는 일상인과 일상인의 말과의 약속이나 책임 관계에 다름아닐 터이었다. 그것은 이를테면 작가가 자신의 말에 대한 약속과 책임을 밝혀 보이려는 것에 다름이 아니었다. 작가들에게도 이미 그것이 심상찮은 문제거리가 되고 있다는 조짐이었다. 지욱으로서 더욱 반가운 일은 지욱 그 자신은 이미 자기의 말에 대한 믿음을 체념한 채 고작해야 그것을 녹음 테이프 속에 감금해 들이는 것으로 만족을 할 수밖에 없었음에 반하여, 전문으로 글을 쓰는 작가라는 사람들은 아직도 그 말에 대한 믿음을 지니고 있거나, 적어도 아직은 그 믿음을 되찾을 수 있다는 희망을 버리

---

37) 위의 책, p.131.

지 않고 있음이 분명해 보인다는 점이었다.[38]

(ii) 그는 테이프에 남아 있는 이야기의 내용을 알고 있었기 때문이었다. 테이프의 길이는 그리 많이 남아 있지 않았지만 작가가 전제를 단 것처럼, 그리고 그가 불안스러워했던 바와는 달리, 남아 있는 작가의 말이 더욱더 그를 완벽하게 굴복시키고 말았기 때문이었다. 그는 이제 그 유리창 가에 조용히 발길을 머물고 서서 작가의 남은 이야기를 차근차근 마저 확인해 나가기 시작했다.[39]

인용문 (i)은 강연회의 주제와 관련하여 지욱이 기대와 희망을 품게 되었음을 보여주고 있고, (ii)는 이정훈의 강연을 다시 듣고 있는 지욱의 심리 상태를 보여주고 있다.

지욱은 이와 같은 정훈의 강연 내용으로 처음에 가졌던 기대와 희망을 충족시키고, 정훈의 말에 완전히 굴복하게 된다. 정훈이 강연 내용으로 들려주고 있는 '작가는 왜 쓰는가'에 대한 논리와 설명은 지욱이 기다려왔던 작가에 대한 기대와 희망을 충분히 충족시켜주고 있다고 할 수 있다. 그 결과 이정훈의 작가와 독자의 관계에 대한 생각은 지욱의 말에 대한 생각을 보충하고 보강하는 역할을 담당하게 된다.

「몽압발성」에서는 말에 대한 믿음을 되찾고자 모인 조율사들의 모임에 찾아간 '지욱'이 제시된다.

(i) 소설을 쓰는 동기와 목적에 관한 이정훈의 진술은 그때 자신의 말에 대한 믿음을 되찾고자 고심하던 내게 상당한 기대와 희망을 주었다.[40]

(ii) 하지만 나의 희망과는 달리 내가 「기적」을 찾았을 때 그곳을 드나들고 있던 글장이들도 이미 말에 대한 믿음을 잃고 있었다.[41]

---

38) 위의 책, p.109.
39) 위의 책, p.129.
40) 「몽압발성」, 위의 책, p.219.

(iii) 나는 나 자신의 말에 대한 실망보다도 녀석들의 말과 조율에 대하여 더 많은 절망을 느껴 오던 처지였다.[42)]

(iv) 나는 결국 그가 다시 「기적」으로 돌아오기를 기다리는 것이 아니라, 그가 돌아올지도 모른다는 두려움 때문에 거꾸로 그를 기다린 셈이었다. 그리고 그가 돌아오지 않는 하루하루를 안심하면서 그의 소식을 궁금해 해온 격이었다.[43)]

(v) 기적의 침묵은 나를 점점 초조하게 만들었다.[44)]

(vi) 하지만 나는 아직도 「기적」에 대한 미련을 버릴 수가 없었다. 「기적」으로 전해져 오는 소문들 때문이었다.[45)]

(vii) 한욱에게도 이미 희망이 없었다. 나는 더 이상 할말이 없었다.[46)]

말로 우화를 짓던 조율사들 사이에서 폭력 사건이 일어나자 지욱은 실망과 절망감을 느끼게 되고, 바깥의 소문을 확인하러 나간 조율실 사람들이 돌아오는 것을 두려워하는 한편으로 궁금함을 느낀다. 조율실의 침묵으로 인해 초초함을 느끼고, 한편으로 기대를 갖기도 하는데, 사실과 소문조차 구별되지 않는 한욱의 이야기를 들으면서 그 희망마저도 버리게 된다.

「몽압발성」에서는 부정적 매개자로 조율사들이 등장한다. 이들은 모두 말의 순결을 되찾기 위해 모인 사람들로, 현재는 이들 모두 말에 대한 믿음을 잃어버린 채 글쓰기를 그만 둔 상황이다. 조율실에 바깥의 소문이 들어오기 시작하면서 조율실의 사람들은 안장로 부흥회에 대한 소문을 두고 희망파와 체념파로 나뉘어 소문을 전달한다. 백경태는 체

41) 위의 책, p.220.
42) 위의 책, p.225.
43) 위의 책, p.225.
44) 위의 책, p.226.
45) 위의 책, p.226.
46) 위의 책, p.241.

념파로서 안장로의 이적에 대한 소문을 믿지 않는 입장을 보여준다. 그리고 백경태가 조율사들의 조율 행위를 치질의 고통에 빗대는 우화를 이야기한 일로 인하여 강한욱에게 폭력을 당하는 사건이 벌어진다. 그 사건 이후 하나 둘 조율실에서 사라지지만, 그들은 다시 조율실로 돌아와 부흥회 소문을 전달한다. 강한욱은 안장로 부흥회에 어떤 입장도 취하지 않은 인물로서, 폭력 사건 이후 조율실을 떠난 뒤 부흥회장에 가서 스스로 이적을 증거하고 안장로가 부흥회장에서 떠나가도록 일을 도모한다.

이 작품에서 매개자로 등장하는 조율사들에 대한 명명 방식이 '정훈일당'에서 '우리들'을 거쳐 '녀석들'로 변화하는데, 이를 통해 조율사들이 처음에는 긍정적 매개자였다가 점차 부정적 매개자로 변모되고 있는 것을 파악할 수 있다.

> (i) 하지만 나의 희망과는 달리 내가 「기적」을 찾았을 때 그곳을 드나들고 있던 글장이들도 이미 말에 대한 믿음을 잃고 있었다.
>
> 정훈들은 이미 소설이고 시고 글들을 전혀 쓰지 못하고 있었다. 말들은 이미 실체와의 약속 단계에서 벗어나 제멋대로 세상을 떠돌고 있어 소설이고 시고 사람이 시도하는 어떤 통일적인 구조 속에 놓여질 수가 없기 때문이랬다. 존재의 집을 떠나 버린 말들은 그 말들이 지금까지 겪어 온 혹사와 학대와 배반으로 하여 이젠 거꾸로 그 자신들의 독자적인 기능으로 배신의 복수극을 시작했다 하였다. 거기서는 이제 말도 글도 사람의 것이 아니라 하였다. 글은 이미 쓸 수도 없거니와, 만약 무엇을 써낸다 하여도 그 자체가 인간에 대한 또 하나 복수극의 시나리오가 될 뿐이라 하였다.[47]
>
> (ii-1) 체념파들은 걸핏하면 이야기를 무지르고 나서며 희망파들의 비위를 건드렸다. 그리고는 즉석에서 엄청나게 과장된 헛소문을 만들어 희망파들을 골려대곤 하였다. 체념파들의 그런 작태는 이를테면 사실

47) 위의 책, p.220.

이나 현장과 상관이 없는(그래서 말 자체의 순수한 정조를 지켜올 수 있었던) 조율실 안에서조차 그런 헛소문이 활개를 치고 있는데 대한 자조적인 불신감의 극치를 보여주고 있는 격이었다.[48)]

(ii-2) 말장이들(글을 쓰지 못하니까 말장이랄밖에) 사이에서의 폭력의 거래는 자신들의 말에 대해서조차 절망을 하고 만 극한적인 불신의 표시였다. 강한욱은 이제 그의 말에 대한 믿음을 공공연히 팽개쳐버리고 나선 셈이었다. 완력은 그 자신의 말에 대한 완전한 절망의 선언이었다.

그것은 다만 강한욱 한 사람만의 배신이 아니었다. 사실을 말하자면 강한욱의 그 발작을 보았을 때 우리는 누구나 올 것이 드디어 오고 말았다는 절망적인 느낌을 맛보고 있었다. 그리고 각자 그 한욱과 함께 자기 말에 대한 믿음의 종말을 보고 있었다.[49)]

(iii-1) 참으로 알 수 없는 일이었다. 「기적」으로 돌아온 녀석들은 한결같이 모두 부흥회장엘 다녀왔노라 말하고 있었다. 그러나 녀석들이 말하는 부흥회의 규모나 이적의 내용은 하나같이 모두 제멋대로였다. 부흥회장을 다녀온 사람이 늘어가면 갈수록 현장 사정은 혼란만 더해 갔다. 한데도 녀석들은 그걸 그리 괘념하려 하지도 않았다. 녀석들은 그저 자기 말을 쉽게 늘어놓고 있을 뿐 그걸 남 앞에서 굳이 우기려드는 일이 없었다. 다른 녀석의 이야기가 자기와 달라도 그걸 허물하려들지도 않았다. 어차피 네 말은 네 말이고 내 말은 내 말일 뿐이라는 식들이었다. 부흥횔 가 보기 전과는 이야기의 내용이나 방식이 달라진 것이 아무 것도 없었다. 이야기에 통로가 생기질 않았다.

녀석들까지도 이젠 소문에 완전히 항복을 하고 만 것이었다. 아니 이제는 그 녀석들까지도 스스로가 하나의 소문거리가 되어서 소문으로 「기적」을 찾아온 것이었다.[50)]

(iii-2) 「그야 순결을 잃지 않은 정직한 말처럼 이 세상과 자신에 대한 구원의 힘이 분명한 것 없겠지. 그건 나도 아직 부인할 생각이 없어. 말을 잃는 건 구원에 대한 우리들의 능력, 아니 구원 자체를 잃는 것이 될 수도 있으니까. 하지만 이제 우리들에게 순결을 지켜 갈 정직한 말

48) 위의 책, p.212.
49) 위의 책, p.219.
50) 위의 책, pp.229~230.

이 어디 있어. 구원의 능력을 지닌 말들이 어디에 아직 남아 있느냔 말이야. 남은 것은 다만 소문뿐이지. 슬픈 일이지만 그래. 우리는 그 소문을 살아갈 수밖에 없다는 거야. 소문을 살아가면서 그 소문 속에나마 아직 조그맣게 남아 있는 어떤 진실의 씨앗을 새로운 말과 구원의 힘으로 키워 나가기 위하여 끈질긴 인내와 지혜를 가지고…… 소문의 그 파괴적인 속성과 진실을 분별하는 지혜 말이야.」[51)]

(i)은 '나'가 조율실의 일원으로 들어가기 전 이정훈과 함께 말의 순결을 잃어버리지 않기 위한 조율을 하고 있던 상황에 관한 내용을 담고 있고, (ii)는 '나'가 조율실의 일원으로 들어간 이후 조율실의 사람들이 체념파, 희망파로 나뉘어 안장로 부흥회 소문을 전달(ii-1)하는 내용과, 강한욱이 백경태에게 폭력을 행사한 사건(ii-2)을 담아내고 있다. (iii)은 '나'가 조율실에서조차 타락한 말이 횡행(iii-1)하게 되면서 강한욱을 통해 기대(iii-2)를 갖게 되는 내용을 담고 있다.

여기에서 매개자는 긍정, 부정, 긍정, 부정의 역할을 번갈아 보여주고 있다. 처음에 조율실의 '조율'은 말의 순결을 잃어버리지 않으려는 노력을 보여줌으로써 '나'로 하여금 조율실에 대한 기대를 갖게 한다. 그러나 백경태의 역겨운 내용을 담고 있는 우화를 듣고 강한욱이 폭력 '해프닝'을 벌이게 되자 그러한 기대가 무너지게 된다. 다음으로 조율실을 떠나 돌아오지 않는 강한욱에 대해 기대를 갖게 된다. 강한욱이 조율실로 돌아와 그동안의 이야기를 들려주는데, '나'는 강한욱의 말을 그저 소문으로밖에 받아들이지 못하게 된다. 결국 정직한 말을 만날 수 있을 것이라고 기대했던 강한욱마저 조율실의 다른 '녀석들'처럼 소문 속에서 헤매고 있다고 생각하게 된다.

이 과정에서 매개자에 대한 인칭은 '정훈들', '우리들', '녀석들', '우

---

51) 위의 책, p.238.

리들'로 변화한다. '정훈들'에 대한 긍정적 기대가 무너지면서, '나'를 포함한 조율사들에 대한 부정적 인식이 '우리들'로 표현된다. 다시 '강한욱'에 대한 긍정적 기대가 무너지면서 '녀석들'과 '나'와 '강한욱'으로 분리되어 있던 인칭이 다시 '우리들'이라는 인칭으로 변화하게 된다. 기대와 좌절이 반복되고 있는 가운데 순결한 말을 찾으려는 집단적 노력과, 소문이 아닌 정직한 말의 현장에서 순결한 말을 찾으려는 개인적 노력이 모두 좌절되고 만 것을 보여주고 있다.

3) 초점화자의 생각과 교감하는 긍정적 매개자와 가변적 초점화: 『남도 사람』 연작

다음, 매개자가 초점화자의 생각을 보충하는 경우, 매개자는 화자-초점화자가 긍정하는 인물이거나 혹은 초점화자의 생각과 다르지 않은 생각을 갖고 있는 인물로 제시된다. 이 긍정적 매개자는 주로 『남도 사람』 연작에서 찾아볼 수 있으며, 「지배와 해방」, 「다시 태어나는 말」에서도 등장한다. 긍정적 매개자는 '살아 있는 말'에 대한 화자-초점화자의 탐색과 연결되면서, 초점화자의 말에 대한 기대가 충족되고 있다는 것을 보여주는 역할을 담당한다.

이와 관련하여 주목할 것은 가변적 초점화[52)]가 이루어지고 있다는 점이다. 「지배와 해방」은 초점화자가 강연 내용을 듣는 청자의 위치에 고정되어 있다. 그러나 『남도 사람』 연작에서는 청자와 화자의 위치가 뒤바뀌어 매개자가 초점화자의 자리로 이동하는 상황이 빈번하게 나타난다. 그로 인해 일방적으로 논리나 정보를 전달하는 『언어사회학서설』 연작과는 달리 『남도 사람』 연작은 초점화자와 매개자의 관계에서 대

52) G. Genette, 앞의 책, p.178.

화를 통한 교감과 이해가 이루어진다는 점을 강조하고 있다. 「다시 태어나는 말」에서 긍정적 매개자가 등장하고, 공간 이동에 따라 청자와 화자에 따른 초점화자와 매개자의 역할 이동이 이루어지고 있으면서 두 연작에 해당하는 공통점을 보여주고 있다. 이를 통해 이 작품이 『언어사회학서설』 연작과 『남도 사람』 연작을 연결함을 알 수 있다.

「서편제」에서는 소릿재를 찾아가 소리와 소리꾼 부녀의 사연을 듣고자 하는 '사내'가 제시된다.

> (i) 그는 실상 읍내의 한 여인숙 주인으로부터 소릿재 이야기를 처음 들었을 때부터 이미 분명한 예감을 가지고 있었다. 그리고 뒷얘기를 더 들을 것도 없이 그 길로 곧 자신의 예감을 좇아 나선 것이었다.[53]
>
> (ii) 하지만 사내는 여인의 소리를 들으면서도 주막을 찾아올 때의 그 부푼 예감이 아직도 흡족하게 채워지질 못하고 있는 것 같은 표정이었다.[54]
>
> (iii) 자기 예감에 몰리듯 사내가 거푸 다급한 목소리로 물어대고 있었다.[55]
>
> (iv) 사내는 여인의 소리에서 또다시 그 자기의 햇덩이를 만나고 있었다. 그리고 언제나처럼 무서운 인내 속에서 그 뜨겁고 고통스런 숙명의 태양볕을 끈질기게 견뎌내고 있었다.[56]
>
> (v) 사내의 목소리는 억제할 수 없는 예감에 떨고 있었다. 그러자 여인은 처음 얼마간 겁을 먹은 듯한 표정으로 말끝을 자꾸 흐리려 하고 있었으나 이제는 사내의 기세가 그것을 용납하지 않았다.[57]
>
> (vi) 그러자 사내는 이제 그의 오랜 예감이 비로소 어떤 분명한 사실에 다다르고 있는 듯 얼굴빛이나 몸짓들이 부쩍 더 사나와지고 있었다. 사나와진 그의 얼굴 한 구석엔 내력을 알 수 없는 어떤 기분 나쁜 살기

---

53) 「서편제」, 앞의 책, p.44.
54) 위의 책, p.44.
55) 위의 책, p.45.
56) 위의 책, p.52.
57) 위의 책, p.54.

의 빛깔마저 떠오르기 시작했다.[58)]

사내는 '분명한 예감'을 갖고 있으면서 주막에 찾아든다. 사내는 주막 여인의 소리와 사연을 통해 자신의 예감을 확인하는 한편으로, 소리하는 누이가 눈이 먼 까닭에 대한 자신의 예감이 사실로 나타나면서 살기를 느끼고 그것을 견디기 어려워한다.

「서편제」에서는 긍정적 매개자로 주막집 여인이 등장한다. 주막집 여인은 '사내'에게 소리꾼 부녀의 이야기를 전달해 줌으로써 '사내'가 예감하고 궁금해하는 내용을 보충해주는 역할을 담당한다. 그리고 '사내'가 간직하고 있는 옛 기억 속의 동일한 정서를 떠올리고 경험하게 한다.

주막집 여인은 대화에 의한 문답 형식으로 정보를 보충해준다. 전반부에는 사내가 묻고, 여인이 답하는 관계를 보여주다가, 후반부에는 여인이 묻고 사내가 답하는 관계로 변화된다. 이 과정에서 가변적 초점화가 이루어진다. 사내는 어떤 예감을 갖고 주막에 찾아드는데, 주막의 주인 여자는 사내의 예감에 걸맞은 소리와 소리꾼 부녀의 이야기를 전달한다. 이때는 사내가 초점화자이고, 여인이 매개자로 제시된다. 주인 여자는 점차 사내의 흉중을 꿰뚫어보며 사내에게 질문을 던지는데, 이때는 여인이 초점화자이고 사내가 매개자로 변화한다. 이를 통해 사내의 예감과 여인의 이해가 교호 작용하고 있다는 것을 보여준다.

주막집 여인은 '사내'에게 소리꾼 부녀의 사연을 전달해준다.

「행동거지로만 본다면야 말도 없고 원망도 없었으니 용서를 한 것 같아 보였지요. 더구나 소리를 좀 안다 하는 사람들까지도 그걸 외려 당연하고 장한 일처럼 여기고들 있었으니께요.」

「그 목청을 다스리기 위해 눈을 멀게 했을 거라는 얘기말인가?」

---

58) 위의 책, p.55.

「목청도 목청이지만, 좋은 소리를 가꾸자면 소리를 지니는 사람 가슴에다 말못할 한을 심어 줘야 한다던가요?」[59)]

주막집 여인은 늙은 아비가 딸에게 청강수를 찍어 발라 눈을 멀게 했다는 사연을 들려주면서 소리와 한의 관계를 이야기한다. 딸은 아비가 한 일을 두고 '원한'을 품을 수도 있으나, 아비를 용서하고 그 한을 '소리를 위한 한'으로 쌓아간 것이다.

그러면서 주막집 여인은 '한의 소리'가 늙은 사내에게서 그의 딸에게로, 다시 자신에게로 연결되면서 여전히 마을 사람들의 공감을 불러일으킨다고 말한다.

한데 희한스런 일은 그 아비의 주검이 묻히고 나서도 계속 주막에서 들려 나오고 있는 그 여인의 소리에 대한 아랫마을 사람들의 말투였다. 아비가 죽고 나선 그의 딸이 소리를 대신했고, 그 딸이 자취를 감추고 나선 여인이 다시 그것을 이어가고 있었으나, 아랫마을 사람들은 언제나 그 소리를 옛날에 죽은 그 늙은 사내의 그것으로만 말하고 있었다는 것이었다. 묘지에 묻힌 소리의 넋이 그의 딸과 여인에게 그것을 이어가게 하고 있다는 것이었다. 그의 딸이 하거나 여인이 대신하거나 사람들은 언제나 그것을 죽은 사내의 소리로만 들으려 했고, 그렇게 말하기를 좋아해 왔다는 것이었다.

「그래 사람들은 그 어른의 무덤을 소리무덤이라고들 한답니다. 소릿재니 소릿재 주막이니 하는 소리도 거기서 나온 말이고요. 전 말하자면 그 소리무덤의 묘지기나 다름이 없는 인간이지요. 하지만 전 그걸 원망하거나 이 곳을 떠나고 싶은 생각은 없답니다. 이래뵈도 지금은 제가 그 노인네의 소리를 받고 있는 턱이니께요. 언젠가는 한번쯤 당신의 핏줄이 이 곳을 다시 스쳐갈 날을 기다리면서 이렇게 당신의 소리덕으로 끼니를 빌어먹고 살아 가는 것도 저한테는 이만저만한 은혜가 아니거든요.」[60)]

59) 위의 책, p.60.

'한의 소리'는 남도에서는 여전히 삶과 죽음의 경계를 넘어 이어져오고 있다. '원한'과 '살기'를 '소리의 한'으로 승화시킨 늙은 사내와 딸에 대한 기억을 잊지 않고 그 기억에 내재한 정서를 공유하면서 마을 사람들은 살아가고 있는 것이다.

「소리의 빛」에서는 주막을 찾아온 오라비를 만나 소리와 사연을 함께 나누는 '여인'이 제시된다.

> (i) 두 번째 주문이 되풀이되었을 때 여인의 노기는 어떤 깊은 체념 속에서 서서히 스러져 들어가고 있었다. 그리고 그 보이지 않는 술손으로 하여 어떤 알 수 없는 예감에라도 사로잡히기 시작한 듯 이상스럽게 망연스런 얼굴로 술손 쪽을 멀거니 건너다보고 있었다.61)
>
> (ii) 그것은 차라리 그녀가 가끔 술청마루 끝 볕발 속으로 나와 앉아 보이지 않는 눈길 속에서 끊임없이 무엇인가를 기다리고 있는 듯하던 그 모습 그대로였다. 사내의 이야기가 끝날 때쯤 해서는 오히려 그녀의 그 보이지 않는 눈길 속을 맴돌고 있던 어렴풋한 예감의 빛마저도 말끔히 흔적이 가시고 없었다.62)
>
> (iii) 여인의 찌부러든 두 눈에서 소리없이 물기가 맺혀 흐르고 있었다.63)

처음에는 손의 주문에 희롱과 노기를 느끼던 여인은 체념하고 점차 어떤 예감에 사로잡히게 된다. 손과 함께 소리에 장단을 맞추면서 손이 자신의 오라비라는 예감을 사실로 확인하고, 손을 떠나보낸 뒤 눈물을 흘리면서 주막을 떠나겠다는 다짐을 하게 된다.

「서편제」를 통해 드러난 소리의 역할, 즉 동일한 정서의 환기는 「소

60) 위의 책, p.48.
61) 「소리의 빛」, 『서편제』, 앞의 책, p.35.
62) 위의 책, p.45.
63) 위의 책, p.53.

리의 빛」에서도 그대로 드러나고 있다. 이 작품에서는 「서편제」에 드러난 초점화자(창자)와 매개자(청자)의 역할이 뒤바뀌어 있어 창자가 소리를 듣는 청자의 정서를 짐작할 수 있도록 한다.

「소리의 빛」에서는 전반부에 눈 먼 여인과 술손(사내)이 초점화자와 매개자의 관계를 맺는다. 그리고 술손이 떠나간 뒤 후반부에는 눈 먼 여인과 천씨가 초점화자와 매개자의 관계를 맺으며, 마지막 부분에 이르면 천씨가 초점화자, 눈 먼 여인이 매개자의 관계를 맺는 것으로 변화한다. 매개자가 사내인 경우에는 초점화자가 잘 알지 못하는 내용과 관련하여 기억을 보충해주는 역할을 담당한다. 눈 먼 여인(사내의 누이)은 어려서 기억하지 못하는 이야기를 사내로부터 듣는다. 매개자가 천씨인 경우에는 눈 먼 여인과 술손의 관계를 추적하는 내용을 담고 있다. 이 과정에서 소리꾼 부녀의 사연과 내력이 눈 먼 여인의 회상 형식으로 제시된다.

> 「하니까 그 다음 이야기는 이제 말을 하지 않아도 대개 짐작이 가겠네마는, 어쨌거나 나는 그런저런 내력으로 이 나이 사십이 넘어서도 그 누추한 어릴 적 기억을 버리지 못해 이런 청승맞은 소리 비렁뱅이질을 계속하고 다니는 꼴이라네. 소리를 들으면 어렸을 적에 그 밭두렁가에 누워 보던 바다비늘이 아슴아슴 떠오르고 골짜기 숲으로부터 복더위를 씻어가던 한줄기 바람결이 내 얼굴을 지나가고……아니 그보다도 나는 소리만 들으면 그 이마 위에서 무섭게 들끓고 있던 여름 햇덩이를 다시 보게 되곤 하니 말이네. 그런데 말이네, 그런데 난 오늘 밤 자네한테서 내 눈썹을 불태울 것 같은 그 무섭게도 뜨거운 햇덩이를 다시 보게 된 것일세. 자네처럼 뜨거운 내 햇덩이를 품은 소리를 만난 일이 없는 것만 같단 말일세……이제 내가 이토록 자네 소리에 끌리는 까닭을 알겠는가…….」[64)]

64) 위의 책, pp.42~43.

매개자로서 '사내'는 자신의 소리 '비렁뱅이질' 내력을 들려줌으로써 초점화자인 '여인'이 예감하고 기다려왔던 기대감을 보충하고 있다. 또한 '사내'의 장단가락 실력은 예전 아비의 실력 그대로를 이어받은 것으로, 여인의 기대를 충족시키고 있다. 사내의 소리에 얽힌 내력과 장단 실력은 여인으로 하여금 '사내'가 오라비인 것을 짐작하도록 하면서 동시에 '소리를 듣고 싶다'는 술손의 억지스러운 청으로 인한 '노기'를 체념과 기다림으로 변화시키고 있다.

매개자로서 '천씨'는 여인에게 그 동안의 사연과 내력을 묻지 않은 채로 긴 세월을 보냈지만, 여인의 한이 담긴 소리를 통해 그 내력을 충분히 짐작하고 있는 인물이다. 천씨는 간밤의 술손이 눈 먼 여인의 오라비라는 사실을 듣고, 여인에게 오라비가 자신을 밝히지 않고 떠나간 이유를 자신의 짐작을 통해 들려준다.

"그러고 보면 아마 자네 오라비라는 사람이 그렇게 가버린 것도 자네의 그 한을 다치지 않으려는 것이 아니었는가 싶네. 사람들 중엔 때로 자기 한 덩어리를 지니고 그것을 소중스럽게 아끼면서 그 한 덩어리를 조금씩 갈아 마시면서 살아가는 위인들이 있는 듯 싶데그랴. 자네가 그렇고, 내가 그렇고, 알고 보면 자네 오라비라는 사람도 아마 그 길에서 그리 먼 데 있는 사람은 아닐 걸세. 그런 사람들한테는 그 한이라는 것이 되레 한세상 살아가는 힘이 되고 양식이 되는 폭 아니겄는가. 그 한 덩어리를 원망할 것 없을 것 같네. 더더구나 자네같이 한으로 해서 소리가 열리고 한으로 해서 소리가 깊어지는 사람이라면 더더욱 그것을 소중히 여겨야 할 것일세. 자네 오라비도 아마 그 점을 알고 있었던 듯싶네. 자네는 아까 오라비가 자넬 해치고 싶은 충동을 못이겨 간 거라고 말했지만, 그 말이 설사 맞는 데가 있다 치더라도 내 짐작이 크게 틀리지는 않을 것 같네. 자네 오라빈 자네 소리에 서린 한을 아껴주고 싶은 나머지, 자네한테서 그것을 빼앗지 않고 떠나기를 소망했음에 틀림없을 걸세."[65]

여인의 경우, '한'으로 인해 '소리'가 열리고 깊어진다. 그런 누이의 소리를 지켜주기 위해 오라비인 사내는 여인의 곁을 떠난 것이다. 그럼으로써 사내 역시 그 한으로 살아가는 힘을 마련하는 것이다.

「선학동 나그네」에서는 선학동 포구의 정경을 보기 위해 찾아온 '사내'가 제시된다.

> (i) 사내는 새삼 표정이 긴장되기 시작했다.[66]
> (ii) 사내는 억누를 수 없는 기대감 때문에 발걸음마저 차츰 더디어져 가고 있었다.[67]
> (iii) 사내는 모든 기대가 한꺼번에 무너져내린 듯 그 자리에 털썩 몸을 주저앉히고 말았다.[68]
> (iv) 그는 긴장감 때문에 가슴이 새삼 두근거려 오기 시작했다. 그리고 그럴 때 늘상 그래 왔듯이 목소리를 잔뜩 낮추고 있었다.[69]
> (v) 사내는 선학동을 찾은 것이 허사가 되지 않은 것 같았다.
> 주인은 손에게 너무도 많은 기대를 갖게 하였다.[70]
> (vi) 그래 혼자 술청 뒷방에서 막막한 예감에 부대끼던 사내가 참다못해 다시 앞마루로 나가보니 작자가 또 어느새 소리도 없이 그곳에 돌아와 있었다.[71]
> (vii) 말없이 뜨락의 달빛만 내려다보고 앉아 있는 손의 얼굴에 새삼스런 회한의 기미가 사무쳐 들고 있었다.[72]

사내는 선학동 포구의 정경에 대한 기대감으로 인해 긴장감을 느끼

---

65) 위의 책, p.52.
66) 「선학동 나그네」, 앞의 책, p.137.
67) 위의 책, p.137.
68) 위의 책, p.138.
69) 위의 책, p.143.
70) 위의 책, p.143.
71) 위의 책, p.144.
72) 위의 책, p.157.

고 있다. 그러다가 변해버린 포구로 인해 그 기대감이 무너지고, 주막을 찾아가서 주인사내를 만난 이후 다시 소리꾼 부녀에 대한 사연을 들을 수 있을 것이라는 기대와 예감을 갖게 된다. 사내의 그러한 기대감을 짐작하고 있는 주인은 사내에게 사연을 들려주고, 그 이야기를 들으면서 사내는 회한의 감정을 갖게 된다.

「선학동 나그네」에서는 주인사내가 긍정적 매개자로 등장하여 소리꾼 부녀에 얽힌 사연과 비상학이 다시 날게 된 사연을 들려줌으로써 초점화자인 '사내'가 궁금해하고 기대하는 내용을 보충하고 있다. 작품의 전반부에는 사내가 초점화자의 역할을 하며, 작품의 후반부에는 주막 주인사내가 초점화자의 역할을 담당한다.

사내를 초점화자로 내세우는 경우 달라진 풍광에 중점을 두어 묘사 형식으로 서술하는 반면, 주인사내를 초점화자로 내세우는 경우 30년 전의 선학동은 과거의 사건에 대한 기억에 중점을 두어 구술체로 서술되고 있다. 주인사내가 들려주는 소리꾼 부녀의 이야기는 이태 전에 선학동을 다시 찾은 여자의 이야기, 아비의 암장과 여자가 비상학이 되어간 이야기로 나뉘어 제시된다. 주인사내의 이러한 서술 방식을 통해 과거의 기억이 현재화되면서, 사내의 인식이 변화한다.

처음, 사내는 선학동의 옛 풍광을 떠올리며 비상학이 날 수 없다는 비관적인 생각을 갖는다. 그러다 주인사내를 만나 기대와 예감을 품으면서 선학동에 비상학이 다시 날게 된 사연을 듣는다. 그 결과 사내의 선학동에 대한 생각은 주인사내의 이야기를 통해 보충, 수정된다.

다음, 사내가 매개자의 자리로 이동하고, 초점화자로 주인사내가 제시된다. 주인사내는 사내를 관찰하면서 비상학으로 변해가는 사내의 모습을 보게 된다. 이 과정에서 선학동 비상학에 대한 믿음이 없던 사내는 주인사내의 이야기를 통해 비상학에 대한 믿음을 갖게 된다. 그러면서 변화된 사내의 모습을 주인사내가 관찰하는 것을 통해, 사내가 이야기 속의 인물, 즉 소리꾼 부녀와 동일한 층위의 전설적인 인물로 화하게 되는 것을 보여주고 있다.

(i)「하룻밤 사이에 여자가 갑자기 동넬 떠나가 버렸는디도 그 여자의 일에 대해선 아무 것도 서로 묻는 법이 없었거든요. 언젠가는 여자가 으레 그런 식으로 떠나갈 줄을 알고 있었던 듯이 말이외다. 일테면 사람들은 여자가 어떻게 마을을 떠나간 건지 사연을 모두 짐작한 거지요. 그리고 그 편이 외려 다행스런 일이란 듯이 일부러 입들을 다물어 준 거라요. 하니까 여자가 그날 밤 그런 식으로 아비의 유골을 숨겨 묻고 간 지가 이삼 년이 넘은 지금까지도 아무에게도 그곳이 알려지질 않았지요. 글씨 어떤 사람들은 혹 그것을 알고 있는지도 모를 일이기는 하지만 알고 있거나 모르고 있거나 도대체가 그 일에 대해선 말들이 없어요…….」[73)]

(ii)「여자는 어디로 떠나간 것이 아니어. 그 여자는 이 선학동의 학이 되어 버린 거여. 학이 되어서 언제까지나 이 고을 하늘을 떠돈단 말이여.」

여자가 그토록 갑자기 마을을 떠나가 버린 데 대한 아쉬움 때문이었을까. 주막집 이웃들이나 벌판 건너 선학동 사람들마저 사내의 그런 소리엔 그리 허물을 해 오는 눈치가 없었다. 선학동 사람들은 여자가 모셔온 아비의 유골을 모른 체해 주듯 여자가 그렇게 주막을 떠나가고 나서도 그녀의 사연이나 간 곳을 굳이 묻고 드는 일이 없었다. 뿐더러 주막집 사내가 이따금 그렇게 앞도 뒤도 없는 소리를 지껄여대어도 그러는 사내를 탓하려 들기는커녕 오히려 그와 어떤 믿음을 같이 하고 싶은 진중한 얼굴들이 되곤 하였다.[74)]

(i)은 선학동에 찾아와 죽은 아비를 묻고 간 눈 먼 여자의 사연에 해

---

73) 위의 책, p.149.
74) 위의 책, pp.154~155.

당하는 내용을 담고 있고, (ii)는 변해버린 선학동 풍광에 여자가 다시 학을 날게 한 사연을 담고 있다. 이러한 사연은 주인사내가 '사내'에게 들려준 이야기의 내용이다. 주인사내는 소리꾼 여자의 소리를 들으면서 여자의 사연을 짐작하고 암시받으며, 여자가 학이 되어 선학동을 떠돌고 있다는 믿음을 갖게 된다. 주인사내의 그러한 믿음은 마을 사람들과 함께 공유하고 있는 것으로 언급되고 있는데, 그러한 공유는 소리꾼 여자의 '소리'를 통해 이루어진다. '사내'는 주인사내의 '이야기'를 통해 여자의 '소리'를 이해하고 짐작하면서 주인사내처럼 비상학에 대한 믿음을 갖는다. 그 결과 사내는 주인사내의 시선에 한 마리 비상학이 되어 떠도는 것으로 비춰지게 된다.

「새와 나무」에서는 소리를 찾아 해남으로 가서 나무처럼 느껴지는 주인사내를 만나게 된 '사내'가 제시된다.

> (i) 차를 타고 나면 그의 피곤기와 함께 지친 옷자락 끝에 묻어온 그 작은 기억의 알맹이들까지 함부로 흘려 사라져 가버릴 것 같았다.[75]
>
> (ii) 그리고 그 수림 속의 집에서 문득 잊혀진 꿈 같은 것이 되살아났기 때문이었는지도 모른다. 그는 오히려 그 조락을 거의 끝내가고 있는 황량스럽고 무질서한 수림의 풍경에서 이상하게 <u>아늑한 휴식감</u> 같은 걸 느꼈던 것이다.[76]
>
> (iii) 그런 손의 느낌은 잠시 후 사내의 아들이 들일에서 돌아왔을 때 좀 더 분명한 확신으로 기울었다.[77]
>
> (iv) 그리고 아직 통성명조차도 제대로 오가지 않은 처지에 주인사내는 뜻밖에 순순히, 실상은 여태 그걸 손에게 기다리고 있었기라도 했던 사람처럼 자기 착각의 사연을 차근차근히 털어놓기 시작했다.[78]

75) 「새와 나무」, 앞의 책, p.87.
76) 위의 책, p.88.
77) 위의 책, p.96.
78) 위의 책, p.103.

(v) 하지만 모든 걸 미리 알고 있었기 때문일까. 주인은 그 손의 정체나 하는 일에 대해서 좀처럼 먼저 입을 열려고 하질 않았다.

그는 다만 아직도 무언가 이야기가 남은 사람처럼, 아니면 그 자신의 이야기에 어떤 새로운 실마리를 구하고 있는 사람처럼 언제부터인가 계속 심상찮은 침묵을 지키고 있었다.[79]

(vi) 말을 해놓고 나서 주인은 아예 체념조로 웃었다. 집을 떠나가서 소식이 없는 자기 형처럼 다시 올 리가 없다는 뜻이었다. 그의 속을 너무도 정확히 짚어 버린 말이었다.[80]

(vii) 푸념치고는 참으로 깊은 인정이 담긴 소리였다.[81]

(viii) 인사를 건네주고는 미구에 다시 길을 돌아오기라도 할 사람처럼 저녁 노을이 붉게 물든 그 서녘 하늘 쪽으로 발길을 서둘러 버렸다.

주인이 미처 마지막 인사를 건넬 틈도 없었다.[82]

주인사내의 수림에서 '잊혀진 꿈', '아늑한 휴식감'을 느끼게 된 사내는 주인사내로부터 어떤 사연을 듣는다. 주인사내는 사내를 빗새처럼 여겼고, 사내는 주인사내를 나무처럼 여겼다. 주인사내는 사내의 사연을 캐묻지 않아도 이해하는 모습을 보이고, 사내의 속내를 훤히 짐작하고 있다. 주인사내는 사내가 떠나가리라는 것을 체념하면서 받아들인다.

「새와 나무」에서는 긍정적 매개자로 '나무와 같은 주인사내'가 등장한다. 주인사내는 '빗새 이야기'에 관련된 형과 시장이의 사연을 초점화자인 '사내'에게 들려줌으로써 주인사내가 '나무'처럼 보인 까닭을 짐작할 수 있도록 보충한다. 이 작품 역시 가변적 초점화가 이루어지는데, 사내가 초점화자일 때는 주인사내가 매개자의 역할을 담당하고, 주인사내가 초점화자일 때는 사내가 매개자의 역할을 담당한다. 가변적

79) 위의 책, p.111.
80) 위의 책, p.137.
81) 위의 책, p.138.
82) 위의 책, p.139.

초점화가 이루어지는 장면은 마지막 부분에 이르러서인데, 주로 사내가 이야기를 듣는 청자의 입장에 있고, 주인사내가 이야기를 하는 화자의 입장에 놓여 있다. 그러다가 사내가 주인사내의 과원수림을 떠나는 장면에서 주인사내가 사내를 떠나보내는 초점화자의 역할을 담당하게 된다. 그 결과 처음에는 사내의 눈에 주인사내가 '나무'로 비춰진 까닭이 매개자의 역할을 담당하는 주인사내의 이야기를 통해 제시되고, 사내가 '빗새'로 비춰진 까닭은 초점화자의 역할을 담당하는 주인사내가 매개자의 자리에 놓인 사내를 관찰하는 과정을 통해 제시되고 있다.

(i) 하지만 마침내 그 빗새의 모양이 어떻게 생겼는지 어림 짐작을 해 볼 수 있는 날이 찾아왔다. 상급학교 진학을 못하게 되자 도회지 돈벌일 나간다고 줄 끊어진 한점 연이 되어 까마득히 마을을 떠나갔던 그녀의 큰 아들이 집으로 다시 돌아오던 날이었다.

마을을 한 번 떠나간 후로는 소식이 영영 끊어졌던 사람이 그의 어미마저 한두 번 그전 내력을 말하곤 영영 입을 다물어 버렸던 큰아들이, 그래 그 소년으로선 아직 한 번 얼굴을 본 적도 없고, 그런 사람이 이 세상 어디에 살아 있으리라는 생각조차 안 해 본 그의 형이란 사람이 30년만엔가 얼마만엔가 다시 그의 마을을 빈털터리로 찾아들어 오던 날이었다.[83)]

(ii) 「유골꺼정 재를 만들어 강물에 띄웠으니 그 위인 죽어서도 끝내 제 둥지는 지녀볼 수가 없게 된 게지요. 허지만 그래서 위인의 넋은 진짜 빗새가 되어버린 건지도 몰라요. 그 생전의 소망을 못 잊어 위인이 여직도 그 빗새의 넋으로 여길 찾아오고 있는 건지 말이오…… 왜냐면 아까 지가 노형을 처음 보았을 때 난 불현 듯 그런 느낌이 들었거던요. 노형껜 좀 서운한 말이 될지 모르겠소마는 지가 아까 노형한테서 본 형상은 제 형님도 형님이지만 그 사람이 다시 온 느낌이었으니께요. 그래 그런 식으로 아는 사람 부르듯 손짓을 한 거지요. 그런 식으로 사람을 부르는 게 바로 그 사람헌테서 시작된 버릇이었거던요. 어디 아무나

83) 위의 책, p.106.

그렇게 사람을 부를 수가 있습니까…….」[84]

(i)에는 주인사내의 형에 대한 사연이 제시되어 있고, (ii)에는 주인사내가 빗새로 여겼던 시장이에 대한 사연이 제시되어 있다. 주인사내는 형에 대한 어머니의 기다림을 이어받아, 형이 다시 떠나고 난 다음 형이 남기고 간 숲을 가꾸면서 빗새가 되어 돌아올 형을 기다린다. 그러다가 빗새처럼 보이는 시장이를 형님처럼 반겨 맞으며 나무와 빗새의 관계를 맺는다. 그러한 주인사내의 사연을 통해 '사내'는 주인사내가 나무처럼 보였던 까닭을 짐작하고 나무와 주인사내의 의좋은 관계를 이해한다. 그리고 그런 주인사내로부터 '소유를 거부하고 스스로의 자리를 분명히 함으로써 저절로 맺게 되는 관계'라는 관계의 진정한 의미를 이끌어낸다. 그 결과 '사내'는 마음의 귀를 열고 소리의 씨앗을 찾음으로써 소리와 자신의 관계를 만들어나간다.

「다시 태어나는 말」에서는 김석호를 만나 말에 대한 생각을 듣고자 하는 '지욱'이 제시된다.

> (i) 지욱은 문득 일지암 길을 잘못 따라나서지 않았는가 싶어졌다. 아니 그보다 사람들을 잘못 짚어 오지 않았는가 싶어지기도 하였다.[85]
> (ii) 하지만 막상 해남을 내려와 만나본 김석호씨는 지욱의 기대와는 영 딴판이었다…….[86]
> (iii) 하지만 김석호씨는 아직도 그가 지욱에게 보여 줄 마지막 말의 고삐를 굳게 틀어잡고 있었다.[87]
> (iv) 하지만 어딘가 이미 자기 이야기에 깊이 취해들고 있는 듯한 김석호씨는 지욱의 참견을 아랑곳하지 않았다. 그는 시선을 계속 골짜기

84) 위의 책, pp.120~121.
85) 「다시 태어나는 말」, 앞의 책, p.247.
86) 위의 책, p.251.
87) 위의 책, p.262.

로 던져둔 채 사내의 이야기를 더듬어 나갔다.[88]

(v) 지욱은 좀 더 인내심을 가지고 김석호씨의 차마심이 끝나기를 기다리고 있었다.

그런 지욱의 낌새를 미리부터 모두 읽고 있었던 탓일까. 아니면 김석호씨의 예정도 처음부터 아예 그런 식이었는진 모른다.[89]

(vi) 한데 사실은 김석호씨도 지욱에게 그걸 기다리고 있었던 것 같았다. 그는 이내 지욱의 말뜻을 알아차리고 있었다.[90]

(vii) 김석호씨는 거기서 잠시 말을 쉬었다. 하지만 그것도 무슨 지욱의 대꾸를 기다려서가 아니었다. 그것은 차라리 자신의 이야기를 마무리짓기 위한 기다림이었다.

지욱은 대답을 할 필요가 없었다. 그는 입을 다문 채 김석호의 그 마지막 이야기의 마무리를 기다렸다.[91]

(viii) 하지만 지욱은 거기까진 말을 하지 않았다. 김석호씨가 이젠 전혀 응대를 해 오지 않았기 때문이었다. 응대가 없다고 말을 듣고 있지 않은 건 물론 아니었다. 그에게는 오히려 그런 말들이 필요가 없는 것이었다. 쑥스러운 사설을 계속할 필요가 없었다.[92]

(ix) 그런데 참 알 수 없는 일이었다. 김석호씨는 더 이상 말이 없었다. 지욱에게 굳이 다짐을 얻어내려 하지도 않았다. 그리고 그는 그것으로 마치 그가 할 일을 다한 사람처럼 홀연히 자리를 떠나 버린 것이었다.[93]

지욱은 김석호가 편역한 '초의선집'을 읽고 기대감을 갖고 김석호를 찾아가지만, 김석호는 지욱의 기대를 저버리는 모습을 보여준다. 김석호와 함께 해남에 찾아가 일지암으로 올라간 뒤에서야 김석호는 지욱

88) 위의 책, p.263.
89) 위의 책, p.267.
90) 위의 책, p.272.
91) 위의 책, p.273.
92) 위의 책, p.278.
93) 위의 책, pp.280~281.

이 기대하던 이야기들을 풀어놓게 되고, 지욱의 속내와 말뜻을 제대로 이해하는 태도를 보여준다.

「다시 태어나는 말」에서는 긍정적 매개자로 김석호가 등장한다. 김석호는 지욱에게 초의 선사의 다도와 관련하여 다도회 사람들의 사례, 소리를 찾아 떠도는 사내의 이야기를 들려줌으로써 초의 스님이 차를 마시는 마음과 다도의 관계가 어떠한 것인가를 짐작할 수 있도록 한다. 이 작품은『남도 사람』연작 계열처럼 가변적 초점화가 분명하게 일어나고 있지 않고, 지욱이 처음부터 끝까지 초점화자의 역할을 담당하고 있다. 그렇지만 김석호의 발화를 통해 그의 경험과 생각을 담아냄으로써 작품의 중간에 해당하는 부분에 김석호에게 초점화가 이루어지는 효과를 낳고 있다. 산 위에서는 '말의 고삐'를 이끌고 가는 인물이 김석호라는 점을 부각함으로써 대화나 독백 형식을 통해 가변적 초점화의 효과를 낳고 있다는 것을 보여주고 있다.

(i)「그건 그것을 말하는 사람 자신이 그럴 수가 없는 일이기 때문이지요. 초의가 만약 차를 마시면서 시를 생각했다면 우리도 차를 마시면서 시를 생각함이 즐거워야 할 거외다. 초의가 불법을 생각했다면 우리도 불법을 생각하고, 그가 거기서 인간의 삶을 관조하고 있었다면 우리도 그게 가능해야 합니다. 그리고 우리는 그 차를 마시면서 그 시와 불법과 관조 안에서 초의의 마음을 만날 수가 있어야 합니다. 하지만 우리는 다만 그렇게 상상하고 말할 수 있을 뿐 그것을 통하여 스님의 마음을 만날 수는 없었습니다. 그렇다면 그것은 다만 초의의 다법일 뿐 우리의 다법은 될 수가 없습니다. 당신의 참마음을 만날 수도 없고 차마심의 즐거움도 얻을 수가 없다면 그 시나 불법이나 관조라는 것들 또한 그 거추장스런 다법의 형식과 다를 바가 없는 형식적 추상에 불과한 거외다……. 그래 나로선 그때마다 그 사람들을 결국 이 절간의 스님에게로 떠넘길 수밖에 없었는데, 그야 차마심이라는 것이 원래 그런 것인데, 중놈을 만나본들 별다른 해답을 얻을 수 있었겠소? 그 친구 차

에 대해 아는 건 많아도 그런 땐 항상 자기 마음 안에서 그것을 찾으라는 소리밖에 할 줄 모르는 위인이거든요……」[94]

(ii)「이제 거진 쉰 고개를 넘어서고 있는 듯한 사내는 그러니까 그 초라한 차림새 때문이기도 했겠지만, 얼굴 표정이나 거동새 하나하나가 유난히 피곤하고 남루해 보였어요. 그런데 참 이상한 일이었지요. 그렇게 피곤하고 후줄근한 몰골로 차 한 잔을 들고 무한정 저녁 산골짝을 내려다보고 앉아 있는 작자의 모습에서 나는 문득 초의 스님의 모습이 떠올라보이는 게 아니겠습니까. 초의 스님께서 바로 거기 그런 모습으로 차를 마시고 계셨던 것처럼 말이외다. 이유 같은 건 따질 겨를도 없었지요. 위인이 좋아서 찾아 헤매다닌다는 그 남도 소리의 노랫가락 같은 거라고 할까. 어쨌거나 나는 그 위인의 그런 모습에서 깊이깊이 숨어든 우리 인생살이의 어떤 정한 같은 걸 보았던 겁니다. 그리고 비로소 이때까지 내가 그토록 사람들에게 묻고 찾아온 그 초의 스님의 차 마심의 마음을 제물에 문득 만나 버린 것입니다……」[95]

(i)에는 다도회 사람들의 차마심, (ii)에는 소리를 찾아다니는 사내의 차마심에 관한 이야기가 담겨 있다. 다도회 사람들은 형식적인 법도에 치우쳐 차 마시는 마음을 헤아리지 못했고, 사내의 경우에는 형식적인 법도는 모른 채로 자신의 마음에 이끌리는 대로 차를 마시게 된다. 김석호는 두 경우를 통해 형식에 치우친 차마심과 형식적인 법도를 버리고 마음대로 차를 마실 수 있는 마음을 보여주고 있다.

초점화자인 지욱이 김석호로부터 얻고자 하는 것은 '말과 정신의 관계에 대한 답'이다. 이에 대해 김석호는 말과 정신의 관계가 아닌 다도와 차 마시는 마음의 관계에 대한 두 가지 사례를 이야기해 줌으로써 지욱의 질문에 대한 답을 우회적으로 전달해주고 있다. 그런데 김석호의 이러한 이야기가 지욱에게 의미 있는 것으로 다가오게 된 까닭은 이

94) 위의 책, p.261.
95) 위의 책, p.264.

야기를 전달해주고 있는 김석호가 사람에 대한 믿음을 갖고 있다는 것을 깨달을 수 있었기 때문이다. 곧 김석호는 초의 선사의 다도와 차 마시는 마음을 짐작하기 위해 많은 사람들에게 그 답을 물어왔다. 그러면서 사람들마다 살아온 삶에 대한 믿음을 바탕에 두고 그 마음을 이해하려했기 때문에 차 마심의 마음과 다도의 진정한 관계가 무엇인가를 발견할 수 있었던 것이다. 지욱은 그러한 김석호의 이야기를 통해 말과 정신의 관계에 대한 이해를 얻게 된다.

3. 언술의 발현 양상과 현실적 변이형

초점화 대상으로서 말의 변이형은 말의 형식과 내용의 측면에서 동시에 이루어지고 있다. 형식의 측면과 관련해서는 소통 방식과 그것이 청자에게 미치는 영향(공적인 것과 사적인 것의 대비)에 주목하고 있고, 내용의 측면에서는 매체가 갖는 속성과 그 매체가 담아내는 내용의 성격에 주목한다.

1) 사적, 공적 언술의 타락상: 『언어사회학서설』 연작

각 작품에서 초점화자의 초점화 대상에 해당하는 말의 현재적 변이형은 두 가지 이상 제시된다. 『언어사회학서설』 연작에서 '말'은 자서전/전화/라디오(「떠도는 말들」), 자서전/편지(「자서전들 쓰십시다」), 강연/녹음(「지배와 해방」), 딸꾹질/농담/신문(「빈방」), 우화/소문(「몽압발성」) 등으로 변이되면서 현실에 실재하는 여러 다양한 형태를 보여준다. 각 작품에서 말의 변이형은 동질적인 속성을 갖고 있거나, 혹은 상반된 속성을 갖고 있는 것으로 묶여 제시된다. 사적인 발화와 공적인 발화가 이루어지는 변이형이 결합되거나(「떠도는 말들」/「몽압발성」), 사적인 기록물의 형식과 공적인 기록물의 형식이 결합되거나(「자서전들 쓰십시다」), 공적인 발화와 사적인 기록물의 형식이 결합되거나(「지배와 해방」), 사적인 발화와 공적인 기록물이 결합(「빈방」)되기도 한다.

이러한 결합을 통해 각 변이형이 갖는 기능과 속성이 서로 동질적이거나 상반되는 부분을 제시함으로써 말에 대한 인식을 심화시킬 수 있게 된다. 가령, 「빈방」에서는 말의 변이형으로 신문과 농담이 제시된다. 신문은 공적인 기록물로서, 사건과 정보를 전달하는 매체이다. 반면 농담은 사적인 발화의 한 형태로, '수수께끼', '식인종 시리즈', '스무고개' 등이 여기에 속한다. 두 변이형을 통해 이 작품에서는 공적인 기록물로서 신문이 그 기능과 역할을 제대로 하고 있지 못하다는 점을 보여준다. 농담을 통해서는 신문에서는 보도되지 않는 비판적 발화가 우화적으로 표출되는 현상을 보여주면서, 그러한 농담이 억압적인 지배 질서에 대한 유희적 배설구로 기능한다는 것을 강조하고 있다.

「떠도는 말들」에서는 자서전, 전화, 라디오 광고 등이 말의 현재적 변이형으로 제시되고 있다. 자서전이나 전화, 라디오 광고 등은 모두 일방적으로 어떠한 내용을 전달한다. 이때 전달되는 내용이 사실에 기초한 것인지는 확인하기 어렵다. 그렇지만 매체가 갖는 신뢰에 바탕을 두고 전달 내용을 믿게 되는 것이 일반적이다.

(i) 「나의 말은 과연 나의 말이 아니며 나의 웃음은 과연 나의 웃음이 아니다. 나의 말은 청중의 말이며 나의 웃음 또한 청중의 웃음이며, 그것들은 이미 나의 말, 나의 웃음이 아닌 것이다.」[96)]

(ii) 「하지만 괜찮을 거예요. 그 아가씬 북구의 여인들이 즐겨 쓰는 하

96) 「떠도는 말들」, 위의 책, p.17.

얀 털모자를 뒤집어쓰고 털장화 벙어리장갑을 끼고 그리고 손가방 속에는 아빠의 서랍에서 훔쳐 낸 향기 좋은 담배가 한 갑 숨겨져 있을 테거든요. 선생님께 드리려구 말씀예요. 선생님께 그 담밸 드리고 나서, 그 담배를 피우고 계실 선생님을 행복하게 바라보고 앉아 있을 자신을 상상하면서 그 아가씬 아마 추위도 잊어버릴 수 있을 거예요. 그뿐인가요. 선생님을 만나면 거리엔 어디든지 따뜻한 다방이 있어요.」[97]

(iii) 술과 담배는 간장을 해치기 쉽습니다. ××으로 간장을 보호합시다. 딩동댕…… 정관 수술을 하셨군요, 여보 이제 안심이네요. 정관 수술은 보건소로! 광고물 사태였다. 서구풍 입맛…… 상표를 확인해 주세요. 유사품에 속지 맙시다.[98]

(i)에서 제시되는 내용은 지욱이 대필한 자서전의 일부로, 이 내용이 출판되어 독자에게 전달될 경우, 독자는 그 내용을 피문오의 삶을 사실적으로 전달해주는 것으로 여기고 받아들이게 된다. (ii)는 오접 전화를 건 아가씨의 발화로, 전화상으로 전달되는 내용을 지욱은 사실로서 받아들이고 있다. (iii)은 라디오를 통해 제공되는 광고로, 청취자들은 그 내용을 사실로 받아들이고 믿게 된다. 위의 세 발화는 모두 발화자와 청자를 전제하고 있는 소통의 한 방식으로서 기본적으로 발화된 내용이 사실이라는 믿음을 바탕으로 하여 청자에게 전달된다.

자서전을 대필(i)하던 중 지욱이 낯선 아가씨로부터 잘못 걸려온 전화(ii)를 받게 된다. 이를 통해, 사적 발화인 오접 전화 사건이나 장난 전화와 같은 것들이 빈번하게 일어난 것과 공적인 출판물이라 할 수 있는 자서전 출간이 빈번해진 까닭을 연관시켜 생각하도록 이끈다. 자서전의 내용이 인물의 실제 삶과 관련이 없을 수도 있다는 점을 강조하는 것이 인용문(ii)의 내용이다. 아가씨의 실제 삶과 일치하는가의 여부는 지욱이

97) 위의 책, p.21.
98) 위의 책, p.37.

결코 알 수 없으며, 아가씨는 오접된 전화에서 지욱을 향해 자신이 하고 싶은 말을 지껄이고 있는 것이다. 이러한 점은 라디오를 통해 흘러나오는 광고에서도 다르지 않다. 광고는 물품을 판매하기 위한 전략의 일종으로, 기업의 이익을 위해서, 혹은 정책을 홍보하기 위해서 만들어진 것이다. 그런 점에서 보자면 오접 전화의 내용은 아가씨의 즐거움을 위해서 이용된 것에 지나지 않는다. 마찬가지로 자서전 역시 피문오의 삶과는 전혀 관계가 없으나 피문오의 어떤 목적을 위해 이용될 것임을 짐작할 수 있다. 이처럼 자서전, 오접 전화, 라디오 광고 등은 그 내용을 통해서는 사실 여부를 확인할 수 없으나, 실상 그 매체는 전달하는 내용을 통해 어떠한 이익을 얻고자 하는 이들에 의해 이용되고 수단화될 수 있다는 점을 강조하고 있다.

또한 자서전이나 라디오 광고는 공적인 매체로서, 매체에 대한 신뢰에 기반하여 대중 일반에게 전달되는 말의 형식이라는 특징을 갖고 있다. 그런데 자서전의 주인공과 실제 주인공의 삶이 일치하지 않는 거짓 자서전이 횡행한다. 오접 전화 사건에서 아가씨가 들려주는 이야기 역시 거짓 진술에 지나지 않는다. 이러한 거짓 내용은 넘쳐나는 광고물의 내용을 빌려와 허황된 이미지를 조작한 결과물의 일종으로, 거짓 자서전의 횡행, 광고물의 홍수로 인해 공적인 매체의 부정적인 영향이 사적인 발화에까지 미치고 있다는 것을 보여주고 있다.

「자서전들 쓰십시다」에서는 편지와 자서전이 말의 현재적 변이형으로 제시되고 있다. 편지와 자서전은 일종의 고백이 이루어지는 언어 형식이라는 점에서 공통점을 갖고 있다. 편지는 사적인 관계에서 이루어지는 고백이며, 자서전은 공공 일반을 향해 드러내는 고백이다. 이 작품에서 편지는 지욱이 피문오에게 보내는 것이고, 그 내용은 자서전 대필과 관련된 직업윤리와 양심, 자서전 대필의 오류, 자서전의 의미와 의의 등을 담고 있다. 그러한 내용을 편지에 써서 보내려는 의도는 피문오의 자서전 대필 거절에 있다.

(i) 하지만 이야기를 쓰다 보니 그것은 피문오씨에 대한 사과의 글이라기보다 지욱 자신의 작업에 대한 푸념이었고, 자기 삶의 방식에 대한 어떤 회의의 확인이었다. 애꿎은 공박을 당하고 있는 것은 오히려 피문오씨 쪽이었다. (중략) 말씀을 드리다 보니 피 선생님과는 직접 상관도 없는 소리들을 지루하게 늘어 놓고 있었던 것 같군요. 게다가 또 제가 드린 말씀들은 워낙 제 자신의 직업 윤리(이것도 무슨 직업이라 말할 수가 있을지 모르겠습니다마는)와 양심에 관한 것들이라서 피 선생님께는 전혀 이해력 밖의 이야기가 되고 있는지도 모르겠습니다.[99]

(ii) 자기의 과거사를 고백하는 데 있어, 남의 입을 빈다는 그 원초적인 대필업의 오류는 이미 재언할 필요도 없는 일이겠지요. 뿐만 아니라 자기의 정직한 생의 궤적과는 아무 상관도 없는 말의 허구에 불과하다는 점에서 그것들은 또 자서전 집필의 본뜻이 되어야 할 한 시대나 역사에 대한 진실의 증언과도 아무런 관계가 없으며, 적어도 자기의 지난날을 뼈를 깎는 듯한 참회의 아픔으로 다시 들춰내 보일 수 있는 정직성이나 그 부끄러움을 박차고 나설 용기, 또는 자신의 과오를 폭넓은 이해와 사랑으로 어루만질 수 있는 성실한 자기 애정 같은 것들과도 아무 상관이 없음은 다시 말할 필요가 없는 일입니다.[100]

(iii) 자서전이라는 거 그거 모두 다 자기 손으로만 써야 한다면 당신 말대로 대체 어느 놈이 제 손으로 제 얘길 쓰는 데 거짓말 안 꾸며대고 배길 놈이 있느냔 말야. 저 혼자 가만 둬도 자꾸 부황한 소리들만 늘어놓고 싶어하는 판에 장차 남한테 읽으라고 내보낼 책 속에다 지저분한 제 밑구멍 다 내보일 멍텅구리가 세상에 어디 있느냐 말이야. 공정성이고 절제력이고 따져 볼 여지가 없는 거지. (중략) 나 이런 책으로 내 얘기 써 내놓으려는 거 누구 남 좋으라고 하는 거 아니외다. 사람들한테 내 밑구멍 구경시켜서 히히덕거리게 하고 싶어서도 아니고, 선생 속편

99) 「자서전들 쓰십시다」, 위의 책, pp.72~73.
100) 위의 책, p.69.

한 밥벌잇감이나 마련해주자고 시작한 일도 아니었단 말이외다. 나 살자고 하는 일이야. 구질구질하고 음산스런 옛날 기억들일랑은 당신 말마따나 두꺼운 도배질로 싹 가려 덮어 버리고 나도 이젠 그 책 덕분에 남들처럼 목에 힘도 좀 주고 내 나름대로 뜻도 좀 펴 가면서 세상을 살아 보고 싶어 시작한 일이었다니깐.[101]

(i)은 편지, (ii)는 편지에 담겨 있는 자서전의 의미, (iii)은 피문오가 생각하고 있는 자서전의 집필 의도를 담아내고 있다. 편지에는 지욱이 자서전 대필 작업을 하면서 느끼게 된 회의와 같은 술회가 제시되고 있고, 자서전의 진정한 본뜻은 자신의 과거사를 고백하고 참회하는 것에 있다는 것이 제시되고 있다. 그런데 피문오는 그런 자서전의 본뜻과 관련 없이 '과거 기억'을 가리고, '내 나름대로 뜻을 펴'가면서 살기 위해서 자서전을 펴내고자 한다고 말하고 있다. 자서전을 쓰고자 하는 피문오의 의도나, 그것을 대필하려는 지욱의 의도는 둘 다 호구지책의 수단이라는 점에서 다르지 않다.

「지배와 해방」에서는 강연회와 녹음테이프가 말의 현재적 변이형으로 제시되고 있다. 강연회에서는 말이 부려지는 반면, 녹음테이프는 그렇게 부려져 사라지게 될 말들을 감금시킬 수 있다. 곧 녹음테이프는 부려진 말의 저장소라고 할 수 있다.

(i) 그는 말의 잔치가 열리는 모임만 있으면 가능한 한 빼놓지 않고 모든 집회를 쫓아다녔다. 그리고 거기서 부려진 모든 말들을 자신의 녹음기에 감금시켜 가지고 돌아왔다. 말들은 우선 글자로써 부려지는 것들보다는 입으로 부려지고 내버려진 것들일수록 배반이 수월했다. 입으로만 부려진 말은 잠시 동안 사람들의 기억 속에나 깃들여질 수 있을 뿐, 약속의 표지로서 미련스런 증거를 남기지 않기 때문이었다. 기

101) 위의 책, pp.96~97.

> 억은 오래 갈 수가 없었다. 사람들마저 갈수록 건망증이 심해 가는 판이었다. 활자로 찍혀져서 증거를 남긴 말들조차 앞뒤를 이어맞춰 보려는 사람이 드문 판에, 하물며, 그 게으르기 그지없는 기억력에만 자신의 약속을 의지해야 하는 말들의 처지란 더더욱 배반이 쉬울 수밖에 없는 터이었다. 강연회나 토론회 같은 데서 부려지는 말들이 바로 그런 신세들이었다.
>
> (ii) 그는 부지런히 녹음을 쫓아다녔다. 정치인들의 모임에도 찾아갔고, 목사들의 기도회도 쫓아갔다. 경제인들의 시국 선언, 언론인들의 그 흔한 세미나, 심지어 혼분식 장려나 가족 계획 사업 관계의 모임에 이르기까지 말들의 잔치가 벌어지는 곳이면 안 쫓아다닌 곳이 없었다. 그리고 그 사람들의 말들을 테이프 속에 거두어다 좁은 하숙방 책상 서랍 속에 깊숙이 감금했다. 그럼으로써 그는 믿음을 잃어버린 말들에 대해 그것을 만난 사람으로서 그가 할 수 있는 우선의 책임을 감당해 온 터이었다.[102)]

(i)에는 녹음테이프의 기능과 녹음의 목적이 드러나 있고, (ii)에는 지욱이 찾아다니는 말들이 부려지는 곳이 제시되어 있다. (ii)에 제시된 '말들의 잔치'가 벌어지는 곳은 정치인의 모임, 목사들의 기도회, 경제인들의 시국 선언, 언론인들의 세미나, 혼분식 장려 모임, 가족계획 사업 관계 모임 등과 같은 강연회나 토론회 등이다. 강연회나 토론회는 연사가 청중을 향해 주제와 관련된 자신의 생각과 견해를 진단, 전망, 공약 등의 형태로 드러내는 공간이다. 그런데 강연회나 토론회를 통해 이야기된 내용은 자서전처럼 문자로 기록되어 남아 있는 것이 아니라, 말을 통해 이루어진다는 점에서 일회적이라는 특징을 갖고 있다.

녹음테이프는 일회적으로 부려지는 말들을 담아낼 수 있는 기록 장치의 일종으로, 강연회나 토론회가 갖는 일회성의 한계를 극복할 수 있도록 하는 보조 수단이라고 할 수 있다. 지욱이 강연회나 토론회를 찾

102) 「지배와 해방」, 위의 책, p.108.

아다니면서 녹음을 하는 까닭은 일회성이라는 한계를 수단화하여 연사가 자신이 부린 말이나 약속에 대해 책임지지 않는 경우가 빈번하게 벌어지고 있기 때문이다. 토론회나 강연회를 들은 사람으로서의 최소한의 책임, 즉 연사가 발언한 내용을 기억하기 위해, 그리고 그 내용에 대한 연사의 책임을 묻기 위해 녹음이라는 저장 매체를 이용하고 있는 것이다.

「몽압발성」에서는 말의 현재적 변이형으로 우화와 소문이 제시되고 있다. 우화는 '하나의 일반적인 원칙을 하나의 특별한 사례에 주고 이 일반적인 원칙이 직관적으로 인식될 수 있게끔 꾸며낸 이야기'로, 도덕적 명제나 인간 행동의 원리를 예증하는 짧은 이야기라 할 수 있다. 우화는 대부분 그 결론 부분에서 화자나 작중인물 중의 하나가 '경구'의 형식으로 도덕적 교훈을 진술한다. 소문은 진위 여부가 확인되지 않은 채로 여러 사람들의 입에 오르내리면서 전해지는 이야기이다. 이 작품에서는 우화가 글로 쓰인 형식이 아니라 말로 이야기하는 방식으로 제시되고 있다. 따라서 우화나 소문은 모두 일회적인 말의 일종이다.

> (i) 「……하니까 인간은 치질의 고통을 감내할망정 자존심을 꺾을 수는 없다 이거지. 사실은 그 자존심 때문에 치질 따위의 질병을 고치자고 네 발로 다시 땅을 기면서 살 수는 없다, 이런 이야기야.」
>
> 백경태는 자신 있게 단정하고 나서 거기서 일단 그의 주제에 관한 설명을 끝냈다. 비평장이가 생각해낸 소재치곤 재기가 제법 엿보이는 얘기였다. 어차피 우화의 형식을 빌고 있으니 황당스런 상상력도 나무랄 바가 못 되었다. 소재에 좀 더 구체적인 상황을 부여하고 소설적인 연결을 지어 나가면 그럴 듯한 이야기가 될 것 같았다. 특히나 그가 사람의 자존심이라는 걸 치질에 대응시켜 설명한 대목엔 상당히 중요한 시사가 있었다.
>
> 하지만 이야기를 듣고 난 좌중들은 말들이 없었다. 이야기 속에 스민 화술의 재치나 그 시사성에도 불구하고 기분이 왠지 언짢았기 때문이었다. 아니 다른 친구들의 기분은 장담할 수가 없다. 나 자신의 기분을

말하자면 나는 거의 역겨움이 치솟아오를 지경이었다.[103]

(ii)「그렇게 될 수도 있는 일이지. 윤형이 원하기만 한다면 안장로는 사기꾼으로 야간 도주를 놓을 수도 있겠고 믿음 깊은 부흥사로 존경을 받을 수도 있는 게 사실이야.」

「그게 어떻게 그렇게 될 수가 있을까?」

「아까도 말했지만 구원은 그 안장로의 문제가 아닌 거니까. 그건 바로 그에 관한 소문을 만들어내고 있는 우리 자신의 문제였거든. 요컨대 안장로는 그에게 걸고 있는 윤형의 기대와 그를 받아들이는 윤형 자신의 방법에 달린 사람인 게지. 그리고 윤형한테는 그런 선택에 대한 권리가 있어 무엇보다도 윤형은 그 현장을 안 갔던 사람이니까. 소문에 관한 한 현장을 멀리 떠나 있는 사람일수록 선택이 훨씬 자유로운 법이거든.」

「……」

「그 대신 소문이 윤형한테 제 식으로 값을 요구하고 제 식으로 보답을 해 오겠지만, 그 점만 각오한다면 윤형 마음대로 선택을 할 수가 있을 거야. 그래 어느 쪽이지? 어차피 둘 다 소문이 될 수밖에 없을 바에는 윤형에게 좀 더 맘에 드는 쪽을 선택해야 할 텐데 말이야.」[104]

(i)은 우화와 관련된 내용에 해당하고, (ii)는 소문과 관련된 내용에 해당한다. 우화는 도덕적이고 교훈적인 내용을 담아야 하는데, (i)의 백경태에 의해 이야기된 우화는 말의 순결을 찾으려고 하는 조율사들의 의지마저도 비웃고, 조롱거리로 삼는 내용에 가깝다. (ii)의 소문은 강한욱이 현장에 가서 경험한 내용을 전달하고 있는 것을 '나'가 듣고 있는 상황을 통해 제시되고 있다. 이때 강한욱이 들려주는 이야기가 '소문'에 지나지 않는 것인가, 아니면 그가 경험한 사실적 내용을 전달하는 것인가를 판단하는 것이 '나'의 '선택'의 문제라고 제시하고 있다.

103)「몽압발성」, 위의 책, p.216.
104) 위의 책, p.240.

「다시 태어나는 말」에서는 말의 현재적 변이형으로 '괴상한 가사의 노랫소리', '시문', '다도'와 '소리', '머리빗질'이 제시되고 있다. 이러한 말의 현재적 변이형은 지욱이 부흥회 사건 이후 말에 대한 절망을 겪고 난 뒤 '서책 나부랭이'를 뒤지는 가운데 발견한 「초의선집」과 일지암으로 향하는 도중 듣게 된 트랜지스터 노랫가락으로부터 얻은 것을 제시한 것이다.

(i) 가나다라마바사……파하, 에헤에헤……하고 싶은 말은 많은데……105)

(ii)—體와 神이 비록 온전하더라도, 오히려 中正을 잃을까 두려우나니, 中正을 잃지 않으면 健과 靈을 함께 얻느니라…… 茶經의 泡法에 이르기를 湯 이 純熟한 후 조금 따라서 병(잔)에 부었다가 그것을 버려서 병의 냉기를 가신 다음 적당한 분량의 茶葉을 넣는 것인데, 차가 많으면 향기가 써서 맛이 떨어지며, 물이 많으면 색이 나지 않고 맛이 떨어진다…… 너무 뜨겁게 하면 茶神이 不健하고, 병(잔)이 깨끗하면 물이 영(靈) 그러진다. 茶水가 冲和하는 것을 기다려서 베에 걸러 마시는 법인데, 너무 빠르면 茶神이 나타나지 않고, 늦으면 향기를 잃는다. ……採茶는 그 妙를 다해야 하고, 造茶는 그 정성을 다해야 하고, 물은 眞을 얻어야 하고, 泡法은 中正을 얻어야 하는 것이니, 體와 神이 서로 고르고, 健과 靈이 서로 함께하는 것을 일컬어 茶道에 이르렀다 할 것이다…….106)

(iii) ……허소치 편에 보내온 이 글은
또한 가을 바람에 오는 기러기를 앞섰네.
…………
그대에게 권하노니, 앞으로 서로 잊고 사세나.
서로 잊어야 번뇌가 나지 않을 것이고 번뇌가 나지 않으면 스스로 도를 이룰 것이니……107)

---

105) 「다시 태어나는 말」, 위의 책, p.244.
106) 위의 책, p.248.

(i)은 '괴상한 가사의 노랫소리'에 해당하고, (ii)는 초의선집에 실린 '음다법의 규범'에 해당한다. 그리고 (iii)은 초의 선사의 시편에 해당한다. 이 변이형의 의미에 대해서는 다음 인용문을 통해 파악할 수 있다.

(i)「사람이 시를 짓고 노래를 하는 것 역시 그 자기 표현의 한 발전된 형식이라 할 수 있겠지요. 그리고 사람들은 거기서도 그 노래나 시의 내용에 앞서 그 형식 자체 안에 중요한 메시지를 담는 수가 있습니다. 내용에 설득력이나 공감력을 잃을 때, 혹은 그것이 어딘지 거북스러움을 느낄 때 사람들은 특히 그 형식 쪽에 자신의 표현을 의지하는 경우가 많은 것 같아요.」

「……」

「적어도 제 생각으론 그렇습니다. 천자문이나 숫자판 놀음이 노래 가사의 내용은 아닐 겁니다. 그건 차라리 가사나 노래의 형식이지요. 그리고 그걸 알고서 노래를 할 때 그런 노래를 지어 부르는 녀석들은 그냥 바보 천치들은 아닐 겁니다…….」[108]

(ii)「이미 짐작이 드셨겠지만, 그 여자의 소리가 어떤 것이었겠읍니까……. 사람들은 흔히 남도 소리를 한의 가락이라 말들 하지요. 하지만 그걸 좀 더 옳게 말하자면 한풀이 가락이라고 말해야 할 거외다. 남도 소리는 우리의 마음 속에 그 몹쓸 한을 쌓는 것이 아니라, 거꾸로 그 한으로 굳어진 아픈 매듭들을 소리로 달래고 풀어내는 것이란 말이외다. 그래 그 한의 매듭이 깊은 사람들에겐 자기 소리로 그것을 풀어내는 일 자체가 삶의 길이 되는 수도 있는 거지요. 작자의 누이라는 여자가 아마 그런 경우였을 거외다. 작자가 그 여자를 찾아냈을 때 여자는 그 동안 웬 일로 앞을 못 보는 장님이 되어 있더랍니다. 그리고 아직 그 소리로 한 세상을 살아가고 있더랍니다. 여자에겐 이미 소리를 하는 것이 삶이었어요. 그런데 그 여자에게 소리로 풀어내야 할 한의 매듭이란 무엇이었겠소. 그리고 그 눈이 멀게 된 사연까지는 제쳐둔다 하더라도 그게 어떻게 매듭이 지어진 것들이었겠소……. 그야 물론 허물이 온

107) 위의 책, p.250.

108) 위의 책, pp.246~247.

통 오라비에게 있다고 할 수는 없겠지요. 하지만 그 한의 매듭을 풀어 가는 소리가 그 여자의 필생의 삶이 되고 있음을 보았을 때, 그 오라비가 자신을 밝히고 나설 수가 있었겠소. 그리고 새삼 용서를 말하고 후회를 말한들 그게 두 사람에게 무슨 소용이 있었을 일이겠소…….」[109]

(iii) 「초의 스님이 즐겨 마셨다는 그 작설차 말입니다……. 차를 마심에서도 법도에만 매달리면 부질없는 형식에 떨어진다 하셨던가요. 거기엔 사람의 삶이 사무쳐 채워지고 있어야 비로소 올바른 법도가 된다고 말입니다. 말이란 것도 마찬가지인 듯싶더군요……. 옳은 차마심의 마음을 익히려는 사람들이나 그 누이의 소리를 찾아 남도 천리를 헤매 다니는 사람이나, 알고보면 모두가 그 한 마디 말에 자신의 삶을 바쳐 살고 있음이 아니겠습니까. 그것도 그 필생의 삶으로 말입니다. 그래 그 용서라는 말은 운좋게도 몇 번씩 다시 태어날 수가 있었겠지요. 초의 스님에게선 차마심의 마음 속에, 사내에게선 누이의 소리 속에, 그리고 바로 김 선생님에게선 사람에 대한 믿음 속에서…….」[110]

(i)은 앞선 인용문에서 제시된 괴상한 노래 가사에 관한 지욱의 생각이 제시되어 있고, (ii)는 '남도 소리'에 대한 김석호의 생각이 제시되어 있다. (iii)에는 김석호의 이야기를 들은 뒤 다도와 소리와 말에 대해 지욱이 깨달은 바가 제시되어 있다.

처음 지욱은 '말과 정신의 균형을 이룬 온당한 말'을 초의의 시편에서 발견하고 있다. '정신의 절제와 균형에서 그의 옹근 말들은 태어난 것'이라고 생각하는 것이다. 그러면서 '괴상한 노래 가사'처럼, 현대의 말은 그 균형을 잃고 있으며, 이제는 메시지를 담은 형식이 아니라 '형식 자체 안에 중요한 메시지'를 담을 수밖에 없는 상황이 되었다고 생각하고 있다. 곧 지욱은 말과 정신의 관계와 균형을 형식과 내용의 관계로 파악하고 있는 것이다.

109) 위의 책, pp.272~273.
110) 위의 책, pp.276~277.

이러한 지욱과는 달리 김석호는 형식과 내용의 관계를 다도와 차 마시는 마음의 관계로 파악한다. 곧 소리의 길과 삶의 길, 다도와 삶이 다른 것이 아니라 하나라는 점을 강조한다. 살아 있는 말, 옹근 말은 한 마디 말에 제 삶을 바쳐 살아가는 사람들로부터 발견할 수 있다는 것이다.

그 결과 어떠한 말의 형식과 그 안에 담겨야 할 내용의 바람직한 관계를 끊임없이 문제 삼아 왔던 '말'에 대한 탐색은 소리에 담겨 있는 한 풀이의 정서와 삶에 대한 탐색과 결합하게 된다. 그럼으로써 일상의 지배적인 언술이 그 안에 담아야 할 것이 무엇인가를 보여주고, 그 결여태를 과거로부터 현재까지 전해지고 있는 구전의 언술에서 발견해내고 있다.

2) 구전되는 남도 소리와 공동체의 기억: 『남도 사람』 연작

『남도 사람』 연작에서는 소릿재의 내력/판소리(「서편제」), 선학동의 전설/판소리(「선학동 나그네」) 등으로 말의 변이형이 제시된다. 이때 제시되는 말의 변이형은 구전의 형태로 전해져 내려와 현재에 남아 있는 것에 해당한다. 그리고 앞선 유형에서는 이야기의 내용이 중요한 의미를 갖고 있었지만, 이 유형에서는 이야기를 담아내는 다양한 형식과 그 형식에 담겨 있는 내용의 상관관계와, 그 내용에 담겨 있는 집단 무의식과 정서를 살펴보는 데 관심을 기울인다. 「새와 나무」에서는 어머니와 형의 사연, 시장이의 사연 등이 주인사내(매개자)에 의해 소개되고, 그 이야기를 들은 사내가 산 중턱에서 들판을 바라보며 상사가락, 농부가, '노을'의 노랫말을 떠올리는 것을 통해 민요와 노래가 소개된다. 이를 통해 기다림에 담긴 용서와 베풂의 정서, 그리고 민요와 노래 형식이 갖는 정서 환기의 측면을 의미화하고 있다.

각 작품을 통해 말의 변이형을 살펴보면 다음과 같다. 「서편제」에서 말의 변이형은 '남도 소리'와 '내력'으로 제시되고 있다.

> 「요 언덕 위에 묻혀 있는 소리의 무덤 말씀이오. 소릿재를 알고 소릿재 주막을 알고 계신 양반이 소리 무덤 얘기는 아직 모르고 계시던 모양이구만요. 뒤쪽 언덕 위에 그 분의 무덤이 있답니다. 소리만 하다 돌아가셨길래 소리를 함께 묻어드린 그 분의 무덤이 말씀이오. 소릿재나 소릿재 주막은 그 분의 무덤을 두고 생긴 말이랍니다…….」[111]

소릿재와 소릿재 주막, 소리 무덤 등에 얽힌 내력담에 대한 내용이다. 이는 마을 사람들이라면 다 알고 있는 공동체의 내력으로서, 장소나 사물에 어떠한 이름이 붙여지게 된 연유를 보여준다. 주막집 여인은 주막과 고갯길과 무덤에 얽힌 사연과 그것이 이름을 갖게 된 내력을 사내에게 전달하고 있다.

> 「어이 가리 어이 가리, 황성 먼길 어이 가리
> 오늘은 가다 어디서 자고, 내일은 가다 어디서 잘거나…….」
> (중략) 심청가 중에 심봉사가 황성 길을 찾아가는 정경으로, 여인의 목소리는 어느 때보다도 유장하고 창연스런 진양조 가락을 뽑아 넘기고 있었다. 지그시 눈을 내리감은 사내의 장단 가락이 졸리운 듯 이따금씩 여인을 뒤쫓곤 했다.
> 사내는 이미 여인의 소리를 듣고 있지 않았다.
> 그는 또다시 그 어릴 적의 이글거리는 태양볕을 머리 위에 뜨겁게 느끼고 있었다. 그리고 그 아비 아닌 아비가 되어 버린 옛날 사내의 소리를 듣고 있었다.[112]

111) 「서편제」, 위의 책, pp.45~46.
112) 위의 책, pp.55~56.

남도 소리 중 심청가의 한 대목으로, 주막집 여인이 사내에게 들려주는 형식으로 제시되고 있다. 여인이 들려주는 소리는 사내가 어릴 적 들었던 의붓아비의 소리를 떠올리게 하는 환기력을 갖고 있다. 사내는 여인의 소리를 들으면서 아비의 소리를 들을 때의 모습을 떠올리고, 그 때 느꼈던 살의와 무력감을 다시 느낀다. 이처럼 여인의 소리는 사내의 개인적인 기억을 떠올리는 역할을 하고 있다.

「선학동 나그네」에서 말의 변이형은 '남도 소리'와 '전설'로 제시되고 있다.

> 선학동(仙鶴洞)—그곳엔 예부터 기이한 이야기 한 가지가 전해오고 있었다. 이야기는 포구 안쪽에 자리잡은 선학동의 뒷산 모습으로부터 연유된 것이다. 그 산세가 영락없는 법승의 자태를 닮고 있었기 때문이었다. 마을 뒤쪽으로 주봉을 이루고 있는 관음봉은 고깔처럼 뾰죽하게 하늘로 치솟아오른 모습이 영락없는 법승의 머리통을 방불케 하였고, 그 정봉을 한참 내려와 좌우로 길게 펼쳐 내려간 양쪽 산줄기는 앉아 있는 스님의 장삼 자락을 형상짓고 있었다. 선학동 마을은 이를테면 그 법승의 장삼 자락에 안겨든 형국이었는데, 게다가 마을 앞 포구에 밀물이 차오르면 관음봉 쪽 산심의 어디선가로부터 둥둥둥둥 법승 북을 울려 대는 듯한 신기한 지령음(地靈音)이 물 건너 돌고개 일대까지 들려오곤 한다는 것이었다. (중략) 뿐더러 관음봉 산록에 명당이 있다 함은 이 마을을 선학동이라 부르게 된 데에도 또 하나 깊은 내력이 있었다. 산의 이름이 관음봉이라 한다면 마을 이름도 마땅히 관음리 정도가 되는 게 상례였다. 그러나 마을은 예부터 이름이 선학동이라 하였다. 까닭인즉, 마을 앞 포구에 밀물이 차 오르면 관음봉이 문득 한 마리 학으로 그 물 위를 날아오르기 때문이었다.[113]

인용문은 선학동 마을 이름의 내력과 관련되어, 옛날부터 구전되어

113) 「선학동 나그네」, 위의 책, pp.138~139.

오던 마을의 전설을 다루고 있다. 사내는 유년 시절에 보았던 선학동의 옛 풍광을 떠올리면서 그것에 얽힌 전설을 기억해낸다. 이 전설은 사내뿐만 아니라 마을 사람들이 모두 잘 알고 있는 이야기로, 공동체의 기억에 해당하는 것이라 할 수 있다. 선학동에 비상학이 떠오른다는 전설과 옛 풍광은 현재 사라지고 없으나, 그 전설과 풍광은 소리꾼 부녀의 '소리'에 의해 되살아나게 된다.

> 망망창해에 탕탕(蕩蕩)한 물결이라
> 백빈주 갈매기는 홍요안에 날아들고……
>
> 여자가 마침내 소리를 시작하고 있었다. 한데 사내는 그 여자의 오장이 끓어오르는 듯한 목소리 속에서 자신도 문득 그것을 본 것이다. 사립에 기대어 눈을 감고 가만히 여자의 소리를 듣고 있자니 사내의 머릿속에서 오랫동안 잊혀져 온 옛날의 그 비상학이 서서히 날개를 펴고 날아오르기 시작한 것이었다. 그리고 여자의 소리가 길게 이어져 나갈수록 선학동은 다시 옛날의 포구로 바닷물이 차오르고 한 마리 선학이 그곳을 끝없이 노닐기 시작했다.
> 그런 일이 있은 후 사내는 여자의 학을 믿지 않을 수가 없었다.[114)]

소리를 하는 여인과 소리를 듣는 사내의 관계는 '믿음'을 기반으로 하고 있다. 여인은 비상학을 보면서 소리를 하곤 했던 옛 기억을 떠올리며 소리를 하고 있고, 풍광이 변해버린 지금도 물이 차오르면서 때가 되면 학이 날아오른다는 것에 대한 믿음을 갖고 있다. 그러한 믿음에 기반을 둔 소리를 들으면서 사내나 마을 사람들 또한 옛 풍광과 전설을 떠올린다. 그리고 학이 다시 날아오른다는 것을 믿기에 이른다.

앞서 「서편제」에서는 마을의 내력과 소리꾼 부녀의 사연이 '사내'의

---

114) 위의 책, p.154.

유년기 기억과 밀접하게 연관되어 있으면서 그 기억을 환기시켜주는 것으로 '소리'가 제시되고 있다면, 「선학동 나그네」에서는 '소리'가 옛 풍광과 전설, 그리고 서로의 마음을 전하고 암시받을 수 있는 소통의 매개로서 확장되면서 '사내'에게 국한된 유년기 기억을 넘어서 마을 사람들 모두와 공유할 수 있는 공동체의 기억으로서 자리매김하고 있다.

또한 마을 사람들은 눈 먼 여인의 소리를 들으면서 아비를 선학동에 묻고자 하는 마음을 전달받고, 그 마음을 이해하게 된다.

> 함평천지 늙은 몸이……
>
> (중략) 여자의 소리가 며칠 그렇게 계속되어 나가자 선학동 사람들에게 이상스런 일이 일어나기 시작했다. 선학동 사람들 중엔 누구도 아직 여자의 아비에게 땅을 내 주려는 사람이 없었다. 하지만 여자의 소리를 들은 사람들은 그녀의 아비가 언젠가는 그곳에 땅을 얻어 묻히게 되리라는 것을 알았다. 그리고 그게 지극히도 당연한 일처럼 생각했다. 그게 누구네 산이 될지도 몰랐고 어떤 식으로 그렇게 일이 되어 갈지도 몰랐지만 어쨌거나 사람들은 여자의 소리를 듣고 막연히 그런 생각들을 하고 있었다.
>
> 주막집 사내는 더더구나 그랬다. 그는 누구보다도 여자의 소리에서 깊은 암시를 겪어내고 있었다. 그리고 그것이 무엇인지를 스스로 분명히 느끼고 있었다. 그는 다만 때가 오기를 기다리고 있었다. 그리고 어느날 마침내 그때가 다가왔다.
>
> 쑥대머리 귀신형용
> 적막옥방 홀로 앉아[115]

남도 소리 중에서 '호남가'와 '춘향가' 중 '쑥대머리' 대목이다. '호남가'는 남도의 지명과 풍광을 담고 있으면서 귀향에 대한 바람을 담고

115) 위의 책, pp.148~149.

있는 단가이다. 그리고 '춘향가' 중 '쑥대머리'는 춘향이 옥중에서 떠나간 이몽룡을 그리워하는 내용을 담고 있다. 이러한 사설의 내용은 마을 사람들에게 여자의 죽은 아버지가 고향에 돌아오고 싶어한다는 것, 여자가 떠나간 아버지를 그리워 한다는 것 등으로 전달되면서 아비의 암장에 대한 암시를 받을 수 있도록 한다.

「새와 나무」에서는 말의 변이형으로 '상사소리 가락'과 '농부가' 등이 제시된다. 이를 통해 과거로부터 전해오는 언어 풍습은 '단가', '남도 소리' 등의 노랫가락에서 '민요', '노동요' 등으로 다양하게 변모되고 있음을 알 수 있다. 「서편제」와 「선학동 나그네」에서는, 눈 먼 여인의 삶과 밀접하게 관련되어 있는 말의 변이형으로 '단가'나 '남도 소리'가 제시되고 있다. 반면 이 작품에서는, 여인의 삶을 넘어서 남도에 뿌리를 내리고 살아가는 이들의 삶과 관련되어 있는 말의 변이형으로 '민요'나 '노동요'가 제시되고 있다. 곧 소리는 한 개인의 삶과 관련된 소리에서 공동체의 삶과 관련된 소리로 확장되고 있는 것이다.

그 결과 「다시 태어나는 말」에서는, 과거로부터 이어져 내려오는 말의 변이형인 소리나 민요, 전설, 내력 등으로부터 '용서'와 '화해'의 정서를 발견해내고, 그것을 현재 새롭게 생성되고 있는 말의 변이형과 결합시키고자 한다. 곧 상반된 두 말의 변이형에 대한 고찰을 통해 '용서'와 '화해'의 정서가 공동체의 기억을 공유하면서도 타락한 말에 의해 왜곡된 관계를 치유할 수 있는 방식이라는 점을 이 작품은 강조하고 있다. 이러한 특징 역시 이 작품이 두 연작을 이어주는 연결 고리 역할을 담당하고 있다는 것을 분명하게 보여준다.

제2장

연쇄에 의한 도구적 지성과 지성의 잔여로서의 언술 탐구

이 유형은 연작 형태를 취하고 있고, 초점화 대상이 '말'에 고정되어 있다. 이에 따라, 연작에 속하는 전 작품을 이끌어나가는 화자-초점화자에 의해 말의 변이형이 갖는 의미, 그 변이형에 내재된 지배 질서의 모순과 타락상, 그리고 모순의 극복 방식이 종합적으로 고찰되고 있다. 따라서 연작형 전체에서, 그리고 각 작품마다에서 초점화 대상의 다양한 현실적 변이형이 일종의 사슬 형태로 연결된다. 이러한 변이형이 연쇄에 의해 의미 결합이 이루어지면서 주제가 형성된다.

먼저 『언어사회학서설』 연작의 경우, 현재의 새롭게 생겨난 말을 도구적 지성의 언술로 파악하고, 그 말에 내재된 지배 담론의 특성을 파악하는 데 치중한다. 현재 새롭게 생겨나고 있는 말의 현실적 변이형을 대상으로 하여 그 변이형에 내재되어 있는 지배 질서의 담론이 무엇인가를 파악하면서, 말이 어떠한 방식으로 담론의 전파에 복무하고 있는가를 밝혀내고자 한다. 이를 위해 말의 현재적 변이형이 갖고 있는 본래적 기능과 역할을 살펴보고, 다른 한편으로는 왜곡되거나 변질된 기능과 역할을 살펴보고 있다. 이와 같은 대비적 성찰을 바탕으로 하여 말의 본래적 기능을 복원시키고자 한다.

다음 『남도 사람』 연작의 경우, 과거로부터 전래되어 온 말을 공동체적 정서의 언술로 파악하고, 그 말에 내재된 공동체적 질서와 그것을 작동시키는 무의식의 정서가 무엇인가를 파악하고자 한다. 이에 따라 말의 변이형은 전래되어 온 말을 대상으로 취하고 있다. 전래되는 말은 주로 구전되어 내려오는 전설이나 민담, 소리 등이라고 할 수 있는데, 이를 통해 과거로부터 이어져 내려오는 말의 변이형에 내재되어 있는 공동체의 정서와 그것의 긍정적 기능을 파악하고 복원해냄으로써 타락한 말로 인한 상처를 극복하고자 한다.

각 연작형에서 이루어지는 연쇄의 과정을 살펴보면 다음과 같다. 『언어사회학서설』 연작의 경우 일상적 차원에서 이루어지는 말의 현재적 변이형을 통해 문학 담론과 지배 담론의 관계 양상을 파악해 들어간다. 연쇄의 첫 번째 단계는 하위 틀서사의 층위에서 이루어지며, 일상적 차원에서의 서로 다른 말의 변이형의 관계 양상을 바탕(1차 연쇄)으로 하여, 말의 변이형이 지배 담론의 논리를 재생산하고 있음(2차 연쇄)을 보여준다. 두 번째 단계에서는 하위 틀서사에서 이루어지는 연쇄가 상위 틀서사와 의미의 연관 관계에 의해 결합하게 된다. 이 과정에서 첫 번째 단계를 바탕으로 하여 지배 담론과 문학 담론의 관계 양상을 도출해 냄으로써 지배 담론의 논리와 타락상을 비판하고 있다.

다음, 『남도 사람』 연작의 경우 전승되어 온 말의 변이형을 통해 말과 삶의 관계 양상을 파악해 들어간다. 연쇄의 첫 번째 단계는 하위 틀서사의 층위에서 이루어지며, 말의 변이형(소리꾼 부녀의 내력이 담긴 이야기/삶이 담긴 이야기)과 기억의 관계 양상을 바탕으로 하여 말(소리)의 의미를 파악하고 있다. 두 번째 단계에서는 하위 틀서사에서 이루어지는 연쇄가 상위 틀서사와 의미의 연관 관계에 의해 결합하게 된다. 이 과정에서 첫 번째 단계를 바탕으로 하여 그것과 공동체의 정서와의 관계 양상을 파악함으로써 전승되어 오는 말의 변이형이 갖는 의미를 이끌어내고 있다.

1. 도구적 지성의 오인된 권위와 문학 담론의 자기모순: 『언어사회학서설』 연작

『언어사회학서설』 연작의 경우, 지배 질서의 담론이 언술에 의해 실천되는 다양한 양상을 수평적으로 펼쳐놓고 그 연관 관계를 파악하는 방식에 의해 연쇄가 이루어진다. 그럼으로써 지배 질서의 담론이 각 개인에게 다양한 방식으로 내재화되어 있으며, 스스로 지배 전략을 실천하고 재생산하게 되었음을 보여준다. 이 과정에서 매체는 지배 담론을 효과적으로 전달하는 중요한 전략적 수단이 된다. 이에 따라, 이 연작형에서는 지배 담론의 전달 수단이 되는 매체는 무엇이며, 그것이 어떠한 기능을 하는가, 그리고 어떠한 메커니즘에 의해 지배 담론으로 재생산되고 전파되는가에 주목하고 있다.

언술은 담론의 실천 양식으로서, 제도적 차원에서 지배 질서가 내재화된 양상을 가장 잘 보여준다. 지배 질서의 내재화는 개인의 일상적 발화에서부터 활자화된 글에 이르기까지 언술이 사용되는 모든 상황을 통해 이루어질 수 있다. 따라서 언술이 부려지는 모든 상황이 탐색의 대상이 될 수밖에 없다. 전화, 자서전, 신문, 방송, 출판물 등의 매체가 언술 공간을 형성하는 매개체가 된다.

지배 담론은 이러한 '기록물'과 같은 매체와 도구화된 인간을 통해 자신의 논리를 전파한다. 도구화된 인간은 '술'과 관련된 담론이 더욱 전문화, 체계화되어감에 따라 '지성'이라는 지배 질서의 논리에 길들여지게 된다[116]. 이러한 '도구적 지성'에 익숙해진 결과, 도구화된 인간은 언어적 진술 안에 담긴 사실만을 실재로 여기는 일을 조금도 불편해하지 않는다. 그리고 개념이나 논리의 틈새에서 그 안에 담기지 못한 사실들을 의도적으로 차단하고, 급기야 자기의 시각과 다른 시각에 대해 그 타당성을 부정하면서 독선적으로 변화하게 된다. 이처럼 '도구적 지성'에 권위가 부여되는데, 그러나 그 권위는 오인된 것에 불과하다. 왜냐하면 그것은 지배 담론의 핵심적 조작에 기초한 것에 불과하기 때문이다. 지배 담론은 그러한 '오인된 권위'에 기반하여 지배 질서의 논리를 확대 재생산한다. 결국 인간은 도구화된 지성을 수단화하는 지배 담론의 논리를 일상적인 언술 행위를 통해 실천함으로써 자율적 주체가 아닌 도구적 인간으로 전락하게 된다.

이런 입장에서 이 연작형은 도구적 지성의 오인된 권위와 그 언술에 주목하고, 그 언술에 내재된 지배 담론의 실체를 파악해 들어간다. 그것은 말의 현재적 변이형에 대한 탐색으로 구체화된다. 말의 현실적 변이형은 초점화자에 의해 '좋다/나쁘다'식의 가치 판단을 동반하게 되는데, 화자-초점화자는 그러한 인식을 초점화자의 경험에 바탕을 두고 논리적으로 증명해 나감으로써 말의 본질을 파악해 들어간다.

말의 현실적 변이형은 공간을 중심으로 연쇄가 이루어지면서, 두 가지 이상이 동시에 제시된다. 이 두 가지의 변이형이 연쇄되면서 그 의미가 형성된다. 처음 제시되는 변이형과 관련된 사건에 다른 변이형과 관련된 사건이 끼어들어 간섭하면서 처음 제시된 변이형에 대한 인식의 변화를 야기한다.

「떠도는 말들」에서 공간은 방 안과 방 밖으로 반복적으로 변화된다.

---

116) Hans-Dieter Kubler, 『지식사회의 신화』, 이남복 역, 한울, 2008, pp.35~50.

이 과정에서 '환청→자서전→전화 오접→미끄러짐(우스갯소리)→전화 오접→라디오 광고→전화 오접→(고급)자서전→전화 오접, 빈 소리'가 연쇄되면서 의미가 형성된다. 전화 오접은 자서전 대필에, 그리고 자서전 대필은 다시 빈 소리에 그 의미가 연쇄되면서 말이 유령화된 원인과 그 타락상을 보여주고 있다.

하위 틀서사(이하에서 b로 표기함)에서 말의 변이형을 보여주는 매개자로 '여자'와 '피문오'가 제시된다. 먼저, 초점화자 지욱과 여자의 서사를 보자. 지욱은 뭔가를 초조하게 기다리다가(b1) 낯선 여자의 전화를 받고(b2) 약속 장소로 나가지만 여자를 만나지 못하고 눈길에 미끄러지게 된다(b4). 지욱은 집에 돌아와 여자의 전화를 다시 받고 여자가 자신이 신문기자였다는 사실을 알고 있다는 것을 듣게 된다(b6). 지욱은 감기에 걸려 대학병원에 입원했다는 여자의 전화를 받고 그곳에 가서 여자의 말이 거짓이라는 것을 확인한다(b7). 여자에게서 다시 전화가 오지만 혼선이 되고, 전화 속에서 두 남녀가 희롱하는 것을 듣는다(b10).

다음, 초점화자 지욱과 피문오 자서전과 관련된 내용은 지욱이 여자를 만나러 가는 사건 사이에 네 번에 걸쳐 나타난다. 처음 지욱은 피문오의 자서전이 잘 써지지 않아 힘들어한다(b3). 다음 지욱은 여자를 만나지 못하고 돌아온 일로 하여 피문오의 자서전을 쓰지 못하는 원인을 자각하게 된다(b5). 그리고 대학병원에서 택시를 타고 돌아오는 길에 피문오가 나오는 라디오 방송과 광고를 듣게 된다(b8). 마지막으로 지욱은 피문오의 자서전을 뜯어 구긴다(b10).

여자의 오접 전화와 관련된 사건 사이에 피문오의 자서전과 관련된 내용이 결합하면서 1차 연쇄가 이루어진다. 이 과정에서 여자의 말(약속)은 눈길에서 미끄러진 지욱의 사건을 통해 피문오의 자서전의 말로 연결된다. 이를 통해 말에 의한 약속이 지켜지지 않는 상황이 드러난다.

다음으로 여자의 말은 '고급 자서전'으로 의미화되면서 시엠송 가수 흉내 내기를 하는 피문오의 행위와 결합한다. 피문오의 자서전 내용이 피문오의 삶과 일치하지 않고 지욱의 머릿속에서 만들어져 나온다는 것은 거짓으로 지어진 여자의 전화 내용과 동일한 의미를 갖게 되고, 여자의 전화 내용과 피문오의 자서전 내용은 일종의 라디오 방송을 통해 흘러나오는 광고를 흉내 낸 것에 불과하다는 것이 제시되고 있다.

b10에서는 전화가 혼선된 사건을 통해 두 개의 말의 유령이 서로 만나는 과정을 제시하고 있다. 여자는 지욱에게 그러했듯이, 또 다른 남자에게도 동일한 방식으로 말의 유희를 시작한다. 이를 통해 '말의 유령'이 일상에 깊숙하게 침투했다는 점과, 그것이 자신의 즐거움 충족이라는 목적을 위해 봉사하면서 타인을 홀리고 있다는 점을 강조한다.

여자의 전화 내용과 피문오의 자서전의 내용이 갖는 의미가 무엇인지를 파악하고 난 이후 지욱은 b1에서 어떤 것에 대한 기다림으로 인해 '환청'을 들었던 것이 결국 '빈 소리'에 지나지 않는 것임을 깨닫게 된다(b10). 결국 전화, 자서전, 라디오, 신문, '빈 소리' 등은 모두 '말의 유령이 머무는 소굴'에 대한 은유 대체임을 확인할 수 있다. 지욱이 기다리는 '고향을 잃어버리지 않은 말'은 현실에 부재하며 '빈 소리'라는 환청으로 존재할 뿐이라는 것, 대신 오염된 말이 일상의 도처에 횡행하고 있으며 그 오염된 말이 라디오나 신문 등을 통해 전파되고 있다는 것을 보여준다.

전화, 자서전, 라디오, 신문, 빈 소리 등의 현실적 변이형은 초점화자의 발화를 빌린 화자-초점화자의 관념적 진술과 결합되면서 2차 연쇄가 일어난다. 2차 연쇄를 통해 지배 담론과 관련하여 일상의 발화가 갖는 의미가 제시된다. 이 작품에서는 화자-초점화자의 관념적 진술 속에 내포되어 있는 '그들'의 사회적 실천과 관련하여 제시된다.

참으로 이상한 현상이었다. 사람들이 말을 아끼기 시작한 것은 퍽 오래 전부터의 일이다. 언제부턴가 사람들은 그들의 말을 극도로 아끼기 시작했다. 술집에 모인 사람들은 말없이 술만 마셨고 찻집에 모인 사람들은 찻잔을 들여다보며 말없이 차만 마셨다. (중략) 그들은 한때 지극히도 말을 사랑한 사람들이었다. 오히려 그 말을 혹사했다고 해도 좋을 만큼 그들은 말을 사랑했고 그것을 즐겼다. 그 시절, 지상의 모든 가난은 사회 사업가들의 입술 위에 있었고, 조국의 백년 대계는 교육자와 청년 운동가들의 입술 위에 있었으며, 모든 시대 정의는 문학도와 역사학도와 종교인들의 입술 위에 있었다. 그리고 만인의 복지와 민주주의는 대체로 사업가나 정치인들의 입술 위에 있었다. 사람들은 그 모든 것의 현주소를 그들의 입술 위로 옮겨 놓을 만큼 말을 사랑하고 그 말들을 즐겼다.

그들의 입술 위에서 그것은 차라리 말의 혹사였고 말의 학대라고까지 할 수 있었다. 한데 그러던 사람들이 언제부턴가는 느닷없이 그 말을 아끼기 시작해 버린 것이다.[117]

여기에서 '그들'은 사회사업가, 교육자, 청년 운동가, 문학도, 역사학도, 종교인, 사업가, 정치인 등으로 제시되고 있다. 이들에 의해 말의 혹사와 학대가 이루어졌다는 것이다. 혹사와 학대의 방식은 "그들은 너무나 많은 말을 하여 말들의 주소를 바꿔 놓음으로써 말들을 혹사했고 말들을 배반했고 결국에는 그 말들이 기진맥진 지쳐나게 했다."를 통해 짐작할 수 있는데, 말의 남발과 왜곡이 그것이다. 이러한 '그들'과 현실적 변이형이 연결되어 2차 연쇄가 일어나면서, 전화, 자서전, 라디오, 신문, '빈 소리'는 지배 담론의 '오인된 권위'에 기반하여 지배 질서의 논리를 확대 재생산하는 결과물임을 제시하고 있다.

「자서전들 쓰십시다」에서 공간은 서울, 시골, 다시 서울의 하숙방으로 변화된다. 이 과정에서 '지욱의 자서전 대필의 논리→최상윤의 신념

117) 「떠도는 말들」, pp.22~23.

에 찬 말→피문오의 폭언과 폭행과 외침 소리의 환청'이 연쇄되면서 의미가 형성된다. 최상윤의 말은 피문오의 대필 거절 사건에, 그리고 그 사건은 "자서전들 쓰십시다아"라는 외침 소리로 그 의미가 연쇄되면서, 자서전이 그릇된 신념을 전파하고, 대중의 정신 지배를 위해 수단화되고 있음을 보여주고 있다.

하위 틀서사에서 언술의 변이형을 보여주는 매개자로 피문오, 최상윤이 등장한다. 먼저, 지욱과 피문오의 서사이다. 지욱은 피문오의 자서전 대필을 포기한다. 지욱은 피문오의 자서전을 더 이상 쓸 수 없게 되었다는 편지를 쓴다(b1). 하숙집으로 돌아온 지욱은 자서전 대필 거절 일로 자신을 찾아온 피문오와 그의 동료에게 봉변을 당한다(b3). 피문오가 돌아간 뒤 지욱은 '자서전들 쓰십시다아'하는 피문오의 환청 소리를 들으며 망연자실해 한다(b4).

다음, 지욱과 최상윤의 서사이다. 지욱은 최상윤을 통해 진정한 말을 만날 수 있을 것이라 기대한다(b1). 다음날 아침 지욱은 C읍으로 가서 최상윤을 만나 농장을 둘러보고 서울로 돌아온다(b2). 피문오에게 봉변을 당하면서 최상윤의 얼굴을 떠올린다(b3).

지욱이 피문오에게 자서전 대필을 거절하는 편지를 쓰고 피문오에게 봉변을 당하게 되는 사건 사이에 최상윤의 농장을 방문하여 그의 이야기를 듣고 돌아오는 사건이 결합되면서 1차 연쇄가 이루어진다. 먼저, 피문오나 최상윤이 자서전을 갖고자 하는 목적의 유사성에 의해 은유대체가 이루어진다. 피문오나 최상윤은 자서전을 통해 대중의 미래를 지배하려는 동상을 세우고자 한다는 점에서 공통점을 갖는다.

다음으로, 지식인의 직업윤리와 양심을 명분으로 내세워 지욱은 자서전 대필을 거부하는데, 이를 두고 피문오는 지욱 역시 호구지책을 위해 자서전을 수단화했다고 비판한다. 이 비판에 '자서전이나 회고록들 쓰십시다아'라는 피문오의 외침 소리가 결합한다. 이 연쇄에 의해 자서전 대필 작가는 '고물 라디오나 시계 고치는 사람들'로 은유 대체된다. 그럼으로써 자서전 대필 작가든 고물 라디오나 시계 고치는 사람들이든 모두 '먹고 살겠노라 애걸애걸 일을 맡아'가는 점에서는 동일하다는 것으로 제시되고 있다. 이를 통해 지식인의 직업윤리와 양심을 내세워 자서전 대필을 거부한 지욱의 논리는 그 명분을 잃게 된다.

이와 같은 의미의 연쇄에 의해 최상윤의 신념과 피문오의 신념이 비판되고 있다. 최상윤의 신념은 만인의 정신을 획일화시키기 위한 효과적인 수단이라면, 피문오의 가짜 신념과 철학은 피문오 자신의 경제적 이윤 창출을 위한 수단에 해당한다. 둘 다 자서전을 지배의 수단으로 삼고 있다는 점에서 다르지 않은 것으로 제시되고 있다. 더불어 지욱의 자서전 대필 거절 논리는 피문오에 의해 자신의 목적을 이루기 위해 지욱 역시 그럴듯한 논리를 내세워 위장하고 은폐하고 있다는 것으로 비판된다.

이들 현실적 변이형은 초점화자의 발화를 빌린 화자-초점화자의 진술과 결합되면서 2차 연쇄가 일어난다. 2차 연쇄를 통해 지배 담론과 관련하여 일상의 발화가 갖는 의미가 제시된다. 이 작품에서는 '그들'이 자서전을 쓰기 시작하는 것으로 제시된다.

> 그런 식으로 저 혼자 머리 속에서 꾸며 쓴 자서전류의 책들이 아마 지금 당장 기억해 낼 수 있는 것만도 열 권은 넘을 것입니다. 교육자도 있었고, 사업가도 있었고, 정치인, 종교인도 있었습니다. 드물긴 했었지만 선생님 같은 인기 직업 종사자도 한두 분은 계셨던 걸로 기억됩니다.[118]

---

118) 「자서전들 쓰십시다」, 위의 책, p.68.

지욱에게 자서전 대필을 요구하는 사람들은 교육자, 사업가, 정치인, 종교인 등이다. 이들은 자서전에 의해 세워진 '가짜 동상'을 수단화하여 자신들의 탐욕을 이루고자 한다. 그들은 위인들의 이름에 담긴 믿음과 기대만을 전유할 뿐이고, 그들의 이름에 값하는 약속과 기대를 책임지지 않음으로써 위인들의 삶에 대한 사람들의 신뢰를 저버리는 결과를 낳게 되는 것이다. 결국 자서전의 말은 전화기나 신문, 라디오 등의 매체를 통해 전파되는 말과 다르지 않다. '가난', '정의', '민족의 백년대계', '복지와 민주주의' 등의 말들이 지배 담론에 의해 왜곡되어 신문, 라디오 등의 매체를 통해 전파되는 것처럼, 자서전 또한 위인들의 철학과 신념의 껍데기만을 전유하려는 인물들에 의해 왜곡되는 과정을 밟는다. 자서전 역시 지배 담론의 논리를 전파하는 매체로서 수단화되고 있는 것이다.

그 결과, 말은 유령화 되고 결국에는 주인을 배반하기에 이른다. 그러한 말들의 복수란 그 말에 담겨 있는 기대와 약속, 신뢰를 헛된 것으로 만들어 번번이 좌절시키는 과정을 통해 실현된다고 할 수 있다. 지욱은 「떠도는 말들」의 전화 오접 사건을 통해 전화에 대한 자신의 기대가 좌절되는 것을 이미 경험했으며, 「자서전들 쓰십시다」에서는 자서전을 통해 다시 한 번 더 기대가 좌절되는 것을 경험하게 되는 것이다.

「지배와 해방」에서 공간은 강연장, 하숙방으로 반복적으로 변화한다. 현재의 '지욱'은 하숙방에 있으면서 녹음된 테이프를 통해 흘러나오는 내용에 따라 자연스럽게 강연장의 상황을 회상하고 있다. '그 자신의 말→가짜 대답, 대외용 문학관→명분의 얼굴로서의 말→순교자, 난세의 구세주, 몰아의 박애주의자→뽕잎의 똥을 싸는 누에, 명주실을 뽑아내는 누에→숙명적 이상주의자'가 연쇄되면서 의미가 형성된다. 이 과정에서 '현재 하숙방에서 녹음된 강연을 들으면서 말의 진정성을 탐색하는 지욱→강연장에서 강연을 듣는 자서전 작가 지욱→강연을 하는 이정훈'으로 연쇄되면서 의미가 형성된다. 이를 통해, 자서전 주인공(자서전 대필)과 자서전의 관계가 작가와 글(소설)의 관계로 연쇄되면서 자서전은 자서전 주인공의 고백이나 인간적인 욕망을 드러내기보다는 명분과 대중 지배를 위한 수단으로 전락한 것임을 비판하고 있다. 그러면서 작가의 개인적 욕망과 사회적 책임의 바람직한 관계는 상호 창조의 관계와 자유의 질서에 기반을 두어야 한다는 것이 제시되고 있다.

하위 틀서사에서 말의 변이형을 보여주는 매개자로 이정훈이 등장한다. 먼저 초점화자 지욱은 녹음된 이정훈의 강연을 들으면서 강연회장에 가게 되었던 일을 회상한다(b1). 지욱은 녹음 내용을 듣다가 이정훈의 말투 때문에 긴장하여 벌떡 일어나 앉는다(b2). 지욱은 녹음 내용을 듣다가 긴장과 초조 때문에 자리에서 일어서 방 안을 맴돈다(b3). 정훈의 이야기가 끝나자 녹음기 스위치를 끄고 테이프를 감아 서랍에 가둬 넣는다(b4).

다음, 지욱이 강연장에서 이정훈의 강연을 듣는 것과 관련된 내용이다. 지욱은 말을 감금하기 위해 토론회나 세미나 등을 찾아다니다가 이정훈의 강연 소식을 듣고 강연회장으로 간다(b1). 이정훈의 강연을 들으며 강연회장에서 긴장을 하게 된다(b2). 이정훈의 강연을 들으며 초조하게 긴장하고 불안해한다(b3). 이정훈의 강연이 끝나고 문답이 오갔지만 지욱은 녹음기를 끄고 허겁지겁 강연장을 빠져 나온다(b4).

마지막으로, 이정훈의 강연 내용이다. 작가는 왜 쓰는가와 관련된 문제 제기(b1), 작가의 사회적 책임과 개인적 욕망의 관계(b2), 글을 쓰는 동기로서의 복수심과 지배욕의 관계(b3), 글을 쓰는 목적과 자유의 질서와의 관계(b4)라는 내용이 이정훈의 발화 형태로 제시되고 있다.

1차 연쇄는 녹음된 강연 내용을 듣는 지욱(자서전 작가)과 이정훈의 강연 내용이 결합되면서 이루어진다. 먼저, 자서전 작가와 자서전의 말은 작가와 소설과의 관계로 은유 대체된다. 지욱이 피문오의 대필을 거절하려 했던 사건과 관련하여 지욱의 편지에 담겨 있던 '그 자신의 말'은 이정훈의 강연 내용을 통해 '번드레한 명분만을 내세워 보이기 위한 정직치 못한 가짜 대답'으로 연결되고 있다. 말과의 약속이나 책임 관계와 관련하여 지욱의 '뽕을 먹는 누에가 뽕잎의 똥을 싸는 격(자서전의 말)'은 이정훈의 '뽕을 먹고 명주실을 뽑는 누에(작가의 정직한 말)'로 은유 대체된다. 자서전 작가는 자서전 주인공의 삶을 보여주는 것이고, 작가는 현실의 삶을 취하여 소설로 보여주는 것이라는 점을 통해, 자서전 작가의 말은 '뽕잎의 똥'으로, 작가의 말은 '명주실'이 된다는 것을 보여주고 있다.

다음으로, 지욱이 강연장에서 이정훈의 강연을 듣는 것(말에 대한 책임을 묻는 자)과 이정훈의 강연 내용이 결합된다. 처음 지욱이 강연장에 가면서 관심을 두고 있었던 '일상인과 일상인의 말과의 약속이나 책임 관계'는 이정훈의 강연 내용을 통해 '작가와 소설의 관계'로 은유 대체된다. 이 은유 대체에 의해, 작가는 '숙명적 이상주의자'라는 점, 그러한 작가는 '삶의 진실에 가장 크게 관계된 자유의 질서'로 독자를 지배해 나간다는 점을 제시한다. 반면, 현실 속에서 정치인, 목사, 경제인, 언론인 등은 '순교자, 난세의 구세주, 몰아의 박애주의자'로 자처한다는 점, 그들의 '말들의 잔치'는 '대외용 문학관', '명분의 얼굴로서의 말'에 불과하다는 점을 제시한다. 이를 통해, 일상인과 일상인의 말과의 약속 관계가 타락해 있다는 것을 보여주는 것으로 의미화되고 있다.

이들 현실적 변이형은 초점화자의 발화를 빌린 화자-초점화자의 진술과 결합되면서 2차 연쇄가 일어난다. 2차 연쇄를 통해 지배 담론과 관련하여 일상의 발화가 갖는 의미가 제시된다. 이 작품에서는 '그들'

의 사회적 실천과 관련하여 제시되는데, '그들'의 말은 각종 강연이나 세미나 등을 통해 전파된다.

> 그는 부지런히 녹음을 쫓아다녔다. 정치인들의 모임에도 찾아갔고, 목사들의 기도회도 쫓아갔다. 경제인들의 시국 선언, 언론인들의 그 흔한 세미나, 심지어 혼분식 장려나 가족계획 사업 관계의 모임에 이르기까지 말들의 잔치가 벌어지는 곳이면 안 쫓아다닌 곳이 없었다.[119)]

여기에서 '그들'의 강연과 세미나는 정치인들의 모임, 목사들의 기도회, 경제인들의 시국 선언, 언론인들의 세미나, 혼분식 장려나 가족계획 사업 관계의 모임과 같은 강연회나 토론회 등으로 제시되고 있다. 이들의 말은 모두 '명분으로만 남은 말'에 해당한다.

> 말들은 이제 명분의 얼굴로서만 필요했고, 그렇게만 부려져 오고 있었다. 실체나 행위와의 약속을 잃어버리고 말았다. 말들은 더 이상 약속을 지킬 필요가 없었고 지킬 수도 없었다. 말들은 그들의 집을 떠나지 않으면 안 되었다. 집을 떠나 떠돌지 않으면 안 되었다.
> 어째서 사람들은 그토록 일방적으로 말들을 학대하고 그것들과의 약속을 배반하게 되었는가. 믿음을 잃어버리기에 이르렀는가. 그것은 우선 말을 부리는 사람들의 무책임이 무엇보다도 큰 허물이었다. 말을 부리면서도 그 말들에 대한 자신의 약속이나 책임을 감당하려 하지 않았다. 함부로 빈말을 일삼고도 어색해할 줄들을 몰랐다. (중략) 오늘 이 말을 하고 내일 저 말을 해도 어색한 일이 일어나질 않았다. 말들은 실체와의 약속의 끈을 매단 채론 깃들어 갈 곳이 없었다. 약속의 끈은 거추장스러울 뿐이었다. 정처 없이 떠돌아 다닐 수밖에 없었다.[120)]

말이 명분의 얼굴로만 남아 있다는 것은 말의 잔치에서 무책임한 명

119) 『지배와 해방』, 위의 책, p.108.
120) 위의 책, pp.107~108.

분이 난무한다는 것을 의미한다. 많은 약속의 말들이 내뱉어지지만 그 말들은 실체나 행위와의 약속을 쉽게 잊어버린다(b2). 그곳에서 내뱉어지는 말들은 「떠도는 말들」에서 언급되었던 '가난, 조국의 백년대계, 정의, 복지와 민주주의' 등이 될 것이다. 정치인, 목사, 경제인 등이 내뱉는 그런 말들은 명분만 있을 뿐 행위나 실체가 없다는 점에서 이정훈이 강연에서 언급한 '대외용 문학관'(b3)과도 상통하는 것이라 할 수 있다. 그러한 대외용 문학관을 통해 "진실에의 순교자, 난세의 구세주, 몰아의 박애주의자"[121]를 자처하지만 사실 그런 대답은 작가 자신의 개인적인 동기와 인간적인 욕망을 은폐하고 감춘, 정직하지 않은 가짜 대답에 가깝다.

「몽압발성」에서 공간은 '기적 다방', 공설 운동장, '기적 다방'으로 변화된다. 이 과정에서 '안장로 부흥회의 소문(체념파, 희망파)→우화(말의 수음)→병든 말→말의 조율→소문(말과 논리의 선택)→소문의 조종사→말의 가위눌림'이 연쇄되면서 의미가 형성된다. 조율실의 말은 안장로 부흥회와 그 사건에 대한 소문으로 연결되고, 그것은 다시 말의 가위눌림으로 연결되면서, 말이 실체와 아무 관련이 없는 소문으로 전락하고 지배 이데올로기를 전파하는 폭력적인 수단으로 변질되었음을 보여주면서 그 원인을 파악해 들어가고 있다.

하위 틀서사에서 말의 변이형은 현실에서 벌어지고 있는 안장로 부흥회 사건과 관련하여 우화와 소문으로 제시된다. 이러한 변이형과 관련된 매개자로 백경태와 조율실 사람들과 강한욱이 등장한다.

먼저, 조율사들(우리들)은 조율실에 부흥회 소문이 묻어들면서 체념파, 희망파로 나뉘어 서로에게 소문을 들려준다(b1). 백경태가 자신의 우화를 소개하고, 이를 들은 강한욱이 백경태를 폭행하는 사건이 벌어진다

121) 위의 책, p.120.

(b2). 녀석들이 소문이 되어 기적으로 돌아오고(b4) '나'는 한욱을 기다리며 부흥회장으로 간다(b5). '나'는 기적 다방에서 소문의 조종사가 되어 돌아온 한욱을 만나 부흥회장의 사건에 대해 대화를 나눈다(b6).

다음, 안장로 부흥회와 관련하여 소문이 제시된다. 안장로 부흥회 소문을 체념파, 희망파로 나뉘어 전달한다(b1). 강한욱의 사건 이후 모두 조율실을 떠나고 '나'는 미스 홍과 녀석들을 통해 부흥회장에서 한욱을 보았다는 소문을 듣는다(b3). 부흥회장이 열렸던 곳으로 가서 안장로 부흥회에 대한 상반된 이야기를 듣는다(b4).

1차 연쇄는 조율실에서 벌어지는 사건과 안장로 부흥회와 관련된 소문이 결합하면서 이루어진다. 먼저, 조율실의 '우화'는 '소문'과 연결되면서 '병든 말'로 의미화된다. '병든 말'은 '신문과 텔레비전, 소문을 통해 떼를 지어 돌아다니면서 언중 위에 군림하고 몰아세우는' 말이다. 언중은 그 병든 말에 감염되어 부림당하고 순종하기를 좋아하고, 말들의 떼에서 벗어나는 것을 두려워한 결과, 그런 말들의 노예가 된다. 조율실의 '우화'는 백경태의 조율에서 나온 것으로, '치질과 자존심에 관한 우화'로 제시되고 있다. 인간이 본래 네 발로 기어 다녔는데 부끄러운 곳을 가리기 위해 직립보행을 하게 되었고, 그러면서 치질을 앓게 되었는데, 그 치질을 고치자고 다시 네 발로 기어 다닐 수는 없다는 내용을 담고 있다. 이 우화의 내용은 '병든 말'과 연결되면서 지배 담론의 논리에 오염된 예로 의미화되고 있다. 이를 통해 말이 타락하게 된 원인이 제시된다.

다음으로, 강한욱이 '소문의 조종사'로 돌아온 것은 '소문'과 연결되면서 '말의 가위눌림'으로 의미화된다. 이때 안장로 부흥회의 소문은 '구호나 플래카드의 말'로 제시되고 있다. '구호나 플래카드의 말'은 각종 매체를 통해 제시된 약속이 마치 지금 당장 현실에서 실현된 것처럼 조작하기 위해 사용되는 말이다. 그 말은 약속 형식이 아니라 실체로 받아들여진다. 안장로 부흥회 소문은 '이적이 일어나리라'라는 약속이 '이적이 일어났다'는 것으로 변화되는데, 이러한 소문을 만들고 조작하는 조종사가 바로 '소문의 조종사'이다. 그 결과 실체와의 약속 형식인 '말'을 실체 그 자체로 받아들이게 되고, 지배 담론의 '말과 논리의 철두철미한 선택'에 의해 받아들여진 '말'에만 길들여지면서 다른 가능성은 전혀 생각하지 못하게 된다. 결국 기적 다방에서 이루어지는 '조율'은 '말의 가위눌림'으로 연결되면서, 순결한 말을 찾고 지키기 위해 조율실의 공간으로 도피하는 것이 더 이상 허락되지 않는다는 것을 보여준다.

이 현실적 변이형은 초점화자의 발화를 빌린 화자-초점화자의 진술과 결합되면서 2차 연쇄가 일어난다. 2차 연쇄를 통해 지배 담론과 관련하여 일상의 발화가 갖는 의미가 제시된다. 이 작품에서는 '그들'의 사회적 실천과 관련하여 제시되는데, '그들'의 말은 온갖 구호와 플래카드 등을 통해 전파된다.

> 이젠 아예 시내 전체가 부흥회와 안장로의 이적에 관한 소문의 소용돌이 속으로 휩쓸리고 있었다. 혹은 그것을 믿으려 하고 혹은 극렬히 비난을 하기도 했지만, 그것을 믿는 쪽이나 안 믿는 쪽이나 모든 언동은 결국은 그 하나의 소문으로 수렴되어 갔고 모든 논의가 그 이적과 관련한 소문화에로의 길을 걸었다. 그리고 그렇게 모든 것이 한 가지 소문에 수렴돼 가고 있는 세상은 묘하게 단순하고 얇은 구조와 질서를 낳아 가고 있는 것 같았다. 거기서 어떤 위기감을 느끼고 있는 사람들마저 있었다. 그리고 뒤늦게 사태를 수습하러 나선 사람들도 있었다.
>
> —하나님의 이적은 당신의 권능의 증거일 뿐이다. 이적의 사례를 경험한 우리 인간들에겐 이미 당신의 증거가 충분한 것이다. 주님의 이적은 외과의의 수술과 같은 것이 아니다. 교인들은 진정해야 한다. 그리

고 항간의 낭설에 현혹되어서는 안 된다.

정통 교파의 교직자들이 텔레비전 프로그램에 좌담을 열고 안장로의 능력을 강력히 부인했다.

—신앙의 자유는 원칙적으로 보호되어야 한다. 그러나 신성한 종교의 교리를 빌어 혹세무민하는 사이비 종교인이 있다면 우리 사회의 질서와 안녕을 위하여 부득이한 조처가 강구되어야 할 것이다.

치안 당국에서도 은근히 소문이 진정되기를 희망하고 나섰다.[122)]

지배 담론은 "말과 논리의 철두철미한 선택"에 기초한다. 곧 지배 담론은 차별과 배제의 원칙에 입각해, 지배 담론의 논리에 부합하는 것만을 중심부로 삼고, 논리에 반하는 것들은 주변부로 배제한다. 지배 담론이 '풍년이 오리라'하면 그것이 중심부이고, '풍년이 들지 않을 가능성'에 대한 말은 철저히 배제된다. 이러한 차별과 배제의 전략은 지배 담론의 논리를 전파하는 매체에 의해 강화된다. 그리하여 중심부에 선택된 말들은 '화려한 행진'을 하는 반면, 주변부로 밀려난 말들은 고통 받고 신음 받는다. '우리'는 이러한 지배 담론의 일방적인 선택과 강요에 길들여져 지배 담론의 "말과 논리의 철두철미한 선택"에 익숙해지고, 일상생활에서 그러한 행위를 되풀이한다. '전쟁이 일어난다'라는 반공 이데올로기, '부자가 되리라'는 경제 개발의 논리는 그렇지 않은 경우, 즉 전쟁이 일어나지 않을 이유, 가난해질 가능성과 관련된 말들을 일체 배제한다. 온갖 구호, 거리에 나부끼는 플래카드의 말도 모두 철두철미한 차별과 배제의 논리에 기초하고 있다. 그러한 논리에 길들여진 '우리'는 지배 담론의 논리를 부정하는 말들을 철저히 부정한다.

「다시 태어나는 말」에서 공간은 일지암 초입, 일지암, 유선 여관으로 변화된다. 이 과정에서 '괴상한 노래 가사(형식으로만 남은 말)→부흥회 사

---

122) 「몽압발성」, 위의 책, p.227.

건(말에 대한 완전한 절망)→초의선집의 글(음다법의 규범)과 시문→다도→차 마시는 마음(다도회 사람들/초의 선사/사내)→용서→머리 빗질'이 연쇄되면서 의미가 형성된다. 형식으로만 남은 말은 김석호의 말로 연쇄되고, 김석호의 말(이야기)은 다시 살아 있는 말로 그 의미가 연쇄되면서, 형식으로만 남은 말이 살아 있는 말로 의미화되는 과정을 보여주고 있다. 곧 김석호의 말은 초의 선사와 사내의 이야기를 통해 용서의 의미를 풀어주고, 그것을 김석호 자신의 사람에 대한 믿음으로 보여줌으로써 살아 있는 말로서 의미를 갖게 된다.

하위 틀서사에는 현실의 말에 실망하고 순결을 잃지 않은 말, 생명을 지닌 말을 찾고자 하는 윤지욱의 서사와, 초의의 음다법에서 정신의 바른 길과 다법에 치우치지 않는 참다운 다인의 마음을 찾고자 하는 김석호의 서사가 결합되어 있다. 전자는 말의 형식을, 후자는 말의 내용을 보여주는데, '입산→일지암→하산'의 과정을 거치면서 내용과 형식으로 분리되어 있던 것이 결합하는 것으로 변화한다.

먼저, 초점화자 지욱은 석호와 함께 일지암으로 올라가는 도중에 표충사 입구에서 괴상한 노래를 부르는 학생들을 만나고, 지욱은 그들의 노래가 말이 타락하여 형식으로밖에 남지 않게 되었음을 보여주는 것으로 여긴다(b1). 순결을 잃지 않은 말을 「초의선집」에서 찾아내고, 그것의 운명을 보기 위해 김석호를 찾아오게 된 일을 떠올린다(b2). 지욱은 해남에서 김석호와 만나 일지암으로 올라가서 스님을 만난다(b3). 산에서 내려와 유선 여관에 들어가 지욱은 석호에게 말과 관련된 자신의 깨달음을 들려준다(b7).

다음, 일지암에서 김석호는 차 마시는 마음에 대해 세 가지 사례(다도회 사람들/초의 스님/사내)를 들어 이야기해 준다(b4). 석호는 참다도와 용서의 관계에 대해 이야기해준다(b5). 하산하면서 석호는 사내의 사연과 함께 그를 일지암에 데려온 이유에 대해 이야기해준다(b6). 석호는 지욱에게 머리 빗질하는 여인을 불러주고 사라진다(b7).

살아 있는 말을 찾아다니는 지욱과 차 마시는 마음을 찾고자 하는 김석호의 서사가 결합하면서 1차 연쇄가 이루어진다. 첫 번째로, '괴상한 노래 가사'의 말은 '다도회 사람들의 차 마심'의 사례로 연결되면서 '형식적 추상'에 불과한 말로 의미화된다. 괴상한 가사의 노랫소리는 천자문, 한글 자순, 역대 왕조표, 숫자판 등과 같은 것이다. 현실의 말은 그 말이 갖고 있던 의미로서 전달된다는 사회적 약속을 파괴함으로서 메시지의 전달 능력을 상실하고 있다. 이러한 말에 대한 비판으로서 형식으로만 남은 말, 즉 괴상한 노래 가사가 제시된다.

두 번째로, '말과 정신의 규범'의 관계를 다도에 비유한 초의선집에 실린 '다도'의 말이 '차 마시는 마음이자 용서(초의 선사/사내/머리 빗질하는 여자)'로 연결되면서 '옹근 말', '순결을 잃지 않은 말', '살아 있는 말'로 의미화되고 있다. 김석호와 초의 스님, 사내는 용서와 믿음을 삶 속에서 펼쳐나가는 인물로 제시되면서, 김석호의 믿음, 초의 스님의 차 마시는 마음, 사내의 용서 등이 모두 순결을 잃지 않은 말로 현실화되고 있다. "남을 용서하고 자신을 용서하고 그리고 세상사 모든 것을 용서하고 감사하는" 마음, 그것이 초의 스님의 진정한 차 마심의 마음이자 사내의 마음인 것이다. 은유 대체에 의해 의미화된 '용서'의 측면에서 볼 때, 인간사들에 후회와 속죄와 감사의 마음에 젖은 초의 스님의 차 마심의 마음과, 인생살이의 어떤 정한으로 인해 소리를 찾아 남도를 헤매는 사내의 행위는 동등한 의미를 띤다.

이를 통해 '소리'의 의미가 보다 구체적으로 제시된다. 특히 '초의 스님이 행한 수많은 인간사=사내의 정한'은 앞의 형식적인 노래 가사, 형식적인 말, 형식적인 다도회, 형식적 차 마심과 관련된 영역의 은유 대체라면, '차 마심=소리'는 말 같은 말, 초의 스님의 시, 진정한 차 마심, 남도 소리, 장님 여자와 관련된 영역의 은유 대체에 해당한다.

세 번째로, 살아 있는 말을 찾을 수 있는 가능성에 대한 탐구로, 이는 다시 세 가지 연쇄에 의해 제시된다. 먼저, 초의 스님의 차 마심과 사내의 헤매임이 연결된다. 초의 스님의 차 마심이 '선집'이라는 책의 영역과 관련이 있는 것임에 반해, 소리를 찾아 헤매는 사내의 행위는 구체적인 일상 현실 영역과 밀접한 관련이 있다. 초의 스님의 차 마심은 추상적인 텍스트(지식)의 영역에 있기에 현실적 구체성을 획득하지 못함에 반해, 사내는 일상 현실에 생존하는 인물로 설정되어 있기에 그를 통해 현실적 구체성을 획득할 수 있는 것이다.

다음, 사내와 지욱이 연결된다. 여기에서 사내의 사연은 다음과 같은 내용으로 이루어져 있다. 사내는 자신의 어미를 죽게 한 의붓아비에게 복수하고자 하지만 의붓아비의 소리에 그런 마음이 녹아버리는 것을 깨닫고 의붓아비와 누이의 곁을 떠난다. 그런 삶에 대한 후회 때문에 평생 소리를 찾아 남도를 헤맨다. 그러다 누이를 만나고 누이의 눈이 멀어 있는 것이 아비 때문이라는 것을 알게 된다. 그렇지만 사내는 누이에게 자신이 누구인지 밝히지 않고 떠난다. 누이에게는 한의 매듭을 풀어가는 소리가 필생의 삶이 되고 있었기 때문이다. 누이에게 화해와 용서를 구하고 누이가 그것을 받아들여 주었더라도 자신에게는 회한과 용서로 살아내야 할 자기 몫의 삶이 남는다. 그래서 누이를 단념하고 그 소리에 의지해 자기 몫으로 점지된 회한과 용서를 필생의 빚으로 살아가는 것이다. 따라서 누이를 만나도 사내의 헤매임은 끝나지 않는다.

석호의 시선에서 보자면, 사내의 '헤매임'은 지욱의 '헤매임'과 같은 맥락 위에 놓여 있다. 사내가 '소리'를 찾아 헤매는 것과 지욱이 '말'을 찾아 헤매는 것은 동일하다. '살아 숨 쉬는 말'을 찾아 헤매는 지욱은

'용서'를 찾아 헤매는 사내로 연결된다. "소리에 의지하여 자기 몫으로 점지된 그 회한과 용서를 필생의 빚으로 살아가는" 사내처럼, 지욱 역시 '말'에 의지하여 자기 몫으로 점지된 삶을 살아가야 할 것임을 시사한다.

마지막으로, 지욱과 사내와 선희가 연결된다. 유선 여관은 구체적 현실의 공간이라기보다는 말의 본래적 고향, 용서와 화해의 공간을 의미하는 상징적 공간으로서 기능한다. 이 공간에서 지욱과 사내와 선희가 연결된다.

> i) 어느날 한 손님이 이 여관 대문을 들어섰을 때 여자가 마침 본채 마루 끝에 서서 머리 빗질을 하고 있었더란다. 그런데 그 손님 눈이 참 묘한 취미를 가졌던가 보았다. 그 손님이 그날 저녁 한사코 여자를 술자리로 청해 들였단다. 그리고 술을 끝내고는 여자와 그 밤을 새우고 갔단다.
>
> 그런데 그날 밤 그 손님과 여자 사이에 좀 남다른 사연이 오간 모양이었다.
>
> 손님이 떠나간 다음부터 여자에겐 그 요상스런 머리 빗질 취미가 버릇들고 있었다는 것이었다. 그래 여관에서 여자는 틈만 나면 그렇게 하릴없이 머리 빗질을 일삼고 지내는 <머리 공주님>이 되었다는 것이다.[123)]
>
> ii) 그녀는 그새 그를 기다리기가 무료했던지 술상을 멀찌감치 물러앉아 있었다. 그리고는 언제 어디에다 지녀들여 왔던지, 커다란 얼레빗을 한 손에 움켜쥐고, 다른 한 손으로는 또 그녀의 탐스런 머리채를 길게 늘여 잡고서 열심히 힘차게 빗어내리고 있었다.
>
> 그게 마치 지욱이 이날 밤 어쩔 수 없이 그 무게를 감당해내야 할 살아 있는 한 마디 말의 모습이듯이.[124)]

---

123) 위의 책, p.279.

124) 위의 책, p.282.

선희의 머리 빗질은 사내의 헤매임과 관련하여 '기다림'을 의미하는 말로서 의미화되며(i), 지욱의 헤매임과 관련하여 '살아 있는 말'을 의미하는 것(ii)으로 제시된다. 그 결과, 지욱은 선희의 머리 빗질을 통해 그가 지금까지 파악했던 말과 차 마심의 마음이 결합된 현실태를 발견한다.

이 현실적 변이형은 초점화자의 발화를 빌린 화자-초점화자의 진술과 결합되면서 2차 연쇄가 일어난다. 2차 연쇄를 통해, 살아 숨 쉬는 말에 대한 탐구는 지배 담론에 오염된 일상의 말이 아니라 소리를 통해 이루어져야 함을 제시한다.

앞서 「몽압발성」에서는 지배 담론에 의한 말의 일방적인 선택과 강요에 길들여져 일상에서도 그러한 행위를 되풀이하는 것이 '소문의 조종사'로 제시되었다. 지배 담론의 논리에 의해 선택된 온갖 구호와 플래카드의 말에 길들여져 지배 담론의 논리를 부정하는 말들을 철저히 부정한 결과 말은 어떠한 방식으로도 사실을 담아내지 못하는 상황으로 타락하게 되었다. 그 결과 '말'은 내용이 배제된 '형식만으로 된 말'로 남게 된다. 그러한 상황이 「다시 태어나는 말」에서 '괴상한 노래 가사'를 통해 제시되고 있다.

> 가나다라마바사……파하, 에헤에헤……하고 싶은 말은 많은데……
> 하늘천 따지 검을현 누루황……
> 태정태세문단세……에헤에헤……[125]

앞선 여러 과정을 거치면서 '괴상한 노래 가사'는 말이 왜곡되고 타락하여 그 본래의 의미를 잃어버리고, 사실과 소문조차 구별할 수 없는 지경에 이르게 되자, 말의 형식만으로 그 의미를 전달하고자 하는 상황이 벌어지고 있다는 것을 보여준다.

---

125) 「다시 태어나는 말」, 위의 책, p.244.

결국 현재 새롭게 생성되고 있는 말은 지배 담론의 논리에 철저하게 길들여져 있어 더 이상 '살아 있는 말'에 관한 탐색이 이루어질 수 없는 상황으로 치닫게 된다. 그러한 인식은 초의 선사의 시문집에 대한 관심을 통해 확인할 수 있다. 실체와의 약속을 지키고, 본래의 고향을 버리지 않은 말을 초의 선사의 시문으로부터 찾고자 하는 것이다. 이와 같은 탐색은 이후『남도 사람』연작과 연결되는 내용과 결합하면서 현실의 글과 말에 주목하였던 시선을 확장시켜 소리로 표상되는 새로운 말의 내용과 형식에 도달하게 된다.

각 작품의 하위 틀서사에서 일어나는 연쇄를 바탕으로『언어사회학서설』연작형 전체를 이끌어가는 화자-초점화자는 말의 현재적 변이형을 파노라마적으로 병치해두고, 이들을 연작형 전체를 이끄는 상위 틀서사와 결합한다. 이 결합에 의해 하위 틀서사와 상위 틀서사 간에 연쇄가 일어난다. 이 연쇄를 통해 화자-초점화자는 연작 전체를 대상으로 하여 지배 담론의 모순과 문학 담론과의 관계 양상을 파악하고자 한다.

앞서 살펴보았듯이, 각 작품은 두 가지의 서로 다른 말의 변이형이 연쇄되면서 의미가 형성되고 있다. 그것은 연작 형식을 통해 다음 작품으로 이어지면서 연속되어 나간다. 전체 작품을 통해 연쇄는 다음과 같이 진행된다.

> 전화의 말→자서전의 말→빈 소리→자서전의 말, 전화의 말, 자서전 대필 거절의 말→최상윤의 신념에 찬 말→피문오의 폭언→명분의 얼굴로서의 말→강연장의 말→감금된 말(정직한 작가의 말)→조율실의 우화→소문의 말→말의 가위눌림→형식으로만 남은 말→김석호의 말→살아 있는 말

여기서 밑줄 친 부분에 해당하는 것이 연쇄를 통해 의미화되고 있는

부분이다. 전 작품을 연결시켜 볼 때, 밑줄 친 부분에 해당하는 말은 지배 질서의 논리에 의해 생산되고 있는 말에 해당한다. 그리고 밑줄 친 부분의 앞뒤로 제시되고 있는 말 가운데서 앞의 말이 일상의 말에 해당하고, 그것이 밑줄 친 부분에 의해 오염되어 타락한 상태를 보여주는 것이 뒤의 말에 해당한다. 가령, 「떠도는 말들」에서는 '전화의 말→자서전의 말→빈 소리'로 연결되는데, 이때 자서전의 말은 지배 질서의 논리에 의해 생산된 말이고, 전화의 말은 자서전의 말에 의해 오염된 일상의 말이고, 빈 소리는 정처 없이 떠도는 말, 유령화된 말로서 말이 타락한 상태를 보여주고 있다. 이에 따라 전화의 말, 편지의 말, 명분의 얼굴로서만 남은 말, 조율실의 말 등은 「다시 태어나는 말」에 제시되고 있는 '형식으로 남은 말'로 전락하게 된다.

연작 형식 전체와 관련하여, 이러한 지배 담론이 문학 담론에 어떠한 영향을 미치고 있는가와 관련된 의미 탐색이 이루어지고 있다. 이때 그 기준이 되는 작품은 「지배와 해방」이다. 이 작품을 통해 앞서 언급된 '말의 남발과 왜곡', '실체나 행위와의 약속을 잊어버린 말'과 관련된 문학 담론을 비판적으로 살펴보고 있다. 이때 이루어지는 문학 담론의 방향성에 대한 논의는 일상 현실 속에서 실천되고 있는 여러 말과 관련된 현상에 주목하여 그것을 비판하는 과정에서 반정립된다. 이는 곧 다양한 담론의 자장 속에서 펼쳐지고 있는 참여문학과 순수문학을 두고 각각의 문학이 지향하고자 하는 점들을 염두에 두면서, 이들이 지배 담론의 논리를 반복하고 있는 측면을 비판한다. 그러면서 문학이 궁극적으로 지향해야 하는 방향성을 탐구해 나간다.

먼저, 「떠도는 말들」에서는 '가난, 조국의 백년대계, 정의, 복지와 민주주의' 등이 도구적 지성의 언술로 제시되고 있다. 사회사업가, 교육자, 청년 운동가, 문학도, 역사학도, 사업가, 정치인, 종교인, 경제인 등이 내뱉는 그런 말들은 명분만 있을 뿐 행위나 실체가 없다. 오히려 이러한 지성인들에 의해 말들의 혹사와 학대가 이루어졌다는 것이다.

이와 관련하여 '대외용 문학관'이 제시되고 있다. 명분만이 있고, 행위나 실체가 없는 말들이 난무하는 것과 관련하여 "진실에의 순교자, 난세의 구세주, 몰아의 박애주의자" 등을 자처하면서 작가 자신의 개인적인 동기와 인간적인 욕망을 은폐하고 감춘 정직하지 않은 가짜 대답을 내세우는 작가들이 비판되고 있다.

다음으로, 「자서전들 쓰십시다」에서는 자서전이 대중 지배의 수단으로 이용되는 것에 대해 언급하고 있다. 자서전 대필을 요구하는 사람들은 교육자, 사업가, 정치인, 종교인 등이다. 이들은 자서전에 의해 세워진 가짜 동상을 수단화하여 자신들의 탐욕을 이루고자 한다.

이와 관련하여 글이 개인의 현실적인 목적을 이루기 위한 수단으로 이용되는 것에 대해 비판하고 있다. 순수문학이든 참여문학이든, 어떤 유파, 어떤 경향의 소설이라도 현실적 지배를 위해 문학을 수단화해서는 안 된다고 언급하고 있다. 곧 문학의 이념을 명분으로 삼아 개인적 욕망을 은폐하고 무시하는 것은 독자의 자유로운 삶의 모습을 규제, 억압, 구속하는 결과를 낳을 수 있다는 것이다.

그러한 이유를 바탕으로, 작가는 개인의 욕망과 사회적 책무를 조화롭게 이끌어나가야 한다. 작가는 자신의 소설 이념을 통해 현실을 지배하려해서는 안 되며, 소설의 이념으로 도달하게 된 세계에서 다시 다른 이념을 찾아 나가야 한다는 숙명적 이상주의자가 되어야 한다.

글이나 이념이 현실 지배를 위해 수단화되는 현상을 비판하면서 문학의 담론을 반정립한 이후에 도달한 작품이 「몽압발성」, 「다시 태어나는 말」이다. 「몽압발성」에서는 우화로밖에는 글을 쓸 수 없는 상황이 제시되며, 그것마저도 지배 담론의 재생산에 지나지 않는 것임을 비판하고 있다. 지배 담론의 논리는 '전쟁이 일어난다', '부자가 되리라'는 말을 선택하고, 그렇지 않을 가능성을 배제한다. 그런데 지배 담론에 반대하는 혁명가, 정치가, 야당 당수 등에 의해서는 오히려 '전쟁이 일어나지 않을 이유', '가난해질 가능성'을 선택하고, 그렇지 않을 가능성을 배제하게 된다. 결과적으로 지배 담론의 논리는 그 논리에 반대하는 이들에 의해 또다른 부류의 지배 담론의 논리로 변화되어, 지배 체제를 전복하는 논리로 작동할 뿐이다. 결과적으로 지배 담론이든 그 지배를 전복하려는 담론이든, 모두가 동일하게 차별과 배제에 기초하고 있다는 것이 드러나게 된다. 따라서 어떠한 말로도 사실을 담아내지 못하는 상황에서 우화는 지배 담론의 '철저한 선택과 배제의 논리'를 재생산하고, 그 타락상을 더욱 부추길 수밖에 없게 된다.

그 결과 「다시 태어나는 말」에서는 노래 가사나 옛 선비들의 시문 등과 같은 형식만으로 된 글이나 혹은 고전에의 관심을 통해 지배 담론의 오염된 논리로부터 벗어나고자 한다. 그러나 이러한 글과 시문은 현실의 삶을 바탕으로 한 내용을 담아내지 못한다는 점에서 그 한계를 갖고 있다. 이러한 점을 극복하기 위해 탐색하고 있는 것이 바로 '삶(이야기)'이며, 구전으로 전래되어 내려오고 있는 말의 다양한 변형태에 담겨 있는 정서이다. 이에 따라, 삶(이야기)의 형식에 '소리'의 정서를 담아내는 새로운 문학 담론이 배태된다.

2. 정서의 복원과 기억의 확장에 의한 이야기성의 복원: 『남도 사람』 연작

『남도 사람』 연작형은 시간을 중심으로 연쇄가 이루어진다. 이 연작형은 인물(소리꾼과 같은 예인이나 평범한 민가의 사람들)과 전설, 자연 대상물에 얽힌 내력이나 사연 등을 대상으로 하여, 그 속에 내재된 정서가 한(恨), 기다림, 용서에 그 맥락을 두고 있으면서, 나아가 공동체의 정서에 그 뿌리를 두고 있음에 주목한다. 그 결과 공동체적 정서가 내포하고 있는 긍정적 가치를 복원시키고자 하는 의도가 강하게 드러난다.

이 복원을 위해 이 연작형은 도구화된 지성의 잔여로서의 언술에 주목한다. 도구화된 인간의 관계 질서가 지배하면서, 자연과 인간이 합일된 세계에서의 경험과 그에 결부된 정서는 도구적 지성에 의해 왜곡, 은폐된다. 도구적 지성에 포섭되지 못한 경험과 정서는 지성의 잔여로서만 남아 있게 되는 것이다.

'도구적 지성'의 오인된 권위를 자각할 때 비로소 지성의 잔여로서 남아 있던 세계 내 존재로서의 인간의 관계 질서에 뿌리를 두고 있던 정서가 복원될 수 있는 가능성이 마련된다. '도구적 지성'의 오인된 권위를 자각하는 것은 주체가 스스로 권위를 부여했던 '도구적 지성'의 논리에 대한 반정립 과정을 통해 오인된 논리의 권위를 무너뜨리고, '지성'의 논리에 대한 반성적 태도를 취하는 것에서부터 비롯된다.

지성의 잔여로서 '소리'는 '예'에서 연결되는 것으로, '기술'이 예술로 승화된 것을 의미한다. '소리'는 지성의 영역에서 언급되는 '개념'이나 '논리'에 따른 언어적 진술이 아닌, 경험과 삶의 실재를 감성과 상상력에 기반하여 담아내는 감성적 언어로서의 속성을 지닌다.[126]

소리 이외에도 전설, 이야기 등은 구전의 형식을 통해, 곧 구술성을 바탕으로 하여 전달되는 특징을 갖는다. 구술은 기억이 재현된 한 형태이다. 전설이나 이야기와 같은 '구전'은 개인의 회상에서 시작되지만,

126) 학문의 언어(말)는 진술 언어인데 반해, 소리의 언어는 감성 언어이고, 학문의 언어는 기록성에 기반을 두고 있는 것에 반해, 소리의 언어는 구술성에 기반을 두고 있다.

종국에는 개인의 회상이 모인 '집합 기억'을 형성한다. 곧, 개인의 회상으로부터 발전한 이야기들은 '사실'로서 주장되고, 한 세대에서 다음 세대에게 '진실'된 것으로 전해진다. 이 이야기들은 '기억들의 기억'과 같은 것으로, 이때 집합 기억은 동일한 공간적, 시간적 경험이 있는 집단이 갖고 있는 것이기에, 한 집단의 정체성을 파악할 수 있는 근거가 된다.127)

이와 관련해 이 유형의 작품은 지성의 잔여로서의 언술인 소리와 전설, 이야기 등과 같은 구전물에 주목하고, 그 속에 내재된 공동체적 정서를 복원함으로써 도구적 지성에 의해 파편화된 공동체적 정서를 회복시키고자 한다.

「서편제」에서 시간은 현재, 기억 속의 과거, 현재, 기억 속의 과거를 반복적으로 교차하고 있다. 이 과정에서 '소리→소릿재와 소리무덤의 내력→소리→햇덩이의 기억→소리꾼 부녀의 이야기→소리→살기의 기억'으로 연쇄되면서 그 의미가 형성된다. 소릿재 주막의 소리꾼 부녀의 이야기는 사내의 기억과 연쇄되면서 살기와 그것의 풀어짐이라는 정서를 구체화하고, 이는 다시 소리와 연쇄되면서 한의 정서를 드러낸다.

이 작품에서는 전승되는 말의 변이형으로 '소리무덤과 소릿재 주막에 얽힌 소리꾼 부녀의 내력'과 '소리'가 제시된다. 소리꾼 부녀의 내력과 관련하여 매개자로 주막집 여인이 등장한다. 그와 관련된 서사는 다음과 같이 전개된다. 소릿재 주막에서 사내의 장단에 맞추어 여인이 소리를 한다. 여인이 소리무덤과 소릿재 주막에 얽힌 소리꾼 부녀의 사연을 들려준다(b1). 사내는 소리를 끝낸 여인에게 여자의 소식을 묻고, 여인은 여자의 눈이 장님이었고 그 눈을 멀게 한 것이 그녀의 아비라고 답한다(b2). 사내의 얼굴에 살기가 떠오르자 여인은 사내를 유인하듯 소

127) 윤택림 편역, 『구술사, 기억으로 쓰는 역사』, 아르케, 2010, pp.82~90.

리를 시작한다(b3). 사내는 힘이 파한 얼굴로 이를 제지한다(b4).

먼저, 사내의 회상과 관련하여 '햇덩이의 기억'과 '소리 구걸길'을 떠났던 어릴 적 일이 제시된다. 여기에 심청가 중 심봉사가 황성 길을 찾아가는 정경 대목에 해당하는 소리가 결합한다. 이 과정에서 소리는 사내의 회상을 위한 매개체이자, 소릿재의 내력을 환기시키는 매개체로 의미화되고 있다. 주막집 여인은 '소리'를 은혜로 여긴다. 반면 사내는 '소리'를 무서운 인내로 견디어야 하는 '뜨겁고 고통스런 숙명의 태양볕'으로 여긴다. 주막집 여인은 '소리'를 통해 노인네(늙은 소리꾼 사내)의 넋을 이어받는 인물로, 노인네가 보여주었던 삶의 질서를 그대로 자신의 것으로 받아들이고 있다. 그렇지만 사내의 경우는 주막집 여인과는 다르다. 사내에게 '소리'는 괴롭고 고통스러운 것이지만 버릴 수 없는 양가적인 것이다. 결국, 여자의 '소리'는 소리꾼 부녀의 내력과 관련하여 소리무덤의 주인인 노인네의 소리로 연결되고, 사내의 회상과 관련하여 '햇덩이(숙명의 태양이자 소리의 얼굴)'로 연결된다.

다음으로, 소리(심청가)는 소리꾼 부녀의 이야기 중 눈 먼 누이에 대한 사연으로 연결되고, 이는 사내의 '살기'를 조장하면서 '소리 구걸길의 기억'으로 연결된다. "여인이 이윽고 사내를 유인하듯" 노래를 시작하는 장면은 늙은 소리꾼 사내가 소년(사내의 어린 시절)의 "심중을 유인하듯" 잠든 시늉을 하는 장면으로 연결된다.

주막집 여자는 딸의 눈을 멀게 한 일이 딸의 소리를 위해서라고 이해하고 있는 반면, 사내는 소리꾼 아비가 딸이 자신을 떠나지 못하게 하기 위해서라고 짐작한다. 이에 따라 사내의 회상과 주막집 여인의 이야기가 결합되면서 소리꾼 아비가 딸의 눈을 멀게 한 사연이 밝혀진다.

계집딸은 아비에 의해 눈이 멀어 아비를 따라 떠돌아다녔으나, 소년은 사내에게 살의를 느끼며 그를 죽이려고 시도하다가 도망쳐 버리는 상반된 모습을 보여준다. 계집딸은 소리꾼으로서의 삶과 그 질서를 자신의 것으로 받아들이고 있으나, 소년은 그러한 삶과 질서를 모두 거부한 것이다. 사내의 소리를 들으면서 어미의 원한을 풀고자 하는 마음이 살의로 발현되지만, 소리의 마력에 끌려 그 살의가 발현되기도 전에 다시 무력해지는 것을 스스로 감당하지 못하고 사내의 소리로부터 멀어지는 것을 택한 것이다. 소년은 원한을 살기로 표출하고자 한 것이지만, 눈 먼 딸은 사내와는 다른 방식으로 그것을 풀어낸다.

사내는 자신의 원한이 소리꾼 사내의 소리를 통해 무력해지고 말았던 경험을 떠올리면서, 동시에 주막집 여인의 이야기를 들으면서 눈 먼 여자의 심중을 이해하게 된다.

「사람의 한이라는 것이 그렇게 심어 주려 해서 심어 줄 수 있는 것은 아닌 걸세. 사람의 한이라는 건 그런 식으로 누구한테 받아 지닐 수 있는 것이 아니라, 인생살이 한평생을 살아가면서 긴긴 세월 동안 먼지처럼 쌓여 생기는 것이라네. 어떤 사람들한테 외려 사는 것이 바로 한을 쌓는 일이고 한을 쌓는 것이 바로 사는 것이 되듯이 말이네……. (중략) 여자가 제 아비를 용서하지 못했다면 그건 바로 원한이지 소리를 위한 한은 될 수가 없었을 거 아닌가. 아비를 용서했길래 그 여자에겐 비로소 한이 더욱 깊었을 것이고…….」[128]

사내의 발화를 통해 '원한'과 '소리를 위한 한'이 구분되고 있다. 그것을 구분하는 기준은 용서의 여부에 있다. 용서하지 못한 경우에는 원한이 되지만, 용서한 경우에는 한이 되는 것이며, 그것이 여자의 경우에는 소리를 위한 한으로 승화되었다고 말하고 있다. 늙은 소리꾼 사내의 경우에도 그 바탕에는 자신을 죽이려고 했던 소년의 살의에 대한 용서가 깔려 있다. 소리꾼 사내의 소리는 인간의 살의를 무력하게 만들뿐만

128) 「서편제」, 앞의 책, p.61.

아니라 자연과도 무한한 교감을 나누는, 곧 "무연한 산봉우리가 메아리를 울려오고, 골짜기의 산새들도 울음소리를 잠시 그치는" 경지에 도달해 있기 때문이다.

반면에 소리를 들을 때마다 고통스러운 살의의 충동을 견뎌야 하는 사내의 경우는 완전하게 한으로 승화된 것이라 보기 어렵다. 소리꾼 사내를 떠난 후 소리를 찾아 떠도는 사내의 행보는 그러한 원한을 한으로 승화시키려는 노력이며, 소리의 세계가 보여주는 질서를 자신의 질서로 받아들이려는 태도라고 할 수 있다.

이 서사에서 주목할 것은 원한을 풀어내는 방식으로 '용서'가 제시되고 있다는 점이다. 원한이 쌓이고, 그것을 복수하기 위한 방식으로 '살의'가 표출될 수 있으나, 그 '살의'가 소리를 통해 무력화되어 버린다는 내용은 소리꾼의 삶과 질서가 기본적으로 원한을 한으로 승화시키는 용서를 그 바탕에 두고 있음을 시사한다.

이러한 의미의 연쇄에 기반하여 하위 틀서사와 상위 틀서사가 의미의 연관 관계에 의해 결합하면서 그 의미가 드러난다. 상위 틀서사는 소리가 메타텍스트 형태로 결합되어 있는데, 이들 요소와 하위 틀서사의 요소들 간에 2차 연쇄가 이루어진다.

사내의 회상과 관련하여 소리 구걸길을 떠났던 어릴 적 일이 제시된다. 여기에 '심청가 중에 심봉사가 황성 길을 찾아가는 정경' 대목에 해당하는 소리가 결합한다.

> 「어이 가리 어이 가리, 황성 먼길 어이 가리
> 오늘은 가다 어디서 자고, 내일은 가다 어디서 잘거나……」[129]

129) 위의 책, p.55.

판소리 '심청가'의 사설을 삽입하여 구체적으로 제시하고 있는데, 이는 앞서 주막집 여자가 부르는 소리를 '춘향가 몇 대목', '수궁가 한 대목', '흥보가 매 품팔이를 떠나면서 늘어놓는 신세타령의 한 대목' 식으로 간략하게 제시한 것과 구분된다. 여기에서 판소리 사설은 아비가 딸의 눈을 멀게 한 이유와 소년이 사내를 떠나게 된 까닭이 모종의 관계를 갖고 있음을 암시하는 메타텍스트의 역할을 한다.

심봉사의 처지는 소리꾼 부녀의 이야기를 통해서는 눈 먼 계집딸의 처지로 은유 대체되고 있으며, 사내의 기억을 통해서는 소리 구걸길을 떠나는 소년의 처지로 은유 대체되고 있다. 눈 먼 계집딸이나 소년은 "소리를 하고 다니는 사람들"이 그러하듯 "한 곳에 정해 놓고 몸을 담는 일"이 없이 "남도 일대를 쉴 새 없이 두루 떠돌아다"녀야 한다는 점에서 동일한 처지에 놓여 있다.

이를 통해 사내와 눈 먼 계집딸은 남도를 떠돌아다니는 기표로서 표상된다. 그리고 눈 먼 계집딸이 떠도는 사연과 내력은 '집합 기억'과 관련하여 전승되어 온 전설이나 판소리와 같은 이야기와 결합되면서, 이들에 내재된 용서와 화해로서의 공동체적 정서를 환기시키는 역할을 한다.

「소리의 빛」에서 시간은 현재, 과거를 반복적으로 교차하고 있다. 이 과정에서 '소리→사내의 기억(햇덩이)→소리→눈 먼 여인의 소리꾼 부녀 이야기→한(오라비)'으로 연쇄되면서 그 의미가 형성된다. 눈 먼 여인은 오라비의 햇덩이의 기억과 연쇄되면서 기다리는 자의 한의 정서를 구체화하고, 이는 다시 천씨 사내의 소리에 대한 이해와 연쇄되면서 떠나가는 자의 한의 정서를 구체화한다.

이 작품에서는 전승되는 말의 변이형으로 '소리'와 '소리꾼 부녀의 이야기'가 제시된다. 초점화자로 '눈 먼 여인'이 등장하며, 소리꾼 부녀의 내력과 관련하여 매개자로 사내(술손)와 천씨 사내가 등장한다. 이와 관련된 서사는 다음과 같다.

눈 먼 여인에게 술손(사내)이 찾아와 소리를 청한다(b1). 여자는 술손에게 소리에 얽힌 사연을 묻는다(b2). 여자는 사내에게 장단을 맡기고 소리를 한다(b3). 여자는 손이 떠나가자 천씨에게 손이 오라비였음을 밝히고 소리꾼 부녀의 소리 구걸길, 오라비가 떠난 이야기, 여자의 눈이 멀게 된 이야기, 오라비의 살기 이야기를 들려준다(b4). 여인은 오라비가 떠난 이유를 이해하며 천씨에게 떠나겠다는 결심을 밝힌다(b5).

사내는 눈 먼 여자에게 햇덩이와 관련된 소리의 기억을 들려준다(b2). 여자의 소리에 사내는 북장단을 맞추며 소리를 들으며(b3), 다음날 자신이 오라비라는 사실을 밝히지 않고 떠난다(b4).

천씨는 여자에게 소리꾼 부녀의 이야기를 듣는다(b4). 천씨는 여인에게 손이 오라비라는 사실을 밝히지 않고 떠나간 까닭이 여인의 한을 아껴주기 위해서라고 말해준다(b5).

이 작품은 소리와 기억이 반복적으로 연쇄되면서 마지막에 이르러 '한'으로 완성되는 방식으로 구성되어 있다. 이러한 방식은 앞선 「서편제」와 동일하다. 그러나 「서편제」에서는 주막집 여인에 의해 소리꾼 부녀의 이야기가 제시되고, 사내에 의해 햇덩이와 소리 구걸길에 대한 기억 회상이 제시되고 있는데 비해, 이 작품은 햇덩이의 기억이 사내의 발화에 의해 제시되고, 나머지 소리꾼 부녀의 이야기와 살기에 관한 이야기는 눈 먼 여인에 의해 이야기되는 방식으로 제시되고 있다.

또한 「소리의 빛」은 「서편제」와 동일한 내용을 반복해서 다루고 있다. 그렇지만 두 작품 사이에 차이가 존재한다. 「서편제」는 사내에 초점을 맞추어 사내로 하여금 '소리'와 관련된 사연을 짐작하게 하고, 누이의 삶이 어떤 의미를 갖고 있는가를 이해하도록 하는 데 의도가 놓여 있다. 반면, 「소리의 빛」은 누이에 초점을 맞추어 누이의 입장에서 오라비의 '소리 찾기'가 어떤 의미로 받아들여지고 있는가를 제시하고 있다.

먼저, 사내와 눈 먼 여인이 연결되어 사내의 햇덩이와 관련된 기억이 연상되면서 연쇄가 일어난다. 사내는 그 기억을 눈 먼 여인에게 들려주고, 다시 눈 먼 여인은 그 이야기에 소리로 화답한다. 이 과정에서 눈 먼 여인의 소리는 사내로 하여금 의붓아비의 소리를 떠올리게 한다. 이 때문에 사내는 살기를 느끼게 된다. 눈 먼 여인은 사내의 사연과 북장단 솜씨를 통해 사내가 오라비임을 짐작한다.

다음으로, 눈 먼 여인이 천씨 사내에게 소리꾼 부녀 이야기를 들려주게 되면서 연쇄가 일어난다. 이때 소리꾼 부녀에 대한 눈 먼 여자의 이야기는 소리꾼 부녀의 소리 구걸길, 오라비가 떠난 이야기, 여자의 눈이 멀게 된 이야기, 오라비의 살기 이야기를 담고 있다. 여기에 천씨 사내가 손이 자신이 오라비임을 밝히지 않고 떠난 것을 눈 먼 여인의 한을 지켜주기 위해서라고 말하는 내용이 연결되고 있다. 그리고 동시에 소리꾼 부녀를 떠나 '소리'를 찾아 떠돌아다니면서 살아가는 오라비의 한에 대해서도 이야기하고 있다. 이를 통해 눈 먼 여인의 한과 오라비의 한이 갖는 의미를 보여주고 있다.

즉, 누이의 한은 오라비가 떠난 일로 하여 아비가 딸의 눈에 청강수를 찍어 발라 자신을 떠나지 못하게 하려는 데에서 비롯된다. 그 일에 대해서는 누이와 오라비의 생각이 일치하고 있다. 또한 그렇게 생겨난 한은 누이의 소리를 위한 한으로 승화되었으며, 그것을 알고 있는 오라비는 아비에 대한 살기를 주체하지 못한다. 오라비의 살기는 오라비가 소리를 찾아 떠돌게 만드는 근원적 이유가 되며, 그로부터 오라비의 한이 배태된다. 오라비나 누이의 삶에 녹아 있는 한은 그들이 삶을 지속할 수 있도록 하는 근본적인 힘이 된다는 점에서 그들은 서로의 한을 아껴주고 지켜주고자 한다.

이러한 의미의 연쇄에 기반하여 하위 틀서사와 상위 틀서사가 의미의 연관 관계에 의해 결합하면서 그 의미가 드러난다. 상위 틀서사는 소리가 메타텍스트 형태로 결합되어 있는데, 이들 요소와 하위 틀서사의 요소들 간에 2차 연쇄가 이루어진다.

이 작품에 제시되고 있는 '호남가', '편시춘' 등의 판소리 사설은 오라비와 누이가 서로 지켜주고자 하는 '한'이 어떠한 의미를 갖고 있는가를 보여준다. '호남가'는 고향으로 돌아오려는 마음과 관련하여 남도의 여러 지역의 풍광을 담아내고 있으며, '편시춘'은 인생이란 부평초와 같은 것이라는 인생무상의 감정을 이야기하는 내용을 담아내고 있다. 이 판소리 사설들은 원한이나 살기로 맺힌 한을 풀어주는 것으로서 '소리'가 갖는 의미를 잘 보여준다.

이러한 판소리 사설은 눈 먼 여인과 사내 사이에서 제시되는데, 사내는 이 소리를 듣고 햇덩이와 관련한 이야기를 눈 먼 여인에게 들려준다. 이를 통해, 고향으로 돌아오려는 마음, 인생이란 부평초와 같은 것이라는 마음을 느끼는 것은 '사내'이고, 그런 암시를 주는 것은 '눈 먼 여인'이라는 것을 짐작할 수 있다. 이때 눈 먼 여인은 첫 장면에서 '기다림'의 표상으로 제시되고 있고, 사내는 다시 여인을 떠나가는 '떠돎'의 표상으로 제시된다.

결국 이 작품에서는 떠나는 자를 통해서는 고향으로 돌아오고 싶은 마음을 드러내고 있고, 기다리는 자를 통해서는 떠나간 이가 고향으로 돌아오기를 바라는 마음과 인생이란 부평초와 같은 것이라는 마음을 드러내고 있다.

「선학동 나그네」에서 시간은 현재, 과거를 반복적으로 교차하고 있다. 이때 시간적 표지는 보다 구체화되어 '30년 전', '이태 전' 등으로 제시된다. 이 과정에서 '선학동 비상학 전설→선학동 풍광의 기억→선학동 소리꾼 부녀 이야기→소리꾼의 암장→눈 먼 여인의 소리와 비상학의 부활 사연→누이와 만난 기억→소리의 환상→비상학의 부활'로 연쇄되면서 그 의미가 형성된다. 소리를 찾아 떠도는 사내는 소리꾼 부녀의 이야기와 연쇄되면서 맺고 풀리는 한의 정서를 구체화하고, 이는 다시 선학동의 비상학과 연쇄되면서 자연과 합일되어 어우러지는 소리의 의미(살아 있는 말)를 구현한다.

이 작품에서는 전승되는 말의 변이형으로 '소리'와 '선학동 비상학에 얽힌 소리꾼 부녀의 내력'이 제시된다. 초점화자로 '사내'가 등장하며, 소리꾼 부녀의 내력과 관련하여 매개자로 주막집 주인사내가 등장한다. 이와 관련된 서사는 다음과 같이 전개된다.

사내는 회진에 내려 30년 전 선학동 포구의 정경을 떠올리며 기대를 품지만 제방으로 인해 현재의 풍경이 달라져 있는 것을 확인한다(b1). 주막에 찾아들어가 선학동에 학이 다시 날게 되었다고 말하는 주인사내를 만난다(b2). 사내는 주막 주인으로부터 선학동에 관련된 소리꾼 부녀의 사연을 듣는다(b3). 사내는 주인사내에게 누이를 만난 적이 있었다고 하면서 길을 떠난다.

주인사내는 사내에게 선학동에 관련된 소리꾼 부녀의 사연을 이야기해준다(b3). 주인사내는 손이 머물다 떠난 고갯마루에 학이 떠도는 것을 보게 된다(b4).

첫 번째로, 30년 전 선학동의 모습과 현재의 모습이 결합되면서 연쇄가 일어난다. 선학동의 30년 전 모습은 사내에 의해 제시되고 있다. 현재의 선학동과 30년 전의 선학동의 대비를 통해, 포구에 들어차야 할 바닷물은 '추수가 끝난 빈 들판'으로 대체된다. 과거의 선학동이 '제방'에 의해 파괴된 결과 학을 날게 할 물길이 막힌 것이다. 이러한 대체를 통해, 과거에는 선학동의 인자스런 지덕과 풍광이 그 음덕을 누리고자 하는 사람들과 조화를 이루고 있었으나, 현재에는 그러한 풍광이 사라지면서 사람들과의 조화를 상실하게 되었음을 보여준다. 또한 과거에는 음덕과 조화가 중요했던 반면, 현재에는 개발, 즉 경제적 가치의 창출과 이를 위한 자연의 도구화가 인간의 삶에서 중요한 것으로 자리 잡게 되었음을 시사한다.

여기에 선학동의 전설이 결합하면서 전설을 대하는 태도가 대비된다. 주인사내는 다시 학이 난다고 믿는 반면, 손은 그것을 부정하고 있다. 현재 선학동에 대해 사내는 풍광의 지덕, 마을 사람들의 인심이 상실되었다고 생각한다. 반면 주인사내는 사내가 '상실한 것'이라고 생각하는 것들이 사실은 '잊어버린 것'이며, 그것은 비상학에 대한 기억과 소리꾼 부녀의 소리에 대한 기억과 믿음을 되살림으로서 다시 회복될 수 있다고 생각한다.

두 번째로, 주인사내가 들려주는 소리꾼 부녀의 이야기에 의해 연쇄가 일어난다. 주인사내의 이야기 속에서 주목할 것은 선학동의 비상학과 소리의 관계이다. 먼저, 소리와 선학의 비상은 하나가 다른 하나를 불러내고 불러주는 관계로 맺어져 있다는 것이다. 소리에는 포구의 풍정이 담겨 있고, 포구의 풍정 속에는 소리가 묻어 있는 것이다. b1에서는 사내를 통해 학이 날아오르는 선학동의 풍광과 지령음, 그 두 가지를 언급하였는데, 이를 b2에서는 날아오르는 선학의 모습과 소리꾼 부녀의 소리로 대체하고 있다. 즉 소리꾼 부녀의 소리가 마치 지령음인 듯 그려냄으로써 전설을 현재화하고 있는 것이다.

다음, 소리꾼 딸이 아버지를 암장한 사건을 통해 딸의 소리가 마을 사람들의 인심을 돌려놓았음을 언급하고 있다. 명당으로 소문난 관음봉 줄기 어느 곳에도 아버지를 묻을 자리를 마련하지 못한 여자가 어떻게 아버지를 묻고 떠날 수 있었는가에 대해 두 가지 사실이 제시된다. 하나는 여자의 소리가 마을 사람들에게 비상학에 대한 기억을 떠올리게 했다는 것이고, 다른 하나는 그것이 어떤 암시를 통해 듣는 사람의 애간장을 온통 들끓어 오르게 했다는 것이다.

마지막으로, b4에서는 주인사내가 초점화자가 되어 사내(손)를 관찰하는 관계로 변화한다. 그럼으로써 손 역시 주인사내처럼 선학동에 학이 다시 비상하게 되었다는 것을 '믿는' 상태로 변화하였고, 마지막에는 손이 학이 되어 떠돎으로써 '소리꾼 부녀=사내'의 의미를 완성하고 있는 것이 드러나게 된다. 그 결과 선학동 전설, 소리꾼 부녀는 사내로 은유 대체된다. 전설의 현재화는 소리꾼 부녀의 삶을 거쳐 사내에 의해 마무리되는 것이다. 이를 효과적으로 드러내기 위한 방식으로 선택된 것이 가변적 초점화, 즉 사내에서 주인사내로 초점화자가 변화되는 것이다.

이러한 의미의 연쇄에 기반하여 하위 틀서사와 상위 틀서사가 의미의 연관 관계에 의해 결합하면서 그 의미가 드러난다. 상위 틀서사는 선학동의 전설, 소리가 메타텍스트 형태로 결합되어 있는데, 이들 요소와 하위 틀서사의 요소들 간에 2차 연쇄가 이루어진다.

첫 번째로, 선학동의 전설에는 선학동 지명의 유래와 내력, 그리고 비상학의 형국을 한 관음봉과 그곳에 명당줄기가 있다는 믿음 등이 담겨 있다. 이러한 내용은 현재 선학동의 모습과 대비되면서 인심과 믿음의 의미를 강조한다. 이를 통해 전설에 담겨 있는 공동체의 정서를 복원해내고 있다.

두 번째로, 아비의 암장 사건과 비상학과 관련하여 제시되는 여인의 소리이다. 먼저, '호남가'가 제시되고 있다. '호남가'는 "함평천지 늙은 몸이 광주 고향을 보랴하고"로 시작하면서 남도의 곳곳에 대한 정경이 제시된다. 이때 남도는 아비의 고향으로 제시되어 있다. 곧 '호남가'의 판소리 사설에 담긴 '귀향'의 의미 속에 선학동을 고향으로 여기고 그곳에 묻히고 싶어 했던 아비의 심경을 담아낸 것이다.

다음, '춘향가' 중 쑥대머리 사설이 제시되는데, 이는 한양 간 뒤 소식이 없는 몽룡을 그리워하는 춘향의 심경을 담고 있다. 이를 통해, 한양 간 뒤 소식 없는 몽룡은 떠나간 아버지로, 몽룡을 그리워하는 춘향은 눈 먼 여인으로 대체되면서, 비상학과 함께 소리를 즐기던 삼십 년 전의 기억을 떠올리게 한다. 마을 사람들이 여자가 어딘가에 아버지를 암장하고 떠난 것을 미리 짐작할 수 있었던 까닭은 이처럼 '소리'를 통해 삼십 년 전의 기억을 공유하게 되었기 때문이다. 소리에 의해 소통과 깊은 이해가 이루어질 수 있다는 점을 강조하기 위해 판소리 사설을 메타텍스트의 형식으로 삽입하고 있는 것이다.

마지막으로, 판소리 '심청가'의 사설 일부를 메타텍스트로 제시하고 있다. 주인사내는 소리꾼 딸이 소리를 통해 선학동 포구의 비상학에 대한 기억을 떠올리게 해주었고, 그 덕분으로 비상학을 볼 수 있게 되었다고 언급하고 있다. 이와 관련하여, '심청가' 중 물이 차오르면 바다로 떠나야 하는 정경은 만조가 가까워오면 포구에 물이 차올라 관음봉이 한 마리 학으로 날아오르는 풍광을 떠올리게 한다. 또한 '심청가' 중 심청이 배를 타고 가는 과정에서 섬과 새들이 어우러지는 정경은 마치 심청이 한 마리 학이 되어 선학동 포구의 물 위를 날아다니는 광경을 떠올리게 한다.

이상에서, 메타텍스트로 제시된 판소리 사설은 과거의 선학동에서나 들었을 법한 소리가 전설이 아닌 현재의 사건의 일부로 재현되고 있는 것으로 여겨지게 한다. 소리의 세계는 인간의 소리에 자연이 화답하고, 자연의 흐름에 인간의 소리가 녹아드는, 인간과 자연이 합일되는 세계를 지향한다. 그러한 세계는 전설의 세계에서나 가능한 것이지만, 소리에 의해 현재의 질서로 재현되고 있는 것이다. 소리의 세계 속에서 인간 사이의 예견된 갈등은 어느 순간 누그러지고 심중을 이해하면서 속 깊은 화해로 나아가는 형상을 띠는 것이다.

「새와 나무」에서 시간은 현재, 과거를 반복적으로 교차하고 있다. 이 과정에서 '나무→빗새 이야기(형님과 어머니)→시장이 이야기(주인사내와 시장이)→소리(농부가, 상사소리)→빗새(사내)'로 연쇄되면서 그 의미가 형성된다. 소리를 찾아 떠도는 사내는 두 가지의 빗새 이야기와 연쇄되면서 나무와 빗새의 관계에 의한 사람 사이의 관계를 구체화하고, 이는 다시 시장이가 들었다는 '소리'와 연쇄되면서 남도의 고을 곳곳에 녹아 있는 '소리'(고향이자 살아 있는 말)를 구현한다.

이 작품에서는 전승되는 말의 변이형으로 '소리'와 '빗새 이야기에 얽힌 주인사내의 형님과 시장이의 내력'이 제시된다. 초점화자로 '사내'가 등장하며, 빗새 이야기와 관련하여 매개자로 과원수림의 주인사내가 등장한다. 이와 관련된 서사는 다음과 같이 전개된다.

사내는 도보로 걸어 해남으로 들어와 발견한 과원수림에서 나무와 같은 사내를 본다(b1). 사내는 주인사내와 이야기를 나누다가 돌아와 빗새 이야기가 자신의 이야기라고 여기며 시장이의 이야기를 떠올리고 그의 삶의 무게를 느낀다(b3). 다음날 늦잠을 자고 일어나 주인사내와 함께 아침을 먹고 시장이의 집터를 혼자 찾아가, 추수가 끝난 들판에서 시장이가 들었다던 상사소리 가락을 듣게 된다. 낮잠에서 깨어나 노을을 바라보며 시장이의 노랫가락을 듣는다(b4). 과원수림으로 돌아와 주인사내에게 인사를 하고 서쪽으로 발길을 돌린다(b5).

주인사내는 그를 손으로 맞이하여 대접한다(b1). 주인사내는 사내와 함께 저녁을 먹고 술을 마시면서 자신의 교육관과 빗새에 대한 이야기를 들려준다(b2). 주인사내는 빗새로 여겼던 사내를 체념하며 보낸다(b5).

b1에서 주인사내에 대한 두 가지 궁금증이 제시된다. 하나는 주인사내가 나무로 보였다는 것이고, 다른 하나는 주인사내가 왜 그를 손으로 맞아들이게 되었는가 하는 것으로, 이에 대한 대답은 두 개의 빗새 이야기를 통해 밝혀진다. b4에서는 두 이야기 속에 등장하는 형과 시장이가 사내를 통해 재현된다. 이들 모두 도시에서 얻은 피로감을 고향을 통해 해소하고 있다. 이처럼, 소리를 찾아 떠도는 사내와 두 가지의 빗새 이야기가 결합하면서 연쇄가 일어난다.

첫 번째로, 사내와 주인사내의 관계에서 일어나는 연쇄이다. b1에서는 사내와 주인사내의 만남과 주인사내의 생활이 제시되어 있다. 이와 관련하여 두 가지 장면이 제시된다. 먼저, 주인사내의 과원수림이다. 주인사내는 돈을 벌기 위해 과원수림을 건사하는 것이 아니다. 주인사내는 수목이나 돌들을 자연이 주는 그대로 받아들이고 있다. 이러한 삶의 방식은 도회지의 '환금주의 풍조'와는 거리가 먼 '자족적인 삶'이라고 할 수 있다. 다음, 자식의 교육 방식이다. 주인사내는 도회지의 교육이 이기적 탐욕과 '간지'를 가르치는 못된 눈치놀음에 가까운 것이라고 생각한다. 그런 생각은 시대의 흐름을 외면한 무모한 아집으로도 보일 수 있으나, 달리 보면 이는 분수를 알고 분수에 맞게 살아가는 자족적인 삶에서 비롯된 것이라고 할 수 있다. 이러한 주인사내의 자족적인 삶은 '나무'로 은유 대체된다.

사내와 주인사내의 관계는 첫 번째 빗새 이야기에서 형님과 어머니의 관계로, 두 번째 빗새 이야기에서 시장이와 주인사내의 관계로 은유 대체된다. 각 관계에서 전자에 놓이는 인물은 '빗새'로, 후자에 놓이는 인물은 '나무'로 비유되는데, 그 결과 작품의 서두에서 주인사내가 나무처럼 보인 까닭과 작품의 말미에서 사내가 밤새처럼 여겨지는 까닭을 유추할 수 있다. 이 관계를 통해 도회지에서 상처 입은 사람들과 그 상처를 치유해주는 고향(나무)의 의미가 구체화된다.

이와 관련하여 두 번째로, 형님과 어머니의 관계에 의한 연쇄가 일어난다. b2에서 주인사내의 형님과 주인사내의 어머니의 이야기는 '빗새 이야기'의 원형에 해당한다. 주인사내는 어릴 적, 오래전 집을 떠난 형님이 후줄근한 차림새로 돌아왔을 때 어머니가 그동안 나무를 심어왔던 까닭을 알게 된다. 타지에서 어렵게 살아갈 형님을 생각하며 빗새가 비를 피할 둥지를 마련해주기 위해 나무를 심었던 것이다. 형님은 고향에 돌아와 어머니가 돌아가실 때까지 나무를 심다가 어머니가 돌아가신 후 다시 고향을 떠나간다. 여기에서 형님은 빗새로, 어머니는 빗새가 비를 피할 수 있도록 하는 둥지로 은유 대체된다. 형님과 주인사내의 어머니는 그(손)와 주인사내로 각각 은유 대체된다. 그럼으로써 나무와 빗새의 관계에 바탕이 되는 나무의 마음이 어떠한 것인가를 보여주고 있다.

세 번째로, 형님과 어머니의 이러한 관계는 시장이 이야기에서 시장이와 주인사내의 관계로 은유 대체된다. 시장이는 도회지를 떠나 살고 싶은 마음에 고향에 내려와 집터를 찾는다. 집터를 마련할 돈을 구하고자 재벌의 자서전을 맡아두었다던 시장이에게서 주인사내는 형님의 모습을 발견한다. 그런 시장이를 위해 주인사내는 시장이가 마음에 품었던 집터 근처에 나무를 심어준다. 주인사내는 '둥지'와 같은 고향의 정서를 지니고 있는 인물이며, 시장이는 형님처럼 도회지에서 상처 입은 인물이라고 할 수 있다. 시장이의 빗새와 같은 처지는 사내(손)의 처지로 은유 대체된다. 곧 주인사내는 내력도 알지 못하는 손의 마음까지 짐작하고 헤아리고 있음을 보여주고 있다.

b4에서는 시장이가 고향에서 피곤기를 풀고 갔던 방식이 제시된다.

시장이는 고향의 언덕에서 소리를 들으며 도회지의 피곤기를 풀고 간다. 사내 역시 시장이처럼 고향의 언덕에서 소리를 듣는다. 그것이 가능할 수 있는 까닭은 그곳에 주인사내처럼 '나무'와 같은 자족적인 삶을 지향하는 사람들이 남아 있기 때문이다. 도회지 사람들의 삶은 자기중심의 관계만을 타인에게 요구하고 그 타인을 소유하고 지배하기를 원하는 것에 기반을 두고 있다. 그러한 관계 속에서 바람직하고 온당한 관계는 성립될 수 없다. 반면 주인사내는 둥지 없이 떠도는 빗새를 맞아들이는 둥지로서의 삶, 나무로서의 삶을 보여준다. 그러한 삶 속에서 사람들 사이의 관계는 자연히 사람의 옳은 모습이나 사람으로서 있어야 할 자리를 알고 보여줄 수 있는 방식으로 맺어지게 마련이다. 따라서 사내는 주인사내와의 만남을 통해 인간과의 관계가 보여주는 참모습을 발견하였고, 그로 인해 남도의 들녘 곳곳에 스며든 주인사내의 마음과 같은 것이 '마음의 귀'를 통해 '소리'로 들려오는 것을 감지하였던 것이다.

이러한 의미의 연쇄에 기반하여 하위 틀서사와 상위 틀서사가 의미의 연관 관계에 의해 결합하면서 그 의미가 드러난다. 상위 틀서사는 소리가 메타텍스트 형태로 결합되어 있는데, 이들 요소와 하위 틀서사의 요소들 간에 2차 연쇄가 이루어진다.

앞서 언급했듯이 빗새 이야기는 고향의 정서를 보여준다. 빗새와 나무의 관계에 의해 기다림과 떠남의 관계가 드러나고 있으며, 빗새가 떠남으로, 나무가 기다림으로 의미화되고 있다. 빗새는 도회지의 요구, 소유, 지배 관계에서 상처 입은 사람들이고, 나무는 자족적인 삶, 고향의 삶을 의미한다.

여기에서 '상사소리' 사설은 도회지의 삶에서 받은 상처를 치유해 줄 수 있는 주인사내의 마음, 곧 고향의 정서를 은유 대체한다. 그가 상사

소리 사설을 가을걷이가 끝난 빈 들판에서 들을 수 있었던 것은 시장이가 집터로 생각했던 그 언덕의 햇빛을 받고 있었기 때문이다. 햇덩이와 연결되어 있는 '소리'는 주인사내의 마음과 시장이의 마음을 느낄 수 있는 어느 곳에서나 만날 수 있게 되는 것으로 제시된다.

이처럼, 상사소리 사설은 빗새 이야기에서 시장이와 관련된 나무와 집터의 의미를 환기시키면서 '어머니', '고향'의 기표가 남도 곳곳에 나무와 같은 사내를 통해 남아 있다는 것을 제시하고 있다. 이를 통해 떠남과 기다림, 어머니, 고향 등의 정서가 중첩되고 있다.

각 작품의 하위 틀서사에서 일어나는 연쇄를 바탕으로 『남도 사람』 연작형 전체를 이끌어가는 화자-초점화자는 말의 현재적 변이형을 파노라마적으로 병치해두고, 이들을 연작형 전체를 이끄는 상위 틀서사와 결합한다. 이 결합에 의해 하위 틀서사와 상위 틀서사 간에 연쇄가 일어난다. 이 연쇄를 통해 화자-초점화자는 연작 전체를 대상으로 하여 소리와 공동체적 정서와의 관계 양상을 파악함으로써 전승되어 오는 말의 변이형이 갖는 의미를 탐색하고 있다.

앞서 살펴보았듯이, 각 작품은 두 가지의 서로 다른 말의 변이형이 연쇄되면서 의미가 형성되고 있다. 그것은 연작 형식을 통해 다음 작품으로 이어지면서 연속되어 나간다. 전체 작품을 통해 연쇄는 다음과 같이 진행된다.

소리꾼 부녀의 이야기(주막집 여인)→사내의 기억→한(눈 먼 여인)→천씨와 장님 여자의 이야기(천씨)→사내의 이야기(떠나는 자)와 눈 먼 여자(기다리는 자)의 이야기→한(오라비)→선학동 비상학의 이야기→소리꾼 부녀의 이야기(암장/비상학을 날게 한 사연)→비상학(눈 먼 여자/사내)→나무와 같은 주인사내의 이야기→빗새 이야기(형님/시장이)→빗새(사내)

위의 연쇄에서 떠돎의 기표로서 제시되고 있는 밑줄 친 부분에 주목하여 살펴보면, 사내의 기억은 사내의 이야기와 눈 먼 여자의 이야기로, 이는 다시 30년 전과 이태 전의 소리꾼 부녀 이야기로, 그리고 빗새 이야기로 연쇄되고 있다. 처음에는 기억의 형태로 제시되던 것이 이야기의 형태로 변화하며, 이는 다시 시간의 편차를 지닌 이야기로 제시되고, 마지막으로 처지의 유사성을 보여주는 이질적인 두 가지 이야기로 제시되고 있다는 것을 알 수 있다.

앞서 연쇄를 통해 살펴보았듯이, 「서편제」에서 사내와 눈 먼 여인은 남도를 떠돌아다녀야 하는 운명을 지닌 인물로 제시된다. 「소리의 빛」에서는 고향으로 돌아가고 싶어하는 사내의 마음과 고향으로 돌아오기를 기다리면서 인생무상을 이야기하는 누이의 마음이 제시된다. 그리고 「선학동 나그네」에서는 귀향, 그리움이 제시되고, 「새와 나무」에서는 떠남과 기다림, 어머니, 고향 등의 정서가 중첩되고 있다.

이를 통해, 『남도 사람』 연작에서는 기억의 이야기화 과정이 제시된다. 먼저, 경험에 의해 갖게 된 무의식의 기억이 떠오른다. 이 기억에 의해 남도를 떠돌아다니는 이야기가 형성된다. 「서편제」와 「소리의 빛」이 여기에 속한다. 다음, 그 기억이 반복되면서 하나의 이야기로 형성되고, 그 이야기는 시간의 편차에 따라 차이를 갖고 있는 이야기로 제시되다가 점차 그 차이의 간극이 극복되면서 하나의 이야기로 완성된다. 이 이야기에는 고향에 대한 그리움으로 귀향하고자 하는 내용이 중심을 이룬다. 「선학동 나그네」가 여기에 속한다. 마지막으로, 기억의 편차를 극복하고 형성된 이야기와 그 이야기와는 다른, 그러면서 유사성을 갖는 이야기가 결합되어 하나의 이야기로 형성된다. 이 이야기에는 고향으로 돌아가고 싶어 하는 떠도는 이의 마음과, 고향으로 돌아오기를 기다리면서 인생무상을 이야기하는 기다리는 이의 마음을 주로 담아낸다. 「새와 나무」가 여기에 속한다. 이 각 단계는 소리를 통해 기억 속에 내재된 공동체적 정서를 회복하고, 그 회복된 정서에 의해 용서와 화해와 믿음의 공동체를 지향하고자 하는 과정과 맞물려 있다.

이상에서 살펴보았듯이, 『언어사회학서설』 연작은 말에 의한 지배 담론의 재생산 과정을 살펴보고, 이를 다시 문학 담론과 관련지어 문학의 방향성을 정립하고자 하는 방식으로 말에 대한 탐구를 전개해나가고 있다. 그리고 『남도 사람』 연작은 공동체의 정서를 구전되는 말의 변이형과 소리에 담긴 한의 정서를 통해 살펴보고, 이를 다시 기억을 이야기화하는 방식과 개인의 기억을 공동체의 기억으로 확장하는 것과 관련지어 소리에 대한 탐구를 전개해나가고 있다.

제4부

집단 이념과
공동체적 제의의
심층 기제를
다루는 유형

제1장

삼중 틀서사 초점화자와 다중 삽입서사

이 유형은 억압적인 집단 이념과 관련된 사건을 초점화 대상으로 하여 그 질서를 움직이는 심층 기제를 파악하고, 공동체의 제의에 깃든 집단 무의식을 통해 그 상흔을 치유하고 극복하려 한다. 앞선 두 번째 유형에서 일상의 언술과 제도적 담론의 상관관계를 통해 언술이 지배 담론의 논리에 함몰되었다고 판단한 결과, 이 유형에서는 그 인식을 지배 담론의 심층 기제로 심화, 확장시킨다. 이를 통해 억압적인 지배 질서의 이념이 도구화된 집단을 길들이는 심층 기제를 파악하는 한편으로, 공동체적 제의의 심층 무의식을 복원함으로써 이념의 상흔을 치유하고 씻겨내고자 한다.

이를 위해 이 유형은 집단 이념에 희생된 민중의 삶을 다루는 사건이나, 이념의 지배 질서화 과정을 다루는 사건을 초점화 대상으로 삼는다. 그러면서 이들 사건들에 대해 종래의 거시사의 입장이 아니라 미시사의 입장[1]에서 접근하여 거시사의 이면에 감추어진 하층민의 비극적 역

1) 미시사의 입장에서 볼 때, 거시사는 지배 이데올로기나 권력 관계에 의해 왜곡된 형태로 기술되는 엘리트의 역사이다. 미시사는 평범한 하층민들의 일상생활의 세계를 촘촘하게 복원하고자 한다. 이를 위해 미시사는 하층민의 세계에 직접 닿아 있는, 기록되지 않은 구전 문화나 그 자료에 주목한다. 민담, 설화는 물론이고 재판

사를 복원한다. 이 유형의 초점화자나 매개자가 주로 민속사학자, 무속인, 소설가로 설정되고 이들이 각종 구전되는 설화, 신화 등의 자료를 탐구하는 것도 이 때문이다.

그로 인해 이 유형에서는 보다 심화된 인식과 확장된 관심 영역을 담아내기 위해 앞선 유형보다 더 복잡한 구조를 띠게 된다. 화자-초점화자가 이끄는 상위 틀서사의 하위에 서로 다른 탐색 목적에 따라 각각의 서사를 이끌고 가는 두 개의 하위 틀서사가 내부 이야기를 구성하고, 또 각각의 하위 틀서사 내부에 복수의 삽입서사가 내부 이야기를 구성하고 있는 것은 이러한 복합적인 내용을 다루기 위해서이다.

'실천 양식으로서의 언술'을 다루는 유형에서 화자-초점화자의 판단과 해석이라는 역할은 이 유형에서 두 하위 틀서사의 초점화자의 역할로 이동하고 있다. 각각의 하위 틀서사는 판단과 해석을 수행하는 초점화자에 의해 현재적 의미를 탐색하는 틀서사와 역사적 변이형을 탐색하는 틀서사로서 그 역할을 담당하게 된다. 이처럼 서로 다른 탐색 목적을 지닌 초점화자가 각각의 삽입서사를 이끌어감으로써 두 개의 하위 틀서사를 형성하게 된다. 이와 같은 탐색 목적이 다른 두 하위 틀서사의 초점화자에 의해 깊이 있는 탐색이 이루어짐으로써 화자-초점화자에 의해 심화된 역사 인식에 근거한 현실 인식이 도출된다.

각 하위 틀서사에서는 복수의 삽입서사가 내부 이야기를 형성한다. 현재적 의미를 탐색하는 하위 틀서사에는 현재적 변이형에 해당하는 삽입서사가, 그리고 역사적 맥락을 탐색하는 하위 틀서사에는 역사적 변이형에 해당하는 삽입서사가 각각 내부 이야기로서 기능한다. 역사적 변이형으로서의 삽입서사는 초점화 대상과 관련해 통시적 계열 관계를

기록, 특이한 사건 기록, 민속학, 인류학, 형태학, 신화학 같은 인접 학문의 다양한 자료를 활용한다. 곽차섭, 「까를로 진즈부르그와 미시사의 도전」, 『미시사란 무엇인가』, 푸른역사, 2000, pp.252~255.

형성하며, 현재적 변이형으로서의 삽입서사는 초점화 대상과 관련해 공시적 계열 관계를 형성한다.

이러한 서사 구조에 따라 이 유형은 인접한 사건의 전치에 의해 주제가 드러나는 양상을 보여준다. 삽입서사에 의해 통시적 계열 관계와 공시적 계열 관계가 형성되면서 두 하위 틀서사와의 사이에서 1차 전치가 일어나고, 그것이 다시 상위 틀서사와의 사이에서 2차 전치가 일어나면서 의미가 형성된다.

먼저, 집단 이념에 의해 희생된 민중의 삶에 주목하는 경우이다. 도구화된 집단 이념은 논리적 정당성을 지닌 명분을 통해 권력을 획득하려는 속성을 보여준다. 이를 위해 지식과 정보가 선택되고 가공되고 왜곡된다. 그러한 도구화된 집단 이념에 의해 민중의 삶에 대한 폭력과 억압이 가해진다. 이러한 폭력과 억압으로 인해 상처받은 민중의 삶이 여러 인물들의 증언과 기억을 통해 복원된다. 그리고 공동체적 제의를 통해 민중의 상처를 치유하고자 한다. 제의 형식을 통해 반복적으로 되풀이되는 서사 무가의 사설은 구전물의 일종으로서, 그 안에는 공동체적 질서에 기초한 무의식이 내재되어 있다. 그러한 서사 무가의 사설을 통해 공동체 구성원 모두의 공감과 이해를 불러일으킴으로써, 집단 이념에 의해 상처받은 민중의 아픔을 치유하고 위무한다. 이러한 측면은 『신화를 삼킨 섬』, 『축제』, 『흰옷』을 통해 드러난다.

다음, 이념의 지배 질서화 과정에 주목하는 경우이다. 처음 배태될 때에는 인간다운 삶을 위한다는 순수한 목적을 지닌 이념이 점차 인간을 억압하는 폭력적인 지배 질서의 이념으로 변질되는 과정을 보여준다. 그 결과 이념은 인간이 인간을 폭력적으로 지배하기 위한 수단이자 도구로 전락한다. 그러한 과정을 종교적 제의를 통해 제시하는 것이 이 유형의 작품이다. 곧 순수 이념의 실천 행위로서의 제의는 집단에 의해 이념적 조작이 가해지면서 본래적 의미를 상실하고 수단화될 위기에 처하게 된다. 소설은 계율화되고 절대화된 이념이 아니라 삶의 자유로운 마당, 혹은 자유로운 질서를 지향함으로써 이러한 상황을 비판하고 그 극복 방안을 제시해야 한다. 이러한 측면은 「비화밀교」, 『자유의 문』을 통해 드러난다.

이 유형은 삼중 틀서사와 다중 삽입서사의 형태를 띤다. 틀1+내부1이라는 상위 틀서사가 가장 바깥에 있고, 내부1은 다시 '틀2+내부2=하위 틀서사'+'틀3+내부3=하위 틀서사'의 구조를 취한다. 그리고 내부2와 내부3은 다시 독립된 삽입서사를 다수 포함하고 있다.

1. 이념과 제의의 심층 기제를 탐구하는 화자-초점화자

상위 틀서사의 초점화자는 화자-초점화자의 역할을 담당하고 있다. 화자-초점화자는 억압적인 집단 이념을 표상하는 사건이나 이념의 지배 질서화 과정을 다루는 사건을 초점화 대상으로 하여 그 역사적 맥락과 현재적 의미를 파악한다. 그러면서, 그 질서를 움직이는 심층 기제를 탐색하고 공동체적 제의에 내재된 집단 무의식을 통해 그 상흔을 치유하고 극복하려 한다.

두 하위 틀서사의 초점화자는 상위 틀서사의 화자-초점화자의 의도를 달성할 수 있도록 초점화 대상에 대해 구체적인 탐색을 해 들어간다. 첫 번째 하위 틀서사의 초점화자는 초점화 대상의 역사적 맥락을 탐색하며, 두 번째 하위 틀서사의 초점화자는 초점화 대상의 현재적 의미나 소설화의 의의를 탐색한다. 이중의 하위 틀서사는 이러한 역할 분담과 밀접한 관련이 있다. 따라서 이 하위 틀서사의 초점화자는 뚜렷한 탐색 목적을 지닌 탐색적 관찰자의 모습을 띤다.

집단 이념에 희생된 민중의 삶을 다루는 작품의 경우 두 하위 틀서사가 균형 있게 강조되며, 이념의 지배 질서화 과정을 다루는 작품의 경우 역사적 맥락을 탐색하는 하위 틀서사보다는 현재적 의미를 탐색하는 하위 틀서사가 강화되고 있음을 볼 수 있다.

1) 하위 틀서사와 상위 틀서사의 결합

이 유형에서 화자-초점화자는 두 가지 역할을 수행한다. 첫째, 앞의 두 유형처럼 초점화자가 관찰하고 탐구한 정보를 취합하고 객관적으로 제시한다. 그러면서 앞선 유형과 달리, 이 유형의 화자-초점화자는 탐색 목적이 다른 하위 틀서사를 결합시키는 역할을 한다. 앞선 유형에서는 하나의 하위 틀서사가 제시되고 있지만, 이 유형에서는 그것이 역사적 변이형과 현재적 맥락으로 분리되면서 독립된 초점화자가 각기 다른 탐색 목적을 수행하고 있기에, 두 서사의 결합이 필요한 것이다.

화자-초점화자가 두 하위 틀서사를 결합시키고 이를 다시 상위 틀서사와 결합시키는 방식은 초점화 대상에 따라 그 특질을 달리한다.

① 집단 이념에 희생된 민중의 삶: 『신화를 삼킨 섬』, 『축제』, 『흰옷』

먼저, 집단 이념에 희생된 민중의 삶을 탐색하는 두 하위 틀서사를 결합하는 경우이다. 집단 이념에 희생된 민중의 삶을 다루는 경우 화자-초점화자는 초점화 대상이 갖는 역사적 변이형과 그 현재적 의미를 동시에 탐구하기 위해 두 하위 틀서사의 역할을 뚜렷하게 분리, 구분시킴으로써 각각 독립된 서사로 기능하게 한다. 이에 따라 하위 틀서사의 초점화자는 각각 서로 다른 시간과 공간의 궤적에 따라 움직이면서 초점화 대상에 대한 자료를 탐색한다. 화자-초점화자는 이 독립된 하위 틀서사의 초점화자를 따로 움직이게 하면서, 동시에 두 초점화자가 만나는 교차 지점을 몇 군데 설정하여 두 하위 틀서사를 결합시킨다. 그 교차 지점은 역사적 상흔을 치유하는 굿판(공동체적 제의로서의 위령제, 장례식 등)으로 집약된다. 이 굿판이라는 결합 지점에 상위 틀서사를 결합시킴으로써 화자-초점화자는 각 틀서사를 하나의 주제로 통합시킨다. 여기에 속하는 작품을 통해 결합 방식을 구체적으로 살펴보면 다음과 같다.

『신화를 삼킨 섬』의 화자-초점화자는 4·3사건을 초점화 대상으로 삼아, 그 역사적 맥락과 현재적 의미를 탐색하고 그로 인한 상흔을 굿으로 치유하고자 한다. 화자-초점화자는 이러한 의도를 달성하기 위해 두 하위 틀서사를 마련하고, 각각의 하위 틀서사에 서로 다른 초점화자를 내세운다. 이 작품의 서사 단위를 정리하면 다음과 같다. 여기서 a는 상위 틀서사, b는 역사적 맥락을 탐색하는 하위 틀서사, c는 현재적 의미를 탐색하는 하위 틀서사의 서사 단위에 해당하는 표지이다. 그리고 하위 틀서사에 해당하는 b와 c단위는 각 초점화자가 만나는 매개자와 시-공간의 이동에 따라 분절된다. 이 글에서는 논의의 편의를 위해 역사적 맥락을 탐색하는 하위 틀서사를 하위 틀서사 b로, 현재적 의미를 탐색하는 하위 틀서사를 하위 틀서사 c로 표기하고자 한다.

a1. 프롤로그: 노부부가 날개 달린 옥동자를 낳고 근심하다가 신령의 뜻에 따라 바위에 묻음. 관졸들이 찾아와 아비를 앞세워 아이를 묻은 무덤으로 감.

b1. 정요선 일행은 큰당집의 명령에 따라 제주로 들어와 심방들을 만나고 굿거리 일감을 찾음.

c1. 고종민은 4·3 희생자 목록을 검토하고 이과장과 통화하면서 요선 일행을 도와주기로 함.
b2. 추만우는 육지부 굿패들을 도와달라고 고종민이 찾아오자 한라산 혼백 이야기를 들려줌
b3. 요선은 금옥을 만나 제주 당신의 내력과 굿일감이 없는 까닭에 대해 들음
c2. 고종민은 아버지 일을 빌미로 이과장으로부터 한라산 유골의 사연을 듣게 됨
b4. 예송리 새해 당제에서 정요선과 고종민이 만남. 요선은 금옥의 신기를 짐작함
a2. 초감제 본풀이 사설
c3. 고종민은 아버지의 편지를 받고 답장을 한 뒤 이과장을 만나 유골탈취 사건에 대해 들음
c4. 조만신의 남선리 진혼굿판에서 추만우와 고종민이 만남. 금옥이 굿판에서 신기풀이 춤을 춤
a3. 진혼굿 사설
b5. 조복순네가 제주를 떠날 결심을 밝힘. 고종민에게 한라산 유골의 유족이 나타났다는 소식을 들음
c5. 고종민은 이과장을 만나 또 다른 유골의 증인에 대해 듣고 신문사의 송일 국장을 만남
b6. 추만우는 고종민과 함께 정요선을 만나 금옥의 신내림굿을 누가 해줄 것인가를 두고 다툼
c6. 동굴 혼맞이를 함. 합동위령제에서 유골함 탈취사건이 벌어짐. 유정남의 씻김굿판이 치러짐
a4. 씻김굿 사설
b7. 계엄령이 내려진 제주를 떠나면서 요선은 신내림굿을 하고 있을 금옥과 제주에 남겠다던 고종민을 떠올림. 소록도의 혼백이 요선의 아버지라는 유정남의 이야기를 듣고 소록도에 동행하기로 함
a5. 에필로그: 군졸들이 바위를 열자 장수로 변한 아기장수와 병졸들이 모두 죽고 용마도 사라짐. 사람들은 영웅 이야기를 잊지 못하고 다시 아기장수와 용마가 태어나기를 기다림

이 작품은 1980년 신군부가 지배하는 제주를 배경으로 하고 있다. 역사적 맥락을 탐색하는 하위 틀서사 b의 초점화자 정요선은 다른 무인들과 신군부에 협조하는 민간 파트너인 큰당집에서 주관하는 '역사 씻기기' 사업의 일환으로 육지에서부터 굿을 하다가 제주로 건너가라는 명령을 받고 소록도를 거쳐 제주로 들어간다. 섬 심방들을 만나고 굿 일감을 찾다가, 뭍으로 나가기를 소원하는 변 심방의 딸 금옥에게 관심을 갖게 되고, 그녀를 통해 섬 심방들의 내력과 그들이 역사 씻기기 사업을 외면하는 까닭에 대해 짐작하게 된다. 동학난 굿거리로 호황을 이루던 뭍과는 달리 4·3사건의 희생자는 많은데도 굿 일감을 맡기는 사람이 없어 고심하던 차에 한라산 동굴에 유골이 발견되었다는 이야기를 고종민에게 전해 듣고 그 유골의 굿판을 준비한다. 합동 위령제가 끝나고 정요선은 금옥의 신내림굿을 앞두고 제주를 떠난다. 정요선은 어머니 유정남의 고향 청년이 자신의 아버지라는 것을 알고 소록도에 동행하기로 한다.

현재적 의미를 탐색하는 하위 틀서사 c의 초점화자 고종민은 제일 교포 민속사학 연구자로, 일본으로 건너가 살고 있는 아버지의 고향인 제주를 찾아와 제주의 민속사학을 연구하면서 그에 관한 자료를 찾는다. 버젓이 살아 있는 아버지의 이름이 4·3사건의 희생자로 올라가 있는 것을 계기로 하여 아버지가 일본으로 건너가야 했던 사연을 듣고, 한라산 유골의 사연이 아버지와 유사한 것을 알게 되면서 그 사건에 관심을 갖는다. 제주의 역사 씻기기 사업의 실무 책임자인 이과장을 통해 한라산 유골의 사연을 듣는 한편으로, 제주에서 벌어지는 굿판을 좇아다니며 굿의 의미를 조금씩 깨달아 간다. 한라산 유골의 합동 위령제가 열리고 유골함을 둘러싼 정치 단체의 갈등이 시내로 번져간다. 이때, 육지부에서 반정권 세력을 이끄는 '지팡이 사내'의 횃불 남행 행렬이 K시에 도착하는 것을 계기로 전국에 계엄령이 내려진다. 유정남의 굿판으로 합동 위령제가 마무리되고, 고종민은 제주에 남아 계엄령을 견디어 보기로 한다.

이 전개 과정에서, 두 하위 틀서사가 화자-초점화자에 의해 결합되는 부분은 세 번의 굿판이 이루어지는 지점인 'b4, c4, c6'이다.

첫 번째 결합 부분은 예송리 새해 당제가 벌어지는 b4이다. 각각 독립되어 전개되던 하위 틀서사 b와 하위 틀서사 c의 서사가 b4의 당제에서 결합된다. 당제는 귀한 신분이었던 당신이 천계에서 쫓겨나고 부모에게 버려진 뒤 천신만고 끝에 제주에 좌정하게 된 내력을 초감제 본풀이(내력담)를 통해 보여준다. 이를 통해 하위 틀서사 b에서 제시된 금옥의 '뱀 당신' 내력이나 하위 틀서사 c에서 제시된 고종민의 아버지 고한봉이 일본에 정착하게 된 내력이 '당신'의 내력과 동일하다는 것이 밝혀진다. 이때 상위 틀서사의 화자-초점화자는 굿판에서 서사 무가의 사설(메타텍스트로 제시)을 제시하는데, 이 사설을 통해 드러나는 내용은 작품의 프롤로그와 에필로그에 제시되어 있는 아기장수 설화의 일부분과 결합하여 아기장수와 '당신'의 비범한 탄생이 동일한 맥락에 놓여 있다는 것을 보여준다.

-둥더더 둥둥 둥두더 덩…… 예에, 귀신은 본을 풀면 신나락 만나락하고, 사람은 본을 풀면 백 년 원수를 지는 법이라. 이 경신년 정월 초이레, 올해도 새해 새 천지를 맞아 한해 동안 이 동네의 무사안녕과 풍년을 빌고자 수호 당신이신 소천국님과 백주또 마누라님 내외분의 본풀이 올립네다아. 둥더더 둥둥…… 여기 신주의 가운데에 좌정하신 소천국님은 이 제주 큰 어른산 한라봉에서 솟아올라 우리 예송리에 인간으로 태어나시고, 배필이신 백주또님은 저 북방의 동명성국 압수의 백사장에서 솟아오르셨는디, 둥두더 덩덩…… 그 백주또님이 인간으로 태어나 좋이 하루는 천기를 살피시더니, 이 봐라 당신의 천생배필 되실

> 분이 조선국 이 제주점 예송 마을에 살고 있는지라, 그 길로 훨훨 제주섬을 찾아가 소천국님을 만나서 천생배필 부부의 연을 이루셨더라. 둥더더 둥둥 둥두더……[2]

이러한 굿판을 통해 당신의 탄생에 대한 축복이 이루어지고, 마을 사람들은 당신의 처지와 내력을 통해 "당신과 마을 사람 간의 공동 운명체로서의 일체감"을 확인하고 위로받는다.

두 번째 결합 부분은 4·3사건 때의 토벌대 혼령을 위무하기 위한 조복순의 진혼굿판이 벌어지는 c4이다. 요선은 조복순의 굿판 일을 도와주고, 추만우는 육지부의 굿판에 대한 호기심으로 조복순의 굿판을 구경하게 된다. 그리고 굿판을 기다려왔던 고종민은 추만우와 함께 굿판을 구경하면서 토벌대 혼령의 비극적인 사연을 듣게 된다. 조만신의 넋맞이 굿판에서는 토벌대 혼령이 군대의 명령에 따라 뭍에서 건너와 누군지 모르는 사람들에게 죽임을 당하게 되었다는 사실이 알려진다. 이를 통해 4·3사건에 의한 무고한 죽음이 제시되고, 이러한 비극이 비단 섬뿐만 아니라 육지에까지 번져 있으며, 6·25 전란까지 이어지고 있다는 것을 보여주고 있다. 비극의 원인은 한라산 동굴 유골 탈취 사건에서 짐작할 수 있듯 편 가르기 싸움에 있는 것임을 드러내고 있다. 이때 상위 틀서사의 화자-초점화자는 서사 무가의 사설을 제시하면서 두 하위 틀서사를 결합한다.

> 반짝반짝 눈뜬 자식을 어디다가 버릴거나/죽은 자식을 버리려도 일천간장 다 녹는데/반짝반짝 산 자식을 어디 갖다 버릴소냐/너도 울고 나도 울고 심야삼경 깊은 밤에/송죽 바람 쓸쓸이 불고 산새도 슬피 운다[3]

---

2) 『신화를 삼킨 섬』1, 열림원, 2003, p.153~154.
3) 위의 책, p.216.

이 사설을 통해 드러나는 내용은 아기장수 설화의 일부분과 결합하여 아기장수의 억울한 죽음과 4·3사건으로 인해 억울하게 죽은 토벌대의 혼령이 동일한 맥락에 놓여 있다는 것을 보여주면서, 그들의 죽음을 통해 드러나는 역사의 비극적 상흔을 조만신의 굿판 속에서 위무하고 있다.

세 번째 결합 부분은 한라산 동굴 유골 혼백을 위한 유정남의 씻김굿이 치러지는 c6이다. 정요선은 유정남의 굿판을 돕고 있고, 고종민은 그 굿판을 지켜보고 있다. 이과장의 계략으로 위령제에서 유골함 탈취 사건이 벌어지고 그 일로 인해 제주에 계엄령이 내려진다. 씻김굿이 진행되는 동안 한라산 혼백의 유족인 김상노는 함께 동굴에 끌려갔던 일족을 버려두고 혼자 도망친 것에 대한 죄책감에서 벗어나지 못하고 멍하니 있다가, 굿판이 끝나고 한데 어우러지는 춤판이 벌어지는 상황에서 울음을 터뜨린다. 이러한 김상노의 모습을 통해 4·3사건과 같은 비극이 현재에도 되풀이 반복되고 있으며, 권력을 차지하기 위한 다툼으로 인해 무고한 민중이 희생될 것임을 강조한다. 이때 서사 무가의 사설을 통해 드러나는 내용은 아기장수 설화의 일부분과 결합하여 아기장수의 두 번째 죽음과 김상노 일족의 죽음, 그리고 그것을 지켜보는 아기장수 아비의 죄책감과 김상노의 죄책감이 동일한 맥락에 놓여 있다는 것을 보여준다.

(i) -망자들은 망자의 길을 가고, 이승에 살아남은 사람은 이승 살길을 가는 것이 죽음의 도리오라, 그래야 망자들도 저승에서 편해지고, 이승의 산 사람도 제 삶 길을 맘놓고 가게 되오리다. 그러니 이승의 손자씨를 위해 이제 어서 마음을 싹둑 자르고 이승 자리를 일어서소서![4]

(ii) 이승길을 닦을 적엔 쇠스랑 괭이질로 곱게 닦아/높은 데는 깎아주

4) 『신화를 삼킨 섬』2, 열림원, 2003, p.178.

> 고 낮은 데는 돋아주어/불쌍하신 오늘 망자님들 왕생극락 하옵시오/제에 보살 제에 보살님 나무나무 나무아미타불//저승길을 닦을 적엔 연해 염불로 빌어 닦아/어둔 길을 밝혀주고 좁은 길을 넓혀주어/불쌍하신 오늘 망자님들 왕생극락 하옵시오/제에 보살 제에 보살님 나무나무 나무아미타불……[5)]

이러한 굿판을 통해 망자와 생자의 슬픔과 괴로움의 매듭을 풀고, 비극적 사건 가운데에서 살아남은 자들로 하여금 그동안의 모든 죄책감에서 벗어나 자신의 남은 삶을 이끌어갈 수 있게 하고자 한다.

세 번에 걸쳐 펼쳐지는 굿판은 '예송리 새해 당제의 초감제 본풀이-조만신의 넋맞이굿-유복순의 망인들 씻기기와 천도 절차' 순으로 전개된다. 이때 각 굿판은 굿판의 제차 전체를 보여주지 않고 어느 한 부분을 강조하는 방식으로 제시되고 있다. 그 결과 세 번의 서로 다른 굿판은 부분이 모여 전체적으로 하나의 굿판을 이루는 것처럼 구조화되어 있다. 이 과정은 '아기장수의 탄생-아기장수의 첫 번째 죽음-아기장수의 두 번째 죽음-아기장수에 대한 기다림'으로 전개되는 아기장수 설화의 서사와 동일한 전개 방식을 보여준다.

화자-초점화자에 의해 하위 틀서사 b와 하위 틀서사 c가 세 번의 굿판을 통해 교차되고 결합된 결과, 이 작품은 과거의 집단 이념에 희생된 민중의 삶과 현재의 사건이 아기장수 설화와 맞물려 돌아가면서 비극적인 역사가 되풀이되는 상황을 재현하는 동시에, 그것을 서사 무가에 의해 치유하고 위무[6)]하려는 내용을 담아내고 있다.

---

5) 위의 책, p.179.

6) 이청준 문학에서 서사 무가는 타락한 '말'에 대비되는 '소리'에 해당한다. 곧 이 작품은 집단 이념에 희생된 민중의 삶과 같은 무고한 희생은 제도적 말(역사 씻김굿)이 아닌 집단 무의식에 의한 소리(서사 무가의 사설)로서의 씻김굿을 통해 위무될 수 있다는 것을 드러내고 있다.

『축제』의 화자-초점화자는 어머니의 삶과 장례식을 초점화 대상으로 하여, 어머니의 한스런 삶이 갖는 역사적 맥락과 그것이 축제로서 갖는 현재적 의미를 탐구한다. 화자-초점화자는 이러한 의도를 달성하기 위해 두 하위 틀서사를 마련하고, 각각의 틀서사에 서로 다른 초점화자를 내세운다. 이 작품의 서사 단위를 정리하면 다음과 같다.

b1. 수상문을 쓰다가 어머니가 운명하셨다는 외동댁의 전화를 받고 주변 상황을 단속하고 시골로 감
c1. 돌아가신 어머니의 어려웠던 치매 시절을 털어놓기로 한 연유와 이야기의 내용에 대한 소견
c2. 영화의 주제와 영화의 제목(축제)에 대한 임감독의 생각과 나의 생각
b2. 시골로 내려가면서 아내와 어머니에 대한 이야기를 나누다가 어머니의 회생 소식을 들음
c3. 손사래짓 설명, 삼인칭 소설 쓰기의 어려움
b3. 시골집에 도착한 후 글을 쓰다가 어머니의 임종을 맞이함
c4. 용순을 갈등의 중심인물로 내세운 의도. 허구의 욕망(소설에의 욕망)이 끼어든 것.
b4. 빈소를 마련하고 부고를 알림. 용순이 온 것을 알게 됨. 빈소를 지키며 용순의 일을 회상함
c5. 노인과 외동댁의 성격과 갈등을 부각하게 된 연유
b5. 염을 마치고 묘자리를 보러 감
c6. 부적 이야기 대신 은비녀와 삭발 이야기만을 쓴 까닭을 설명
b6. 경놀이를 치르면서 상가가 부쩍 소란스러워짐. 동화책이 도착함. 집안사람들 간의 불화가 생겨남
c7. 장터거리 이교장과의 대화를 통해 축제에 대한 의미를 되새김, 축제 의미에 대한 인물 지시
b7. 발인이 끝나고 돌아온 준섭은 장혜림의 부탁을 받고 고아가 된 가족들의 사진을 찍음
a1. 새말의 상여소리 사설

c8. 감독의 의향대로 이야기를 마무리 지음. 소설을 위해 이야기를 첨부. 편지를 보관해 달라고 부탁
b8. 묘소에 앉아 있는 준섭에게 아이들이 나비에 대해 물음. 손사래질하는 어머니의 환영을 봄

이 작품은 편지와 소설 형식이 교차로 제시되면서 서사가 구성되는 방식을 취하고 있다. 두 하위 틀서사는 어머니의 삶의 소중한 의미를 드러내고자 하는 상위 틀서사에 의해 결합되면서 서로 다른 탐색 목적이 하나의 주제로 통합된다.

역사적 맥락을 탐색하는 하위 틀서사 b의 초점화자 준섭은 소설 속의 인물이다. 준섭은 치매에 걸린 노모의 이야기를 담은 수상문을 쓰던 중 어머니의 부음을 듣고 아내와 딸 은지와 함께 고향으로 내려간다. 차 안에서 어머니가 회생하셨다는 소식을 듣고 여장부로서 가난한 시골 살림을 이끌어갔던 어머니를 떠올리며 고향집에 도착한다. 준섭은 어머니 곁에서 글을 쓰던 중 어머니의 임종을 지켜보게 된다. 가족들은 젊은 시절 어머니의 의연하고 담대했던 모습을 회상한다. 일가가 모두 모이고 문상객들이 도착하면서 장례 절차가 차근차근 진행된다. 서질녀 용순이 등장하면서 가족 사이에 갈등이 불거진다. 가출한 뒤로 소식이 없어 어머니를 기다리게 했던 용순은 가족 이야기를 소설로 써서 팔아먹는다며 준섭을 몰아붙인다. 형식보다는 마음과 정성으로 장례를 치르고자 하는 준섭은 어머니의 사랑에 대한 보답으로 매형과 둘이서 염습을 한다. 발인을 앞둔 저녁부터 경놀이가 시작되고 차분하게 장례를 마무리하려는 준섭의 바람과 달리 안팎이 소란스러워지기 시작한다. 문상객들은 웃고 떠들어대고, 가족들은 어머니의 치매 시절 허물을 들추어낸다. 외동댁의 곡소리와 새말의 상여소리가 이어지는 가운데 장례 행렬은 장지에 이르고 하관이 끝난다. 집으로 돌아온 준섭은 장혜림의 부

탁으로 '고아가 된 가족들의 사진'을 찍게 된다. 문상객들이 떠나자 준섭은 묘소를 보러 산으로 올라간다. 그곳에서 준섭은 밭일을 하다가 들어가라면서 손사래짓을 하는 어머니의 환상을 본다.

현재적 의미를 탐색하는 하위 틀서사 c의 초점화자 '나'는 임감독에게 편지를 쓰는 인물이다. '나'는 임감독의 이야기를 듣고 어머니의 삶과 죽음을 영화로 만들기로 하고, 그 밑그림을 글로 써서 보낸다. 임감독과 통화하면서 작품의 제목이 축제라는 것에 의문을 제기한다. 그러면서 이 시대의 효가 주제가 되어야 한다는 것에 동의를 표한다. 그리고는 장례의 유교적 의미를 되새기면서 축제와의 관련성을 보다 구체적으로 탐색하고, 감독의 의향대로 작품을 마무리 지었음을 말한다.

이 전개 과정에서 두 하위 틀서사가 화자-초점화자에 의해 결합되는 부분은 'b7~b8'이다. '7장'에 해당하는 부분에서 두 하위 틀서사는 소설 안에 편지가 포함되는 방식으로 구성되어 있다. 그리고 b7에서 어머니의 한평생을 씻겨내는 '상여소리'를 제시하고 b8에서 후손들의 화해로운 삶을 제시하고 있다. 여기서 b7에는 새말의 상여소리가 제시되는데, 이는 화자-초점화자의 목소리에 해당한다.

> -일락서산 해는 지고 월출동녘 달오르니
> 팔십 평생 꽃 세월이 바람 같이 흘러간다
> 달이 되고 별이 되고 해가 되고 꽃이 되소
> 어허이 어이 어이가리 넘차 너화 너…….
> (중략)
> -바람 되고 구름 되고 눈비 되어 나는 간다…….
> 어허이 어이 어이가리 넘차 너화 너…….
> -달이 되고 별이 되고 해가 되고 꽃이 되소…….[7]

7) 『축제』, 열림원, 2003, p.242.

화자-초점화자는 상여소리 사설로서 고난스러웠던 어머니의 한평생을 씻겨내고 내세의 안녕을 기구하고자 한다. 이를 위해 화자-초점화자는 b7에 직접 개입하여 상여소리 사설을 메타텍스트 형태로 제시하고 있다. 화자-초점화자는 이와 같은 굿판의 발화를 통해 고난스러웠던 어머니의 한평생의 한을 씻겨 내면서 장례가 축제로서 갖는 의미가 무엇인지를 보여주고 있는 것이다.

한편, 『흰옷』의 화자-초점화자는 선유리 분교를 초점화 대상으로 하여 그것의 역사적 맥락과 현재적 의미를 파악하면서, 질곡의 역사를 넘어설 수 있는 방향성을 모색하고 있다. 두 하위 틀서사의 초점화자는 그러한 화자-초점화자의 의도를 달성할 수 있도록 초점화 대상인 선유리 분교에 대해 구체적으로 탐색해 들어간다. 이 작품의 서사 단위를 정리하면 다음과 같다.

b1. 종선은 더덕밭을 갈아엎음
c1. 동우는 아버지와 술을 마시며 흔적도 남아 있지 않은 선유리 임시 분교에 대한 옛 일을 물어봄
b2. 종선은 밭에 나가 엉겅퀴 천지로 변해버린 더덕밭을 보며 황노인에 대한 기억을 떠올림
c2. 아들 동우가 방진모 선생이 생존해 있다는 소식과 아버지와 함께 만났으면 하는 바람을 전함
b3. 종선은 고향으로 내려가는 길에 아버지의 꿈을 꿈. 버스가 고향에 도착함
b4. 회령리 포구에 도착해 황량한 고향 풍경을 확인하고 아들과 함께 선유리 방선생을 만나러 감
c3. 동우는 유자섬의 방진모를 찾아갔다가 허탕을 치고 닭을 쳤다는 방선생의 사연을 아버지에게 전함
b5. 종선은 방선생은 만나지 못하고 방 안의 풍금을 확인하고 나오다가 동창을 만남

b6. 종선은 참나무골에 갔다왔던 일을 회상하면서 낯선 여자를 방으로 들여보낸 아들의 심사를 헤아림
b7. 종선은 아들과 함께 다시 유자섬을 찾아가 사위로부터 방선생의 학교 시절 이야기를 들음
c4. 동우는 방선생에게 교장의 사상문제를 물어봄. 방선생의 부탁으로 풍금을 연주함
b8. 고향에 다녀온 종선은 텃밭만 돌보며 지냄. 항가쿠 꽃이 아름답다는 것을 발견함.
c5. 동우가 찾아와 방선생이 풍금을 부셨다는 소식을 전함
b9. 팔씨름 한 판을 겨눔. 조부에 대한 이야기를 나누며 제 힘 숨기기 마음 씨름을 계속함
c6. 동우는 가지산 입구 현지(전적지)에서 전화를 걸어 그동안 선생들을 위한 위령굿을 준비했다고 알림
b10. 종선은 택시를 타고 보림사에 도착하여 동우가 학생들과 함께 치러나가는 씻김굿을 지켜봄
c7. 방선생이 혼주가 되어 해원절차를 진행함
a1. 위령제의 씻김굿 사설
b11. 고향마을 앞바다에서 황 노인과 이교장, 전정옥 선생들의 환영을 보고 풍금소리를 들음

역사적 맥락을 탐색하는 하위 틀서사 b의 초점화자 황종선은 어릴 적 노래를 잘 불렀던 까닭에 소년단으로 이곳저곳에 불려 다니며 노래를 부르다가, 전쟁이 끝나자 아버지 황노인과 함께 남도 선유리를 떠나서 북도의 입암리로 옮겨가 살게 된다. 아버지가 빙벽에서 떨어져 죽은 다음에는 혼자서 아버지가 남긴 밭을 일구며 살아간다. 약초와 독초에 관심을 갖고 농사를 짓던 아버지 황노인을 따라 황종선도 농사를 지으며 살아간다. 운 좋게 모범 영농인으로 뽑혀 나라에서 권장하는 사업을 하다가 계속 실패한다. 계속해서 다른 작물을 재배해보지만 시류를 따르거나, 혹은 너무 앞선 까닭에 번번이 실패한다. 시류에 휩쓸려 농사를

지어가던 황종선은 중국산 더덕이 들어와 값이 떨어지자, 더덕밭을 갈아엎는다. 그러던 중 아들 황동우에게 선유리 분교 시절과 관련된 어떤 기록이나 흔적도 남아 있지 않다는 이야기를 듣고 그 시절의 역사를 복원하고 싶어 한다. 종선은 아들과 함께 그 시절의 선생이었던 방진모를 찾아가기 위해 선유리로 내려간다. 그곳에서 방진모 선생과 동창들을 만나면서 지나간 세월의 초라한 흔적을 곱씹게 된다. 이 과정에서 황종선은 아버지 황노인과 방진모 선생 등을 통해 자신이 알고 있는 것과 다르거나 혹은 자신이 알지 못하는 선유리 분교 시절의 이야기를 복원해낸다. 이를 통해 황종선은 과거 선유리 시절 이후 황폐한 더덕밭처럼 버려졌던 '제 몫의 삶'을 되돌아보게 된다. 버려진 더덕밭에 무성하게 자란 엉겅퀴꽃이 오히려 아름답다는 것을 느끼면서, 아버지의 그림자만 밟아왔던 자신의 모습을 돌이켜본다.

현재적 의미를 탐색하는 하위 틀서사 c의 초점화자 황동우는 황종선의 아들이다. 그는 아버지의 추억 속 선유리의 이야기를 듣고 그곳의 학교로 부임하여 교육과 이념의 측면에서 선유리 분교 시절을 탐색해 들어간다. 학교 교육과 이념의 측면에서 좌익 사상에 치우쳐 있는 황동우는 아버지 황종선과 방진모 선생과 대립한다. 황동우는 그 시절의 다른 선생들이 좌익 활동을 했다는 것과 산으로 들어간 뒤 소식이 끊겼다는 것들을 알게 된다. 그러다가 팔씨름을 계기로 서로의 믿음을 확인하면서 버꾸농악과 매구굿을 통해 지난 시절의 상처로 아파하는 사람들을 위로하고자 한다.

이 전개 과정에서 'c7' 부분에서 두 하위 틀서사가 결합된다. 하위 틀서사 c의 서사 전개 과정과 관련해, c7에서는 동우가 학생들과 함께 선유리 분교 선생들과 전란으로 목숨을 잃고 떠도는 이들을 위무하는 씻김굿을 벌인다. 하위 틀서사 b의 전개 과정과 관련해, b10에서는 황종선이 동우의 씻김굿에서 울려 나오는 '쇳소리'에 무고한 희생이 자행되던 과거의 사건을 떠올리면서 부정적인 '쇳소리'의 기억을 제시하고 있고, b11에서는 과거 '쇳소리'의 부정적인 기억에서 벗어나 선유리 분교 시절의 화창했던 기억으로 되돌아가게 되는 상황을 제시하고 있다. 이 두 서사가 결합하는 c7에는 위령제의 씻김굿 제차 중의 일부로 발원과 축원, 망자의 말 등이 제시된다. 이는 화자-초점화자의 목소리에 해당한다.

(i) -이제 이 열 교장 선생님의 영혼은 이 제단의 영좌로 임하여 주옵소서. 전정옥 선생님과 이준우, 하정산, 허성철 선생님들의 영혼도 함께 임하여 주옵소서. 저 1950년의 불행한 전란으로 이 산하에서 원통하게 목숨을 잃고 떠도는 군경과 유격대 양민의 영혼들도 다 함께 이 제단으로 임하여 주옵소서. 그리하여 오늘 이 후인들의 정성과 축원으로 그 오랜 원정을 씻어 풀고 내세왕생 하옵소서. 더 이상 이 골짜기에 슬픈 고혼으로 떠돌지 마시고 생전에 못다한 꿈이나 노래, 노여움의 마디를 풀고, 그 오랜 사상이나 이념의 업연에서 벗어나 마음 편히 내생길을 떠나시도록 하옵소서. 그를 위해 오늘 이 자리로 임하여 주시옵소서. 당신들의 영혼과 이 땅의 새로운 화평을 위하여 이 어린 후인들이 마음을 합하여 축원드립니다…….[8)]

(ii) -하지만 지난 일을 따지고 지난 허물을 들추고만 있으면 무엇하나. 인제 기나긴 옛 꿈을 깨어났으면 그나마 다행이고, 그걸 알았으면 이제라도 서둘러 그 질긴 질곡의 사슬을 풀어내도록 해야허제. 그 헛된 이념과 사상의 사슬, 대립과 미움과 원한과 복수의 사슬, 거짓과 속임수와 미망의 사슬들을……. 누구보다 저 아이들에게서 그걸 끊어 풀어줘야제. 오늘 다시 저 아이들을 묶는 사슬을 만들지 말아야제. 그래서 저 아이들이 각기 제 몫의 세상살일 자유롭고 화창하게 꾸미고 살아가게 해줘야제. 그래서 오늘 여기 이렇게 굿마당을 꾸미게 된 것이제. 망자들의 영혼을 묶은 그 질긴 질곡의 마디를 풀어주자고, 그래서 이제나마 편안히 눈을 감고 저승길을 떠나게 해주자고, 그것으로 생자들도 그

8) 『흰옷』, 열림원, 2003, p.229.

> 허망한 악몽과 망자들의 그림자를 털고 일어나 이승에서의 제 삶을 제 길따라 살아 흘러가게 해보자고……[9)]

(i)은 동우의 입을 빌어 이루어지는 축원의 일부이며, (ii)는 방선생의 입을 빌어 이루어지는 생자들에 대한 망자의 마지막 당부에 해당한다. 이념과 사상의 대립을 넘어 그 질곡의 사슬을 끊어내는 것이 망자의 도리라면, 그 망자들이 이승의 업연을 끊고 편안한 내생길로 향하도록 기원하면서 낡은 미망의 사슬에서 벗어나야 하는 것이 생자들의 도리이다.

화자-초점화자는 이와 같은 굿판의 발화를 통해 이념과 사상의 대립으로 무고하게 희생되어 갔던 희생자들의 원한을 씻겨내고 생자들이 각자의 몫에 따라 자유롭게 살아갈 수 있도록 기구하고 있다. 이를 위해 화자-초점화자는 c7에 직접 개입하여 동우나 방선생만의 목소리가 아닌 생자들의 목소리, 망자들의 목소리를 굿판의 발화에 담아내고 있다.

② 이념의 지배 질서화:「비화밀교」,『자유의 문』

다음, 이념의 지배 질서화 과정과 관련된 사건을 다루고 있는 작품에서 하위 틀서사가 결합되는 방식이다. 화자-초점화자는 초점화 대상인 이념의 지배 질서화 과정을 다루는 사건이 갖는 현재적 의의를 탐구하는 데 치중한다. 그로 인해 역사적 변이형에 대한 탐구는 약화된다. 곧 두 하위 틀서사는 그 역할에서 분리되지만, 현재적 의의를 탐구하는 하위 틀서사 c가 서사의 중심을 이루면서 역사적 변이형과 관련된 하위 틀서사 b는 하위 틀서사 c에 내포되는 형태를 취한다. 하위 틀서사의 각 초점화자는 동일한 시간과 공간의 궤적에 따라 움직이게 된다. 따라

9) 위의 책, p.236.

서 두 하위 틀서사는 유기적으로 연결되므로, 화자-초점화자는 집단 이념에 희생된 민중의 삶을 다루는 작품처럼 교차 지점을 마련할 필요가 없게 된다. 대신 화자-초점화자는 서사 전개 과정의 결말에 두 초점화자가 대화와 토론을 하는 장을 마련함으로써 두 초점화자의 탐색 내용을 종합하게 하고, 동시에 이를 상위 틀서사와 결합시킴으로써 각 틀서사를 하나의 주제로 통합한다.

「비화밀교」의 화자-초점화자는 제왕산 등산 풍습을 초점화 대상으로 하여 그것의 역사적 맥락을 파악하고 그러한 풍습이 갖는 현재적 의미를 그것의 소설화와 관련하여 탐색하고자 한다. 두 하위 틀서사의 초점화자는 그러한 화자-초점화자의 의도를 달성할 수 있도록 초점화 대상인 '제왕산 등산 풍습'에 대해 구체적으로 탐색해 들어간다. 이 작품의 서사 단위를 정리하면 다음과 같다.

c1. 나는 J읍으로 내려가 그믐밤 제왕산 등반을 약속했던 조선생을 만나기 위해 다방으로 감
b1. 조선생과 만나 제왕산으로 올라가면서 그믐밤의 등산 풍습에 대해 이야기를 듣고, 정상에 도착하여 횃불 행렬을 따라 서로 인사를 나누다가 나의 일가 형을 만남. 기이한 합창소리를 따라한 뒤 조선생을 따라 횃불을 종화대에 묻고 회중을 빠져나와 하산함
c2. 나는 조선생과 함께 했던 경험과 소설의 관계에 대해 생각함
c3. 읍으로 가는 신작로에 들어서서 조선생은 나에게 제왕산 등반 풍습을 소설로 써보라고 주문함
c4. 횃불 행렬이 제왕산 능선을 타고 내려오는 것을 봄
a1. 산 위에서의 일로 나는 소설을 쓸 수 있게 되었음을 고백

이 작품은 상위 틀서사 아래에 현재적 의미를 탐색하는 하위 틀서사 c가, 그 아래에 역사적 맥락을 탐색하는 하위 틀서사 b가 포함되는 구

성으로 이루어져 있다. 하위 틀서사 b에서는 조선생에 의해 제왕산 밀교 제의와 관련된 역사적 변이형이 제시되며, 이는 다시 하위 틀서사 c에서 '나'와 조선생의 대화를 통해 현재적 의미가 다각적으로 탐색된다. 두 하위 틀서사의 초점화자는 동일한 시-공간 내에서 제왕산 등산을 하고 하산을 하는 과정을 밟는다. 이로 인해 각 초점화자의 이동은 겹쳐진다. 이 과정을 정리하면 다음과 같다.

'나'는 친구의 출판기념 회장에서 만난 민속사학자인 조선생의 제의를 받고 연말 제왕산 등반 약속을 잡게 된다. 조선생을 만나 제왕산으로 올라가면서 제왕산의 그믐밤 등반 풍습에 대해 이야기를 듣게 된다. 정상에 도착하여 종화주가 일 년 동안 간직했던 불씨를 횃대에 옮겨 받고, 횃불 행렬을 따라 그곳에 온 사람들과 인사를 나누다가 사복 사찰직을 하고 있는 일가 형을 만나게 된다. '나'는 조선생으로부터 산 아래에 내려가서는 산 위의 일을 말하지 않아야 한다는 풍습의 금기를 듣게 된다. 자정 가까운 무렵 기이한 합창 소리가 행렬을 휩쓸자 이상한 전율을 느끼고, 마지막으로 횃불의 불씨를 종화대에 던져놓고 나오게 된다. 그 마지막 상황에서 젊은이들이 횃불을 묻으려는 사람들의 길을 막고 춤을 추는 것을 보고 조선생은 광기를 더해가고 있는 젊은이들의 횃불이 폭발로 치달을 것을 염려한다. 산에서 내려와 신작로에 들어서면서 조선생은 '나'에게 등반 풍습을 소설로 쓸 것을 부탁한다. 그리고 사실로서 경험한 것을 드러내지 않아야 한다는 금기를 조건으로 내세운다. 조선생은 횃불 행렬이 제왕산 능선을 타고 내려오는 것을 보며 허탈해한다. '나'는 조선생의 부탁을 두고 어떻게 제왕산 등반 경험을 소설로 쓸 것인가를 고민하지만 제왕산 등반 풍습이 산 아래로 내려오는 일이 벌어지면서 조선생의 공안이 빈 공안으로 끝나게 되었다는 것을 깨닫는다.

이 전개 과정에서 화자-초점화자는 두 하위 틀서사의 초점화자를 제왕산의 동일한 시, 공간에 위치시켜 놓는다. 두 초점화자는 제왕산 등산과 하산의 과정에서 함께 움직이면서 자연스럽게 결합된다. 따라서 이 부분에서 화자-초점화자는 두 초점화자를 만나게 할 교차 지점을 마련할 필요가 없다. 대신 화자-초점화자는 서사 전개에서 서사의 끝 부분인 c2, c3에서 두 초점화자가 제왕산 등산 풍습이 갖는 풍속으로서의 의미와 그것의 소설화에 대해 논쟁적 대화와 관념적 토론을 벌이는 장을 마련함으로써 두 초점화자의 탐색 내용을 종합하고, 이를 상위 틀서사와 결합시키고 있다.

이를 통해 기존의 제왕산 밀교 제의가 갖고 있는 의미가 제시되고, 이는 다시 하위 틀서사 c에 의해 소설의 정신과 관련하여 다시 의미화되고 있다. 화자-초점화자는 이를 바탕으로 하여 사실을 있는 그대로 드러내는 소설화의 경향을 지배 질서화의 속성으로 파악하고, '정신주의'로서 소설을 타진하면서, 이를 통해 억압적 지배 질서에 의한 상흔을 극복하고자 한다.

『자유의 문』의 화자-초점화자는 비밀 종교 단체를 초점화 대상으로 하여 그 역사적 맥락과 현재적 의미를 파악하면서 집단의 지배 질서를 새로운 소설 정신으로 극복할 가능성을 모색한다. 두 하위 틀서사의 초점화자는 그러한 화자-초점화자의 의도를 달성할 수 있도록 초점화 대상인 '비밀 종교 단체'에 대해 구체적으로 탐색해 들어간다. 이 작품의 서사 단위를 정리하면 다음과 같다.

a1. 지리산이 자유의 공간임을 제시
b1. 화엄사 쪽에서 노인의 석밀 이야기를 들었다며 노인의 지리산 은거지로 젊은이가 찾아옴
c1. 젊은이는 노인이 꿀접시로 벌들을 유인하여 꿀을 찾는 채밀행각

을 유심히 지켜보면서 자신이 추리소설 작가 주영훈(본명: 주영섭)임을 밝히고, 노인의 이야기를 들려달라고 요구함. 노인은 젊은이의 소설에 대해 먼저 듣기를 원함

c2. 주영섭은 백상도 노인에게 소설 내용을 들려주고 유인극의 목적, 배후의 정체를 알려달라고 함

b2. 노인은 영섭에게 불에 익힌 아침을 차려주고 자신은 생식을 함. 노인은 영섭에게 토분을 보여줌.

b3. 동굴로 돌아와 점심을 먹은 후 노인은 영섭에게 자신의 내력을 이야기함

c3. 영섭은 동굴에 앉아 노인과 밤새 종교와 소설에 대해 논박함

b4. 다음날 아침 영섭이 안개구름이 가득한 산길을 내려감. 벌떼의 습격을 받고 죽어 있는 영섭의 시신을 노인이 수습하여 무덤을 만들어 줌

이 작품은 앞의 「비화밀교」처럼 상위 틀서사 아래에 현재적 의미를 탐색하는 하위 틀서사 c가, 그 아래에 역사적 맥락을 탐색하는 하위 틀서사 b가 포함된다. 하위 틀서사 b에서는 초점화자 백상도에 의해 비밀 종교 단체의 역사적 변이형이 제시되며, 이는 다시 하위 틀서사 c에서 초점화자 주영섭과 백상도의 논쟁을 통해 현재적 의미가 다각적으로 탐색된다. 두 하위 틀서사의 초점화자는 지리산이라는 동일한 시-공간에서 만나 논쟁적 대화를 주로 나눈다. 이로 인해 각 초점화자의 이동은 겹친다. 이 과정을 정리하면 다음과 같다.

하위 틀서사 c의 초점화자 주영섭은 자신이 쓰고 있는 소설을 완성시키기 위해 지리산에 은거한 백상도 노인을 찾아간다. 노인의 채밀 행각을 보면서 주영섭은 그가 자신이 찾고 있는 사람이라는 것을 확신하고 노인에게 자신의 소설 내용을 들려준다. 주영훈은 자신이 알고 지내던 구 형사의 실종 소식을 듣고 그 사건을 추적한다. 그러다가 구 형사가 담당했던 인천 부두 항만 노동자 유민혁의 자살 사건이 한강변 국회의

원 강도 상해 사건의 가해자인 최병진 사건과 닮아 있는 것을 알게 되고, 그것을 추적하던 양 기자도 사라진 것을 알게 된다. 구 형사의 옷에서 나온 명함을 통해 단서를 잡은 주영훈은 유민혁과 최병진의 배후를 추적하기 위해 그들에게 꿀을 보내온 사람을 찾아 지리산으로 들어간다. 주영섭은 이와 같은 추리소설의 내용을 들려주면서 소설 속 사건의 배후로 노인을 지목하고, 노인의 이야기를 듣고자 한다.

하위 틀서사 b의 초점화자 백상도는 주영섭에게 지리산에서 채밀을 하다가 발견한 시신을 모아놓은 토분을 보여준 뒤 종교 단체의 비밀 전사로 활동해왔던 이야기를 들려준다. 백상도는 정완규라는 이름으로 활동하면서 간척 사업장과 탄광촌을 돌아다닌다. 탄광촌의 실태를 알리기 위해 부른 성 기자를 죽게 만드는데, 이 일로 종교의 계율과 자신의 행위에 대한 증거욕 사이에서 방황하게 되고, 그 충동을 이기지 못하고 지리산으로 들어간다. 그곳에서 꿀을 통해 양 기자와 구 형사를 산으로 유인하고, 그들에게 자신의 사연을 들려주고 결국 죽음에 이르도록 만든다. 주영섭은 그러한 백상도의 내력을 듣고 그가 계율의 미망에서 벗어나게 이끌고자 한다. 주영섭은 안개가 자욱한 산을 내려가기 전에 계곡에 들러 무덤을 확인하던 중 벌에 쏘여 죽고 만다. 백상도는 영섭을 묻어주면서 자신이 오히려 패배자라는 것을 다시 확인하게 된다.

이 전개 과정에서 화자-초점화자는 두 하위 틀서사의 초점화자를 지리산의 동일한 시, 공간에 위치시켜 놓는다. 화자-초점화자는 서사 전개에서 서사의 끝 부분인 c3에서 두 초점화자가 대화와 논쟁을 벌이게 함으로써 두 초점화자의 탐색 내용을 종합하고, 이를 상위 틀서사와 결합시키고 있다.

이를 통해 비밀 종교 단체의 절대화된 계율에 의해 인간적 욕망이 억압되는 이율배반적 속성이 제시되고, 이는 하위 틀서사 c에 의해 소설의 질서와 대비적으로 고찰되고 있다. 화자-초점화자는 이를 바탕으로 하여 인간적 욕망을 배제한 채 기존의 지배 체제의 전복에 머물러 있는 소설화의 경향을 지배 질서화의 속성으로 파악하고 지배 이념화를 경계하면서 새로운 소설의 정신을 끊임없이 추구함으로써 지배 질서화된 이념에 의한 상흔을 치유하고자 한다.

2) 하위 틀서사의 분절된 시간, 공간의 연결

둘째, 이처럼 화자-초점화자는 독립된 두 하위 틀서사를 결합하면서, 또 다른 한편으로는 두 하위 틀서사 각각의 내부에서 일어나는 분절의 틈새를 연결하는 기능을 한다. 곧 화자-초점화자는 탐색 목적이 다른 두 하위 틀서사의 초점화자의 탐색 과정에서 나타나는 시간의 분절과 공간의 분절로 인한 틈새를 연결하는 기능을 한다. 이 기능은 앞선 유형에 나타나는 기능과 공통적인데, 하지만 앞의 두 유형과 달리 이 유형의 작품은 한 작품 내에 시간과 공간의 분절이 동시에 일어난다는 점에 차이가 있다. 따라서 그 틈새를 연결하는 서술적 텍스트와 메타텍스트가 앞의 두 유형에 비해 한층 강화되고 있다. 틈새 연결의 방법 역시 초점화 대상에 따라 그 특질이 달라진다.

① 집단 이념에 희생된 민중의 삶: 『신화를 삼킨 섬』, 『흰옷』

집단 이념에 희생된 민중의 삶을 다루는 작품의 경우 역사적 변이형과 현재적 의미를 균형 있게 다루고 있기 때문에 시, 공간의 각각의 틈새 모두에 화자-초점화자가 개입하는 양상을 보여준다.

『신화를 삼킨 섬』을 보면, 역사적 맥락을 탐색하는 하위 틀서사 b의 경우 시간의 분절이 두드러지는 반면, 현재적 의미를 탐색하는 하위 틀서사 c의 경우 공간의 분절이 두드러진다. 화자-초점화자는 이 틈새를 서술적 텍스트와 메타텍스트의 형태로 연결한다. 이때 시간 분절의 틈새를 주로 메우는 것은 증언 형식의 회상이며, 공간 분절의 틈새를 메우는 것은 지적, 관념적 독백이나 기록물 형식의 자료, 기사, 문헌 등이다.

하위 틀서사 b의 서사 단위 중 b1에서 정요선은 제주도에서 추심방을 만난 후 변심방네 금옥을 만난다. 그리고 곧 이어 제주도에 오기 전 어머니 유정남과 소록도에 들렀을 때 들은 어머니의 고향 청년에 대한 이야기를 회상하는 장면이 연결된다. 이처럼 현재의 시간과 과거의 시간이 연결될 때, 그 시간의 틈새를 화자-초점화자가 개입하여 연결한다.

> (i) 그런데도 북쪽 무당들 굿판에 들린 공수 내뱉듯이 한 어머니의 사연을 대충 엮어 들으니, 그 소록도의 원귀는 일찍이 그녀의 고향 마을 이웃집 사내의 딱한 혼백이었다. 그 이야기를 다시 한 번 엮자면 그날 그 유정남의 사연은 이러했다.
>
> (ii) ……그 천관산 자락 유정남의 어릴 적 고향 동네에 대처 상업학교를 졸업하고 면수 금융조합엘 다니는 준수한 청년 하나가 있었다.[10]

(ii)는 고향 청년에 대한 어머니의 이야기를 요약한 메타텍스트이다. (i)은 (ii)의 회상의 시간과 (i) 앞의 제주도의 현재 시간의 틈새를 연결하고 있다. 곧 화자-초점화자는 현재와 과거의 시간의 틈새에 개입하여 분절된 시간을 연결하면서(i), 뒤이어 나오는 회상에 대한 내용을 메타텍스트 형태로 제시(ii)하고 있는 것이다.

공간 분절의 틈새는 지적, 관념적 독백 혹은 기록물에 의해 연결된다. 정요선이 있는 숙소에서 고종민의 여관으로 넘어가는 연결 지점에 4·3

10) 『신화를 삼킨 섬』1, 앞의 책, p.40.

사건 희생자 목록 문건이 제시되며, 고종민이 이과장과 함께 술집에 있다가 송일 국장이 근무하는 제중일보사로 넘어가는 지점에서는 문정국 기자의 기사와 송일 국장의 글이 메타텍스트의 형태로 제시된다.

(i) 앞으로의 그의 일—, 바야흐로 성세를 부를 이 섬에서의 사업목록이 그를 기다리고 있었던 것이다.

(ii) 2

◆가. 사망자: 박재옥(21. 여. 제주시 도두동 ×번지)

나. 사망 시기 및 장소: 1947. 3. 1. 제주시 관덕정 앞 광장.

(중략)

(iii) 소위 '제주 4·3사건 희생자 목록'이란 문건은 몇 번이고 다시 고종민 청년을 새 긴장감 속에 진저리치게 하였다. 이 섬 원혼들의 혼백을 씻어 저승 천도하기 위해 육지부에서 새 무당이 건너왔다는 소식을 듣고, 그 나름의 특별한 관심 때문에 도청 문화진흥과 이과장에게 부탁하여 자신도 육지부 무당들에게 굿을 맡길 이 희생자 명단을 얻어온 이후 열흘 가까이, 그걸 들출 때마다 늘 첫 대목부터 되풀이되어온 일이었다.[11)]

정요선이 숙소에 도착하여 그를 기다리고 있는 '4·3사건 희생자 목록'을 받아보는 장면(i)에 이어 고종민이 자신의 숙소에서 그 목록을 다시 들춰보는 장면(iii)으로 이동하고 있다. 이 공간 분절 사이에 메타텍스트 형식의 글(ii)이 삽입되어 있다.

『흰옷』에서는 하위 틀서사 b에서 시간의 분절이 빈번하고 두드러지게 나타나는데, 화자-초점화자는 그 틈새를 황종선의 회상을 통해 메워나간다. 하위 틀서사 c의 경우 공간의 분절이 두드러지는데, 이 공간의 틈새는 주로 관념적 독백 등으로 메워진다. 작품 전체에서, 공간의 분절 틈새는 동우의 전화 통화 내용이나, 황종선이 어릴 적 부르던 노래 등

11) 위의 책, p.49.

을 메타텍스트 형식으로 제시하는 방식으로 연결된다.

② 이념의 지배 질서화: 「비화밀교」

다음, 이념의 지배 질서화 과정을 다루는 작품의 경우에는 역사적 변이형이 약화되고 현재의 다각적 의미가 보다 중시되고 있다. 그로 인해 시간적 틈새보다는 공간적 틈새에 대한 개입이 보다 활발하게 일어난다. 「비화밀교」에서, 조선생과 '나'가 함께 횃불 무리를 바라보는 능선 위의 공간과, 하산하여 신작로에 내려온 공간의 분절의 틈새 사이를 결합하는 방식은 다음과 같다.

(i) 그가 이윽고 몸을 돌이켜 산 아래로 천천히 발길을 옮겨놓기 시작했다. 내게는 가자 마자 가부간에 한 마디 드러난 의사표시가 없은 채였다. 그런데 어쨌거나 그것이 이날 밤 우리가 한발 앞서 산을 내려온 하산길의 출발이 되고 있었다.

(ii) 이제는 대충 이야기를 마물러야 할 때가 온 것 같다. 조선생과 횃불의 끈덕진 대결은 그것으로 마침내 승패가 결판난 거나 다름없었기 때문이다.

하지만 지루하더라도 한 가지만은 마저 사실을 밝혀두고 이야기를 끝내는 것이 좋으리라 생각된다. 산을 내려온 다음의 이야기 말이다. 왜냐하면 이날 밤 우리가 산을 내려온 것으로 모든 일이 끝난 것은 아니었으니까.[12)]

화자-초점화자는 하산길 이후의 이야기가 전개되어야 할 시점에 개입하여 글을 쓰고 있는 공간(ii)과 하산이 이루어지는 제왕산의 공간(i)과의 틈새를 연결하고 있다. 그럼으로써 뒤에 전개될 내용을 미리 암시하

12) 「비화밀교」, 『비화밀교』, 나남, 1985, p.212.

고, 초점화 대상에 대한 접근 방식의 변화가 이루어지는 계기를 마련해 두고 있다. 하위 틀서사 b에서는 제왕산 등반 풍습을 초점화 대상으로 하여 조선생과 횃불의 대결이 이야기되었다면, 하위 틀서사 c에서는 제왕산 풍습을 어떻게 쓸 수 있을 것인가와 관련된 소설 창작에 대해 이야기한다.

2. 이념의 통시적, 공시적 계열 관계를 탐색하는 초점화자와 매개자

여기서는 초점화자의 역할과 기능 및 매개자의 기능과 특징을 살펴보고자 한다. 먼저 초점화자의 역할과 기능이다. 하위 틀서사 b의 초점화자는 초점화 대상의 역사적 맥락을 탐색하며, 하위 틀서사 c의 초점화자는 초점화 대상의 현재적 의미나 소설화의 의의를 탐색한다. 초점화자에게 부여된 탐색 역할과 목적은 집단 이념에 희생된 민중의 삶을 다루는 작품이냐, 이념의 지배 질서화 과정과 관련된 사건을 다루는 작품이냐에 따라 그 특질을 달리한다.

집단 이념에 희생된 민중의 삶을 다루는 작품의 경우이다. 역사적 맥락을 탐색하는 하위 틀서사 b의 초점화자와 현재적 의미를 탐색하는 하위 틀서사 c의 초점화자가 각각의 서사를 독립적으로 이끌고 나가는데, 각 서사가 작품 전체 서사 구조에서 차지하는 비중은 거의 대등하다. 이처럼 하위 틀서사 b와 하위 틀서사 c의 초점화자는 서로 다른 시-공간을 움직이면서 각기 다른 서사를 이끌고 나가는데, 그 결과 두 하위 틀서사의 초점화자의 역할도 명확하게 구분된다.

이념의 지배 질서화 과정과 관련된 사건을 다루는 작품의 경우에는,

역사적 맥락을 탐색하는 하위 틀서사 b의 초점화자의 서사보다는 현재적 의미를 탐색하는 하위 틀서사 c의 초점화자의 서사가 보다 강화되는 특성을 보여준다. 곧 두 하위 틀서사의 초점화자는 일차적으로 그 역할이 구분되지만, 동일한 시-공간 내에서 같이 동행하여 움직이면서 논쟁적 대화를 나누는 관계로 그 역할이 중첩되면서 주로 초점화 대상의 현재적 의미를 탐색하는 쪽으로 치중하는 경향을 보여준다.

역사적 맥락을 탐색하는 역할을 맡은 하위 틀서사 b의 초점화자는 그 역할을 주로 수행하는 한편으로, 하위 틀서사 c의 초점화자와 동행을 하면서 초점화 대상의 현재적 의미에 대해 자신의 의견을 주장하는 매개자의 역할을 수행한다. 이 과정을 통해 자연스럽게 초점화 대상의 현재적 의미에 대해서도 탐색을 하게 되는 것이다. 이에 따라 역사적 맥락을 탐색하는 하위 틀서사 b는 독립적인 서사 단위로서 제시되지만, 그 서사는 현재적 의미를 탐색하는 하위 틀서사 c에 종속되면서 집단 이념에 희생된 민중의 삶을 다루는 작품에 비해 서사에서 차지하는 비중이 매우 약화되는 경향을 보여준다.

다음 매개자의 기능과 역할이다. 각 초점화자는 탐색의 과정에서 초점화 대상에 대한 정보를 제공하는 여러 유인적 매개자들과 만나 대화를 나누면서 탐색 목적에 접근해 들어간다. 그 과정에서 초점화 대상의 역사적 변이형과 현재적 변이형으로서의 삽입서사를 자신의 서사 안에 마련한다. 따라서 하위 틀서사는 상위 틀서사에 종속되는 내부에 해당하면서, 그 각각의 서사는 자신의 서사 내부에 복수의 삽입서사를 내포함으로써, 삽입서사에 대한 틀서사로 기능하게 된다.

이들 매개자의 기능과 특징은 다음 세 가지로 정리될 수 있다. 첫째, 탐색 목적과 관련하여 각 초점화자의 제한된 인식이나 경험을 보충함으로써 의미나 논리를 보충하는 역할을 담당한다. 매개자는 초점화자와는 다른 인식과 경험 내용을 갖고 있는 인물로서, 초점화자가 알지 못하는 정보나 지식, 경험 등을 보완해준다.

둘째, 매개자가 속해 있는 하위 틀서사의 초점화자가 무엇을 탐색하는가와 관련하여 매개자의 세대별, 직업별 특징이 달라진다. 역사적 맥락을 탐색하는 초점화자와 관련되어 있는 매개자의 경우, 억압적인 집단 이념과 관련된 사건에 대한 경험을 갖고 있다. 이들은 주로 세대별로 분화되어 초점화 대상과 관련된 다양한 역사적 경험을 드러냄으로써 초점화자의 제한된 경험을 보충한다. 현재적 의미를 탐색하는 초점화자와 관련되어 있는 매개자는 특정 분야의 전문 지식이나 깊이 있는 인식을 갖고 있는 지식인이 주로 등장한다. 이들은 직업이나 이념적 사고의 영역 등에서 다양하게 분화되어 초점화자의 제한된 인식 영역을 보충하거나 수정한다.

셋째, 매개자는 이념의 지배 질서화 과정과 관련된 사건을 다루는 작품보다 집단 이념에 희생된 민중의 삶을 다루는 작품에서 보다 많이 등장한다. 집단 이념에 희생된 민중의 삶을 다루는 경우, 초점화자가 자신의 탐색 목적을 수행하는 과정에서 초점화 대상에 대한 다양한 정보를 필요로 한다. 이에 따라 초점화 대상의 역사적 측면과 현재적 측면에 대한 다양한 정보를 제공해주는 여러 매개자가 등장한다.

반면, 이념의 지배 질서화 과정과 관련된 사건을 다루는 경우, 두 초점화자는 자신에게 분담된 탐색 목적을 수행하는 한편, 동일한 시-공간에서 동행을 하면서 초점화 대상의 현재적 의미에 대해 두 사람의 대화를 중심으로 논쟁과 토론을 주로 벌인다. 이 논쟁적 대화에 의해 초점화자는 다른 초점화자의 의견과 주장을 강화하는 매개자의 역할을 수행한다. 이러한 역할 변화는 두 하위 틀서사에서 동시에 일어난다.

이처럼 두 초점화자가 초점화 대상의 현재적 의미에 대해 개념적이며 논리적인 사고에 입각해 각자의 뚜렷한 주장과 의견을 피력하는 논쟁적 대화가 서사의 중심을 이루기에, 초점화 대상의 현재적 측면과 관련된 다양한 정보를 필요로 하지 않는다. 이에 따라 그 정보를 전달할 매개자가 거의 필요치 않게 된다. 다만 초점화 대상의 역사적 측면과 관련해서는 이에 대한 정보가 필요하기에 그 정보를 전달해 줄 소수의 매개자가 등장하게 된다.

이와 같은 방식으로 초점화자는 여러 매개자를 통해 자신의 탐색 목적을 이루어나간다. 이 과정에서 초점화 대상의 역사적 맥락을 탐색하는 하위 틀서사 b의 초점화자는 통시적 계열 관계의 측면에서 초점화 대상의 다양한 역사적 변이형을 제시한다. 그리고 초점화 대상의 현재적 의미를 탐색하는 하위 틀서사 c의 초점화자는 공시적 계열 관계의 측면에서 초점화 대상의 다양한 현재적 변이형을 제시한다.

이상에서 보듯, 이 유형의 초점화자와 매개자는 초점화 대상이 집단 이념에 희생된 민중의 삶이냐, 이념의 지배 질서화 과정과 관련된 사건이냐에 따라 그 특질을 달리한다. 각 작품을 통해 이를 보다 구체적으로 살펴보면 다음과 같다.

1) 반복되는 폭력적인 집단 이념

① 권력의 메커니즘에 핍박받는 제주 섬사람: 『신화를 삼킨 섬』

첫째, 집단 이념에 희생된 민중의 삶을 다루는 경우이다. 『신화를 삼킨 섬』에서 초점화 대상인 4·3사건의 역사적 맥락을 탐색하는 하위 틀서사 b의 초점화자 정요선과, 현재적 의미를 탐색하는 하위 틀서사 c의 초점화자 고종민이 각각의 서사를 이끌어간다.

먼저 정요선의 경우이다. 정요선은 육지에서 온 무당들과 달리 제주섬 심방들이 역사 씻기기 사업을 외면하는 까닭을 탐색하는 과정에서 유정남, 추심방 부자, 변심방 모녀를 매개자로 만난다. 이들 매개자의 특징을 살펴보면 다음과 같다.

(A) 정요선의 어머니 유정남은 어릴 적 무당집 딸로 업신여김을 받지만 허물없이 그녀를 대해주는 고향 청년을 마음의 의지로 삼고 살아간다. 그런 청년이 사라지자 유정남도 고향을 떠나 인천 부근에서 가정부 살이를 하며 살아간다. 그러다가 무병을 앓게 되고, 그녀는 고향의 천관산 산신령을 모시기로 하고 신굿을 치른다. 그녀를 찾아온 낯선 여자로부터 고향 청년의 사연을 듣고, 소록도 만령당에 묻힌 그 혼백을 씻겨 보내줄 생각을 갖게 된다. 그리고 그 청년의 아들인 요선을 키운다. 그런 유정남은 '다른 세상으로 나가는 문이 꼭꼭 닫힌 섬에 갇혀 살다 남다른 한을 남기고 간' 혼백을 씻겨내고자 하며, 돈벌이와 상관없이 모든 굿판에 정성을 다하고자 한다.

> "그때부터 그 일은 내 평생의 맘속 짐이 되어왔다. 그 만령당의 수백 수천 혼백들……. 비단 그 고향 사람뿐만 아니라 죽어서조차 섬을 나가지 못하고 섬에 묶여 떠도는 불쌍한 혼백들을 언젠가는 모두 내가 씻겨 보내리라……마치 그 노릇을 하자고 무당이 된 것처럼. 일이 여의치 못하면 그 고향 사람만이라도 기어이. 그러던 것이 그 일이 이젠 어언 우리 세 식구의 일이 되지 않았느냐. 우리가 그 섬을 찾아간 곡절이 그렇더니라."[13]

(B) 추심방은 제주 용두리의 심방으로, 언제 어디서 죽어갔는지 모를 아우의 죽음에 죄책감을 느끼면서 평생 '무주고혼'들만을 씻겨내고자 한다.

---

13) 『신화를 삼킨 섬』1, 앞의 책, pp.43~44.

그가 이 섬의 수많은 혼백들, 임자 없는 유골이나 유골없는 죽음의 이름들, 심지어 죽음의 때도 장소도 아무것도 알 수 없어 사자의 숫자에조차 끼일 수 없는 원혼들을, 굳이 그런 무주고혼들만을 찾아 정성껏 씻겨온 것도 바로 그런 아우에 대한 속죄의 뜻에서가 아니었을 것인가. 그리고 그게 이 섬 심방들의 길이자 운명이 아니었을까…… 백마와 흑마를 번갈아 빌어 기원한 할머니의 태몽 사연이 사실이든 아니든, 그리고 그것으로 그녀가 아들에게 점지해 주려던 무당의 길이 어떤 것이었는지는 알 수 없으되, 두 형제는 어찌 보면 그 할머니가 당신의 무업으로 미리 숨겨 피해주고 싶어했다. 이 섬 백마 이야기의 비극적인 운명을 각기 기막힌 방법으로 실현해온 셈이랄까……[14)]

추심방은 무업을 물려받기를 원하는 어머니의 바람을 외면한다. 그로 인해 아우가 대신하여 무업을 이어받게 되는데, 4·3사건 무렵 아우가 산으로 올라가 종적을 감춘다. 이후 산에서 잠시 내려온 아우가 토벌대에 의해 죽자, 추심방은 죄책감으로 무업을 이어받고, 아우와 같은 죽음의 자리도 모르는 무주고혼들을 씻기고자 한다. 그리고 아들 추만우에게 무업을 강요하지 않으며, 자신의 처지를 이승의 업장으로 여기고 모든 것을 혼자 지고 가고자 한다.

(C) 변심방은 해정리의 심방으로, 원령을 모시는 까닭에 굿조차 하지 않고 지낸다.

"그래서 결국 원령이 된 그 사신은 다른 당신이 없는 이 해정리로 우리 할머니를 찾아 들어와 이 동네 당신으로 좌정을 하게 된 거래여. 그러니 그 원망 많은 당신을 모신 심방 내림으로 무슨 대단한 길흉화복을 상관할 수나 있었겠어. 마을 사람들 앞에 겨우 제 신세타령 원망이나 늘어놓은 '본풀이' 굿으로 겨우겨우 동네 당신노릇이나 해가는 거지. 하긴 이것도 다 우리 할머니라 어머니 본풀이 당굿 사설 가운데에

14) 위의 책, p.89.

서 주워들은 것이지만, 그러니 그 징그런 뱀 귀신이 운 나쁘게 다른 사람 다 놔두고 어째 하필 우리 할머니에게 들려들었는지 원!"[15]

금옥은 원망 많은 뱀 당신을 모시는 어미 변심방의 무업 내림에서 벗어나고자 뭍으로 나가고자 한다. 변심방 역시 노골적으로 그러기를 바라는 눈치를 보인다. 금옥은 처음에 무업에 뜻이 없는 추만우를 졸라 함께 뭍으로 나가자고 충동질하지만, 이들을 함께 '신자식'으로 묶고자 하는 추심방네의 눈치를 알게 되면서 뜻을 이루지 못한다. 요선을 만난 뒤로는 그를 따라 뭍으로 건너갈 마음을 품는다. 그렇지만 신기를 이겨내지 못하고 추심방네가 치러주는 내림신굿을 치르면서 무업의 길을 받아들이게 된다.

이들을 만나면서, 먼저 정요선은 자신에게 주어진 무인의 길을 처음에는 거부하다가 차츰 그것을 운명으로 받아들인다. 정요선은 무녀인 어머니를 떠나 자신만의 길을 가려 한다. 정요선의 이러한 모습은 무업 내림을 피해 뭍으로 도망가려고 발버둥치는 금옥이나, 무업을 이어받지 않으려는 추만우로 투사된다. 그러나 정요선은 어머니 유정남과 제주 심방들을 지켜보면서 점차 무인의 길이 무엇인지를 깨닫는다. 이들을 만나면서 정요선은 자신에게 주어진 무인의 운명에서 벗어나지 못할 것을 예감한다.

너의 집안에 떼무당이 나오거라는 무당가 욕설 그대로 제 집안 사람들조차 무인의 길을 피하려 하는 판에 누구라서 스스로 그 고난스런 운명을 짊어지려 나설 사람은 없었다. 무당의 길은 당사자가 좋아서가 아니라 몸주 신령의 일방적인 선택에 의해 운명이 정해졌다. 그리고 한번 그 선택이 이루어지면 당사자는 절대로 그 앞에 복종하지 않으면

15) 위의 책, p.124.

안 되었다. (중략) 그리고 그런 과정들이 자신없어 그 역시 지금껏 두려움 속에 그 어미 유정남의 소망을 외면하고 혼자만의 다른 세상 길을 엿보아오지 않았던가.[16]

무인의 길에 대한 어려움 때문에 요선이나 추만우, 금옥 등은 무업내림을 회피하고 도망치려 한다. 그럼에도 불구하고 이들은 결국 무업을 받아들일 수밖에 없다. 인간이 선택할 수 있는 일이 아니라 신에 의해 선택되는 것이고, 그러한 운명은 거부할 수 없기 때문이다. 요선은 소록도 만령당에 묻힌 어머니의 고향 청년이 자신의 아버지라는 사실을 알게 되면서, 자신이 유정남이나 추심방, 변심방처럼 무주고혼, 유배당해 버림받은 처지에 놓인 혼백, 죽어서도 섬을 빠져나가지 못하는 한 많은 혼백들을 씻겨내는 것이 자신에게 주어진 운명임을 깨닫는다.

다음, 정요선은 제주굿의 역사적 뿌리와 관련하여 섬 심방들이 역사 씻기기 사업에 동참하지 않는 이유를 알게 된다. 큰당집의 역사 씻기기 사업에 동원되어 뭍의 남쪽(남도)으로 내려가 씻김굿을 하게 된 요선 일행은 갑오동학란으로 인해 묵은 원혼들을 씻기게 된다. 백 년도 더 된 묵은 원혼들을 씻기는 일로 사업은 호황을 이뤘다. 그러다가 큰당집의 명령에 따라 제주로 건너오지만, 그곳 사람들은 누구도 굿을 맡기려 들지 않는다. 그러다가 고려 삼별초의 난 이후로 편이 갈린 원혼들의 상황이 현재까지도 이어지고 있으며, 섬 심방들은 그런 편 가르기 원혼 싸움에 휘말리기를 거부한다는 것을 알게 된다.

마지막으로, 정요선은 제주 4·3사건과 역사적 측면에서 계열체적 관계에 있는 역사적, 신화적 사건에 대해 이야기를 듣게 되는데, 이를 통해 4·3사건의 역사적 변이형을 확보하게 된다. 역사적 변이형은 먼

16) 『신화를 삼킨 섬』2, 앞의 책, pp.194~195.

저 정요선 서사 자체 내에서 정요선이 굿판에서 듣게 된 이야기로 제시된다. 정요선은 육지부에서 씻김굿을 하는데, 이 씻김굿의 대상인 갑오동학란의 희생자들에 대해 듣는다. 그리고 제주도에 와서는 제주 심방이 삼별초의 난의 중심인물인 김통정과 김방경을 신으로 모시게 된 사연을 듣는다. 곧 갑오동학란과 삼별초의 난이 4·3사건의 역사적 변이형으로 제시되며, 이 변이형은 정요선이 만나는 매개자에 의해 제시되는 삽입서사의 역사적 변이형과 연결된다.

다음, 고종민의 경우이다. 고종민은 섬사람들과 심방들이 역사 씻기기 사업을 반대하는 이유를 제주의 현실적 상황과 관련해 탐색하는 과정에서 아버지 고한봉, 송일 국장(문정국 기자), 이과장, 제주 무속인들을 매개자로 만난다. 이들 매개자의 특징을 살펴보면 다음과 같다.

(A) 제중일보 송일 국장은 한라산에서 발견된 4·3사건 희생자들의 유골을 두고 정치 단체인 '한얼회'와 '청죽회' 간에 벌어지는 유골 탈취 사건과 관련해, 제주 섬사람들이 역사 씻기기 사업에 동참하지 않는 이유를 제시하면서 권력의 속성에 대해 이야기한다.

> 이 섬 역사에서 보면 자신이 어느 쪽 권력권에 서려 했든지 결국은 이 섬 전체가 국가 권력의 한 희생 단위로 처분되곤 했지요. 고형도 아시겠지만 그래 이 섬사람들, 이번 역사 씻기기 사업의 희생자 신고 사업에도 전혀 협조를 하지 않으려는 이들이 많잖아요. 그 사람들은 그 양지나 음지, 이를테면 한얼회나 청죽회 어느 쪽 영향권에도 속하지 않으려는 제3의 도민층인 셈이지요. 그리고 각자의 자리에선 나름대로 정의요 진실을 살고 있을 그 한얼회나 청죽회 사람들까지 포함하여 어찌 보면 그게 진짜 이 섬의 역사적 운명을 함께 살아온 한 생존단위의 공동운명체 백성들인지도 모르고요.[17)]

17) 위의 책, p.77.

송일 국장은 한얼회와 청죽회의 대립처럼 정권과 반정권이라는 권력 대립에 의해 제주도민이 희생 제물이 되었다고 본다. 정권이든 반정권이든, 이들 모두가 권력을 잡고자 하는 욕망에 빠져 있다고 우려한다. 제주 섬사람들 중에는 그런 정권과 반정권의 대립하에서 어느 한 쪽의 편을 드는 것을 거부하는 제3의 도민층이 있음을 강조하면서, 그들이야말로 집단 이념과는 무관한 자리에 있는 '생존 단위의 공동운명체 백성'임을 강조한다.

(B) 이과장은 도청 문화진흥과 과장이자 권력 집단인 '큰당집(신군부의 민간 쪽 권력 파트너)'의 명령에 따르는 '작은집' 조직원으로, 제주를 다시 권력의 제물로 몰아가는 전통 지시문에 수결하고, 그 명령을 수행하는 역할을 담당한다. 그는 고종민에게 유골 탈취 사건에 관한 정보를 흘리면서 소문을 조장하고, 역사 씻기기 사업에 동참하지 않는 추만우 등을 군대 문제로 협박하기도 한다. 그러면서 한얼회나 청죽회의 상반된 정치 성향을 이용하여 합동 위령제 때 유골함 상자를 탈취하게 조장하고, 서로 시내에서 싸우도록 추동함으로써 종국에는 계엄령이 내려지도록 유도한다.

신군부는 기왕 정권 장악을 위한 모험을 벌이고 나선 김에 아예 전국계엄까지 밀어붙여 시끄럽고 귀찮은 민간 정치 세력을 제압해버릴 심산인 게 분명했다. 그 전국계엄 선포의 요건을 채워줄 지역이 아직까지 지역계엄에서 제외되어 있는 제주도였다. 그리고 그러자면 육지부뿐만 아니라 이 제주도까지도 민심이 한껏 어수선해지고 마땅한 사회불안이 조성되어야 하였다. 무당들의 사업목적이 사라졌거나 뒤바뀐 셈이었다. 육지부에서는 물론 남행 행렬의 K시 도착을 그 계기로 삼을 심산이었고, 그날을 시한으로 이 제주도에서도 씻김굿 사업을 종료시키라는 것 역시 바로 그런 연유에서였다. 역사 씻기기로 세상을 불안하고 시끄럽게 하는 원혼들의 창궐을 잠재우기보다 오히려 그것을 부추겨야 할 판

이기 때문이었다.[18]

이과장은 횃불 남행 행렬과 역사 씻기기 사업이 신군부의 계엄을 위한 수단이 될 것임을 알고 있다. 이과장은 제주가 다시 계엄의 소용돌이에 휘말려 육지부 사태의 해결을 위한 제물로 전락하게 될 것을 우려하면서도 자신에게 주어진 명령을 수행하기 위한 방안을 짜내는 데 골몰한다.

(C) 아버지 고한봉은 4·3사건 때 겨우 목숨을 건진 후 일본으로 귀화한 인물로, 일본에 있으면서 현재 한국에 내려진 계엄령의 위험성에 대해 편지로 고종민에게 알려준다.

> 이 말은 그 섬에 내 거짓 무덤이 만들어져 있는 걸 네가 나서서 굳이 상관하려 들지 말라는 뜻만이 아니다. 너는 지금 그 섬에 들어가 박혀 있어 한국의 정세가 얼마나 험악한지를, 더욱이 그 섬이 지금 어떤 위험에 처해 있고 네 앞에 어떤 생지옥이 닥쳐들고 있는지를 알지 못한다. 하지만 그 섬에서 일찍이 생애를 결딴내고만 이 아비는 그 나라 역사에서 정정이 불안해질 때마다 일부 힘있는 사람들이 그 섬을 어떻게 이용해왔고 그 섬사람들을 어떻게 희생시켜 왔는지를 내 삶으로 겪어 알고 있다.[19]

고한봉은 제주에서 벌어진 사건을 '운명', 혹은 '역사의 희극'으로 여기고, 제주로 건너 간 고종민에게 한국 정세의 심각한 상황을 알려주며 일본으로 돌아오기를 원한다. 고한봉은 한국 군부가 권력 장악을 위해 계엄령을 선포했고, 이를 좌시하지 않는 다른 한쪽 세력에 의해 총칼을 앞세운 권력 다툼이 일어날 것을 예상한다. 그로 인해 제주는 또다시

18) 위의 책, pp.115~116.
19) 『신화를 삼킨 섬』1, 앞의 책, p.183.

그 소용돌이에 휘말려 수많은 무고한 희생자를 낳게 될 것이라 본다. 그리고 현재 한국에 내려진 계엄령을 우려하여 아들에게 일본으로 돌아오라는 편지를 보낸다.

이들을 만나면서, 먼저 고종민은 제주 굿의 민속학적 뿌리와 관련하여, 제주 굿판의 사설이 제주의 역사와 제주민의 처지를 반영하며, 권력 놀음에 희생당한 이들을 위무하고 남아 있는 자들을 위한 삶의 자리를 마련하려는 것임을 깨닫는다.

다음, 고종민은 제주 섬사람들이 역사 씻기기에 동참하지 않는 이유를 알게 된다. 제3도민층으로서의 제주 사람들은 4 · 3사건을 정권과 반정권의 권력 쟁투에서 비롯된 민중의 억울한 희생으로 파악한다. 그리하여 그들은 정권과 반정권의 집단 이념과는 거리를 두고 '공동운명체'를 공유하는 '백성'으로 살고자 한다. 그런 이유 때문에 권력 놀음과 밀접한 관련이 있는 역사 씻기기에 동참하지 않는 것이다.

마지막으로 고종민은 4 · 3사건과 관련해 그것이 현재에도 반복되고 재생산됨을 깨닫는다. 정권과 반정권 집단의 이념을 지배 질서화하기 위한 권력 싸움이 현재 신군부 세력과 '지팡이 사내'로 대표되는 세력 사이에 벌어지고 있으며, 그것이 계엄령으로 압축되고 있음을 알게 된다. 곧 4 · 3사건의 현재적 변이형으로 현재의 계엄령이 제시되며, 이 변이형은 고종민이 만나는 매개자에 의해 제시되는 삽입서사의 변이형과 연결되어, 4 · 3사건의 역사가 현재에도 되풀이되고 있음을 강조한다.

이처럼 『신화를 삼킨 섬』은 하위 틀서사 b에서는 정요선을 초점화자로 내세워 섬 심방들에 얽힌 내력을 4 · 3사건과 연결해서 그 역사적 변이형을 살펴보고, 통시적 계열 관계를 탐색한다. 하위 틀서사 c에서는 고종민을 초점화자로 내세워 제주민의 현재의 삶과 4 · 3사건을 연결시켜 그 현재적 의미를 공시적 계열 관계에서 파악해 들어간다.

② 분단과 파행적 산업화로 고통받는 어머니: 『축제』

『축제』에서는 초점화 대상인 어머니의 한스러운 삶과 관련된 역사적 맥락을 탐색하는 하위 틀서사 b의 초점화자 '준섭'과, 어머니의 삶과 장례가 축제로서 갖는 현재적 의미를 탐색하는 하위 틀서사 c의 초점화자 '나'가 각각의 서사를 이끌어간다.

1장과 7장의 편지에 '이준섭 올림'이라고 발신자가 명기되어 있는데, 이를 통해 준섭과 '나'는 동일 인물이라는 것이 드러난다. 준섭은 어머니의 삶을 회상하는 가운데 장례를 직접 치러내고 있고, '나(준섭)'는 일 년여가 흐른 뒤 장례식을 소설로 엮어내고, 그것의 의미를 개인적인 어머니가 아닌 보편적인 어머니의 삶으로 확장하고, 장례의 의미를 되새겨보고 있다.

이처럼 동일 인물을 하위 틀서사의 초점화자로 각각 분리시키고 있는 까닭은 각 틀서사의 탐색 목적이 다르다는 것을 뚜렷하게 드러내는 한편, 장례에 대한 인식이 변화되었음을 보다 강조하기 위해서이다. 장례를 직접 치러내고 있는 당사자로서 준섭은 어머니 개인의 삶에 밀착하여 그 삶을 탐색하는 반면, 시간이 지난 후의 준섭으로 등장하는 '나'는 어머니의 삶을 보다 객관적인 시선으로 바라보고 그 안에서 어머니의 삶과 장례와 관련된 보편적 인식을 이끌어내고자 한다.

먼저, 초점화자 준섭의 경우이다. 준섭은 어머니의 장례식을 효라는 측면에서 정성을 다해 치르면서 어머니의 고난스러웠던 삶을 탐색하는 과정에서 어머니의 큰딸인 수남모, 준섭의 아내, 준섭의 서질녀인 용순, 장혜림 기자, 준섭의 형수인 외동댁, 동네 어른인 이교장과 새말을 만난다. 준섭이 만나는 매개적 인물은 준섭에게 어머니의 삶과 장례 절차와 관련된 여러 가지 정보를 제공한다. 이들을 통해 준섭은 어머니의 숨겨진 삶을 복원하고 잊혀져가는 장례 절차 또한 복원한다. 이들 매개자의 특성을 살펴보면 다음과 같다.

(A) 어머니의 큰딸인 수남모는 어머니의 젊은 시절의 이야기를 준섭에게 들려준다. 수남모는 늙은 시누이로서 손아랫 친정 동생댁의 비위를 맞추기 위해 노력한다. 수남모는 어머니의 강단 있고, 담이 컸던 젊은 시절의 모습을 증언한다. 그러면서 어머니의 그러한 모습이 실은 사람에 대한 따뜻한 마음의 발로라는 것을 이야기한다. 그럼으로써 어머니의 매정스러운 모습을 증거하는 며느리의 원정을 달래고 다독이고자 한다.

(B) 준섭의 아내와 용순은 '이산 시절'로 명명되는 가난한 시골 살림 시절의 이야기를 준섭에게 들려준다. 아내는 어머니의 인자하고 속 깊은 심정을, 용순은 자신을 감싸준 할머니로서의 모습을 드러내는 역할을 한다.

준섭이 결혼하기 전, 집안의 장자인 '원일 부'가 가산을 탕진하여 가족은 뿔뿔이 흩어진다. 어머니는 집도 없이 동네 문간방을 전전하면서도 식구들과 함께 살고자 하는 희망을 버리지 않는다. '원일 부'는 술집 여자에게서 얻은 아이인 '용순'을 남겨 두고 죽는다. '원일 부'의 아내이자 큰며느리인 외동댁의 반대에도 불구하고 어머니는 용순을 한 핏줄로 받아들인다. 부엌일과 빨래 등을 도맡아 하던 용순은 가출을 결심하고 형자의 중학교 입학금으로 마련해 둔 돈을 들고 사라진다. 그런 용순이 등장하자 집안은 어수선해지고, 외동댁은 여전히 용순을 한 집안 가족으로 받아들이기를 거부하는 태도를 보인다.

(C) 외동댁은 어머니가 노년에 치매에 걸린 시절에 대한 이야기를 준섭에게 들려준다. 외동댁은 젊은 시절 남편이 세상을 떠나자 반평생에 가까운 시간 동안 어머니를 모시고 살아간다. 어머니가 치매에 걸리자

밭일이며, 집안일을 혼자 다 해야 하는 외동댁은 많은 날을 어머니를 찾아다니고, 어머니가 벌여놓은 일들을 수습하기 바쁘다. 그러다가 어머니의 머리카락이 꼬마 아이의 목에 걸린 사건이 벌어지자 비녀를 꽂고 있던 머리를 간수하기 어렵다는 이유로 잘라버린다. 치매에 걸린 어머니는 젊은 시절부터 어려운 처지를 견뎌온 표상이라 할 수 있는 비녀를 상실하면서 자신에 대한 믿음까지 잃어간다. 그런 순간에도 어머니는 다른 사람을 위하는 마음을 놓지 않으며, 고생하는 며느리를 위해 따뜻한 밥을 지어주고자 한다. 외동댁은 그런 어머니를 이해하면서도 그동안 마음에 묻어왔던 노인의 허물을 털어내고자 한다.

(D) 그 외, 장혜림 기자는 준섭에게서 어머니와 관련된 잡다한 이야기를 취재함으로써, 어머니에 대한 준섭의 속내를 드러내주는 역할을 한다. 한편 이교장과 새말은 유교적 장례 절차 형식을 중시하는 인물로, 장례의 전통과 형식적 절차를 복원하게 하고 장례가 갖는 전통적 의미를 떠올리게 하는 역할을 한다.

초점화자 준섭은 이들 매개자들을 통해 어머니의 숨겨진 삶을 복원하는데, 이를 통해 하위 틀서사 b는 초점화 대상인 어머니의 삶의 역사적 변이형을 확보하게 된다.

다음, 초점화자 '나'의 경우이다. '나'는 어머니의 삶과 장례식이 축제로서 의미화될 수 있는가의 문제를 탐색하는 과정에서 임감독, 외동댁, 이교장 등을 매개자로 만난다. '나'가 만나는 매개적 인물은 '나'에게 어머니의 삶과 장례식이 축제로서 의미가 있는지에 대한 정보를 제공한다. 이들 매개자의 특성을 살펴보면 다음과 같다.

(A) 임감독은 전화를 매개로 하여 '나'가 쓰고 있는 소설에 끊임없이 개입한다. 임감독은 장례에 대해 '나'와는 다른 생각을 갖고 있다. '나'는 어머니의 삶과 죽음을 다룬 이야기에 '축제'라는 제목을 붙이려고

하는 임감독의 생각에 동의하지 못한다. 그러다가 유교나 불교의 측면에서 장례 의식을 다시금 생각하고, 어머니의 삶을 떠올리면서 점차 장례의 축제적 의미를 풀어내게 된다. 곧 어머니의 삶은 '나'의 어머니라는 개인의 삶이면서 동시에 타락한 시대에 잊혀져가는, 그러나 타락한 시대를 정화할 수 있는 소중한 과거적 풍속(신)이자 축제라는 것을 깨닫는다.

그 결과 하위 틀서사 c의 서사 단위에는 하위 틀서사 b의 장례 장면에서 놓친 '축제'로서의 장례 장면들이나 일화들이 초점화자 '나'에 의해 제시되고 있다. 그리고 소설화된 장례 장면에 대한 새로운 느낌, 혹은 장례 때 다룬 장면의 이면에 들은 내용이 제시된다. 이 새로운 깨달음을 주는 주요 매개자로 임감독 외에 이교장과 외동댁이 등장한다.

(B) 하위 틀서사 b에 등장하면서 다시 하위 틀서사 c에 등장하게 되는 이교장이나 외동댁은 그 성격이나 역할이 하위 틀서사 b와 달라진다는 점에 유의할 필요가 있다. 이교장은 유교적 장례의 현재적 의미를 초점화자 '나'에게 깨우쳐 줌으로써 '나'로 하여금 매개자인 임감독의 지시를 수용하도록 하는 역할을 한다. 또한 외동댁은 어머니와 며느리가 서로를 위해주었다는 것을 드러내는 역할을 한다. 초점화자 '나'의 서사에 등장하는 이교장과 외동댁이 초점화자 '준섭'의 서사에 등장할 때의 모습과 다른 모습으로 제시되는 것은 이 때문이다.

이러한 탐색 과정에서 초점화자 '나'는 매개적 인물을 통해 어머니의 삶과 장례가 보편적인 축제로서 의미를 지닌다는 것을 깨닫게 되는데, 이를 통해 초점화 대상인 어머니의 삶의 현재적 변이형을 확보하게 된다.

이처럼 『축제』는 하위 틀서사 b에서는 준섭을 초점화자로 내세워 어머니의 한스런 삶을 다루면서 그 역사적 변이형을 시대 상황과 연결해서 통시적 계열 관계를 탐색한다. 하위 틀서사 c에서는 '나'를 초점화자로 내세워 어머니의 삶과 장례가 갖는 축제로서의 의미를 공시적 계열 관계에서 파악해 들어간다.

③ 이념 대립과 세대 간의 갈등으로 훼손된 선유리 분교:『흰옷』

한편,『흰옷』은 집단 이념에 희생된 민중의 삶을 다루는 작품과 이념의 지배 질서화 과정과 관련된 사건을 다루는 작품의 중간 지점에 위치해 있는 작품이다. 이 작품에서는 선유리 분교와 관련된 역사적 맥락을 탐색하는 하위 틀서사 b의 초점화자 황종선과, 현재적 의미를 탐색하는 하위 틀서사 c의 초점화자 황동우가 각각의 서사를 이끌어간다.

하위 틀서사의 각 초점화자는 이러한 탐색 목적을 이루는 과정에서 처음에는 독립된 시-공간으로 움직이지만, 사건이 진행되면서 동일한 시-공간에서 자주 만나 대화적 논쟁을 벌이고, 작품 결말에서는 두 사람이 힘을 모아 상흔을 치유하는 굿판을 벌인다. 이러한 서사 전개로 인해, 이 작품의 두 하위 틀서사는『신화를 삼킨 섬』과『축제』와 공통적인 자질과 이질적인 자질을 동시에 내포하는 특징을 보여준다. 다음 두 가지 측면에서 그러하다.

먼저 초점화자 황종선은 역사적 측면을, 초점화자 황동우는 현재적 의미를 탐색하는 역할을 담당한다. 그러면서 두 초점화자는 같은 시-공간에서 자주 만나는 관계로 초점화 대상인 선유리 분교에 대한 탐색 역할이 중첩되는 경우가 자주 발생한다. 그 결과 황종선은 역사적 맥락을 탐색하면서 그 현재적 의미도 탐색하며, 황동우의 경우 현재적 의미를 주로 탐색하면서 역사적 맥락도 탐색한다. 그러면서 두 초점화자가 위치한 현재의 시-공간이 두 하위 틀서사에서 강조되면서 이 작품의 두 하위 틀서사는 주로 초점화 대상에 대한 현재적 의미 탐색에 치중하게 되며, 역사적 맥락에 대한 탐색은 앞의 두 작품보다 약화되고 있다.

다음, 각 초점화자는 각각의 탐색 목적을 이루는 과정에서 동일한 매개적 인물을 공유하는데, 그 인물이 방진모 선생이다. 그러면서 황종선이 초점화자로 기능하는 하위 틀서사 b에 황동우가 등장하는데 이 때 황동우는 매개자로 기능한다. 마찬가지로 황동우가 초점화자로 기능하는 하위 틀서사 c에 황종선이 등장하는데, 이 때 황종선은 매개자로 기능한다. 이처럼 초점화자가 매개자가 되기도 하는 가변적 상황 역시 두 초점화자가 동일한 시-공간에서 자주 만나는 것에 연유한다.

여기서 공통 매개자인 방진모 선생은 선유리 분교 시절 함께 있던 좌익 활동가 이열 교장과 풍금을 치던 전정옥 선생이 떠난 후 좌익 활동가로 몰려 갖은 고초에 시달리다 풀려난다. 그 이후 사람들과 접촉을 끊고 유자섬에서 닭을 키우다가 그것마저 여의치 않자 낚싯대를 매고 바다를 돌아다니며 풍금에 서린 옛 꿈에 붙들린 채로 괴팍한 삶을 살아간다.

이러한 방진모 선생을 공통 매개자로 하여 각 초점화자의 탐색 과정을 살펴보면 다음과 같다. 먼저, 초점화자 황종선은 선유리를 방문해 방진모 선생과 아들 황동우를 매개자로 해서 선유리 분교의 역사를 탐색한다. 이들 매개적 인물을 통해 황종선은 선유리 분교 시절의 역사적 맥락을 복원하는데, 이를 통해 하위 틀서사 b는 초점화 대상인 선유리 분교와 관련된 역사적 변이형을 확보하게 된다.

(A) 황종선은 아들 황동우를 매개로 하여 아버지 황노인에 대한 기억을 떠올린다. 아버지 황노인은 전설에서나 등장할 법한 기행과 파행을 일삼으면서 산야초 재배를 하면서 사람을 이롭게 하는 길을 찾아 생애를 바친 인물로, 전쟁으로 인해 자신의 삶의 철학이 무너지는 경험을 겪는다. 아버지 황노인에 대한 이 기억은 초점화 대상인 선유리 분교와

관련해 그 역사적 맥락을 한국전쟁 이전과 전쟁 당시, 그리고 황노인이 죽기 직전까지로 확장하는 역할을 한다.

(B) 황종선은 자신의 어린 시절 선생님인 방진모 선생을 통해 선생의 지난 삶에 대한 이야기를 듣는다. 이를 통해 한국전쟁을 전후해 선유리 분교 선생들의 생각과 그들을 중심으로 한 선유리 분교의 역사가 제시된다.

(C) 이러한 역사적 변이형과 더불어 초점화자 황종선은 선유리 분교와 관련된 현재적 변이형도 확보하게 되는데, 그 매개자는 방진모 선생이다. 방진모 선생은 옛 일의 상처로 인해 과거의 꿈과 기억에 사로잡혀 지내는 인물이다. 황종선은 이러한 방진모 선생을 매개자로 하여 자신의 현재 삶을 되돌아본다. 현재의 삶에 대한 황종선의 반성적 성찰은 자신이 가꾸다가 버려 둔 더덕밭을 중심으로 해서 일어난다.

다음, 초점화자 황동우는 방진모 선생과 아버지 황종선을 매개자로 하여 선유리 분교를 대상으로 교육과 사상과 관련된 현재적 의미를 주로 탐색한다. 이들 매개적 인물을 통해 황동우는 선유리 분교와 관련된 현재적 변이형을 확보하게 된다.

(A) 황동우는 교사로서 현재의 교육이 독재와 외세에 의해 왜곡되었다고 믿는다. 그러한 교육을 바로잡기 위해 황동우는 좌익 사상에 기초한 교육 이념에 매달린다. 이와 더불어, 황동우는 아버지 황종선과 방진모 선생을 매개자로 하여 선유리 분교에 대한 역사적 변이형을 탐색한다.

(B) 황동우는 아버지 황종선을 통해 아버지가 선유리 학교에 처음 입학했을 때의 선생님과 학교 모습에 대한 이야기를 듣는다. 황종선은 그 시절을 두고 학교 시설도 책도 없고 선생도 한 사람밖에 없지만, 선생님에게 깊은 신뢰와 존경심을 가졌으며, '가장 청명한 삶의 모태와 추억의 뿌리'로 기억된다고 말한다.

(C) 황동우는 방진모 선생을 통해 한국전쟁을 전후한 선유리 분교 선생님들에 대한 이야기를 듣는다. 방진모 선생은 당시 선유리 분교 선생들이 좌익 사상에 경도된 것이 아니라, 오로지 "사람들이 제 값의 삶을 살아가게 되기를 바라는 희망과 믿음"[20]만을 간직하고 있었다고 강조한다.

2) 이념의 절대화와 교조화

① 민중 이념의 절대화로 변질되는 제왕산 등반 풍습:「비화밀교」

둘째, 이념의 지배 질서화 과정과 관련된 사건을 다루는 작품의 경우이다.「비화밀교」에서는 일차적으로, 하위 틀서사 c의 초점화자 '나(지훈)'는 소설가로서 제왕산 등반 풍습을 소설로 쓰면서 제왕산 등반 풍습의 소설화에 대한 현재적 의미를 탐색한다. 한편 하위 틀서사 b의 초점화자 '조승호 선생'은 '나'와 제왕산을 등반하면서 제왕산의 오래된 등반 풍습과 관련된 역사적 맥락과 제왕산 등반 풍습의 현재적 의미를 탐색한다.

하위 틀서사의 각 초점화자는 이러한 탐색 목적을 이루는 과정에서 '나'가 (A) 조선생을 만나기 전과 헤어진 후를 제외하고는 (B) 제왕산을 오르고 정상을 거쳐 내려오는 과정을 함께 한다. (A)와 (B) 모두 초점화자 '나'가 이끌어 가면서 현재적 의미를 탐색하는 데 치중하며, (B) 부분에 하위 틀서사 b가 내포되면서 초점화자 조선생에 의해 초점화 대상에 대한 역사적 맥락이 탐색된다. 이에 따라 (A), (B) 모두에서 '나'가 초점화자로, 조선생은 매개자로 기능한다. 다만 하위 틀서사 b에서 조선생

20)『흰옷』, 앞의 책, p.184.

이 초점화자로, '나'가 매개자로 기능한다. 이러한 가변적 초점화로 인해, 두 초점화자의 역할은 중첩된다. '나'와 조선생 모두 초점화 대상에 대한 현재적 의미를 동시에 탐색하는 데 치중하게 된다. 그러면서, 조선생은 초점화 대상의 역사적 변이형을 탐색하는 역할도 수행한다. 그 결과 이 부류의 작품에서는 초점화 대상에 대한 현재적 의미 탐색이 주를 이루며, 역사적 맥락에 대한 탐색은 앞선 부류보다 약화되고 삽입서사도 앞선 유형보다 단위가 작아진다. 더불어 매개자도 약화되고, 각 초점화자가 각 하위 틀서사에서 가변적 매개자의 역할을 한다.

먼저, 초점화자 조승호는 초점화 대상인 제왕산 등반 풍습에 대한 경험과 지식을 갖고 있는 민속학자로서, 일정 때 선친에 의해 이끌려 가서 종화주 노릇을 한 뒤로 그 풍습의 의미에 대해 알게 된다. 제왕산을 오르며 조선생은 '나'를 매개자로 하여 자연스럽게 제왕산 등산 풍습에 얽힌 역사적 맥락을 이야기하는데, 이 과정에서 역사적 변이형이 제시된다.

(A) 조선생은 초점화자의 입장에서 '나'에게 소설과 관련해 제왕산 등산 풍습의 역사에 대해 이야기한다. 등반을 하고, 산 정상에 도착하여 제왕산의 그믐밤 등반 풍습 절차를 따르면서 조선생은 '나'에게 풍습과 관련된 경험을 이야기해준다. 조선생은 이러한 등반 풍습을 비밀스럽게 지켜 나가야 할 것으로 여기고, 등반과 관련된 일체의 이야기를 금기로 할 것을 당부한다.

(B) 조선생은 횃대에 불씨를 옮겨 받고 '나'에게 일제 시기 자신의 선친과 함께 산에 올랐던 이야기를 들려준다. 다음, (C) 조선생은 웅웅거리는 소리를 내는 말없는 합창이 이루어진 후 '나'에게 일제 시대 중학교 시절 일본인 교장과 관련된 이야기를 들려준다.

초점화자 조선생은 이러한 역사적 변이형과 더불어 제왕산 등산 풍습이 갖는 현재적 의미에 대해서도 탐색한다. 이 탐색의 매개자가 '나'

의 일가 형과 운동권 젊은이들이다. 먼저 '나'의 일가 형은 군사독재 정권하에서 사찰을 일삼는 인물이다. 일가 형은 자신의 삶이 그리 '화창'하지 않다는 것을 이야기하면서 '나'에 대한 사찰이 이루어진 것을 걱정하는 태도를 보여준다. 그 인물에 대해 조선생은 제왕산 풍습과 관련해 용서와 화해의 입장에서 받아들인다. 다음 운동권 젊은이들은 제왕산 종화대에 횃불 묻는 것을 방해하며 춤을 추고 소리를 지른다. 이들은 제왕산 등반 풍습을 위해 그곳에 모인 사람들을 선동하여 그 힘의 폭발을 유도하고, 그것을 세상에 증거하고자 한다. 이를 통해 조선생은 제왕산 등반 풍습의 용서와 화해의 정신이 현재에도 지속되지만, 그러나 그러한 풍습을 악용하려는 무리도 있다는 것을 제시한다.

다음, 초점화자 '나'는 매개자 조선생을 통해 제왕산 등반 풍습을 소설화하는 것의 현재적 의미를 탐색해 들어간다. 소설가인 '나'는 고향과 관련해서 '남도 노랫가락'과 같은 가시적인 현상에 단순하게 집착하는 소설을 주로 다루어왔다. 그러다가 조선생의 제안으로 지금껏 알지 못했던 고향의 비밀스러운 풍습인 제왕산 등산 풍습을 접하게 되고, 그 경험을 있는 그대로 드러내지 않으면서도 '두꺼운 겹'으로 이루어진 소설을 만들어보라는 주문을 받으면서 소설이 갖는 정신에 대해 생각하게 된다.

② 억압적인 지배 이념과 교조화되는 비밀 종교 단체: 『자유의 문』

『자유의 문』에서, 각각의 초점화자는 작품 전개 과정에서 처음부터 끝까지 동일한 시-공간에서 동행하면서 서로 논쟁을 벌인다. 「비화밀교」와 마찬가지로, 이 작품 역시 하위 틀서사 b의 초점화자 백상도는 초점화 대상의 역사적 변이형을 탐색하고 하위 틀서사 c의 초점화자 주영섭은 그 현재적 의미를 탐색하는 본래적 역할을 수행하면서, 동시에 두 초점화자 모두 역사적 변이형을 탐색하고 또한 동시에 현재적 의미를 탐색한다.

초점화자 백상도 노인은 비밀 종교 단체를 대상으로 하여 그 역사적 변이형을 주로 탐색한다. 그러면서 동시에 계율의 절대화와 관련하여 비밀 종교 단체가 갖는 현재적 의미도 탐색한다. 한편 초점화자 주영섭은 비밀 종교 단체를 대상으로 하여 계율의 절대화가 갖는 현재적 의미를 탐색하면서 그것을 극복할 수 있는 소설 정신의 가능성을 주로 탐색한다. 그러면서 동시에 소설을 통해 비밀 종교 단체의 역사적 변이형도 탐색한다. 더불어 「비화밀교」처럼 매개자도 약화되고, 각 초점화자가 각 하위 틀서사에서 가변적 매개자의 역할을 한다.

역사적 변이형은 하위 틀서사 b와 하위 틀서사 c에서 네 가지가 제시된다. 먼저, 하위 틀서사 b의 역사적 변이형은 주영훈을 매개자로 하여 초점화자 백상도에 의해 제시된다. (A) 백상도는 자신이 '정완규'라는 이름의 비밀 결사 단체 요원으로 활동하다 지리산으로 들어오게 된 과정을 남의 이야기하듯 들려준다. 백상도의 이름으로 전쟁에 참전했다가 살아 돌아와 기도원에 들어갔던 이야기와 정완규라는 이름으로 세상에 나가 비밀 전사로서 활동했던 시절의 이야기, 계율에 회의를 품고 지리산에 들어온 이야기를 들려준다.

> 이입 저입이 모두 막히고 보니, 일테면 일종의 자기 증거욕이랄까, 나는 그 오랜 기도의 계율에도 불구하고 사람들 앞에 스스로 사실을 말하고 싶은 충동에 쫓기기 시작한 게지요. 내 기도의 힘이 그만큼 약해진 탓이겠지만, 나는 적어도 그 성 기자의 죽음에 대해서만이라도 나름대로 어떤 속죄를 하고 싶었으니 말이외다. 그것이 무엇보다 그 성 기자의 죽음의 진실을 제대로 밝혀주는 옳은 길처럼 보였고 말이오…… 처

음엔 그런 성 기자에 대한 죄책감에서 비롯된 증거욕 같은 것이 나중엔 차츰 그 기도의 계율에 대한 근본적인 회의로까지 번져 간 게지요…….[21]

이 이야기를 통해서 '진실을 드러내고 싶은 인간적 증거욕과 그것을 잠재우고 견디어내야 하는 신앙의 계율'[22] 사이에서 갈등과 시달림을 겪어야 했던 백상도의 고뇌와 방황이 드러난다.

(B) 백상도는 지리산에 있는 이름 없는 이들의 무덤에 대해 이야기한다. 그 무덤은 한국전쟁 때 국군으로 끌려갔다가 지리산에서 전사하거나 실종한 이들의 무덤이다. 이들은 군인으로 전쟁에 동원되어 이유도 모른 채 희생된 이들이다. 백상도는 그 무덤을 주영훈에게 보여주면서 무덤을 짓는 일이 '자신의 외로움을 달래고 가련한 죽음들을 증거'[23]하기 위한 것임을 이야기한다. 그러면서 주영섭이 앞서 간 양 기자와 구 형사와 비슷한 결말을 맞게 될 것임을 암시하고 있다.

다음, 하위 틀서사 c의 역사적 변이형은 초점화자 주영훈에 의해 주영훈의 소설 속 주인공 주영섭을 매개자로 하여 제시된다. 주영훈은 최병진과 유민혁에 대해 이야기한다. 주영섭은 소설의 소재를 얻곤 했던 구 형사로부터 소설이 될 만한 사건이 있다는 언질을 받는다. 그리고 구 형사가 사라진 이후 구 형사의 실종 사건을 조사하면서 유민혁 사건(D)에 대해 알게 된다. 유민혁 사건을 조사하면서 구 형사의 행적을 좇던 중 유민혁 사건과 닮은꼴처럼 보이는 최병진 사건(C)을 접하게 된다. 이 과정에서 양 기자가 실종된 사실과 누군가가 이들에게 꿀을 보낸 사실을 알아낸다. 주영훈은 이러한 사실들을 '주영섭'을 주인공으로 한 추리소설 형식으로 재구성하여 백상도 노인에게 들려준다.

---

21) 『자유의 문』, 앞의 책, p.233.
22) 위의 책, p.236.
23) 위의 책, p.237.

현재적 의미에 대한 탐색은 두 초점화자의 논쟁적 대화를 통해 주로 제시되며, 매개자를 통한 현실적 변이형은 나타나지 않는다. 하위 틀서사 b의 초점화자 백상도 노인에 의한 비밀 종교 단체의 현재적 의미는 '채밀 행각'과 관련해서 탐색된다. 벌을 유인해 채집하는 채밀 행각과 백상도 노인이 양 기자와 구 형사를 지리산으로 유인해 죽게 만드는 것의 연결을 통해 비밀 종교 단체의 계율이 절대화되는 현재적 의미가 탐색된다. 하위 틀서사 c의 초점화자 주영훈에 의한 비밀 종교 단체의 현재적 의미는 주영훈의 '죽음'과 연결된다. 주영훈의 죽음은 그의 미완성 소설을 완결 짓는 행위로서, 이는 계율의 절대화를 극복할 수 있는 소설 정신으로 연결된다.

3. 이념의 역사적, 현재적 변이형으로서의 삽입서사

앞선 '인간의 관계 질서를 다루는 유형'의 삽입서사가 초점화 대상의 원형이거나 거울 텍스트로서 기능하는 반면, 이 유형의 삽입서사는 초점화 대상의 역사적 변이형이거나 현재적 변이형으로서 그 기능이 확장된다. 앞선 유형에서 초점화 대상으로서의 삽입서사가 갖는 다각적 의미는 하위 틀서사의 유인적 매개자를 통해 제시된다. 그러나 이 유형에서는 초점화 대상의 다각적 의미를 역사적 사건이나 현실적 사건과 관련하여 제시하기에 매개자보다 단위가 큰 삽입서사가 다수 필요한 것이다.

각 하위 틀서사의 초점화자가 자신의 탐색 목적을 이루기 위해 초점화 대상에 대해 다양한 정보를 지니고 있는 다양한 인물을 탐방하거나, 다양한 자료를 조사하는 과정을 통해 제시된다. 이 과정에서 삽입서사가 이루어진다.

이 유형의 삽입서사는 하위 틀서사의 초점화자의 탐색 목적에 따라 그 특질을 달리한다. 곧 초점화 대상의 역사적 맥락을 탐색하는 하위 틀서사에 내포된 삽입서사는 통시적 계열 관계의 측면에서 초점화 대상의 다양한 역사적 변이형을 제시한다. 다음, 초점화 대상의 현재적 의미를 탐색하는 하위 틀서사에 내포된 삽입서사는 공시적 계열 관계의 측면에서 초점화 대상의 다양한 현재적 변이형을 제시한다. 이러한 삽입서사는 초점화 대상의 역사적 맥락과 현재적 의미를 다각적으로 보여주는 역할을 한다.

집단 이념에 희생된 민중의 삶을 다루는 작품은 초점화 대상에 대한 역사적 맥락과 현재적 의미를 같은 비중으로 다루기에, 역사적 변이형이나 현재적 변이형과 관련된 복수의 삽입서사가 동시에 강조되고 있다. 그렇지만 이념의 지배 질서화 과정과 관련된 사건을 다루는 작품은 초점화 대상에 대한 역사적 맥락보다는 현재적 의미를 보다 비중 있게 다루기에, 역사적 변이형과 관련된 삽입서사는 간략하게 제시된다. 더불어 현재적 변이형과 관련된 삽입서사는 거의 제시되지 않는데, 그 까닭은 초점화 대상 자체의 현재적 의미에 대한 논쟁적 진술이 주를 이루기 때문이다. 이러한 차이점에 따라 삽입서사의 특질을 구체적으로 살펴보면 다음과 같다.

1) 집단 이념에 희생된 민중의 삶

① 아기장수, 김통정, 지팡이 사내의 동질성: 『신화를 삼킨 섬』

첫 번째, 집단 이념에 희생된 민중의 삶을 다루는 작품에 나타나는 삽입서사의 특질이다.

『신화를 삼킨 섬』에서 초점화자인 정요선과 초점화자인 고종민은 제주 4·3사건과 관련된 역사 씻김굿을 초점화 대상으로 하여 각각의 탐색 목적을 설정한다. 이 탐색 목적과 그에 따른 탐방 과정을 통해 각각의 하위 틀서사 속의 삽입서사가 이루어지고, 그 성격과 역할도 결정된다.

역사적 맥락을 탐색하는 하위 틀서사 b에서 정요선은 섬 무당들이 역사 씻김굿을 외면하는 까닭을 탐색하는 과정에서 제주굿의 역사적 맥락에 주목하게 되는데, 이를 통해 4·3의 역사적 변이형이 드러난다. 현재적 의미를 탐색하는 하위 틀서사 c에서 고종민은 섬 심방과 섬사람들이 역사 씻김굿을 외면하는 까닭과 관련하여 제주민의 사연과 제주를 중심으로 한 현재적 상황에 주목하는데, 이를 통해 4·3의 현재적 변이형이 드러난다.

두 하위 틀서사의 전개 과정과 관련하여 내포된 삽입서사를 정리하면 다음과 같다. d단위는 하위 틀서사 b에 내포된 삽입서사에 대한 표지이며, e단위는 하위 틀서사 c에 내포된 삽입서사에 대한 표지이다.

'a1/b1-d1/c1/b2-d2/b3-d3/c2-e1/b4/a2/c3/c4-e2/a3/b5/c5/b6/c6-e3/a4/b7/a5'

먼저, 하위 틀서사 b에 내포된 역사적 변이형으로서의 삽입서사(d)이다.

(A) 뭍에서 온 무당인 정요선의 어머니 유정남과 관련된 삽입서사(d1)는 해방 이전부터 전쟁 이후까지의 남도(육지)에서 벌어진 사건을 다루는데, 집단 이념에 의해 '다른 세상으로 나가는 문이 닫힌 섬에 갇혀 살다가 죽어간'[24] 민중의 삶을 제시한다. 유정남의 고향 청년은 금융 조합에 다니다가 한센병에 걸린 것을 알고 집에서 칩거한다. 그 후 '동환

24) 『신화를 삼킨 섬』1, 앞의 책, p.45.

무리'를 따라 산으로 갔다가 그곳에서 더 견디기 어려워지자 산사람들 틈으로 들어가 이전부터 꿈꿔왔던 인민의 나라 건설 사업에 남은 생명을 바치고자 한다. 그러다가 병이 심해지자 그곳에서 쫓겨나 소록도 갱생원에 들어가 죽게 된다. 소록도에서 그의 아이를 낳아 기르던 여자는 그가 죽자 아이를 유정남에게 맡기고 만령당에 묻힌 그의 혼백을 씻어주기를 청하고 돌아간다.

(B) 제주 무당 추심방-추만우와 관련된 삽입서사(d2)는 4·3사건 자체를 다룬다. 추심방의 어머니는 추심방을 낳을 때 흰 용마가 날개를 접고 나타나는 태몽을 꾸었고, 추심방의 동생을 낳을 때 검은 용마가 날개를 접고 나타나는 태몽을 꾸었다. 처음에 추심방의 어머니는 추심방이 무업을 이어나가기를 원하지만 추심방은 그런 어머니의 뜻을 거부한다. 그로 이해 추심방의 동생이 무업을 이어받게 된다. 그런데 4·3사건이 일어나고, 그 때 당시 아우는 무업 내림을 피하고자 산으로 들어간다. 아우가 식량을 얻기 위해 잠시 내려왔을 때 추심방은 자수를 권유한다. 아우와 함께 자수하기 위해 집을 나서는 길에 토벌대에게 붙잡히고, 자수를 하러 가던 중이라는 정황은 참작되지도 않은 채, 창고에 갇히게 된다. 아우는 창고 밖으로 불려나간 뒤 돌아오지 않고, 추심방은 어디에서 언제 죽어갔는지 모를 아우를 대신하여 무당이 된다.

(C) 변심방-금옥과 관련된 삽입서사(d3)는 제주 무속 신화의 원형 단계와 관련하여 4·3의 역사적 변이형을 제시한다. 변심방이 모시는 뱀당신은 천상계에서 귀하게 태어난 상제님의 자식인데 '어머니의 땅'인 인간 세상으로 내려갈 생각만 하다가 천신의 노여움을 사 암신령으로 제주섬에 유배된다. 좌정할 곳을 찾다가 동네 당신의 희롱에 분노하여 제 팔목을 칼날로 깎아버린다. 그런데 용궁에서 온 동네 당신이 분이나 용왕에게 고자질을 하자, 용왕이 그를 다시 흉측한 뱀으로 만들어

버린다. 원령이 된 사신은 해정리로 들어와 당제를 받아먹는 거지 귀신 신세로 전락한다. 변심방은 평생 뱀 당신에 매여 살아간다.

다음, 하위 틀서사 c에 내포된 현재적 변이형으로서의 삽입서사(e)이다.

(A) 고종민의 아버지 고한봉과 관련된 삽입서사(e1)이다. 고종민은 제주에 와서 아버지의 위패를 '백조일손지묘'에서 발견하면서 아버지 고한봉의 사연을 알게 된다. 고한봉은 '중간산 소개령'이 내렸을 때 거동이 어려운 부모님은 산에 남고, 혼자 해안 쪽으로 내려온다. 부모님은 무장 산사람들의 밥을 지어주다가 토벌대들에게 함께 죽음을 당하고, 고한봉은 그 일로 무장대와 내통해온 불온 분자로 몰려 죽을 고생을 한다. 전쟁이 터지자 전과 기록이 있는 예비 검속자로 끌려간다. 창고에서 끌려 나가는 그의 앞을 한 노인이 막아서며 자신을 대신 데려가라고 요구한다. 그 일로 노인은 죽고 고한봉은 끌려 나와 전쟁터로 내몰린다. 남아 있던 사람들은 모슬포 집단 참사에 의해 희생(백조일손지묘)된다. 전쟁터에서 간신히 살아남은 고한봉은 일본으로 건너가 귀화한 후 택시 운전을 하면서 가정을 꾸리고 살아간다.

(B) 송일 국장을 통해 이야기되는 문정국 기자와 관련된 삽입서사(e2)이다. 문정국의 아버지는 '동촌'과 '서촌'을 중심으로 한 이념의 편 가르기에 의해 양쪽 모두에 배신자로 몰려 죽게 된다.

(C) 이과장과 관련된 삽입서사(e3)이다. 제주에서는 8・15 해방 정국의 주도권 다툼 중에 남로당 세력이 제주도를 투쟁의 전진 기지로 삼고, 육지부의 여순 사건과 계엄 정국을 부른 일이 있었다. 그 일로 당시의 권부에서는 국가 통치력을 되세우기 위해 제주에 계엄을 선포하게 된다.

이상에서 살펴 본 역사적 변이형으로서의 세 가지 삽입서사는 초점화 대상인 4・3사건과 통시적 계열 관계를 이룬다. 현재적 변이형으로서의 세 가지 삽입서사는 초점화 대상인 4・3사건과 공시적 계열 관계를 이룬다.

② 6 · 25 **전쟁의 전짓불과 치매의 연속성**: 『**축제**』

『축제』에서 초점화자 준섭과 초점화자 '나'는 어머니의 한스런 삶과 장례식을 초점화 대상으로 하여 각각의 탐색 목적을 설정한다. 준섭은 어머니의 장례를 치르면서 어머니의 삶의 숨겨진 부분을 탐색하는 과정에서, 어머니의 지난 삶에 주목하게 되고, 이를 통해 어머니의 한스러운 삶의 역사적 맥락을 탐색해 들어간다. 이에 따라 역사적 맥락을 탐색하는 하위 틀서사 b에 내포된 삽입서사는 어머니의 삶과 관련된 역사적 변이형을 제시하는 기능을 수행한다. 한편, '나'는 어머니의 삶과 장례가 현재 축제로서 의미를 가질 수 있는지를 탐색하는 과정에서, 개인적인 어머니를 보편적인 어머니로 확장시켜, 보편적 어머니로서의 삶의 양태와 장례 풍속에 주목하게 되고, 이를 통해 어머니의 삶과 전통적인 장례 풍속의 현재적 의미를 탐색해 들어간다. 이에 따라 현재적 의미를 탐색하는 하위 틀서사 c에 내포된 삽입서사는 어머니의 삶의 현재적 변이형을 제시하는 기능을 수행한다. 두 하위 틀서사의 전개 과정과 관련하여 내포된 삽입서사를 정리하면 다음과 같다.

'b1/c1/c2/b2-d2/c3-e1/b3-d1/c4-e1/b4-d2/c5/b5-d3/c6-e2/b6-d3/c7-e3/b7/a1/c8/b8'

먼저 하위 틀서사 b의 삽입서사(d)는 어머니의 삶을 크게 삼분하여 특정 시기와 관련된 어머니의 삶을 보여준다. 어머니의 삶은 각각 일제 말엽과 육이오 전쟁 무렵에 해당하는 어머니의 젊은 시절, 준섭의 도시 유학 시절에 해당하는 '가난한 시골 살림' 시절, 노년의 치매 시기 등으로 나뉘어 탐색된다. 준섭은 다른 가족들을 통해 어머니의 삶에 대한 이야기를 듣게 된다. 누가 어머니의 삶을 바라보는가에 따라 삽입서사에 드러나는 어머니 삶의 시기가 다르게 설정된다.

(A) 삽입서사 d1에서는 큰딸 수남모를 통해 일제 말기와 육이오 전쟁 시절 어머니의 삶이 드러난다. 이 시기의 어머니의 삶은 '지하실'과 '전짓불' 등으로 상징되는 암울한 시대적 상황을 배경으로 하고 있다.

> (i) "아부지 생전시부터 늘 우리집하고 가까이 지내온 처지라 동네 이웃간에서도 꼭 혼자 동팔이네 아배 성 영감 그 어른이 그 부엌 밑 지하실을 알고 있었는디, 저 노인은 그날 밤 그 양반까지 뒤따라와 두 눈 멀거니 뜨고 지켜보고 있는 앞에서 그러고 나섰으니, 그 배짱에 놀란 것은 외레 그 동팔이네 아배 쪽이었제…… 뒷날 세상이 뒤바뀌고 나서 그 양반이 엄니한테, 형수님—그러시다 내가 사람들을 지하실로 끌고 가믄 어쩌실라고 그랬소, 하고 물으니 노인이 뭐라고 하셨는 줄 아는가. 사람이 사람을 못 믿을 세상이 되고 보면 그리 되나 저리 되나 다 무방한 노릇 아니겄소. 시답잖은 소리 말란드키 그러시고 말드랑께. 그러니 저 노인 양반 살아오신 일을 곰곰 생각해보면 참말로 성정이 무서운 양반이여. 어쩐 땐 당신 속에서 난 우리들도 그런 당신이 서럭서럭 무서워질 때가 있었은께."[25)]
>
> (ii) 그런디 엄니는 그 시절 젊은 사람들 군대몰이나 숨은 죄인 찾는 일로 그런 사람 사냥질이 흔했던 때라 어둠속에 목소리만 익은 그 한 동네 청년을 어떻게 했답디까. 그저 무작정 이불자락 덮어 씌워 당신 옆으로 뉘어 놓고는, 숨돌릴 틈도 없이 바로 들이닥쳐든 뒷사람들이 벌컥 방문을 열어젖히고 손전짓불까지 들이대며 본드키 들은드키 인자 금방 방안으로 숨어들어간 사람을 내놓으라 닦달하고 드는 소리에, 엄니는 짐짓 두 눈을 비비적거림서 잠에 겨운 소리로 이러셨다 안 합디까……이 사람들이 한밤중에 남의 곤한 잠을 깨워놓고 뭔 헛소리들이랑가! 그러고 본께 꿈 속에선지 어디선지 금방도 웬 다급한 발소리 하나

25) 『축제』, 앞의 책, p.90.

가 저쪽 칙간채 담을 넘어가는 것 같든디……그게 댁네들 발소리가 아니었소?[26]

(i)은 '공산당패들의 서슬이 시퍼런 때'의 일화이고, (ii)는 '시국이 다시 바뀌고 난' 다음의 일화이다. 여기서 '지하실'이나 '전짓불' 등은 집단 이념에 의해 인간의 자유로운 삶이 억압되고 있음을 암시한다. 이념의 대립에 의해 무고한 희생이 자행되는 상황에서 어머니는 그러한 시대적 금기와 제도의 억압에 무조건적으로 복종하기보다는 오히려 사람과 사람 사이의 믿음이 이루어지는 삶, 사람에 대한 믿음이 무엇보다 우선하는 삶을 살고자 한다.

(B) 삽입서사 d2에서는 준섭의 아내와 용순을 통해 어머니의 가난한 시골 살림 시절이 드러난다. 이 시절 어머니의 삶은 원일부의 배다른 핏줄인 용순을 두고 벌어지는 편 가르기를 통해 제시되는데, 이 편 가르기는 외동댁과 어머니 사이의 갈등으로 번지게 된다.

(i) "그래, 그것이 니것들 구박이 오죽 서러웠으면 그러고 집까지 뛰쳐나갔겄냐. 그란디도 니것들은 용순이 나가고 없으니 속시원해 좋겄구나. 허지만 그 어린 것이 가으면 어디를 갔겄느냐. 지 삼촌 집 더부살이도 안 한다고 돌아온 년이…… 네것들이 그리 너무 마음을 안 주니께 성깔을 한번 부려 보고 싶은 것뿐이겄제. 이 할미가 여기 이러고 저를 기다리는디 지가 안 돌아오고 어딜 헤매 다녀. 오늘이라도 당장 생각을 고쳐 묵고 돌아올지 모르니 딴생각들 갖지 말어!"[27]

(ii) "핏줄은 무신 알량한 핏줄. 저것이 진짜 그 인사 핏줄이라믄 거두고 돌봐줘 봐야 지 애비 한가지로 애저녁부터 싹수가 노란 년일 것인디. 대체 이년의 전생엔 무슨 업보가 이리 많아서 제 텃밭 자식농사도 이 지경을 해놓은 판에 웬 놈의 남의 텃밭 똥농사까지 떠맡아야 하는

26) 위의 책, p.91.
27) 위의 책, p.146.

팔자라니…….”28)

(iii) “저는 나가겠어요. 이 집에 어디 제가 맘 편하게 앉아 지낼 자리나 남아 있나요. 나가서 제가 끌고 온 찻속에서 잘 거에요. 전 이 집 식구들 말은 상관을 안 해요. 제가 나가고 싶으면 나가고 제가 들어오고 싶으면 들어와요. 전 이 집 식구가 아니라 할머니의 손주로 할머니의 장례식을 보러 온 거니까요.”29)

(i)은 어머니의 발화, (ii)는 외동댁의 발화, (iii)은 용순의 발화이다. 어머니는 핏줄의 내력을 가르지 않고 용순을 감싸 안으면서 한 식구로 받아들이지만, 외동댁은 배다른 용순과 아이들의 갈등을 참아내지 못하고 점차 어머니의 그러한 마음과 대립하게 된다. 용순은 배다른 형제, 자매들과 외동댁의 편 가르기를 이겨내지 못하고 돈을 훔쳐 집을 뛰쳐나간다. 이후 장례식에 온 용순은 한 핏줄임에도 불구하고 가족으로 받아들여지지 않는 자신의 처지를 내세우며 가족들을 몰아세운다.

(i) 그녀와 예정에 없던 결혼을 하고 나서 신혼기를 셋방살이로 전전해 다니던 시절. 시골 동네 쪽에서도 이미 오래 전에 옛날에 살던 집을 남의 손에 넘겨 주고 식구들이 모두 일정한 거처가 없이 뿔뿔이 흩어져 나간 바람에, 동네 문간방으로 구평리 큰딸네로 혼자 이곳저곳 숙식을 의탁하고 다니던 노인이 준섭 형 원일 부의 참괴스런 죽음을 계기로 흩어진 식구들을 하나하나 다시 한곳으로 불러 거두기 시작했었다.30)

(ii) “모두 하면 대여섯 번쯤 되었을 거예요. 당신이 마침 세종문학상을 받고 나서 그 상금하고 그때까지 모은 곗돈 은행적금을 모두 합해 지금 시골집을 지어드리고, 어머님을 위해선 또 몇 번 더 은행적금을 계속했으니까요. 그러다 우리 사정이 조금씩 나아지기 시작하면서 차츰 그만두게 되었지요. 어머님한테 금방 무슨 일이 생길 것 같지도 않

28) 위의 책, p.139.
29) 위의 책, p.155.
30) 위의 책, p.40.

았고……." (중략) "하지만 그 덕에 어머님은 우리가 함께 모시지는 못 했어도 말년 정처는 얻어 지내실 수 있었지 않아요……."[31)]

(i)은 준섭의 회상이고, (ii)는 아내의 발화에 해당한다. 어머니는 집도 없이 동네 문간방을 전전하면서도 식구들을 모아 함께 살려는 생각을 버리지 않는다. 집 주인마저도 거들떠보지 않는 다 쓰러져가는 낡은 집일망정 그곳에 식구들을 함께 모아 살 작정을 하는 것이다. 어렵고 궁벽하더라도 가족과 함께 살고자 하는 것이 이 시절 어머니의 삶에서 드러나는 의미이다.

(C) 삽입서사 d3에는 외동댁을 통해 어머니의 말년에 해당하는 치매기 시절이 드러난다.

(i) 노인에겐 이를테면 그 비녀가 당신의 흐트러진 모습을 추슬러 그 부끄러움을 다시 안으로 걸어 잠그려는, 하여 그 마지막 여자로서의 품위와 자존심을 되찾아 지키려는 마음의 빗장인 셈이었다.

하지만 외동댁은 그런 노인을 이해하지 못했고 이해하려고 하지도 않았다. 단손에 일이 바쁘고 피곤한 까닭이기도 했겠지만, 그걸 그저 귀찮아하고 짜증스러워할 뿐이었다. 인자는 자기 머리에 꽂고 다니는 물건 하나도 간엽을 못하겄소. 그리 된 마당에 차라리 머리를 틀어 묶고 비녀 같은 건 잊어불고 사시오. 팔십 쪼그랑 할망구가 비녀를 안 지렀다고 누가 흉을 보겄소-. 저런 정신에 어째 용순이 년은 안 잊어묵고…….[32)]

(ii) 그런데도 노인은 예기찮은 대목에서 다시 실수를 저질렀고, 그럴수록 더 꽁꽁 안으로 움츠러들면서 말을 잃어 갔다. 그리고 끝내는 모든 사람을 한결같이 이웃 아재 아니면 낯 모르는 손님쯤으로 대하기 시작했고, '서울 아들'은 물론 당신과 반생을 함께 해온 며느리까지도 어느 한시절의 '이웃사람'이 아니면 어려운 '사돈댁' 정도로 늘 존댓말

31) 위의 책, pp.40~41.
32) 위의 책, p.189.

대접이었다.[33]

(i)에는 어머니의 치매가 심해지게 된 원인이 제시되고 있다. 용순으로 인해 어머니와 껄끄러운 관계를 유지하던 외동댁은 어머니의 머리카락이 꼬마 아이의 목에 걸린 사건이 일어나자 어머니의 머리를 짧게 깎아버린다. 젊은 시절부터 어려운 처지를 오연스럽게 견뎌왔던 표상이라 할 수 있는 비녀를 상실하게 됨으로써 어머니는 스스로에 대한 믿음까지 잃어가게 된다. 그 결과 어머니는 기억력과 말을 잃고 침묵한다. (ii)는 치매기가 심하던 시절 어머니의 모습에 해당한다. 이는 치매가 심해진 어머니가 수하나 이웃 사람들로부터 놀림감이 되는 사건 등을 통해 제시된다.

다음, 하위 틀서사 c의 삽입서사(e)는 '할미꽃은 봄을 세는 술래란다', '단 한 번의 마지막 보은', '눈물' 이라는 제목의 이야기로 제시된다. 이를 통해 보편적인 어머니로서의 의미, 효의 의미, 장례의 축제로서의 의미가 강조된다.

(A) 삽입서사 e1에서는 '할미꽃은 봄을 세는 술래란다' 이야기를 통해 개인적인 '어머니'의 삶을 보편적인 '어머니'의 삶으로 확장시켜 의미화하고 있다.

할머니들은 나이를 먹을수록 키가 거꾸로 작아지고 기억력도 사라져 간다. 그렇게 자꾸 더 작아져 가는 키와 기억들은 다 어디로 가는가? 그것은 모두 우리 뒷사람들의 삶과 지혜로 전해져 있다.

할머니들은 그렇게 당신들의 귀한 삶을 모두 우리 뒷사람들에게 아낌없이 나누어주신다. 그래서 더 자꾸만 작아져 가는 키를 누가 함부로 만만해할 것인가. 그래서 자꾸만 정신이 흐려가는 것을 누가 함부로 우

33) 위의 책, p.222.

스워할 것인가.[34)]

'나'의 어머니의 힘들었던 '노년살이'가 임감독의 '팔순 노모'를 비롯해 '이 세상의 모든 치매증 노인들'이 겪고 있거나 겪게 될 일이라는 점을 강조한다. 그러면서 할머니들이 치매에 걸려 기억을 잃고 키가 작아지는 것은 뒷사람들의 삶과 지혜로 그것이 전해지기 때문이라 봄으로써, 마지막까지 자식과 후손을 위해 자신을 희생하는 보편적인 어머니상을 제시하고 있다. 이를 통해 '나'의 개인적 어머니는 자식을 위해 헌신하는 보편적 어머니로 그 의미가 확장된다.

(B) 삽입서사 e2에서는 '단 한 번의 마지막 보은' 이야기를 통해 효의 도리와 의미가 제시된다.

—교회 목사님이 그 일로 오셨더구만. 그런데 형님이 뭐 그럴 거 있는가. 아버님 마지막 가시는 길인데, 남의 손 빌릴 것 없이 자식들이 한번 몸소 씻겨 드리고 새 옷도 입혀서 보내 드리세……. 그러시며 내 의향은 어떠냐시더구만. 마다할 까닭이 있던가. 그래 우리끼리서 일을 끝냈지. (중략) 육친끼리의 염습 절차는 어렸을 적 향리에서 가끔 본 적이 있었지만, 근자엔 거의가 그 저승사자 같은 장의사 사람들이 전담을 하다시피 해온 터였다. 그 삯꾼들의 거칠고 기계적인 사역에 비해, 혈육의 손길엔 얼마나 살뜰한 정성과 사랑이 깃들었을 것인가.[35)]

c6에서는 부모에 대한 효와 도리를 염습과 관련하여 고찰하고 있다. 최근에는 장의사 사람들이 염습을 전담하는데, 그것은 "삯꾼들의 거칠고 기계적인 사역"에 불과하며, 이에 반해 자식이 직접 '혈육의 손길'로 하는 염습에는 "살뜰한 정성과 사랑"[36)]이 깃들어 있는 것이다. 곧 효가

34) 위의 책, p.105.
35) 위의 책, p.199.

상실되고 물신화되는 시대에 염습을 통해 부모 자식 간에, 사람과 사람 간에 살뜰한 정성과 사랑을 되살리는 것이 필요하다는 것을 강조하고 있다.

(C) 삽입서사 e3에서는 '눈물' 이야기를 통해 장례의 축제적 의미가 제시된다.

> 몸이 필요로 하는 말들에는 아직도 정확하게 갇혀 있으시더라, 몸에는 몸으로 갇혀 있으시더라, 거기에는 완벽한 감옥이 있더라—같은 대목에서, 죽음이란 걸 그 말과 육신의 힘든 자기 속박으로부터의 해방 같은 것으로 생각해본 때문인지도 모릅니다. 아니면 보다 깊은 무엇, 삶의 궁극이나 그 완성 같은 것…… (중략) 우리 전통의 유교적 세계관에서는 제사를 지낼 때 보듯이 우리 조상들이 신으로 숭앙받고 대접을 받는다. 우리 조상들은 죽어서 가족신이 되는 것이다. 그처럼 우리가 말하는 유교적 개념이 효라는 것은 조상이 살아있을 때는 생활의 계율을 이루고, 조상이 죽어서는 종교적 차원의 의식 규범을 이룬다. 제사라는 것은 그러니까 죽어 신이 되어 간 조상들에 대한 종교적 효의 형식인 셈이고, 장례식은 그 현세적 공경의 대상이었던 조상을 종교적 신앙의 대상으로 섬기는 유교적 방식의 이전 의식, 즉 등신의식인 셈이다. 그러니 그것이 얼마나 뜻깊고 엄숙한 일이냐. 죽어 신이 되어 가는 망자에게나 뒷사람들에게나 가히 큰 기쁨이 될 수도 있을 만한 일이다…….[37]

장례를 우리의 삶과 밀접하게 연관되어 있는 유교를 통해 고찰해 봄으로써 장례의 축제적 의미를 완성시키고 있다. 장례식은 공경의 대상이던 조상을 신앙의 대상으로 섬기는 것이며, 제사는 죽어 신이 된 조상에 대한 종교적 효인 것이다. 이러한 유교적인 효를 통해서 '어머니'

36) 위의 책, p.199.
37) 위의 책, pp.233~234.

는 생전에는 가족으로서, 그리고 죽어서는 제사를 통해 종교적 신앙의 대상으로서 그 의미가 확장된다. 곧, 유교적 측면에서 드러나는 장례의 축제적 의미를 통해 생전의 어머니는 '어머니 신'으로 변화하게 된다.

이상의 삽입서사는 여러 다양한 언어 매체의 형식을 통해 제시된다. 이를 통해 다양한 양식, 곧 동화, 소설, 편지, 시, 수필 등을 활용하여 '장례'와 '어머니의 삶'과 관련된 현재적 의미를 기록물에 기반을 두고 종합하고 확장시켜 이끌어내고 있다.

③ 이념으로 상실된 풍금 기억에 대한 세대 간의 편차 : 『흰옷』

『흰옷』의 초점화자 황종선은 선유리 분교를 초점화 대상으로 하여 아버지 황노인과 방진모 선생을 통해 해방 정국과 한국전쟁 시절의 역사적 변이형과 그 의미를 탐색하고 있다. 그리고 초점화자 황동우는 선유리 분교를 초점화 대상으로 하여 선유리 분교의 현재적 의미를 교육과 사상 등의 측면에서 탐색하고 있다.

두 하위 틀서사의 각 초점화자는 이러한 탐색 목적을 이루는 과정에서 동일한 시-공간에서 자주 만나 대화적 논쟁을 벌인다. 그 결과 역할이 중첩되는데, 황종선은 역사적 맥락을 탐색하면서 그 현재적 의미도 탐색하며, 황동우의 경우 현재적 의미를 주로 탐색하면서 역사적 맥락도 탐색한다. 두 하위 틀서사의 전개 과정과 관련하여 내포된 삽입서사를 정리하면 다음과 같다.

'b1/c1-e1/b2-d1/c2-e2/b3-d1/b4/c3/b5-d2/b6/b7/c4-e3/b8-d3/c5/b9/c6/b10/c7/a1/b11'

먼저, 역사적 변이형으로서의 삽입서사이다. 이 삽입서사는 하위 틀서사 b와 하위 틀서사 c에 동시에 내재해 있다. 첫째, 하위 틀서사 b의 삽입서사(d)이다.

(A) 삽입서사 d1에서는 아버지 황노인의 삶이 제시된다. 황노인은 젊은 시절 어린 종선을 두고 아내가 집을 나간 뒤 기인처럼 살아간다. 전설에서나 등장할 법한 기행과 파행을 일삼던 황노인은 전란 초기 뒤바뀐 세상을 반겨 생업도 팽개치고 쫓아다니다가, 조상의 땀이 밴 땅을 공짜로 나눠 갖고 이웃끼리 생사람 잡을 궁리를 하는 행태를 못마땅해하고 마을 회의에 발길을 끊는다. 풍금을 치던 여선생인 전정옥 선생의 풍금 소리 적선 뱃길을 도와주던 황노인은 불타는 학교 교사에서 풍금을 꺼내어 이열 교장 일행에게 주고 전쟁이 끝나자 북도로 옮겨 살면서 약재류나 독초목류에 관심을 갖고 그것들을 재배하며 살아간다. 황노인은 숲속을 뒤지고 다니면서 산채류와 희귀 약초목을 캐어다 텃밭을 일구어 나간다. 그러다가 어느 추운 겨울 빙벽을 타고 오르다가 미끄러져 죽게 된다.

(i) 어느 날 밤 그물질 때 형체는 보이지 않고 말소리만 건네오는 바다 도깨비가 나타나 녀석과 밤새껏 고기몰이를 함께하다 새벽녘에 놈과 함께 동구 밖까지 어두운 길을 함께 해왔었다는 이야기, 비바람이 몹시 심하던 어느 여름날 밤 부득부득 당신의 그물쪽으로 밀려드는 정처없는 시신을 당신 일 제쳐두고 뭍으로 떠메어다 묻어주고 온 일하며, 그로부터 날이 날마다 그물이 미어지도록 고기떼가 겁 없이 몰려들기 시작했다는 보은 횡재 이야기 등…….[38]

(ii-1) -늬도 안 일이겄지만 그 경인년 전란 땐 그놈의 갯바람기의 패악질이 막판잽이로 더 그악스러웠제. 잠시 잠깐 새에 그놈의 바람기가 윈동네 사람들을 말짱 미치괭이꼴로 실성시키고 말었응께. 그 갯바람기의 모진 맛을 겪고 나서 어찌 더 그 동넬 지키고 앉았겄더냐…….[39]

38) 『흰옷』, 앞의 책, p.46.

(ii-2)-이곳에서도 그 몹쓸…… 지독시런 바람기가……천지의 바람기가 내 뼛속까지 스며들어…… 이걸 끝내는 무엇으로도 다스릴 수가 없구나.[40]

(iii) 그런데 노인은 나이가 70대로 깊어가면서 그중에서도 유난히 약재류와 독초목류 쪽에 마음이 기울고 있었다. 뿐더러 그는 그 약재류들을 찾아 캐어다 모아 심어두는 것으로 만족하지 않고, 당신 스스로 그 이로운 약성과 해로운 독성을 가리는 데에 많은 정성을 기울였다. 약용재는 그 효능과 용처를 더욱 분명히 하고, 독초목은 특별한 용처와 용법에 따라 그 독성을 거꾸로 유용한 처방재로 바꾸어놓을 궁리에 끼니 때조차 유념을 못한 채 내처 텃밭에만 매달려 지낼 때가 많았다.[41]

인용문 (i)에는 전쟁 전 황노인의 삶이 제시되고 있다. 황노인은 자연과 어우러져 전설 같은 삶을 살아간다. 그러다가 (ii)에서 보듯, 황노인은 전쟁으로 인해 그런 삶을 더 이상 영위하지 못하게 된다. '갯바람기의 패악질'로 명명되는 전쟁으로 인해 황노인의 삶은 황폐해진다(ii-1). 그리고 그 전쟁 직후 황노인은 남도를 떠나 북도로 이주를 하지만, 전쟁의 패악질의 여파는 그곳에까지 미치고, 나아가 나라 전체에 바람기로 퍼져 있다(ii-2). (iii)에서는 황노인의 말년의 삶이 제시되고 있는데, 황노인은 약재와 독초를 모아 사람에게 이로운 방식으로 이용할 수 있는 방법을 찾고자 했다.

(B) 삽입서사 d2에서는 방진모 선생의 삶을 중심으로 하여 전쟁 전후 선유리 분교의 모습이 제시된다.

(i) -나이 들어 한평생 섬에만 들어앉아 지내니 섬귀신이 분명하고, 한 동네 살면서도 사람면대를 마다하고 통하는 말이 없으니 독불장군이

39) 위의 책, pp.44~45.
40) 위의 책, p. 55.
41) 위의 책, p.54.

아니고 뭣이겄소. 아무리 재게 혼자 섬에만 들어백혀 산다지만, 1년가야 제대로 얼굴 한번 대면하고 지내기가 어렵고 누구하고 말소리 한번 주고받는 걸 들을 수가 없는 늙은이라니께요…….[42)]

(ii) 지금은 벨로 들즘생이 설치고 댕기는 일이 없지만, 그때는 뭍에서 족제비나 살쾡이 같은 즘생들이 밤만 되면 어둠을 타고 이 섬까지 헤엄을 치거나 모랫등길을 건너와서 당신의 닭들을 마구잽이로 해치고 가는 일이 많었답니다. 그 시절엔 어디나 흔히 있던 일이였지라. 그런디 장인 어른은 그 노릇을 벨시럽게 못 참아하셨다는구만요. 그것을 무신 중정을 지닌 사람의 행투라도 되는 양 부득부득 이를 갈며 분해하시곤 했답니다. 그 못된 얌생이꾼들을 지키러 밤마다 섬 구석구석을 돌면서 날을 새우곤 하셨다니께요.[43)]

(iii) -당신은 도대체 입을 여신 일이 없으시지만, 저 사람 말로는 어른이 아직 젊었을 적 저쪽 초등학교에서 쓰다가 창고 속에 버려둔 것을 웬 사정까지 해가며 얻어다놓은 것이라는구만요. 저런 귀신이 날 것 같은 헌물건짝을 무신 소용에서 저렇게 알뜰히 모셔다놓고 있는지 모르겄어요.[44)]

(iv) -아마 당신의 옛 제자되는 사람 중에 일부러 그 양반을 찾아보러 가는 것은 근년들어 자네 부자뿐일 걸세. 허지만 그렇게 먼 걸음을 해가서 당신을 만나보게 될 수나 있을지 몰라. 만나본들 무슨 이야길 들을 보장도 없는 일이고, 황 선생도 다 아는 일이지만 그 양반 옛날에 닭귀신들허고 지내면서 사람의 소리를 말짱 다 잃고 지낸 지가 오래거든.[45)]

(i)은 종선의 어릴 적 동창이자 방진모의 처제인 '울보 콩녜'의 발화이고, (ii), (iii)은 방진모 선생의 사위의 발화이다. 그리고 (iv)는 종선의 신축 학교 시절의 동창이자 이장을 맡아보기도 했던 고을 유지급에 속

42) 위의 책, p.142.
43) 위의 책, p.146.
44) 위의 책, p.149.
45) 위의 책, p.172.

하는 위인의 발화이다.

선유리 분교와 회령리 분교가 합쳐지게 되었을 때, 방진모는 학교를 그만 두고 이후 좌익 활동가로 몰려 고초에 시달린 일을 잊지 못하고 '말'을 하지 않고, 또한 사람들과의 관계를 멀리한다(i). 그리고 유자섬에 들어앉아 닭을 키우며 살아간다(ii). 그런 방진모 선생이 전정옥 선생이 늘 연주하곤 했던 풍금을 아직 간직하고 있는데, 이는 그 시절의 풍금에 서려 있던 꿈을 잊지 못하는 것을 의미한다(iii). 그런 방진모 선생의 모습은 '섬귀신', '독불장군', '닭귀신'으로 여겨진다(iv).

이러한 방진모 선생을 통해, 사람을 위한 이념이 오히려 사람을 억압하고 핍박하는 것으로 변질되면서 그 이념이 갖고 있었던 가치가 퇴색되고 오로지 편 가르기의 수단으로 전락해버린 상황을 보여준다.

둘째, 하위 틀서사 c의 삽입서사(e)이다. 황동우는 선유리 분교 시절의 흔적을 찾아다니면서 그 시절의 학생과 선생들을 통해 당시의 역사를 되살려내고자 한다. 이는 교육과 사상의 두 측면에서 이루어지는데, 먼저 교육과 관련된 측면은 삽입서사 e1에서 제시되고, 사상과 관련된 측면은 삽입서사 e2에서 제시된다.

(A) 삽입서사 e1은 황동우가 질문을 던지고 황종선이 그에 대해 대답하는 과정에서 아버지 황종선의 대답 속에 담긴 이야기를 재구성한 것으로 구성되며, 이를 통해 당시의 교육 환경과 선생들의 면모가 드러난다.

(i) 그 방진모라고, 눈빛에 꽤 호인풍을 띤 젊은 선생님, 밀짚모자에다 헐렁한 무색 무명베 바지저고리 차림을 하고 나타나선, 그 뭐시냐, 이제부터 내가 너들을 가르칠 선생님이다. 진짜 공부는 내일부터 가르쳐 줄 테니 오늘은 선생님헌티 각자 자기 이름하고 사는 동네 이름을 말하고 나중에 자기랑 창고 안으로 들어가서 공부할 교실들이나 둘러보고 돌아가라는구나. 헌디다, 뭐시냐, 그 교실이란 디의 형편은 또 어쨌

겄냐. 책상도 걸상도 없는 맨 시멘트 바닥에 흙모래가 대고 서걱거리는 디 거기 줄을 지어 쭈그려 앉아서 앞쪽 벽에 덩그렇게 걸린 칠판 하나를 상대로 공불 하게 된다는 게야……[46]

(ii) -그야 공부는 무신…… 학교라는 델 가면 대개 모래판 운동장으로 몰려나가 이런저런 시합놀이를 하거나 조개잡기 같은 걸 하다가 밀물이 밀려들면 또 물놀이 수영시합 같은 걸 하거나 물가에 모여 앉아 노래를 배우는 걸로다 시간을 다 보냈제…… 제대로 된 책이나 학용품들이 없고 보니 진짜 공부는 외려 그런 틈틈이 곁시늉뿐이었달까. 그것도 그 첫 한학기 반년 동안은 허구한 날 ㄱ, ㄴ, 한글자모 24하고, 1, 2, 3, 4 숫자들이나 따라 외우다 말곤 했으니까……[47]

(i)은 선유리 학교에 처음 입학하러 갔을 때 보았던 선생님과 학교의 모습에 대한 내용이고, (ii)는 그곳에서 무엇을 어떻게 배웠는가에 대한 내용이며, (iii)은 분교 선생들의 재직 흔적이 남아 있지 않게 된 까닭에 대한 내용이다. 동우는 그 시절의 분위기를 '투박스런 선생님이나 궁색한 환경'으로 받아들인다. 하지만, 황종선은 그 시절을 두고 학교 시설도 열악하고 책도 없고 선생도 한 사람밖에 없지만, 선생님에게 깊은 신뢰와 존경심을 가졌다고 하면서, 그 시절은 '가장 청명한 삶의 모태와 추억의 뿌리'로 기억된다고 말한다.

(B) 삽입서사 e3는 선생들의 이념적 성향과 관련된 내용으로 구성된다. 선유리 분교 시절 선생들의 기록이 남아 있지 않고 그것을 기억하고 있는 사람들마저 제대로 된 기록으로 남기지 않은 이유는 그들의 이념 성향 때문이다.

-그 뭐시냐, 초창기때 세 남자선생들…… 새 학교로 옮겨가서 그놈의 난리통 전까지 제물에들 시슴시슴 학교들을 떠나고 말드니 그 뭐시

46) 위의 책, p.27.
47) 위의 책, p.29.

냐……삼일천하격 전치시절 몇 달을 지내고 나선 또 웬 알량한 사상 문제다 부역 혐의다 해서들 젊은 인생들이 대고 결단나고 말았으니께. 선유리의 방 선생은 사람이 변할 만큼 모진 고초 속에서도 목심만은 근근히 구해 나온 모양이었지만, 회령리쪽 두 사람은 목심까지 잃게 되고, 뭐시냐, 그 교장허고 전씨 성 여선생도 저쪽에 대한 협력과 열성적인 활약 끝에 결국엔 빨치산으로 동반 입산을 해가고 말았응께.[48)]

동우는 당시 선생들의 이러한 행적을 "자주적 민족국가 건설을 위한 노력"[49)]으로 바라보고 있다. 이러한 동우의 입장은 아버지 황종선의 시각에서는 좌익에 경도된 생각으로 비춰진다. 이러한 동우의 생각이 그대로 드러나는 물음에 대해 방선생은 단정적이거나 섣부른 대답을 하지 않는다.

(i) -그 시절 내가 무슨 생각으로 어떤 사람들과 속뜻을 함께하며 무슨 일을 도모하려 했던지, 내가 실제로 한 일은 아이들을 가르치고 새 학교를 짓는 일뿐이었으니께. 그것도 어떤 생각을 얻어 들여와서는 아깟번에 말한 대로, 사람 사는 일이 좀더 나아지고 나아져야 한다는, 사람들이 모두 제 값대로 살아가게 되기를 바라는 희망과 믿음 때문이었으니께…… (중략) -그런데 그것이 내 젊은 시절의 고초와 막막하고 무력한 생애의 씨앗이 되었제. 사람들이 서로 편을 갈라 내게다 그런 저런 이름들을 붙여줬거든. 그러니 부득불 그것을 다 수긍하고 살아온 내가 그런 내 일을 어떻게 알아……. 그런데 이제 와서 옛 제자의 아들이 내게 와 다시 그 말 그릇에 내 이름과 생애를 지어 담고 싶어하니 내가 대체 어떤 말을 해줘야 하겠는가.[50)]

(ii) -허기사 이런 물건이야 그걸 알았든 몰랐든 상관이 없을 일이제. 노래나 꿈이야 늘 무고헌 것일 터이니께…… 아프고 절망스런 것은 실

48) 위의 책, p.39.
49) 위의 책, p.136.
50) 위의 책, p.184.

> 상 여태도록 여전히 고운 소리로 되살아난 풍금노래 소리나 그 꿈이 아니라 그것을 지키고 기다려 온 세월쪽이겄제…… 그 청청한 꿈을 기다리며 하얗게 바래간 세월…… 하지만 어쨌거나 그 노래나 노래의 꿈은 한 시절 이 열 교장이나 전정옥 선생들은 말할 것도 없고 나나 허 선생 같은 이 땅의 젊은이들 만인의 꿈이었으니께…… 그런데 이제 와선 그 꿈이 다시…… 멍텅구리 같은 세월의 잠을 깨워…….[51]

(i)은 선유리 분교 선생으로서 품었던 꿈이 '제 값의 삶을 살아가게 되기를 바라는 희망과 믿음'에 있었다는 것을 강조하고 있다. (ii)는 노래나 풍금 소리가 지니고 있던 청청한 꿈은 그 시절 젊은이들 모두의 꿈이었다는 것, 그런데 그 꿈이 어지러운 세월 속에서 수단화되면서 제 색깔과 의미를 잃어버리게 되었다는 내용을 담고 있다.

방진모 선생은 좌익 사상의 신봉자, 부역자로 몰려 고초를 당하고 이런 저런 편 가르기의 수단에 의해 황폐한 삶을 살아왔다. 그러나 처음 가졌던 선생으로서의 생각은 사람들의 사람살이에 대한 희망과 믿음에 뿌리를 두고 있는 것이었다. 말하자면 방진모 선생은 선유리 분교 시절 품었던 자신의 생각과 이상을 펼치는 하나의 방식으로 좌익을 선택했고, 그것을 펼쳐내고자 하였으나 이념의 대립으로 인해 그 꿈이 좌절되고 자신의 삶마저 황폐해진 경우를 보여준다.

다음, 현재적 변이형으로서의 삽입서사의 경우, 하위 틀서사 b에서 황종선은 버려진 더덕밭도 아름답다는 인식을 통해 선유리 분교와 관련된 과거의 아픈 기억에서 벗어나 그 상흔을 치유해야 한다는 것을 제시한다(d3).

황종선은 아버지에 대한 기억을 벗어나지 못한 채 아버지처럼 밭을 돌보며 산다. 그런데 몇 해 전부터 심기 시작한 더덕이 중국산 더덕에

---

51) 위의 책, p.192.

밀려난 까닭에 버려두었던 더덕밭에 엉겅퀴꽃이 무성하게 자라 황폐화되어 있다. 그 더덕밭을 보고 황종선은 과거 선유리 시절 이후 황폐한 더덕밭처럼 버려졌던 '제 몫의 삶'을 되돌아보게 된다. 그러면서 버려진 더덕밭에 무성하게 자란 '항가쿠 꽃'이 오히려 아름답다는 것을 느끼면서, 아버지의 그림자만 밟아왔던 자신의 모습을 돌이켜본다.

> 내 생각이 바뀐 건 이 모든 것이 내가 살아온 세월의 흔적들로 보이기 시작한 때문이다. 누구들한텐 그저 쓸모 없고 하찮게만 보일는지 모르지만, 이 묵어자빠진 포전, 어지럽게 번져 자란 항가쿠 밭이나마 내게는 어느 것보다 분명한 내 몫의 인생살이, 누추한 대로 그간 내 땀과 소망을 묻어온 세월의 소중한 흔적으로 다가오질 않았겠냐. (중략) 그건 다름 아니라 살아온 세월에 아무 흔적이나 그림자 같은 게 남아 있지 않은 사람을 보았기 때문이다. 어느 누구한테 그가 품은 꿈이 아무리 곱고 기다림이 간절했더래도 제 살아온 흔적이나 그림자가 아무 것도 없다면 그게 어디 귀신 유령의 삶이지 사람의 삶이더냐?[52]

황종선은 방진모의 흔적 없는 삶과 자신의 누추하고 하찮아 보이는 삶을 대비하면서, 자신의 흔적을 남긴 삶이 사람의 삶이라고 여기면서 덧없게 느껴왔던 세월들을 다시 되돌아보며 그 삶에 의미를 부여하고 있다. 그럼으로써 대단하고 고귀한 꿈이라는 꿈의 내용 자체가 중요한 것이 아니라 살아온 흔적과 과정 그 자체가 소중한 것임을 강조한다.

하위 틀서사 c에서 황동우는 현재의 교육이 독재와 외세에 의해 왜곡되었다고 믿는다(e2). 그러면서 그러한 교육을 바로잡기 위해 좌익 사상에 기초한 교육 이념에 매달리면서, 그 사상의 뿌리를 전쟁 전후 선유리 분교 선생들이 지녔던 좌익 이념에서 찾는다.

---

52) 위의 책, pp.206~207.

> -하지만 그것은 그 50년 6·25 때 여름까지 뿐이었습니다. 그때까지는 그분들이 계셨기에 그 학교 교육의 창조적 주체성이 그대로 지켜질 수 있었으니까요. 하지만 그 6·25 혼란으로 그분들이 모두 학교를 떠난 뒤부터는 사정이 전면 달라지고 말았지요. 그때부터는 민족의 바른 역사나 주체성은 사라지고 새로운 외래 식민자본주의와 독재 권력 세력이 이 나라 천지를 온통 휩쓸기 시작했으니까요. 아직은 확실히 말씀드릴 수가 없지만 온 나라 사정이 그런 판국에 이 학교라고 예외가 될 수는 없었겠지요. (중략) 아까도 말씀드렸지만, 저는 굳이 그분들이 골수 좌익운동가나 공산사상 신봉이 목적이었던 분들이었다고는 말씀드리고 싶지 않습니다. 그러나 그분들이 이 나라의 바른 역사와 자주적 민족 교육을 터잡아 나가기 위해서 달리 어떤 이념적 지표를 구할 수 없어, 거기 의지하게 됐다면 저는 굳이 그것을 아니라지 않겠습니다. 이 교장과 여선생이 결국 유격대로 입산까지 감행하게 된 사실도 그것을 부인하기 어려운 대목이고요…….[53]

아버지 황종선은 황동우의 이러한 교육 신념을 들으면서 "주체니 자주니, 방송 뉴스 같은 데서 흔히 들어온 그 불온한 소리들"[54]을 떠올리고, 나아가 자신이 어린 시절 들었던 "무조건의 동조와 복종을 강박해오던 소리"[55]와 다르지 않다고 비판한다.

그리고 방진모 선생은 황동우가 생각하듯이 당시 선유리 분교 선생들은 좌익 사상에 경도된 것이 아니라, 오로지 "사람들이 제 값의 삶을 살아가게 되기를 바라는 희망과 믿음"을 중요시했다고 강조한다. 그런데 사람을 위한다는 그런 진정한 이념이 퇴색되어 오로지 편 가르기의 수단으로 전락하면서 좌절되었다는 것이다. 그러면서 현재도 다시 그런 수단화가 이루어지고 있다고 비판하면서 자신의 풍금을 부숴버린다. 이

---

53) 위의 책, pp.66~67.
54) 위의 책, p.63.
55) 위의 책, p.65.

런 비판을 통해, 하위 틀서사 c의 현재적 변이형으로서의 삽입서사는 과거 선유리 분교 선생들의 순수한 교육 열정과 현재의 좌익 사상을 대비함으로써 올바른 교육 이념이 무엇인지를 제시한다.

2) 지배 이념에 저항하는 민중의 삶

① 강요된 이념 추수에 대한 자기반성으로서의 제의: 「비화밀교」

두 번째, 이념의 지배 질서화 과정과 관련된 사건을 다루는 작품에 나타나는 삽입서사의 특질이다. 「비화밀교」에서 두 하위 틀서사의 초점화자는 동일한 시-공간 내에서 제왕산 등산을 하고 하산을 하는 과정을 밟는다. 그 결과 '나'와 조선생 모두 초점화 대상에 대한 현재적 의미를 동시에 탐색하는 데 치중하게 된다. 이에 따라 초점화 대상에 대한 현재적 의미에 대한 탐색이 주를 이루며, 역사적 맥락에 대한 탐색은 앞선 부류보다 약화되어 삽입서사도 앞선 유형보다 단위가 약화된다. 두 하위 틀서사의 전개 과정과 관련하여 내포된 삽입서사를 정리하면 다음과 같다.

'c1/b1-d1, d2, d3/c2/c3/c4/a1'

먼저 역사적 변이형으로서의 삽입서사이다. 역사적 맥락을 탐색하는 하위 틀서사 b에는 세 가지 역사적 변이형으로서의 삽입서사(d)가 제시된다.

(A) 삽입서사 d1은 제왕산 등반 풍습의 뿌리와 그곳에서 만나게 되는 사람들이 어떤 사람들이었는지를 보여줌으로써 풍습의 성격을 암시해

주고 있다. 제왕산 등반 풍습은 그곳이 역사적 무대로 등장하는 동학운동에서부터 시작되어 한일 합병이나 삼일 독립운동, 4·19 등의 사건과 같은 중요한 일이 일어나기 직전에 더욱 많은 사람들이 운집하는 행사가 되었다. 이 행사는 통일된 명문의 경전이 없이 느낌으로 모든 것을 전해주고 전해 받는 방식으로 이루어진다. 종화주가 불씨를 가지고 도착한 이후부터 시작되어 불씨를 묻고 가는 일로 끝나고 특별히 정해진 사람이 없이 마지막으로 불을 묻는 사람이 다음해의 종화주가 되는 방식으로 이루어진다. 행사는 불을 나누어 받고 참여한 사람들이 서로 인사를 나눈 다음 자정 무렵 기이한 합창 소리를 내다가 자정이 지나면 불을 묻고 떠나는 것으로 진행되며, 산 위에서 있었던 모든 일은 산을 내려가는 순간 없었던 일이 되는 것이 암묵적으로 약속되어 있다. 그럼으로써 해마다 있어왔던 제왕산 등반 행사는 일종의 '풍습'이자 '역사'이고 '비밀스러운 제의'로서 의미화된다.

> (i) 아무도 확실한 걸 말한 사람은 없지만, 이건 아마 한일합병이나 삼일독립운동 무렵이 아니면 그보다도 좀더 시대를 거슬러 올라가서 동학운동부터 시작된 일이라는 말도 있거든. 이 고을이 동학군의 마지막 저항지였던 지역사를 보게 되면, 동학운동을 풍습의 시발점으로 보는 게 그런대로 근거가 있어 보이고, 그렇다면 이건 지방민속을 뛰어넘는 역사나 종교풍습으로 볼 수도 있겠지.[56)]
>
> (ii) 자넨 아직 잘 알 수 없었겠지만, 한 마디로 오늘 밤 나는 이곳에서 J읍의 모든 사람을 만나고 있는 셈일세. 버스정류소의 검표원에서부터 이 고을 어른인 읍장에 이르기까지 갖가지 직업과 직위의 인물들을 말이네. 농사를 짓는 사람, 장사를 하는 사람, 관리를 하는 사람…… 부자도 있고 가난한 사람도 있고 천한 사람도 있고 귀한 사람도 있고[57)]
>
> (iii) 그 당시 시대로 말하면 일제식민통치의 시절이었던 데다가 당신

56) 「비화밀교」, 앞의 책, p.170.
57) 위의 책, p.180.

자신은 바로 그 식민당국의 골수 관리의 신분이었는데도 말일세, 그런 신분이나 처지에도 선친은 해가 바뀌는 이날이면 해마다 빠짐없이 다른 사람들과 함께 산을 오르셨다는 거야. 그리고 여기서 사람들을 만나고 허물없이 함께 어울리셨다는 것이지. 그것은 그 다른 사람들 역시도 이곳에선 아버지를 허물없이 용납해주고 있었다는 뜻이 되지. (중략) 선친은 그후 팔일오를 맞고 육이오를 겪어 넘기면서 산 아래선 때로 마루 밑 땅굴살이까지 해야 하는 온갖 곤욕을 치러내면서도 이곳만은 해마다 찾아올 수가 있었다니까…….58)

위 인용문 (i)에서는 제왕산 등반 풍습의 뿌리에 대해, (ii)에서는 제왕산 등반 풍습에 참석하는 사람들이 어떤 사람들인가에 대해, (iii)에서는 풍습의 의미에 대해 언급하고 있다. 이를 통해서 제왕산 등반 풍습의 성격이 드러난다. 동학 운동, 한일 합병, 삼일 독립운동 등과 같은 역사적 격변기에 풍습을 위치시키는 것을 통해 이 풍습이 외세에 의해 짓밟히고 황폐해진 삶에 그 연원을 두고 있다는 것을 짐작할 수 있다. 그러면서 산 아래에서 용서될 수 없는 처지에 있는 사람도 그 풍습에 참석하여 다른 사람들과 '허물없이' 어울릴 수 있다는 것을 알 수 있다. 곧 산 아래서의 신분이나 지위 고하 등과 관계없이 한 고향의 모든 사람들이 서로 동등하게 인간적으로 만날 수 있다는 것을 통해 이 풍습이 억압받고 고통 받는 사람들만을 위한 풍습이 아니라는 점을 강조하고 있다.

이곳은 산 아래서 이루어지는 모든 세속의 질서가 사라지고 그저 한 가지 이 산 위에서만이 간절한 소망으로…… 나도 그것이 무엇인지는 확실히 말할 수가 없지만…… 하옇든 오직 한 가지 소망에로 자신을 귀의시켜, 그 소망으로 하여 모든 사람들이 한데 뭉쳐서 어떤 보이지 않는 힘을 탄생시키고, 그것을 지켜가는 숨은 근거지가 되고 있는 셈이지 ……. (중략) 선친의 말씀으론 이곳에도 사람이 줄고 느는 기복이 있어

58) 위의 책, p.181.

> 왔다니까. 언제라던가…… 당신의 기억으로 그 일제하의 동척(東拓) 설립에 즈음한 자가농지신고 때와 식민통치 말기의 징용령 발동 때가 사람들이 가장 많이 산을 오른 해였다던가. 그건 이곳 일이 세상일과 아무런 상관이 없을 수 없다는 반증이 될 수 있는 거지. 내 기억으로도 그건 그래 뵈는 것이…… 사일구가 있기 바로 전해의 그 자유당 치하의 마지막 해 그믐밤이 내가 철이 들어 나 혼자 겪은 밤으로는 가장 많은 사람들이 산을 오른 것으로 기억되고 있거든…… 산 아래 세상 돌아가는 형편 따라 이 행사에도 사람들의 규모가 달라지는 증거지…….[59]

또한 이 풍습은 '산 아래 세상 돌아가는 형편'과 관련성을 지니고 있는데, 산 아래에서 일어나는 일들로 인해 사람들의 '간절한 소망'의 정도와 참석 인원의 규모가 비례한다는 것을 보여준다.

(B) 삽입서사 d2는 어린 조승호가 아버지를 대신하여 종화주가 된 사연이 제시된다. 조승호의 선친은 일제 시대 때 소학교 교장을 지낸 사람으로 그 신분에 대한 죄의식을 갖고 있는 인물이다. 그는 제왕산 등반 풍습에서 종화주가 됨으로써 그 죄의식을 용서받고자 한다.

> "그러니까 그건 오래 전 일정 때의 일이었어. 그때 이 산을 올라다닌 사람 가운데에 이 나라 2세들의 머릿속에 남의 정신을 집어넣어 사람을 바꿔놓은 식민지 교육자 신분의 인사 한 사람이 있었지. 그런데 그는 아마 한국인으로서는 드물게 일본도까지 차고 다닐 수 있는 자신의 만만찮은 교직자 신분에 대해 내심으로 지나치게 죄의식을 숨겨오고 있었던 모양이야……."[60]

삽입서사 d2에서는 일제 시기 제왕산 등반 풍습에서 종화주가 되고 싶어하는 사람이 어떠한 상황에 놓여 있는 사람인가에 주목한다. 종화

59) 위의 책, pp.182~183.
60) 위의 책, p.196.

주는 마지막 순간까지 기다렸다가 마지막으로 불씨를 묻는 사람으로 결정된다. 누가 결정해주는 것이 아니라 자신의 마음 속 소망에 따라 결정되는 것이므로, 신분이나 지위 고하가 문제되지 않는다. 종화주가 되고 싶어하는 사람은 대개 당대의 사회에 대한 어떠한 '죄의식'을 가지고 있는 사람이 대부분으로, 그것은 일종의 '용서'를 구하는 소망과 기다림으로서 의미화된다. 결과적으로 일정 때 선친의 이야기를 담고 있는 삽입서사 d2는 '용서의 자리'로서 제왕산 등반 풍습의 성격을 드러내고 있다.

(C) 삽입서사 d3는 제왕산 등반 풍습에서 자정 무렵 진행되는 '말없는 합창 소리'가 갖는 의미를 보여준다. 일제 말기 일본인 중학교 교장이 조선인을 비하하는 발언을 하자, 이에 대항하는 방식으로 조선인 학생들은 '말없는 합창 소리'인 웅웅거리는 소리를 냄으로써 누가 그 소리를 내는지 알 수 없는 방식으로 자존심과 위엄을 드러낸다.

> 그때의 교장은 그러니까 교육자가 아니라 무슨 군병훈련소의 사령관 같았지. (중략) 전시복 차림에다 지휘봉까지 휘둘러대며, 작자의 위세가 말할 수 없었어. 그때의 학생들이란 대개가 우리 한국인이었는데, 위인은 게다가 입만 열면 늘상 한국인에 대한 모욕적인 욕설질이었지……한데 언제부턴가 교장이 강단 위로 올라서기만 하면 학생들의 대열에서 이상한 소리가 번져오르기 시작했어. 어디서 누가 내는 소린줄도 모르게 대열의 곳곳에서 웅웅소리가 사방으로 떠돌아다니곤 한단 말이야. 아까 자정 때처럼 입을 다문 채 입속소리를 코로 뱉으니 선생들이 미친 듯 대열을 갈고 돌아다녀도 범인은 하나도 잡아낼 수가 없었지. 선생이 다가오면 소리를 멈췄다가 지나가면 다시 소리를 울리곤 했거든. 감히 누구도 교장의 권위에 도전을 하고 나설 수가 없었던 때였지.[61)]

61) 위의 책, p.201.

위의 인용문에는 권위에 의한 지배와 그것에 대항하는 방식으로 '웅웅소리'가 제시된다. 조선생은 이러한 행위가 '무력한 자기 위안', '기다림'으로도 볼 수 있다고 전제하면서, 그 근본 바탕에는 '자존심과 위엄'의 확인과 자각이 깔려 있다고 말하고 있다. 존재를 부인당하게 되는 상황에서 '소망 자체로서 최소한의 자기 값을 지키는 일'이라고 말한다. 풍습의 이러한 성격은 적극적인 의미에서의 대결이 아니라 무력하고, 힘없는 사람들이 최소한의 존재 의미를 찾기 위한 유일한 방식으로서 제시되고 있다.

다음, 현재적 변이형으로서의 삽입서사는 두 하위 틀서사 모두에 제시되지 않는다. 이는 앞서 밝혔듯이, 두 초점화자의 논쟁을 통해 초점화 대상 그 자체의 현재적 의미가 집중 탐색되기 때문이다.

② 암울한 시대에 맞서 자유를 지향하는 종교 단체 : 『자유의 문』

『자유의 문』의 경우이다. 이 작품은 「비화밀교」처럼, 초점화자가 동행하면서 서로 논쟁을 벌인다. 이에 따라 하위 틀서사 b의 초점화자 백상도는 초점화 대상의 역사적 변이형을 탐색하고 하위 틀서사 c의 초점화자 주영섭은 그 현재적 의미를 탐색하는 본래적 역할을 수행한다. 그러면서 두 초점화자 모두 역사적 변이형을 탐색하고 또한 동시에 현재적 의미를 탐색한다. 두 하위 틀서사의 전개 과정과 관련하여 내포된 삽입서사를 정리하면 다음과 같다.

'a1/b1/c1/c2-e1, e2/b2-d1/b3-d2/c3/b4'

먼저, 역사적 변이형으로서의 삽입서사는 하위 틀서사 b와 하위 틀서사 c에 동시에 제시된다. (A) 하위 틀서사 b에 있는 삽입서사 d1은 백상도 노인이 비밀 종교 단체 전사인 정완규로 활동하던 내용을 다루는데, 전쟁이 끝난 이후부터 1960년대까지 벌어진 사건을 담고 있다.

6·25 전쟁 때 전쟁에 참전하여 죽을 고비를 넘기고 휴가를 받아 고향으로 돌아온 백상도는 부모가 돌아가신 것을 알게 된다. 전쟁이 끝나고 제대 후 군목의 추천에 따라 '씨알 성서학교'에 들어가 학교를 다니다가 은밀한 부름을 받고 기도원에 들어가 기도를 하면서 수련을 시작한다. 1957년 기도가 끝나자 모든 것과 결별하고 기도원을 떠나 세상으로 나간다. 새 이름으로 실천하되, 절대 자신을 증거하려해서는 안 된다는 당부를 받는다. 그 후 세상에 나가 정완규라는 이름으로 살아가면서 인간다운 삶이 어려워진 곳을 찾아다니며 전사로서 활동한다.

정완규는 먼저 1950년대 후반 서울역 근처에서 지게꾼 노릇을 하다 서남쪽 해안의 간척 사업장 내부 핵심 조직에 침투하여 활동한다.

> 공사판 안에는 취역 인력이나 회계 따위를 관리하는 사업소측 인원과 바윗돌과 흙을 캐고 궤도차를 밀어나르는 현장작업 인원 이외에, 그 두 부류에 세력을 두루 침투시켜 갖가지 방법으로 작업 노임을 약취해 가는 폭력성 기생조직이 함께 하고 있었다. 출역 인부들이 주로 가난한 현지주민과 전란에 지친 피난민들로 이루어져 있음에 반하여, 폭력과 지략을 두루 갖춘 이 기생조직의 인원성분은 애초에 사업장 관리층을 따라 들어온 외지 출신의 낭인배들이었다. 이들은 언제부턴가 사업주관 회사의 현장작업 관리인원이 부족함을 기화로 그 현장사업소 관리 책임자들과 결탁하여 노역인력 동원이나 노임지불 업무와 같은 사업장 관리권을 대부분 손에 넣고 있었다.[62]

정완규는 공사판에서 인부들의 노임을 노름이나 식대 등으로 갈취해

62) 『자유의 문』, 열림원, 1998, p.188.

가는 낭인배 무리 속으로 들어가 그곳의 우두머리격인 변상사의 신임을 얻는다. 그 뒤 교회에 보내지는 난민 구호품을 공사판 인부들에게 나누어주는 일에 취해가면서 결국에는 그 스스로 개심하기에 이른다. 그 일이 잘 마무리되자 정완규는 남도를 떠돌다가 강원도 삼척의 대규모 탄광촌으로 자리를 옮겨 안전 관리 요원이 된다.

> 그런데 막상 일을 시작하고 보니 이곳의 사정은 화순 쪽의 그것에 비교할 바가 아니었다. 탄전의 규모가 워낙 방대한 곳인 데다, 바깥 세상은 아직 질서가 잡히지 않은 시절이었다. 하물며 심심산골의 광산촌 형편이라니 말썽거리나 부조리가 이만저만이 아니었다. 무엇보다 입촌 초반부터 제일 먼저 눈에 띈 것이 탄광촌 일대의 도박 풍습이었다. 그것도 엄청나게 저락한 사람의 목숨값과 상관된 아녀자들의 패륜적 도박놀이판이었다. (중략) 숙사촌 여자들 사이엔 언제부턴지 '돼지 잡는 날'이라는 은어가 쓰여 오고 있었다. 외상 노름빚을 받게 되는 날을 이르는 말이었다. 숙사 골목 아낙들이 외상 노름빚을 갚는 방법이 그것이었다. (중략) 그러다 보면 언젠가는 갱내 사고가 일어나 인부들이 생죽음을 당해 나오는 때가 생겼다. 불행을 당한 남정의 아낙에겐 그것이 이른바 '돼지 잡는 날'이었다.[63]

위의 인용문은 탄광촌의 해괴한 도박 풍습과 관련된 내용을 담고 있다. 연고지나 출신 경력이 잘 알려지지 않은 광원들이 갱내 사고로 죽게 되면 함께 살던 여자가 광원의 죽음 값으로 받은 돈을 노름빚 청산하는 데 쓰곤 하는 풍습이다. 사업소에도 광원들의 사고나 사고 방지를 위한 대책이 전혀 마련되어 있지 않다. 이러한 것은 모두 사람의 생명에 대한 존중이 전혀 없었던 당대의 상황을 보여준다.

이와 같은 탄광촌의 실상을 바깥에 알리고 탄광촌의 환경을 개선하

63) 위의 책, pp.199~201.

기 위해 정완규는 성 기자를 탄광촌으로 불러들여 그 실상을 체험해 보도록 한다. 성 기자에게 위험성을 즉각적으로 느끼도록 하기 위해 미리 조치를 취해 두었는데, 그것으로 인해 갱도가 무너지면서 성 기자가 죽게 된다. 성 기자의 죽음이 탄광촌 관리자에 의해 급속하게 마무리되자 죄책감을 느끼고, 자신을 증거하고 싶은 욕망에 시달리다가 결국에는 계율에 대한 회의를 품게 된다. 그런 충동을 더 견디지 못하고 지리산으로 들어간다.

(B) 삽입서사 d2이다. 백상도는 고향 마을의 '안장순'이라는 청년의 사연을 들려준다. 안장순은 남의 집 머슴살이를 하다 국방 경비대에 들어가게 되었는데, 지리산 공비 토벌을 나갔다가 부상을 입고 잠시 휴가를 나오게 된다. 몸을 피해 달아나라는 마을 사람들의 만류에도 불구하고 부대로 돌아갔다가 마른 흙 몇 줌이 대신 들어 있는 유골 상자로 돌아온다. 이를 통해 지리산에 있는 이름 없는 이들의 무덤이나 무덤조차 갖지 못한 유골들 역시 안장순과 같은 사연을 지닐 것임을 짐작할 수 있다.

(C) 다음, 하위 틀서사 c에 나타나는 역사적 변이형으로서의 삽입서사 (e)이다. 삽입서사 e1에서는 1976년에 벌어진 최병진과 관련된 사건이 제시된다. 최병진은 생물 교사로 있으면서 비리와 부패로 얼룩진 국회의원의 타락상을 드러내기 위해 한강변 비밀 별장 지대에 잠입한다.

> 1976년 가을. 서울 동남방 한강변의 절경을 끼고 들어선 비밀별장지대의 한 전원주택 안에서 좀 맹랑한 강도상해사건이 일어났다. 피해자는 한때 2대에 걸친 국회의원까지 지낸 퇴물정객으로, 의원직 재임시 국내유수의 재벌 회사와 관련한 매직 사건으로 의원직까지 중도박탈당한 명예롭지 못한 이력의 소유자. 그의 가족은 이미 유학이니 신병치료니 하는 속이 뻔한 형식으로 미국 이민이 이미 끝나 있던 데에다, 그

> 곳 은행에는 엄청난 금액의 부정재산을 미리 도피시켜 놓았다는 소문이 분분하던 권중현 씨. 방만스런 치부와 가위 패륜적이랄 만큼 부도덕한 사생활을 즐겨오던 그 권씨가 자신의 비밀별장에서 어느날 밤 졸지에 변을 당한 것으로, 범인은 그 자리에서 물경 5백여만 원이란 거액을 털고 나서도 아직 더 무엇이 부족했던지 그를 다시 해치고 달아나려 했던 것-.[64]

그는 국회의원이 처족간이 되는 나이 어린 여자와 함께 자고 있는 방으로 들어가 돈을 훔치고 국회의원의 이마에 엑스자 모양의 상처를 내고 달아난다. 국회의원은 자신이 감추어두었던 총을 꺼내어 쏘고, 탄환에 다리를 맞은 최병진은 경찰에 잡힌다. 국회의원이 사건을 조용히 넘기려한 까닭에 언론에는 보도 통제가 되고 사건은 묻히게 된다. 최병진은 기소가 되었으나 국선 변호사마저 마다하고 자신의 범행 일체를 자백하고 감옥 안에서 다른 사람들에게 복음을 전파하는 일에 몰두한다.

한강변 비밀 별장 지대의 국회의원 강도 상해 사건은 당국의 보도 협조에 의해 기사화되지 않는다. 이 사건을 알게 된 주간지의 양 기자는 사건을 다시 파헤치면서 여러 의혹들을 풀어내고자 한다.

> 야반강도에게 재물 탈취 이상의 다른 목적을 상상해보는 것이 오히려 어리석은 일일는지 몰랐다. 하지만 금품만을 목적한 범행이었다면 그 부질없는 X표 죄식까지 남겨야 할 필요가 없는 외에도 최병진은 그의 신분에 반해 남의 재물에 대한 탐욕이 어울리지 않게 너무 지나쳤고 그 범행도 잦았던 편이었다. 그리고 범행 당시나 뒷날의 태도들이 너무도 방자하고 태연스러웠다. 그런 점에서 양진호는 그 이마의 X표 죄식도 전자의 흉내일 뿐 그의 연속 범행이 아닐지도 모른다는 의심을 지울 수가 없었다.
>
> 양진호 기자는 그처럼 처음부터 범인의 신상사나 동기들에 대하여

64) 위의 책, pp.54~55.

> 적지 않은 의혹들을 느끼고 있었다. 한마디로 그는 그 사건에서 어떤 강한 응징성과 부정의 내막을 세상에 드러내려는 고발적 폭로성을 감지한 것이었다.[65]

양진호 기자는 사건을 취재하면서 두 가지의 벽을 만나게 된다. 하나는 '당국자의 벽'으로 인해 경찰의 수사 과정은 철저하게 함구된다. 다음으로 '최병진의 침묵'이다. 최병진은 범행을 시인하고 자백한 이후 어떠한 변명이나 부인도 하지 않고 심지어는 2심도 거부한 채 '뭔가 할 일을 다하고 나서 처벌이나 기다리고 있는 듯한 완강한 자기 체념적 태도'를 보여준다. 이런 과정을 파헤치던 양 기자는 백상도의 유인술에 의해 죽게 된다.

(D) 삽입서사 e2에서는 1978년 봄에 벌어진 유민혁과 관련된 사건이 제시된다. 유민혁은 인천의 항만 부두 하역부로 일하면서 노름으로 인한 다툼이나 하역부에 대한 관리자의 행패를 '신기에 가까운 도박술수와 의협심 강한 완력'으로 제압하면서 부두 노역 종사자들의 신뢰를 얻어간다.

> 유민혁은 시간이 흐를수록 자제력을 잃어가는 동참 동료들의 흥분기를 등뒤로 견뎌내며, 이틀 밤 이틀 낮을 돌부처처럼 묵묵히 버티고 앉아 있었다. 그리고 그 사흘째 어스름이 내리기 시작할 무렵, 그는 변소 길이라도 가듯 혼자서 그 초라한 조합사무실 문을 열고 들어가 조용히 목숨을 끊은 것이었다.
>
> 그것이 그의 싸움의 전부였다. 그리고 그가 그 싸움에서 보여준 행동의 전부였다. 밖으로 남은 결과로만 말하면 구체적인 주장은 아무것도 없었다. 굳이 새기자면 그가 그 자신의 죽음의 장소를 조합지부의 사무실로 택한 것이나 그의 피로 그 사무실을 질게 적셔놓고 간 데는 특별

65) 위의 책, p.66.

한 의미가 있을 수도 있었다. 그것은 마치 그 관리사업소 사람들의 농간으로 두 사람의 동료가 피를 흘리게 되었을 때, 그가 그 피를 사업소 사람들의 손수건으로 씻게 했던 일을 되새기게 하였다. 그런 유민혁이 이번에는 관리사업소가 아닌 조합사무실을 택하여 그곳에 자신의 피를 뿌리고 간 것이다. 그는 누군가가 그 피를 씻어냄으로써 그 스스로 자기 허물을 씻게 해주고 싶었을 수 있었다. 그리고 그것으로 자신의 실수에 대한 허물도 함께 씻어 받기를 원했을 수 있었다-.[66]

유민혁은 항만 노조의 지부장이 관리자의 회유에 넘어가는 것을 경계하면서 노동자의 권익을 보호하기 위해 애쓴다. 새로 선출된 지부장이 관리자의 회유에 넘어가 노동자들의 상황이 어렵게 돌아가자 유민혁은 조합 사무실에 들어가 손목을 그어 자살함으로써 이를 막고자 한다.

인천 항만 부두 하역부 유민혁의 자살 사건을 수사하는 구 형사는 유민혁의 신분이나 자살 동기를 밝혀내지 못하고 윗사람의 재촉에 따라 수사를 마무리 짓는다.

(i) 형제여! 외로워하지 말라. 그대의 무죄함을 내가 먼저 가 주님께 고하리라. 그대가 자임한 큰 죄의 참죄인을 내가 일찍부터 알고 있은 즉.[67]

(ii) -내게는 이미 당신들 앞에서 죄를 고하거나 변명해야 할 말이 없소. 나의 심판자는 오직 주님뿐이오. 유죄든 무죄든 나는 오직 그분 앞으로 가는 날 당신께만 모든 걸 고할 것이오…….[68]

(iii) 그것을 계기로 두 사람의 정체를 연결지어 생각하니, 양쪽 주변사에 유사한 점이나 앞뒤가 서로 맞아 들어가는 대목이 한두 가지가 아니었다. 두 사람이 모두 신분을 함부로 드러내지 않고 살아온 예수교 신자였다는 점, 그중에도 특히 어떤 강한 연대감 속에 현세의 삶을(그

66) 위의 책, p.90.
67) 위의 책, p.91.
68) 위의 책, p.90.

죄지음이나 무고함 전부를) 내세의 주 앞에만 고하고 싶어하는 듯한 일종의 비의적(秘意的) 계율성의 냄새 같은 것이 양쪽에 다같이 드러나고 있는 점-, 그밖에도 두 사람에게서 공통적으로 발견되고 있는 유사성들은 얼마든지 많았다.[69]

인용문 (i)은 유민혁의 옷 속에 남아 있던 편지이고, (ii)는 최병진의 최후 진술 내용이고, (iii)은 구 형사가 추적한 그 두 사건의 유사성이다. 편지와 최후 진술 내용의 유사성 이 외에도 구 형사는 '부도덕한 힘과 행동의 배후'에 '사사롭지 않은 공의의 그림자'가 어리고 있다는 것, '죽음에 대한 태도' 역시 '죽음의 날에 대한 꿈이나 동경 같은 것이 깃들어 있었던 듯한 느낌'을 공통적으로 받게 된다. 게다가 최병진은 무기 징역을 받고 들어간 감옥에서 다른 죄수들의 '영혼의 구도사' 노릇을 하고 있다는 것을 알게 된다. 이런 과정을 조사하던 구 형사 역시 백상도의 유인술에 의해 죽게 된다.

이상의 네 가지 삽입서사를 통해 비밀 종교 단체가 애초의 출발 의도와는 다르게 계율이 절대화되면서 또 다른 지배 질서화로 치달리는 역사적 맥락을 보여준다. 먼저, 1950~1960년대에, 간척 사업장을 배경으로 사업장 측과 인부들 사이에 낭인배들이 끼어들어 노임을 착취하는 일, 탄광촌을 배경으로 사업장 측의 안전 관리에 대한 무관심과 광인 자신들이 처하게 될 위험에 대한 무관심과 생명 경시 풍조 등이 제시되면서 수많은 노동자들이 인간의 존엄성조차 지킬 수 없는 상황으로 내몰리고 있다는 것을 보여준다. 이러한 비극적 상황은 6·25 전쟁에서도 찾을 수 있다. 전쟁 당시 희생된 안장순의 경우, 계율화된 지배 집단의 이념에 의해 희생된 인물로 제시되고 있다.

다음, 1970년대의 상황이 제시된다. 이때는 노동조합이 생겨나면서

69) 위의 책, pp.93~94.

노동자의 권익을 보호하려는 자치 기구가 마련되고 있다. 그런데 이러한 자치 기구가 제 역할을 제대로 하지 못하는 상황이 벌어진다. 이는 재벌과 국회의원의 연루, 관리 사업소와 조합 지부장의 연루 관계에서 짐작할 수 있듯 기업가와 정치가, 언론의 결탁으로 인해 더욱 심각한 상황으로 내몰린다. 결과적으로 전쟁에서 비롯된 인간 생명 경시 풍조는 인권 말살이나 유린으로 이어지고 있으며, 이에 대응하여 노동자의 권익을 보호하려는 단체가 생겨나지만, 이는 또다시 정치나 언론, 기업의 결탁에 의해 무용지물의 상황으로 내몰리고 있다. 그럼으로써 제도의 모순이 어떠한 변화 과정을 거치면서 심화되고 있는지를 파악할 수 있게 한다.

비밀 종교 결사 단체는 그러한 당대의 모순에 천착하여 그것을 극복하려는 태도를 보여주지만, 종국에는 비밀 종교 단체 역시 계율이 절대화되면서 그들이 비판하던 지배 질서화의 논리에 함몰하는 결과를 보여준다. 그것이 백상도가 양 기자와 구 형사를 지리산으로 유인하여 죽게 만드는 것으로 집약된다.

다음 비밀 종교 단체라는 초점화 대상의 현재적 의미에 대한 탐색이다. 이 탐색은 두 초점화자의 논쟁적 대화를 통해 주로 제시되기에, 매개자를 통한 현실적 변이형으로서의 삽입서사는 나타나지 않는다.

제2장

전치에 의한 집단 이념 비판과 신성성의 재현

이 유형에 해당하는 작품은 역사적 맥락을 탐색하는 하위 틀서사 b에 들어 있는 복수의 삽입서사와 현재적 의미를 탐색하는 하위 틀서사 c에 들어 있는 복수의 삽입서사가 각각 전치됨으로써 의미가 형성된다. 초점화 대상과 관련하여 볼 때 이들 복수의 삽입서사가 다루는 사건은 초점화 대상과 동일한 사건이라기보다는 인접한 사건에 해당한다. 이처럼 초점화 대상 자체를 다루기보다는 그 대상과 인접한 여러 사건을 다루면서 이들을 결합함으로써 두 하위 틀서사의 초점화자에 의해 역사적 맥락에서, 그리고 현재적 의미에서 하나의 계열화(인접화)가 이루어진다.

1차 전치는 복수의 삽입서사와 하위 틀서사 사이에서 일어난다. 복수의 삽입서사가 다루는 사건은 초점화 대상과 동일한 사건이 아니라 인접한 사건에 해당한다. 역사적 변이형에 해당하는 삽입서사는 각각 인접해 있는 하위 틀서사 b의 사건의 요소들을 대체한다. 그 결과 하위 틀서사 b는 초점화 대상의 역사적 맥락과 관련하여 의미화가 이루어진다. 마찬가지로 현재적 변이형에 해당하는 삽입서사는 각각 인접해 있는 하위 틀서사 c의 사건의 요소들을 대체한다. 그 결과 하위 틀서사 c는 초점화 대상의 현재적 의미와 관련하여 의미화가 이루어진다.

2차 전치는 1차 전치를 통해 의미화된 하위 틀서사 b와 하위 틀서사 c가 인접해 있는 상위 틀서사의 요소들을 대체한다. 그 결과 상위 틀서사의 의미가 드러나게 된다. 이처럼 초점화 대상 자체를 다루기보다는 그 대상과 인접한 여러 사건을 다루고 이들을 결합함으로써 두 하위 틀서사의 초점화자에 의해 역사적 맥락에서, 그리고 현재적 의미에서 하나의 계열화(인접화)가 이루어진다. 이 계열화된 것에 대해 상위 틀서사의 화자-초점화자가 판단과 해석을 제공함으로써 초점화 대상이 갖는 핵심 의미가 드러나는 것이다.

1. 도구화된 집단 이념과 신성성으로서의 제의 복원

전치에 의한 주제 형성 과정은 초점화 대상이 무엇이냐에 따라 그 특질을 달리한다. 먼저, 집단 이념에 희생된 민중의 삶을 다루는 작품의 경우이다. 여기서 두 하위 틀서사는 서로 독립된 채 상위 틀서사의 내부 이야기에 포함되어 있다. 이에 따라 전치는 하위 틀서사 b와 하위 틀서사 c의 각각에서 먼저 일어난다.

하위 틀서사 b의 역사적 변이형으로서의 삽입서사는 초점화 대상과 통시적 계열 관계를 이룬다. 이 계열 관계에 있는 삽입서사끼리 인접한 사건으로 연결되어 먼저 은유 대체가 일어난다. 이에 따라 각 인접 사건의 요소들끼리도 은유 대체가 일어나면서 의미화가 진행된다.

이들 인접한 사건은 하위 틀서사 b의 사건과 인접 관계를 이루면서 다시 은유 대체된다. 곧 인접한 사건으로서의 삽입서사와 그 서사의 요소들이 의미화에 의해 자립적인 의미쌍을 이루게 되고, 이들이 결합되어 하위 틀서사 b의 사건과 사건 요소들이 은유 대체되면서 의미가 발생한다. 초점화 대상과 공시적 계열 관계를 이루는 인접한 사건을 내포하고 있는 하위 틀서사 c 역시 동일한 방법으로 의미화가 발생한다(1차 전치).

이렇게 의미화된 하위 틀서사 b와 하위 틀서사 c는 상위 틀서사와 결합하면서 서로 독립된 사건에서 인접한 사건으로 질적 변용을 일으키면서 연결된다. 이를 통해 하위 틀서사 b와 하위 틀서사 c의 각 서사와 서사 요소들 간에 은유 대체가 일어난다. 이 은유 대체에 의해 다시 의미쌍이 형성되고, 이 의미쌍들은 상위 틀서사와 결합되면서 작품의 궁극적인 주제를 형성한다. 이 주제는 화자-초점화자의 의도와 밀접한 관련을 맺는다(2차 전치). 이러한 전치에 의해 주제가 형성되는 과정을 살펴보면 다음과 같다.

1) 제주 서사 무가 제의에 의한 민중의 아픔 치유: 『신화를 삼킨 섬』

먼저 『신화를 삼킨 섬』의 경우이다. 첫째, 하위 틀서사 b와 삽입서사와의 1차 전치이다. 하위 틀서사 b에서 정요선은 제주섬 무당들이 씻김굿을 하지 않는 이유를 탐색하는 과정에서 제주굿의 역사에 주목하게 되고, 이를 통해 4·3사건의 역사적 맥락을 탐색해 들어간다. 이에 따라 하위 틀서사 b에는 유정남의 고향 청년 삽입서사, 추심방 아우 삽입서사, 제주 당신 삽입서사의 세 가지가 제시되는데, 이들은 4·3사건의 역사적 변이형을 제시하는 역할을 한다. 각각의 서사는 해방 정국과 6·25 전쟁, 제주 4·3사건, 제주 무속 신화와 관련된 사건을 다루고 있다. 이 삽입서사의 역사적 단위들은 하위 틀서사 b 자체에 제시된 갑오동학난과 삼별초의 난이라는 역사적 변이형으로 연결된다. 이들 삽입서사와 하위 틀서사 b의 역사적 변이형을 통해 제시되는 역사적 사건은 4·3사건과 통시적 계열 관계를 이루고 있다. 이 계열 관계로 묶여진 인접한 사건들이 전치를 이루면서 4·3사건의 역사적 맥락이 제시되고 그러한 역사의 심층 기제가 무엇인지 탐구된다.

먼저, 삽입서사를 살펴보자. 유정남의 고향 사람으로, 해방 전후 좌익 활동을 하다가 한센병이 심해져 그 무리에서 쫓겨나 소록도 갱생원으로 들어간 청년의 사연(d1), 토벌대에 억울하게 희생된 추심방 아우의 사연(d2), 거지 귀신 신세로 전락한 제주 당신의 내력(d3)이 각각 삽입서사를 통해 제시되고 있다. 제주 뱀 당신의 경우 귀한 신분으로 태어났지만 섬으로 유배당하여 거지 귀신 신세로 전락하며, 추심방 아우 역시 '무장대', '토벌대'의 대치 상황 속에서 자수하러 가는 길이었다는 사실이 참작되지 않고 죽게 되며, 유정남의 고향 청년은 한센병으로 고향을 떠나게 되고, 좌익의 무리 속에서도 병들었다는 이유로 쫓겨나게 된다.

여기서 삽입서사 d1의 '좌익 사상/한센병에 걸려 소록도에서 죽은 청년'은 삽입서사 d2의 '좌-우익의 이념 대립/무고하게 죽은 추심방 아우'로 은유 대체된다. 곧 '좌익 사상', '좌-우익의 이념 대립'에 의해 '청년'과 '추심방 아우'가 죽게 된다는 것이다.

다음, 이 삽입서사는 하위 틀서사 b의 역사적 변이형인 갑오동학난과 삼별초의 난으로 연결되면서 각 요소들이 은유 대체된다.

> (i) 그가 이 고을 사람에게 전해 듣기로 그 황토현 싸움은 그 두 상투잽이 우두머리가 인근 선운사 도선암 뒤쪽의 수십 길 바위벽 부처님 배꼽에서 나라를 뒤엎고 제것으로 얻을 수 있다는 가짜 문서(무슨 '비결'이라는 이름이랬던가? 어쨌거나 그 예언은 결국 수많은 원귀만 낳고 거짓으로 드러난 셈이었다)를 꺼내어 그 소문으로 수많은 농투사니 백성들을 싸움터로 불러모을 수 있었다니까. 당시의 형편에서 한쪽은 주인 상전 노릇으로 억누르고 다른 한쪽은 하인 머슴 노릇으로 눌려 살던 사람들이 서로 맞붙어 죽이고 죽어가는 사생결단의 싸움판이었다.

그래서 한쪽은 죽이고 큰소리치고 다른 한쪽은 죽어서도 대역죄인 취급으로 그 죽음마저 숨겨야 했다. 감히 버릇없게 주인 상전에게 맞대든 죽음은 그 자신뿐 아니라 가족이나 이웃에게까지 큰 위해를 끼치게 마련이라, 그런 죽음은 이웃들이 한사코 꺼릴 수밖에 없었고, 제 가족들마저 오랜 세월 스스로 쉬쉬 덮어 묻고 지내온 것이었다.[70)]

(ii) 김통정은 이를테면 오랜 세월 섬사람들이 피눈물 속에 숨겨 죽여 묻으면서 뒷날에 다시 오기를 꿈꾸고 기다려온 저 아기장수, 그 가짜 구세주의 본색에 다름 아니었고, 섬사람들은 이번에도 가짜 구세주에 속아 무고한 피땀만 흘리고 만 격이었다. 그런 사정이고 보니 도탄에 빠진 백성들의 원망은 이제 한낱 난폭한 역장에 불과한 김통정에 대항하여 김방경 장군을 내세워 새 영웅 전설을 만들고 뒷날에는 당신으로까지 모셔 섬겼을 법한 이치였다.

하지만 그 또한 김통정을 부인하고 김방경을 받드는 선택적 갈등이 아니라, 김방경 역시도 함께 부인당해야 할 양비론적 대립의 길이었다. 왜냐하면 김방경 역시도 섬사람들과는 운명을 같이 할 수 없는 외래 장수로서 그 섬과 섬사람들을 다스리는 지배 권력자였기 때문이다.[71)]

(i)에서 갑오동학난을 두고 '가짜 문서'와 관련지어 해석을 하고 있음을 볼 수 있다. 곧 동학난을 기존의 역사 해석처럼 '주인'과 '하인 머슴'이라는 지배와 피지배 집단의 대립으로 보고 있지 않다. 그것은 기존의 지배 권력을 무너뜨리고 새로운 지배 권력을 잡고자 하는 '두 상투잽이 우두머리'가 '나라를 뒤엎고 제것으로 얻을 수 있다는 가짜 문서'를 이용해 '수많은 농투사니 백성들'을 싸움터로 내몬 것에 불과하다고 보고 있다.

(ii)에서는 삼별초의 난과 관련해 '김통정'과 '김방경'을 집단의 권력 쟁취로 해석하고 있다. '김통정'으로 대표되는 집단이 섬을 폭력적으로

70) 『신화를 삼킨 섬』1, 앞의 책, p.107.
71) 위의 책, p.197.

지배하면서 백성들은 도탄에 빠진다. '김방경'은 '김통정'을 내몰고 도탄에 빠진 백성을 구한다. 따라서 '김방경'은 섬사람들을 구한 '영웅'이 되어야 한다. 그러나 제주 섬사람들은 '김방경'을 영웅으로 받들지 않고, '김방경'으로 대표되는 집단 역시 섬사람들을 억압하는 또다른 지배 집단으로 받아들인다. 곧 섬사람들은 '김통정'이나 '아기장수'처럼 '김방경' 역시 '가짜 구세주'로 여길 뿐이다.

여기서, (i)에서 '두 상투잽이 우두머리'의 '가짜 문서'에 희생된 '농투사니 백성들'은 (ii)의 '김통정', '아기장수', '김방경'이라는 '새 영웅'이면서 '가짜 구세주'에 의해 희생된 '섬사람들'과 연결되어 각각 은유 대체된다. 곧 '두 상투잽이 우두머리/김통정, 아기장수, 김방경'의 '가짜 문서/영웅, 가짜 구세주'에 의해 '백성들/섬사람들'이 무고하게 희생당한다는 것이다. 전자는 앞의 삽입서사와 관련해 '좌익 사상', '좌-우익의 이념 대립'과 은유 대체되고, 후자는 '한센병에 걸려 소록도에서 죽은 청년/무고하게 죽은 추심방 아우'로 은유 대체된다.

이 은유 대체된 요소들은 다시 삽입서사 d3의 요소들과 은유 대체된다. 삽입서사 d3는 '신과 인간의 수직적 질서에 의해 신에 의한 인간의 지배'라는 절대적인 신적 질서를 거부하고 '인간의 땅'을 동경하던 '상제의 자식'이 '상제님'과 '용왕'에 의해 '거지 귀신'으로 전락하여 인간에 빌붙어 살게 된다는 내용이다.

삽입서사 d3의 이러한 요소들은 다른 삽입서사와 하위 틀서사 b의 역사적 변이형과 은유 대체된다. 곧 '상제님/용왕'으로 대표되는 '신과 인간의 수직적 질서'는 '두 상투잽이 우두머리의 가짜 문서/김통정, 아기장수, 김방경 등과 같은 가짜 구세주/ 좌익 사상/ 좌-우익의 이념 대립'으로 은유 대체되며, '거지 귀신으로 전락한 상제의 자식'은 '무고하게 희생된 백성들/섬사람들/한센병에 걸려 죽은 청년/추심방 아우'로 은유 대체된다.

이를 통해 하위 틀서사 b는 4·3사건과 통시적 계열 관계에 있는 역사적 사건들을 제시함으로써 4·3사건의 심층 기제를 파악해 들어간다. 4·3사건은 삼별초의 난과 갑오동학난과 동일한 심층 기제를 지니고 있다. 지배 집단과 피지배 집단이 서로 권력을 잡기 위해 벌인 허구적인 이념 대립과 충돌, 그리고 그러한 집단의 이념에 무고하게 희생된 민중들이 이들 사건의 심층 기제로 작동하고 있다는 것이다. 역사적 사건에 내재한 이러한 심층 기제는 그 뿌리를 신화적 측면에까지 뻗치고 있는데, 그것이 제주 당신과 관련된 무속 신화이다. 신과 인간의 수직적 질서가 무속 신화의 심층 기제라면 그러한 위계적 질서에 의한 지배와 억압이 4·3사건 같은 역사적 사건에도 내밀하게 작동하고 있다는 것이다.

둘째, 하위 틀서사 c와 삽입서사 e와의 1차 전치이다. 하위 틀서사 c에서 고종민은 섬사람들이 역사 씻김굿을 외면하는 까닭과, 제주굿의 뿌리는 무엇인가에 대한 답을 찾고자 한다. 이 과정에서 제주를 중심으로 한 현재적 상황에 주목하게 되고, 이를 통해 4·3사건의 현재적 의미를 탐색해 들어간다. 이에 따라 고종민 아버지 고한봉 삽입서사, 문정국 아버지 삽입서사, 이과장 삽입서사의 세 가지가 제시된다. 이 삽입서사는 하위 틀서사 c에 제시된 제주를 중심으로 한 현재의 상황과 연결되면서, 4·3사건은 현재의 상황과 공시적 계열 관계를 이루게 된다. 이 계열 관계로 묶여진 인접한 사건들이 전치를 이루면서 4·3사건과 관련된 현재의 상황이 제시되고, 그 상황의 심층 기제가 무엇인지 탐구된다.

먼저, 고한봉의 삽입서사 백조일손지묘(e1)는 고한봉과 그의 가족이 4·3사건을 전후해 토벌대와 무장대로 대표되는 권력 집단의 이념 충돌에 의해 무고하게 희생되었음을 보여준다. 삽입서사의 이 요소들은 하위 틀서사 c에서 현재 권력을 장악하려는 '신군부'와 이를 좌시하지 않는 다른 한쪽 세력의 대립으로 은유 대체된다. 곧 '토벌대와 무장대/신군부와 다른 한쪽 세력'의 은유 대체를 통해 4·3사건 때 벌어진 집단의 권력 투쟁이 현재에도 되풀이되고 있음을 강조한다. 그리고 '고한봉과 그의 가족/제주에 남은 고종민'의 은유 대체를 통해, 4·3사건 때처럼 권력 집단의 충돌에 의해 현재에도 수많은 민중들이 무고하게 희생될 것임을 암시하고 있다.

다음, 문정국 아버지의 죽음을 다루는 삽입서사(e2)에서 문정국의 아버지는 '동촌'과 '서촌'을 중심으로 한 이념의 편 가르기를 거부하고 양쪽 모두로부터 배신자로 몰려 죽는다. 삽입서사의 이 요소들은 하위 틀서사 c에서 유골 탈취 사건을 벌이는 정치 단체인 '한얼회'와 '청죽회'로 은유 대체된다. 곧 '동촌과 서촌/한얼회와 청죽회'의 은유 대체를 통해 4·3사건 때 일어난 정치 집단의 대립과 투쟁이 현재에도 동일한 형태로, 나아가 '유골'을 탈취할 정도로 더욱 심각하게 되풀이되고 있는 것이다. 그리고 '문정국 아버지/제주 섬사람들 중 제3의 도민층'의 은유 대체를 통해, 권력을 잡으려는 집단의 대립에 의해 현재의 '제3의 도민층' 역시 '문정국의 아버지'와 같은 비극적 운명에 처하게 될 것임을 암시하고 있다.

마지막으로, 이과장의 삽입서사(e3)이다. 8·15 해방 정국 때, '남로당 세력'과 '당시의 권부'의 권력 투쟁으로 인해 제주가 '제물 노릇'의 대상이 되고 그 결과 제주에 계엄령이 내려진다. 삽입서사의 이 요소들은 하위 틀서사 c에서 현재 '신군부' 세력과 '지팡이 사내'로 대표되는 세력 사이에 벌어지는 권력 쟁취와 계엄령으로 은유 대체된다. 곧 '당시의 권부와 남로당 세력/신군부와 지팡이 사내의 세력'의 은유 대체를 통해 해방 정국에서 일어난 집단 간의 첨예한 이념 대립이 현재에도 되풀이되고 있음을 제시하고 있다. 그러면서 해방 정국 때와 동일하게, 현재에도 권력 집단이 집단 간의 극한 대립을 의도적으로 조작하고, 이를 빌미로 삼아 '계엄령'을 선포한다는 것이다.

이를 통해 하위 틀서사 c는 4·3사건과 현재의 사건들을 연결하여 현재 사건들과 4·3사건의 공시적 계열 관계를 탐색하면서 현재의 권력 집단 간의 충돌에 내재된 심층 기제를 파악해 들어간다. 4·3사건처럼 현재의 권력 집단의 극한 대립에는 지배 집단에 대한 피지배 집단의 저항, 정권 세력에 대한 반정권 세력의 투쟁이 아니라, 각 집단마다 권력을 장악하기 위해 그들의 이념을 절대화하고 이를 위해 민중을 폭압적으로 다스리는 권력 일반의 속성이 심층 기제로 작동하고 있는 것이다. 결국 하위 틀서사 c는 4·3사건의 현재적 변이형을 계엄령이 내린 현재 상황과 관련해 제시함으로써, 현재의 계엄령은 '운명공동체'로 살아가고자 하는 백성을 집단 이념으로 억압하고, 이에 기초한 편 가르기에 의해 백성에게 무고한 희생을 강요하는 '권력 놀음' 혹은 '가려진 연극', '제물 노릇'에 불과하다고 비판을 가한다.

이러한 1차 전치에 의해, 이 작품은 제주 4·3사건과 그 역사적 씻김굿이라는 초점화 대상의 역사적 변이형과 현재적 변이형의 다각적 의미를 다룸으로써, 각 삽입서사와 틀서사 간에 은유적 연결을 가하고 초점화 대상에 대한 하나의 통일된 주제를 전달하고 있다. 이를 통해, 제주 4·3사건은 신화로부터 시작된 권력 투쟁이 지속적으로 반복된 것이며, 그러한 권력 투쟁이 현재에도 자행되고 있다는 점을 강조하고 있다.

다음, 하위 틀서사 b와 하위 틀서사 c는 상위 틀서사에 의해 결합되면서 2차 전치를 이룬다. 이 2차 전치는 두 하위 틀서사와 상위 틀서사가 교차되는 세 지점, 곧 세 번의 굿판을 중심으로 하여 일어난다.

먼저, 예송리 당제 굿판을 중심으로 한라산 동굴 유골 발견 사건과 해정리 뱀 당신의 내력이 연결되면서 전치가 일어난다. '백조일손지묘-한라산 동굴 유골-바리공주-뱀 당신-섬마을 사람들'로 연결되고, 이것이 상위 틀서사의 아기장수 설화와 결합하면서 아기장수와 당신의 동질성을 보여준다. 곧 아기장수와 당신, 섬사람들은 버림받고 쫓기는 불운한 처지에 놓여 있다는 것이 제시된다.

> "그러니 마을 사람들 쪽으로 보면 그렇듯 버림받고 쫓기는 당신의 불운한 처지와 자신들의 척박하고 억눌려온 삶에 어떤 동질성을 느끼게 되고, 그런 일체감 속에 자신의 삶에 대한 새로운 각성과 위로를 얻게 되는 것 아니겠어요. (중략) 그래 이 섬사람들은 이미 수없이 되풀이해 들어온 그 신의 일생 이야기를 시시때때 일 년에도 몇 번씩 다시 모여 자신들의 이야기로 들으며 한숨과 눈물로 그 당신과 마을 사람 간의 공동운명체로서의 일체감을 다짐해 나가는 것이겠지요."[72]

제주 섬의 당신과 섬사람들의 암울하고 어두운 운명은 예송리 당제를 통해 위로받는다. 섬사람들이 예송리 당제에서 초감제 본풀이 사설을 들으며 한숨을 짓고, 울거나 웃거나 할 수 있는 까닭은 섬사람들과 당신이 동일한 처지에 놓여 있다는 것을 새삼 깨달았기 때문이다. 귀하게 태어났으나, 죽을 수밖에 없는 처지에 놓이게 된 아기장수의 운명 또한 이와 다르지 않다.

다음, 조만신의 굿판을 중심으로 하여 한라산 유골 탈취 사건과 심방가의 두 줄기 내력과 관련된 김통정과 김방경의 전설, 송일 국장과 고종민의 대화가 결합되면서 전치가 일어난다. '유골 탈취 사건-김통정과 김방경-조상신의 비슷한 내력-정권과 반정권 세력-동촌과 서촌'으로 연결되면서 한얼회나 청죽회, 횃불 남행 행렬과 신군부 등은 정권과 그

72) 위의 책, pp.164~165.

것에 반하는 반정권 세력으로 끊임없이 갈등해 왔던 섬의 역사와 동일하다는 것을 의미화하고 있다. 그러면서 정권 세력이든 반정권 세력이든 모두 근본적으로 권력 추구를 목적으로 한다는 점을 강조한다.

(i) 하지만 추만우는 이제 그게 비록 거짓말이면 어떠랴 싶을 만큼 가슴이 뜨거워져 올랐다. 형의 혼령은 자신의 말대로라면 아직 저승길을 가지 못하고 무서운 죽음의 사슬에 묶여 있는 생귀신[死靈] 신세였다. 그것도 반백 년 긴 세월 죽음의 내력도 제대로 혈육에게 전하지 못한 채 외롭고 원통한 원귀의 처지로. 그래 이날 굿거리가 묵은 넋 신원굿에 다름없는 격이지만, 제주도에서라면 죽음 뒤 2, 3년 안에 그 죽음의 사슬을 풀어 온전한 혼령으로 저승길을 떠나 보냈어야 할 '귀양풀이 굿'감 처지였다. 그런 원혼이 이날 굿거리 속에 살아있는 아우를 만나 지난날의 한을 풀고 비로소 온전히 저승길을 떠나갈 수 있게 된다면, 그래서 저승의 문중신 반열에 올라 온전한 선영으로 이승의 아우와 유족들을 돌보고, 이승의 피붙이들도 그것으로 연유를 알 수 없어 더욱 한에 맺혀온 망자의 죽음을 받아들이고 마음을 고루어 평상의 삶을 살 수 있게 된다면, 그것이 비록 참말이면 어떻고 거짓이면 어떻단 말인가.[73)]

(ii) -오늘 저 굿마당은 서울이나 경기도 식에다 이북의 황해도 지방굿을 혼합한 형식이라죠? 망자의 아우 되는 기주는 태생이 중부 지역 충청도라 서울 굿을 원해서 굿을 맡은 조만신이 원래 황해도 전문에다 더러는 서울 굿까지 배워 해온 터라 오늘은 두 가질 적당히 골라 섞어서 치른다구요.[74)]

무고하게 희생되어간 사람들이나, 죽어간 자리나 이름도 알지 못하는 무주고혼들이 수없이 생겨난 제주 4·3사건의 참혹상은 조복순의 토벌대 혼령 진혼굿을 통해 씻겨 지고 위로받는다. 조복순은 황해도 전

---

73) 위의 책, p.224.
74) 위의 책, p.212.

문 굿을 해왔으나 거기에 서울 굿을 더해 두 가지를 섞어 치르는 방식으로 굿판을 벌인다. 이는 이념의 대립으로 남과 북으로 갈려 있는 한국의 현재적 상황을 암시하며, 결과적으로 조만신의 굿판은 토벌대 혼령을 위무하는 굿을 넘어서서 좌, 우 이데올로기의 편 가르기에 휘말려 무고하게 희생되어 간 모든 이들을 위무하는 굿으로서의 성격을 띠게 된다. 여기에 더해 각 지역의 굿판은 조금씩 성격이 다르지만 그 뿌리는 옥황천신을 모시는 것으로 모두 같음을 언급하고 있다. 이를 통해, 황해도 굿과 서울 굿, 좌익과 우익, 남과 북이 모두 동일한 뿌리를 가지고 있음을 제시한다.

결국 조만신 굿판은 좌, 우로 나뉘어 대립하는 이데올로기가 궁극적으로 인간의 삶을 위한 것에서 출발한 것임에도 불구하고 현실적으로는 무고한 희생을 낳는 결과를 가져온 것에 대해 비판적 시선을 던지고 있다. 이는 아기장수 설화에서 아비가 아이를 바위에 묻어줄 수밖에 없었던 상황과 관군에 쫓겨 아이가 있는 곳을 알려주는 것으로 제시된다. 비범한 출생 자체가 지배자와 지배 이념에 대한 역모로 여겨졌던 그러한 상황을 미리 두려워하는 민중들의 심리가 아비의 행위를 통해 드러난다.

마지막으로 유정남의 굿판을 중심으로 하여, 제물 역할과 관련된 이과장의 삽입서사, 합동 위령제에서 유골함 탈취 사건과 계엄령, 금옥의 내림신굿, 소록도의 고향 청년이 결합되면서 전치가 일어난다. '수결-가려진 연극-전국 계엄령-제물의 길'로 연결되면서 제물로 전락하는 불운한 섬의 운명이 의미화되고 있다. 정권-반정권의 권력 놀음에 의해 희생되어간 사람들과 과거 해방 정국에서 정권의 제물이 되었던 제주의 불운한 처지는 유정남 굿판을 통해 씻겨 지고 위무 받는다. 무고한 희생을 가져온 근본적인 원인은 좌, 우 이데올로기의 대립뿐만 아니라 그것을 명분으로 내세워 정국의 주도권을 차지하기 위한 권력 놀음에 있다는 것이다. 이와 같은 상황은 아기장수 설화에서 장수가 되어가는 아기장수를 다시 죽임으로써 지배 세력에 도전하는 어떠한 세력도 용납지 않으려는 상황과 동질적이다.

그런데 이념의 굴레는 망자의 억울한 혼백에만 덧씌워진 것이 아니라 살아 있는 자들에게까지 그 영향을 미치고 있다.

> 무녀는 지금 그 망자들만을 씻기고 있는 게 아니었다. 모든 삶에는 죽음의 그림자가 드리워 있었고, 그 죽음은 누구에게나 어둡고 허무한 것이었다. 그녀는 망자의 원통한 죽음이나 포한뿐 아니라 모든 죽음의 허망스러움과 부정함, 바로 그 죽음의 그림자가 드리운 우리 삶의 허망스러움과 부정을 함께 씻기고 있었다. 종민이 그 무녀의 정성스런 굿거리에서 자신도 새삼 어떤 그윽한 안도감과 정화감을 느낀 것은 바로 그 때문이 아닌가 싶었다. 그런 뜻에서 지금 무녀는 죽은 망자나 그 일족뿐만 아니라 이날의 굿청 사람들을 비롯해 이 섬 모든 사람들의 죽음과 삶을 함께 씻기고 있는 셈이었다.[75]

한라산 동굴 유골 사건의 유일한 생존자인 김상노는 일족의 죽음 이후에도 사람다운 삶을 살아가지 못하고 숨어 살면서 평생 그 굴레에서 빠져나오지 못하고 있었다. 김상노의 이러한 죄책감은 아기장수 설화에서 아비의 죄책감으로 은유 대체된다. 유정남의 씻김굿은 그러한 생자의 삶까지 자유롭게 풀어내는 굿판으로서의 성격을 갖는다.

세 번의 굿판은 최종적으로 금옥의 신내림굿과 결합되면서, 잃어버린 제주 신화의 특징이 제시되고, 그러한 제주 신화의 부활을 강조하고 있다.

---

75) 위의 책, p.173~174.

-이제 천상의 일월신과 신령님께서 네게 강림하시어 너를 새 무당으로 허락하셨으니 너는 신의 자식으로서 극진히 모시고 의지하며, 항시 맑은 마음으로 소가 물을 먹고 풀만 뜯듯이 자신을 버리고 오로지 이웃에 봉사하는 길을 가야한다. 헐벗고 굶주리고 불쌍한 사람들을 늘 힘써 도와야 한다. 이는 네 신령의 뜻이며 신어미인 내 뜻이다.[76]

금옥의 신내림 굿은 어떤 혼백을 위한 굿이 아니라 금옥이 심방으로 거듭나기 위해 치르는 굿이다. 이 굿을 통해 금옥은 신받이로 다시 태어나게 된다. 심방으로서 금옥은 신과 인간 사이를, 아기장수와 사람들 사이를 수평적 시혜 관계로 이어주는 역할을 담당하게 될 것을 시사한다.

심방은 대개 제 본 정신을 지닌 중간자적 사제로서 생자나 망자 편에서 신령의 뜻을 청해 빌고, 그 신령의 뜻을 망자나 유족에게 대신 전할 뿐이었다. 그러니 그 신령들과 심방과 제주들은 여타의 고등종교처럼 수직적 종속관계로서가 아니라 수평적 시혜관계 속에 함께 주고받으며 어울리는 식이었다. 그 결과 내세와 현세, 이승과 저승 간에도 시공의 단절이 사라진 동시적 공간 속에 신령들과 인간들이 함께 어우러져 웃고 울고 춤을 추고 성내며 심지어는 서로 다투기까지도 하였다.

그것은 정녕 신화의 재현이었고, 그 자체로서 살아 있는 신화였다. 신화라는 말은 원래 그 신화적 사실의 죽음과 사라짐을 전제로 한 것이지만, 이 섬에서는 그 신화가 심방들의 굿을 빌어 생생하게 살아 전해지고 있음이었다.[77]

신령과 심방과 제주를 연결하는 관계는 수직적 종속 관계로 맺어지는 것이 아니라 이들 모두가 함께 어울리는 수평적 시혜 관계로 맺어진다. 더욱 중요한 것은, 다른 지역의 굿이나 종교상의 진혼 의식이 "죽음

76) 『신화를 삼킨 섬』2, 앞의 책, p.196.
77) 『신화를 삼킨 섬』1, 앞의 책, p.67.

과 망자의 위무 신원"을 목적으로 하는 것과 달리, 제주의 굿은 "새 생명의 잉태와 탄생의 순환적 운행"을 이루고자 한다는 점에 있다. 제주에서 신내림굿을 받는 금옥은 '수평적 시혜 관계'와 '새 생명의 잉태와 탄생의 순행'을 펼쳐 보일 새로운 심방으로서 그 의미를 부여받는다. 그리고 그 굿에는 역사 속에서 되풀이 되는 비극적인 사건을 치유하고, 그러한 사건의 대표적 예라 할 수 있는 4·3사건의 상처를 치유, 극복하려는 염원이 담겨 있다. 이를 통해, 제주 4·3사건으로 대표되는 비극적 사건을 극복하기 위해서는 잃어버린 신화적 신성성, 곧 제주 무속 신화에 담긴 공동체의 집단 무의식이라 할 수 있는 수평적 시혜 관계를 회복해야 한다는 것을 강조하고 있다.

여기에서 주목할 것은 먼저, 권력을 획득하기 위한 집단 간의 이념적 대립과 충돌은 그것이 정권이든 반정권이든, 지배든 피지배든 그 모든 것이 결국에서는 권력 쟁취를 목적으로 하는 것이며, 그로 인해 결국엔 그 권력의 회로 속에 갇히게 될 수밖에 없다는 점이다. 권력을 획득하기 위해 내세우는 명분이라는 것은 권력을 지속시키기 위한 정당화의 수단에 지나지 않는다. 이념은 바로 그러한 명분의 논리적 정당성을 위해 수단화되고 도구화되고 있는 것이다. 따라서 도구화된 이념은 권력 추구와 획득, 그리고 지속을 위한 논리적 정당성을 확보하기 위해 늘 새롭게 재구축되어야 한다. 이를 위해 다양한 지식과 정보과 선택되고, 선택된 지식과 정보는 권력 집단의 의도와 목적에 따라 가공되고 왜곡된다.

아기장수 설화의 경우, 그것은 일차적으로 지배 권력에 대항하는 새로운 영웅이 나오기를 기대하는 민중의 이념이 반영된 것으로 볼 수 있다. 그러나 또다른 권력을 추구하는 집단은 그러한 민중의 순수한 이념을 왜곡하고 수단화한다. 곧 권력을 잡고자 하는 집단은 설화를 악용하여 민중으로 하여금 자신들을 민중의 영웅으로 받아들이도록 한다. 그러나 그 영웅은 앞서 살펴본 김통정과 김방경의 관계에서 보듯, 또 다른 권력을 휘두르는 '가짜 구세주'일 뿐이다.

이러한 도구화된 집단 이념의 특징은 이과장을 통해서도 확인할 수 있다. 역사 씻김굿의 명분은 '역사에 불의한 홀대를 받아온 선대 원혼들에 대한 국가적 위무'이다. 그러나 실제로는 '정국의 불안을 잠재우고 위태로운 권력을 지키려는 방책'이 주된 목적이다. 곧 원혼을 달래주는 역사 씻김굿이라는 명분을 내세워 '이반된 민심의 혼란을 수습'하고 '권력의 정통성을 마련'하자는 속셈이 그 사업에 담겨 있다.

다음, 도구화된 이념에 의한 폭력과 억압을 어떻게 극복할 것인가의 문제이다. 이는 상실된 타자라 할 수 있는 잃어버린 신화적 신성성의 회복으로 연결된다. 상실된 신성성은 서사 무가의 사설을 통해 제시된다. 정요선이 이끄는 하위 틀서사에서는 기록물과 관련된 메타텍스트나 서술 텍스트가 제시되지 않고, 무인의 삶에 관한 증언을 중심으로 한 경험과 감정 위주의 서술이 중심을 이루고 있다. 경험과 감정은 공감과 이해에 바탕을 두고 있다. 굿판의 사설을 들으면서 섬사람들이 함께 슬퍼하고 혹은 기뻐하는 것은 굿판의 사설에 대한 공감과 이해가 이루어진다는 점을 증명한다. 늘 똑같은 사설을 섬사람들은 듣지만, 그 사설을 들을 때마다 동일한 정서와 감동을 공유하는 까닭은 굿판의 사설이 그들의 삶에 밀착해 있기 때문이다. 곧 굿판의 사설은 사람들의 아픔과 고통을 달래주고 치유해주는 기능을 갖고 있는 것이다.

이러한 굿판에 의해 신령과 심방, 섬사람들의 수평적 시혜 관계가 재현된다. 반면 큰당집과 작은집, 무인들의 관계는 수직적 종속 관계를 형성하고 있다. 곧 섬사람들이 큰당집이나 작은집에 보여주는 외면과 무관심의 태도는 바로 수직적 종속 관계에 대한 거부라 할 수 있다. 섬사람들은 신과 심방과 제주가 수평적 시혜 관계를 이루는 굿판의 질서를 받아들일 뿐이다. 이 작품은 바로 그러한 관계 질서를 회복할 필요성을 역설하고 있다.

2) 전통 장례 제의에 의한 가족 간의 갈등 극복: 『축제』

『축제』에서 1차 전치에 의해 의미가 발생하는 과정을 보면 다음과 같다. 어머니의 삶의 역사적 변이형을 다루는 하위 틀서사 b의 삽입서사에서 어머니의 삶은 d1에서 일제 말기와 한국전쟁 시기, d2에서 이산 시절, d3에서 말년의 치매 시절을 다룬다. 이 각각의 삽입서사의 요소는 하위 틀서사 b에서 다시 의미를 부여받게 된다. 하위 틀서사 b의 초점화자인 준섭은 '낭잣비녀', '손사래짓'과 '옷 보퉁이', '삭발' 등으로 은유 대체되는 어머니의 삶을 '부끄러움과 멍 덩어리'로 이해한다.

> (i) ……꿈 곱고 유복하던 처녀시절의 모든 것을 버리고 훌쩍 자신을 내던지다시피 해온 노인에게 그나마 오랜 세월 퍽 소중하게 간직한 물건이 하나 있었다. 시집을 올 때부터 당신의 친정 어른들에게서 받아 지녀온 낭잣비녀, 산승의 당부대로 다른 혼수는 보잘것이 없었지만, 그 비녀 하나만은 유복한 친정집 가세를 상징하듯 재질이 제법 고급스런 빛 고운 은비녀였다.
>
> 노인은 그것을 친정댁 어른들의 유다른 마음의 징표처럼, 혹은 당신의 삶과 마음가짐의 어떤 말없는 표상처럼, 언제나 새것모양 반짝반짝 손질하여 당신의 쪽머리를 정연하게 가꾸고 다녔댔다. 그러니까 그 고운 은비녀 덕분에 노인은 그 초년부터의 어려운 살림살이 행색에도 그 낭자머리 하나만은 늘 가지런히 의연하게 지켜 지녀온 셈이었다.[78)]
>
> (ii) 그런데 오랜 세월 그 마음의 빗장과도 같던 노인의 은비녀에 언

78) 『축제』, 앞의 책, pp. 181~182.

제부턴지 서서히 상처가 앉기 시작하고 때가 끼이기 시작했다. 그에 따라 노인의 단정하던 쪽머리도 서서히 결이 풀리기 시작했다. 그 당차고 의연스럽던 당신의 남정투가 쭈볏쭈볏 부끄러움을 타면서 힘없이 허물어져 내리기 시작하면서부터였다. 바로 그 오연스런 노인의 손사래짓-, 그러니까 준섭은 당시 상상도 못한 일이었지만, 돌이켜보면 노인은 그 비정한 손사래짓 속에 이미 그 당신만의 은밀스런 부끄러움의 씨앗을 숨기고 있었던 모양이었다. 그리고 그것은 원일 부의 파산 이후 식구들이 모두 뿔뿔이 흩어져 살아야 했던 서글픈 이산 무렵, 이미 남의 손으로 넘어간 집에서 어린 준섭과 하룻밤을 지내고 다시 광주길 찻머리까지 그를 배웅하고 돌아가던 그 새벽 눈길 시절부터 은밀히 싹을 내밀기 시작한 것이었다.[79]

(iii) 형편이 훨씬 나아진 그때까지 노인이 그 옷꾸러미를 부여 안고 정말 한번 속이 시원하게 울어 본 일이 있었는지, 그리고 이후로 그것을 언제까지 간수해오고 있었는지는 확인해본 일이 없었다. 하지만 그 옷 보퉁이는 이를테면 노인의 마음속에 깊이 숨겨진 해묵은 부끄러움의 멍덩어리에 다름 아닌 것이었다. 그 새벽 눈길 시절부터 이미 움이 터 자라기 시작한 부끄러움의 씨앗이 거기 그 헌옷 꾸러미 속에 깊이 숨겨진 채 그렇듯 멍덩어리를 이루어 온 것이었다. 그리고 거기에 나중엔 제 발로 집을 떠나간 용순의 것까지 보태져 그 무게와 크기를 몇 배로 더해 온 것이었다. 아니 이제는 아들의 몫에 그냥 용순의 몫을 더해 온 것이 아니었다. (중략) 그 무게는 모두 용순의 몫이었다. 그리고 노인이 그 부끄러움 속에 혼자 견디며 지워 가야 할 멍자국도 이제는 용순 쪽 몫뿐이었다.[80]

(iv) ……비녀는 노인에게 한마디로 자존심의 표상물이었다. 다른 사람에게는 여자다운 쪽머리를 가꾸는 치장물인 그것이 노인에게는 자신의 부끄러움을 가두고 그것을 참아 넘기려는 강파른 자기 빗장, 혹은 자기 금도의 굴레, 나아가 당신의 삶을 큰 흔들림 없이 지탱해온 숨은 자존심의 상징이라 할 수 있었다. 그러니 그 비녀가 뒤쪽머리와 함께 잘려 나간 것은 바로 노인의 자존심이 잘려 나간 것일 뿐만 아니라, 그 부끄

79) 위의 책, p.182.
80) 위의 책, pp.186~187.

> 러움을 가두고 견디려는 마음의 빗장까지 통째로 뽑혀 나가버린 격이었다. 노인의 부끄러움은 이제 안으로 담아 가둘 빗장을 잃어버린 채 더 이상 당신이 감당할 수 없는 것이 되어 종내는 당신이 그토록 두려워했던 깜깜한 망각과 침묵, 그 자기 해제의 허망스런 치매증까지 부르고 만 것이다.[81)]

어머니의 삶에서 '비녀'는 '자존심', '부끄러움을 가두고 견디려는 마음의 빗장'(i)으로, '손사래짓'은 '부끄러움의 씨앗'(ii)으로, 그리고 '옷 보퉁이'는 '해묵은 부끄러움의 멍덩어리'(iii)로, '삭발'은 '부끄러움의 망각과 해제'(iv)로 제시되고 있다.

첫째, '낭잣비녀'는 어머니의 젊은 시절과 관련되어 있는 것으로, '지하실'이나 '전짓불' 등으로 표상되는 이념의 대립이 지배적이던 일제 시절이나 전쟁 시기를 견디어 낼 수 있었던 노인의 성정을 드러내는 장치이다. 낭잣비녀를 의연하게 지키듯, 어머니는 이념 대립의 시절에도 시대적 억압에 굴하지 않고 사람에 대한 믿음을 우선시하는 삶을 살아온 것이다.

둘째, 어머니의 '손사래짓'과 '옷 보퉁이'는 어머니의 '이산 시절'과 관련되어 있다. '손사래짓'은 원일부의 파산으로 집안이 풍비박산 나면서 가족들이 뿔뿔이 흩어질 때의 어머니의 심정과 관련이 있다. 그리고 '옷 보퉁이'에는 준섭이 가족에게 알리지도 않고 군대에 들어간 후 집으로 부쳐진 헤진 옷가지와, 가출하여 돌아오지 않는 용순이 집에 남겨두고 간 옷가지, 그리고 어머니의 기억 속에 남아 있는 어릴 적 부모님이 해주신 고운 명절 옷이 담겨 있다. 어머니가 차마 표현하지 못하고 가슴 속으로 삭이는 기다림이 옷 보퉁이에 담겨 있다. 곧 이산 시절, 가난으로 인해 가족이 흩어지는 상황에서 어머니는 '손사래짓'을 통해 부

81) 위의 책, pp.192~193.

끄러움의 씨앗을 키웠고, 그러면서 '옷 보퉁이'를 통해 부끄러움을 내면화한 채 핏줄에 따른 편 가르기와 가족의 이산을 인내하고 가족이 함께 살고자 하는 바람을 놓지 않는다.

마지막으로, 어머니의 '삭발'은 치매 시절의 삶과 관련되어 있다. 외동댁에 의해 어머니는 머리를 잘리고 비녀를 빼앗긴다. '당신의 삶을 큰 흔들림 없이 지탱해온 숨은 자존심의 상징'인 비녀를 빼앗기고 머리를 잘림으로써 어머니는 부끄러움을 이제 망각하게 된다. 이러한 '삭발'은 '망각과 침묵'으로 은유 대체된다. 어머니의 자존심을 지켜왔던 '마음의 빗장'은 '해제'되면서 '말'과 '기억'의 금제가 이루어지는 것이다.

하위 틀서사 c의 삽입서사는 어머니의 장례가 갖는 현재적 의미를 다각적으로 보여준다. '나'의 개인적인 어머니를 삽입서사 e1에서는 '할미꽃'으로 은유 대체된다. 이를 통해, '나'의 어머니에서 보편적 '어머니'로 의미 확장이 이루어진다. '부모에 대한 효'와 '자식의 도리'는 삽입서사 e2에서는 '염습'으로 은유 대체 되면서 효의 의미가 제시되고 있다. 다음으로 삽입서사 e3에서는 '장례'가 '조상신에 대한 공경'과 '후손'으로 은유 대체되면서 장례의 축제적 의미가 제시된다.

다음, 하위 틀서사 b와 하위 틀서사 c는 상위 틀서사에 의해 결합되면서 2차 전치가 이루어진다. 하위 틀서사 b에서 제시된 '어머니의 삶'은 궁극적으로 이 땅의 역사적 질곡을 의미한다. 일제 치하에서부터 전쟁, 그리고 분단과 군사독재 정권 등의 억압적 질서에 의해 억눌린 상황은 '낭잣비녀', '손사래짓', '옷 보퉁이', '삭발'로 은유 대체되고 있다. 그리고 하위 틀서사 c에서 제시된 장례의 축제화는 '어머니'를 보편적 '어머니'로 확장시키고, 이 땅에서 살아온 사람들의 삶과 죽음, 그리고 후손들의 삶을 포괄하여 다루고 있다. 이 두 하위 틀서사는 상위 틀서사에서 통합되면서 '삼경놀이'의 사설과 '상여소리' 사설 등을 통해서 씻김과 위무를 받게 된다.

(i) -관암보오살, 관암보오살, 앞산도 첩첩하고, 관암보오살, 뒷산도 첩첩헌디, 관암보오살, 세상 길 뒤로 하고, 관암보오살, 어디로 가시랴오, 관암보오살, 오늘 한번 떠나시면, 관암보살, 다시 못 올 명부길손, 관암보살, 대문 밖이 저승리라, 관암보살, 소식이나 있으리까, 관암보살…….
-어허어이 어이 어이 가리 넘차 너와 너…… 친구 벗님 많다 헌들 어느 친구가 대신 가며, 관암보살, 일가친척 많다 헌들 어느 일가 동행을 할까, 관암 보살…….[82)]

(ii) 엄니 엄니, 우리 엄니, 엄니하고 우리 둘이 참고 살자 잊고 살자, 고생살이 서로 쓸어주고 의지해온 세월이 얼마길래, 내가 네 속 모르겄냐 네가 내 속 모르겄냐 좋은 시절 돌아오면 그 말 이르고 살아보자. 그 다짐 어디 두고 혼자 이리 떠나시오. 말도 없이 떠나시오. 무정하고 허망하요, 원통하고 절통하요…….[83)]

(iii) -관암보살 관암보살,
가네 가네 나는 가네 백운청산으로 아주 가네.
-잘 있거라 자석들아 잘 있거라 이웃들아.
인제 가면 언제 볼꼬 화목하고 잘살거라.
(중략)
-이팔 청춘 소년들아 백발 보고 웃지 마라
부귀영화 일장춘몽 흐른 물에 부평초라
바람 되고 구름 되고 눈비 되어 나는 간다
어허이 어이 어이가리 넘차 너화 너…….[84)]

인용문 (i)은 새말의 초경 소리이고, (ii)는 외동댁의 곡소리이며, (iii)은 새말의 상여소리에 해당한다. 이러한 '소리'에는 남아 있는 사람들의 목소리로 이별의 슬픔을 이야기하는 내용이나, 떠나가는 사람, 즉 '어머

82) 위의 책, p.216.
83) 위의 책, p.239.
84) 위의 책, p.241.

니'의 목소리로 후손들에게 당부하고 싶은 내용이 담겨 있다. 이를 통해서 하위 틀서사 b에서 제시된 어머니의 한 많은 삶과 남겨진 후손들의 슬픔을 씻겨내고 위무하고자 한다. 이때의 어머니는 하위 틀서사 c에서 '나(준섭)' 개인의 어머니가 아니라 이 땅의 모든 부모, '조상신'이 된 모든 이들을 의미하는 것으로 확장된다.

결과적으로 상위 틀서사에서 제시된 '소리'는 어머니의 한 많은 삶에 대한 씻김과 위무인 동시에 한 많은 이 땅의 역사, 즉 일제 강점기와 6·25 전쟁, 분단과 군사독재로 인해 고생스러운 삶을 살다 간 모든 부모들을 위한 씻김과 위무인 것이다. 이러한 씻김과 위무는 또한 이 땅에서 분단으로 인해 고통 받으면서 살아가는 후손들을 위한 것이기도 하다. 그것이 삼경놀이의 사설과 상여소리의 사설을 통해 제시되고 있다.

3) 씻김굿판 제의를 통한 세대 간의 화해: 『흰옷』

『흰옷』 역시 1, 2차 전치에 의해 주제가 형성된다. 먼저 1차 전치가 이루어지는 과정이다. 하위 틀서사 b에서 각 삽입서사(d)는 해방 이후와 6·25 전란, 그 이후의 시기로 각각 나뉘어 선유리 분교의 역사적 변이형을 제시한다. 삽입서사 d1에서는 자연과 함께 살아가면서 인간다운 삶을 추구하는 황노인의 삶이 제시된다. 전쟁 이전은 황노인에게 '갯바람기'에 휘둘리는 시기로, 종선에게 노래를 가르쳐주던 전정옥 선생을 '에미'로 삼아주겠다는 농기어린 말을 흘리기도 한다. 그러다 전쟁이 일어나고 마을에 '핏빛 바람기'가 몰아치자, 황노인은 마을에서 벌어지는 일들에 무심한 채로 물질만 나가다가 마을을 떠나 다른 곳에 정착한 뒤 그 바람기를 독초에 대한 관심, 즉 '독기'로 다스려 나간다.

삽입서사 d2에서는 자신이 가졌던 꿈을 이념의 대립에 의해 잃어버리고 귀신처럼 이후의 삶을 흘려보내는 방선생의 삶이 제시된다. 방선생은 선유리 시절 '지식인이자 선각자로서 분교의 선생'으로서 꿈을 펼쳐나간다. 그러다 전쟁이 일어나고 사상자, 부역자로 몰려 고초를 당한 뒤에는 섬 바깥 출입을 삼간 채 세월을 흘려보낸다. 이때 방선생은 주위의 다른 사람들로부터 '섬귀신', '독불장군', '닭귀신' 등으로 인식된다.

전쟁 이전 시절에는 황노인이나 방선생, 황종선 모두 자유로운 각자의 꿈을 좇아 살아갔다고 할 수 있다. 이들의 삶에는 공통적으로 풍금소리가 녹아 있는데, 황노인의 경우에는 전정옥 선생의 풍금 적선길을 매번 도와주는 방식으로, 그리고 방진모 선생은 분교 시절 선생으로 있으면서 전정옥 선생의 풍금소리를 좋아하는 방식으로, 황종선은 전정옥 선생과 함께 소년단으로 온갖 행사에서 노래를 부르며 다니는 방식으로 제시된다.

6·25 전란 이후의 시기에 황노인은 약재류와 독초목류를 찾아 산을 헤매고 돌아다니고, 방선생은 옛 꿈을 잊지 못하고 생계와는 상관없이 닭을 키우고, 낚시질을 일삼으며 귀신처럼 살아간다. 황노인이 '갯바람기'를 '독기'로 다스리려는 모습을 보이는 반면, 방선생은 옛 꿈의 노예가 되어 자신의 삶을 방관하는 모습을 보여준다. 그리고 황종선은 아버지가 남겨 둔 산야초포전의 꿈을 이어받으며 살아가려고 하지만 시류에 휘말리거나 너무 앞서가는 바람에 점차 밭일에 대한 믿음을 잃어간다. 말하자면 전란 이후의 삶은 제 삶의 몫을 잃어버리고 살아가는 것에 해당한다.

다음, 하위 틀서사 c의 삽입서사에서는 선유리 분교를 초점화 대상으로 하여 교육과 사상의 측면에서 그 역사적 변이형이 제시된다. 황종선 삽입서사 e1에서는 선유리 시절의 교육 환경 및 선생과 학생의 관계 등과 관련된 내용이 제시된다. 이를 통해, 즐겁고 행복한 기억 속에서 선생과 학생 간의 관계가 신뢰와 존경에 바탕을 두고 있다는 것이 드러난다. 황동우는 이를 두고 당시의 좌익 운동가들이 야학이나 분교를 만들어 사상 운동을 펼쳐나간 것으로 받아들인다.

방진모 삽입서사 e2에서는 선유리 시절의 선생들의 사상적 성향이 드러난다. 황동우는 방진모 선생과 같은 이들이 학교 설립과 관련된 기록에 남아 있지 않는 까닭이 그들의 사상적 성향 때문이라고 생각하고, 그들을 사회주의 좌익 운동가로 여긴다. 그렇지만 방진모 선생은 그러한 황동우의 생각에 동의하지 않는다. 그는 당시 자신을 비롯한 여러 선생들의 교육은 '사람 사는 일이 더 나아져야 한다'는 바람과 '제 값대로 살 수 있어야 한다'는 희망과 믿음에 근거한 것이었다고 말한다.

현재적 변이형으로서의 삽입서사의 경우, 하위 틀서사 b의 황종선 더덕밭 삽입서사는 과거의 아픈 기억에서 벗어나 그 상흔을 치유해야 한다는 것을 강조한다. 그리고 하위 틀서사 c의 황동우 삽입서사는 좌익이나 우익의 이념을 떠나 "사람들이 제 값의 삶을 살아가게 되기를 바라는 희망과 믿음"에 입각한 교육이 필요하다는 것을 강조한다.

다음, 2차 전치에 의한 주제 형성의 측면이다. 황노인과 방진모 선생의 생각을 대변하고 있는 황종선의 선유리 분교 시절에 대한 생각은 아들 황동우의 생각과는 많이 다른 지점에 놓여 있다. 두 사람의 서로 다른 생각은 두 하위 틀서사가 만나는 사건을 통해 화해의 계기를 마련하게 된다. 이때 화자-초점화자의 목소리가 개입하면서 2차 전치가 발생한다.

먼저, 아버지 황종선과 아들 황동우의 팔씨름 겨루기 사건이다. 아버지는 아들에게 풍금을 부숴버린 방선생의 심회를 이해시켜주기 위해 팔씨름을 제안한다. 이들의 팔씨름은 서로의 마음을 이해하기 위한 '믿음의 담금질'로서 의미화된다.

자식놈을 아직도 많이 겁내고 있구나……. 그 팔씨름 내기 말이다. 왜 그걸로 결판을 내려지 않느냐. 언젠가는 아비가 자식에게 지는 날이 오게 마련이다. 그것을 겁내서는 안 된다. 아비가 지는 것을 보여주는 것도 아비가 할 일이다……. 헌다고 힘이 있으면서 지레 져줄 것도 없는 일, 힘이 있을 땐 힘대로 밀어붙여야 한다. 그게 서로간의 믿음의 담금질이다. 믿음이 있고서야 이해도 통하게 된다…….

그 노인의 소리를 부르기 위해 부러 눈을 감고 기다렸던 모양인가. 소리가 끝나고 나자 종선 씨는 소스라치듯 감은 눈을 번쩍 떴다.[85)]

아들과 팔씨름 내기를 하던 중, 황종선에게 들려온 아버지 황노인의 '소리'이다. 이는 황종선의 내면에서 들려온 '소리'이기도 하다. 자신의 생각을 무조건 아들이 이해하고 수긍해주기만을 바라는 것이 아니라, 아들과의 믿음에 바탕을 두고 소통해나가는 것이 필요하다는 것을 의미한다. 이를 통해, 선유리 분교 시절의 풍금소리는 소통의 계기를 마련하게 된다. 이후 황동우가 선유리 분교의 선생들을 위한 위령제를 마련하게 되는 것은 그 결과에 해당한다.

다음으로 '위령제'이다. 선유리 분교의 선생들뿐만 아니라 유치산에서 생을 마감해갔던 모든 이들의 혼백을 씻겨내는 자리로서 위령제가 마련된다.

언젠가 그 입암리의 더덕밭가에서처럼, 아득한 바다를 향해 가물가물 엉겅퀴밭을 가로 질러가는 옛날 황 노인과 이 교장, 전정옥 선생들의 역력한 환영과 함께서였다. 그리고 그 또한 그의 마음이 그것들을 좇으며 부르고 있었기 때문일까. 이 교장들을 뒤따르고 있는 그 아버지 황 노인은 옛날 한때의 그 풍금을 짊어진 모습이었고, 그 풍금에서는 아직도 먼 허공을 가로질러 신비스럽고 고운 선율이 흘러 번지고 있었다.

나아가자 동무들아 어깨를 겯고

85) 『흰옷』, 앞의 책, p.209.

> 시내 건너 고개 넘어 들과 산으로
>
> 풍금의 선율은 어떤 정해진 노래의 곡조가 아닌 듯싶은데도 그의 마음속에선 어느새 그 풍금소리를 뒤쫓는 아이들의 왁자한 합창소리가 함께 피어오르고 있었다.
>
> 푸른 하늘 은하수 하얀 쪽배엔
>
> 계수나무 한 나무…….
>
> 그는 한동안 아이들의 풍물소리 속에 그 아스라한 풍금소리와 두서없이 낭자한 합창소리의 환청에 망연히 넋을 빼앗기고 있었다.[86]

앞서 보았듯이, 황노인과 방선생, 그리고 황종선의 선유리 시절을 아우르는 소리가 '풍금소리'이다. 그 풍금소리는 위령제를 통해 다시 들려온다. 풍금소리는 이교장과 전정옥 선생, 황노인의 옛 꿈을 표상하는 소리라면, 그것에 뒤따르는 아이들의 합창 소리는 전날의 황종선이 풍금소리에 맞추어 부르던 노랫소리를 표상한다. 그것은 다시 황동우가 이끌어나가는 위령제에서 아이들이 울려대는 풍물소리와 만나면서 하나의 소리로 녹아들게 된다.

이 상징적인 장면을 통해 황노인과 황종선, 그리고 황동우의 믿음의 담금질이 완성되고 있다. 세 세대에 걸쳐 서로를 이해하고 믿음을 이어나가려는 가운데 전란의 상처가 치유될 수 있고, 그로 인해 뒤에 살아남은 사람들이 '제 몫의 세월'을 감당해 나갈 수 있게 되는 것이다.

이 작품에서는 교육 이념을 중심으로 하여, 그 이념이 본래의 순수성을 잃고 도구화되는 과정이 제시되고 있다. 처음에는 선생들의 순수한 열정을 실현하기 위한 교육 이념이, 권력 집단의 이념에 의해 그 본래적 의미는 사라지고 왜곡되고 도구화되면서 좌익 사상으로 변질된다. 이 작품에서는 그러한 도구화된 이념을 본래적 의미로 복원시키는 데

---

86) 위의 책, p.240.

주목하지 않는다. 대신 도구화된 이념에 의해 왜곡된 삶과 역사를 바로 세우고자 한다. 이를 위해서 씻김굿판이 벌어진다. 도구화된 이념에 의해 삶의 진정한 의미와 가치가 왜곡되는 상황을 씻김굿판을 통해 치유하고자 하는 것이다.

2. 집단 이념과 제의의 비양립성, 그리고 소설 정신

집단 이념에 희생된 민중의 삶을 다루는 작품과 달리 이념의 지배 질서화 과정과 관련된 사건을 다루는 작품에서 전치가 발생하는 과정을 살펴보면 다음과 같다. 이들 작품은 하위 틀서사 b와 하위 틀서사 c가 독립되어 있는 것이 아니라, 하위 틀서사 c 아래에 하위 틀서사 b가 포함되어 있다. 그리고 하위 틀서사 c와 하위 틀서사 b의 초점화자가 동일한 시-공간을 움직이면서 논쟁적 대화를 통해 초점화 대상의 현재적 의미를 탐색하는 데 치중한다. 그 결과 초점화 대상의 현재적 변이형은 거의 제시되지 않으며 초점화 대상 그 자체의 현재적 의미가 강조된다. 그리고 역사적 변이형은 매우 약화된다.

따라서 하위 틀서사 b의 역사적 변이형으로서의 삽입서사는 집단 이념에 희생된 민중의 삶을 다루는 작품에 비해 훨씬 간단하면서도 단순한 구조를 띤다. 초점화 대상과 통시적 계열 관계를 이루는 이 인접한 사건들이 먼저 은유 대체되어 의미화된다. 이에 따라 각 사건의 요소들끼리도 은유 대체되어 의미가 발생한다. 이 인접한 사건들은 하위 틀서사 b의 사건과 결합되어 다시 은유 대체된다(1차 전치).

그런데 하위 틀서사 b는 하위 틀서사 c에 포함되므로, 하위 틀서사 b와 결합된 삽입서사는 하위 틀서사 c의 사건과도 결합된다. 여기서 두 하위 틀서사의 초점화자는 논쟁적 대화를 통해 초점화 대상의 현재적 의미를 탐색하는 데 치중하기에, 하위 틀서사 b의 역사적 변이형으로서의 삽입서사는 역사적 의미보다 현재적 의미의 측면에서 은유 대체된다. 이에 따라 삽입서사는 하위 틀서사 b와 하위 틀서사 c에 의해 그 현재적 의미의 측면에서 은유 대체가 이루어지고 의미화된다. 이 의미쌍들은 상위 틀서사와 결합되면서 작품의 궁극적 주제를 형성한다. 이 주제는 화자-초점화자의 의도와 밀접한 관련을 맺는다(2차 전치).

1) 종화주 제의와 편향된 이념 비판: 「비화밀교」

「비화밀교」의 경우, 1차 전치에 의한 의미화 과정을 살펴보면 다음과 같다. 하위 틀서사 b에서는 제왕산 등반 풍습의 역사적 변이형으로 세 가지 삽입서사가 제시되고 있다. 삽입서사 d1의 제왕산 등산 풍속, 삽입서사 d2의 선친 삽입서사, d3의 웅웅거리는 소리 삽입서사는 하위 틀서사 b의 '사복 사찰직' 일가형과 운동권 젊은이들과 인접되면서 그 요소들 간의 은유 대체가 일어난다.

첫째, d3에서 '군병 훈련소 사령관과 같은 일본인 교장'은 하위 틀서사 b의 '사복 사찰직' 일가 형으로 은유 대체된다.

> "그래? 그렇다면 뭐 괘념할 게 없겠네마는…… 다름아니라 언젠가 우리한테 자네의 본적지 신원조사 의뢰가 왔던 것 같아서…… 하지만 뭐 몇 달 전 일이니까 이젠 신경쓸 일 없을 것 같네. 자네한테 별다른 일이 없다면 아마 사무착오로 생긴 일이었을 수도 있겠구. 안들은 걸로 잊어버리게. 자, 그럼……."
> 어물쩍어물쩍 말끝을 흐리고는 비로소 발길을 인파 속으로 섞어 갔다.
> 나는 또 한번 기분이 불편해지지 않을 수 없었다. 어물어물 말끝을

> 흐려버리고 만 것도 의심쩍었지만 나는 졸지에 자신도 모르게 모종의 피의자로 감시를 받아온 느낌이었다.[87]

일가 형은 '나'에게 '외국 나갈 일'이나 '말썽스런 모임에 끼어든 일'이 있는가를 물어온다. 이를 통해 사복 사찰직이 행하는 일이 무엇인가를 짐작할 수 있는데, 그것은 '허물을 숨어 캐고 다니는 것'으로 드러난다. 이를 통해 어떤 권위자에 의해 사람들을 피의자로 보고 감시하는 일이 빈번하게 이루어지는 상황을 제시하고 있다.

둘째, d2의 일제 시대 소학교 교장인 선친은 하위 틀서사 b의 '사복 사찰직' 일가 형과 은유 대체된다. 이때의 일가 형은 형사의 신분으로 사찰을 하기보다는 자신이 형사라는 것에 대해 죄의식을 느끼는 것과 관련이 있다.

> 그는 여태까지 고향 읍 근처에서 사복사찰직으로 나이를 먹어가고 있다 했다. 그런데 그는 웬일인지 스스로 자기 삶에 대해 심한 회의를 토로했다.
>
> "자네야 글을 쓰니 하고 싶은 일, 하고 싶은 말 맘대로 하고 살아가겠지만, 나 같은 팔자야 일자리의 성질이 그렇게 화창하게 지낼 수가 있겠는가. 신분을 제대로 드러내고 살 수가 있는가. 그렇다고 세상사람들 인식이나 좋은가. 하느니 그저 이 사람 저 사람 허물이나 숨어 캐고 다니는 일이라니. 그래 이게 어디 사람 사는 노릇이라 할 수 있겠는가……."[88]

군부독재 정권의 하수인에 해당하는 '사복 사찰직'의 일가 형은 일제 식민치하에서의 소학교 교장을 했던 조선생의 가친과 마찬가지로 자신의 신분에 대해 '죄의식'을 느끼고, 제왕산 등산 풍속을 통해 자신의 행

87) 『비화밀교』, 앞의 책, p.179.

88) 위의 책, pp.177~178.

위에 대해 용서를 구하고자 한다.

셋째, 삽입서사 d1의 제왕산 등산 풍속과 d3의 웅웅거리는 소리 삽입서사는 하위 틀서사 b의 운동권 학생들의 횃불춤과 함성으로 은유 대체된다.

> 하지만 그것은 역시 위협적인 광경이었다. 장화대를 점령하듯 좌우 전후로 횃불을 엇비기며 춤을 추는 젊은이들, 그 원시적이고 충동적인 몸동작들, 얼핏 보아서도 그것은 은근히 사람들의 자의적인 행동을 불용하는 무언의 위협기가 느껴지고 있었다.[89)]

'종화대에 불을 묻는 행위'는 '횃불춤'으로 은유 대체되면서, 기존의 풍습이 갖고 있던 의미가 변질되었음을 강조하고 있다. 삽입서사 d1에서 일제 식민치하 어린 조승호는 아버지를 따라 불을 묻고 산을 내려갔고, 그것은 변함없이 이루어지는 절차로서 언급되고 있다. 반면 하위 틀서사 b에서 종화대에 불을 묻는 행위는 횃불춤을 추는 젊은이들에 의해 제지되고 있다. 기존의 풍습에서는 '기다림'을 지향했다면, 현재의 상황에서는 '폭발'이 조장되고 있는 것이다.

또한 하위 틀서사 b에서 젊은이들의 함성 소리는 삽입서사 d3의 웅웅거리는 소리와 은유 대체된다. d3의 웅웅거리는 소리는 누구도 감히 도전할 수 없는 권위에 대한 자존감과 위엄을 갖춘 도전을 의미한다. 그런데 하위 틀서사 b의 함성은 당대의 권위에 대한 도전보다는 제왕산 등산 풍속을 악용하려는 불순한 의도를 더 많이 내포하고 있다.

이를 통해서 하위 틀서사 b의 삽입서사 d1, d2, d3는 과거 일제 식민치하에서 이루어졌던 제왕산 등반 풍습의 진행 과정을 보여준다. 삽입서사를 통해 드러나는 각 요소는 하위 틀서사 b에서 풍속의 현재적 의

89) 위의 책, p.190.

미와 관련된 요소들에 의해 은유 대체되고 있다. 삽입서사에서 드러난 '일제 식민치하의 시기', '소학교 교장이었던 조선생의 선친', '일본인 교장의 횡포', '용서를 구하는 종화주의 소망과 기다림(어린 아들을 통해 종화주의 소망을 이룬 조선생의 선친)'은 하위 틀서사 b에서 현재, 사복 사찰직을 하는 '나'의 일가 형, '권위자의 일상적 감시', '폭발의 의도적 조장'으로 은유 대체된다.

하위 틀서사 b에서 '제왕산 등반 풍습', 그리고 '조선생의 패배'는 하위 틀서사 b를 내포하고 있는 하위 틀서사 c에 나타나는 제왕산 등반 풍습의 소설화의 의미와 결합되고, 이들은 다시 상위 틀서사에서 '아기장수'와 '사실로 드러남의 비극'과 결합되면서 각 요소 간에 은유 대체가 일어난다.

먼저, 아기장수 이야기는 '사실이 드러남으로 인한 비극'에 해당되는 것으로 이는 제왕산 등반 풍습 역시 그 사실이 드러나는 것으로 소멸되고 말 운명에 처해진 밀교의 행사로 제시되고 있다. 아기장수 이야기는 비범하게 태어난 아이는 반드시 죽여 없애야 한다는 '금기'와 관련되는데, 그로 인해 아기장수에 대한 이야기를 사실로 기록할 경우 아기장수가 죽게 되는 상황을 만들어낼 수 있다.

이는 조선생이 '나'에게 제왕산 등반 풍습에 대한 비밀 유지를 당부한 것과 소설을 쓸 때 사실로서 기술해서는 안 된다는 것으로 은유 대체된다. 곧 소설가는 자신의 체험, 즉 자신이 보고 겪은 것을 사실 그대로 드러내서는 안 된다는 것과 연관이 있다. 어떤 소재를 소설화할 때, '사실을 보여주지 않고 그것을 증거'해야 한다는 것이다. 이는 기존의 '나'의 소설이 '가시적 현상에만 너무 단순하게 집착'해 있었다는 것을 비판하면서, 사실로서의 풍속과 그것의 이면에 감추어진 본질을 고려하여 '지금까지보다 훨씬 두꺼운 겹'을 가진 소설을 써야 한다는 조선생의 발화를 통해서 보다 구체적으로 드러난다.

조선생은 이와 관련하여 세 가지 제안을 내걸고 있다. '고향 사람', '기이한 소설 거리'의 제공, '철저한 비밀 유지'가 그것이다. 이러한 제안은 소설을 쓰지 않을 수 없는 소설가의 욕망을 충동질하면서, 한편으로는 경험한 사실을 쓰지 못하게 하는 '이율배반적인 조건'으로 작동하고 있다. 따라서 경험을 드러낼 수 없으므로 그 풍습을 직접 체험한 결과 얻은 인식이 보다 중요해진다. 고향 사람만이 알 수 있고, 이해할 수 있는 것으로서 등반 풍습을 인식해야 한다는 점을 강조함으로써 결과적으로 풍습에 내재되어 있는 집단 무의식의 층위까지 도달해야 한다는 것을 시사한다. 이를 통해, 소설은 풍속이 가지고 있는 본질적인 의미를 보여주면서 그 풍속이 갖고 있는 보편적 질서를 찾아내고, 그 삶의 방식이 유의미하다는 것을 드러내는 형식이라는 점을 강조하고 있다

다음, "아니면 하나의 사실이라는 것은 어떤 조작이나 은폐의 기도에도 불구하고 결국은 그 자체의 힘으로써 자신의 존재와 질서와 운명을 스스로 증거하게 마련인 것이라고나 할까."[90]라는 표현이 갖는 의미이다. 이 의미를 파악하기 위해서는 '어떤 조작'과 '은폐의 기도'를 나누어 고려할 필요가 있다.

'어떤 조작'은 제왕산 등반 풍습에서 젊은 청년들이 횃불춤을 춤으로써 '최면술사'처럼 '사람들의 넋을 빼앗아버리'는 것과 같은 것을 의미한다. 이는 지배적인 질서에 대항하기 위한 하나의 방식으로 '사실'로 표상되는 제왕산 등반 풍습에 이념적 조작을 가함으로써 그 힘의 질서를 이용하려는 태도를 의미한다. 한편 '은폐의 기도'는 제왕산 등반 풍습의 비밀을 유지함으로써 그것이 갖고 있는 보이지 않는 힘의 질서를 긍정적인 덕목으로 삼아 신앙에 가까운 믿음을 고집하는 것으로, 이는

90) 위의 책, p.221.

조선생의 태도에서 드러난다.

결과적으로 상위 틀서사에서는 '어떤 조작'이나 '은폐의 기도'에도 불구하고 가시적인 질서 뒤에 보이지 않는 힘으로 작동하고 있는 본질은 드러날 수밖에 없으며, 그것이 '화해'와 '용서'의 질서라는 것을 보여주고 있다. 그리고 소설이란 궁극적으로 "보이지 않는 어둠 속의 세계와 삶의 현상들에 대해 인간 정신의 밝은 빛을 쏘아 비춰 그것을 가시적 삶의 질서로 끌어들이려는 노릇"[91]이라는 점을 강조하고 있다.

2) 지리산 제의와 교조화된 종교 이념 비판: 『자유의 문』

『자유의 문』은 「비화밀교」와 유사한 전치 과정에 의해 주제가 형성된다. 먼저 1차 전치 과정이다. 하위 틀서사 b에서 각 삽입서사는 전쟁 이후 1960년대, 1970년대로 각각 나뉘어 비밀 종교 단체의 역사적 변이형이 제시되면서 그 각각의 요소가 은유 대체되고 있다. 비밀 종교 단체 전사들의 활동은 '절대선'의 실천과 관련이 있다. 삽입서사 d1에서는 간척 사업장을 배경으로 '외지 낭인배(전쟁 상이군인)'에 의한 노역자의 임금 갈취와 구호 물품의 분배 방식이 제시된다. 탄광촌을 배경으로 '돼지잡는 날' 풍습에 드러나는 숙사의 아낙들의 노름빚 청산을 위해 광인들의 목숨이 하찮게 여겨지는 것과, 광인들의 안전을 위한 대책이 전무하고 광인들 스스로 사고나 안전에 대한 인식이 없는 상황이 그려진다. 이를 통해 1960년대의 상황은 인간의 존엄과 생명을 경시하는 풍조가 지배적임이 드러난다. 이러한 생명 경시 풍조는 d2의 안장순 삽입서사에도 나타난다.

1970년대를 배경으로 하는 삽입서사 e1, e2에서는 제도에 의한 인간

---

91) 위의 책, p.213.

다운 삶의 억압이 드러난다. e1에서는 국회의원의 타락상을 보여주고 있고, e2에서는 조합이 관리소에 의해 끊임없이 회유되면서 노동자의 권익 보호를 외면하는 상황이 그려지고 있다.

1960년대의 풍습으로 드러나는 '낭인배의 폭력', '돼지잡는 날' 등은 1970년대에는 '부패 국회의원', '관리자에 의한 조합장 회유' 등으로 은유 대체되면서 사회에 만연한 생명 경시 풍조가 인권과 권익을 억압하고 수단화하는 제도로 탈바꿈되고 있는 것을 보여준다.

비밀 종교 단체의 전사들은 이러한 모순된 상황을 비판하고 증거하는 방식으로 자신들의 신념을 펼쳐나간다. 그 구체적 실천 방식으로 d1에서는 낭인배 무리에 들어가 우두머리를 회유하는 것이나 탄광촌의 안전을 관리하면서 그 실태를 언론에 알리는 방식이 제시된다. e1에서는 타락한 국회의원의 실상을 폭로하기 위해 별장에 잠입하여 강도 상해를 입히는 방식으로 제시된다. e2에서는 조합장의 배신을 막기 위해 스스로 자살하는 방식으로 제시된다. 이를 통해서 그 실천 방식이 점차 파행과 폭력으로 치닫고 있는 것을 보여주고 있다.

하위 틀서사 b의 이러한 요소들은 하위 틀서사 b를 내포하고 있는 하위 틀서사 c에 나타나는 진정한 소설 정신과 결합되고, 이들은 다시 상위 틀서사에서 지리산의 정신과 결합되면서 각 요소 간에 은유 대체가 일어난다.

하위 틀서사 c의 삽입서사 e1에서는 양 기자에 의해 추적되는 최병진 사건이 제시된다. 국회의원의 부패하고 타락한 사연은 드러나지 않는데, 이는 '보도 통제' 때문이다. 그리고 경찰은 신속하고 비밀스럽게 수사를 마무리하고 그 구체적인 배후와 의도에 대해서는 더 찾아내지 않은 채 사건을 종결시킨다. 다음 e2에서는 구 형사에 의한 유민혁 사건의 수사가 제시된다. 단순한 자살 사건으로 처리하여 수사를 종결시키기 원하는 윗사람들로 인해 사건은 더 진전되지 못하고 종결된다.

e1에서 '타락한 국회의원-최병진의 강도 상해-양 기자의 추적'으로 연결되는 사건은 e2에서 '사업소와 조합의 갈등-유민혁의 자살-최병진의 강도 상해-구 형사의 추적'으로 연결되면서 확장되고, 이는 다시 e1, e2에서 '구 형사의 실종-유민혁의 자살 사건-최병진 사건-양 기자의 실종-주영훈의 추적'으로 연결되고 확장된다. 이를 통해 구 형사의 실종 사건과 양 기자의 실종 사건이 유민혁의 자살 사건과 최병진 사건의 관련성을 통해 연관되어 있는 것으로 묶이게 된다. 이러한 과정을 통해 소설의 의미가 은유 대체되고 확장되고 있다.

하위 틀서사 b의 삽입서사에서 비밀 종교 단체의 전사들의 실천 방식으로 제시된 '회유와 개심/사고사/강도 상해/자살/유인 살인'은 하위 틀서사 c에서 '채밀 행각'으로 은유 대체된다.

> 햇볕 속에 놓인 꿀물접시에서는 한동안 아무런 변화도 일어나지 않는다. 노인은 따가운 이마의 햇살을 견디며 무언가를 끈질기게 기다리고 있었다. 부근에 피어 있는 흰 도라지꽃 덕분이었다. 이따금 노인의 주위를 스쳐 지나가곤 하던 무리 중의 한 마리가 마침내 길을 꺾어 그 꿀물 접시로 내려와 앉았다.
> 하지만 노인은 아직 서두르지 않았다. 첫 번 놈이 꿀물을 물어 가고 난 다음 두 번째 놈이 다시 나타날 때까지도 시간이 거의 비슷하게 먹혔다. 두 번째 녀석이 다녀가고 세 번째 녀석이 나타날 때부턴 시간 간격이 조금씩 좁혀 들기 시작했다. 그리고 거기서부턴 첫 번째 꽃더미를 찾아가던 놈들 중에 낌새를 알아차린 놈들이 눈에 띄게 늘어갔다.[92]

지리산에 은거해 있으면서 노인은 구치소로 꿀을 보내어 양 기자와 구 형사를 유인해 지리산으로 끌어들인 다음, 그들을 죽음으로 내몬다.

---

92) 『자유의 문』, 앞의 책, p.25.

주영섭을 지리산으로 끌어들이는 것도 이러한 방식에 의해서 이루어진다. 그럼으로써 비밀 종교 단체의 배후를 알아챈 이들을 침묵하게 만든다. 결과적으로 노인의 유인술은 비밀을 유지해야 하는 종교의 계율이 절대화되고 있다는 것을 강조하고 있다.

이는 하위 틀서사 c에서 주영섭의 소설이 지향하는 소설의 정신과 대척된다. 주영섭은 '지리산'으로 표상되는 새로운 소설 정신으로 계율의 절대화를 극복하기 위해 스스로를 죽음으로 내몰고 있는 것이다.

종교 단체의 계율의 절대화를 비판하고 이를 극복하고자 하는 주영훈의 소설 정신(지리산)은 상위 틀서사의 화자-초점화자에 의해 두 하위 틀서사가 결합되면서 주제화로 나아간다.

(i) 그러나 지리산은 어느 쪽 어느 고을에서든지 그 산령 안으로 한 번 발을 들여놓고 나면, 고을과 고을의 경계들이 대번 무의미해져 버린다. 첩첩이 이어져 나가는 운해와 산세속에 고을의 경계 따위가 쉬 구분될 수도 없고, 또 굳이 그럴 필요도 없어지기 때문이다.

산봉우리들이 미처 다 제 이름을 점지받지 못한 곳, 사람들이 때로 그 이름을 지어 붙여도 산들이 스스로 그 이름을 잃어버리고 지리산(!)으로 돌아가 버리는 곳, 모든 것이 지리산의 이름 뒤로 숨는 곳, 모든 봉우리와 골짜기의 이름들을 지리산으로 대신하며 그 하나의 이름만으로 온전한 세계를 이루고 있는 곳.[93]

(ii) 아직 여름이 한창인데도 산지의 아침은 벌써 바람기가 서늘했다. 노인이 통나무 굴집을 나서자, 멀고 가까운 산봉우리들이 언제나처럼 일제히 자리를 고쳐 앉았다. 노인 앞에선 어느 것 하나도 이름이 없는 봉우리들이었다. 이름도 없고 찾는 이도 없이, 사람들에게 그 존재가 알려지지 않은 산들은 아예 이 세상엔 없는 것 한가지였다. 하지만 그 산들에겐 노인이 있었다. 노인이 있기 때문에 산들도 아직 거기 있었다. 이름이 없어도 산봉우리들은 노인의 존재로 하여 거기 함께 의연히

93) 위의 책, pp.11~12.

거증되어 있었다.[94]

위의 인용문은 화자-초점화자가 개입된 부분으로, 노인과 지리산의 관계를 보여주고 있다. 지리산은 '고을', '경계'와 같은 구별과 분별을 의미 없게 만드는 공간으로 제시된다. 이 공간은 다시 백상도 노인을 '백상도'가 아닌 '노인'으로, 주영섭을 '젊은이'로 받아들일 뿐 그들의 이름을 중요하게 여기지 않는다. '이름'이라는 것의 의미가 중요하지 않은 공간인 것이다. 곧 '이름'이 인간의 주체성을 강조하는 것과 관련이 있다면, 지리산의 공간은 겉으로만 주체이지 실제로는 집단 이념에 의해 도구화된 대상에 불과한 인간을 부정하는 곳이다. 인간과 자연, 인간과 사물의 구분 없이 모두가 하나의 자립적인 존재이면서 또한 서로를 비쳐주고 공감하는 존재로 공존하는 곳, 곧 세계 내 존재로서의 인간과 자연이 합일되는 곳, 그곳이 지리산이다. 이 지리산을 중심으로 노인과 주영섭은 대척적인 자리에 놓인다.

(i) 어떤 신념체계든 그의 습득과정엔 우선 정보의 일방성과 반복성이 절대적이거든요. 어른께서 그 기나긴 기도 속에 세상과 연을 끊고 오로지 실천선과 절대선에의 길, 주님에의 길에만 몰입하셨듯이 말씀입니다. 그 동기가 어떤 개인이나 소수에서 비롯됐든, 하나의 신념체계가 우리의 현실적 삶에의 주장이 되려면 그 신봉자들에 대한 자기 확산과 침투, 일사분란한 집단화에의 과정이 필요하게 되지요. 그에 따라 그의 신봉자들을 위한 집단적 행위의 계율을 마련해 나가게 마련이구요. 뿐더러 어른께서도 이미 경험해오셨듯이, 그렇게 일단 사람들 가운데에 명분과 입지를 마련한 신념체계는 서서히 그같은 자기 체제의 유지 강화를 위해 엄격한 독단성과 교조성을 띠면서, 그 목적을 차츰 추상화시켜 나가기 예삽니다. 그리고 때로는 행위의 목적보다 그 행위의 계율이

94) 위의 책, p.13.

더 높이 존중되고 강화되어 가기도 하구요. 그런데 문제는 그 행위의 계율이 행위의 목적을 완전히 압도하고 나설 경웁니다. 행위의 계율이 목적을 압도하기 시작하면, 그 집단의 신념체계도 이젠 하나의 교조적 계율체계로의 변질이 불가피해지고 마니까요. 목적의 추상화에 따른 일방적 맹목화, 행동의 집단화에 따른 계율의 절대화…… 그런 과정 위에 그 신념체계는 일테면 일종의 집단 이데올로기로서의 특성을 갖추어 가게 된다는 말씀입니다. 그런데 그 집단 이데올로기의 가장 큰 특성이 무엇입니까. 오히려 당연한 일일지도 모르지만, 우리 삶에서의 개별성의 부인, 바로 그것 아닙니까. 그리고 우리들 개개인의 삶에 대한 사랑과 그의 독자적 진실성의 부인, 혹은 폄하와 죄악시- 그것 아니겠습니까.[95]

(ii) 우선에 소설은 어떤 절대의 섭리처럼 영속적인 진실을 고집할 수가 없으며, 그것은 다만 인간의 유한성과 그 도덕성에 바탕한 실천적 자유와 사랑을 목표로 하고 있는 것이니까요. 이 점에선 아마 어르신네 교회의 교리나 계율- 삶의 매순간마다 자기 생애와 이 세상의 마지막 시간을 살 듯 최선의 선택을 행해 나가야 한다는 기독교적 종말론에 입각한 삶의 태도로서의 그 실천선이나 절대선의 정신과도 부합되는 것이겠지요. 하지만 어르신은 그것을 영구불변의 절대계율로 지켜 나가려는 데 반해 소설의 길은 끊임없는 자기반성과 변화가 이루어져 나간다는 것이지요. 소설은 그 증거행위 자체의 순간을 향유할 수 있을 뿐, 그것이 이룩해낸 어떤 현상세계의 절대 지배질서, 더욱이 그것이 우리 삶의 자유와 사랑을 부인하는 반인간적 계율화의 길을 갈 때는, 그것을 누리거나 돌아서기보다도, 거기 대해 새로운 증거를 행해 나갈 준비를 서둘러야 하거든요. 그래 그것을 일종의 소설의 숙명이라 했습니다만, 소설이란 그렇듯 그의 증거행위가 한순간에 모두 도로가 되어버린다 하더라도, 그렇기 때문에 오히려 더 그것을 포기함이 없이 증거와 도로를 끝없이 되풀이해 가는 과정 속에 그 참값을 드러내는 것이라 할 수 있지요.[96]

95) 위의 책, pp.252~253.
96) 위의 책, pp.262~263.

(i)을 통해, 노인의 '채밀 행각'에서 보이는 '참 지혜'는 그것이 비록 자연의 섭리에 바탕을 두고 있다고 하더라도 맹목성과 집단성을 띠면서 계율 자체를 절대화할 때 집단 이데올로기로 변화되며, 폭력성을 띠게 될 수 있다는 것을 강조하고 있다.

(ii)에서, 소설은 영구불변의 절대 계율을 지켜나가야 하는 종교나 신념과는 전혀 다르며, 소설은 끊임없는 자기반성과 변화가 요구된다는 것을 강조하고 있다. 그리고 소설은 "눈에 보이지 않는 불감득의 세계를 눈에 보이는 현상의 세계 위로 드러내 증거하고 그 질서 안으로 편입해 들"[97]여야 한다고 말한다. 만약 소설이 그 증거에 고착될 경우 '재빠른 지배 질서화 과정'에 따라 다른 신념처럼 현상 세계의 지배 질서에 영합하게 될 위험성이 있다. 따라서 소설은 다른 신념의 질서와는 달리 문학이 가질 수 있는 타성과 상투성에서 벗어나 '더 나은 삶과 세계의 질서, 자유의 질서'를 향해 끊임없이 나아가야 함을 강조한다.

노인의 채밀행은 자연의 섭리 안에 포괄되지 못하고 절대적 계율화를 지키기 위한 자기중심의 이기적인 수단으로 전락해 있다. 말하자면 노인의 채밀행은 자기 증거에 대한 인간적 충동을 은유 대체한다. 반면 주영섭은 자신의 죽음을 통해 자신의 소설적 계율마저 깨뜨려 버린다. 따라서 '채밀 행각'은 노인을 통해서는 절대적 계율과 아집에서 벗어나지 못하는 집단 이데올로기의 특징을 보여주고, 주영섭을 통해서는 계율에서 벗어나 삶의 자유로운 마당, 자유의 질서를 지향하는 소설의 특징을 보여준다.

그 결과 이 작품은 비밀 종교 집단의 역사적 변이형을 통해 하나의 신념이 집단 이데올로기로 변질되면서 인간의 개별성을 억압하는 폭력으로 자리 잡게 된다는 것을 비판하고 있다. 그러면서 비밀 종교 집단

97) 위의 책, p.260.

을 초점화 대상으로 하여 소설화하는 가운데 진정한 소설이란 무엇인가를 신념과 비교하여 탐색하고 있다. 그럼으로써 끊임없이 자기 계율을 버리거나 바꿈으로써 보다 나은 삶의 질서, '자유의 질서'를 향해 나아가야 한다는 소설에 대한 견해를 통해, 이데올로기를 절대화하고 그것으로 지배하고 군림하는 현실의 질서 자체에 대한 비판을 가하고 있다.

제5부

나가며

이 글은 이청준 소설에 접근함에 있어서 다음과 같은 문제의식에서 출발하였다. 첫째, 액자 구조, 격자 구조에서 출발하여 중층 구조, 추리소설적 구조, 반전 구조 등에 주목하면서 서사 구조의 측면에서 접근하는 경우이다. 이 연구는 다분히 형식적인 특징을 구명하는 데 중점을 두고 있을 뿐, 그것이 주제와 어떠한 상관관계를 맺고 있는지에 대한 고찰은 미흡하다. 뿐만 아니라, 이 연구는 '겹이야기' 형태가 분명하게 드러나는 초기의 일인칭 단편소설이나 몇몇 장편에만 분석이 집중되는 한계를 갖고 있다.

이청준 소설은 표면적으로 겹이야기 형태가 분명히 드러나는 초기 단편소설은 물론이고, 중기의 연작소설, 후기의 장편소설 역시 이야기의 층위가 다층적인 형태를 띠고 있다. 곧 이들 작품은 외부와 내부 이야기라는 액자 구조의 이분법적 도식으로는 설명할 수 없을 정도로 대단히 복잡한 형태를 취하고 있다. 따라서 이청준 소설의 전체적인 서사 구조의 특질을 밝혀내기 위해서는 단편은 물론이고 연작과 장편을 아울러 고찰할 수 있는 새로운 접근 방식이 요청된다.

둘째, 주제적인 측면과 관련된 경우이다. 이청준 소설은 정치, 사회,

종교, 전통 등의 제반 영역에 걸쳐 각각의 제도는 물론이고 언술과 이념 등을 총망라하여 그 속에 내재된 비인간적 측면의 본질을 파고 들어간다. 이처럼 이청준 소설은 다각적인 시각에서 대상이나 사건에 접근하고, 그러한 시각을 다양한 방식으로 혼성하는 가운데 주제를 복합적으로 형상화하고 있다. 그러므로 대상이나 사건의 의미는 작품 내부의 혼성적인 목소리들을 고려한 콘텍스트 안에서 비로소 드러나게 된다. 따라서 이청준 소설의 전체적인 전개 과정과 관련하여 그 주제적 측면을 논의할 때, 서사 구조의 측면에서 드러나는 다양한 형식 실험이 주제 형상화와 긴밀하게 연결되어 있다는 점은 강조되어야 한다.

이러한 문제의식을 바탕으로 하여 이 글에서는 주제를 형상화하기 위한 내적 형식으로서 이청준 소설의 서사 구조가 구성되고 있다고 판단하고, 이를 구명하고자 하였다. 이를 위해 다음 두 가지 관점을 중심으로 하여 이청준 소설에 접근하였다.

첫 번째로, 틀서사와 초점화 개념을 결합시켜 서사 구조의 특징을 고찰하였다. 틀서사는 틀과 내부가 결합된 이야기이다. 이청준 소설은 단일 액자 구조와는 달리, 틀이 이분 이상으로 분리되고 그 사이에 내부 이야기가 들어가 있는 구조를 취한다. 이를 틀서사 입장에서 접근할 때, 상위 틀서사(틀서사 a), 그러한 상위 틀서사의 내부 이야기이자 또 다른 틀서사로 기능하고 있는 하위 틀서사(틀서사 b), 그리고 하위 틀서사에 내포된 내부 이야기인 삽입서사로 정리할 수 있다.

상위와 하위 틀서사라는 이중 틀서사는 각각의 초점화자를 지닌다. 상위 틀서사의 초점화자는 서술자와는 구분되며, 서술자의 서사내적 대리인으로 서술자아의 측면이 강화된 화자-초점화자의 역할을 담당한다. 그리고 하위 틀서사의 초점화자는 대상을 관찰하는 경험자아의 측면이 강하다. 초점화자의 이원화는 이중 틀서사의 초점화자에게 각각의 역할을 부여함으로써 특정 주제를 강조하고 동시에 그것을 다각적인 측면에서 심도 있게 접근하려는 의도에서 비롯된다. 이 화자-초점화자와 초점화자의 역할과 기능을 살펴봄으로써 틀서사를 이원화한 목적과 그 효과를 파악할 수 있다.

이에 따라, 이 글은 틀과 내부가 어떻게 배열되고 구조화되는가를 파악하고, 이러한 구조적 장치를 마련한 작가의 의도는 무엇인지, 그리고 그 소설적 효과는 무엇인지를 검토하였다. 이 글은 이청준 소설을 (i) 이중 틀서사와 단일 삽입서사, (ii) 이중 틀서사와 변형 삽입서사, (iii) 삼중 틀서사와 다중 삽입서사로 유형화하고, 각각의 특질을 고찰하였다.

두 번째로, 이 글은 틀서사 구조에 따라 주제가 어떻게 형성되고 있는지를 고찰함으로써 내용적 측면에 대한 접근을 꾀하였다. (i) 이중 틀서사와 단일 삽입서사 유형의 경우, 연상의 중층결정에 의해 주제가 형성되며, (ii) 이중 틀서사와 변형 삽입서사 유형의 경우, 연쇄에 의해 주제가 형성된다. 마지막으로, (iii) 삼중 틀서사와 다중 삽입서사 유형의 경우, 인접한 사건의 전치에 의해 주제가 형성된다.

중층결정, 연쇄, 전치는 정신분석학의 측면에서 꿈의 의미화 과정으로서의 은유와 환유와 관련이 있다. 이 글이 무의식의 언어활동으로서의 은유와 환유에 주목한 것은, 이청준 소설의 틀서사가 전통적인 서사 구조를 파괴하고 있다고 판단했기 때문이다. 이청준 소설은 분리된 틀서사의 핵심 요소 간에 은유 대체가 일어나고, 그 요소들이 최종적으로 하나의 주제로 환유 결합함으로써 전체적인 의미화가 이루어지고 있다.

이 글에서는 이청준의 작품 가운데 「줄」, 「매잡이」, 「소문의 벽」, 「선고유예」, 『언어사회학서설』 연작, 『남도 사람』 연작, 그리고 『신화를 삼킨 섬』, 『축제』, 『흰옷』, 「비화밀교」, 『자유의 문』 등을 대상 작품으로 삼았다.

첫째, 인간의 관계 질서 변화와 담론의 충돌을 다루는 유형이다. 이 유형에 속하는 작품은 사라져가는 공동체의 풍속과 제도화된 현재의 풍속을 초점화 대상으로 하여 그 속에 내재된 인간의 관계 질서를 파악한다.

이 유형은 이중 틀서사와 단일 삽입서사로 구성되어 있다. 상위 틀서사는 틀과 내부로 이루어져 있는데, 여기에서 내부는 하위 틀서사에 해당하며, 이는 다시 틀과 내부로 나뉜다. 하위 틀서사의 내부에는 삽입서사가 내포되어 있다.

하위 틀서사를 이끄는 초점화자는 초점화 대상에 대해 적극적인 관심을 부여하지 않고 방관적 관찰자의 위치에 머물러 있다. 초점화자의 이러한 특성으로 인해 초점화 대상에 대한 정보가 한정될 수밖에 없다. 이를 보완하기 위해 다양한 시선으로 초점화 대상을 파악하는 다수의 매개자가 등장한다. 상위 틀서사를 이끄는 화자-초점화자는 초점화자가 관찰한 결과를 바탕으로 하여 인간의 관계 질서가 갖는 특징과 가치를 파악하고, 그 소설화의 의의에 대해 탐색한다.

이러한 틀서사와 삽입서사가 결합되면서 작품의 주제는 연상에 의한 중층결정에 의해 형성된다. 중층결정을 통해 이 유형은 두 가지 부류의 인간의 관계 질서에 주목한다.

먼저, 사라져가는 공동체적 풍속에 기초한 인간의 관계 질서에 주목하는 경우이다. 여기서 인간의 관계 질서는 세계 내 모든 존재 중의 한 존재로서의 인간으로 규정된다. 자연의 본성에 따른 세계 질서 속의 한 존재로서의 인간은 인간과 자연, 삶과 죽음, 개인과 사회가 분화되지 않고 합일된 상태에서 공동체의 풍속에 담긴 질서를 삶의 질서로 받아들인다. 이에 따라, 공동체적 풍속은 삶과 예술, 삶과 놀이가 미분화되어 있는 양상을 보여준다. 「줄」, 「매잡이」를 통해 이러한 인간의 관계 질서의 원형과 그 현재적 의의가 드러난다.

다음, 제도화된 풍속에 기초한 인간의 관계 질서에 주목하는 경우이다. 여기서 인간의 관계 질서는 자율적 주체로서의 인간으로 규정된다. 곧 세계 내의 한 존재로 있던 인간이 스스로 의미를 창출하는 주체로 부상하면서 자연과 인간은 분리된다. 그러나 자연을 대상화하여 지배하면서 자율적 주체로 자처하던 인간은 인간마저 대상화하여 지배하는 도구화된 인간으로 전락한다. 이에 따라, 제도화된 풍속에서는 직업, 예술, 놀이가 삶과 분리되고 전문적으로 분화되는 양상을 보여준다. 「소문의 벽」, 「선고유예」를 통해, 자율적 주체로서의 인간이 도구화된 인간으로 길들여지는 과정을 탐색함으로써, '자율적 주체'라는 담론이 허상에 불과하다는 것을 제시한다.

둘째, 도구적 지성의 언술과 공동체적 정서의 언술을 다루는 유형이다. 이 유형에 속하는 작품은 도구적 지성의 언술과 공동체적 정서의 언술이 균열을 일으키는 것에 주목하면서, 각각의 언술에 내재된 '말과 삶'의 관계 질서를 탐색한다.

이 유형은 두 개의 틀서사로 구성되어 있다. 상위 틀서사는 틀과 내부로 이루어져 있고, 내부는 다시 하위 틀서사의 틀과 내부로 이루어진다. 하위 틀서사의 내부에는 초점화 대상의 다양한 현실적 변이형이 제시되어 있다.

이 유형에서는 인간의 관계 질서를 다루는 유형에 해당하는 화자-초점화자의 기능을 초점화자가 수행한다. 초점화자는 인간의 관계 질서의 실천 양식인 언술에 주목한다. 곧 도구적 지성의 언술인 '말'과 공동체적 정서의 언술인 '소리'를 초점화 대상으로 삼아, 현실에 대한 구체적인 경험을 통해 각 언술에 내재된 질서에 대해 적극적인 가치 판단을 내린다.

초점화자에 의한 일상의 실천 양식인 언술에 내재한 인간의 관계 질서 파악은 그 언술의 다양한 현실적 변이형에 대한 탐색을 통해 이루어진다. 인간의 관계 질서를 다루는 유형의 경우, 하위 틀서사와 독립된 서사 단위를 가진 내부의 삽입서사가 제시된다. 이와 달리 이 유형에서 현실적 변이형은 하위 틀서사 내에 위치하여 하위 틀서사의 한 요소로 용해되면서 앞선 유형의 삽입서사의 기능을 대체한다. 따라서 이 유형의 현실적 변이형을 변형 삽입서사로 명명할 수 있다.

현실적 변이형은 매개자에 의해 제시된다. 매개자는 초점화자가 관심을 두고 있는 언술의 현실적 변이형을 제시하고, 동시에 그 변이형과 관련된 초점화자의 인식을 수정하거나 보충한다. 그 결과 매개자의 역할과 비중이 앞선 유형보다 한층 강화된다.

도구적 지성의 언술인 타락한 '말'에 주목하는 작품에서 매개자는 초점화자와 말과 관련된 사건을 함께 경험하지만 초점화자와는 다른 생각을 갖고 있다. 이러한 매개자에 의해 초점화자의 생각이 수정되거나 보완된다. 공동체적 정서의 언술인 '소리'에 주목하는 작품에서 매개자는 초점화 대상에 대한 초점화자의 경험과 기억을 보충하고 확장시켜 준다. 이 두 경우에서 보듯, 초점화 대상에 대한 초점화자의 인식은 다른 시각을 가진 매개자를 경유하여 수정, 보충되는 방식으로 반정립된다. 그리고 그러한 초점화자의 판단과 인식은 화자-초점화자에 의해 종합되어 재정립된다.

이러한 이중 틀서사와 현실적 변이형이 결합되면서 연쇄에 의해 작품의 주제가 형성된다. 먼저, 도구적 지성의 언술인 '말'에 주목하는 경우이다. '기록물'과 같은 매체에 의해 도구적 지성의 오인된 권위에 기반을 둔 지배 질서의 논리가 전파되고 확대 재생산된다. 도구화된 지성을 수단화하는 지배 담론의 논리에 길들여진 결과, 인간은 일상적인 언술 행위를 통해 그 논리를 실천함으로써 자율적 주체가 아닌 도구적 인간으로 전락한다. 이러한 현상은 문학 담론에도 적용된다. 도구적 지성의 언술인 '말'에 길들여진 결과, 문학 역시 문학의 본래적 이념을 상실하고 문학 자체를 수단화함으로써 현실을 지배하려는 자기모순을 드러낸다. 이러한 특징은 『언어사회학서설』 연작을 통해 드러난다.

다음, 공동체적 정서의 언술인 '소리'에 주목하는 경우이다. 자연과 인간이 합일된 세계에서의 경험과 그에 결부된 정서는 도구적 지성에 의해 왜곡, 은폐되고 지성의 잔여로서만 남아 있는 것으로 제시된다. '구술성'을 바탕으로 하여 전달되는 '구전' 형태의 소리, 전설, 이야기 등에는 일종의 집합 기억으로서 공동체적 정서가 내재되어 있다고 판단하고, 이를 복원함으로써 도구적 지성에 의해 파편화된 삶의 원초적 총체성을 회복시키고자 한다. 이러한 특징은 『남도 사람』 연작을 통해 드러난다.

셋째, 집단 이념과 공동체적 제의의 심층 기제를 다루는 유형이다. 이 유형에 속하는 작품은 억압적인 집단 이념과 관련된 사건을 초점화 대상으로 하여 그 질서를 움직이는 심층 기제를 파악하면서, 공동체적 집단 무의식의 제의화를 통해 도구화된 인간의 관계 질서를 극복하고자 한다. 이 유형은 집단 이념에 희생된 민중의 삶을 다루는 사건이나, 이념의 지배 질서화 과정을 다루는 사건을 초점화 대상으로 삼는다. 그러면서 이들 사건들에 대해 종래의 거시사의 입장이 아니라 미시사의 입장에서 접근하여 거시사의 이면에 감추어진 하층민의 비극적 역사를 복원한다.

이 유형은 삼중 틀서사와 다중 삽입서사로 구성되어 있다. 화자-초점화자가 이끄는 상위 틀서사의 하위에 두 개의 하위 틀서사가 내부 이야기를 구성한다. 두 개의 하위 틀서사는 초점화자의 탐색 목적에 따라 현재적 의미를 탐색하는 틀서사와 역사적 변이형을 탐색하는 틀서사로 구분된다. 그리고 각각의 하위 틀서사에는 현재적 변이형에 해당하는 삽입서사와 역사적 변이형에 해당하는 삽입서사가 내부 이야기를 구성한다. 역사적 변이형으로서의 삽입서사는 초점화 대상과 관련해 통시적 계열 관계를 형성하며, 현재적 변이형으로서의 삽입서사는 초점화 대상과 관련해 공시적 계열 관계를 형성한다. 그 결과, 이 유형에서는 앞선 유형보다 더 복잡한 구조를 띠면서 보다 심화된 인식과 확장된 관심 영역을 담아낼 수 있게 된다.

이 유형은 삽입서사와 두 하위 틀서사, 그리고 상위 틀서사가 결합하면서 인접한 사건의 전치가 이루어지고, 이를 통해 작품의 주제가 형성된다. 먼저, 집단 이념에 의해 희생된 민중의 삶에 주목하는 경우이다. 도구화된 집단 이념은 논리적 정당성을 지닌 명분을 통해 권력을 획득하려는 속성을 보여준다. 이를 위해 지식과 정보가 선택되고 가공되고 왜곡된다. 그러한 도구화된 집단 이념에 의해 민중의 삶에 대한 폭력과 억압이 가해진다. 이러한 폭력과 억압으로 인해 상처받은 민중의 삶이 여러 인물들의 증언과 기억을 통해 복원된다. 그리고 공동체적 제의를 통해 민중의 상처를 치유하고자 한다. 제의 형식을 통해 반복적으로 되풀이되는 서사 무가의 사설은 구전물의 일종으로서, 그 안에는 공동체적 질서에 기초한 무의식이 내재되어 있다. 그러한 서사 무가의 사설을 통해 공동체 구성원 모두의 공감과 이해를 불러일으킴으로써, 집단 이념에 의해 상처받은 민중의 아픔을 치유하고 위무한다. 이러한 측면은 『신화를 삼킨 섬』, 『축제』, 『흰옷』을 통해 드러난다.

다음, 이념의 지배 질서화 과정에 주목하는 경우이다. 처음 배태될 때에는 인간다운 삶을 위한다는 순수한 목적을 지닌 이념이 점차 인간을 억압하는 폭력적인 지배 질서의 이념으로 변질되는 과정을 보여준다. 그 결과, 이념은 인간이 인간을 폭력적으로 지배하기 위한 수단이자 도구로 전락한다. 그러한 과정을 종교적 제의를 통해 제시하는 것이 이 유형의 작품이다. 곧 순수 이념의 실천 행위로서의 제의는 집단에 의해 이념적 조작이 가해지면서 본래적 의미를 상실하고 수단화될 위기에 처하게 된다. 이를 염두에 둘 때, 소설은 계율화되고 절대화된 이념이 아니라 삶의 자유로운 마당, 혹은 자유로운 질서를 지향함으로써 이러한 상황을 비판하고 그 극복 방안을 제시해야 한다. 이러한 측면은 「비화밀교」, 『자유의 문』을 통해 드러난다.

참고 문헌

1. 기본 자료

『별을 보여드립니다』, 일지사, 1971.
『소문의 벽』, 민음사, 1973.
『서편제』, 열림원, 1993.
『잃어버린 말을 찾아서』, 문학과지성사, 1995.
『비화밀교』, 나남, 1985.
『자유의 문』, 열림원, 1998.
『흰옷』, 열림원, 2003.
『축제』, 열림원, 2003.
『신화를 삼킨 섬1』, 열림원, 2003.
『신화를 삼킨 섬2』, 열림원, 2003.

2. 국내 논저

곽차섭, 『미시사란 무엇인가』, 푸른역사, 2000.
권영민, 『한국현대문학사』, 민음사, 2002.
권택영, 「이청준 소설의 중층구조」, 『외국문학』, 1986. 가을호.
권택영, 『후기구조주의 문학이론』, 민음사, 1992.
김경수, 「이청준 소설의 미학」, 『문학의 편견』, 세계사, 1994.
김병익, 「말의 탐구, 화해에의 변증」, 『잃어버린 말을 찾아서』, 문학과지성사, 1981.
김병욱 편저, 『현대 소설의 이론』, 최상규 역, 예림기획, 1997.
김윤식, 「심정의 넓힘과 심정의 좁힘」, 『한국현대소설비판』, 일지사, 1981.
_____, 「감동에 이르는 길」, 『이청준론』, 삼인행, 1991.
김윤식 · 정호웅, 『한국소설사』, 문학동네, 2000.
김은경, 「이청준 소설의 글쓰기 양상에 대한 일고찰」, 『관악어문연구』, 2001. 12.
김치수 외, 『누보로망 연구』, 서울대학교출판부, 2001.
마희정, 「이청준 소설의 탐색구조 연구」, 충북대학교 석사 논문, 1995.
문흥술, 「말의 소리화와 존재의 집」, 『문학의 본향과 지평』, 서정시학, 2007.
성민엽, 「겹의 삶, 겹의 문학」, 『문학과사회』, 1990. 여름호.
손정수, 「내러티브들의 원무(圓舞)」, 『이제 우리들의 잔을』, 문학과지성사, 2011.
오생근, 「갇혀있는 자의 시선」, 『이청준』, 은애, 1979.
우찬제, 「틈의 고뇌와 종합에의 의지」, 『타자의 목소리』, 문학동네, 1996.

_____, 「자유의 질서, 말의 꿈, 반성적 탐색」, 『이청준 깊이읽기』, 문학과지성사, 1999.
우한용, 『한국현대소설구조연구』, 삼지원, 1990.
_____, 『소설장르의 역동학』, 서울대학교출판문화원, 2011.
유인숙, 「이청준 소설연구-서술전략과 의미의 상관관계를 중심으로」, 성균관대학교 박사 논문, 2005.
윤이흠, 「신관의 유형」, 『신화와 역사』, 서울대학교 종교문제연구소, 2003.
윤택림 편역, 『구술사, 기억으로 쓰는 역사』, 아르케, 2010.
윤평중, 『푸코와 하버마스를 넘어서』, 교보문고, 2000.
이재선, 『한국단편소설연구』, 한국학술정보, 2001.
_____, 『현대소설의 서사시학』, 학연사, 2002.
이현석, 「이청준소설의 서사시학 연구」, 서울대학교 박사 논문, 2007.
장일구, 『서사공간과 소설의 역학』, 전남대학교출판부, 2009.
정혜경, 『한국 현대소설의 서사와 서술』, 월인, 2005.
조남현, 「문제적 인물에 대한 끊임없는 탐구」, 『문학사상』, 1984. 8.
_____, 『소설신론』, 서울대학교출판부, 2004.
_____, 『한국 현대소설 유형론 연구』, 집문당, 2004.
천이두, 「이원적 구조의 미학」, 『한국문학과 한』, 이우출판사, 1985.
철학아카데미, 『공간과 도시의 의미들』, 소명출판, 2004.
한국소설학회, 『공간의 시학』, 예림기획, 2002.
__________, 『현대소설 시점의 시학』, 새문사, 1996.
__________, 『현대소설 플롯의 시학』, 태학사, 1999.
한순미, 「이청준 소설의 언어인식 연구」, 전남대학교 박사 논문, 2006.
한일섭, 『서사의 이론-이야기와 서술』, 한국문화사, 2009.

3. 국외 논저

Altman, Rick, *A theory of Narrative*, Columbia University Press, 2008.
Bal, Mieke, 『서사란 무엇인가』, 한용환・강덕화 역, 문예출판사, 1999.
Barthes, R., 『모드의 체계』, 이화여대기호학연구소, 동문선, 2002.
_________, 『텍스트의 즐거움』, 김희영 역, 동문선, 2002.
_________, 『S/Z』, 김웅권 역, 동문선, 2006.
Benjamin, Walter, 『발터 벤야민의 문예이론』, 반성완 편역, 민음사, 1996.
Bergson, Henri, 『물질과 기억』, 박종원 역, 아카넷, 2005.
___________, 『의식에 직접 주어진 것들에 관한 시론』, 최화 역, 아카넷, 2003.
Booth, Wayne C., 『소설의 수사학』, 최상규 역, 예림기획, 1999.
Cassirer, Ernst, 『상징 신화 문화』, 심철민 역, 아카넷, 2012.
Chatman, Seymour, 『영화와 소설의 서사구조』, 김경수 역, 민음사, 1990.

Cohan, Steven & Shires, Linda, 『이야기하기의 이론-소설과 영화의 문화 기호학』, 임병권 역, 한나래, 1997.
Dor, Joel, 『라깡 세미나 · 에크리 독해I』, 홍준기 · 강응섭 역, 아난케, 2009.
Dor, Joel, 『라깡과 정신분석임상: 구조와 도착증』, 홍준기 역, 아난케, 2005.
Edel, Leon, 『현대심리소설연구』, 김종호 역, 형설출판사, 1983.
Foucault, M., *The Archaeology of Knowledge*, Trans., A. M. Sheridan Smith, Tavistock Publication, 1972.
__________, 『말과 사물』, 이광래 역, 민음사, 1997.
Genette, G., 『서사담론』, 권택영 역, 교보문고, 1992.
Goffman, E., *Frame Analysis*, New York: Harper Colophon, 1974.
Grigg, Russell, 『라깡과 언어와 철학』, 김종주 · 김아영 역, 인간사랑, 2010.
Gunzel, Stephan, 『토폴로지』, 이기홍 역, 에코리브르, 2010.
Harvey, David, 『포스트모더니티의 조건』, 구동회 · 박영민 옮김, 한울, 2002.
Hirsh, H., 『제노사이드와 기억의 정치』, 강성현 역, 책세상, 2009.
Jakobson, R., 『문학속의 언어학』, 신문수 편역, 문학과지성사, 1997.
Kübler, Hans-Dieter, 『지식사회의 신화』, 이남복 역, 한울, 2008.
Lacan, Jacques, 『자크 라캉 세미나11』, 맹정현 · 이수련 역, 새물결, 2008.
Lemaire, Anika, 『자크라캉』, 이미선 역, 문예출판사, 1996.
May, Charles E., 『단편소설의 이론』, 최상규 역, 예림기획, 1997.
Mendilow, A. A., 『시간과 소설』, 최상규 역, 대방출판사, 1983.
Meyerhoff, Hans, 『문학속의 시간』, 이종철 역, 문예출판사, 2003.
Murcia, Claude, 『누보로망, 누보 시네마』, 이창실 역, 동문선, 2003.
Prince, Gerald, 『서사학이란 무엇인가』, 최상규 역, 예림기획, 1999.
Psarra, Sophia, 『건축과 내러티브』, 조순익 역, 시공문화사, 2010.
Schroer, Markus, 『공간, 장소, 경계』, 정인모 · 배정희 역, 에코리브르, 2010.
Stanzel, F. K., 『소설의 이론』, 김정신 역, 탑출판사, 1997.
Stanzel, F.K., 『소설의 기본형식』, 안삼환 역, 탐구당, 1990.
Todorov, Tzvetan, 『산문의 시학』, 신동욱 역, 문예출판사, 1998.
Tuan, Yi Fu, 『공간과 장소』, 구동회 · 심승희 역, 도서출판 대윤, 1995.